ROBERT DINSDALE

Die kleinen
Wunder
von
Mayfair

ROMAN

Aus dem Englischen
von Simone Jakob

Die englische Originalausgabe erschien 2018 unter dem Titel
»The Toymakers« bei Del Rey, Penguin Random House UK.

Besuchen Sie uns im Internet:
www.knaur.de

Deutsche Erstausgabe Oktober 2018
© Robert Dinsdale 2018
© 2018 der deutschsprachigen Ausgabe Knaur Verlag
Ein Imprint der Verlagsgruppe
Droemer Knaur GmbH & Co. KG, München
Alle Rechte vorbehalten. Das Werk darf – auch teilweise – nur mit
Genehmigung des Verlags wiedergegeben werden.
Redaktion: Michael Lenkeit
Covergestaltung: Favoritbuero, München
Coverabbildung: © plainpicture/VD-EK, ©glcheng/GettyImages
Illustration: Ballerina: Afanasia; Dampflock: Vectorcarrot;
Soldat: bus109; Haus: LAN02 (alle Shutterstock.com)
Satz: Adobe InDesign im Verlag
Druck und Bindung: CPI books GmbH, Leck
ISBN 978-3-426-22672-8

Für Esther, die dort war – im Spielzeugladen

WAFFENSTILLSTAND!

✶ ✶ ✶ ✶ ✶ ✶ ✶ ✶

Papa Jacks Emporium, London

1917

Das Emporium öffnet seine Tore am Tag des ersten Winterfrosts. Jedes Jahr ist es das Gleiche. Sobald die Kinder nach dem Aufwachen weiße Kristallblumen auf den Fensterscheiben sehen und auf dem Schulweg das Eis unter ihren Füßen knirscht, hört man in der ganzen Stadt das Flüstern: Das Emporium hat eröffnet! Weihnachten naht, und die Gans wird immer fetter …

Wer sich zu einer bestimmten Stunde in einer bestimmten Winternacht in das Straßengewirr zwischen der New Bond Street und der Avery Row verirrt, hat es vielleicht schon mit eigenen Augen gesehen. Dort, wo einen Augenblick zuvor nur Dunkelheit, Stille und geschlossene, verbarrikadierte Geschäfte waren, gibt das wirbelnde Schneegestöber plötzlich den Blick auf eine Gasse frei, an deren Ende ein von Lichtern umkränztes Schaufenster sichtbar wird. Die Lichter sind kaum größer als Stecknadelköpfe und so weiß wie die Schneeflocken, und doch kann man den Blick nicht von ihnen wenden. Lichter wie diese können den Bann der Dunkelheit brechen und die zynischsten Menschen verzaubern.

Und hier kommt auch schon einer durch die Nacht geeilt.

Ein Mann wie ein Fass, den man wohlwollend als rundlich oder eben als fett beschreiben könnte. Vor dem Emporium bleibt er stehen und betrachtet die Fassade, aber er hat die Lichter schon mehr als einmal bewundert, und so schreitet er unbeirrt über die Schwelle, hinein in ein Gemisch aus Zimt- und Anisduft. Ein Vorhang aus dunkelblauen Quasten gibt den Weg frei, und das Läuten winziger Glöckchen an der Decke ruft Erinnerungen ihn ihm wach, die er hartnäckig zu unterdrücken versucht: Schlittenfahrten im Park, Singen auf dem Dorfplatz, Weihnachtstage in besseren, unschuldigeren Zeiten, an die zurückzudenken zu schmerzhaft ist.

Er ist nicht der einzige Kunde. Kinder ziehen ihre Eltern hinter sich her; ein junges Paar versucht verstohlen, seine Geschenke füreinander zu verbergen; ein alter Mann nimmt seinen Schal ab, als er in das Geschäft gehumpelt kommt, vielleicht nur, um sich noch einmal wie ein kleiner Junge zu fühlen.

Es gibt viel zu sehen. Was von außen wie ein bescheidenes kleines Geschäft gewirkt hat, entpuppt sich als weitläufiges Labyrinth. Der dicke Mann bahnt sich einen Weg durch die Menge. Auf in den Boden eingelassenen Schienen gleitet eine Miniaturlokomotive an ihm vorbei, gleich dahinter teilen sich die einzelnen Gänge in Dutzende weitere auf, die wild übereinandergestapelten Etagen und Emporen wirken wie die optische Täuschung eines Meistermathematikers. Kunden verschwinden in einem Gang und tauchen verdutzt auf einer der oberen Galerien wieder auf.

Es wäre leicht, sich an einem Ort wie diesem zu verlaufen, doch der Mann kennt sich aus. Er ist der Einzige, der nicht stehen bleibt, um die ausgestellten Waren zu bewundern. Weder von den Bären in den Regalen, die ihm nachzuschauen scheinen, noch von dem Zinnsoldaten, der Haltung annimmt, als er vorbeigeht, lässt er sich ablenken. Er ignoriert das Wiehern der Steckenpferde, die ungeduldig auf einen Ausritt warten, und würdigt auch das Tor keines Blickes, hinter dem ein Winterwäldchen liegt, denn er hat sein Ziel fast erreicht.

Der Mann stellt sich in die Schlange vor der Kasse. Vor ihm sind noch ein paar andere dran: eine Familie, die Arme voller silberner Satinmäuse, und eine Frau, die die Matroschka-Puppen in ihrem Korb festhalten muss, damit sie vor lauter Begeisterung darüber, gekauft zu werden, nicht auseinanderspringen. Als er endlich die Theke erreicht, ist sein Gesicht rot vor Ungeduld.

»Madam«, sagt er, »Sie erinnern sich vielleicht an mich. Ich war schon öfter hier, als ich mich erinnern kann. Zuletzt vor einer Woche, um ein Geschenk für meine Söhne zu kaufen.«

Vielleicht hat sie ihn damals sogar bedient, vielleicht aber auch nicht. Es gibt hier viele Verkäuferinnen und Verkäufer, und jedes Jahr werden es mehr. Denn das Emporium war schon vor Anbruch dieses Jahrhunderts ein Hort der Geschäftigkeit.

Die Verkäuferin erinnert sich nicht, nickt jedoch. In Papa Jacks Emporium ist jeder willkommen, denn jeder war irgendwann einmal ein Kind, ganz gleich, was aus ihm geworden ist.

»Und wie hat es Ihren Söhnen gefallen?«

Der Mann ist aufgebracht, mit einem Ruck hievt er seine lederne Aktentasche auf die Theke, öffnet sie und enthüllt einen Trupp Spielzeugsoldaten, sorgfältig in das Seidenpapier eingewickelt, in dem sie gekauft wurden. Er nimmt die glänzenden lackierten Holzfiguren heraus und stellt sie in einer Reihe auf.

»Nun«, beginnt er, hält dann aber kurz inne, als wäre er

selbst erstaunt darüber, was er gleich sagen wird. »Stellen Sie sich folgende Szene vor: Am Weihnachtsmorgen reißen zwei Jungen ihre Geschenke auf. Stellen Sie sich vor, wie begeistert sie beim Anblick der kleinen Kerlchen sind. So nobel, so stolz, so lebensecht! Am liebsten würden sie sie gleich gegeneinander antreten lassen – aber es ist Weihnachten, sie müssen vorher noch in die Kirche, danach gibt es Essen, und dann, erst dann dürfen sie endlich damit spielen. Ich erzähle Ihnen das alles, damit Sie die Situation besser verstehen – die beiden haben den ganzen Tag auf ihre Schlacht gewartet. Sie können sich also denken, wie aufgeregt sie waren, als sie die Soldaten endlich im Wohnzimmer aufmarschieren ließen.«

»Und was ist dann passiert?«

»Vielleicht ist es besser, wenn ich es Ihnen demonstriere.«

Vorsichtig stellt der Mann drei der Soldaten auf die eine Seite der Theke und positioniert die gegnerische Partei auf der anderen. »Wären Sie so gut?«, fragt er die Verkäuferin und fängt an, die eine Hälfte der Soldaten aufzuziehen, während sie die andere übernimmt.

Die Soldaten beginnen, aufeinander zuzugehen.

»Sie können sich denken, wie aufgeregt die beiden waren. Noah feuerte seine Armee an, und auch Arthur konnte seine Begeisterung kaum zügeln. Wer würde gewinnen? ›Vater!‹, rief Arthur. ›Schau dir das an!‹ Also tat ich es. Und was, glauben Sie, musste ich da sehen?«

Auf der Theke haben sich die Fronten unterdessen angenähert, ein Spektakel, das Zuschauer anlockt. Eine Frau mit einem Käfig, in dem Vögel aus Pfeifenreinigern sitzen, und ein ziellos umherstreifender Soldat, der kurz zuvor noch die in ihren Körben spielenden Plüschhunde bestaunte. Die verfeindeten Parteien haben sich nun fast erreicht. Noch drei Schritte, und sie treffen aufeinander; nach den

Regeln kindlicher Kriegskunst geht der letzte noch stehende Soldat als Sieger vom Schlachtfeld.

Ein weiterer Schritt, die Waffen im Anschlag. Noch zwei, und die schwarzen Augen ihrer Gewehre starren den verfeindeten Truppen geradewegs ins Gesicht. Der Moment, auf den alle warten, ist gekommen.

Doch plötzlich halten die Soldaten inne – und strecken ihre Waffen in die Höhe.

Weiße Fahnen schießen aus den Gewehrläufen.

Jeder Soldat ergreift die Hand seines Gegenübers, des Feindes, den zu töten er geschworen hat.

»Und? Was hat das nun zu bedeuten?«, fragt der Mann.

Die Verkäuferin beugt sich vor, um die Soldaten genauer zu betrachten; sie haben sich derart vermischt, dass nur ein Kind mit sehr genauem Blick die seinen von denen seines Spielkameraden unterscheiden könnte. Der Mann erklärt, das passiere jedes Mal, was ihnen den Weihnachtsmorgen gründlich verdorben habe. Er verlangt eine Entschädigung – doch die Verkäuferin antwortet nicht. Allein ihre Augen verraten das Glück, das sie empfindet, auch wenn sie sich noch so sehr angestrengt, es zu verbergen.

Diese Spielzeugsoldaten, auf denen das Emporium sein Imperium aufgebaut hat, diese lebensechten Figuren, die schon von Beginn an seine Regale bevölkert und Generationen von Kindern Freude bereitet haben, strecken zum ersten Mal in ihrer Geschichte die Waffen.

»Sie haben Frieden geschlossen«, flüstert die Verkäuferin; die Empörung des Kunden, das Geld, das sie aus der Kasse nehmen und ihm übergeben muss, all das ist ihr gleichgültig. Sie starrt weiter die Soldaten an – täuscht sie sich, oder sehen sie glücklich aus?

DER ANFANG ...

FREIE STELLEN

* * * * * * * *

Dovercourt und Leigh-on-Sea

November 1906

Sie wurde nach Dovercourt gebracht, um ihr ungeborenes Kind zu verkaufen.

An der Tür von Mrs Albemarles Heim zur Förderung der Moral hing kein Schild. Einem aufmerksamen Betrachter wäre vielleicht aufgefallen, dass die Vorhänge des Hauses auch tagsüber immer zugezogen waren, und die Nachbarn kamen nicht umhin, den stetigen Strom von Mädchen zu bemerken, die hier ein und aus gingen, aber für zufällig vorbeikommende Passanten war es nicht mehr als eine Strandvilla unter vielen, ein Georgianisches Gebäude mit Doppeltür, weiß getünchter Fassade und Ziererker. Auf Cathy, die nicht gewusst hatte, was auf sie zukam, als man sie an diesem Morgen in den Omnibus verfrachtete, hatte die Doppeltür eine fast magische Wirkung: Sie jagte ihr solche Angst ein, dass die Übelkeit, unter der sie seit Tagen litt, auf einen Schlag verschwand.

Schweigend standen sie vor der Tür, während über ihnen Seevögel kreisten. Ihre Mutter schnipste mit den Fingern, und Cathy wusste, ohne nachzufragen, dass sie anklopfen sollte. Sie tat es zaghaft, in der Hoffnung, dass es überhört wurde. Aber glückliche Fügungen schienen seit diesem Sommer rar zu sein. Nach einiger Zeit öffnete sich die Tür und enthüllte einen Flur mit Blümchentapete. Die Frau, die auf der Schwelle stand, trug ein helles, kariertes Hauskleid, hatte eckige Schultern, ein markantes Kinn und machte den Eindruck, keinen Müßiggang gewohnt zu sein – und tatsächlich waren ihre Ärmel hochgekrempelt und ihre Unterarme mit Mehl und Teigkrümeln bedeckt.

»Du musst Catherine sein«, sagte sie. Für Cathys Mutter hatte sie nur einen flüchtigen Blick übrig.

»Cathy«, korrigierte Cathy sie. Es war das Rebellischste, was sie den ganzen Tag über gesagt hatte.

»Wenn die Zeit gekommen ist und du bei uns wohnst, werden wir dich Catherine nennen«, entgegnete die Frau. »Wir legen hier großen Wert auf korrekte Umgangsformen.« Sie trat beiseite. »Komm herein, Catherine. Wir werden diese Angelegenheit im Handumdrehen in Ordnung bringen.«

Das Heim war früher einmal ein mittelmäßiges Hotel gewesen, und die Einrichtung im Aufenthaltsraum hatte sich seitdem kaum verändert. Cathy saß allein in einem Erker, während ihre Mutter und Mrs Albemarle die Einzelheiten von Cathys zukünftigem Aufenthalt klärten. Währenddessen drangen noch andere Geräusche in den Aufenthaltsraum mit dem kleinen Tisch, auf dem verschiedene zerlesene Zeitschriften lagen. Irgendwo im Haus gluckste ein Baby, es brabbelte glücklich vor sich hin, ganz so, als müsste es sich noch an den Klang der eigenen Stimme gewöhnen. Cathy lauschte so konzentriert, dass sie nicht hörte, wie Mrs Albemarle ihren Namen rief. Erst als ihre Mutter sie scharf zurechtwies, drehte sie den Kopf.

»Komm mit, Catherine.«

Ihr blieb keine Wahl. Mrs Albemarle führte sie durch einen Flur in ein vollgestopftes Büro, wo sie sich hinter einen Tisch mit einer ramponierten Schreibmaschine setzte. Sie nahm ein Formular mit schwarzen Kästchen zur Hand, suchte in einer Schublade vergeblich nach Feder und Tinte und entschied sich schließlich für einen Bleistift, mit dem sie Catherine bedeutete, Platz zu nehmen.

»Wie alt bist du, Catherine?«

Catherine. So hatte ihre Mutter sie heute Morgen auch genannt. Ihr Vater hatte kein Wort gesagt.

»Wenn sie zu Ihnen kommt, ist sie sechzehn«, mischte sich ihre Mutter ein, aber Mrs Albemarle hob streng den Zeigefinger. »Sie muss für sich selbst sprechen, Mrs Wray. Wenn sie alt genug ist, um in diese Lage zu geraten, dann ist sie auch dafür alt genug.« Sie schwieg kurz. »Vielleicht sollten Sie lieber ...« Der Bleistift deutete auf die Tür. Mit puterrotem Gesicht zog sich Cathys Mutter in den Flur zurück.

»So ist es besser. Jetzt können wir offen reden, nicht wahr, Catherine?«

»Ich bin fünfzehn«, sagte Cathy. »Und ich heiße Cathy, nicht ...«

»Und wann wurdest du geboren?«

»Am 24. Mai 1891.«

Mrs Albemarle machte sich Notizen, zwischendurch hielt sie kurz inne, um die Bleistiftspitze anzulecken. »Und wie weit bist du?«

Zum ersten Mal färbte sich Cathys Gesicht dunkelrot.

»Catherine, Liebes. Das hier ist kein Test. Du weißt nicht, wie weit du bist?«

»Nein.«

»Aber du *warst* bei einem Arzt?«

Ihre Mutter hatte darauf bestanden. Der Mann hatte knotige, kalte Finger gehabt; sein Ehering, der die Innenseite ihres Schenkels streifte, hatte sich eisig angefühlt.

Mrs Albemarle versuchte es mit einer anderen Frage. »Woher wusstest du, dass du ein Kind erwartest, Cathy?«

Bei Gott, sie hatte es gar nicht gewusst; ihre Mutter hatte es gemerkt, als sie ihr wie jeden Monat frisches Leinen brachte. Cathy hatte sich schon seit Tagen schlecht gefühlt, kaum etwas gegessen, nicht einmal, als ihre Schwester Roggenkuchen gebacken hatte. Doch erst, als ihre Mutter nachts in ihr Zimmer gekommen war, hatte sie begriffen. »Du bist spät dran«, hatte ihre Mutter mit leiser, giftiger Stimme gezischt. Sie sah aus, als hätte sie tagelang darüber gebrütet. Sie hatte sogar abgewartet, bis Cathys Vater das Haus verließ, um in die schmutzige kleine Spelunke unten bei den Cockle Sheds zu gehen – nur für den Fall, dass sie sich irrte. Aber nein: In dem Moment, als ihre Mutter es aussprach, ergab alles plötzlich einen Sinn. Cathy spürte, wie sich etwas in ihrem Inneren ausbreitete – doch es war keine Leere, im Gegenteil, etwas wuchs in ihr heran, Knospen von Armen und Beinen, dazu vier winzige Herzklappen. Sie spürte den Herzschlag, als sie versuchte, ihre Mutter zu umarmen, doch ihre Mutter wich zurück. Wahrscheinlich hatte sie dabei noch etwas gesagt, doch Cathy konnte sich nicht mehr daran erinnern. Nachdem ihre Mutter das Zimmer verlassen hatte, hatte sie sich auf das Bettlaken übergeben. Seit sie es wusste, musste sie sich ständig übergeben.

»Und der Vater?«

Mrs Albemarles Worte holten sie in das kalte, nüchterne Büro zurück.

»Du weißt doch, wer der Vater ist?«

»Hören Sie …«

»Darüber müssen wir sprechen, Catherine. Das sind die Dinge, nach denen uns die Leute fragen. Sie wollen sich kein Kuckuckskind ins Nest holen. Sie wollen wissen, woher das Kind stammt, wer die Mutter und wer der Vater ist, ob sie eine gute *Herkunft* haben.«

»Es ist ein Junge aus der Nachbarschaft«, gab sie zu. »Er ist mein ...«

»Ihr habt euch verliebt.«

Sie wollte widersprechen. So war es nicht. Daniel lebte in dem Haus am anderen Ende der Straße, dem mit den großen Giebeln, dem weitläufigen Grundstück und dem schmiedeeisernen Tor, vor dem sie jeden Tag auf dem Schulweg stehen blieb, um es zu bewundern. Eigentlich hätten sie keine Freunde sein dürfen, und doch waren sie es, schon seit sie klein waren und ihre Mutter einmal einen Sommer lang im Garten von Daniels Familie gearbeitet hatte. Es war die reinste Form von Freundschaft – eine Freundschaft, die beginnt, noch ehe man sprechen kann, eine Freundschaft der Gesten und Grunzlaute, der stumm angebotenen und ungeduldig aus der Hand gerissenen Spielsachen. Sie waren zusammen zur Schule gegangen und zusammen zum ersten Mal Zug gefahren. Sie hatten zusammen Weihnachtslieder gesungen, Löwenzahn gepflückt, auf dem Erntedankfest Kuchen gegessen – und als sie sich dann eines Tages am hinteren Tor getroffen und andere Dinge zusammen getan hatten, fühlte es sich nicht komisch an. Aber verliebt, nein, verliebt waren sie nicht gewesen. Denn als sie danach beschlossen hatte, dass sie es nie wieder tun würden, fühlte sich auch das nicht komisch an. Ihr war bis heute nicht klar, warum so etwas gleich das ganze Leben durcheinanderbringen sollte.

Cathy spürte, wie ihr Tränen in die Augen traten. Das war eigentlich nicht ihre Art, aber in ihr lebte ja jetzt noch jemand; vielleicht waren das *seine* Tränen, und Cathy war nur der Kanal.

»Übernimmt er die Verantwortung?«

»Das würde ihm sein Vater nie erlauben, nicht bei einem Mädchen wie mir.«

»Einem Mädchen wie dir?«

»Man heiratet doch nicht unter seinem Stand, Mrs Albemarle.«

»Sicher«, sagte Mrs Albemarle. »Heiraten wollen sie nicht unter ihrem Stand, aber was das Übrige angeht, ist es ihnen gleich, ob es die Küchenmagd oder eine Debütantin ist. Und was ist mit dem Jungen? Deinem ... *Freund*. Ich wette, er hat bis zum bitteren Ende für dich gekämpft? Seine beträchtliche Erbschaft in den Wind geschlagen, um für sein uneheliches Kind zu sorgen?«

»Tja«, sagte Cathy und gestattete sich zum ersten Mal einen Anflug von Verbitterung. »Daniel ist ein guter Sohn. Er tut alles, was sein Vater ihm sagt. Sie schicken ihn nach Derby. Die Familie hat dort eine Fabrik.«

Für einen Moment schwieg Mrs Albemarle. Dann streckte sie den Arm aus, als wollte sie Cathys Hand nehmen, und sagte: »Catherine, du musst verstehen, dass das, was wir hier tun, das Beste für alle ist. Dein Kind wird sich über die Schande seiner Geburt erheben und ein neues, besseres Leben führen.«

Die Art, wie Mrs Albemarle lächelte, brachte die Übelkeit zurück. Cathy blieb keine Zeit, nach dem Bad zu fragen.

Ihre Mutter sprach kaum ein Wort, als sie draußen auf den Omnibus warteten. Schande hatte noch mehr Schande hervorgebracht – die Flecken auf Cathys Kleid waren dabei auch nicht gerade hilfreich. Und vielleicht hätte sie sich im Bus nicht einmal neben sie gesetzt, wenn es nicht so voll gewesen wäre.

In Leigh angekommen, wo der Geruch des Seetangs, der am Ufer der Themsemündung angespült wurde, lebhafte Erinnerungen in ihr wachrief, folgte Cathy ihrer Mutter durch die Haustür. Gefangen in diesem Strudel aus Gerüchen und Erinnerungen zog sie ihre Schuhe aus und trat ein. Wie viele Male war sie schwer beladen mit Einkäufen an der Seite ihrer Mutter durch diese Tür gegangen? Wie viele Male war sie diesen Flur entlanggehüpft, voller Freude, weil sie ihren Vater von der Arbeit nach Hause kommen sah? Und jetzt saß er dort, aß sein Abendessen und weigerte sich aufzusehen, als Cathy unsicher an der Schwelle zum Esszimmer stehen blieb.

»Marsch auf dein Zimmer«, sagte ihre Mutter und schloss die Tür; das Letzte, was Cathy sah, war ihr Vater, der beharrlich die Marmorierung des Fleisches auf seinem Teller betrachtete.

Man hätte meinen können, Schwangerschaft sei etwas Ansteckendes, und wäre Cathy noch eine Sekunde länger im Zimmer geblieben, hätte ihre Schwester, die neben ihrem Vater saß, plötzlich ebenfalls ein Kind erwartet. Schweigend folgte Cathy ihrer Mutter nach oben. In ihrem Zimmer, das sie sich mit Lizzy teilte, waren all ihre Bücher aus den Regalen verschwunden, ebenso wie ihre Spielzeugtruhe, das Puppenhaus und die hübschen Hasenfiguren, die auf dem Fenstersims gestanden hatten.

»Kein Wort, Catherine. Dein Vater wollte es so, und er hat recht. Wenn du alt genug bist, um Mutter zu werden, dann bist du auch kein kleines Mädchen mehr.«

»Es tut mir leid, Mama«, sagte Cathy, und sofort wurde ihr wieder schlecht, was immerhin gut zu der Übelkeit passte, die schon den ganzen Tag in ihr gärte. Außerdem machten ihre Worte keinen Unterschied, schafften es nicht, den Panzer der Entschlossenheit ihrer Mutter zu durchdringen, die eine Liste mit Regeln herunterzurasseln begann: Catherine durfte nicht mehr vor die Haustür, ihre Lehrerin würde einen Brief bekommen, in dem stand, dass Cathy eine Stelle angenommen hatte; in den Garten durfte sie nur mit ausdrücklicher Erlaubnis ihrer Mutter; außerdem musste sie Kleider tragen, die ihren anschwellenden

Bauch verdeckten. »Es ist ja nur für drei Monate«, schloss ihre Mutter. »Dann gehst du dorthin, wo du hingehen musst, und wenn du zurückkommst, bist du wieder unser liebes kleines Mädchen.«

Nachdem sie gegangen war, sah Cathy sich im Raum um. Wie groß er ohne all die Dinge aus ihrer Kindheit wirkte! Sie versuchte, es sich auf dem Bett bequem zu machen, aber es kam ihr auf einmal zu klein vor, zumindest für zwei. Sie legte sich auf die Seite, eingerollt wie ein Fragezeichen, als die Tür erneut geöffnet wurde. In dem Glauben, es sei ihre Mutter, drehte sie sich zur Wand, sah jedoch aus dem Augenwinkel, wie Lizzy ins Zimmer schlich.

Lizzy war die Größere von ihnen. Sie hatte blondes Haar, Cathy dunkles, aber beide hatten die gleichen grauen Augen, die gleichen hohen Wangenknochen. Die Nachbarn waren der Meinung, dass Lizzy die Hübschere von beiden war, und Lizzy verhielt sich auch so. Sie war nur ein einziges Mal in ihrem Leben auf einen Baum geklettert, und selbst da hatte Cathy hinterherklettern und ihr herunterhelfen müssen.

»Cathy, ich bin's. Ich …«

Cathy verlor alle Zurückhaltung. Sie breitete die Arme aus, Lizzy ließ sich auf das Bett sinken, und sie klammerten sich aneinander wie früher als Kinder, wenn sie nachts aufwachten und hörten, wie das Meer tosend ans Ufer brandete.

Eine Zeit lang schwiegen sie; es genügte, dass sie zusammen waren. Lizzy sah neugierig, fast gespannt aus. Ihr Blick wanderte immer wieder zu Cathys Bauch, als könnte sie dort ein kleines Gesicht erkennen, das sich durch den Baumwollstoff der Bluse abzeichnete.

»Und, wie … wie fühlt es sich an, Cathy? Wie etwas ganz Besonderes?«

Das tat es, und wie. Es war ein hitziges Gefühl des Im-

Recht-Seins, als würden all die Scham und Verachtung keine Rolle spielen, als hätte niemand auf der Welt vor ihr je etwas Ähnliches durchgemacht. Doch Cathy sagte nur: »Du solltest nicht hier sein. Mutter bekommt einen Anfall, wenn sie dich erwischt.«

Schüchtern flüsterte Lizzy: »Ich wollte dir das hier geben.«

Sie hielt ihr eine Zeitung vom Vortag hin – das Lokalblatt, das ihr Vater jeden Abend las. Damit konnte man sich schlaflose Stunden vertreiben, dachte Cathy zuerst, oder man konnte sie als Spucktüte benutzen, wenn es wieder einmal so weit war. Aber als sie sie entgegennahm, spürte sie, dass etwas darin eingewickelt war. Sie legte das Bündel aufs Bett und packte es aus. Es enthielt eine verschlissene und mit Eselsohren versehene Ausgabe von *Gullivers Reisen,* die eine halbe Ewigkeit auf dem Schränkchen zwischen ihren Betten gestanden hatte.

»Erinnerst du dich?«

Cathy nahm Lizzys Hände.

»Versteck es und nimm es mit, wenn du fortgehst. Wir haben es so geliebt früher, weißt du noch, Cathy? Vielleicht kannst du es dem Kleinen vorlesen, bevor sie es ...«

Lizzy brachte es nicht über sich, den Satz zu beenden. Sie küsste Cathy auf den Mund und verschwand durch die Tür.

Als sie weg war, nahm Cathy das Buch in die Hand und schnupperte daran, und es war, als wäre sie wieder fünf, sechs, sieben Jahre alt. Seltsam, wie ein Buch einen in eine andere Zeit entführen konnte. Eine Zeit lang las sie hier und dort ein paar Sätze, schwelgte in der alten Geschichte, bis die Freude sich in Verbitterung verwandelte und sie das Buch unter ihr Kopfkissen schob.

Als sie sich die Tränen getrocknet hatte und das Zimmer wieder klar sehen konnte, fiel ihr Blick auf die Zeitung, die immer noch auf dem Bett lag. Sie war auf der Seite mit den Stellenangeboten aufgeschlagen – Anzeigen, in denen Kesselflicker und Tischler gesucht wurden, Schiffszimmermänner und Verkäufer. Es war die übliche Kost, die ihr Vater sich allabendlich zu Gemüte führte und anschließend entsorgte. Während sie noch die Angebote überflog, bemerkte sie einen schwarzen Kreis auf der gegenüberliegenden Seite. Zwischen der Werbung für ein Umzugsunternehmen und der Ankündigung einer Veranstaltung anlässlich der Bonfire Night war eine Annonce mit Tinte eingekreist.

Aushilfe gesucht
Fühlen Sie sich verloren? Ängstlich?
Sind Sie im Herzen ein Kind geblieben?
Dann sind Sie bei uns richtig.
Das Emporium öffnet beim ersten Winterfrost seine Tore.
Keine Erfahrung erforderlich. Kost und Logis inbegriffen.

Willkommen bei Londons führendem Spielwarenhändler
Papa Jacks Emporium
Iron Duke Mews, London W1K

Die Schrift sah merkwürdig aus, als würden die Buchstaben ein paar Millimeter über dem Papier schweben. Wie hatte sie die Anzeige vorher bloß übersehen können?

Sie strich über ihren Bauch und tat, als könnte sie die Tritte, die eines Tages kommen würden, schon spüren. Und auch wenn da im Moment noch nichts war, konnte sie sich immerhin vorstellen, wie es – das Mädchen, der Junge, das formlose Versprechen der kommenden Tage und Jahre –

voll unbändiger Freude in ihrem Inneren Purzelbäume schlug. Wie konnte etwas so Wunderbares eine Schande sein?

Ihr Blick wanderte immer wieder zu dem Stellenangebot zurück, als weigerten sich ihre Augen, woanders hinzuschauen. Eine Idee reifte in ihr. Die Anzeige musste aus einem bestimmten Grund markiert worden sein. Ihr Vater hatte es ganz sicher nicht getan. War es eine Botschaft von Lizzy, die sie davon überzeugen wollte, davonzulaufen?

Ja, dachte sie, *davonlaufen*.

Sie schaute wie gebannt auf die Zeitung, während sich herbstliche Dunkelheit über den Raum legte. Die Zeit schien sich zu verlangsamen. Das Haus kam zur Ruhe. Früher hätte jetzt ihre Mutter an die Tür geklopft und den Kopf ins Zimmer gesteckt, um ihr eine Gute Nacht zu wünschen. Doch auch als nun die Lampe im Flur zischend erlosch, blieb Cathy allein und starrte im silbernen Licht der Sterne weiterhin die Stellenanzeige an.

Keine Erfahrung erforderlich – das schien fast zu gut, um wahr zu sein. Und in London, dachte sie, ja, an einem solchen Ort konnte man verschwinden. Dort verschwanden Menschen jeden Tag.

DAS MÄDCHEN IM SPIELZEUGLADEN

✶ ✶ ✶ ✶ ✶ ✶ ✶ ✶ ✶

Leigh-on-Sea und London

November 1906

Davonlaufen war ganz anders als in Büchern. Niemand versuchte, einen aufzuhalten. Niemand jagte einem hinterher. Was die Leute nicht verstanden, war, dass man wissen musste, wovor man davonlief. Meist floh man nicht vor Müttern, Vätern, Ungeheuern oder Bösewichtern, sondern vor der Stimme im Kopf, die einem sagte: *Bleib, wo du bist. Alles wird wieder gut.*

Diese Stimme hielt Cathy fast die ganze Nacht wach. In der dunkelsten Stunde saß sie am Fenster, hatte eine Hand auf ihren Bauch gelegt und hielt mit der anderen die Zeitung ins Licht der Sterne, das durch das Fenster fiel. »Und, was meinst du? Was sollen wir tun?«, flüsterte sie. »Es geht ja nicht nur um mich, Kleines. Du müsstest mit mir davonlaufen.«

Die Antwort kam in Form einer Flut von Gefühlen, die sie überschwemmten; Liebe, Übelkeit und imaginäre Tritte.

Nachdem sie einen Entschluss gefasst hatte, schlief sie ein und erwachte noch vor dem Morgengrauen. Sie hörte, wie das Haus zum Leben erwachte, das Feuer im Kamin angefacht wurde, beobachtete vom Fenster aus, wie ihr Vater von der Dunkelheit verschluckt wurde. Einige Zeit später sah sie Lizzy zur Schule gehen; nur ein weiterer, ganz normaler Tag unter vielen. Kurz darauf brachte ihr ihre Mutter einen Teller mit Toast, den sie wortlos hinstellte. Die Stimme in Cathys Kopf war da noch immer nicht verstummt. *Bleib, wo du bist*, flüsterte sie. *Alles wird wieder gut.*

Aber nichts würde wieder gut werden. Sie wusste es, mit demselben bangen Gefühl der Unausweichlichkeit, wie sie wusste, dass sie den Toast unweigerlich wieder von sich geben würde. Selbst ihr Magen rebellierte gegen sie.

Es gab nur wenig, was sie mitnehmen konnte: drei saubere Kleider, die sie immer in der Schule getragen hatte, Socken aus der Schublade, die Ausgabe von *Gullivers Reisen*, die ihre Schwester ins Zimmer geschmuggelt hatte. Ansonsten besaß sie nur ein paar Pennys, die sie für Weihnachtsgeschenke gespart hatte, aber sie nahm sie trotzdem mit.

Sie wollte sich nicht von ihrem Zimmer verabschieden – das würde nur Tränen geben, und Tränen würden sie hier festhalten –, und so verließ sie es ohne einen letzten Blick zurück. Auf dem Treppenabsatz blieb sie stehen. Unten klapperte ihre Mutter mit Eimern, Töpfen und Pfannen.

Am Fuß der Treppe blieb Cathy erneut stehen, aber nicht, weil ihr Zweifel kamen, sondern weil sie erkannte, dass der Ort, an dem sie aufgewachsen war, sich gestritten, geweint und in den Armen ihrer Mutter Trost gesucht hatte, nicht mehr ihr gehörte. Er hatte sich unwiderruflich verändert – und so trat sie, ohne einen Anflug von Bedauern, in die belebende Novemberluft hinaus.

Danach brauchte sie nur noch weiterzugehen.

Der Bahnhof lag am Meer, nicht weit vom Ufer entfernt. Die Leute, denen sie auf dem Weg dorthin begegnete, sahen nur eine unschuldig lächelnde Cathy Wray. Und falls jemandem auffiel, dass sie ständig über ihre Schulter blickte, aus Angst, einen Fischer zu treffen, der ihren Vater kannte, so hielt er sie zumindest nicht auf. Und als sie schließlich mit der Fahrkarte in der Hand am Bahnsteig stand, begriff sie, warum: Der Welt war es egal, ob eine Tochter mehr oder weniger von zu Hause weglief. Sie hatte diese Geschichte schon zu oft erlebt.

Cathy bestieg den Zug, und nachdem er losgefahren war, beobachtete sie, wie die Küste an ihr vorbeizog. Es war nicht ihre erste Zugfahrt, aber sie hatte sich dabei noch nie so frei gefühlt. Gab es ein Wort dafür, wenn man etwas Falsches tat, das sich gleichzeitig so schrecklich *richtig* anfühlte? Wenn nicht, musste sie eins erfinden, ein Wort, das nur ihr und ihrem Kind gehörte. Sie presste das Gesicht an die Scheibe, während die Landschaft an ihr vorbeiflog. London schlich sich fast unbemerkt an, die Vororte schienen sich unvermittelt zu einer Großstadt verdichtet zu haben, als sie gerade nicht hingeschaut hatte. Im einen Moment war sie noch durch das schattenhafte Upminster gefahren, da tauchte bereits der Bahnsteig von Stepney East auf. Als sie schließlich ausstieg und sich die anderen Passagiere in alle Himmelsrichtungen zerstreuten, hatte sie das Hochgefühl ihrer Flucht schon fast wieder vergessen. Dennoch war es eine Erleichterung, nach den sechs Wochen der strengen Blicke wieder ein Niemand zu sein.

Sie war vorher nur einmal in London gewesen, aber das war lange her, und alles, woran sie sich erinnern konnte, waren eine Imbissstube, eine karierte Tischdecke, Würstchen, Pommes frites und Eiscreme. Ein Festmahl, falls es je eins gegeben hatte. Jetzt fand sie sich auf einer Treppe wieder, die in eine Stadt führte, von der sie sich hoffnungslos überfordert fühlte. Ein von Pferden gezogener Omnibus stand vor dem Bahnhof, auf dem Gehsteig drängten sich Büroangestellte. Am besten, sie senkte den Blick und marschierte einfach los, obwohl sie nur eine vage Vorstellung hatte, welche Richtung sie einschlagen musste. Instinktiv nahm sie den Weg zur Straßenbahn und sah zu, wie eine, zwei, drei an ihr vorbeirollten. Erst bei der vierten nahm sie all ihren Mut zusammen und fragte den Fahrer nach Iron Duke Mews. Das sei im Westen, erklärte er, und sagte ihr, sie könne einsteigen.

Kurze Zeit später setzte er sie an der nächsten Haltestelle ab. Die Regent Street war schwindelerregend, kein Ort für ein Mädchen, dessen Übelkeit von Minute zu Minute schlimmer wurde; sie konnte nur weitergehen und darauf vertrauen, dass sie am Ende des Weges ihr Ziel finden würde.

Wie sich herausstellte, war Iron Duke Mews gar nicht weit entfernt, obwohl sie Stunden brauchte und mehr als einmal kehrtmachen musste, um es zu finden. Sie war schon drei Mal an der überwältigenden Pracht des Claridge Hotel vorbeigekommen, als sie ein paar Kinder bemerkte, die ihre Nanny traktierten. Die Nanny warf ihr einen gehetzten Blick zu, doch ein Lächeln umspielte ihre Lippen. Bald fielen Cathy noch weitere Menschen auf: ein Junge, der seinen Vater an der Hand hinter sich herzog; ein vornehmes Paar, das alle Mühe hatte, seine drei wilden Töchter zu bändigen. Und alle gingen in dieselbe Richtung. Aber erst, als ihr andere entgegenkamen, wusste sie, dass sie auf dem richtigen Weg war. Aus einer Gasse kam eine Großmutter, die wie für die Oper gekleidet war, mit ihrem Enkel, der einen kleinen Holzschlitten in den Händen hielt, vor den winzige wollige Hunde gespannt waren. Es sah aus, als würden sie über seine Handflächen krabbeln, während der Schlitten dahinter in der Luft schwebte.

Vor ihr lag Iron Duke Mews – und ganz am Ende davon, in einem Kaleidoskop aus Lichtern, erblickte sie zum ersten Mal Papa Jacks Emporium.

Es war ein Gebäude mit symmetrischer Fassade, die das Ende der Sackgasse dominierte; Papa Jacks Emporium, so schien es ihr, war ein Ort, den man gezielt aufsuchte, und nicht etwas, auf das man rein zufällig stieß. Der Eingang bestand aus einem gotischen Torbogen, um den herum blutrote, herzförmige Blätter wuchsen. Auf beiden Seiten des Tors verbargen Milchglasfenster den Farbenrausch im Inneren vor neugierigen Blicken. Das Gebäude war mit Lichtflecken übersät, die aussahen wie feurige Schneeflocken. Cathy hatte noch nie einen so wirkungsvollen Einsatz von Elektrizität erlebt und hätte nie gedacht, dass sie einen so faszinierenden, bezaubernden Effekt haben könnte. Auch der Geruch von Lebkuchen und Zimt lockte sie herbei, entführte sie aus dieser Novembernacht und ließ sie an einen Weihnachtstag denken, der zehn Jahre zurücklag.

Sie bestaunte immer noch die Fassade, als eine Familie mit einem Ballon in Form eines Luftschiffs aus dem Geschäft kam. Er war etwa so lang wie ein Motorrad und schwebte auf Kopfhöhe neben ihnen her; in der Gondel darunter schauten sich zwei Kleinkinder mit offenem Mund um. Eines von ihnen sah Cathy im Vorbeifliegen an.

»Ich muss mit dir reden, Kleines«, flüsterte sie, die Hand auf ihren Bauch gelegt. »Wenn ich nicht mit irgendjemandem rede, verliere ich den Verstand, und außer dir habe ich ja niemanden. Also ... was hältst du davon?«

Das Baby dachte: *Zimt! Lebkuchen!* Und fragte: *Wo schlafen wir heute Nacht, Mama?*

Der Eingang zu Papa Jacks Emporium war schmal; sie trat durch einen Vorhang aus dunkelblauen Quasten in die prickelnde Wärme der Verkaufshalle. Sie war weit größer, als sie von außen gewirkt hatte – unmöglich groß, wie

Cathy vielleicht bemerkt hätte, wenn sie nicht so sehr damit beschäftigt gewesen wäre, sich ihre Aufregung nicht anmerken zu lassen. Ihr Blick wurde sofort von den Girlanden aus Stoff und Spitze angezogen, die die gewölbte Decke zierten. Eine Schaufensterpuppe im Holzfällerkostüm verbeugte sich theatralisch vor ihr. In einer pyramidenförmigen Vitrine drehten sich Porzellanballerinen auf Zehenspitzen, um sich ihr von ihrer besten Seite zu präsentieren.

In den Gängen tobte das Leben. Fast wäre sie über eine vorbeituckernde Dampflokomotive gestolpert. Als sie auswich, kamen aus der entgegengesetzten Richtung Holzpferde mit eckigen Bewegungen auf sie zugaloppiert, deren Kosakenreiter die Arme hoben, als wollten sie der Lok drohen.

Der nächste Gang war von belagerten Burgen gesäumt. Einige der Belagerungstürme standen auf der Stelle, andere erwachten beim Geräusch ihrer Schritte zum Leben. Ritter wagten den Ausfall, Lanzenträger verteidigten sich gegen eine Horde barbarischer Krieger, die aus einer skandinavischen Saga entlehnt zu sein schienen.

Um die Ecke eines der Regale, an dem mehrere Lenkballons angebunden waren, hatte sich vor einer Theke eine Schlange gebildet. Cathy stellte sich an und wartete, während die Kunden vor ihr sich von geübten Händen Mammuts einpacken oder Piratengaleonen zusammenbauen ließen. Schließlich war sie an der Reihe. Hinter der Kasse bemühte sich ein Junge, der kaum älter aussah als sie, den Deckel einer Schachtel mit der Aufschrift EMPORIUM-FERTIGBÄUME zuzudrücken und sich gleichzeitig um die Brummkreisel zu kümmern, die auf dem Regal hinter ihm eine Symphonie spielten.

»Bin gleich bei Ihnen«, sagte er. Er war gutaussehend, hatte azurblaue Augen, wirres schwarzes Haar, das ihm bis auf die Schultern reichte, und buschige Augenbrauen. Sein Gesicht war noch etwas pausbäckig, und der Versuch, sich einen Kinnbart wachsen zu lassen, hatte lediglich in Flaum geendet.

»Verzeihen Sie, aber ich bin wegen der Stelle hier«, sagte Cathy.

Die azurblauen Augen des Jungen hatten sich zu Spalten verengt, die noch schmaler wurden, als er Cathy die Zeitung mit der Anzeige aus der Hand nahm. »Woher haben Sie die?«

Während Cathy noch nach einer Erklärung suchte, blätterte der Junge bereits hektisch in der Zeitung, dass die Seiten nur so flogen, bis er die Titelseite gefunden hatte. »Leigh-on-Sea? Natürlich, von dort beziehen wir unsere Muscheln, aber … Hören Sie«, sagte er, verstummte kurz und fuhr dann fort: »Sie haben uns in einem ungünstigen Moment erwischt. Heute Morgen gab es den ersten Winterfrost, wie Sie vermutlich bemerkt haben. *Große Eröffnungsfeier!* Das bedeutet Chaos, Plünderung, Ausnahmezustand! Wenn Sie *so* dringend eine Stelle brauchen, warum sind Sie dann nicht früher …« Der Junge schien einen inneren Kampf mit sich auszufechten. Welche Seite gewann, konnte Cathy nicht sagen. Er trat einen Schritt zurück, zog an einem Hebel, und die Theke teilte sich ächzend. Die einzelnen Bretter ihrer Verkleidung drehten sich nach außen und bildeten, den Befehlen von verborgenen Zahnrädern und Getrieben gehorchend, für den Bruchteil einer Sekunde das Bild eines perfekten Eiskristalls, das sich gleich wieder auflöste und den Weg freigab. »Bleiben Sie in meiner Nähe. Sonst kann es sein, dass ich Sie nicht wiederfinde.«

»Wie bitte?«

»Na, Sie wollen doch die Stelle, oder? Dann müssen Sie auch zum Vorstellungsgespräch. Er ist da, wo er immer ist: in der Werkstatt. Wenn Sie mir bitte folgen würden.«

Cathy beobachtete, wie er durch eine Tür verschwand, und presste sich die Hand auf den Bauch. »Tut mir leid, Kleines. Aber jetzt ist es nicht mehr weit.«

Hinter der Tür führte eine Wendeltreppe zu den oberen Stockwerken hinauf. Als Cathy sie erreichte, hatte der Junge schon die unterste Kurve genommen. Hastig folgte sie ihm.

Im ersten Stock führte er sie über eine Galerie mit Blick auf die geschäftige Verkaufshalle, dann durch eine Tür und einen Korridor mit Lagerräumen zu beiden Seiten zu einer weiteren Treppe. Eine Galerie folgte der nächsten – und dann, obwohl Cathy hätte schwören können, dass sie noch gar nicht so viele Treppen hinaufgestiegen waren, betraten sie einen Balkon ganz oben in der Kuppel. Das Emporium musste in die benachbarten Geschäfte hineingewuchert sein, aber vielleicht war das auch nur eine optische Täuschung – denn von hier oben kam es Cathy so vor, als wäre das Geschäft so groß wie die St.-Pauls-Kathedrale.

Der junge Mann erwartete sie vor einer schweren Eichentür mit Nieten aus grauschwarzem Stahl. Er hatte schon angeklopft, als Cathy ihn keuchend einholte. Die Wände waren mit Haken gespickt, an denen Hunderte unfertige Spielzeuge hingen. Ein entwurzelter Springteufel, seiner Schachtel beraubt, starrte sie mit toten Augen an.

Jemand hinter der Tür befahl dem Jungen, der Cathy einen fast entschuldigenden Blick zuwarf, einzutreten. Er öffnete die Tür und ging hinein. Cathy lugte vom Gang aus ins Innere des Raumes. Die Werkstatt wurde vom Orangerot eines Kaminfeuers erhellt, und an den Wänden standen Regale und Aquarien, aus denen die Spielzeuge vergangener Winter blickten.

Nervös wartete sie; die Schritte des Jungen waren das Einzige, das die Stille durchbrach. Schließlich blieb er stehen. Sie hörte etwas, das klang, als würde eine Zeitung hingeworfen, und der Junge sagte: »Ich wusste gar nicht, dass die immer noch erscheinen.«

Eine barsche Stimme, träge wie die eines Bären kurz nach dem Winterschlaf, antwortete: »Sie erscheinen immer dann, wenn wir sie brauchen, Emil. Das weißt du doch. Oder glaubst du etwa, wir können keine Hilfe gebrauchen?«

»Wir können immer Hilfe gebrauchen.«

»Dann ruf sie herein. Wollen wir doch mal sehen, ob sie aus Emporiumsholz geschnitzt ist.«

Gleich darauf tauchte der Junge, der anscheinend Emil hieß, wieder auf. In seinem Blick lag etwas, das entweder Verzweiflung oder Gereiztheit war. »Es tut mir leid, aber ich werde unten gebraucht. Es ist ja nicht so, als würde Kaspar ans Ruder eilen, wenn die Flut kommt. Nein, der zieht sich vornehm in seinen Elfenbeinturm zurück und kommandiert alle herum – und das am Eröffnungsabend!« Er fuhr sich durch die Haare, die struppig waren wie Dornensträucher. »Ich heiße übrigens Emil.«

Er verharrte vor ihr, sodass ihr keine andere Wahl blieb als zu sagen: »Und ich bin ... Cathy.«

Er legte ihr eine schwere Pranke auf die Schulter. »Viel Glück, Cathy. Und glaub mir, er ist nicht so furchterregend, wie er klingt. Er ist nur ... mein Vater.«

Cathy trat über die Schwelle, ließ den Blick über die Blasebälge und Werkzeuge schweifen und betrachtete die Stoffbahnen, die über den Deckenbalken hingen wie die zum Trocknen aufgehängten Kräuter beim Apotheker. Erst jetzt, als sie durch Holzspäne und Filzfetzen watete und dabei aus Versehen eine Familie von Aufziehmäusen in Panik versetzte, fragte sie sich, ob sie das Richtige getan hatte. Davonlaufen war einfach. Aber jemand, der davonlief, musste auch irgendwo *ankommen*, was ihr im Moment so gut wie unmöglich erschien.

Die Werkstatt war ein schmaler, lang gezogener Raum mit runden Ausbuchtungen an beiden Seiten, die ihm das Aussehen eines Stundenglases verliehen. Hinten an der Wand saß ein Mann auf einem Stuhl, dessen Armlehnen abgesägt worden waren, damit er darauf Platz hatte – er war ein Berg von einem Mann. Sein kantiges Gesicht, das von weißen und grauen Locken eingerahmt wurde, glich einer Landkarte aus Falten und Runzeln. An seinen Augen erkannte man ihn untrüglich als Emils Vater. Sie waren mit dem Alter verblasst, aber selbst aus dieser Entfernung konnte Cathy sehen, dass sie früher ebenso leuchtend blau gewesen sein mussten wie Emils. Alles in allem wirkte er eher wie ein Großvater, weniger wie ein Vater. Alt genug war er jedenfalls – oder sah zumindest so aus. Das Einzige an ihm, das von Jugend zeugte, waren seine Hände. Geschickt nähte er gerade rubinrote Federn an etwas, was Cathy im ersten Moment für einen Vogelkadaver hielt, sich jedoch bei näherem Hinsehen als Spielzeug entpuppte, dessen übriger sackleinener Körper bereits von einem dichten Federkleid bedeckt war.

Je näher sie ihm kam, desto nervöser wurde sie. Mit einem Mal kam ihr die Werkstatt unnatürlich lang vor: Der Spielzeugmacher am anderen Ende schrumpfte in immer weitere Ferne. Sie hatte den zweiten Kamin erreicht, als sich etwas auf den Holzdielen regte. Ein Gestell aus Zweigen und Draht mit Innereien aus Nockenwellen und hölzernen Kolben erhob sich mit ruckartigen Bewegungen. Die eine Hälfte des Körpers war schon mit fellbesetztem Musselin überzogen, sodass Cathy erkennen konnte, dass es sich um einen Hirsch handelte; doch unvollständig, wie er war, kam er nicht auf die Beine. Er wandte ihr sein augenloses Gesicht zu wie ein blindes Fohlen auf der Suche nach seiner Mutter.

Endlich stand sie vor dem Spielzeugmacher.

»Bitte entschuldigen Sie, Sir, dass ich Sie am Eröffnungstag störe. Es tut mir leid, dass ich so spät komme. Ich wollte wirklich nicht ...«

Der Mann schüttelte den Kopf. »Es ist nie zu spät.« Seine Stimme war geisterhaft leise, wie fallender Schnee, und seine Augen waren schmal geworden, als enthielten seine Worte noch eine zweite, verborgene Bedeutung. »Hat Emil Ihnen schon die Fragen gestellt?«

»Welche Fragen?«

Irritiert deutete der Mann auf die Zeitung, die vor seinen Füßen auf dem Boden lag. »Die in der Stellenanzeige.« Er sagte sie noch einmal langsam auf, und sein Bart bewegte sich im Rhythmus seiner Worte. »Fühlen Sie sich verloren? Ängstlich?« Er fixierte sie, als könnte er in ihrem Schweigen die Antwort lesen. »Sind Sie im Herzen ein Kind geblieben?«

»Ja«, hörte Cathy sich sagen und widerstand der Versuchung, ihm ihrerseits eine Frage zu stellen.

»Das genügt mir. Ich habe ein Ohr für Lügen. Wissen Sie noch, als Sie noch klein waren, haben Sie genau gewusst, ob Ihre Mama oder Ihr Papa Sie anschwindelt? Etwas in ihrer Stimme hat sie jedes Mal verraten. Tja, ich habe es nicht verlernt.« Der Mann erhob sich von seinem Stuhl, und es war, als würde ein umgestürzter Baum wieder auf seine Wurzeln gestellt. Er legte eine Hand auf seinen Rücken und reichte Cathy die andere. »Mein Name ist Jekabs. Aber Sie können mich ... Papa Jack nennen.« Seine Finger waren nicht knotig, wie sie erwartet hatte, sondern glatt und weich – wie die eines Künstlers oder eines Kindes.

»Jemand muss Ihnen Ihr Zimmer zeigen. Darf ich?«

Auf der Drehbank stand eine kleine Glocke, die er mit seiner übergroßen Hand anhob und schüttelte. Ihr Klingeln hallte im ganzen Raum wider. Auf den Balken über ihren Köpfen fingen die Pfeifenreinigervögel an zu zwitschern.

»Mein Zimmer?«

»Kost und Logis inbegriffen, schon vergessen?«

»Sie meinen, ich bekomme die Stelle?«

»Heute ist der Tag des ersten Winterfrosts. Wir schicken niemanden fort, nicht am Tag des ersten Frosts.«

Mit diesen Worten ließ sich Papa Jack zurück auf den Stuhl sinken. Gleich darauf lag der Phönix wieder auf seinem Schoß, und seine Finger pflanzten tänzelnd neue purpur-, zinnober- und weinrote Federn in das Sackleinen.

»Komm mit mir, Liebes.«

Cathy drehte sich um. Von Papa Jacks Glocke herbeigerufen, stand eine Frau in der Werkstatttür; Cathy ging auf sie zu, wobei sie darauf achtete, nicht auf die Aufziehmäuse zu treten, die immer noch um sie herumschwirrten. Auf halbem Weg wagte sie es, sich noch einmal umzudrehen.

»Sir«, brachte sie heraus, »wollen Sie denn gar nicht wissen, wie ich heiße?«

Papa Jack sah auf; die weißen Locken fielen ihm in die Stirn wie eine Lawine, was ihr vorher gar nicht aufgefallen war. Sein Blick war in die Ferne gerichtet wie der eines Fischers, der in Kriegen in weit entfernten Ländern gekämpft hatte, nach Hause zurückgekehrt war und jetzt nur noch fischen wollte. Wortlos öffnete er die Hände, und der Phönix schwang sich in die Lüfte.

Die Frau, die an der Tür auf sie wartete, war nicht so alt, wie Cathy zunächst vermutet hatte, vielleicht war sie sogar jünger als ihre Mutter, ihre Miene jedoch war genauso streng. Ihr Hauskleid war aus schlichter, gestärkter Baumwolle, darüber trug sie eine Kittelschürze. »Darf ich dir die Tasche abnehmen?«, fragte sie.

»Wenn es Ihnen nichts ausmacht, trage ich sie lieber selbst.«

Die Frau führte sie durch den Flur zurück zu den Galerien über der Verkaufshalle.

»Der gnädige Herr mag deinen Namen nicht wissen wollen, aber ich schon.«

»Ich heiße ... Cathy«, erwiderte sie.

»Und du bist wegen einer dieser Anzeigen hier?«

»Ja.«

»Ich ebenfalls, aber das ist schon zwölf Jahre her, als die Jungs noch klein waren. Nenn mich Mrs Hornung. Mein Vorname ist Eva.«

Sie gingen durch einen verwinkelten Dienstbotenflur bis zum Fuß einer krummen Dienstbotentreppe. Auf dem Weg summte Mrs Hornung leise vor sich hin.

Die Treppe war steil, die Stufen schief, aber an ihrem oberen Ende konnte man Licht ausmachen. Auf dem Treppenabsatz war kaum genug Platz für zwei. Die Türen zu beiden Seiten standen offen. Hinter einer davon lag ein einfaches Badezimmer mit einer Toilette und einer Wanne. Cathy wollte schon durch die andere treten, als Mrs Hornung ihre Hand berührte und dabei flüsterte: »Bist du dir auch ganz sicher, Kind?«

Die Frage traf sie unvorbereitet.

»Es ist noch nicht zu spät, dorthin zurückzukehren ... wo auch immer du herkommst. Du könntest dir irgendeine Geschichte ausdenken. Wer auch immer zu Hause auf dich wartet, würde es bestimmt verstehen.«

Cathy erstarrte. »Ich weiß nicht, wovon Sie sprechen. Hier sind doch noch viele andere, oder? Ich kann genauso hart arbeiten wie sie.«

Einen Augenblick lang sah Mrs Hornung sie merkwürdig an, dann straffte sich ihre Haltung, als würde sie sich einem stummen Befehl fügen. »Melde dich morgen früh bei Sonnenaufgang bei Sally-Anne. Sie arbeitet schon seit mehr Wintern im Emporium, als zu erwähnen schicklich wäre. Sie wird dir alles zeigen. Ruh dich gut aus, Cathy. Du hast viel zu lernen.«

Erst als Mrs Hornung gegangen war, begann sich Cathys Herzschlag wieder zu beruhigen, und sie fragte sich, ob das andere Herz in ihrem Körper ebenso schnell klopfte wie ihr eigenes. Rasch verschloss sie die Tür und tastete nach dem Riegel. Erst als sie sich sicher eingeschlossen wusste, schaute sie sich im Raum um. In der Ecke, wo die Dachschräge in die Mauer überging, stand ein Bett, ansonsten war das Zimmer leer. Ein gotisches Spitzbogenfenster gab den Blick frei auf Straßenlaternen und schwarze Dächer; in der Ferne, am anderen Ende der Stadt, stand ein Halbmond im Nachthimmel zwischen zwei Türmen.

»Hörst du noch zu?«, flüsterte sie, legte sich die Hand auf den Bauch und trat ans Fenster. Es war seltsam, nicht mehr das Meer riechen zu können. »Wie schlimm kann es hier schon sein? Wir hätten auch bei einer Diebesbande landen können. Sie hätten uns schon längst umbringen können, wenn sie gewollt hätten. Es gibt keinen Grund, warum sie damit warten sollten, bis es Nacht ist. Es gibt keinen Grund, warum sie ins Zimmer schleichen sollten, um uns mit einem Kissen zu ersticken ...« Sie sah sich um, bis ihr Blick an der Tür hängen blieb. »Überhaupt keinen Grund.«

Sie schob das Bett vor die Tür, aber dadurch wurden Spalten zwischen den Bodendielen sichtbar, die die pechschwarze Leere darunter enthüllten. Also rückte sie das Bett wieder zurück an seinen Platz. Es war besser, sich vor dem Bekannten zu fürchten als vor dem Unbekannten. Sie legte sich aufs Bett und schloss die Augen. Sie sah Lizzy vor sich, die von ihrem Vater einem strengen Verhör unterzogen wurde, sie sah ihre Mutter, die zu Daniels Familie eilte und darauf bestand, das Haus bis auf den letzten Winkel zu durchsuchen.

»Wie lange noch, bis sie die Polizei rufen?«, flüsterte sie. Das Baby zuckte, und Cathy meinte zu wissen, was es ihr damit sagen wollte: Sie würden die Polizei nicht rufen, nie;

die Schande wäre einfach zu groß.« »Bleiben nur noch du und ich. Sollen sie doch zum Teufel gehen«, murmelte sie. »Denen wäre es lieber, wenn es dich gar nicht gäbe.«

Da solche Gedanken dazu angetan waren, Selbstgerechtigkeit in Selbstmitleid umschlagen zu lassen, versuchte sie, sich abzulenken, indem sie dem Kind all die Dinge zuflüsterte, die sie in ihrem neuen Zuhause unternehmen würden. Als sie heute Nachmittag geflüchtet war, hatte sie keinen Gedanken daran verschwendet, aber jetzt wurde es ihr erschreckend klar: Es ging hier nicht nur um eine Woche, einen Monat oder ein Jahr, sondern um ein ganz neues Leben. »Vielleicht bleiben wir für immer hier. Gibt es einen besseren Ort, um ein Kind großzuziehen, als einen Spielzeugladen? Du hättest hier alles, was du brauchst ...«

Nachdem sie ihre wenigen Habseligkeiten ausgepackt hatte, kletterte sie auf die Fensterbank und warf einen Blick nach draußen. Was für eine seltsame, Furcht einflößende Sache das Leben doch war! Stunden später saß sie noch immer dort und sah dabei zu, wie die letzten Kunden in die Winterkälte hinausströmten. Ein Hirsch aus Sackleinen und Filz, unverkennbar ein Verwandter der halbfertigen Kreatur aus Papa Jacks Werkstatt, trottete hinter ihnen her, bis ein paar Verkäufer ihn wieder einfingen und ins Emporium zurückbrachten.

Cathy schlang die Arme um ihren Bauch. »Komisch, wir sind nur eine Stunde entfernt.« Und doch war es eine andere Welt. »Nicht gerade das, was man unter einem Zuhause versteht, nicht wahr, Kleines?«

Nein, es fühlte sich kein bisschen an wie ein Zuhause – aber als sie sich später mit Wiegenliedern in den Schlaf zu singen versuchte, meldete sich wieder und wieder ein Gedanke, als sei er fest entschlossen, sich Gehör zu verschaffen: Ob Papa Jacks Emporium sich nun so anfühlte oder nicht, es würde fürs Erste ihr Zuhause sein müssen.

PAPIERWÄLDER

* * * * * * * *

Papa Jacks Emporium

Dezember 1906

Es gibt Hunderte verschiedener Uhren im Emporium. Einige sind im Einklang mit der Londoner Zeit, andere zeigen die Stunde jenes fernen Küstenstreifens an, den die Godman-Brüder früher ihre Heimat nannten. Wieder andere messen die Zeit auf eine sprunghafte, unberechenbare Weise: Eine zählt jede dritte Sekunde rückwärts, um die Zeit zwischen den ungeliebten Pflichten zu verlängern; eine andere dehnt die Abendstunden aus, um das Schlafengehen hinauszuzögern. Sie alle messen die Zeit, so wie Kinder es tun – etwas, das die Erwachsenen verlernt haben. Nur Kinder wissen, warum der eine Tag eine Ewigkeit dauern kann, während der andere in einem Wimpernschlag vergeht.

Ja, in Papa Jacks Emporium ticken die Uhren anders. Ganz egal, ob man tagsüber kommt oder abends, hier findet man einen Ort, der ganz nach seinem eigenen Rhythmus lebt, und wer genau hinhört, kann ihn vielleicht sogar hören ...

Emil Godman war schon seit dem baltischen Tagesanbruch auf den Beinen, so hatte es sein Vater sein Leben lang gehalten, und Emil wünschte sich nichts sehnlicher, als seinen Vater zu beeindrucken. Deshalb war er schon vor drei Stunden aufgestanden, als die Sonne noch weit entfernt war von Iron Duke Mews und gerade erst die eisigen Länder des Ostens in ihr bleiches Winterlicht tauchte, um in seiner Werkstatt zu arbeiten, einer kleineren Ausgabe der Werkstatt seines Vaters. Die Werkbänke waren mit mehr oder minder fertigen Holzsoldaten übersät. Emil schlenderte von einem zum anderen, ließ hier und dort die Finger über unvollendete Gesichter oder Holzquader gleiten, die auf die Drehbank warteten. Den Geschäftsbüchern zufolge hatten seit der Eröffnung vor zwei Wochen schon ganze drei Legionen das Emporium verlassen; Regale, die über achtzehntausend Mann gefasst hatten, waren leer geräumt, was ihm eins der größten Hochgefühle seines Lebens verschaffte. Die meisten hatte er im Sommer selbst hergestellt, die übrigen die Handwerker im letzten Winter, aber die Entwürfe stammten alle von Emil. Er setzte sich auf einen Stuhl, krempelte die Ärmel bis über die kräftigen Unterarme hoch und machte sich ans Werk. Die Herstellung und Bemalung der einfachen Infanteristen und Kavalleristen überließ er den Handwerkern, die wertvolleren Figuren übernahm er selbst.

Emil arbeitete fast wie in Trance, unter seinen Händen entstanden immer wieder Gesichter, die ihn später selbst überraschten, wenn er die Soldaten zum Trocknen aufstellte. Der erste Soldat hatte eine noble Haltung; der zweite sah aus, als hätte er schon zu viele Kriege erlebt; der dritte trug die Narben früherer Schlachten, und sein Gesichtsausdruck verriet seinen innigsten Wunsch: zur Liebe seines Lebens zurückzukehren, die zu Hause auf ihn wartete. So vergingen eine, zwei und schließlich drei Stunden. Seine

Werkstatt hatte keine Fenster, doch er hörte am Klopfen der Rohre und am Echo ferner Schritte, dass auch die anderen Mitarbeiter mittlerweile auf den Beinen waren und das Geschäft auf den täglichen Ansturm vorbereiteten.

Das hieß, dass Emil mit diesem Soldaten sein morgendliches Werk abschließen musste. Er bemalte und glasierte das Gesicht, tauchte seine Beine in Lack, um ihm grün glänzende, hohe Stiefel zu verleihen, und verzierte ihn mit winzigen Blechmedaillen und einer scharlachroten Schärpe. Doch erst als er den Soldaten zu den anderen stellte, erkannte er, was er da vor sich hatte – eine Figur mit einer solchen Ausstrahlung hatte er noch nie zuvor erschaffen. Dieser Soldat hatte unzählige Schlachten geschlagen, hatte Sieg wie Niederlage kennengelernt und trug sie beide, wie die Narbe über seinem linken Auge, die ihm ein Säbel beigebracht hatte, mit derselben stillen Würde. Er war außergewöhnlich, entschied Emil; jeder Junge wäre stolz, ihn in seiner Sammlung zu haben.

Er spürte ein Prickeln am ganzen Körper, ein Gefühl, das er seit Monaten nicht mehr empfunden hatte. Er würde die Handwerker anweisen, die Figur in Serie zu produzieren. Ihre Kopien mochten unvollkommen sein, doch es wären immer noch Spielzeuge, die die Kunden begeistern würden. Er dachte an eine Geschichte, die sein Vater ihm einmal erzählt hatte, und beschloss, diesem Soldaten einen Rang zu verleihen, den er bisher noch nie verliehen hatte: Kaiserlicher Rittmeister.

Als die große Glocke in der Kuppel des Emporiums läutete, verließen die Angestellten rasch ihre Quartiere, und auch Emil eilte aus der Werkstatt in die Verkaufshalle. Nachts, wenn alles schlief, gestaltete die Nachtschicht die Auslagen neu, eine Aufgabe, um die sie viele beneideten: Sie kam erst nach Einbruch der Dunkelheit und vollbrachte kleine Wunder in den Galerien und auf den Gängen. An diesem Morgen ringelte sich ein chinesischer Drache quer durch das Geschäft. Das Atrium im Herzen des Emporiums hatte sich in den Bau zweier riesiger Schwarzbären verwandelt.

Das Geschäft würde zwar erst in zwei Stunden öffnen, aber die Tagesschicht war schon fleißig bei der Arbeit. Emil ging von einem Angestellten zum nächsten, begierig, allen den Kaiserlichen Rittmeister zu zeigen. Doch die meisten waren zu beschäftigt. Kesey und Dunmore, die zunächst als staunende Kunden ins Emporium gekommen waren und sich, als sie die Volljährigkeit erreicht hatten, sofort hatten einstellen lassen, trieben eine Herde kufenloser Schaukelpferde, die direkt aus der sibirischen Steppe zu kommen schienen, in einen Pferch. Sally-Anne stockte die Prinzessinnen-Abteilung auf, die von der gestrigen Kundenflut dezimiert worden war, während John Horwood, der Hausmeister, Schäden an den Holzdielen reparierte, die von einer nachgestellten Schlacht stammten. Selbst das neue Mädchen, das am Tag der Eröffnung aufgetaucht war und seitdem kaum ein Wort gesagt hatte, zog einen vor Neuware überquellenden Schlitten aus dem Lager.

Emil betastete den Kaiserlichen Rittmeister in seiner Tasche. Er erkannte, dass es eigentlich nur einen Menschen gab, dem er ihn wirklich zeigen wollte, und dieser Mensch hatte sich anscheinend noch nicht dazu bequemt, aufzustehen.

Kaspar.

Emil nahm die Abkürzung zur Wohnung der Godmans im Dachgeschoss des Emporiums. Mrs Hornung servierte Papa Jack gerade Stockfisch zum Frühstück, doch Emils Bruder Kaspar war nirgends zu sehen. Sein Bett sah aus, als hätte er seit Tagen nicht mehr darin geschlafen. Kaspars Notizbuch lag aufgeschlagen neben seinem Bett, doch

Emil hatte genug Stolz, um keinen Blick hineinzuwerfen; die hastig hingekritzelten Entwürfe darin gehörten allein Kaspar, und Emil hatte nicht vor, ihn zu hintergehen. Wenn das Emporium eines Tages ihm zufiele, sollte es aufgrund eines fairen Sieges sein.

Es gab nur noch einen Ort, wo sein Bruder sich aufhalten konnte – und tatsächlich, er war in seiner Werkstatt unter dem Dach. Der Boden war mit unzähligen Überresten gescheiterter Experimente übersät. Eine chaotische Werkstatt ließ auf einen chaotischen Geist schließen, wie Emil wusste. Er gestattete sich ein kleines Lächeln.

Kaspar stand in einer der Ausbuchtungen des sanduhrförmigen Raums vor einem Kamin, in dem jedoch kein Feuer brannte. Er war ein Jahr älter als Emil und hatte den Babyspeck schon verloren, den abzulegen sich Emils Körper hartnäckig weigerte. Er beugte sich mit demselben Feuereifer über den Arbeitstisch, mit dem Emil an seinen Soldaten gearbeitet hatte. Er hatte sich seine spektakuläre Mähne aus dem Gesicht gekämmt, sodass sie Augen enthüllte, die noch strahlender waren als Emils, und eine Nase, die auch einem römischen Legionär gut zu Gesicht gestanden hätte. Verstimmt bemerkte Emil, dass Kaspars Züge denen des Kaiserlichen Rittmeisters fast bis aufs Haar glichen, was ihm einen empfindlichen Dämpfer versetzte.

Egal. »Kaspar«, rief er. »Ich habe hier etwas ... Warte, bis du das hier ...«

»Einen Augenblick, kleiner Bruder. Zuerst will ich *dir* etwas zeigen.«

Vor Kaspar stand ein Glas auf dem Tisch, das mit eingeritzten Zeichen und Hieroglyphen verziert war. Er nahm eine kleine Kerze vom Kaminsims, zündete sie an, stellte sie in das Glas, schraubte einen Deckel darauf – und lehnte sich zurück, als sich die Werkstatt in ein Theater aus Licht und Schatten verwandelte.

Ein Kaleidoskop aus Tieren und Menschen tanzte über die Wände, drehte sich synchron in einer Art Arabesque. Eine Prinzessin erschien, warf Emil eine Kusshand zu und verschwand in einem Wirbelwind aus tanzenden Mädchen. Eine Armada von Galeonen erschien, dann tauchte ein riesiger Wal auf und verschlang ein Schiff nach dem anderen. Strichmännchen-Matrosen stürzten über Bord und ertranken im Schattenmeer.

»Ein Nachtlicht!«, rief Kaspar. »Für Kinder, die nicht einschlafen können. Stell dir das nur mal vor, Emil: Dein Kindermädchen liest dir irgendeine öde Geschichte vor, wahrscheinlich mit einer hübschen *Moral* am Ende – und erwartet, dass du dich umdrehst und einschläfst. Dann schließt sie die Tür, und – *zack!* – du zündest dein Licht an und ...«

Mehr bekam Emil nicht mit. An der Wand tanzten Elfen im Kreis, bis sie plötzlich von einem gigantischen Feuer speienden Lindwurm verjagt wurden. Ein Ritter kam auf seinem wackeren Streitross angaloppiert und erschlug das grässliche Ungeheuer; im selben Moment entpuppte sich sein Pferd als Pegasus, spreizte die Schwingen und flog davon.

Die Kerze im Glas erlosch flackernd, der Schattenzauber verschwand und ließ nur die nackten Wände zurück – und ein allzu vertrautes, nagendes Gefühl in Emils Magengrube. Er ließ den Kaiserlichen Rittmeister, den er die ganze Zeit in der Hand gehabt hatte, wieder in die Tasche gleiten.

»Und, was wolltest du mir zeigen, kleiner Bruder?«

Kaspar, jetzt sichtlich entspannter, grinste zufrieden.

»Meine Faust, falls du nicht pünktlich in der Verkaufshalle bist. Kaspar, du hattest den ganzen Sommer über Zeit, um herumzuexperimentieren. Es ist nicht fair, dich vor der ganzen harten Arbeit zu drücken ...«

Kaspar hüpfte über den Müll auf dem Werkstattboden

hinweg und legte seinem Bruder einen Arm um die Schulter. »Jetzt sei doch nicht so ein Miesepeter. Glaubst du etwa, in meinem Nachtlicht steckt keine harte Arbeit?«

Emil wollte gerade etwas erwidern, da flog die Tür auf, als hätte ein wütender Schneesturm sie aufgestoßen, und ihr Vater stand auf der Schwelle. Der große Bär musste sich bücken, um die Werkstatt betreten zu können, die für einen Zwölfjährigen entworfen worden war.

»Papa«, rief Kaspar, stets bereit, zum Angriff überzugehen, »darf ich dir ...«

Eine Sekunde später hatte er eine neue Kerze angezündet. Diesmal war das Schattentheater ein anderes. Emil versuchte, sein Staunen zu unterdrücken, als eine Jungfrau in Nöten von einem Wolfsrudel durch einen Wald voll kahler, spinnenartiger Bäume gejagt wurde, ein Wolkenschloss vom Himmel herabschwebte und Meerjungfrauen unter Wasser einen Reigen tanzten.

Die ganze Zeit über schaute Papa Jack mit seinen gletscherblauen Augen zwischen dem Schattentanz und Emil hin und her. Die Vorstellung war noch in vollem Gange, als er mit schweren Schritten durch den Raum schlurfte, Kaspars Platz an der Werkbank einnahm und die Kerze löschte. Gleich darauf hatte er eine Lupe im Auge und bearbeitete das Glas mit einer winzigen Klinge, schabte unendlich feine Partikel weg und ritzte Myriaden haarkleiner Linien hinein.

Als er fertig war, stellte er das Glas ab, zündete eine weitere Kerze darin an und schloss den Deckel.

Ein Feuerwerk explodierte an den Wänden. Wo vorher nur Licht und Schatten gewesen waren, blitzten nun funkelnd bunte Lichtreflexe auf. Die Elfen, die vor dem Drachen flohen, flatterten mit silbernen, aquamarinblauen und goldenen Flügeln davon. Die Schuppen des Drachens waren smaragdgrün, das Fell des Pegasus weiß wie eine vollkommene Perle. Einhörner trabten durch sanft gewellte Hügellandschaften, trutzige Burgen wurden von Dornenranken überwuchert, an denen rubinrote Rosen erblühten und sofort wieder verwelkten. Ein Regenbogen, aus dem ein Goldregen fiel, wölbte sich von einer Wand zur nächsten.

Papa Jack erhob sich. »Ich will, dass ihr euch heute einmal nicht streitet. Wir müssen mit gutem Beispiel vorangehen. Darauf achten die Leute.« Dann drückte er Emil ein Stück Pergament in die Hand und verschwand.

Emil wollte ihm folgen, doch Kaspar blieb wie angewurzelt stehen.

»Deins war auch schon magisch, Kaspar. Ehrlich.«

Magischer als meine Soldaten, dachte Emil, sprach es jedoch nicht aus.

»Wie macht er das nur?«

Wenn ich das wüsste, dachte Emil, *dann würde ich es genauso machen. Und dann würde das Emporium mir gehören...*

Kaspar hob die Hand, als wollte er das Glas zu Boden schleudern – aber irgendetwas, vielleicht ein Gefühl des Staunens, vielleicht sein Ehrgeiz, hielt ihn zurück. »Komm schon, kleiner Bruder«, sagte er, »wir haben jede Menge zu tun.«

Und so begann ein weiterer Tag in Papa Jacks Emporium.

Das Pergament, das Papa Jack ihnen gegeben hatte, enthielt eine Liste von Aufgaben, die nur die Godman-Brüder übernehmen durften. Die Rentiere, die Teil des Eröffnungsspektakels gewesen waren, hatten sich in einen Lagerraum verirrt und grasten auf den dort deponierten Filzballen; ihre Motoren mussten abgeschaltet werden, denn sie fraßen buchstäblich die Profite des letzten Winters auf.

Während sie das erledigten, öffnete das Geschäft, und die ersten Kunden schwärmten in den Laden. Emil und Kaspar gingen ins Atrium, um dort an einem Diorama zu arbeiten.

Eine Stunde später waren sie noch immer auf der Suche nach dem gewissen Etwas, das sich bisher als unerreichbar erwiesen hatte. Während Emil mit der Hintergrundlandschaft aus Pappmaché und Ton beschäftigt war, saß Kaspar zwischen den beiden riesigen Bären und positionierte ihre Zähne neu, um genau das richtige Maß an Angst auszulösen. Schrecken musste immer mit Freude ausgeglichen werden, sonst hatte ein Spielzeug keinerlei Reiz. Die beiden brauchten länger als nötig, weil Kaspar sich ständig aufrichtete und zwischen den Regalen hindurchspähte, um das neue Mädchen zu beobachten, das im Gang mit den Papierbäumen arbeitete. Er konnte den Blick einfach nicht von ihr abwenden. Emil hätte ihn nur zu gern darauf hingewiesen, dass das bei *jedem* neuen Mädchen so war. Es war eine der vielen Eigenschaften seines Bruders, die ihn zur Verzweiflung trieben.

»Sie heißt Cathy. Cathy Wray.«

»Sie hat irgendetwas.« Kaspar steckte den letzten Zahn an seinen Platz – und war selbst von der Wirkung überrascht, denn plötzlich konnte er den feuchten Atem des Bären an seiner Wange spüren, und auch das Grauen, das damit verbunden war. Da wusste er, dass er den richtigen Dreh gefunden hatte; das war genau die Art von Nervenkitzel, die Kinder liebten. »Wie lange ist sie schon hier?«

»Zwei Wochen«, sagte Emil. »Oder schon drei?«

»Und das sagst du mir erst jetzt?«

»Kaspar, ich sage dir gar nichts ...«

Emil folgte dem Blick seines Bruders. Das neue Mädchen, diese Cathy Wray, füllte die Regale mit Emporium-Fertigbäumen auf – ein neues Produkt und eine von Kaspars Erfindungen, wie Emil sich frustriert erinnerte. Und was ihn noch mehr frustrierte, war, dass ihr Vater noch nicht einmal den Drang verspürt hatte, sie eigenhändig zu perfektionieren. Das Spielzeug, an dem er selbst den ganzen Sommer über gearbeitet hatte – die Pfeifenreinigervögel, die, wenn man sie freiließ, ausschwärmten und sich auf Schränken, Bettpfosten und Bilderrahmen niederließen –, verkauften sich im Vergleich dazu mehr schlecht als recht. Wenn die Kunden sie kauften, dann meist nur, um damit Kaspars Waldkiefern zu bevölkern.

»Wissen wir, woher sie kommt?«

»Sie hat sich auf eine von Papas Stellenanzeigen beworben.«

»Tun sie das nicht alle?«, seufzte Kaspar, erhob sich, sprang über einen der Schwarzbären hinweg und verschwand zwischen den Gängen.

Emil sah ihm nach. Früher hatte er gedacht: Wenn ich so alt bin wie Kaspar, werde ich genauso sein wie er; ich werde Spielzeuge erfinden, um die sich alle reißen, über Bären springen und, wenn Papa nicht hinschaut, mit den Verkäuferinnen flirten. Doch in letzter Zeit dachte er immer häufiger: Ich bin schon in Kaspars Alter. Ich bin jetzt genauso alt wie er im letzten Jahr, und im letzten Jahr war ich so alt wie er im vorletzten. Das war das Los des jüngeren Bruders. Manchmal wünschte er sich, es gäbe einen Weg, wie er Kaspar ein- oder gar überholen könnte – sodass Kaspar, und sei es nur für einen kurzen Augenblick, zu *ihm* aufsehen, *seine* Erfindungen bewundern, sich abends in seine Werkstatt zurückziehen und hoffen, nein, davon *träumen* würde, dass er eines Tages auch so nah dran sein würde, ähnliche Wunder zu vollbringen wie ihr Vater. Doch das war ein schrecklicher Gedanke. Kaspar und er hatten so viele Jahre zusammen in diesen Räumen gespielt, labyrinthisch verzweigte Buden gebaut, waren wochenlang mit den wilden Schaukelpferden durch den Laden gestreift. Es gab keine Erinnerung in Emils Kopf, in der Kaspar nicht an seiner Seite war – wie kam es also, dass ihre Beziehung in letzter Zeit so angespannt war?

Emil wurde aus seinen Grübeleien gerissen, als ihn jemand am Ärmel zupfte. Er schaute nach unten, und dort stand ein kleines Mädchen, das eines der russischen Holzpferde seines Vaters in der Hand hielt und wissen wollte, wie man es zum Laufen brachte. Er ließ sich mitten im Gang im Schneidersitz nieder. Sollte Kaspar doch so viel mit den Verkäuferinnen flirten, wie er wollte. Sollte er der wahren Magie nachjagen und die extravagantesten Spielzeuge entwerfen, die er sich ausdenken konnte. Er, Emil, brauchte das alles nicht. Er ließ das Pferd über den Boden galoppieren und stellte den Kaiserlichen Rittmeister dazu, der, einmal aufgezogen, mit seinem treuen Reittier an seiner Seite in den Krieg marschierte. Das kleine Mädchen strahlte und klatschte beim Anblick der anmutigen Bewegungen in die Hände, woraufhin aus den Gängen noch mehr Kinder herbeieilten, um zu erfahren, was es zu sehen gab.

Ja, sollte Kaspar sich doch zusammenträumen, was er wollte; das hier war die wahre Magie des Emporiums – die ganz alltägliche Magie spielender Kinder.

Cathy war so sehr darin versunken, eine Pyramide aus Fertigbaum-Schachteln zu bauen, dass sie Kaspar gar nicht bemerkte. Es war Nachmittag, und im gesamten Emporium waren die Verkäufer damit beschäftigt, sich um ihre Abteilungen zu kümmern. Siebzehn Tage waren seit dem Abend vergangen, an dem sie das Emporium zum ersten Mal betreten hatte. Es hatte seitdem viel zu lernen gegeben, und bis auf die Momente, in denen die Übelkeit sie überkam und sie sich eine ruhige Ecke in einem der Waschräume suchen musste, war diese Zeit wie im Flug vergangen. Aber der Versuch, sich zusammenzureißen und sich noch den letzten Winkel des Emporiums einzuprägen, gab ihr ein Ziel, auf das sie sich konzentrieren konnte und das ihr half, das tägliche Auf und Ab zu überstehen.

Das Wichtigste war, dass sie gute Arbeit leistete. Das war ihr Leitspruch, den sie sich wieder und wieder vorsagte, während sie ihren Aufgaben nachging. »Wenn wir gute Arbeit leisten, werden sie uns auch nach Weihnachten behalten.« Bis dahin würden sie sie mögen. Bis dahin würde sie sich unentbehrlich machen. Das hatte sie schon vorher einmal geschafft. Damals im Sommer auf den Himbeerfeldern hatten alle sie angefleht, in der nächsten Saison wiederzukommen, und ihr gesagt, sie würde die Arbeit von zehn Mädchen erledigen. »Wir sorgen dafür, dass sie ohne uns nicht mehr auskommen, Kleines ...«

Sie stellte eine weitere Schachtel auf den Stapel, die laut der Aufschrift eine Amerikanische Lärche enthielt. Darauf stellte sie eine Schlangenhautkiefer. In den meisten Schachteln der Pyramide waren Weißdorne oder Rosskastanien, in einem anderen Stapel dagegen schlichte Tannen, von denen auch einige, mit Lametta geschmückt, vor dem Emporium standen.

»Sei vorsichtig damit. Wenn du sie falsch anfasst, schlagen sie Wurzeln.«

Sie drehte sich um. An eine Säule gelehnt stand der Junge, den alle Kaspar nannten. Sie hatte schon oft genug gesehen, wie er mit wehenden schwarzen Haaren durch die Verkaufshalle schritt, gekleidet in eine Weste, die ausgefallener als alles war, was sie bisher an Jungen in seinem Alter gesehen hatte. Sally-Anne, die wie Cathy ein Zimmer im selben Dachgeschoss hatte und seit der Eröffnung jeden Winter im Emporium gearbeitet hatte, sagte, man müsse sich vor ihm in Acht nehmen, er habe ein loses Mundwerk und noch losere Hände. »Und dabei ist er erst neunzehn ...«

»Das sind meine, wusstest du das?«

Er sagte es mit demselben Stolz wie Cathys Schwester, als sie drei oder vier gewesen war. Alles – egal, ob Spielzeug, Löffel oder Muschel – war *meins, meins, meins* gewesen.

»Die Bäume?«

»Man sollte es nicht glauben, aber du räumst da etwas ein, in dem drei Monate meines Lebens stecken. Papa meint, sie sind genauso gut wie die Spielzeuge, die er macht – und so etwas sagt er nicht einfach nur so dahin.« Ein wattegefüllter Patchworkhund mit flickenbesetzten Pfoten kam an ihnen vorbei, blieb vor einem der Bäume stehen, hob das Bein und trippelte dann weiter. Cathy schaute ihm nach, dann sah sie Kaspar an, als wollte sie sagen: *Ja, der Hund findet sie auch ganz toll.* Aber er ließ sich nicht beirren. »Sie sind echte Meisterwerke. Soll ich es dir zeigen?«

Ihr lag eine Ausrede auf der Zunge, doch Kaspar hatte schon eine Schachtel mit einer Lärche aus der Pyramide gezogen und drehte sie in seinen Händen.

»Es ist alles eine Frage der Perspektive, verstehst du? Man kann die erstaunlichsten Dinge erreichen, wenn es einem gelingt, die Perspektive eines Kindes nicht zu verlieren. Darauf hat Papa bei unserer Ausbildung am meisten Wert gelegt – dass wir das nie verlernen. Um Spielsachen zu erfinden, muss man sich in den Teil seines Inneren hineinversetzen, der immer noch ein kleiner Junge ist. Denn tief in uns drin sind noch all die Ideen, die wir gehabt hätten, wenn wir nie erwachsen geworden wären.«

Cathys Leben war nicht so behütet gewesen, dass ihr noch nie ein Junge Honig ums Maul geschmiert hätte. Mit Lizzy hatten die Jungs sich zwar öfter unterhalten, aber auch Cathy hatte schon Einfaltspinsel zuhören müssen, die damit prahlten, dass ihr Vater sich ein Automobil zulegen wolle oder wie groß die Krebse gewesen waren, die sie an diesem Morgen aus den Fallen gezogen hatten. Sie sah Kaspar mit demselben glasigen Blick an wie die Jungs damals, doch sie musste sich eingestehen, dass ein kleiner Teil von ihr *wollte,* dass er weiterredete. Die Vorstellung, dass die Papierbäume, die auch die Verkaufshalle zierten, aus einer so kleinen Schachtel kamen, war absurd. In ihrer Nähe standen zwei Eiben aus Krepppapier und geriffelter Pappe und ein Haselnussbaum mit Blütenkätzchen aus Zeitungsröllchen. Selbst die kleinsten von ihnen waren doppelt so groß wie Cathy. Die Krone des höchsten, dessen Zweige mit Konfettiraureif bedeckt waren, reichte bis zur ersten Galerie hinauf.

»Ich weiß gar nicht mehr genau, woher ich die Idee dafür hatte. Irgendwie habe ich mich an das kleine Dorf erinnert, in dem wir Godmans früher gewohnt haben, und daran, wie groß die Bäume mir damals vorgekommen sind. Ich war fast noch ein Kleinkind, als wir es verlassen haben, aber die Erinnerung daran ist mir geblieben. Und das ist ja auch der Sinn und Zweck eines Spielzeugs, oder nicht? Dass es einen an den Ort zurückversetzt, wo ein kleiner Teil von einem sowieso sein Leben lang bleibt. Und ich wusste, wenn ich die Erinnerung in meinem Geist heraufbeschwören konnte, dann konnte ich das Papier dazu bringen, alles zu tun, was ich will. Es hat tausendundeinen Versuch gebraucht, bis es funktionierte. Ein falscher Knick, und der ganze Zauber fällt in sich zusammen. Aber am Ende ...«

Die ganze Zeit über hatte er mit der Schachtel der Lärche gespielt, doch jetzt ließ er sie fallen. Als sie auf dem Boden aufschlug, bekam die Schachtel Risse. Und als schließlich das Siegel zerbrach, entfesselten sich in ihrem Inneren wilde Kräfte. Die Schachtel wirbelte auf der Stelle wie ein Kreisel, während der Baum darum kämpfte, sich zu befreien. Dann barst er aus der Schachtel, die jetzt still stand und den Anker für das in die Höhe schießende Papier bildete. Stoßweise wuchs der Stamm empor und drehte sich dabei um die eigene Achse. Die unteren Äste sprossen zuerst, dann entfalteten sich immer mehr und mehr, gefolgt von den Zweigen, an deren Enden sich unzählige braune Blätter entrollten. Auch weiter oben brach sich nun der Druck Bahn, und eine Krone breitete sich aus, in der ein Vogelnest aus Papierfetzen prangte. Aus einem Loch im Stamm spähten wachsam die ausgestanzten Augen einer Eule. Das Geräusch der an ihren Platz springenden Blätter klang wie das Rascheln des Herbstwindes im Wald.

»Es ist … magisch«, hauchte Cathy.

»Ich wünschte, es wäre so«, erwiderte Kaspar und schaute zur Baumkrone auf. »Aber manche Dinge sind leider überhaupt nicht magisch, sondern einfach nur Mathematik.« Er schwieg kurz. »Ich muss mich bei dir entschuldigen, Cathy. Normalerweise bin ich der Erste, der neue Mitarbeiter willkommen heißt. Aber an dem Abend, als du angekommen bist, war …«

»Eröffnungsabend«, beendete Cathy den Satz für ihn.

»Und du bist keinen Augenblick zu früh gekommen. Wir haben zu wenige Leute, wie jedes Jahr. Wir wissen nie, wie voll es …«

Ein Schrei ertönte. Kaspar brach ab und wirbelte gerade noch rechtzeitig herum, um zwei Jungen zu sehen, die mit angstverzerrten Gesichtern aus einem Gang gerannt kamen. Er wusste sofort, was los war. Die Bären wirkten zu real. Er hatte *zu* gute Arbeit geleistet. Er war zu weit gegangen, und das nicht zum ersten Mal. Wahrscheinlich hatte einer der Jungen es gewagt, eine Hand in das Maul des Bären zu stecken, und hatte ein tiefes Grollen gehört, das bösartige Funkeln in seinen Augen gesehen. Alles nur Illusion, aber für die Jungen spielte das keine Rolle. Wenn sein Vater davon erfuhr, würde die Standpauke bis tief in die

Nacht dauern: Bis Kaspar genau wusste, was er tat, sein Handwerk vollkommen beherrschte, müsse er sich zurückhalten, wenn ein Spielzeug fehlerhaft gemacht war, konnte aus Spiel schnell schrecklicher Ernst werden. Emil würde sich zweifellos in irgendeiner Ecke herumdrücken und schadenfroh dabei zusehen, denn jeder Fleck auf Kaspars weißer Weste war ein goldenes Sternchen für Emil.

Die Jungen drängten sich gegenseitig aus dem Weg, während sie in Richtung des Wäldchens aus Papierbäumen rannten, verzweifelt auf der Suche nach einem Versteck. Sie stürmten nun auf Cathy und Kaspar zu, der beschwichtigend die Arme hob. Doch als sie sie erreichten, spürte Cathy, wie sich Kaspars Hand um ihre schloss, dann riss er sie aus dem Weg. Fast im selben Moment rasten die Jungen an ihnen vorbei, sie hatten jegliche Kontrolle über ihre Gliedmaßen verloren. In einem Gewirr aus Armen und Beinen stürzten sie kopfüber in die Schachtelpyramide.

Kaspar hielt Cathys Hand fest umklammert. Sie versuchte, sie ihm zu entreißen, aber er zerrte sie mit sich, und als sie ihn ansah, bemerkte sie, dass seine Augen vor Entsetzen geweitet waren. Doch anders als bei den Jungen, die strampelnd in den Kartons lagen, war dieses Entsetzen mit unbändiger Freude gemischt. »Lauf!«, formte er mit den Lippen. Aber Cathy brauchte zu lange, um zu verstehen, was er meinte; der erste Papierbaum fing bereits an zu sprießen.

Er schoss nach oben wie ein Geysir, mit solcher Wucht, dass einer der Jungen durch die Luft flog und der andere auf den sich entfaltenden Ästen in die Höhe gerissen wurde. Mehrere Schachteln, deren Siegel bereits gebrochen waren, pulsierten, als das Papier versuchte, sich einen Weg ans Licht zu bahnen. Andere steckten in den Ästen des ersten Baums fest, aber als dessen Wachstum mit einem Schlag stockte, flogen sie weiter, in hohem Bogen an den Galerien vorbei bis in die Kuppel des Emporiums hinauf, wo eine der Schlangen aus Stoff und Spitze einen Looping flog, um nicht getroffen zu werden. Durch die Zweige hindurch sah Kaspar, wie sich die fliegenden Schachteln öffneten. Ein Baum explodierte noch in der Luft; unsicher, wo es nach unten ging, bildete er eine Kugel aus Zweigen, bevor er wieder erdwärts fiel und irgendwo zwischen den Puppenhäusern im benachbarten Gang landete. Andere Schachteln blieben intakt, schienen in der Luft zu hängen, wie um die Spannung noch zu steigern, doch eine Sekunde später fielen sie wie Hagelkörner auf Cathy und Kaspar nieder.

»Hier entlang!«, rief Kaspar. »Komm schnell!«

Er rannte den Gang entlang. Hinter ihnen schlug eine der Schachteln ein, und Sekunden später explodierte eine Douglasfichte. Vor ihnen erhob sich eine Reihe von Weißdornen, die sich gegenseitig zu verdrängen versuchten. Kaspar lotste sie nach links, während sie die Schreie der Kunden hörten, die in Panik zum Ausgang flüchteten. Irgendwo bellte der Patchworkhund auf seine unnachahmliche Art; es klang wie feuchte Wäsche, die auf den Boden klatschte.

Cathy riskierte einen Blick nach oben. Eine der Schachteln hatte sich im Geländer einer Galerie verfangen. Die Weide, die nun daraus hervorschoss, taumelte und war kurz davor, abzustürzen. Instinktiv duckte sie sich und spürte Kaspars Arm um ihre Schulter. »Hier entlang!«, rief er und bugsierte sie in einen Gang hinein, der sich als Sackgasse erwies. An seinem Ende stand ein Spielhaus, das von einem perfekten Lattenzaun umfriedet war.

Dort zerrte Kaspar sie hin, als eine der Schachteln direkt vor ihren Füßen landete. Schwankend wich sie davor zurück, gerade noch rechtzeitig, bevor sie spürte, wie die Papierblätter haarscharf an ihrem Gesicht vorbeirauschten. Kaspar griff von hinten an ihre Arme und drehte und wand sie zusammen zwischen den Zweigen der Bäume hindurch, die nun überall um sie herum emporwuchsen. Für Cathy schien das Emporium nur noch aus einem Wirbelwind aus Weiß und Gelb, Krepppapier und Pappe zu bestehen. Halb blind ließ sie zu, dass Kasper sie bis durch die Tür des Spielhauses bugsierte.

Plötzlich war die Welt wieder still. Kaspar hatte noch immer die Hände auf ihren Armen, doch jetzt riss sie sich los. Sie war drauf und dran, ihn anzuschreien, aber der verletzte Ausdruck auf seinem Gesicht ließ sie innehalten.

Das Spielhaus, das von außen so beengt gewirkt hatte, war im Innern von absurden Ausmaßen. Drei Sessel standen um einen offenen Kamin herum, zwischen ihnen stand ein Tisch mit einem Stapel Brettspiele. Es gab ein Bücherregal, einen Hochflorteppich und in einer der Ecken einen Korb, in dem ein Spielzeugtiger lag. Als sie auf das Spielhaus zugerannt waren, hatte es Cathy kaum bis zur Schulter gereicht. Doch von innen war das Haus groß genug, um ein Rad darin zu schlagen. Sie hob den Arm, schaffte es aber nicht einmal, die Deckenbalken mit den Fingern zu berühren.

Sie wollte das Spielhaus schon verlassen, um die Zuverlässigkeit ihrer Sehkraft zu überprüfen, als Kaspar sie zurückhielt. »Noch nicht ...«

Sie blickten durch die Fenster auf den frisch entstandenen Papierwald hinaus; noch immer bebte der Boden, doch langsam kamen die Bäume zur Ruhe.

»Bald ist es sicher«, sagte Kaspar. »Du musst nur noch etwas warten, ob sie nicht ...«

Er hatte kaum den Mund aufgemacht, als es in der Krone eines nahe gelegenen Baums raschelte, eine weitere versiegelte Schachtel direkt vor dem Spielhaus auf den Boden krachte und zerbarst. Kaspar taumelte rückwärts und riss Cathy mit sich, als der Baum ruckartig in die Höhe schoss und nun mit seinem knorrigen Stamm und den herabhängenden Zweigen den Eingang versperrte.

Ein Teil von Kaspar rechnete schon aus, was es kosten würde, all das wieder in Ordnung zu bringen, und stellte sich dabei das strenge Gesicht seines Vaters vor, doch ein anderer grinste dümmlich, außer sich vor Freude beim Anblick des Wunderlandes, das seine Bäume geschaffen hatten. Morgen würde es eine lebhafte Nachfrage nach Emporium-Fertigbäumen geben; das sagte ihm sein Kaufmannsinstinkt. »Papa«, würde er sagen, wenn der alte Mann mit seinen Ermahnungen begann, »siehst du denn nicht, was ich erschaffen habe? Ein *Spektakel*. Meine Bäume werden sich mit Sicherheit besser verkaufen als Emils Soldaten ...«

Am liebsten hätte er dem neuen Mädchen davon erzählt – aber als er sich ihr zuwandte, schaute sie sich immer noch mit großen Augen um, erforschte jeden Winkel des Spielhauses und berührte alles, als wollte sie es auf seine Echtheit prüfen.

»Was ist das hier?«

»Das, Miss Wray, ist der ganze Stolz meines Vaters. Er liebt es so sehr, dass er es nicht erträgt, sich davon zu trennen, also behalten wir es als Ausstellungsstück. Letztes Jahr kam ein Mann mit einer Tasche voller Geld anmarschiert, aber Papa hat nicht mal seine Werkstatt verlassen, um mit ihm zu reden. Ich musste ihm eine Abfuhr erteilen und ihn wieder wegschicken.«

»Aber ... wie?«

Es schmerzte Kaspar, zuzugeben, dass auch er noch nicht genau verstand, wie sein Vater es geschafft hatte, das Innere des Spielhauses so auszuweiten. »Papa ... kann gewisse Dinge. Wenn Emil und ich ein Spielzeug entwerfen, kommt Papa und ... Tja, er ist einfach *besser*, verstehst du? Die Dinge, die er herstellt ... Na ja, es gibt nun mal Spielzeug, und dann gibt es Papa Jacks Spielzeug. Aber ich werde schon noch dahinterkommen. Hattest du als Kind mal einen geheimen Ort? Ein Versteck, das nur du kanntest? Eine Höhle in den Büschen, ein Eckchen auf dem Dachboden oder ...«

»Na ja, schon. Aber so etwas nie«, sagte Cathy.

»Als Emil und ich noch klein waren, hatten wir ungefähr ein Dutzend verschiedener Schlupfwinkel, die in der ganzen Verkaufshalle verstreut waren. Manchmal tauchen sie immer noch auf, aber nie da, wo man sie erwarten würde.«

»Wir hatten ein Baumhaus«, erinnerte sich Cathy. »Wir haben immer Tassen, Untertassen und Porzellan hineingeschmuggelt.«

»Tja, da siehst du es. Und kam dir das Baumhaus damals nicht riesig vor? Als du fünf warst, hätte es genauso gut ein Palast sein können. Du dachtest wahrscheinlich, dass es einen Ost- und einen Westflügel hat, verschiedene Vorzimmer, ein Torhaus, einen Außenhof, eine Ringmauer. Aber wenn du es dir heute ansehen würdest, käme es dir so winzig vor wie eine Abstellkammer. Verstehst du?«

Cathy verstand nicht.

»Ich glaube, das ist das Geheimnis. Papa will es mir nicht verraten, er sagt, ich verstehe es sowieso erst, wenn ich es selbst entdecke. Aber es muss an den *Perspektiven* liegen. Ein Spielzeugmacher muss die Perspektive eines Kindes einnehmen. Wenn man das hinbekommt, dann kann man mit Raum einfach alles machen, schätze ich.«

Cathy war einmal an allen Wänden des Zimmers entlanggegangen und kam nun zur Tür zurück, vor der sich der Papierbaum entfaltet hatte.

»Wir müssen einfach abwarten«, sagte Kaspar mit kaum verhohlener Begeisterung. »Sie werden uns hier schon rausholen. Aber ...« Er schwieg kurz, als er Cathys schmerzerfülltes Gesicht sah. Sie hatte eine Hand auf ihren

Bauch gelegt und stützte sich mit der anderen an der Wand ab. »Was hast du?«

»Es ist nichts«, sagte sie, aber diesmal riss sie sich nicht los, als Kaspar den Arm um sie legte und ihr in einen der Sessel vor dem Kamin half.

Sie waren in letzter Zeit zu oft vorgekommen, diese Momente, in denen der Schwindel so überwältigend wurde, dass sie spürte, wie sich das Emporium im Kreis drehte. Normalerweise überkam er sie, wenn sie in den frühen Morgenstunden erwachte, aber immer öfter auch mitten am Tag. Erst gestern musste sie sich im Lager ausruhen, doch dann kam Sally-Anne vorbei und machte eine Bemerkung über ihre Drückebergerei.

Kaspar hatte irgendwo Wasser gefunden. Sie setzte den Becher an die Lippen und fühlte sich gleich wie neugeboren, wenn auch nur kurz. Erst jetzt, in diesem Moment der Schwäche, wandten sich ihre Gedanken wieder dem Mündungsufer der Themse und all den Menschen zu, die sie dort zurückgelassen hatte. Ist meine Mutter starr vor Angst?, fragte sie sich. Macht sich Lizzy Sorgen um mich, oder lächelt sie verstohlen, wenn unsere Eltern gerade nicht hinsehen?

Als sie wieder klar sah, merkte sie, dass Kaspar sie anschaute, als wäre sie ein Rätsel, das er lösen musste. Seine Begeisterung über den Papierwald schien wie weggeblasen.

»Es ist nichts«, versicherte sie ihm erneut. »Ich habe nur nicht genug gegessen, das ist alles.«

Kaspars Blick wanderte von ihrem Gesicht zu ihrem Bauch und wieder zurück. Es gab keinen Zweifel daran, worüber er nachdachte, denn Cathy hatte in den vergangenen Tagen zu oft gespürt, wie eng ihre Kleider geworden waren. Es war dumm gewesen, nicht mehr mitzunehmen. Ein neues Leben war nichts, was sich auf Dauer verbergen ließ.

»Wie alt bist du, Cathy?«, flüsterte er.
»Neunzehn«, sagte sie und erstarrte in seinem Arm.
»Du bist keinen Tag älter als sechzehn.«
Sie sah ihm unverwandt in die Augen. Sein Blick war durchdringend, doch sie hielt ihm stand.
»Du hast auf eine von Papas Anzeigen geantwortet. Das heißt, du musst vor irgendetwas davongelaufen sein. Im Emporium kann man kein Geheimnis für sich behalten, Cathy. In diesen Gängen sind Geheimnisse nicht sicher.«

Er wollte noch etwas sagen, aber sie würde nie erfahren, was – denn in dem Moment erzitterte der Papierbaum, der den Eingang versperrte, und begann einzuknicken. Schweigend sahen sie zu, wie eine Axt aufblitzte, herumgeschwungen wurde und erneut in den Stamm einschlug. Schließlich stürzte das Papierungetüm zu Boden und gab den Blick auf die Verkaufshalle frei.

Übersät mit Papierfetzen, kam Emil zum Vorschein. Seine Augen funkelten vor Freude über die Entdeckung.

»Kaspar«, sagte er und schüttelte sich Papierrindenstücke aus den Haaren, »ich wusste es.«

»Wer sonst?«

»Papa weiß auch schon Bescheid. Er sucht nach dir.«

»Da wette ich drauf«, sagte Kaspar strahlend. Cathy bemerkte den Blick, den die Brüder austauschten, der sagte: Das wird eine schöne Standpauke geben, aber das war es wert. Sieh dir das hier nur an! Was für ein herrliches Chaos!

»Du bist wirklich irre«, sagte Emil lachend, dann flüsterte er verschwörerisch: »Kaspar, lass uns nach Ladenschluss auf die höchste Galerie steigen und noch mehr Schachteln runterwerfen. Das wird wie damals bei Papas Schneewolken. Er wird zwar wissen, dass wir es waren, aber es wird …«

Kaspar schien in der Vorstellung zu schwelgen, als Emil

plötzlich ein langes Gesicht machte. Er hatte an seinem Bruder vorbeigeschaut – und Cathy entdeckt. Auf einen Schlag verschwanden alle Verlockungen.

»Es ist nicht das, was du denkst, Emil.«

»Ach, nein?«, sagte der Jüngere. »Was ist es dann?«

Kaspar marschierte aus dem Haus, an Emil vorbei und kickte die Überreste des Papierbaums beiseite. Im Gang drehte er sich noch einmal um und ließ den Blick über Cathy schweifen: ihr Gesicht, ihre Haare, die Kurven ihres Körpers, die, wie sie jetzt wusste, nicht mehr unsichtbar waren. Er formte drei Wörter mit den Lippen – »Wir reden später« – und verschwand.

Emil musterte sie ebenfalls von Kopf bis Fuß. »Es tut mir leid«, stotterte er, »aber du solltest wirklich nicht hier sein. Wenn mein Vater das …« Er brach ab. »Mein Bruder ist kein schlechter Mensch, aber … zurück an die Arbeit!«, sagte er schließlich, ohne den ursprünglichen Satz zu beenden. »Der allabendliche Ansturm geht gleich los.«

Und dann war auch er verschwunden und überließ es Cathy, sich allein einen Weg durch die Verwüstung zu bahnen. In den Gängen machten sich einige Helfer schon an dem Zufallswald zu schaffen. Einige waren mit Sägen, andere mit Äxten bewaffnet; wieder andere versuchten, die Stümpfe mit Schaufeln auszuheben. Doch die meisten hatten beschlossen, den Wald dort zu lassen, wo er war, und kamen mit Schachteln voller Weihnachtskugeln und anderen Dekorationsartikeln herbeigeeilt.

Cathy ignorierte den Protest des Kindes, das in ihr strampelte, krempelte die Ärmel hoch und machte sich wieder an die Arbeit.

KRIEGSSPIELE

* * * * * * * *

Papa Jacks Emporium

Weihnachten 1906

Das, was im Spielhaus passiert war, hatte ihr Angst eingejagt, das musste sie zugeben. Die Art, wie Kaspar Godman sie angesehen hatte – nicht bewundernd, nicht besitzergreifend wie die Söhne der Fischer früher, sondern *neugierig*. Dabei war sie so vorsichtig gewesen. Am Ende jeder Schicht nahm sie sich Toast, Kekse und Apfelkompott von Mrs Hornungs Serviertisch und verbrachte die langen Winterabende allein mit ihrem Baby in ihrem Zimmer. Sie versuchte, nicht aufzufallen, für sich zu bleiben – doch ... *sich zu verstecken macht einen nicht unsichtbar*, musste sie sich eingestehen, *und an einem Ort wie diesem schon gar nicht. Dadurch fällt man erst recht auf.*

»Wir haben das nicht richtig durchdacht, Kleines. Davonzulaufen bedeutet nicht, einfach nur wegzulaufen. Man muss *weiterlaufen,* auch wenn man still steht. Das ist alles deine Schuld, weißt du? Wenn mir nicht gerade übel ist, bin ich hundemüde, und wenn ich nicht hundemüde bin, habe ich schreckliche Stimmungsschwankungen. Und das ist alles *deine Schuld.*«

Cathy nahm den Weg durch die unteren Lagerräume, wo

die Spielzeuge vergangener Winter geduldig darauf warteten, zurück in die Verkaufshalle zu dürfen. Jetzt stand sie vor etwas, das wie ein ausrangierter Schrank aussah. Die Tür hing schief in den Angeln.

»Wer Geheimnisse hat, versteckt sich«, sagte die leise Stimme in ihrem Kopf, die sie überredet hatte, endlich einmal hierherzukommen. »Und wer nichts zu verbergen hat? Der schließt Freundschaften. Lacht, tanzt ... lebt sein Leben. Niemand kommt ins Emporium, um lebendig begraben zu werden. Dann verstecken wir uns eben ... in aller Öffentlichkeit.«

Mit diesen Worten machte sie den Schrank auf.

Sie nannten diesen Ort Palast, denn so hatten Kaspar und Emil ihn getauft, als sie noch klein waren und ihn als Unterschlupf benutzten. Jetzt war die lange Halle, zu der die Tür führte, eingerichtet wie die Behausung eines Wikingerhäuptlings – mit Thronen, die aus dicken Eichenstämmen geschnitzt waren, und einem Podium, auf dem drei Emporiumsmitarbeiter Geige spielten. Der Palast diente den gestressten Angestellten als Rückzugsort zum Essen, Trinken und Feiern. Cathy entdeckte, dass das Festmahl schon halb aufgegessen war. Einige ihrer Kollegen tummelten sich an der Festtafel oder in den Ecken beim Kartenspiel. Andere hatten noch weitere Spiele aus dem Emporium mitgebracht. Der kleine Douglas Flood etwa spielte eine Partie Backgammon gegen das Brett. Ein Junge aus Westengland namens Kesey schlug sich tapfer beim Schach, doch die schwarzen Figuren, die sich von allein über die Felder bewegten, hatten ihn schon in die Enge getrieben.

Vielleicht hätte Cathy es sich noch einmal anders überlegt und wäre sofort wieder geflohen, wäre nicht Sally-Anne – groß, mit feuerroten Haaren und dazu passendem feurigem Blick – aufgetaucht und hätte ihr den Arm um die

Schulter gelegt. »Rapunzel hat ihren Turm verlassen!«, verkündete sie. »Los, macht Platz!«

Sally-Annes Lachen war ansteckend. Sie führte Cathy quer durch den Raum und suchte ihr einen Platz, während Joe Horner und Ted Jacobs ihr etwas zu essen, zu trinken und kunstvoll gestaltete Baisers brachten. Das Baby, das bisher nur Toast, Kekse und Apfelkompott gewöhnt war, schlug vor Entzücken ein Rad nach dem anderen. Cathy musste sofort einen Bissen probieren, um es zu besänftigen.

»Tut mir leid, dass ich mich so ... abgekapselt habe. Du kennst das sicher: erste Saison, Lampenfieber und so.«

»Kein Grund, sich zu entschuldigen«, erklärte Sally-Anne, »aber du hast einiges aufzuholen. Das hier«, verkündete sie und winkte einen älteren Mann, dessen Gesicht fast nur aus Bart zu bestehen schien, zu ihnen an den Tisch, »ist Pat Field. Er ist einer von Papa Jacks ersten Schreinern. Er schneidet die Holzstämme zurecht und bereitet sie für die Verarbeitung vor. Und *das* ist Vera Larkin. Sie näht die Kleider der Lumpenpuppen. Und das – das ist Ted. Er arbeitet mit den Patchworkhunden.«

»Ja, die verdammten Biester«, sagte Ted, während die anderen Cathy begrüßten. »Sei froh, dass du letzten Winter noch nicht hier warst. Papa Jack kriegt wirklich fast alles hin, aber versuch mal, einem Patchworkhund Treue beizubringen.«

»Es gab da ein paar *Beschwerden*«, mischte sich Sally-Anne scherzhaft ein.

»Ein kleiner Junge war am Boden zerstört, weil sein neues Spielzeug nur mit seiner Schwester spielen wollte. Der Patchworkdalmatiner eines alten Mannes hatte ausgerechnet seinen Nachbarn ins Herz geschlossen und heulte die ganze Zeit die Wand an. Und vor drei Jahren bin ich an Heiligabend den ganzen Tag durch Battersea gestreift –

einer der Hunde war ausgebüxt und hatte sich einem Rudel Straßenköter angeschlossen.«

»Ted ist eben nicht besonders gut in seinem Beruf«, zog Sally-Anne ihn auf.

Ted sah sie an, als suchte er nach einer geistreichen Antwort, ließ sich jedoch stattdessen auf seinen Platz sinken, zog den Korken aus einer Karaffe und schüttete sich ein großes Glas von etwas ein, das für Cathy stark nach Brandy aussah. Kurz darauf, als er gerade ins Feuer starrte, erhob sich ein Bündel Flicken aus einem Korb und versuchte, auf seinen Schoß zu springen. »Und diese Katzen sind auch nicht viel besser!«

»Und, wie gefällt dir unser kleines Emporium, Cathy?«

»Klein?«, rief Cathy aus. Sie mochte sich irren, aber der Palast wirkte ebenfalls wie eine optische Täuschung oder was auch immer es war, das das Spielhaus von innen größer wirken ließ als von außen. »Ich glaube, ich habe bisher nicht mehr als einen Bruchteil davon gesehen …«

»Das wird sich auch nicht ändern«, sagte Ted, »zumindest nicht in dieser Saison. Die Wintersonnenwende ist in knapp einer Woche, und wie lange haben wir danach noch?«

»Wie lange bis zu was?«

»Bis es taut«, erklärte Sally-Anne.

»Dann wird die Zugbrücke hochgezogen, und wir Helfer stehen auf der Straße.«

Cathy erstarrte; selbst das Baby hörte auf, Purzelbäume zu schlagen. »Du meinst …?«

»Wie sagt Papa Jack immer? Spielzeug verkauft sich nur in den dunklen Wintermonaten … Ja«, fuhr Sally-Anne fort, »bald müssen wir wieder in unser langweiliges Leben zurück. Schätze, ich gehe wieder als Tellerwäscherin nach Bethnal Green. Und Douglas Flood geht – was warst du noch gleich, Douglas? Zweitbesetzung im Old Vic?«

Auf dem Podium nahm der Junge, der Douglas hieß, seine Geige, die von allein weiterspielte, von der Schulter und sagte: »Ich werde mein Glück mal im Varieté versuchen.«

»Dann nimm besser deine Geige mit. Ich habe gehört, wenn man versucht ...« Sally-Anne brach ab, als sie sah, dass Cathy leichenblass geworden war. »Cathy, ist alles ... Ist es das Essen?«

»Nein, das ist es nicht«, sagte Cathy. Aber so, wie ihr Magen revoltierte, war sie sicher, dass sie es wieder von sich geben würde. »Wenn ich ... Darf ich aufstehen?«

»Aufstehen?«, grölte jemand. »Mädchen, du sitzt doch nicht mehr zu Hause an Mutters Tisch!«

Umso besser, dachte Cathy, und erhob sich schwankend.

»Ach, komm schon, Cathy, du hast doch kaum was gegessen.«

Auf wackeligen Beinen lief sie zurück zur Schranktür. Sally-Anne begleitete sie, doch Cathy ging allein hindurch. Auf halbem Weg durch den Lagerraum blieb sie kurz stehen, um Atem zu schöpfen, schaute zurück und sah Sally-Anne wie ein wandelndes Fragezeichen an der Tür stehen.

Ein Leben konnte sich im Handumdrehen ändern. Es gab kein Zurück mehr, es hatte nie eines gegeben, nicht seit dem Augenblick, als sie zur Hintertür hinausgeschlichen war. Aber wenn sie nicht bleiben konnte, wenn es keinen langen Sommer im Emporium gab, keinen Ort für eine Mutter mit ihrem Kind – was dann?

Mit jedem Tag, den Weihnachten näherrückte, wuchs Cathys Angst vor dem, was passieren würde, wenn das Emporium seine Tore schloss. Doch am Abend der Wintersonnenwende bekam sie eine Einladung, die diese Gedanken in den Hintergrund drängte. Als sie am Ende des Arbeitstages in ihre Dachkammer kam, lag ein Umschlag, der wohl durch den Spalt geschoben worden war, hinter der Tür. Sally-Anne, die sie hinaufbegleitet hatte, setzte sich sofort auf das Bett und spekulierte über seinen Inhalt. Der Umschlag war mit scharlachrotem Wachs versiegelt, in dem das Emblem von Papa Jacks Emporium prangte – ein Zinnsoldat nicht identifizierbaren Ranges –, und enthielt eine goldene Karte:

```
        Einladung zum
  Wintersonnenwenden-Nachtmahl
     Dein Vertrauter, Kaspar
            21 Uhr
```

Sally-Anne war entweder empört oder eifersüchtig. Sie warf die Haare zurück, sprang auf und schwenkte einen der Groschenromane, die sie so liebte. »Der interessiert sich doch nur für das, was du unter deinem Rock hast.« Tja, dachte Cathy, das stimmte wahrscheinlich sogar – aber auf andere Art, als Sally-Anne glaubte. Und was bitte meinte er mit *Vertrauter*? Cathy war sich ziemlich sicher, dass Kaspar Godman kein Mann war, der ein Geheimnis bewahren konnte, von einem derart spektakulären wie ihrem ganz zu schweigen.

Der Zeiger der Wanduhr kroch auf die Acht zu. Cathy faltete die Einladung zusammen und steckte sie unter ihr Kissen, dann fragte sie: »Sally-Anne, kann ich mir etwas zum Anziehen von dir leihen?«

Zur Wohnung der Godmans auf der höchsten Galerie verirrten die Wintermitarbeiter sich nur selten, egal, wie lange sie schon im Emporium arbeiteten. Auch Cathy hatte es zuvor noch nie dorthin verschlagen. Wie erwartet, war die große Eichentür von Papa Jacks Werkstatt verschlossen. Sie hatte Geschichten über einen Assistenten gehört, der die Stelle nur angenommen hatte, um die Geheimnisse des Emporiums für den konkurrierenden Spielwarenhändler Hamleys auszuspionieren; seitdem wurde die Werkstatt immer abgeschlossen. Doch die Wendeltreppe, die zur Wohnung hinaufführte, war durch einen schmalen Durchgang daneben erreichbar. Cathy war schon halb oben, als sie über sich auf dem Treppenabsatz eine Bewegung bemerkte. Sie sah, wie etwas den Kopf hob, schnüffelte und aufstand. Der Hund, den sie zum ersten Mal zwischen den Papierbäumen gesehen hatte, trottete auf seinen Patchworkpfoten los. Seine Füllung war vom Schlafen etwas zerknautscht. Sein Fell bestand aus Samt, der mit Nähten überzogen war, als hätte jemand ihn auseinandergenommen und wieder zusammengenäht. Einige Flicken waren grau, andere violett und blau. Die Innenseiten seiner Ohren bestanden aus kariertem Stoff, die Zunge, die ihm aus dem Maul hing, sah aus wie eine Socke. Seine Nase war mit schwarzem Garn aufgestickt.

Als er merkte, dass Cathy sich näherte, fing er an zu bellen. Cathy blieb kurz stehen. Dann überlegte sie, dass seine Zähne im schlimmsten Fall aus Filz bestanden, und kniete sich hin, um ihn zu streicheln. Bald schon rollte sich das Tier auf den Rücken und bettelte darum, wieder in Form gebracht zu werden. Sie konnte dem flehenden Blick der schwarzen Knopfaugen nicht widerstehen, setzte sich auf und tat ihm den Gefallen. Ihre Finger fanden den kleinen Aufziehmechanismus an seinem Bauch und drehten ihn, was dem Hund sofort neue Energie zu verleihen schien. Danach räkelte er sich genießerisch und gab zufrieden klingende Laute von sich, die wie das Rascheln von Baumwollstoff klangen.

Schließlich erhob sich Cathy und klopfte an die Tür.

Sie hatte Kaspar, Emil oder Papa Jack erwartet, doch stattdessen öffnete Mrs Hornung die Tür und verscheuchte den Patchworkhund mit dem Besen. »Sirius!«, rief sie. »Ich habe hier eine schöne große Schere für Plagegeister wie dich ...«

Mrs Hornung hatte nie wieder so verdrießlich gewirkt wie an Cathys erstem Tag im Emporium. Jetzt hätte Cathy sie mit dem Wort freundlich beschrieben. Ihre offizielle Berufsbezeichnung lautete Emporiumsschulmeisterin, ein Titel, der matronenhafter klang, als sie war. Sally-Anne hatte Cathy erzählt, Mrs Hornung sei früher das Kindermädchen der Jungs gewesen, und ihre Aufgabe habe hauptsächlich darin bestanden, Kaspar und Emil in ihrem jeweiligen Versteck aufzuspüren und ihnen eine Reihe von unwahrscheinlichen Strafen für ihre Aufsässigkeit aufzubrummen. Ihre Arbeit hatte sie vorzeitig altern lassen; die Streiche der beiden konnte man an den vielen Falten in ihrem Gesicht ablesen. Nun da die Godman-Brüder erwachsen waren, hatte sich ihre Rolle verändert: Hauswirtschafterin wäre eine bessere Bezeichnung für sie gewesen, denn sie versorgte die Angestellten mit allem, was sie zum Leben brauchten.

»Warte, ich helfe dir, die Schuhe auszuziehen. Die Teppiche zu reinigen ist ein Albtraum.«

Cathy musste sich abstützen, als Mrs Hornung ihr die Schuhe auszog. Danach wurde sie in einen prachtvollen Flur geführt, wo kapselförmige Fenster zwischen den Deckenbalken die Schneewolken am Londoner Himmel enthüllten. Ein paar Stufen, die mit einem dichten weinroten Teppich bedeckt waren, führten in ein Wohnzimmer. Darin standen Emporium-Fertigbäume, die mit bunten Luftschlangen geschmückt waren. Die eine Hälfte des Raums wurde von einem riesigen Kamin dominiert, in dem hohe Flammen loderten. Auf einer leicht erhöhten Plattform in der Nähe der Tür war bereits der Tisch für das Abendessen gedeckt, und die ebenholz- und elfenbeinfarbenen Tasten eines Klaviers spielten ein Konzert, ohne dass menschliche Finger sie berührten.

Die Mitte des Raumes wurde von Hunderten Spielzeugsoldaten bevölkert. Einige von ihnen bildeten statische Regimenter am Teppichrand, andere marschierten mit erhobenen Gewehren aufeinander zu oder lagen ausgestreckt am Boden. Auf der einen Seite beugte sich Emil über ein Regiment und war eifrig damit beschäftigt, die Soldaten aufzuziehen; auf der gegenüberliegenden Seite tat Kaspar das Gleiche, stellte seine Truppen jedoch auf breiterer Front auf.

Als Mrs Hornung sich einen Weg durch das Schlachtfeld bahnte, stieß sie aus Versehen einen der marschierenden Soldaten um, woraufhin er gegen seine Kameraden prallte.

»Das ist unfair!«, rief Emil und sprang auf. »Das wird rückgängig gemacht!«

»Höhere Gewalt«, verkündete Kaspar. »Wäre nicht das erste Mal.«

»Höhere Gewalt? Das verstößt gegen die Spielregeln.«

»Das ist *Krieg*, kleiner Bruder. Krieg kennt keine Regeln.«

»Das ist nachweislich falsch! Erinnerst du dich nicht mehr an das Buch *Deuteronomium*?«

Kaspar grinste. »Du solltest dich besser an Sunzi erinnern.«

In dem Moment, als der Streit zu eskalieren und von den Lakaien auf dem Teppich auf die Götter darüber überzugreifen drohte, kam Mrs Hornung zurück – mit Papa Jack an ihrer Seite. Cathy hatte ihn nach ihrem ersten Tag nur selten zu Gesicht bekommen. Der Spielzeugmacher blieb in seinem natürlichen Lebensraum, wie Sally-Anne sagte: seiner Werkstatt. Er stützte sich auf zwei hölzerne Gehstöcke, deren Knäufe die Form von Bärenköpfen hatten. Seine Haare hingen wie ein gefrorener Wasserfall über seinem felsenartigen Körper.

»Waffenstillstand!«, verkündete er flüsternd. »Jungs, euer Gast ist da.«

Kaspar hatte sie schon erspäht, doch bis Emil sich von dem Schicksalsschlag auf dem Schlachtfeld lösen konnte, dauerte es noch eine Weile. Was auch immer hier gerade passiert war, erschien ihm so ungerecht, dass ihm Tränen in die Augen getreten waren – ein achtzehnjähriger Mann, der wegen Spielzeugsoldaten weinte. »Das zählt nicht, Kaspar.«

»Darüber sprechen wir später, kleiner Bruder.«

»Und ich sage dir, *es zählt nicht.*«

Kaspar holte Cathy an den Stufen ab. »Du bist gekommen«, sagte er und nahm ihre Hand.

»Ja.«

»Ich hatte mich gefragt, ob du nicht schon eine andere Verabredung hast.«

Er neckte sie, aber warum, das konnte sie sich nicht erklären. »Wenn der Arbeitgeber einen zum Essen einlädt, ist es üblich, zuzusagen.«

»Da bin ich froh. Wenn zwei Menschen gemeinsam eine gefährliche Situation durchgestanden haben, besteht ein Band zwischen ihnen.« Er schwieg kurz. »Und, hast du Hunger?«

Vielleicht war es das, dachte Cathy. Vielleicht versuchte er, ihr eine Falle zu stellen, um sie dazu zu bringen, ihr Geheimnis zu verraten. Und warum hielt er immer noch ihre Hand?

»Das Abendessen ist serviert«, sagte Papa Jack mit seiner geisterhaft-brüchigen Stimme, und Kaspar führte sie zum Tisch.

Ein derartiges Essen hätte Cathy sich in ihren kühnsten

Träumen nicht ausmalen können. Mrs Hornung habe Jahre gebraucht, um die Kochkunst ihrer *alten Heimat* zu perfektionieren, erklärte Kaspar, wobei er die beiden Wörter so betonte, dass es für Cathy klang wie eine Art Märchenland. Die Klöße wurden *Wareniki* genannt. Der Lebkuchen war ungewohnt warm; die Suppe bestand aus Roter Bete und wurde kalt gegessen, dazu gab es dunkles Roggenbrot. Sie probierte zuerst vorsichtig, aber schon bald verlangte das Baby nach mehr.

»Also hast du doch Hunger …«, sagte Kaspar.

Am Kopfende des Tisches legte Papa Jack den Löffel beiseite. »Was mein Erstgeborener zu sagen versucht, Miss Wray, ist, dass er sich aufrichtig bei Ihnen dafür entschuldigen möchte, dass er Sie neulich in Gefahr gebracht hat. Möchtest du noch etwas hinzufügen, Kaspar?«

»Ich habe es dir doch schon erklärt, Papa – Miss Wray war begeistert von dem Papierwald. Und die Kunden auch. Weißt du, wie viele Emporium-Fertigbäume wir letzte Woche verkauft haben?«

Papa Jack wandte sich wieder seinem Essen zu.

»*Alle* …«

Das stimmte; Cathy hatte viele davon eigenhändig verkauft, nachdem sie nun auch die Kasse bedienen durfte. Kaspar hatte zwei der zuverlässigsten Helfer der Nachtschicht Nachschub herstellen lassen, aber kaum hatten sie im Emporium gestanden, waren sie auch schon verkauft.

»Nichtsdestotrotz«, sagte Papa Jack und sah Cathy zum ersten Mal richtig an, »Sie sind nicht nur als Angestellte zu uns gekommen, sondern als unser Gast. Es gibt Gesetze der Gastfreundschaft, die zu übergehen unhöflich wäre. Wir müssen diese Verpflichtungen in Ehren halten. Nicht wahr, Jungs?«

Kaspar hob den Kopf. »Bitte entschuldigen Sie, Miss Wray.«

»Entschuldigung angenommen«, sagte Cathy, obwohl ihr das Ganze etwas absurd vorkam.
»Ich hoffe, Sie denken jetzt nicht schlechter von uns. Sagen Sie mir – was halten Sie von unserem kleinen Emporium?«
Es gab zu viele Fallstricke in dieser Unterhaltung, und es war schwer einzuschätzen, welche davon mit Absicht aufgespannt wurden. Sie beschloss, dass Ehrlichkeit die beste Strategie war, und sagte: »Am liebsten würde ich es nicht verlassen.«
»Es dauert ja noch ein paar Wochen, bis der Winter zu Ende ist. Bis dahin haben Sie Ihre Meinung vielleicht geändert ...«
Er meinte es scherzhaft, doch Cathy konnte sich kein Lächeln abringen. Papa Jacks Stimme war so leise wie die fallenden Schneeflocken, die an den Fensterscheiben hinter den Papierbäumen haften blieben. Hoch über London verteilten die Wolken ihre Gaben und schmückten die Dächer mit Weiß. Wie würde es sich anfühlen, sich jetzt durch diese Straßen zu schleppen, mit einem Kind an der Brust?
»Stimmt es wirklich, dass das Emporium beim ersten Frost seine Tore öffnet und sie wieder schließt, sobald die ersten Schneeglöckchen blühen?«
»Jedes Jahr«, sagte Papa Jack. »Als Spielwarenhändler macht man in den Wintermonaten das beste Geschäft, Miss Wray. Nur dann kann man die nötige Magie heraufbeschwören. Unser Sommer ist dem ... Schöpfungsprozess gewidmet. Das Emporium wäre nicht, was es heute ist, wenn es diese Monate nicht gäbe. Ja, während der Rest der Welt im Gras liegt und faulenzt, arbeiten wir drei in unserer Werkstatt und warten auf den Winter ...«
Es klang, als wären sie eine Familie von Bären – und nun, da sie darüber nachdachte, bemerkte sie, dass Papa Jack tatsächlich etwas Bärenhaftes an sich hatte. Emil hatte es

ebenfalls. Sie schaute zu ihm hinüber; er hielt den Kopf gesenkt und konzentrierte sich auf sein Essen. Grübelte er etwa immer noch über das seltsame Spiel nach, das er und Kaspar bei ihrer Ankunft gespielt hatten? Sie ließ den Blick über den Tisch schweifen und sah Kaspar an.

»Meine Bäume habe ich im letzten Sommer erfunden«, sagte er. »Und die Lenkballons auch. Irgendwo da draußen schwebt eine Familie in einem meiner Lenkballons durch einen Papierwald. Gibt es etwas Perfekteres?« Dann fragte er: »Und was hast du im letzten Sommer erfunden, Emil?«

»Das weißt du ganz genau, Kaspar.«

»Erzähl Miss Wray davon. Kein Grund, sich zu schämen.«

Demonstrativ ließ Emil seine Gabel fallen. »Ich schäme mich nicht.«

»Gut, denn du hast wirklich keinen Grund dazu. Deine Vögel sind etwas ganz Besonderes. So wie sie aus der Verpackung bersten und davonflattern – man könnte sie fast für echt halten. Haben wir mal in den Geschäftsbüchern nachgesehen, wie sie sich verkaufen? Es sind ja immer noch so viele in den Lagerräumen, da frage ich mich, ob wir sie nicht lieber in der Wildnis aussetzen sollten? Man weiß ja nie, vielleicht lockt es ja Kunden an, wenn sie deine Pfeifenreinigervögel im Hyde Park sehen. Das wäre doch ein Spektakel. Überleg nur mal, wie es den Verkauf meiner Bäume angekurbelt hat!«

Das Bärenhafte, das Cathy an Emil wahrgenommen hatte, verstärkte sich nun noch mehr: Jeder Muskel in seinem Gesicht war angespannt, als würde er im nächsten Augenblick die Zähne fletschen. Doch dann stand er auf und sprach ganz ruhig: »Gut, dass du dich so für die Geschäftsbücher interessierst, Kaspar. Im *Chronicle* schreiben sie vielleicht über Papas Patchworkhunde und deine Bäume, aber weshalb kommen die kleinen Jungen wohl immer wieder hierher? Wegen *meiner* Soldaten. Wegen *meiner* Infanterie, wegen *meiner* Kavallerie und ...« Cathy sah, wie er sogar jetzt noch mit einem der Holzsoldaten spielte, knapp unterhalb der Tischplatte. Jedoch hatte dieser im Vergleich zu den anderen etwas an sich, das sie bisher noch nicht gesehen hatte, etwas Besonderes: Er war nobel, distinguiert, fast majestätisch. »Stell dich ins Rampenlicht, so viel du willst, aber wenn ich nicht über Wochen und Monate an meinen Soldaten arbeiten würde, dann hättest du wahrscheinlich schon längst kein Dach mehr über dem Kopf.«

»Du überschätzt dich, kleiner Bruder. Deine Soldaten sind sicher reizende kleine Dinger, aber das kann man schwerlich als *Erfindung* bezeichnen. Das ist mehr eine Art von ... Schreinerarbeit, meinst du nicht auch?«

Er sprach das Wort *Erfindung* aus wie andere das Wort *Zauberei*; *Schreinerarbeit* klang bei ihm dagegen so, wie man über seine morgendliche Gesichtswäsche sprechen würde. Cathy sah, wie Emil zusammenzuckte. Der jüngere Godman-Bruder stellte den Soldaten auf den Tisch, wo er stolz inmitten der Teller und Schüsseln aufragte.

»Wir fangen von vorne an, Kaspar. Der Sieger kriegt alles, höhere Gewalt hin oder her.«

Kaspar saß zurückgelehnt da, während er über die Herausforderung seines Bruders nachdachte. »Das ist die richtige Einstellung, kleiner Bruder!« Er stand auf. »Bitte entschuldigen Sie uns, Miss Wray. Mein Bruder bettelt um eine vernichtende Niederlage.« Kaspar bedeutete Emil voranzugehen, als er sich plötzlich noch einmal zu ihr umdrehte. »Oder möchten Sie gerne zusehen?«

Kurze Zeit später blickte sie auf ein weiteres Schlachtfeld in einem der Schlafzimmer, vermutlich Kaspars, da ein Papierbaum in der Ecke stand, und sie bezweifelte, dass Emil diesen Anblick jeden Morgen freiwillig ertragen wollte. Sie hatten das Bett an die Außenwand geschoben, Kerzen angezündet und auf dem Boden Hügel und Wälder aus Schwämmen und Ton arrangiert. Jetzt stellten die Brüder ihre Truppen auf. Kaspars Soldaten hatten nicht denselben Schliff wie Emils; einige davon waren Kopien, die von den Handwerkern hergestellt worden waren, aber selbst die, die Kaspar offensichtlich selbst hergestellt hatte, reichten nicht an Emils heran. Sie wirkten emotionsloser, in ihren Augen spiegelten sich nicht die Geschichten eines schweren Lebens oder hart erkämpften Sieges. Verglichen mit dem Kaiserlichen Rittmeister, den Emil an der Spitze seiner Armee positionierte, waren sie tatsächlich nur ganz normales Spielzeug.

Beim Aufstellen der Streitkräfte herrschte Schweigen. Einmal wagte es Cathy, eine Bemerkung zu machen, doch Kaspar bat sie grinsend um Ruhe, und so sah sie sich stattdessen im Zimmer um. Sie stand neben einer hohen Glasvitrine, in der sich ebenfalls Spielzeugsoldaten befanden, die allerdings ganz anders aussahen als die, deren inneren Mechanismus Kaspar und Emil gerade aufzogen. Man erkannte sogar erst bei genauerem Hinsehen, dass es sich überhaupt um Soldaten handelte, denn sie bestanden vollkommen aus Kiefernzapfen und Baumrinde, die von Schnürsenkeln, Wollfäden und trockenem Gras zusammengehalten wurden.

Sie schaute sie noch immer an, als die Schlacht losbrach. Die kleinen, in die Rinde eingeätzten oder eingebrannten Gesichter starrten durch die Scheibe, als würden sie das Kampfgeschehen verfolgen. Kaspars Expeditionstrupp war besiegt, und Emils Kavallerie stand bereit, auch die Flanken seiner restlichen Truppen zu durchbrechen. Cathy drehte sich gerade rechtzeitig um, um zu sehen, wie sie einen der Hügel hinunterrollte. Die Schadenfreude auf Emils Gesicht erreichte ihren Höhepunkt – nur um gleich darauf zu verpuffen, denn er hatte übersehen, dass Kaspars Reservisten unter dem Bett hervormarschiert waren. Nun, da seine Kavallerie aufgeteilt war, konnten Emils Soldaten leicht zerstreut werden. Die, die den Angriff überlebten, marschierten weiter und fielen erst um, als sie die Barriere erreichten, die das Schlachtfeld begrenzte – ein Haufen Kissen, der ein Gebirge darstellte. Am Ende blieb nur der Kaiserliche Rittmeister übrig, der schwerer war als die anderen Soldaten.

»Ergibst du dich?«

Mit zitternder Unterlippe schritt Emil aus dem Zimmer. Einen Moment lang strahlte Kaspar, doch dann erkannte er den Preis für seinen Sieg – und lief seufzend zur Tür. »Emil!« Er verschwand im Flur, und Cathy lauschte seinen Schritten. »Emil, ich wollte doch nicht ...« Kaspar brach ab und kam kurz darauf ins Zimmer zurück, diesmal ohne sein übliches Lächeln.

»Es tut mir leid«, sagte er. »So ist Emil eben.«

»Ach, da wäre ich mir nicht so sicher. Ich glaube, du hattest auch etwas damit zu tun.«

Kaspar kniete sich hin, um das Schlachtfeld aufzuräumen. Er stellte die gefallenen Soldaten seines Bruders neben seine eigenen. Der Aufziehmechanismus war bei den meisten abgelaufen; nur ein oder zwei strampelten noch im Todeskampf. »Ich gebe zu, ich war wütend auf ihn. Aber er nimmt seine Soldaten auch so unglaublich wichtig! Du hältst mich wahrscheinlich für schrecklich gemein. Aber, na ja ... er ist mein kleiner Bruder. Er nervt mich, aber das heißt doch nicht, dass ich ihn nicht ...«

»Das war ein mieser Trick, Kaspar. So, wie du ihn am Tisch getriezt hast. Das war nicht ... ehrenhaft.«

»Nicht?«

»So behandelt man sich nicht in einer Familie.«

Kaspar sah sie interessiert an. »Nun, wie hat Sie denn

Ihre Familie behandelt, Miss Wray? Sie sind doch sicher nicht ohne Grund weggelaufen.«

»Ich habe nie gesagt, dass ich weggelaufen bin.«

»Ach, Cathy, das ist doch offensichtlich, da kannst du dich noch so sehr bemühen, es nicht zu sagen.« Er verstummte kurz. »Du wirst es mir schon noch irgendwann erzählen. Ich verstehe ohnehin nicht, warum du so angestrengt versuchst, ein Geheimnis für dich zu behalten, das du im Grunde deines Herzens unbedingt loswerden willst.«

Doch Cathy hatte Übung im Schweigen, und als sich dieses zu lange hinzog, suchte Kaspar nach einem anderen Weg, es zu brechen. »Du hältst uns für Idioten, nicht? Uns derart in ein Spiel hineinzusteigern?«

»Nein«, sagte Cathy, und aus irgendeinem Grund wurde ihr Blick wieder von den Figuren in der Vitrine angezogen.

»Nein?«

»Nein, weil ich glaube, dass mehr dahintersteckt.« Sie hielt inne und sah Kaspar an. »Ich habe recht, nicht wahr? Für Emil und dich ist es mehr als nur ein Spiel. Es ist … euer Leben.«

Kaspar atmete aus, als wollte er etwas sagen, brachte aber kein Wort heraus. Es war, entschied Cathy, die erste ungekünstelte Reaktion, die sie bei ihm gesehen hatte.

»Du solltest deinen Bruder nicht so niedermachen.«

»Miss Wray, Sie missverstehen mich. Sie mögen es nicht glauben, aber es gab eine Zeit vor den Gängen, den Atrien und dem Spielzeug. Aus heutiger Sicht betrachtet könnte man meinen, das Emporium sei immer schon unsere ganze Welt gewesen. Aber vor dem Emporium gab es nur uns beide, die Godman-Brüder, es gab noch nicht einmal einen Vater, den wir unser Eigen nennen konnten. Damals waren wir alles füreinander, die ganze Welt. Ich hätte alles für Emil getan und er für mich – aber …« Kaspar konnte nicht anders als zu grinsen, denn der Witz war zu gut, um ihm zu widerstehen.«... das eigentlich nur, weil ich ihm meistens gesagt habe, was er tun soll. Emil regt sich nur so sehr auf, weil er unseren ... Langen Krieg so wichtig nimmt. Es stimmt schon, was du sagst, Cathy. Für uns ist es nicht nur ein Spiel. Es ist unser Leben.« Er ging zur Tür und spähte nach draußen. Als er sich vergewissert hatte, dass die Luft rein war, sagte er: »Der Lange Krieg hat an dem Tag begonnen, als wir unseren Vater kennengelernt haben. Damals besaßen wir, falls du dir das vorstellen kannst, praktisch kein Spielzeug. Nein, sieh mich nicht so an. Du hast dich doch dafür interessiert.« Er verstummte kurz. »Du willst es doch wissen, oder?«

Cathy nickte. Es sei eine lange Geschichte, sagte er, aber er würde sie ihr erzählen, wenn sie wolle. »Und mit denen hat alles begonnen.« Er führte sie zu der Vitrine, aus der die Figuren sie unbewegt anstarrten. »Ich war acht Jahre alt, als ich sie zum ersten Mal gesehen habe. Sie kamen aus dem Wald geschwebt, eine schmale Kolonne, getragen vom Wind – und hinter ihnen lief mein Vater, als wären sie seine Leibwache. Vorher kannte ich ihn nur von Bildern. Und das war der Tag, an dem das Emporium geboren wurde.«

Man stelle sich Folgendes vor: Kaspar Godman, acht Jahre, schmutzig und zerzaust wie all die anderen Dorfkinder, mit denen er seine Zeit verbringt. Die meisten von ihnen sind einfältig, zu einfältig für Kaspar, der, seit er denken kann, den Verdacht hat, dass er intelligenter ist als sie, eine Annahme, die darauf beruht, dass er sie normalerweise dazu bringen kann, alles zu tun, was er will, sei es, Hühnereier zu stehlen, in den Gezeitentümpeln nach Krebsen zu suchen oder Prügel zu beziehen, die eigentlich Kaspar verdient gehabt hätte. Ja, Kaspar hat die Dorfkinder schon erzogen, bevor die meisten von ihnen sprechen konnten. Er hütet sie wie ein Schäferhund seine Herde. Der Einzige, der sich ihm widersetzt, ist der, den sie Emil nennen. Was eine Schande ist, denn Emil ist Kaspars Bruder, und Kaspar kümmert sich praktisch seit dem Tag um ihn, an dem er geboren wurde.

An diesem speziellen Tag ist Kaspar langweilig, und so folgt er einem der schmalen Pfade zu der Landzunge, von der man einen guten Blick auf das Dorf hat. Von dort aus kann er jedes Haus in Carnikava sehen, alle Wege, die aus dem Wald führen, und die Gauja, die breiter und dunkler wird, wo sie in die Ostsee mündet. Als er zwischen den Bäumen hindurchgeht, hört er plötzlich Geräusche in den Wurzeln. Überzeugt, dass es nur Emil sein kann, der ihm folgt, sucht er sich ein Versteck unter einem Erdvorsprung. Dort, zwischen Asseln und Würmern, hockt er sich hin und wartet. Doch es ist nicht Emil, der ihm gefolgt ist. Stattdessen erscheint eine Prozession aus kleinen Figuren, die vom Wind getragen werden. Zuerst sehen sie noch formlos aus, aber dann erkennt er: Sie haben Zweige als Arme, werden von Dornenranken zusammengehalten und haben Köpfe aus Kiefernzapfen und Locken aus Blättern. Es sind Soldaten, die im Wind marschieren.

Versuchungen sind etwas Furchtbares für einen Achtjährigen. Noch ehe Kaspar überlegen kann, ob er ihr nachgeben soll oder nicht, rennt er los und pflückt einen der Soldaten aus der Luft. Während er die Figur in den Händen dreht, hört er schwere Schritte. Er schaut auf und sieht einen immer größer werdenden Schatten – einen Landstreicher, der auf ihn zukommt. In seinen Händen, deren Nägel an Krallen erinnern, befinden sich noch weitere Soldaten. Er holt aus und wirft sie in den Wind.

Als er Kaspar sieht, hält er inne. Carnikava hat schon mehr als einen Vagabunden gesehen. Sie wandern die Küstenstraßen entlang und leben von Diebstahl und der Freundlichkeit der Menschen. Aber dieser Mann sieht noch verwahrloster aus als die meisten anderen. Sein Gesicht ist von einem Netz aus Narben überzogen, seine Nase missgebildet, seine Zähne sind bis auf die Stümpfe abgefault – und dazu trägt er einen Vollbart, der so verfilzt ist, dass er ein Teil des Unterholzes sein könnte.

Kaspar macht auf dem Absatz kehrt und flieht – aus dem Wald hinaus und den Steilhang zur Küste hinunter, den Kiefernzapfensoldaten noch immer in der Hand. Hin und wieder wirft er einen Blick über die Schulter. Der Vagabund folgt ihm, aber er geht nicht schneller als zuvor. Er schleppt sich dahin wie ein Mann, der schon zu viele Meilen gegangen ist und glücklich wäre, einen Graben zu finden, in den er sich legen kann, bis der Schlaf ihn übermannt.

Kaspar erreicht sein Zuhause, eine Reihe von Holzhütten, und rennt in die hinein, in der sein Bruder Emil in einem Buch blättert – obwohl keiner der Godman-Brüder je Lesen und Schreiben gelernt hat.

»Was ist los?«

»Da kommt ein Wilder aus dem Wald.«

Die Tür fliegt auf, und da steht der Landstreicher. Emil springt auf und versteckt sich hinter Kaspar.

»Wer von euch ist Kaspar?«

Der Mann ist es nicht gewohnt, zu sprechen; seine Stimme besteht nur aus Flüstern und Wind.

»Ich«, sagt Kaspar trotzig.

»Wo ist eure Mama?«

»Unsere Mama ist tot«, verkündet Kaspar, »schon seit zwei Wintern.«

Der Vagabund stutzt. Hinter seiner Maske aus Schmutz erzittert er, und das Einzige, was verrät, dass er weint, sind die Streifen rosiger Haut, die seine Tränen hinterlassen.

»Und wer kümmert sich um euch?«

»Wir kümmern uns um uns selbst«, sagt Kaspar, »und wir brauchen auch niemanden.«

»Tja«, sagt der Vagabund, und seine Stimme klingt jetzt anders, weniger tierisch, wenn auch noch genauso entrückt, »ihr habt jetzt mich. Ich bin euer Papa, und ich muss jetzt schlafen.«

Irgendwoher weiß er, wo das Schlafzimmer ist, in dem sich Kaspars und Emils Mutter zum Sterben hingelegt hat. Er geht quer durch die Hütte, schließt die Tür hinter sich und lässt nur den Mantel aus notdürftig gegerbter Tierhaut zurück. Sekunden später und noch Stunden danach lässt sein Schnarchen die Hütte erzittern.

»Und was jetzt?«, flüstert Emil.

»Ich glaube, wir schlafen heute im Hühnerhaus, kleiner Bruder.«

Und genau das taten sie, obwohl sie herzlich wenig Schlaf bekamen. Denn in dieser Nacht fing der Lange Krieg an. Nach Einbruch der Dunkelheit schlichen sie zurück in die Hütte, wo der Mann schlief, der behauptete, ihr eigen Fleisch und Blut zu sein, und fanden in den Taschen des Eindringlings die Kiefernzapfensoldaten, und dazu noch Ballerinen aus Baumrinde und Streitrösser klein wie Fingerhüte. Kaspar nahm eine Handvoll, Emil nahm eine Handvoll, und draußen, wo der Hofhund bellte und die Hühner beim kleinsten Verdacht auf einen Fuchs ängstlich gackerten, trugen sie das erste Gefecht des Krieges aus, den Cathy gerade beobachtet hatte.

»Bald darauf sind wir ausgewandert«, sagte Kaspar und stellte Cathy vorsichtig eine der Kiefernzapfenfiguren auf die Handfläche. »Papa hat ein paar Tage gebraucht, um sich wieder auf Vordermann zu bringen. Er hat alle Eier gegessen, die Hühner und Ferkel geschlachtet und Würste über einem Feuer geräuchert. Wir dachten, er wäre eine Bestie, dabei hat er nur versucht, zuzunehmen. Er hat zwei Jahre gebraucht und das ganze russische Zarenreich durchwandert, um nach Hause zu kommen. Doch auch dort wollte er nicht bleiben. Er wollte weiter nach Westen, und wir sollten ihn begleiten ...«

»Und ihr seid einfach so mitgegangen?«

Kaspar nickte. »Aber nicht nur, weil er es uns befohlen hat oder weil er die Soldaten gebastelt hat! Er hätte alle Dorfkinder mitnehmen können, wenn er gewollt hätte, Miss Wray. Es war etwas in seinen Augen. Jemand musste sich um ihn kümmern, und Emil und ich haben entschieden, dass wir das übernehmen.«

»Und was ist aus dem Hofhund geworden?«

»Wir haben ihn zurückgelassen, wahrscheinlich ist er verwildert. Es hat eine Ewigkeit gedauert, bis wir Papa das verziehen haben, aber irgendwann hat er es wiedergutgemacht. Du hast Sirius ja schon kennengelernt, er war der erste Patchworkhund meines Vaters. Aber vorher sind wir noch um die halbe Welt gereist. Als wir dann endlich in London ankamen, hat uns Papa gezeigt, wie man Spielzeug herstellt. Doch das«, sagte er lächelnd, »ist eine Geschichte, die ich dir ein andermal erzähle. Aber ... Gibt es da nicht auch etwas, was du mir erzählen willst?«

Cathy hatte die ganze Zeit den Soldaten angestarrt, der auf ihrer Handfläche tanzte. Jetzt schloss sich Kaspars Hand über ihm, und sie war gezwungen, ihm in die Augen zu sehen. Sein Blick beschwor sie, ihm alles zu verraten, und je länger seine Hand sie berührte, desto mehr wünschte sie es sich auch. »So einfach ist das nicht, Kaspar. Deine Geschichte ist so voller Abenteuer. Meine ...«

Die Worte lagen ihr bereits auf der Zunge, doch in dem Moment wurde die Tür geöffnet, und Emil kam zurück. Er strahlte mehr Würde aus als vorher, auch wenn seine Augen immer noch rot und geschwollen waren. Er hatte neue Holzsoldaten in den Händen, die grob gearbeitet aussahen und immer noch die Spuren der Drechselbank trugen, aber ihre detailgetreu gestalteten Gesichter hatten etwas Glorreiches an sich: Wenn sie erst einmal bemalt waren, würden sie eine Einheit von Männern bilden, die genauso aussahen wie der Kaiserliche Rittmeister. »Das ist ein Hinterhalt«, erklärte Emil. Kaspars Augen wurden schmal, als Emil weitersprach: »Das verstößt nicht gegen die Regeln. Deine Truppen haben meine gefangen genommen. Meine Verstärkung kommt und lockt sie in einen Hinterhalt ...«

Kaspar brauchte zu lange, um sich einen Grund auszudenken, warum die Schlacht noch warten musste. Cathy entzog ihm ihre Hand und eilte davon.

»Warte!«, rief Kaspar. Cathy, die sich gerade an Emil vorbeischob, blieb stehen. »Hast du am ersten Weihnachtstag schon etwas vor?«, fragte er.

»Am ersten Weihnachtstag?« Sie hatte bereits zuvor ein paar Mal darüber nachdenken müssen, und auch jetzt drängten sich ihr wieder Bilder von den Weihnachtsfesten zu Hause auf: das Nach-unten-Stürmen vor dem Morgengrauen, die Geschichten am Vorabend, das unvergleichliche Gefühl beim Anblick der Geschenke unter dem Baum. Die Entfernung mochte den Schmerz gedämpft haben, den sie empfand, aber die Sehnsucht machte sie nur noch schlimmer.

»Da findet das Bankett statt«, sagte Kaspar. »Das Festmahl des Emporiums für alle Mitarbeiter, die nicht nach Hause fahren können. Und ... für uns Godmans.«

Cathy traute sich nicht, zu sagen, was sie eigentlich sagen wollte, und fragte stattdessen: »Wo?«

»In der Verkaufshalle.«

Bevor Cathy ging, schenkte sie Kaspar einen Blick, in dem sowohl ein Versprechen als auch ein Bedauern liegen konnte. Fünf Tage würden zwischen der Wintersonnenwende und dem ersten Weihnachtstag vergehen, fünf Tage, die er abwarten musste, bis er sicher sein konnte, was der

Blick wirklich bedeutete. Er würde jeden einzelnen Tag damit verbringen, die Antwort in ihren Augen zu suchen, und jeden Abend eine Schlacht gegen Emil verlieren. Und so würde der Lange Krieg weitergehen, während in Kaspar Godman noch eine ganz andere Schlacht wütete.

Als Cathy am Morgen des ersten Weihnachtstages bei Sonnenaufgang erwachte, war sie wie ausgehungert. Im Emporium war es still. Sally-Anne war mit John Horwood, dem Hausmeister des Emporiums, mit dem sie sich hinter dem Rücken der anderen schon öfters getroffen hatte, in ein Hotel gegangen; Ted Jacobs, Kesey und der kleine Douglas Flood waren ebenfalls in die Stadt losgezogen, um ihre Familien zu besuchen oder in irgendeiner Spelunke zu versacken. Cathy hielt sich den Bauch, rollte sich auf die Seite und versuchte sich zu versichern, dass sie nicht wirklich alleine war. Und doch – Weihnachten verstärkte das Gefühl nur noch: Ohne Sally-Anne, die ihr den Kopf mit Emporiumsklatsch füllte, spürte sie die Abwesenheit ihrer Mutter noch schmerzlicher. Es gab viele Dinge, die sie sie gerne gefragt hätte. Stattdessen stellte sie all diese Fragen dem Baby, aber als ihr irgendwann die erfundenen Antworten ausgingen, wusste sie, dass ihr nur eine Möglichkeit blieb: Früher oder später musste sie das Zimmer verlassen.

Gegen Mittag begab sie sich schließlich über die verwirrenden Treppen des Emporiums nach unten in die Verkaufshalle. Es war tatsächlich so, wie Kaspar gesagt hatte. Über Nacht waren die Regale beiseitegeräumt worden, sodass eine riesige freie Fläche entstanden war. Zwischen zwei Reihen von Papierbäumen, in denen Girlanden schimmerten, erstreckte sich eine lange Tafel, die gerade gedeckt wurde. Mrs Hornung befehligte die übrigen Angestellten wie ein General seine Männer. Jemand brachte Platten voller dampfender Kartoffeln und Rüben, jemand anderes tranchierte die Gans. Schon auf der Treppe erreichten sie die Gerüche, hüllten sie ein und lockten sie nach unten.

Eine der Verkäuferinnen rief sie zu sich, und schon kurz darauf war Cathy damit beschäftigt, kleine Kränze aus Stechpalm auf den Tellern zu verteilen. Als sie fertig war, ertönte ein Gong, und alle dreißig Angestellten, die Weihnachten dieses Jahr im Emporium verbrachten, begaben sich auf ihre Plätze. Erst jetzt sah Cathy, dass auch die Godmans bereits an der Tafel saßen. Papa Jack hatte den Stuhl am Kopfende bekommen, und Kaspar saß, etwas von ihm entfernt, zwischen einer Archivarin, einem Mädchen mit flaschengrünen Augen, und einem der Jungen, die in der Puppenabteilung arbeiteten. Beide buhlten um seine Aufmerksamkeit, und er schien es zu genießen; als er einmal aufsah, schaute er glatt durch Cathy hindurch. Später würde sie es auf den Dampf schieben, der von dem Essen aufstieg, doch sie spürte, wie ihr das Blut in die Wangen schoss.

Sie starrte immer noch in Kaspars Richtung, als ihr klar wurde, dass die Person, die sich neben ihr auf dem Stuhl niederließ, Emil war. Sie häufte sich etwas zu essen auf den Teller, aber im Vergleich zu dem Berg auf Emils war es nur ein kleiner Hügel. Dem Baby war es egal, es machte sich dennoch bemerkbar; und sie war kurz davor, sich auf das Essen zu stürzen, als Papa Jack aufstand, um all seinen Gästen frohe Weihnachten zu wünschen.

»Wir haben dich gar nicht mehr gesehen«, flüsterte Emil, als sein Vater das Glas auf einen weiteren dunklen Winter erhob, der durch die Lichter des Emporiums erhellt wurde. »Ich dachte vielleicht, mein Bruder hätte ...«

»Nein«, sagte Cathy. »Nichts dergleichen.«

»Also geht es dir ...«

»Mir geht es gut, Emil. Ganz ehrlich.«

Als sie aufschaute, sah sie, dass er eifrig nickte. »Das

dachte ich mir. Mein Bruder ... übertreibt es manchmal. Er glaubt, jeder muss ihn bewundern. Diesmal sind es die Bäume. Ich würde mich ja unglaublich darüber aufregen, wenn sie nicht so gut wären. Aber sie sind nun mal gut, Cathy. Das ist das Problem. Als ich gesehen habe, was er mit den Bäumen geschaffen hat, na ja ...« Er brauchte den Satz nicht zu beenden. Sie hatte Emils Blick gesehen, damals inmitten des Papierwaldes: Ja, es hatte Neid darin gelegen, aber auch pure Begeisterung. »Ich habe jahrelang versucht, etwas ähnliches Magisches zu erschaffen. Und Papa muss es bemerkt haben. Wenn meine Soldaten nicht gewesen wären, dann wäre das Spiel längst entschieden gewesen. Papa hätte Kaspar das Emporium überschrieben und ...« Am Kopf der Tafel hatte Papa Jack seine Ansprache beendet. Als der Jubel losbrach, verlor Emil den Faden und murmelte nur noch etwas Unzusammenhängendes. »Du wolltest nicht nach Hause fahren?«, fragte er schließlich und versuchte dabei, den Lärm zu übertönen.

»Nein.«

»Wirst du deiner Familie nicht fehlen?«

»Nein«, sagte sie, halb, um sich selbst davon zu überzeugen. Längst hatte sie sich gefragt, wie es heute wohl bei ihr zu Hause aussah, ob Geschenke verteilt wurden, ob gefeiert wurde, oder ob ...

An irgendeinem Punkt während der Unterhaltung, als sie den ersten Bissen zu sich nahm, spürte sie, wie das Baby in grenzenlosem Entzücken in ihr herumpurzelte. Sie legte die Hand auf ihren Bauch und spürte, wie hart er sich inzwischen anfühlte. Sie wunderte sich darüber, dass jetzt sogar schon Sally-Annes Kleider spannten, als plötzlich etwas von unten gegen ihre Hand drückte. Als sie sie vor Schreck von ihrem Bauch nahm, passierte es wieder, und diesmal sah sie eine kleine Wölbung durch den Stoff, die Berührung ihres Kindes.

Sie legte den Finger darauf. Sofort zog sich das Baby zurück. Dann fasste es neuen Mut und trat wieder zu.

Aus dem Augenwinkel sah sie, wie Emil erstarrte. Er blickte unverwandt auf die Stelle, die sie berührt hatte; sein Gesicht war puterrot angelaufen. Die Realität hatte sie eingeholt.

»Emil?«

»Aber Cathy, du bist doch nicht etwa ...«

»Emil«, sagte sie, überrascht, wie schnell ihre Stimme brüchig wurde, »*bitte* ...«

Doch er hatte sich schon wieder über sein Essen gebeugt und blickte stur geradeaus. Das Baby, unberührt davon, dass es entdeckt worden war, bewegte sich weiter in ihrem Bauch.

BLINDE PASSAGIERIN

✶ ✶ ✶ ✶ ✶ ✶ ✶ ✶

Papa Jacks Emporium

1907

Emil Godman: Jüngster Sohn eines jüngsten Sohnes; Sohn eines Spielzeugmachers, der bei der Geburt seines Sohnes noch nicht wusste, dass er ein Spielzeugmacher war; Sohn eines Mannes, der eines Tages Wege finden sollte, ganze Welten zu erfinden. Hätte man Emil in dieser Weihnachtsnacht durch die Lücken in den Bodenleisten seiner Werkstatt beobachtet, hätte man ihn an einem in einer Schraubzwinge festgeklemmten Spielzeug herumbasteln sehen können. Er arbeitete schon viele Monate daran, fand jedoch den Kniff nicht, mit dem er daraus etwas machen konnte, das einen Ehrenplatz im Emporium verdient hätte. Etwas, das die Saison krönen, etwas, das die Lobpreisungen der Fertigbäume übertreffen würde – etwas, *irgendetwas*, das neben der Magie bestehen konnte, mit der sein Vater und jetzt auch sein Bruder ihre Spielzeuge versahen.

Es war ein mit Samt ausgeschlagenes Mahagonikästchen, und als er es öffnete, wurde eine Familie von Mäusen sichtbar, die wie Ballerinen gekleidet waren. Er zog sie auf und wagte noch zu hoffen, als die Mäuse sich in Formation aufstellten – doch als die Musik klimpernd einsetzte und der

Tanz begann, lief alles falsch. Als die erste Maus eine Pirouette drehte, fiel sie gegen die anderen Tänzerinnen. Als die zweite eine Arabesque ausführte, stürzte sie prompt. Und als es Zeit für den Höhepunkt war und die ganze Truppe *Tours en l'air* drehen sollte, entstand ein heilloses Durcheinander, und die kleinen grauen Beine zappelten wild in der Luft.

Emil hob die Mäuse auf und setzte sie zurück in das Kästchen. Er wollte es noch einmal probieren, aber etwas ließ ihn innehalten. Zuerst dachte er, es seien seine verräterischen Hände. Mit vor Zorn sprühenden Augen sah er sie an – warum brachten sie keine Magie zustande, ein Schaukelpferd etwa, das sich von seinen Kufen befreit und wild durch den Laden streift? Dann wurde ihm jedoch klar, dass es nicht an seinen Händen lag. Ihm ging einfach viel zu viel durch den Kopf, er war zu sehr mit anderen Dingen beschäftigt. Wie konnte er erwarten, etwas Magisches zu erschaffen, wenn er nicht mit dem Herzen bei der Sache war? Es war das Mädchen. Er konnte einfach nicht aufhören, an das Mädchen zu denken …

Die erste Weihnachtsnacht kam und ging, und Emil hatte sie nicht verraten. Und auch am zweiten Weihnachtstag klopfte Papa Jack nicht an Cathys Tür und verlangte zu wissen, warum sie ihm nicht erzählt hatte, dass sie unter seinem Dach ein Baby zur Welt zu bringen gedachte. Am nächsten Morgen, als die Angestellten das Emporium auf die Wiedereröffnung vorbereiteten, gab es kein Getuschel und keine bösen Blicke von Sally-Anne und den anderen. Von Selbstzweifeln geplagt, stand Cathy am Fuß der Treppe, die zur Wohnung der Godmans führte. Sie hoffte, Emil dort abzufangen, doch der war längst unterwegs, und bald kam Sirius und versuchte, sie mit seinem federweichen Gebell zu vertreiben.

Heute, so kurz nach Weihnachten, gab es zwar einen Ansturm von Kunden, aber es war nicht mehr so viel los wie Anfang Dezember. Cathy arbeitete an der Kasse oder ließ Kinder auf den Schaukelpferden in den Gängen auf und ab reiten, während die Pferdepfleger pflichtbewusst danebenstanden. Ab dem Neujahrstag war sie sogar mutig genug, um wieder jeden Abend den Palast zu besuchen. Gegen Ende der Woche glaubte sie allmählich, sie müsse sich geirrt haben, und Emil habe gar nichts bemerkt. In der zweiten Januarwoche, die ein frisches Schneegestöber brachte, fühlte sie sich endlich wieder sicher. Sicherheit war ein Gefühl, das einen, anders als Nervosität oder Angst, fast unbemerkt überkam. Sicherheit überfiel und packte einen nicht plötzlich, sie war einfach da. Cathy hatte sich sogar fast schon selbst davon überzeugt, sich anderen anzuvertrauen, als Sally-Anne eines Morgens in den Palast stolziert kam, das Frühstück unterbrach und alle um ihre Aufmerksamkeit bat.

»Zeit, die Koffer zu packen, meine Damen und Herren«, verkündete sie mit trauriger Stimme.

Sally-Anne stand auf dem Podium, eine einzelne weiße Blume in der Hand – ein Schneeglöckchen, gepflückt auf der Terrasse des Emporiums. Allen war sofort klar, was die Stunde geschlagen hatte. Es fing an zu tauen. Dieser Tag war der letzte der Saison.

Das Emporium schloss seine Tore an einem kalten Januarmorgen, an dem ganz London von Raureif bedeckt war.

Mrs Hornung hatte große Kessel mit Apfelkompott für die scheidenden Angestellten vorbereitet, davon abgesehen gab es aber keine feierliche Verabschiedung. Papa Jack kam nicht aus seiner Werkstatt. Und auch Emil und Kaspar ließen sich kaum blicken. Als Cathy ihre wenigen Habseligkeiten gepackt hatte, waren die meisten schon gegangen.

Langsam begab sie sich in die Verkaufshalle, aus deren Regalen bereits die meisten Spielsachen verschwunden waren. Die Eingangstür stand offen; sie spürte die eisige Kälte der Londoner Luft.

»Kommst du nächstes Jahr wieder, Liebes?«, fragte Mrs Hornung.

»Ja«, log Cathy und ging nach draußen. Die beiden Herzen in ihr klopften wild.

Am Ende der Gasse eilte Sally-Anne an ihr vorbei und flüsterte: »Viel Glück!« Gleich darauf stieg sie in ein Taxi, das ihr Verehrer ihr geschickt hatte. Dann war Cathy allein und kam sich verloren vor in der riesigen, fremden Stadt.

Das Emporium hatte sie eine Zeit lang beschützt. Emil hatte sie beschützt, indem er nichts verraten hatte. Doch jetzt musste sie einen anderen Weg finden. In ihrer Tasche gab es ein Geheimfach, in dem sie den ganzen Winter über ihr Gehalt gesammelt hatte. Wenn sie sparsam war, würde ihr das bis zum Frühling reichen. Aber der Frühling würde nicht nur der Natur zu neuem Leben verhelfen, und bis zum nächsten Frost und zur feierlichen Eröffnung des Emporiums war es noch lange hin.

Sie brach auf in eine unbekannte Zukunft.

Entscheidungen wie diese sollte man nicht übers Knie brechen, und doch musste sie genau das tun: An jeder neuen Kreuzung entschied sie über die Zukunft ihres Kindes, plante sein Leben, indem sie sich dieser oder jener Haltestelle näherte. Ohne es gewollt zu haben, erreichte sie die Regent Street, wo Straßenbahnen und Omnibusse um die Vorherrschaft kämpften. Norden oder Süden, das war die Frage. Der Wind kam von Norden; also ging sie nach Süden.

Es dauerte eine Weile, bis sie einen Bus fand, der nach Lambeth, Camberwell und darüber hinaus fuhr – Orte, die genauso gut waren wie alle anderen. Sally-Anne hatte von großen Häusern in der Brixton Road erzählt, die in winzige Wohnungen aufgeteilt worden waren und in denen die Londoner Büroangestellten und Bahnarbeiter wohnten. Kein schlechter Ort, um ihr Kind auf die Welt zu bringen. Die Frage, was danach kommen würde, verdrängte sie hartnäckig.

Cathy suchte sich einen Platz in der unteren Etage des Busses. Die Fenster waren vor Kälte beschlagen; von London war nur ein geisterhafter Nebel zu sehen. Der Bus hatte den Piccadilly Circus noch nicht erreicht, als sich jemand neben sie setzte. Obwohl sie den Kopf gesenkt hatte, spürte sie, dass der Fremde sie von oben bis unten musterte. Schließlich hielt sie es nicht mehr aus und blickte auf, entschlossen, ihn zur Rede zu stellen – da erkannte sie, dass es Kaspar Godman war, der neben ihr saß. Er sah fast beleidigt aus, dass sie ihn nicht eher bemerkt hatte.

»Wohin des Weges?«

»Kaspar, was machst du …«

»Ganz ohne dich zu verabschieden.«

»Das Emporium ist geschlossen, Kaspar«, sagte sie und versuchte schnell, ihre Gedanken zu ordnen. »Alle sind gegangen.«

»Und wo willst du jetzt hin?«

Sie suchte nach einer Antwort, doch jede Lüge, die ihr in den Sinn kam, löste sich in Luft auf, bevor sie sie aussprechen konnte. »Ich weiß es nicht«, gab sie schließlich zu.

»Hast du nicht darüber nachgedacht, bevor du …«

»Was *machst* du hier, Kaspar?«, unterbrach sie ihn.

»Ich?«

»Es ist einfach seltsam, dich außerhalb des Emporiums zu sehen. Das ist, als sähe man … eine Schwalbe im Winter.«

Kaspar lachte schallend, dann sagte er: »Warum haben Sie es mir nicht gesagt, Miss Wray?«

Die Worte trafen sie nicht so hart, wie sie gedacht hatte.
»*Emil.*«
»Mach ihm keinen Vorwurf. So wie der Trübsal geblasen hat, wusste ich, dass irgendwas nicht stimmt. Und als ich all die Schneeglöckchen gesehen habe, die er in seiner Werkstatt zum Trocknen aufgehängt hatte – na ja, es braucht einiges, bis Emil die Regeln bricht. Er hat sie letzte Woche jeden Morgen gepflückt, bevor sie jemand gesehen hat, weißt du? Als hätte er nicht gewollt, dass die Saison zu Ende ist und jemand geht. Bei Gott, dachte ich, er muss verliebt sein! Es war reines Pech, dass Sally-Anne heute Morgen vor ihm auf der Terrasse war. Wahrscheinlich hätte er bis zum Frühling alle Schneeglöckchen gepflückt und dafür gesorgt, dass das Emporium offen bleibt, bis die Royal Gardens in voller Blüte stehen. Also musste er es mir beichten, verstehst du? Schon die Vorstellung, dass ich unserem Vater erzähle, was er gemacht hat ...« Der Bus, der gerade an einer Haltestelle stand, fuhr wieder an, doch Kaspar rief dem Fahrer zu, er solle noch warten. »Cathy, zwing mich nicht, vor so vielen Zuschauern den Gentleman zu spielen. Du glaubst doch wohl nicht, dass ich dich – dass ich euch *beide* – einfach so verschwinden lasse, oder?«

In der Verkaufshalle war es still. Die bedrückende Atmosphäre, die über allem lag, hatte fast etwas Unterirdisches, das wenige Licht, das durch die Fenster in der Kuppel fiel, drang kaum bis in die Gänge vor. Kaspar und Cathy betraten das Gebäude durch einen der Lieferanteneingänge und blieben in einer Nische mit Regalen voller Aufklapp-Bilderbücher stehen. Jedes davon enthielt neue Wunder, jede Seite ein buntes Feuerwerk, das den Leser in die verlorene Welt der Dinosaurier, auf verlassene Inseln voller kannibalischer Hexen, in die nebelverhangenen Londoner Straßen oder in einsame Moorlandschaften entführte. Kaspar überprüfte die angrenzenden Gänge, bevor er sie weiterführte.

Bald darauf erreichten sie den Papierwald, der nach wie vor das Spielhaus umgab. Während Cathy sich schon unter den Ästen hindurchduckte, nahm Kaspar noch mehr Fertigbaum-Schachteln von den Regalen und warf sie auf den Boden. »Nur für den Fall«, sagte er grinsend und zuckte kaum mit der Wimper, als die Bäume hinter ihnen emporschnellten. Nun, da das Spielhaus völlig von Bäumen umzingelt war, konnte man es von den anderen Gängen aus kaum noch sehen.

Nachdem er die Tür aufgemacht hatte, blieb Cathy wie angewurzelt stehen. »Du hast das alles für mich ...«

Es hatte sich einiges verändert, seit sie zuletzt hier gewesen war. Neben dem Bett stand eine Wiege, davor ein russisches Schaukelpferd, auf dem Decken und Tücher lagen. Eine kleine Küche gab es ebenfalls, samt gasbetriebener Kochplatte, einem Wasserkessel und einer Auflaufform mit angebranntem Rand. Im Regal darüber standen Einmachgläser, Mehl und Schmalz. »Das ist alles, was ich aus der Küche mitgehen lassen konnte, ohne dass Mrs Hornung Verdacht schöpft«, sagte Kaspar.

»Hier soll ich wohnen?«

»Warum nicht?« Für ihn war das keine Frage. »Es gibt hier alles, was du brauchst. Kein Mensch würde dich sehen. Und die Wände ... Papa hat sie so gebaut, dass eine Horde Kinder hier drin spielen kann und man draußen kaum ein Flüstern hört. Es gibt drei Dinge, die eine Frau braucht, Cathy. Ein Dach über dem Kopf, etwas zu essen auf dem Teller ... und charmante Gesellschaft. Eins, zwei, drei.« Bei drei deutete er mit dem Finger auf sich selbst.

»Du hast Emil nichts davon erzählt? Und Papa Jack auch nicht?«

»Streng genommen verstößt es ja gegen die Regeln. Emil kann da ziemlich pingelig sein, und mein Vater würde es vielleicht nicht verstehen. Seit dieser unglücklichen Geschichte mit dem Spielzeugmacher aus der Portobello Road ... na ja, er sieht überall Gespenster. Ich sage nicht, er würde dich für eine Diebin halten, aber vielleicht würde er glauben, du wärst von Dieben angeheuert worden. Was könnte es für eine bessere List geben, als ein schwangeres Mädchen anzuheuern, das unser Mitgefühl ausnutzt?«

»Du machst dich über mich lustig.«

»Cathy«, sagte er, jetzt ernster, »du wärst hier sicher. Du willst doch das Baby nicht in irgendeinem Zimmer in Lambeth kriegen, oder?«

Sie schüttelte den Kopf.

»Siehst du, und das musst du ja auch nicht. Alles, was du brauchst, gibt es hier. Das Spielhaus kann deine Zuflucht sein. Dich beschützen. Alles, was du tun müsstest, wäre, die Tür zu verschließen, dann würde dich niemand finden. Mein Vater hat noch kein Spielzeug hergestellt, das es sich erlauben würde, kaputtzugehen. Diese vier Wände sind eine Festung. Das Emporium könnte in sich zusammenstürzen, und du wärst hier drin immer noch sicher.« Seine nächsten Worte klangen nicht mehr ganz so prahlerisch. »Lass mich das für dich tun«, flüsterte er, und dann, schon wieder selbstbewusster: »Warum solltest du je wieder woanders sein wollen?«

Ja, warum? Als Kaspar weg war, inspizierte Cathy das Spielhaus. Ein komplettes Leben im Miniaturformat. Sie hätte lügen müssen, wenn sie gesagt hätte, dass sie keine Angst hatte oder dass sie sich nicht fragte, *warum* – aber vor allem war sie erleichtert. Spätestens als sie sich eine Scheibe Brot auf der Kochplatte röstete und sie mit Holundermarmelade beschmierte, umspielte ein erstauntes Lächeln Cathy Wrays Lippen.

Er kam abends wieder, als der gruselige Ruf der Plüscheulen sie wach hielt. Er hatte Vorhänge für die Fenster und zusätzliche Laken für das Bett mitgebracht; die Schneeglöckchen mochten zwar blühen, aber es herrschte immer noch Winter, und in der Verkaufshalle war es bitterkalt. Er hatte auch Tee und Suppe dabei. »Wenn dir langweilig wird, kannst du dich hiermit weiterbilden«, sagte er und leerte einen Beutel voller Broschüren und alten Lithografien auf dem Bett aus. »Das sind alle Kataloge und Werbeprospekte, die das Emporium je herausgebracht hat. Meine ganz persönliche Sammlung. Eines Tages wird ihr eine Ausstellung gewidmet werden. ›Kaspar Godmans Emporiumsarchiv!‹« Er suchte eine der älteren Karten heraus. »Hier«, fuhr er fort, »was hältst du davon?«

Auf der Karte waren Plüschbären von fragwürdiger Gestalt abgebildet. Darüber stand: KOMMT IN PAPAS EMPORIUM.

»Das, was du da in Händen hältst, ist mein Werk. Ich wette, du wusstest nicht, dass du dich in Gegenwart eines waschechten Künstlers befindest.« Als sie nicht widersprach, fügte er hinzu. »Ich war damals neun. Im selben Monat hat mein Vater den hier erfunden ...«

Kaspar pfiff, und Sirius kam ins Spielhaus getapst. Er strich Kaspar liebevoll um die Beine. Dann hockte Kaspar sich hin, kraulte ihm das Ohr und sah Cathy an.

»Verstehst du?«

Als Antwort auf seine Frage legte sich der Hund neben Cathys Füße.

»Er soll dir Gesellschaft leisten, wenn ich nicht da bin. Ich komme, so oft ich kann, aber ich muss auch auf Emil und Papa Rücksicht nehmen. Sie erwarten, dass ich oben in der Werkstatt bin und neue Spielzeuge für den nächsten Winter entwerfe. Und wenn sie mich nicht arbeiten sehen, schöpfen sie Verdacht.«

Cathy hockte sich hin, und der Hund stupste mit der Schnauze ihre Hand an. Sie hatte immer noch keine Ahnung, wie er funktionierte, aber je mehr Zeit sie mit ihm verbrachte, desto weniger schien es eine Rolle zu spielen.

»Papa hat ihn für uns gemacht, als Erinnerung an den Hund, den wir zurückgelassen haben. Im Winter, als wir hier angekommen sind. Wir lebten zu dritt in einem Zimmer, in einer dieser winzigen Unterkünfte in Whitechapel, die ein gutes Mädchen wie du nicht kennt. Papa hat damals kein Wort gesprochen. Ihm fehlten die Worte. Aber er hat uns die Soldaten gemacht, und wir haben unseren Langen Krieg fortgesetzt. Eines Abends hat Emil geweint, also habe ich ihn in den Arm genommen und gefragt, was los ist. Und als er sagte, dass er an unseren alten Hund denken musste, na ja, da musste ich auch weinen. Das findest du wohl schwer zu glauben. Ich, *Kaspar Godman*, und weinen? Na ja, es war eine ganz besondere Nacht. Damals konnten wir kaum ein Wort Englisch. Was hätten wir darum gegeben, mit den Jungs eine Etage tiefer zu spielen! Aber keiner verstand ein Wort von dem, was wir sagten. Papa nahm jede Arbeit an, die er kriegen konnte, und irgendwann kam er mit Stapeln von alten Hosen und Umhängen nach Hause. Er muss mindestens drei Wochen lang mit diesen Sachen in einer Ecke herumgewerkelt haben – und dann, eines Morgens, war dieser Hund da und wartete frisch aufgezogen darauf, mit uns zu spielen. Wir nannten ihn Sirius, nach dem Hund, den wir zurückgelassen hatten ...« Kaspar schnippte mit den Fingern, und Sirius machte Männchen. »Damals war er einfacher gestrickt und konnte noch nicht so viele Tricks ...«

»Er ist wundervoll«, sagte Cathy und meinte es auch so.

»Cathy.« Seine Stimme klang nun ernster. »Wenn du ihn behalten willst, musst du mir eins versprechen.«

»Ich kenne dich, Kaspar«, sagte sie, ohne zu wissen, ob

das wirklich stimmte. »Erzähl mir zuerst, was es ist, bevor ich mich zu irgendwas verpflichte ...«

Kaspar atmete tief ein. »Du musst dafür sorgen, dass er immer aufgezogen ist. Seit Papa ihn uns geschenkt hat, ist er es immer gewesen. Anfangs nur, weil Emil und ich ständig mit ihm spielen wollten. Aber dann ...« Er zögerte. »Ich weiß nicht, ob ich es erklären kann. Es kommt dir wahrscheinlich komisch vor. Sirius hat sich seitdem so sehr verändert. Ein paar Flicken sind abgerissen. Er hat neue Knopfaugen. Einmal ist sein halber Schwanz verbrannt, und wir haben ihm einen neuen angenäht. Aber er war immer aufgezogen. Dafür haben wir gesorgt. Und ... sein Mechanismus ist alt. Ich weiß nicht, was passiert, wenn er nicht pausenlos läuft. Was, wenn man ihn nie wieder aufziehen kann? Was, wenn das sein Ende ist? Also«, schloss er, »du musst es mir versprechen.«

»Ja«, sagte Cathy, und Kaspar wandte sich ab, als wollte er seine Augen verbergen. Bald darauf stand er zögernd in der Tür des Spielhauses, bereit, im Papierwald zu verschwinden.

»Kaspar, wenn er wirklich auslaufen sollte und der Mechanismus kaputt wäre, könntest du ihm nicht einfach einen neuen einbauen?«

»Ich glaube, so einfach ist es nicht. Das wäre, als würde dir jemand die Brust aufschneiden und dir ein neues Herz geben – wie kann etwas, wie kann *jemand* danach noch derselbe sein?« Er schaute sie an und rang sich ein Lächeln ab. Die Unterhaltung war zu ernst geworden, entschied er, das Leben sollte leicht sein, nicht voller Verzweiflung. »Sie müssen mich für schrecklich seltsam halten, Miss Wray.«

»Schrecklich sentimental vielleicht.«

»Aha!«, sagte Kaspar. »Tja, da hast du es. Wenn ein Spielzeugmacher nicht mehr sentimental sein darf, wer dann?«

Das Spielhaus war größer, als es von Rechts wegen sein sollte, und doch kam es ihr schon gegen Ende des zweiten Tages vor wie ein Gefängnis. Sie verbrachte viele Stunden damit, die alten Kataloge durchzulesen und Papa Jacks Erfindungen über die Jahre hinweg zu verfolgen, aber damit konnte sie sich nicht ewig ablenken. Als der dritte Abend anbrach, wusste sie alles über den ersten Winter der Godmans im Emporium, das damals nur aus dem Raum bestand, von dem Kaspar ihr erzählt hatte. Zu der Zeit tauschten sie ihre Spielzeuge noch gegen Brennstoff. Cathy erfuhr, dass Jekabs Godman im nächsten Sommer genug Geld gespart hatte, um sich am Tag des ersten Winterfrosts von einem anderen Einwanderer namens Abram Hassan ein verfallenes Geschäft am Ende von Iron Duke Mews zu mieten. Hassan hatte Jekabs davon überzeugt, dass es auch ein Ausländer in London zu etwas bringen konnte. Bis dahin hatte er hart daran gearbeitet, seinen Akzent zu verlieren, mit der Begründung, dass englische Kinder englisches Spielzeug haben wollten, doch Hassan hatte ihn belehrt, dass, wenn dieses »Emporium« ein Erfolg werden sollte, ein bisschen Exotik nicht schaden könne. Die Menschen glaubten an die Magie aus dem eisigen Osten, sagte er, solange dieser Osten weiter weg war als Whitechapel oder Bethnal Green. Und so wurden in jenem Winter die Schaukelpferde mit rot-grünen russischen Ornamenten verziert, und die Plüschbären wurden zu Eisbären mit pechschwarzen Augen. Cathy sah sich die Postkarten an, mit denen Kaspar und Emil damals durch das West End gezogen waren, um die Werbetrommel zu rühren, während ihr Vater im Geschäft arbeitete. Es musste funktioniert haben, denn im Katalog des folgenden Jahres wurde das Emporium stolz zum Stadtgespräch erklärt. Papa Jacks Spielsachen hatten sich einen so guten Ruf erworben, dass er das Gebäude kaufen konnte. Die ersten Fotografien der Verkaufshalle zeigten Gänge voller verzauberter Kinder und ebenso verzauberter Eltern. Das war, wie Cathy vermutete, der wahre Trick, der das Emporium zum Erfolg geführt hatte: selbst die Erwachsenen dazu zu bringen, sich Spielsachen zu kaufen.

Die alten Fotografien zu betrachten war in den ersten Tagen eine gute Ablenkung. Doch die Zeit zwischen Kaspars Besuchen war schmerzlich lang, und wenn sie mit Sirius redete, hallte ihre Stimme in dem höhlenartigen Spielhaus wider.

»Ich bringe dir noch ein paar Bücher«, sagt Kaspar eines Abends. »Und Spiele. Wir haben Schach- und Backgammonbretter, mit denen du gegen dich selbst spielen kannst. Wenn man es richtig anstellt, kann sich das Holz sogar *erinnern*. Wenn man sie einmal geschlagen hat, schafft man es kein zweites Mal auf die gleiche Art.«

Doch manchmal trieb die Langeweile sie bereits mitten am Nachmittag zurück ins Bett. Oft merkte sie erst, wie spät es war, wenn Kaspar seinen Besuch ankündigte, indem er ans Fenster klopfte. Einmal kam er, als sie schon schlief, und als sie erwachte, zog er gerade hastig Sirius auf, dessen Mechanismus sich gefährlich verlangsamt hatte. »Jeden Abend«, sagte er, als der Hund wieder auf die Beine kam. »Jeden Abend vor dem Gebet …« Cathy schwor auf der Stelle, dass sie es nie wieder vergessen würde.

Irgendwann wurde ihr klar, dass sie schon seit mehreren Wochen nicht mehr an ihre Eltern gedacht hatte, noch nicht einmal an Lizzy. Von Daniel hatte sie nur noch ein verschwommenes Bild im Kopf; hätte es das Kind in ihrem Bauch nicht gegeben, wäre es, als hätte er nie existiert. Vielleicht war das der Lauf des Lebens: neue Familien, die die alten ersetzten.

Eines Tages arrangierte sie die Möbel neu, stellte das Bett um, hängte die Vorhänge anders auf, baute die Kinderecke ab und in einer anderen Ecke wieder auf.

»Ich weiß, was hier los ist«, verkündete Kaspar, als er abends kam, und legte die mitgebrachten Vorräte auf das Bett. »Darüber habe ich in den Annalen gelesen. Polarforschern, die in ihren Zelten gefangen sind, geht es genauso. Es ist eine Art Hysterie: der Schneekoller!«

»Es ist *keine* Hysterie. Oder irgendein Koller. Es ist ...«

»Wenn ich das nächste Mal komme, hast du vielleicht schon einen kleinen Tempel für einen deiner neuen Götter gebaut.«

»So schlimm ist es auch wieder nicht.«

»Wirklich nicht?«, sagte Kaspar. »Dann macht es dir bestimmt nichts aus, wenn ich heute nicht allzu lange bleibe. Ich stecke bis über beide Ohren in Arbeit ...«

Cathy, die nicht wollte, dass er wusste, wie angespannt sie innerlich war, zuckte nur die Schultern – und mit einem selbstgefälligen Grinsen schlenderte Kaspar zur Tür hinaus. Er hatte gerade die Baumgrenze erreicht, als er spürte, wie ihn ein Papierball im Nacken traf. Er hielt kurz inne, aber tat dann so, als sei es nur ein gefallenes Blatt gewesen. Doch als er weiterging, rannte Sirius ihm hinterher. Erst als der Hund ihn eingeholt hatte, warf er einen Blick zurück. Cathy stand an der Schwelle und ging demonstrativ keinen Schritt weiter. Der Mut, auf seine Spielchen einzugehen, hatte sie offensichtlich verlassen.

»Bleib«, sagte sie – und mit kaum verhohlenem Triumph stolzierte Kaspar in das Spielhaus zurück.

»Es hat was. Zumindest ist es ein guter Anfang«, sagte Kaspar. »Und ohne dich wäre ich nie darauf gekommen ...«

»Ohne mich?«, fragte Cathy und wusste nicht, ob sie geschmeichelt oder genervt sein sollte.

»Ich zeig's dir.«

Zwischen ihnen auf dem Boden stand ein kleiner, brauner, zweckmäßig aussehender Koffer, er war so schmucklos, dass er nicht einmal einen Griff hatte. Kaspar kniete sich hin und öffnete ihn. Im Inneren war er mit einem schwarzen Samtfutter ausgekleidet, wirkte jedoch nach wie vor unspektakulär. Erst als Kaspar mit einem Fuß in den Koffer stieg, wurde ihr klar, dass die Schwärze von einer ungeahnten Tiefe war – denn Kaspars Fuß sah aus, als wäre er durch den Kofferboden, ja sogar durch die Holzdielen geglitten. Nachdem er sicher war, festen Untergrund gefunden zu haben, zog er das andere Bein nach.

Cathy betrachtete ihn von allen Seiten, während Sirius lautlos bellend um ihn herumsprang. Der Koffer hatte Kaspar bis zu den Knien verschluckt, obwohl er ihm eigentlich nicht einmal bis zu den Knöcheln hätte reichen dürfen.

»Was ist? Krieg ich nicht einmal ein Lächeln?«, fragte Kaspar.

»Erklär es mir«, verlangte Cathy, entschlossen, ihm diese Genugtuung nicht zu geben, obwohl es sie einige Anstrengung kostete, ihre Überraschung zu verbergen.

»Na ja, ich habe dir ja erzählt, dass Papa mit Räumen die erstaunlichsten Dinge anstellen kann. Schon als kleiner Junge habe ich versucht, es zu begreifen – aber erst, als ich über dich hier in deinem Versteck nachgedacht habe, habe ich angefangen zu verstehen. Ich habe gedacht: Wenn du im Haus bist, kannst du nicht beweisen, wie groß das Haus von außen ist. Wenn man drinnen ist, dann ist es so groß, wie es sich anfühlt – und das ist alles, was zählt. Die Perspektive hat sich geändert, verstehst du? Und für das kleine ...«, er deutete auf Cathys Bauch, »... Wesen da drin ist es genauso. Für das Baby ist dein Körper die ganze Welt. Das gesamte Universum. Dieser Gedanke war der Anfang, danach habe ich begonnen herumzuexperimentieren ...«

Cathy bedeutete Kaspar, aus dem Koffer zu steigen, dann nahm sie seinen Platz ein. Es fühlte sich nicht unnatürlich an, sie spürte kein komisches Kribbeln in den Knöcheln, als sie hineinsank und ein Stück weiter unten den Boden erreichte; es war das Normalste auf der Welt. Und trotzdem sagte sie: »Ich habe keine Ahnung, wovon du sprichst.«

»Und ich glaube, mir ist hier ein echter Durchbruch gelungen, ich habe überwunden, was mich bisher zurückgehalten hat. Wenn der Sommer zu Ende ist, werde ich mehr Raum in meinen Koffern haben, als du für möglich hältst. Die eigentliche Frage ist nur, wie man sie verkaufen soll? Ich habe da an so etwas gedacht wie ›Emporiumsschlupfwinkel‹, perfekt für jede Art von Versteckspiel. Oder ...«

»Spielzeugtruhen!«, verkündete Cathy. »Truhen, die von innen so groß sind, dass ein ganzes Kinderzimmer darin Platz hat. Man räumt einfach alles rein. Denk mal darüber nach, Kaspar. Welche Mutter hätte manchmal nicht gern so eine Truhe?«

»Sie haben einen raffinierten Verstand, Miss Wray. Wir verkaufen etwas für die Mütter, natürlich! Die Mütter sind die, die die Macht über den Geldbeutel haben.«

Cathy konnte beinahe sehen, wie die Verkaufszahlen vor Kaspars geistigem Auge in die Höhe schossen. Schnell half er ihr, aus dem Koffer zu klettern, klappte ihn wieder zu und eilte davon. »Ich muss nachdenken. So viel nachdenken ...«

An der Schwelle blieb er kurz stehen, um sich zu verabschieden. Ein neuer Ausdruck lag auf seinem Gesicht; es war, als sähe er sie zum ersten Mal. »Es ist bald so weit, nicht?«, fragte er mit Blick auf ihren Bauch.

»Nur zu bald«, flüsterte Cathy.

Sie hatte zu viel Zeit geschenkt bekommen. Zu viel Zeit, um nachzudenken, zu viel Zeit, um sich vorzustellen, wie die Geburt verlaufen würde. Im Emporium konnte die Zeit immer trügerisch sein, aber so deutlich wie jetzt hatte sie es noch nie gespürt: Während ihr Körper sich rasend schnell veränderte, vergingen die Tage langsam, auch wenn Kaspar an den folgenden Abenden mit neuen Versionen seiner Erfindung für Ablenkung sorgte. Vier Nächte später hatte er den Prototyp der Spielzeugtruhe dabei: Sie war schlicht, aus Kiefernholz und mit dem Zinnsoldatenemblem von Papa Jacks Emporium versehen. An diesem Abend lag es ihr auf der Zunge, ihn zu bitten, über Nacht zu bleiben, aber etwas hielt sie davon ab. Vielleicht war es nur ihr Stolz, denn Cathy hatte bisher in ihrem Leben nur um wenige Dinge gebeten. Also stellte sie sich der Leere jener Nacht wie der Leere aller anderen Nächte zuvor – indem sie über das Emporium und seine Vergangenheit nachgrübelte und verzweifelt versuchte, nicht an die Zukunft zu denken.

Der nächste Abend war der erste, an dem Kaspar nicht auftauchte, was ihr schmerzlich bewusst machte, wie sehnlich sie auf seine Besuche gewartet hatte. Sie ging früh schlafen, nur um eine Stunde, eine halbe Stunde oder vielleicht auch nur ein paar Minuten später wieder zu erwachen – und sich desorientiert an der Tür des Spielhauses wiederzufinden. Und als Kaspar auch an den beiden folgenden Abenden nicht erschien, wurde das Gefühl des Gefangenseins erdrückend. Sie konnte nur so und so viele Male die Wände des Spielhauses entlanggehen oder die alten Fotografien nach irgendeinem Detail absuchen, das ihr bisher entgangen war. So fand sie sich bald erneut an der Tür wieder, und obwohl sie wusste, dass es falsch war, kam es ihr vor wie das Natürlichste auf der Welt, einen Schritt nach draußen zu machen. Und als nichts passierte, war es das Natürlichste auf der Welt, einfach weiterzugehen, über den Lattenzaun zu steigen und durch die Papierbäume zu schreiten, die vom Mondlicht, das durch die Dachfenster fiel, erhellt wurden. Und zum ersten Mal seit vielen Wochen fühlte sie sich wieder frei.

Es war berauschend, draußen zu sein. Sie verbrachte eine Stunde in der Nische mit den Aufklapp-Bilderbüchern, holte ein Buch nach dem anderen heraus und blätterte darin. Im Atrium standen die russischen Schaukelpferde eingepfercht hinter einem Holzzaun, doch sie duckte sich zwischen den Latten hindurch und stieg vorsichtig auf den Rücken eines der Pferde. Fast sofort spürte sie den Wind in ihrem Haar, hörte das Donnern der Hufe auf einer grasbewachsenen Ebene. Der Eindruck war so lebhaft, dass sie ganz vergaß, wo sie war; die Wände schienen zu verblassen, bis Cathy nur noch eine raue, grüne Landschaft vor sich sah, über die die anderen Schaukelpferde ausgelassen hinweggaloppierten.

Danach war sie müde, doch anstatt zurück in die Leere des Spielhauses zu gehen, lief sie entschlossen und geduckt einen Gang entlang, wo noch vor nicht allzu langer Zeit Schmetterlinge aus Spitze an unsichtbaren Fäden umhergeflattert waren. Im Insektarium am Ende des Ganges standen lauter Schachteln voller Raupen und Larven in den Regalen. Aus einer Laune heraus nahm Cathy einen Kokon in die Hand, wärmte ihn an und sah, wie eine wollige Stubenfliege daraus hervorkrabbelte. Nur Kaspar, dachte sie, konnte Stunden damit zugebracht haben, etwas so Alltägliches wie eine Stubenfliege zusammenzubasteln. Von Papa Jack dagegen stammten sicher die goldenen Libellen und Grashüpfer, von Emil die bunten pelzigen Hummeln.

Sie verließ das Insektarium durch die Hintertür und kam schließlich zum Karussell. Es hatte sich seit dem Abend nicht mehr gedreht, als das Emporium seine Tore geschlossen hatte, und die bemalten Pferde, Einhörner und Hirsche schliefen jetzt unter Scheuklappen und groben Tüchern. Die Senke, in der das Karussell stand, war von jeder Menge Kissen umgeben, die mit Tüchern abgedeckt waren. Cathy erinnerte sich an die langen Winterabende, an denen Mütter und Väter sich auf diesen Kissen ausgeruht und ihren Kindern auf dem Karussell zugesehen hatten. Die Kissen hatten immer so einladend gewirkt.

Sie ließ sich hineinsinken. Kaum hatten die Kissen sich der Form ihres Körpers angeschmiegt, als auch schon Sirius auftauchte und sich auf ihrem Schoß niederließ. So eingekuschelt dauerte es nicht lange, bis Cathys Lider schwer wurden; zufrieden ließ sie sich auf ihrem Kissenberg durch das dunkle Emporium treiben.

Ein Geräusch weckte sie.

Die Sonne war immer noch nicht aufgegangen. Das Erste, was sie bemerkte, war die Kälte, denn Sirius lag nicht mehr auf ihrem Schoß. Noch nicht ganz wach stolperte sie zum Rand der Kissen und versuchte, sich zu orientieren.

Sie konnte sehen, wohin Sirius gegangen war, denn er hatte Pfotenabdrücke im Staub hinterlassen. Er war in einem der vielen Gänge hinter dem Karussell verschwunden. Panik überkam sie. Was, wenn Sirius sich dort irgendwo hingelegt hatte und sein Aufziehmechanismus abgelaufen war? Sie hatte Kaspar schließlich ein Versprechen gegeben.

Cathy folgte den Spuren, bis die Dunkelheit undurchdringlich wurde, danach tastete sie sich an einem der Regale entlang, wühlte blind unter den Tüchern – und hob triumphierend ein Einmachglas hoch. Das Glück war ihr hold. Sie schraubte den Deckel fest zu. Die gehäkelten Glühwürmchen darin erstrahlten hell, flogen summend gegen das Glas – und plötzlich war der Gang von Licht erfüllt, und Schlangen und Soldaten tanzten in den Schatten auf den Regalen.

Am Ende des Ganges sah sie nun eine Tür, die ihr zuvor noch nie aufgefallen war – doch es gab viele Türen im Emporium, und die Regale wurden ständig umgestellt und neu arrangiert. Es war leicht, sich zu verlaufen. Und doch – an diese Tür hätte sie sich sicher erinnert, denn es war eine Miniaturversion der Tür von Papa Jacks Werkstatt, Eichenholz mit grauschwarzen Stahlnieten. Die Krallenspuren im Holz ließen darauf schließen, dass der Patchworkhund daran gekratzt hatte – und zwar nicht zum ersten Mal.

Sie stellte ihre Laterne ab und öffnete die Tür einen Spaltbreit.

»Sirius, du dummer Hund, wo treibst du dich nur rum?«

Das Erste, was sie durch den Spalt sah, war der Hund. Er schlief, und seine Beine zuckten im Traum, welche Art von Traum ein Geschöpf aus Stoff auch immer haben mochte. Dahinter, erhellt von einer Reihe Glühwürmchenlaternen, saß Emil Godman über eine Werkbank gebeugt. Zu seinen Füßen lagen Stapel von Filz, Drahtrollen und Baumwollballen. An einer Wand standen Werkzeugkisten und Kartons mit verkaufsfertigen Spielzeugsoldaten.

Cathy hatte von Emils Werkstatt gehört, sie aber noch nie gesehen. Sally-Anne hatte erzählt, die Godman-Brüder hätten sich früher eine Werkstatt geteilt, die oben neben der ihres Vaters lag – im Gegensatz dazu war Emils, versteckt vor aller Augen, hinter einer Tür direkt hier mitten im Emporium.

Flüsternd versuchte sie, den Patchworkhund zu wecken, als Emil einen frustrierten Schrei ausstieß, die Fäuste schwang wie ein Kleinkind bei einem Trotzanfall und das, woran er gearbeitet hatte, vom Tisch fegte. Ein Regen aus Holz und Stoff ergoss sich über die Werkstatt. Etwas, das aussah wie ein Ei aus Kiefernholz, traf Sirius an der Schnauze. Winselnd erwachte er.

»Du vermaledeiter Köter bist mir auch keine große Hilfe. Wieso rennst du nicht hinter Kaspar her wie sonst auch immer?«

Sirius wedelte mit dem Schwanz, ob um sich lustig zu machen oder weil er sich freute, konnte Cathy nicht sagen.

Emil stürzte auf ihn zu, ließ sich auf die Knie fallen und warf ihn auf den Rücken. Cathy wollte schon dazwischengehen, doch dann sah sie, dass Emil nur mit ihm spielte, ihm den Bauch kraulte und den Aufziehmechanismus enthüllte. »Läuft immer noch«, grummelte er und schüttelte ungläubig den Kopf. »Und ich mühe mich hier jede Nacht ab ...«

Emil drehte sich zur Wand, zog eine der Kisten heran, die dort standen, und nahm ein Bündel Lumpen und Fell heraus. Zuerst hielt Cathy sie für Ersatzteile, doch dann erkannte sie, dass es ein Schaf war, das aus einem alten Federbett und einer groben Wolldecke zusammengenäht war. Es war primitiver als die Katzen und Hunde, die die Regale des Emporiums bevölkerten; es wirkte wie das Bild eines Schafes, wie ein Dreijähriger es malen würde. Eines seiner schwarzen Knopfaugen saß tiefer als das andere, und seine Schnauze war nicht annähernd gut genug ausgestopft.

Emil zog den Mechanismus des Schafes auf, lehnte sich zurück und kraulte Sirius hinter den Ohren. Das Schaf torkelte los. Es ging im Kreis, stieß ein gedämpftes Blöken aus, beugte den Kopf nach unten, als wollte es auf einer imaginären Wiese grasen, und trabte dann weiter, bis sein Mechanismus abgelaufen war.

»Nutzlos«, murmelte Emil. »Ein Spielzeug, nur ein Spielzeug. Kein bisschen magisch. Reine Mechanik. Nockenwellen, Zahnräder und vier Beine, auf und ab, auf und ab ... Was ist der Unterschied zwischen *dir* und *dem da*? Sag es mir, du dämlicher Hund? Warum kriege ich es nicht ...« Emil packte das Patchworkschaf an den Hinterbeinen, warf es wieder in die Kiste und sackte in sich zusammen. »Wenigstens habe ich noch meine Soldaten. Kaspar interessiert sich nicht für Soldaten, also bleiben mir wenigstens die. Und ich habe noch etwas anderes, etwas ganz Besonderes, Sirius. Ist alles fix und fertig und wartet nur auf den ersten Frost ...«

Emil ging zu einer Nische am anderen Ende der Werkstatt und verschwand im Schatten. Kurz darauf hörte Cathy ein Rasseln und Klappern – und Emil tauchte wieder auf, die Arme voller Soldaten, die er in zwei Reihen einander gegenüber aufstellte. Unter ihnen stand stolz der Kaiserliche Rittmeister.

Cathy sah zu, wie die Armeen der Aufziehsoldaten unaufhaltsam aufeinander zumarschierten. Als sie die Hälfte der Distanz überbrückt hatten, blieb ein Trupp stehen und hob die Gewehre. Winzige Holzkugeln schossen an Fäden aus den Läufen und trafen das entgegenkommende Regiment genau in dem Moment, als es in Reichweite war. Der Feind fiel im Kugelhagel; der Einzige, der weitermarschierte, war der Kaiserliche Rittmeister, dem die Kugeln anscheinend nichts anhaben konnten.

»Siehst du?«, rief Emil aus. »Kaspar wird Hören und Sehen vergehen. Meine Gewehrschützen werden seine niedermähen, und den Rittmeister kann sowieso nichts zu Fall bringen. Die nächste Schlacht des Langen Krieges wird ein Massaker, Sirius!«

Bei diesem Gefühlsausbruch sprang der Patchworkhund auf. Er drehte sich zu Emil um, doch dabei fiel sein Blick auf Cathy – und sie hätte schwören können, dass in der Art, wie sich der Stoff auf seiner Schnauze kräuselte, ein Anflug von Wiedererkennen lag.

Sein Schwanz klopfte heftig auf den Boden, und Emil schaute sich um.

Cathy zog sich in die Dunkelheit des Ganges zurück. Sie war erst drei Schritte gegangen, als sie über ihre eigenen, verräterischen Füße stürzte. Sie spürte den Aufprall am ganzen Körper, rappelte sich jedoch schnell wieder auf. Sie hörte Schritte hinter sich – aber es war nur Sirius, der sie nach Hause begleiten wollte. Beunruhigender war die Stimme, die ihr den gesamten Gang entlang folgte: »Kaspar, du verdammter Spion, ich weiß, dass du es bist! Das ist gegen die Regeln! Spionage ist ein klarer Regelverstoß!«

Mit klopfendem Herzen erreichte sie den Papierwald und rannte ins Spielhaus. Gleich darauf hörte sie, wie Sirius an der Tür kratzte und Emils Stimme zwischen den Bäumen hallte. Sirius mochte ein ausgeklügeltes Spielzeug sein, aber seine Treue war noch nicht ganz ausgereift: Er hatte Emil auf direktem Weg zu ihr geführt.

Sie hörte seine Schuhe quietschen, als er über den Lattenzaun stieg. Zuerst lockte er Sirius weg, dann rief er den Namen seines Bruders. Cathy sah sich um. In ein paar Sekunden würde er durch die Tür kommen. Und ganz egal, wie groß das Spielhaus war, es hatte nur vier Wände und praktisch keine Versteckmöglichkeiten.

Da fiel ihr Auge auf die schlichte, aus zusammengesteckten Brettern bestehende Holztruhe, die Kaspar bei seinem letzten Besuch mitgebracht hatte.

Die Idee kam ihr im selben Moment, in dem Emil die Tür erreichte. Cathy hastete durch den Raum und riss den Deckel der Truhe auf. Dann stieg sie, mit einem Auge die Tür im Blick, hinein.

Der Boden war viel weiter unten als beim letzten Mal. Als sie ihn endlich spürte, reichte ihr der Rand der Truhe bis zur Taille. Emil rüttelte an der Tür. Rasch ließ sie sich hinabsinken und rollte sich so zusammen, dass nur noch ihr Hinterkopf sichtbar war. Dann, als Emil die Tür aufbekam, schlug sie den Deckel zu.

Im Innern herrschte absolute Dunkelheit. Sie hatte das Gefühl, die Wände würden immer näher kommen und die Luft durch ihren eigenen Atem immer wärmer und stickiger werden. Und doch fühlte sie sich sicher und geborgen wie das Kind, das in ihr strampelte.

»Ich weiß, dass du hier bist.« Emils Stimme drang gedämpft durch das Holz. »Sei kein Idiot, Kaspar. Du kommst hier nicht raus.« Doch dann lag zum ersten Mal ein Zögern in seiner Stimme. »Kaspar?«

Sie hörte seine Schritte, während er von einer Ecke des Zimmers in die andere ging, hörte, wie er am Fußende des Bettes stehen blieb, als würde er nachschauen, ob sich jemand darunter versteckte. Mittlerweile musste er die Kinderecke bemerkt haben, das Schaukelpferd und die Wiege. Und die Emporiumsbroschüren, die dort auf dem Boden verstreut lagen.

Die Luft wurde immer stickiger; sie spürte ein Kratzen in der Kehle und presste sich die Hand auf den Mund, um nicht loszuhusten. Dann hörte sie, wie Emil zur Tür ging. Sie atmete auf – doch ihre Erleichterung währte nur kurz, denn als er an der Truhe vorbeikam, gab Sirius ein Winseln von sich. Sie verdrehte den Hals, um nach oben zu schauen, wo sich rings um den Deckel der Spielzeugtruhe ein Lichtschimmer abzeichnete, in den jedoch plötzlich ein Schatten trat: Es war Sirius, er hatte sie verraten.

Emils Schritte wurden schnell lauter, dann öffnete er den Deckel – und aus den unbestimmbaren Tiefen spähte Cathy in seine erstaunten Augen hinauf.

»*Du*«, bekam er gerade noch heraus und fiel dann in Ohnmacht.

Es kostete sie etwas Mühe, sich wieder aus der Kiste zu hieven. Als sie Emil erreichte, schleckte Sirius ihm mit seiner Sockenzunge das Gesicht ab und gab mithilfe der Apparatur in seiner Kehle klägliche Geräusche von sich. Cathy kniete sich neben Emil und öffnete seine Augenlider. Sie flackerten kurz, nachdem sie sie wieder losgelassen hatte, bevor Emil sie plötzlich mit einem Ruck aufriss. Erschrocken wich er vor ihr zurück. Schnell stellte sich Cathy zwischen ihn und die Tür.

»Emil, *bitte*. Hör zu. Es ist nicht das, was du denkst ...«
»Was denke ich denn?«, flüsterte er und sprang auf.

»Du denkst, ich bin eine von diesen Spioninnen, die gekommen ist, um eure Geheimnisse zu stehlen und sie an Hamleys oder diesen Laden in der Portobello Road zu verkaufen ...«

»Und?«

»Na, sieh mich doch nur an, Emil! Sieh mich an!«

Sie schrie fast, denn sein Blick war währenddessen in alle Ecken gewandert, auf der Suche nach den Geheimnissen, die sie seiner Meinung nach ganz sicher irgendwo versteckt haben musste.

»Emil, ich kann nirgendwo anders hin. *Wir* können nirgendwo anders hin ...«

Seine Augen landeten auf ihrem Bauch. »Es tut mir leid«, sagte er und raufte sich die Haare. »Ich habe nicht nachgedacht. Ich dachte, du wärst einfach wieder nach Hause gegangen. Warum auch immer du vorher weggelaufen bist, ich dachte, du gehst zurück, kriegst dort das Kind und ... und kommst nie wieder zurück, und dann hätte ich dich irgendwann vergessen und ...«

»Ich konnte nicht zurückgehen. Es ging einfach nicht.«

»Also hast du dich hier versteckt, seit dem Tag, als die Schneeglöckchen erblüht sind. Du warst die ganze Zeit hier.«

Ihr hatte die Bitte auf der Zunge gelegen, Kaspar nicht die Schuld zu geben, aber Emil schien die Lücken im Gewebe ihrer Geschichte mit seiner Fantasie auszufüllen, bis der Faden sich von allein weiterspann.

»Es tut mir leid«, flüsterte sie.

»Oh, nein«, sagte er. »Nein, nein, nein. Setz dich, Cathy. Bitte. Lass mich ... Ich hätte dich nie gehen lassen dürfen. Fast hätte ich es nicht getan. Ich wollte Mrs Hornung von dir erzählen, aber ich wusste, es muss einen Grund geben, warum du es geheim hältst und ... Mir tut es leid, Cathy. Das glaubst du mir doch, oder? Wenn ich darauf gekommen wäre, hätte ich dich selbst hier versteckt ...«

Er wusste nicht, was er tun sollte, und so fing er an, im Kreis zu laufen, bedeutete ihr, am Fußende des Bettes Platz zu nehmen, und schloss im Vorbeigehen die Tür, damit sie niemand vom Papierwald aus belauschen konnte. »Mrs Hornung macht die Runde. Und Kaspar ... Kaspar treibt sich hier auch manchmal rum, um irgendetwas auszubrüten, was auch immer es ist. Du musst vorsichtig sein, Cathy. Vorsichtiger, als du heute Nacht warst.« Er blieb abrupt stehen, und Sirius, der ihm gefolgt war, setzte sich prompt zu seinen Füßen hin. »Wann ist es so weit?«

»Du meinst, wann mein Kind kommt?«

Er nickte.

»Bald«, flüsterte sie.

»Meine Mutter war allein, als ich geboren wurde. Es gab nur sie und Kaspar, aber er war ja kaum ein Jahr alt. Unser Haus war nicht größer als dieses hier. Zwei Zimmer, ein Schuppen und ein Hühnerstall. Und ... es war die richtige Entscheidung, hierzubleiben, Cathy. Du musst das nicht alleine durchstehen. Und ich kann ...«

»Du erzählst doch Papa Jack nichts davon, oder?

Emil plusterte sich auf. »Ich habe meinen Vater noch nie angelogen, aber diesmal werde ich es tun.«

»Und ... Kaspar?«

Das schien ihm am meisten zu denken zu geben. »Kaspar würde wissen, was zu tun ist. Das weiß er immer. Als unsere Mutter gestorben war und bevor unser Vater zurückgekommen ist ... Na ja, es war Kaspar, der damals immer die Kaninchen für uns gefangen hat. Es war Kaspar, der mir beigebracht hat, wie man nach Pilzen gräbt. Und es war Kaspar, der mir erzählt hat, dass wir einen Papa haben und dass er eines Tages nach Hause kommen wird. Er hat zwar selbst nicht daran geglaubt, aber er hat es mir trotzdem jeden Abend erzählt. Und jetzt ...« Emil setzte sich neben sie auf das Bett, legte eine Hand auf ihre und sagte:

»Mrs Hornung hat ein paar Bücher. Ich habe sie in einem Regal stehen gesehen. Und Papa hat seine Taxonomie- und Anatomiebücher, die er benutzt, um seine Puppen zu bauen. Da drin muss auch etwas Brauchbares stehen. Und ... vielleicht ist es am besten, wenn Kaspar doch nichts davon erfährt? Zwei können ein Geheimnis für sich behalten, Cathy. Aber drei ...«

Es lag ihr auf der Zunge, zu sagen: Du hast ihm doch schon verraten, dass ich schwanger bin. Aber dann würde er wissen, dass Kaspar es ihr erzählt, sie zurückgeholt und hierhergebracht hatte. Das erschien ihr unfair. Alles, was Emil sich wünschte, sich je gewünscht hatte, war etwas Eigenes, etwas, zu dem er stehen und über das er sagen konnte: Seht her, das ist von mir, und ich habe es so gut gemacht, wie ich konnte. Und so drückte Cathy stattdessen seine Hand, legte den Kopf an seine Schulter und flüsterte ein Dankeschön – während sie sich innerlich für ihren mangelnden Mut verfluchte.

Bevor er in dieser Nacht ging, schenkte Emil ihr einen Pfeifenreinigervogel – jenes Spielzeug, das, wie er zugab, der Magie seines Vaters bisher am nächsten kam. Er flatterte zwischen den Deckenbalken des Spielhauses herum, bis ihm die Energie ausging, dann fiel er zu Boden, wo Sirius genüsslich auf ihm herumkaute. Später hob Cathy seine Überreste auf und versteckte sie unter der Matratze. Geheimnisse und Lügen, dachte sie. Sie hatte geglaubt, ein Talent dafür zu haben, dabei war sie in Wirklichkeit nur eine Stümperin; in Zukunft würde sie sich wesentlich mehr anstrengen müssen.

DIE GODMAN-BRÜDER

* * * * * * * *

Papa Jacks Emporium

1907

Kaspar Godman: Wie hätte jemand, der derart vom Emporium besessen ist, dass er sämtliche Kataloge sammelt, sein Haus mit silbernen Satinmäusen vollstopft und all sein Geld spart, um sich eines Tages ein kufenloses Schaukelpferd leisten zu können, reagiert, wenn er Kaspar Godman heute Abend gesehen hätte, ungewaschen und ungekämmt, wie es nur ein Mann sein kann, den die Leidenschaft fest im Griff hat? Allerdings hatte Kaspar Godman sich nicht mit einer Bewunderin eingeschlossen, sondern mit einem Berg Balsamholzbrettern, Nieten, Farben, Lacken und Glasuren. Um ihn herum stand ein halbes Dutzend unfertiger Truhen, eine davon auf dem Kopf; aus einer anderen quoll ein Haufen Patchworktiere, deren Mechanismus abgelaufen war; aus einer dritten ragte ein halbes Bettgestell. Und zuletzt war da die, die sich um Kaspar Godmans Taille wand, als wollte sie ihn verschlingen.

In den hintersten Ecken des Raumes stapelten sich Patchworktiere, an denen er sich versucht hatte; eine Meerjungfrau, die für die Badewanne bestimmt war, lag gestrandet an einem Ufer aus Patchworkbären. Kaspar hatte gedacht, dass er seinen Sommer damit verbringen würde, neue Patchworktiere zu erschaffen, die so lebensecht waren wie die seines Vaters, aber inzwischen hatte ihn eine höhere Berufung ereilt, und für diese schuftete er. Er presste die Hände gegen die Innenseiten der Kiste, in der er stand, und überlegte, wie er sie noch ein Stück ausweiten konnte – doch das Holz begann einzuknicken, die Latten lösten sich voneinander, und statt in einem riesigen Gewölbe stand er in einem Chaos aus Splittern und gezackten Bruchstücken. Trotzdem gab er weder auf, noch beklagte er sich über die Ungerechtigkeit der Welt. Er blieb eine Weile inmitten der Zerstörung sitzen und starrte sie mit offenem Mund an. Dann nahm er eines der zerbrochenen Bretter, fügte die Teile wieder zusammen und lachte. Was für eine glorreiche Art, seine Stunden, Tage und Nächte zu verbringen!

Er wollte einen neuen Versuch wagen, doch etwas hielt ihn zurück. Zuerst dachte er, es liege an seinen Händen. Sie waren müde. Sein ganzer Körper war erschöpft. Doch dann wurde ihm klar, dass das nicht der Grund war. Es war sein Kopf. Das, was ihn inspiriert hatte, was ihn überhaupt erst dazu gebracht hatte, die Truhen zu bauen und den Raum darin auszuweiten ... das war das Mädchen, das unten im Spielhaus darauf wartete, dass er zurückkam. Das Lächeln, das sie ihm geschenkt hatte, als er in seine Spielzeugtruhe gestiegen war, die Fältchen, die sich in ihrem Gesicht gebildet hatten, als sie versuchte, sich ihrem Staunen nicht hinzugeben – und doch ...

Was er sich am meisten wünschte, mehr noch, als Emil in der nächsten Schlacht des Langen Krieges zu schlagen, war, eine fertige Spielzeugtruhe mit nach unten nehmen zu können, sie Cathy zu zeigen und zu sagen: »Sieh nur! Sieh, was ich gebaut habe! Du hast gedacht, nur mein Vater kann die Magie des Emporiums zum Leben erwecken – tja, das ist jetzt vorbei ...«

Es war das Mädchen. Hier und jetzt wurde ihm klar, dass er das alles wegen des Mädchens tat.

Als er wenig später durch die Verkaufshalle rannte, war er mehr denn je davon überzeugt. Cathy hatte zwar noch nie in ihrem Leben ein Spielzeug hergestellt, aber in ihm hatte sie etwas freigesetzt, eine bisher unentdeckte Sehnsucht. Es hatte Kaspar bisher nie an Inspiration gemangelt, es hatte ihm auch nie an Mädchen gemangelt, denen er seine haarsträubenden Geschichten erzählen oder mit denen er sich in einen der vielen Winkel des Emporiums verdrücken konnte, aber das hier war etwas anderes. Es war ihm schon immer wichtig gewesen, der Beste zu sein. Jetzt aber wollte er für jemanden der Beste sein, und das, nun ja, das war etwas ganz Besonderes ...

An der Grenze zum Papierwald blieb er stehen. Der Magische Spiegel seines Vaters, der dort hing, zeigte die Ecke eines Lagerraums, in dem sein Zwillingsspiegel hing. Kaspar stand davor, und sein Spiegelbild legte sich über den Raum voller Kisten, Boxen und zuckender Skelette, die darauf warteten, in Patchwork gehüllt, aufgezogen und in die Spielräume des Emporiums entlassen zu werden. Er war kein besonders schöner Anblick, das musste er zugeben. Er versuchte, sich die Haare zu entwirren, die Hemdsärmel und die Veloursweste zu glätten, dann ging er weiter und blieb nur hin und wieder stehen, um papierne Mauerblümchen zu pflücken.

Bevor er das Spielhaus betrat, spähte er durch das Fenster. Und da saß sie auf dem Bett: Cathy Wray. Ihr Bauch schon wieder um einiges größer als noch vor drei Nächten, aber dafür hatte Kaspar keinen Blick übrig. Er sah nur ihre Augen.

Cathy erschrak, als die Tür sich öffnete, und die beiden Herzen in ihr schlugen schneller. Ihr Herz schlug auch nur

unwesentlich langsamer, als sie sah, dass es Kaspar war, denn bestand nicht die Chance, dass im nächsten Moment auch Emil hereinplatzte? Kaspar war ungepflegter, als sie ihn je gesehen hatte, und doch war seine Haltung stolz wie die eines Pfaus. Cathy ging an ihm vorbei und warf die Tür zu. »Wo zum Teufel warst du?«, fuhr sie ihn an.
»Wie bitte?«
»Sonst bist du jeden Abend gekommen. Und jetzt ...«
»Soll das etwa heißen, dass ich Ihnen *fehle*, Miss Wray?«
Das war eine Frage, die Cathy entschlossen war, nicht zu beantworten, aber dann sagte sie doch »Ja«, und war noch im gleichen Moment wütend auf sich, weil sie etwas so Albernes zugegeben hatte. Die Wahrheit einzugestehen war schwer: Emil war zwar eine Ablenkung von der Eintönigkeit des Spielhauses, aber trotzdem war es irgendwie nicht dasselbe; Emil brachte seine Sorgen mit – Kaspar dagegen seine Wunder.

»Es hätte höchstens zehn Minuten gedauert, mal kurz hier unten vorbeizuschauen und ...«
»Es tut mir leid. Das war egoistisch von mir.«
»Und ob.«
»Hast du dich ... sehr gelangweilt?«
Ja, dachte sie, zum Teil war es Langeweile gewesen. Trotz Emil. Emil war nett, und sie hatte nichts gegen seine Besuche, auch wenn er zu ihr kam wie ein kleiner Junge zu seiner Mutter, um sie an den Schürzenzipfeln zu ziehen und zu fragen: *Bin ich ein guter Junge gewesen?* Sie genoss seine Gesellschaft. Er hatte ihr Bücher mitgebracht: *Der kleine Zuckerbäcker*, eine Rezeptsammlung für Kinder von der »unvergleichlichen Mrs Eales«; *Die Kindermädchenfibel* von einem gewissen William Boulle, das Ratschläge enthielt, wie man widerspenstige Kinder diszipliniert und aufzieht; ein Skizzenbuch über die Anatomie des menschlichen Körpers, das jedoch mehr Informationen über Ge-

lenke und Bewegungsabläufe enthielt als über den Geburtsvorgang. Wenn sie jetzt darüber nachdachte, hatte er sich mehr um sie bemüht, als Kaspar es je getan hatte. Kaspar brachte ihr höchstens einmal ein paar von den Zeitungen mit, die sie zum Ausstopfen und Einpacken sammelten, aber immer, wenn sie sie durchblätterte, erinnerte es sie nur daran, wie klein ihr Spielhaus war – und wie groß die Welt dort draußen, die sie nicht betreten durfte.

»Ich hätte fast den Verstand verloren.«

»Ich mache es wieder gut.«

»Wie?«

»Ich denke mir was aus.«

»*Wie?*«

Kaspar strahlte. »Sie wollen mir doch wohl nicht die Fähigkeit zu denken absprechen, oder, Miss Wray?«

»Natürlich nicht«, fuhr sie ihn an, »aber hör endlich auf, mich Miss Wray zu nennen. Das ist fast das Schlimmste an der ganzen Sache.«

»An welcher Sache?«

»An *dem* hier«, sagte sie. »Kaspar, meinst du nicht … es wäre besser, wenn du mich einfach gehen lässt und ich mir ein neues Zuhause suche? Denn wenn du mich hier ständig alleine lässt …«

Sirius kläffte.

»Das hat dich wirklich mitgenommen«, sagte Kaspar.

»Ja, hat es.«

»Wäre es dir lieber, wenn ich gehe?«

Cathy riss eins der Kissen vom Bett und warf es in seine Richtung. Als es ihn im Gesicht traf, zuckte er nicht einmal mit der Wimper – die perfekte Imitation eines Mannes.

»Nein, wäre es nicht«, erklärte sie widerstrebend.

»Cathy«, sagte er, jetzt ernster, »ist irgendetwas passiert? Etwas Unerwartetes?«

»Unerwarteter als *das hier*?«, sagte sie mit einer Geste,

die das Spielhaus, den Patchworkhund und das gesamte Emporium einbezog. »Nein ... nichts ist passiert. Na los«, sagte Cathy mit leichtem Vorwurf in der Stimme, »erzähl mir, woran du gearbeitet hast, das so unglaublich wichtig für die Zukunft des Emporiums ist, dass du nicht mal eine Minute Zeit für mich hattest.«

Nun, da sie ihm halbwegs verziehen hatte, wagte Kaspar sich weiter ins Zimmer. »An meinen Spielzeugtruhen. Ich habe es geschafft, den Raum in einer von ihnen auszuweiten, jetzt ist darin so viel Platz wie in einem Wandschrank. Ich versuche, ihn noch weiter zu vergrößern, aber manchmal zerbricht etwas ... zerbricht etwas in *mir*, und ...« Er blickte zu den Deckenbalken des Spielhauses auf. Dann sah er sie an. »Ich weiß immer noch nicht genau, wie mein Vater den Raum hier drin geschaffen hat, aber ich bin nah dran, das spüre ich ...« Was er nicht sagte, war: *Jedes Mal, wenn ich dich sehe, bin ich nah dran*. Denn wie sollte sie etwas so Kryptisches verstehen? Die Magie von Spielzeugen war das eine – sich zu verlieben etwas ganz anderes. »Stell dir eine Spielzeugtruhe vor«, sagte er stattdessen, »die so groß ist wie ein Eisenbahnwaggon, mit einer Wendeltreppe, die vom Rand der Truhe bis zum Boden führt. Und in der Truhe – noch eine Truhe, und darin noch eine. Ein Kind könnte eine unbegrenzte Anzahl von Welten haben, die ineinander verschachtelt sind, wenn ich nur ... Du siehst mich schon wieder so an.«

»Wie denn?«

»Als wolltest du sagen, wenn er nicht so charmant wäre, müssten sie ihn in die Irrenanstalt stecken.«

Sie sah ihn vielsagend an, und er lachte schallend.

Kaspar blieb bis Mitternacht, doch Cathy war noch nicht ganz eingeschlafen, als sie erneut Schritte im Papierwald hörte. Emil war diskreter als Kaspar; er klopfte und wartete, bis er hereingebeten wurde. Cathy rannte zur Tür und wollte ihn ins Haus führen – doch Emil blieb zwischen den Papierbäumen stehen.

»Nein, Cathy, ich möchte, dass du mitkommst.«

Cathy sah auf. Silbernes Licht fiel von den Dachfenstern herab durch die Papierzweige.

»Aber es ist ... Mitternacht.«

»Wie wahr, wie wahr!«, erklärte Emil. »Es wird ein Mitternachts... Picknick.« Er trat beiseite, und sie sah den Picknickkorb, der hinter ihm auf den Wurzeln einer Papiereiche stand, und Brot, Marmeladen und alle möglichen anderen Köstlichkeiten enthielt.

Cathy ließ sich nicht zweimal bitten. Sie folgte Emil durch die Bäume in die Verkaufshalle – doch als sie am Atrium, dem Eingang, den fahrenden Rittern und dem Pferch mit den Schaukelpferden vorbeigegangen waren, wurde ihr klar, dass sie das Emporium nicht wirklich verlassen würden. Das wäre ja auch eine absurde Idee gewesen. Sie konnte sich Emil noch weniger außerhalb des Emporiums vorstellen als Kaspar. Er gehörte dort einfach nicht hin. Da war es allemal besser, ihm durch das Insektarium und durch einen Gang mit einer ganzen Menagerie aus staubigen Patchworktieren zu folgen, die auf den nächsten Winter warteten – bis zu einer Senke, von der mehrere Gänge abzweigten.

»Früher gab es solche Orte überall in der Verkaufshalle«, erklärte Emil, »aber sie werden oft verlegt oder gleich ganz stillgelegt, und manchmal, wenn man nicht aufpasst, vergisst man, wo sie sind. Kaspar und ich haben sie früher Manchmal-Höhlen genannt, eben weil sie nicht immer da sind. Aber sie sind perfekt, um nicht entdeckt zu werden, wie du siehst ...«

In der Senke lag bereits eine weiß-rot karierte Picknickdecke. Emil führte Cathy an der Hand, damit sie nicht stolperte, und bat sie, Platz zu nehmen.

»Darf ich?«, fragte er.

Sie nickte.

Emil holte Teller, Messer und Silberlöffel aus dem Korb, perfekt geröstete Hähnchenschenkel, einen Laib goldbraunes Brot und ein Stück Butter, das fast zu leuchten schien. Es gab Trauben, Käse und Apfelpasteten. Auch die Sardinen sahen köstlich aus – und so merkte sie erst, als Emil einen Krug Limonade in der Hand hielt, dass nichts davon echt war.

Sie begegnete Emils Blick. »Bitte, spiel einfach mit«, sagte er.

Sie griff nach den Trauben; ihr erwachsenes Ich wusste, dass es nur lackierte Holzkugeln waren, aber ein anderer Teil von ihr konnte die saftige Süße schmecken, sobald sie sie nur ansah. Je länger sie sie in Händen hielt, desto stärker wurde dieses Gefühl. Als Nächstes nahm sie eine Teekanne und tat so, als würde sie sich eine Tasse einschenken. Und mit einem Mal verschwanden die Regale um sie herum, und sie hörte das Klirren der Teelöffel und das Summen einer Libelle in der makellosen Parklandschaft, die sie nun am Rande ihres Gesichtsfelds wahrzunehmen glaubte. Sie konnte Kuchen riechen, ein butteriger, aromatischer Duft nach Vanille, obwohl das Stück, das sie in den Händen hielt, nur aus Papier und bemaltem Holz bestand.

Sie legte die Trauben weg, stellte die Teekanne ab, und sofort löste die Parklandschaft sich in Luft auf. Mit einem Mal war sie wieder auf dem staubigen Boden des Emporiums.

»Das ist ... unglaublich, Emil. Hast du das alles gemacht?«

Sie sah auf. Während sie völlig versunken gewesen war, war er aufgesprungen. Nur wenige Minuten zuvor war sein Gesicht noch entspannt und offen gewesen; jetzt schlich er am Rand der Picknickdecke auf und ab wie ein geprügelter Hund.

Falls sie erwartet hatte, Emil mit ihren Worten zu er-

muntern, wurde sie enttäuscht. Er nahm den Kuchen, betrachtete ihn angewidert und warf ihn in den Korb zurück.
»Es tut mir leid, Cathy. Ich wollte so gerne einen schönen Ausflug mit dir machen. Aber ... wenn man weiterspielt, findet man irgendwann Ameisen in den Sandwiches, und ein Gewitter zieht am Himmel auf.«
»Na, da hast du doch das perfekte englische Picknick geschaffen ...«, sagte sie und grinste, in der Hoffnung, seine schlechte Laune zu vertreiben.
Doch Emil ignorierte ihren Scherz. Er begann den Korb wieder einzupacken, und seine Hände zitterten vor Wut über die Nutzlosigkeit eines hart gekochten Eis aus Kiefernholz. »Es ist alles nicht echt. Es fühlt sich nicht richtig an. Mit jedem Schliff, jedem Pinselstrich entgleitet es mir mehr. Es fängt sonnig an und endet im Sturm. Warum ist das nur immer so?«
»Du bist zu hart zu dir, Emil. Ich konnte den Kuchen praktisch *schmecken*.«
Emil packte weiter manisch seine Kreationen ein. »Ich arbeite so hart, Cathy. Aber Kaspar ...«
»Was ist mit ihm?«
»Es sind seine Spielzeugtruhen. Warum ist mir das ...? Warum konnte ich das nicht ...? Wenn er sie bis Winteranfang perfektioniert hat, wird Papa so stolz auf ihn sein.«
Cathy seufzte und gab sich die größte Mühe, sich ihre Gereiztheit nicht anmerken zu lassen. »Und, spielt das eine Rolle?«
»Du verstehst das nicht. Papa ist ... kein junger Mann mehr. Manchmal kommt es mir so vor, als wäre er nie jung gewesen. Er wird nicht ewig Spielzeug herstellen können. Und wenn er in Ruhestand geht ... tja, irgendjemandem muss das Emporium doch *gehören*, oder? Es muss einen Papa Jack geben. Was, wenn ... Was, wenn er beschließt, dass Kaspars Spielzeug ...«

»Emil, das hier ist dein Zuhause. Und er ist auch dein Vater.«

Emil schwieg eine Zeit lang. Er spielte mit einer Fleischpastete und schien ganz in seine düsteren Gedankengänge versunken zu sein – und erst, als er ruckartig den Kopf hob, begriff Cathy, dass er die ganze Zeit gezittert hatte.

»Es war nicht immer so. Als wir noch klein waren, in den ersten Jahren, als Papa uns alles gezeigt hat, habe ich *gute* Sachen gemacht, Sachen, die genauso gut waren wie Kaspars – oder sogar besser. Wenn du mir nicht glaubst, brauchst du dir nur die Bilder anzusehen. Oder frag meinen Vater. Als wir in der kleinen Mietwohnung gelebt haben, habe ich einen Schlitten für die anderen Jungen dort gebaut, auf dem sie den Whitechapel Hill hinunterrodeln konnten. Sie haben gesagt, sie konnten sogar im Sommer den Schnee spüren. Er war so gut, dass einige Straßenjungen ihn am Ende gestohlen haben. Und der chinesische Lenkdrachen, den ich gebaut habe, war so leicht und stark, dass er gar nicht mehr herunterkam, er flog einfach immer hin und her, dort über den Weavers Fields, bis irgendwann ein paar Männer von den Saint Katharine Docks zu uns kamen und die Fäden angezündet haben. Dann ist er brennend zur Sonne aufgestiegen. Und in den ersten Jahren hier im Emporium hat Papa immer zu uns gesagt: ›Gebt euer Bestes, Jungs ...‹ Und das haben wir. All meine Ritter und Feuerräder. Meine Prinzessinnen in ihren Türmen! Ich wünschte, ich hätte noch eine davon, Cathy, dann würdest du schon sehen – du würdest sehen, dass nicht immer nur Kaspar ...«

Er verstummte, aber nur, weil er völlig außer Atem war.

»Doch dann kam dieser Sommer. Du kennst das. Kaspar ist in einer Nacht fünfzehn Zentimeter gewachsen, kam in den Stimmbruch, hat sich einen Bart wachsen lassen – und das war der Sommer, Cathy, der Sommer, als ...«

»Emil, du musst mir das alles nicht erzählen. Niemand will ...«

»Eines Morgens bin ich aufgewacht – und da saß er am Fußende meines Bettes. Ich wusste sofort, dass er die ganze Nacht kein Auge zugemacht hat, so übernächtigt sah er aus. Und er hatte diesen freudig erregten Gesichtsausdruck. Den hatte er immer, wenn er ein neues Spielzeug erfunden hatte und wollte, dass ich es ausprobierte. Ich war zwar noch müde, aber damals hat mich nichts so schnell wach gemacht wie ein neues Spielzeug. Dann hat Kaspar mir ein Aufklapp-Bilderbuch in die Hand gedrückt. Es öffnete sich und entfaltete sich einfach immer weiter – und plötzlich war ich mitten im Dschungel, mit Lianen, Schlingpflanzen und Affen, die sich von Baum zu Baum schwangen. Ein kleiner Motor kam in Gang und eine knisternde Stimme ertönte: »*Was hältst du davon, Emil? Wie gefällt dir das?*« Es war Kaspars Stimme, es war Kaspars Spielzeug – und da, Cathy, *da* wusste ich es. Ich habe den Rest des Sommers versucht, genauso ein Buch hinzubekommen, aber ich habe es nicht geschafft. Und so ist es seither immer.« Sie wollte ihn trösten, doch er fuhr fort: »Nein, versuch nicht, mich vom Gegenteil zu überzeugen. Eine Spielzeugtruhe wie Kaspars ist so viel wert wie das ganze Emporium. Ein Picknickkorb wie meiner füllt vielleicht ein paar Regale, aber werden sie an der Speakers' Corner darüber reden? Werden Kinder neidisch, wenn ihre Freunde einen zu Weihnachten bekommen?«

»Warum ... warum machst du nicht einfach das, worin du gut bist? Nicht das, worin Kaspar oder dein Vater gut sind ... Was willst *du*? Was ist mit deinen Soldaten?«

»Ja«, sagte Emil, »ich werde immer meine Soldaten haben, nicht wahr?«

»Du hast es doch selbst gesagt – die Leute kommen ins Emporium, um Wunder zu bestaunen, und vielleicht kaufen sie sogar ein paar von diesen Wundern, aber die meisten kaufen deine Soldaten. Wie viele Spielzeugtruhen kann Kaspar herstellen? Vielleicht zehn oder zwölf, wenn er vor dem ersten Frost kaum schläft? Das sind also höchstens zwölf Kunden. Die Kasse klingelt nur zwölf Mal. Jetzt stell dir aber mal vor, wie viele Soldaten im nächsten Winter über die Ladentheke gehen werden. Ich habe die Figuren *gesehen*, an denen du arbeitest. Stell dir vor, wie aufgeregt die kleinen Jungs an Weihnachten sein werden, wenn sie Schlachten mit Soldaten nachspielen können, die tatsächlich anlegen und schießen ...«

Die Veränderung in Emil war fast körperlich. Er schien regelrecht zu wachsen, stand erhobenen Hauptes da.

»Glaubst du wirklich?«

»Sei netter zu dir, Emil. Das ist ein Befehl.«

Er nickte. Ja, dachte Cathy, er mag es, herumkommandiert zu werden. Und vielleicht wäre er gleich in seine Werkstatt zurückgegangen, um noch vor Sonnenaufgang an der Drehbank Dutzende neue Soldaten herzustellen, wenn sein Blick nicht auf ihre Hand gefallen wäre, die auf ihrem Bauch lag. »Ich habe versucht, mit Mrs Hornung zu reden. Aber ... sie hatte nie eigene Kinder. Und ich ... weiß nicht, was ich sonst machen soll. Mrs Hornung sagt, der Körper kann das von alleine. Und ich schätze, da muss etwas dran sein, weil ...« Er brach ab, als er merkte, dass er zu plappern anfing. »Hast du Angst?«

»Jeden Tag ein bisschen mehr.«

»Ich brauche dir nicht zu sagen, dass du keine Angst haben musst. Ich muss es ja nicht durchstehen. Du hältst mich bestimmt für schrecklich selbstsüchtig. Ständig komme ich mit meinem Spielzeug zu dir und mache mir Sorgen, wer das Emporium bekommt, während du ...«

»Nein, Emil.« Sie ging zu ihm und drückte ihm den Handrücken. »Nein, das tue ich nicht.«

Er lächelte, zum ersten Mal in dieser Nacht. »Ich würde dich gerne unterstützen, wenn es so weit ist. Du solltest nicht alleine sein.«

Vor ihrem geistigen Auge sah sie Kaspar: Kaspar, der ihr die Haare aus dem Gesicht strich; Kaspar, der an ihrer Seite stand. Es war nur ein flüchtiges Bild, doch sie zog ihre Hand zurück. »Ich werde nicht …«

Irgendwo hoch oben ging auf einer der Galerien in der Kuppel des Emporiums plötzlich ein Licht an. Sie schauten nach oben. Eine Gestalt war auf die Galerie hinausgetreten. Selbst auf diese Entfernung war Papa Jack deutlich erkennbar. Mit der Langsamkeit eines Gletschers schritt er von einer Galerie zur nächsten, blieb stehen, stützte sich auf das Geländer und blickte in die Verkaufshalle hinunter.

»Er kann mal wieder nicht schlafen«, sagte Emil. »Das bedeutet entweder, er hatte eine *Idee* oder …«

Papa Jack ging weiter. Cathy war sich sicher, sich nicht verhört zu haben: Entweder der alte Mann weinte, oder er sang. Was auch immer es war, es klang wie ein heulender Winterwind.

»… oder was?«

»Oder er hat *Erinnerungen*.«

Hoch über ihren Köpfen verschwand Papa Jack durch eine Tür. Das Licht folgte ihm wie ein Brautschleier.

Emil musste bemerkt haben, dass er zu dicht bei Cathy stand, denn er trat rasch einen Schritt beiseite.

»Ich komme bald wieder, Cathy. Ich werde so großartige Soldaten machen, dass die Spielzeugtruhen in den Regalen Staub ansetzen. In diesem Winter wird sich keiner mehr an die Papierbäume erinnern.«

Cathy sah ihm nach, als er davoneilte und die Dunkelheit ihn verschluckte. Seltsam, wie leicht es Emil und Kaspar fiel, schon jetzt an den Oktober, den November, an Weihnachten und die Zeit danach zu denken. Cathy legte eine Hand auf ihren Bauch; das Baby war inzwischen zu groß, um darin Purzelbäume zu schlagen. Vor dem Winter kam der Herbst – und davor der Sommer. Kein Wunder, dass sie nicht darüber hinausdenken konnte, denn woher sollte sie wissen, wie ihr Leben dann aussah?

Die Wochen gingen rasend schnell vorbei.

Kaspar vor Emil und Emil vor Kaspar geheim zu halten wurde zu einer Art Spiel, das sie zu dritt spielten, bei dem aber nur Cathy die Regeln kannte. Im Laufe, der Zeit lernte sie ein paar Tricks. So konnte sie zum Beispiel Emils Geschenke in Kaspars Spielzeugtruhen verstecken. Die Spuren von Kaspars Besuchen waren dagegen leichter zu verbergen, denn er brachte nur seine Ideen mit – und ließ höchstens benutzte Teetassen zurück. Oder, wie letzte Nacht, den Abdruck seines Körpers auf ihren Laken, auf die er sich gelegt hatte, als er ihr erzählte, dass er ihr eines Tages ein Spielhaus bauen würde, das zehnmal so groß war wie dieses, mit einem Papiergarten für ihr Kind; eine ganze Welt, die sie nie zu verlassen brauchten.

Und vielleicht lag es an der Art, wie sie dabei die Stirn gerunzelt hatte, dass Kaspar gleich am nächsten Morgen wiederkam. Anscheinend hatte er den Rest der Nacht im Bett verbracht, denn er sah ausgeschlafener aus, als sie ihn seit Wochen gesehen hatte. Er trug einen Wollmantel und über der Schulter eine Umhängetasche aus gewachstem Leder.

»Du musst sofort mitkommen, wenn das hier funktionieren soll.«

Cathy, noch im Nachthemd, kam sich plötzlich nackt vor. »Wenn was funktionieren soll?«

»Sie sind schon zu lange hier gefangen, Miss Wray. Unser Emporium hat zwar viele Wunder zu bieten, aber manchmal braucht man einen Augenblick der Normalität, um die Magie wieder schätzen zu lernen. Was sagen Sie?«

»Ich *würde* ja etwas sagen, wenn ich wüsste, um was ...«

»Es geht nach draußen, Miss Wray. London. Aber es muss sofort sein – denn sobald Emil sich in der Verkaufshalle herumtreibt, ist die Chance vertan. Nutzen wir den Tag, Miss Wray!«

Es war nicht die Aufforderung, den Tag zu nutzen, die sie hinter den Paravent eilen ließ, sondern der Gedanke daran, dass Emil kommen könnte, um ihr die Früchte seiner Arbeit zu zeigen, und sie mit Kaspar erwischte. Für Emil wäre das ein schrecklicher Schlag, den er kaum verkraften konnte; schließlich war sie *sein* Geheimnis.

Hastig zog sie sich an, kam hinter dem Paravent hervor, ließ ihren Arm durch Kaspars gleiten und sagte: »Weißt du, mittlerweile finde ich es schwer vorstellbar, dass es überhaupt ein Draußen gibt.«

»Das kann einem hier drinnen schon passieren«, sagte Kaspar und führte sie mit draufgängerischem Grinsen durch die schattigen Gänge.

Am Ende von Iron Duke Mews wartete eine Kutsche. Im ersten Moment dachte Cathy, das davorgespannte Pferd sei aus Patchwork, doch das war nur eine Illusion, hervorgerufen durch die Monate im Emporium; das Pferd war echt. Kaspar half Cathy auf die Ladefläche, wo sie sich inmitten von großen Filzsäcken voller Spielzeug niederließ. Ein paar von Emils Soldaten lugten heraus, und sie erkannte Schachteln mit Papierbäumen und ein schwebendes Wolkenschloss, auf dem ein paar Gewichte lagen, damit es nicht davonflog.

»Was hast du mit all dem vor?«

»Wir haben eine Stadt zu erforschen«, sagte Kaspar, »aber das müssen wir uns zuerst verdienen. Los, ich zeig's dir.«

Die Sonne war noch nicht ganz aufgegangen, als Kaspar die Kutsche durch die gewundenen Straßen von Soho lenkte, aber als sie dann Cambridge Circus erreichten, tauchte sie den Platz in ein strahlendes Licht. Cathy hatte ganz vergessen, wie angenehm Sonnenlicht war. Sie fühlte sich sofort besser. Als sie am Palace Theatre vorbeifuhren, riefen ein paar Bühnenarbeiter Kaspar etwas zu, und er sagte: »Früher war ich öfter hier. Die Männer hier im Theater glauben, sie kennen sich mit Magie aus. Erzähl es nicht meinem Vater, aber ich habe ihnen eine Saison lang Sirius ausgeliehen. Sie haben ihm ein paar Bühnentricks beigebracht, er kann jetzt sogar seiltanzen.« Sie hielten an, um Orangen zu kaufen, und machten sich anschließend auf den Weg nach Süden, die Charing Cross Road hinunter Richtung Themse.

Auf dem Weg zeigte er ihr verschiedene Orte, etwa einen winzigen Spielzeugladen, der auf Miniaturen spezialisiert war. »Das Emporium mag eine Welt für sich sein, aber die Sommer dort sind lang, Miss Wray. Manchmal braucht man ... Abwechslung. Einmal habe ich auch versucht, Emil mitzunehmen, aber ich musste ihn regelrecht nach draußen zerren – und danach zwei Schlachten im Langen Krieg verlieren, damit er Papa nichts verrät. Emil war nie so erpicht darauf, dem Emporium zu entfliehen. Ich glaube, er hat seit drei Jahren keinen Fuß mehr vor die Tür gesetzt.«

Sie wollte ihn gerade fragen, wie oft er schon heimlich in die Stadt verschwunden war, als der Fluss in Sicht kam. Am Ufer thronten die Houses of Parliament, und ihnen gegenüber ragte Westminster Abbey in den Himmel. Sie hatte Miniaturen davon in den Emporiumsregalen gesehen, aber hier nahmen sie fast den gesamten Horizont ein. Wie riesig die echte Welt war! Kaspar lenkte die Kutsche auf eine Brücke, und eine Zeit lang blieben sie dort stehen und schauten den Schiffen zu, die unter ihnen dahinfuhren. Sie atmete den durchdringenden Geruch des Flusses ein und nahm erstaunt wahr, wie lebendig sie sich fühlte.

Das Kinderheim Sir Josiah's lag jenseits der Eisenbahngleise. Es war in einem von mehreren trostlosen baufälligen Backsteingebäuden untergebracht, die um einen Hof angesiedelt waren, der mit Schlaglöchern übersät war, in denen unzählige Disteln und Brennnesseln wucherten. Kaspar hielt an, sprang von der Kutsche und reichte Cathy die Hand.

»Wo sind wir hier?«

Da öffneten sich die Türen, und über den schmalen Hof rannte eine Horde Kinder auf sie zu. Kinder jeden Alters, von denen keins zusammenpassende Kleidung trug, drängten sich um die Kutsche. Kaspar legte dem Pferd Scheuklappen an, damit es aufhörte, nervös mit den Hufen zu stampfen.

»Nennen wir es das Sommer-Emporium«, sagte Kaspar, hob den ersten Filzsack von der Ladefläche und stürzte sich ins Getümmel der Kinder.

Als die Ladefläche leer war, beobachtete Cathy, wie die Kinder eine Spielorgie im Hof veranstalteten, Aufzieharmeen gegeneinander antreten ließen, um die Zuneigung von Patchworkkätzchen wetteiferten oder sich an schwebende Wolkenschlösser klammerten, aus Angst, sie könnten davonfliegen. Kaspar unterhielt sich lange mit der Lehrerin der Schule des Kinderheims, danach schlenderte er zur Kutsche zurück.

»Machst du das jedes Jahr?«

»Nach jeder Wintersaison. Dann fühlt man sich nicht ganz so ... gefangen.« Er hielt inne und musterte Cathy.

»Sehen Sie mich nicht so an, Miss Wray! Ich gebe es zu – ich genieße auch die Bewunderung.«

»Das ist mir klar.«

»Macht mich das sehr egoistisch?«

Cathy war verwirrt. »Spielzeug in einem Kinderheim zu verteilen?«

»Mich in der Bewunderung zu sonnen.«

Ein Gedanke drängte sich Cathy auf, den sie nicht abschütteln konnte. Hätte nicht ihr eigenes Kind sein Leben an einem Ort wie diesem beginnen können? Hätte es nicht auch das Gesicht an die Scheibe gepresst und auf Besuch gewartet – vom Emporium, von einer trauernden Familie, von einer alten Jungfer, die sich verzweifelt ein eigenes Kind wünschte?

»Ich glaube, diese Art von Egoismus ist verzeihlich, Kaspar ...« Sie zögerte, am liebsten hätte sie seine Hand genommen. »Können wir ...«

»Zurück zum Emporium?«

»Nein.« Sie versuchte, wieder auf den Wagen zu steigen, doch ihr Körper weigerte sich; dann spürte sie die Berührung seiner Hände, als er ihr hinaufhalf. »Können wir woanders hinfahren?«

»Ich glaube, das können wir, Miss Wray.«

Einige Zeit später, nachdem sie die Blumenmärkte in Covent Garden erkundet hatten, führte Kaspar sie durch den Marble Arch, und sie gingen Arm in Arm durch das frische Grün des erblühenden Hyde Parks. Es war sehr warm für die Jahreszeit, und die Sonne hatte zahlreiche Angestellte aus ihren Büros gelockt. Die meisten Leute picknickten rings um das Apsley Gate, wo prächtige Säulen ein Fries einrahmten, auf dem in den Krieg ziehende Wagenlenker abgebildet waren. Cathy bemerkte, wie die Leute ihren Bauch mit gerunzelter Stirn beäugten, ließ sich davon jedoch nicht beirren. Verachtung war sie gewöhnt.

Bald erreichten sie einen Baum, der so verkrüppelt war, dass seine Zweige wie Wurzeln in den Boden zu wachsen schienen. Hier saßen im Halbkreis die Patienten aus dem Krankenhaus an der Hyde Park Corner, denn die frische Parkluft galt als förderlich für den Genesungsprozess. Eine der Patientinnen, eine ältere Dame mit einem Veloursamthasen aus dem Emporium im Arm, grüßte Kaspar, als sie vorbeigingen.

»Sie starren mich an«, sagte Cathy, nachdem sie ein schattiges Plätzchen oberhalb von The Serpentine gefunden hatten. Sie saßen da und betrachteten die glitzernde Wasseroberfläche des Sees.

»Lass sie starren.«

»Sie halten mich bestimmt für ein Dienstmädchen, mit dem du angebändelt hast ...«

»Es ist sicher nicht das erste Mal, dass sie eine schwangere Frau sehen.«

»Du hast es selbst gesagt, Kaspar. Ich bin erst sechzehn.«

»Bisher hat dich das nie gestört.«

»Es stört mich auch jetzt nicht«, antwortete sie – obwohl das vielleicht nicht ganz stimmte.

Ein Automobil näherte sich auf der Rotten Row, eine Reihe von Kutschen in seinem Kielwasser. Kaspar wandte sich seufzend ab. »Mir ist ja ein kufenloses Schaukelpferd tausendmal lieber als ein echtes Pferd.«

Wenigstens riss seine dumme Bemerkung sie aus ihren Gedanken. »Hast du denn überhaupt schon mal eins geritten?«

»Ich könnte ein Patchworkpferd bauen, dass doppelt so bequem ist. Mit ein bisschen Nachdenken könnte ich es sogar zweimal so schnell machen.« Wie zum Beweis ging er zu dem Baum hinter ihnen, brachte eine Handvoll Zweige, ein paar Büschel trockenes Gras mit, legte sie auf seinen Schoß und begann zu flechten. Schon kurze Zeit später stellte er ein kleines Pferd auf den Boden, das auf sie zugaloppierte. Cathy nahm es in die Hand. Es war nur ein Rohentwurf, und doch war jeder einzelne Muskel sichtbar.

Sie schwiegen, nur das Quaken der Enten auf dem Wasser durchbrach die Stille. Cathy stellte das Pferd wieder auf den Boden, zupfte seinen Schweif zurecht und sah zu, wie es zu Kaspar zurückgaloppierte. Gleich darauf schickte er es wieder zu ihr. Das machten sie noch eine ganze Weile. Jede Runde fiel kürzer aus, kamen sich ihre Hände näher, denn das kleine Pferd fiel immer mehr auseinander. Schließlich, als das Pferd am Ende seiner Kräfte war, berührten Kaspars Finger die ihren.

Er will mich küssen, dachte Cathy. Und obwohl er sich seiner Sache so sicher ist, würde ich es zulassen. Doch das Baby hatte etwas mitbekommen, es bewegte sich in ihr; und plötzlich spürte sie nichts anderes mehr als die Erschütterungen in ihrem Inneren.

Kaspar überspielte seine Enttäuschung, indem er seine Hand wegriss und begann, die Grashalme zu seinen Füßen zu verknoten.

»Nach Hause?«, fragte er.

Ein Teil von ihr wollte mehr sagen. Es gab so vieles, womit man die Stille hätte füllen können. Doch schließlich sagte sie: »Nach Hause.«

Die Sonne ging bereits unter, als sie das Emporium erreichten. Das Gebäude lag am Ende von Iron Duke Mews wie ein Geschenk, das an Weihnachten vergessen worden war. Die Vorstellung, dass diese Gänge und Galerien im Sommer nie geöffnet waren, hatte etwas Trauriges.

Kaspar hatte auf dem Heimweg kaum ein Wort gesprochen und tat es auch jetzt nicht, als sie zwischen den Regalen hindurchgingen. Er war verletzt, das spürte sie. Und dazu hatte er jedes Recht. Er hatte ihr so vieles erzählt, über die Zeit, bevor sie ihren Vater kennengelernt hatten, über die Reise, über das trostlose Mietshaus, in dem sie gelebt hatten. Und im Gegenzug wollte er nur, dass sie ihm etwas aus ihrem eigenen Leben erzählte. Warum war das so schwer?

Er begleitete sie bis zu den Papierbäumen, aber nicht

weiter. Als sie ihm dann nachsah, beschwor sie etwas in ihrem Inneren, ihm zu folgen. Und doch blieb sie stehen, als wären ihre Füße ebenso im Boden verwurzelt wie die Bäume um sie herum.

Sirius kam nicht herausgerannt, um sie zu begrüßen – das wäre zumindest ein Trost gewesen –, und als sie durch die Tür des Spielhauses trat, wurde ihr klar, warum. Der Hund lag zusammengerollt am Fußende des Bettes, und an seine Brust war ein schlichter Brief geheftet.

Du hast mir gefehlt.
Wo bist du?
Für immer dein,
Emil

Sie drückte sich den Brief an die Brust, warf sich aufs Bett und blieb dort liegen. Sirius kam zu ihr gekrabbelt. Sie war müde, trotzdem kreisten ihre Gedanken immer wieder um Kaspar; sie spürte, wie das Baby sich in Position zu bringen schien, und hatte das Gefühl, dass es bald so weit war. Woher kam diese Traurigkeit? Es hätte ein schöner Tag sein sollen: Sie und Kaspar, draußen in der großen weiten Welt. Und doch ...

Sie setzte sich auf. »Ich habe ihn enttäuscht, oder?« Das Briefpapier zerriss an den Stellen, wo ihre Finger es hielten. »Komm schon, Sirius. Du gehst voran.«

Vor der Tür von Emils Werkstatt blieb sie stehen. Insgeheim hoffte sie, dass er nicht da war. Aber nein, da war er, ebenso besessen von seiner Arbeit wie Kaspar. Er war im Sitzen, über seine Drehbank gebeugt, eingeschlafen, im Schraubstock klemmte eine Einheit halbfertiger Soldaten.

Die unvollendeten Patchworktiere, an denen er gearbeitet hatte, waren ebenso verschwunden wie seine gescheiterten Nachahmungen von Fertigbäumen und das Chaos aus zersplitterten Teilen, das Cathy an den Wutanfall eines Kleinkindes erinnert hatte. Und so sehr sie danach suchte, sie fand auch den Picknickkorb nicht mehr, über den er so viele Tränen vergossen hatte. Jetzt glich seine Werkstatt einer ordentlichen kleinen Fabrik mit Serienfertigung. Einheiten von Soldaten bevölkerten jede verfügbare freie Fläche. Einige mussten noch bemalt, andere noch lackiert werden; doch alle standen so stolz und trotzig da, wie es sich für Emporiumssoldaten gehörte.

Sie schlich auf Zehenspitzen in die Werkstatt, und Sirius schlich hinter ihr her.

Der Original-Rittmeister stand auf seiner Werkbank, zu seiner Linken, was etwas unsagbar Trauriges hatte. Oder – warum auch nicht? – etwas unsagbar Magisches. Und da wusste Cathy: Ganz gleich, ob er je lernen würde, die gleichen Wunder zu vollbringen wie Papa Jack, Emil würde in seinem Herzen immer ein Spielzeugmacher sein.

Es tat ihr weh, sich vorzustellen, wie er heute im Spielhaus auf sie gewartet hatte. Sie strich sanft über seine Mähne, und schließlich wachte er auf.

»Cathy?«, flüsterte er. »Ich habe mir Sorgen um dich gemacht. Ich war ...«

»Ich weiß, mein lieber Emil.«

»Aber du bist gekommen.«

Sie dachte: *Fast hätte ich es nicht getan.*

»Ja.«

Sie setzte sich auf eine umgedrehte Kiste und sah zu, wie er sich die Augen rieb. Er machte den Eindruck, als hätte er sie gern gefragt, wo sie gewesen war, und hätte er es getan, hätte sie es ihm gesagt; an diesem Abend hatte sie nicht mehr die Kraft, zu lügen. Sie wollte es erzählen, ihnen beiden alles erzählen.

»Willst du es mir immer noch zeigen?«, fragte sie.

»Zeigen?«

»Du bist doch zu mir gekommen, um mir etwas zu zeigen, oder nicht? Und ich war nicht da.«

Emil riss sich zusammen und sprang auf. Im Handumdrehen hatte er das Tuch von seiner Werkbank gerissen. Darunter kam eine ganze Armee von Soldaten mit Gewehren, stolzen Dragonern und Miniaturkanonen zum Vorschein.

Die Soldaten marschierten aufeinander zu, blieben stehen, legten an und feuerten. Die Rohre der Spielzeugkanonen bewegten sich ruckartig nach oben und spuckten schwarze Kugeln aus, die die Feinde niedermähten wie Kegel. Sie richteten unglaubliche Verheerungen an.

Emil blickte auf die Zerstörung, die seine Geschöpfe hinterlassen, und zitterte vor Stolz. »Und, Cathy, was hältst du davon?«, flüsterte er.

Sie konnte das Schlachtfeld nur stumm anstarren.

»Wenn Kaspar das sieht ... Nein, ich muss aufhören, an Kaspar zu denken. Ich habe das hier nicht für ihn getan. Cathy, ich hoffe, du findest es nicht seltsam, aber ich muss es einfach sagen. Wenn ich es jetzt nicht sage, tue ich es wohl nie, und dann gehe ich daran zugrunde. Ich ... habe es für dich getan. Ich habe es getan, damit du weißt, dass ich es kann, damit du weißt, dass ich meine Spielzeuge aus Liebe herstelle. Ich liebe es, hier in meiner Werkstatt zu sitzen und etwas zu erschaffen. Nicht wegen des Ruhms. Nicht, um zu gewinnen. Nicht einmal, weil ich will, dass eines Tages alle Londoner Kinder über mich, Emil Godman, genauso denken wie über meinen Vater. Sondern weil ich es dank dir endlich verstanden habe. Papa und Kaspar haben ihre Magie, und ich habe meine, wenn man so will. Ab jetzt bist du mein Glücksbringer, Cathy. Ich hoffe, du findest das nicht albern.«

Cathy setzte sich neben ihn. Hier, bei Emil, fühlte sie sich sicher.

»Wo warst du heute, Cathy?«
Die Frage riss sie aus ihren Gedanken. Nein, sie konnte es ihm doch nicht sagen. Es wäre ihm wie Verrat vorgekommen. Und so erzählte sie ihm stattdessen, wie die kleinen Jungen von ganz London – von der ganzen Welt – in diesem Winter völlig aus dem Häuschen sein würden wegen seiner Soldaten. Später, zurück im Spielhaus, legte sie sich aufs Bett, schlang die Arme um Sirius und weinte.

Mitten in der Nacht erwachte sie mit den seltsamsten Schmerzen, die sie je erlebt hatte.

Im Spielhaus war es dunkel. Die Petroleumlampe neben ihrem Bett war erloschen, und als Cathy sie wieder entzünden wollte, erreichte der Schmerz einen neuerlichen Höhepunkt. Es war, als hätte jemand ihre Eingeweide umklammert und würde fest zudrücken. Sie versuchte, sich aufzusetzen, und schreckte dabei Sirius auf, der bis dahin zufrieden auf ihren Beinen gelegen hatte. Sie stürzte ein Glas Wasser hinunter, und danach ging es ihr etwas besser. Doch alles schien so weit weg zu sein, die Wände, die Tür, einfach alles.

Sie setzte sich auf die Bettkante und versuchte, den Hund zu beruhigen, der nervös um sie herumrannte. Als der Schmerz etwas nachgelassen hatte, zündete sie die Lampe an. Sie kraulte dem Hund die Ohren und flüsterte ihm zu, dass es ihr gut gehe, da kehrte der Schmerz zurück, diesmal im Rücken. Sie spürte, wie er anschwoll und sie mit Versprechen von noch mehr Schmerz verhöhnte. Sie versuchte, so gleichmäßig wie möglich zu atmen, und rollte sich auf dem Bett zusammen. Sie spürte die Sockenzunge des Hundes auf ihrer Hand, das brachte sie wieder zur Besinnung. Mühsam erhob sie sich und ging mit unsicheren Schritten zur Tür.

Sie stand mit einem Fuß im Spielhaus, mit dem anderen

draußen, als der Schmerz abermals zurückkam. Sie hielt sich am Türrahmen fest, bis er wieder nachließ. Täuschte sie sich, oder wurden die Abstände immer kürzer? Sobald sie wieder klar denken konnte, ging sie in den Papierwald – blieb jedoch stehen, bevor sie den Waldrand erreicht hatte. Wenn das, was heute Nacht begonnen hatte, damit endete, ein schreiendes Baby im Arm zu halten, sollte sie an dem einzigen Ort auf der Welt sein, den sie Zuhause nennen konnte. Sie schaute zu dem winzigen Spielhaus mit der winzigen Tür zurück – aber kaum war sie zwei Schritte darauf zugegangen, als der Schmerz erneut durch ihren Körper jagte.

Sie lag an den Stamm eines Papierbaums gelehnt, atmete schnell und tief und fand schließlich einen Rhythmus, der ihr half, es durchzustehen. Als sie aufsah, stand der Hund verlassen vor der Tür des Spielhauses. Sie winkte ihn zu sich, und er gehorchte, wobei seine Augen es trotz ihrer Unbeweglichkeit irgendwie schafften, Besorgnis auszustrahlen.

Sie umfasste seine Schnauze. »Hol ihn«, flüsterte sie.

Der Hund wirkte erfreut über den Befehl und sprang durch die Bäume davon.

Sie hatte keine Ahnung, wie lange sie dort lag. Wieder und wieder wurde sie von Krämpfen heimgesucht, und so sehr sie auch versuchte, sich darauf vorzubereiten, waren sie ihr doch immer einen Schritt voraus.

Sie lag still da, als sie vom anderen Ende des Waldes her eine Stimme hörte: »Miss Wray!« Sie horchte auf; Kaspar war auf dem Weg, jetzt war sie zumindest nicht mehr allein. Dann jedoch hörte sie eine zweite Stimme: »Cathy!« Sie erstarrte; denn die zweite Stimme kam von der gegenüberliegenden Seite der Verkaufshalle und gehörte Emil.

Der Patchworkhund gab ein stummes Kläffen von sich und kam aus der Dunkelheit getrottet. Gleich darauf stupste er ihren Bauch mit der Schnauze an. Cathy sah, dass seine Pfoten feucht und dunkel geworden waren; sie lag in einer Pfütze ihres eigenen Fruchtwassers. Sie streckte tastend die Hand aus, um herauszufinden, was dort unten los war, als die Stimmen erneut nach ihr riefen. »Miss Wray!«, schrie Kaspar, und dann: »Emil ... was machst du denn hier?«

Die andere Stimme fragte ängstlich: »Kaspar, woher in Gottes ... woher in Gottes Namen weißt du davon?«

»Der Hund hat mich geholt.«

»Mich auch ...«

Cathy blickte in die schwarzen Knopfaugen. Sirius hechelte zufrieden, stolz auf die gute Arbeit, die er geleistet hatte. »Du hast sie *beide* geholt? Warum hast du ...«

»Aus dem Weg, Emil!«

»Du machst alles nur noch schlimmer, Kaspar ...«

Und dann waren sie da. Seite an Seite schoben sie sich unter den tiefhängenden Ästen hindurch und blieben links und rechts von ihr stehen.

»Kaspar, du musst Handtücher holen«, sagte Emil, »und heißes Wasser. Und etwas von Papas Whisky, um den Schmerz zu betäuben ...«

Cathy wurde von der nächsten Wehe erfasst und bekam deshalb den Blick nicht mit, den Kaspar seinem Bruder zuwarf, als würde er seinen Ohren nicht trauen. War das wirklich Emil, sein kleiner Bruder, der Miss Wray die Haare aus dem Gesicht strich und ihr sagte, alles würde gut werden?

Emils Augen weiteten sich. Einen Augenblick lang hatte er etwas von ihrem Vater, wenn er wütend war, weil man ihm nicht gehorchte. »Bitte, Kaspar. Wir müssen es ihr so bequem wie möglich machen. Wenn sie woanders wäre, könnte man ihr Medikamente geben, Morphin oder Scopolamin. Aber hier wird sie ...« Er brach ab. »Sieh mich nicht so an, Kaspar. Ich habe jedes Buch gelesen, das ich auftreiben konnte. Ich habe Mrs Hornung losgeschickt, um mir Fachzeitschriften zu besorgen. Ich ...«

Vielleicht hätte Emil noch weitergeredet, doch da bemerkte er, dass sein Bruder ihm gar nicht zuhörte, und dann, dass auch Cathy nicht in seine Richtung schaute – sie hatte nur Augen für Kaspar. Ihr ganzer Körper wandte sich ihm zu.

Emil nahm ihre Hand. »Ich weiß, was zu tun ist«, flüsterte er. Dann noch einmal und noch einmal, bis es keine Aussage mehr war, sondern eine Frage. »Ich weiß, was zu tun ist, Kaspar. Ich weiß, was zu ...«

»Emil, geh du zu Papas Schrank. Nimm Brandy statt Whisky. Und einen von seinen Likören. Und bring Kissen mit, die Kissen aus dem Spielhaus. Ich habe einige unter dem Bett verstaut. Wir müssen es ihr so bequem wie möglich machen.«

Wie gewagt es sich angefühlt hatte, Anweisungen zu geben, und wie vertraut es war, ihnen zu folgen. Emil war drauf und dran zu gehorchen, als ihm ein Gedanke kam; ein Abgrund tat sich auf und verschlang ihn. »Also hast du sie hier versteckt, Kaspar?«

Kaspar sah ihn an. »Na, was hast du denn gedacht, kleiner Bruder?« Dann strich er Cathy sanft über das Gesicht. Cathy formte seinen Namen mit den Lippen, er schien ihr so unendlich weit weg zu sein. »Ich will, dass Sie mir zuhören, Miss Wray. Hören Sie genau zu: Es wird nicht einfach, aber alles wird gut. Hören Sie? Glauben Sie mir, Miss Wray?«

Cathy öffnete den Mund, um ihm zu antworten, dass sie ihm glaube, aber es war zu spät. Etwas anderes hatte sie fest im Griff und umklammerte sie wie ein Schraubstock. Sie atmete hastig ein, bevor es ihr schon im nächsten Moment wieder das Leben aus dem Leib presste. Es gab nichts, was Cathy Wray dagegen tun konnte, außer daliegen und hoffen.

DIE WAHRE GESCHICHTE
DES SPIELZEUGS

✷ ✷ ✷ ✷ ✷ ✷ ✷ ✷

Papa Jacks Emporium

Mai bis September 1907

Jekabs Godman: Älter als man denkt, selbst wenn man ihn schon für steinalt hält. Würde sich heute jemand im Emporium aufhalten, um in seiner Nähe zu sein und seine Geheimnisse gleichsam in sich aufzusaugen wie ein Baum die Geheimnisse von Erde und Regen, würde er ihn schlafend auf einem Stuhl vorfinden, denn auch ein Spielzeugmacher von Weltrang wird manchmal müde, und Papa Jack ist im Lauf der Jahre immer müder geworden.

Doch er erwacht …

Vielleicht ist es ein Traum, der ihn aufweckt. Man könnte glauben, Papa Jacks Träume wären von noch fantastischeren Kreationen bevölkert als seine Regale, doch dem ist nicht so. Papa Jacks Träume handeln von grausamen Orten jenseits der Zivilisation. Es sind die Träume eines jungen Mannes, der einst Schreiner war und der vielleicht immer noch Schreiner wäre, wenn sein Leben einen anderen Verlauf genommen hätte. Ein Kind, das im Winter den Weg ins Emporium findet, sollte solche Träume nie zu Gesicht bekommen. Fürsorgliche Eltern würden ihre Söhne und Töchter vor Erinnerungen wie diesen beschützen. Besser, sie bleiben dort, wo sie hingehören, sicher verborgen hinter gletscherblauen Augen, während Papa Jack seiner täglichen Arbeit nachgeht, Patchworkkreaturen Leben einhaucht, Räume kreiert, wo vorher keine waren, und Welten erschafft, die so sind, wie Kinder sie wahrnehmen.

Das Erste, was er sah, als er aus jenen schreckenerregenden Träumen erwachte, war Mrs Hornung. Sie hatte seine Füße vor dem Feuer hochgelegt und ihn zugedeckt wie jeden Abend. Der Tee in der Kanne, die an seiner Seite stand, war immer noch heiß, also hatte er vielleicht gar nicht so lange geschlafen. Mrs Hornung schnalzte mit der Zunge, als sie merkte, dass er wach war, so wie sie es früher bei seinen Söhnen getan hatte.

»Stimmt etwas nicht, Jekabs?«

Papa Jack erhob sich mühsam. Mrs Hornung fürchtete kurz, er könne das Gleichgewicht verlieren, doch gleich darauf stapfte er langsam dahin wie immer. Die Patchworkkreaturen hoben die Köpfe und sahen ihm mit blinden Augen nach. Ein fadenscheiniges, locker gewebtes Rotkehlchen flog ihm mit seinen Stummelflügeln nach und ließ sich auf seine Schulter plumpsen, wo sein Mechanismus prompt versagte.

Manchmal war es, als würde das Emporium selbst ihm durch Mörtel und Backstein seine Geheimnisse zuwispern.

Er zog den kleinen Vogel wieder auf. Nachdem das Leben in ihn zurückgekehrt war, hüpfte er auf Papa Jacks Handfläche herum. Dieser umschloss ihn mit den Fingern, verließ die Wohnung und ging auf die Galerie hinaus. Die Verkaufshalle weit unter ihm war in Dunkelheit gehüllt. Im Sommer war das Emporium trist und herrlich zugleich, voller Vorfreude, Verheißungen und *Sehnsucht*. Papa Jack hielt den Vogel vor seine Lippen, flüsterte ihm etwas zu und ließ ihn fliegen.

So graziös, wie es ein Vogel aus Filz und Entendaunen vermag, schoss das Rotkehlchen nach unten. Abstürzen und Fliegen sind an sich zwei sehr verschiedene Dinge, doch das Rotkehlchen verband beides zu einem ganz eigenen Tanz. Es segelte durch die Dunkelheit, über die leeren Regale und schließlich über den Papierwald hinweg. Dort krachte es durch die Zweige. Darunter tauchte das Spielhaus auf. Das Rotkehlchen tat so, als würde es auf dem Boden herumpicken und nach Raupen suchen – und spähte dabei durch die Tür des Spielhauses.

Zurück in der Wohnung der Godmans, ließ das Rotkehlchen sich wieder auf Papa Jacks Handfläche nieder und zwitscherte etwas, bevor sein Mechanismus erneut ablief. Die Patchworkkreaturen hatten keine eigene Sprache, schließlich waren sie nur Spielzeuge. Doch Papa Jack verstand. Das Gesicht hinter dem Bart wurde weiß wie sibirischer Schnee. Sekunden später hatte er einen Mantel übergestreift, der dunkelbraun war wie der Pelz eines Bären, und stapfte mithilfe seiner Gehstöcke zur Tür hinaus.

Er konnte sich nicht erinnern, wann er die Verkaufshalle das letzte Mal betreten hatte. Es war so lange her, dass seine Füße den Weg nicht mehr von selbst fanden. So irrte er durch Lagerräume mit Patchworkmammuts und den Eisenbahnraum, wo seine fliegende Lokomotive darauf wartete, eines Tages wieder zum Einsatz zu kommen. Er kam an verschlossenen Kammern vorbei, die mit Emporiumsgeheimtüren versiegelt waren, von denen man nie genau wusste, wo sie hinführten, weshalb sie permanent verschlossen worden waren, bis er durch reinen Zufall den alten Nachtzug entdeckte und seinen Schienen bis zum Papierwald folgte.

Er war wütend gewesen, als er gehört hatte, wie der Wald entstanden war, und dass er die Bodendielen zerstört hatte. Und doch – wie majestätisch er war! Fast wäre er stehen geblieben, um ihn zu bewundern, doch da drang aus den Tiefen des Waldes ein Schrei: Jemand hatte Schmerzen oder große Angst oder beides. Schmerzen waren Papa Jack nicht fremd, und auch Angst kannte er aus eigener Erfahrung. Er ging schneller – solche Laute hatte es in seinem Emporium noch nie gegeben, dem Ort, den er als Bollwerk gegen die Verbitterung der Erwachsenen geschaffen hatte.

Er trat aus dem Wald und fand sich vor dem Spielhaus wieder. Auf einem Felsen in dem kleinen Vorgarten hockte Emil. Der Junge ließ den Kopf so tief hängen, dass er Papa Jack gar nicht bemerkte. Er schaute erst auf, als ein Schatten auf ihn fiel, dann sah er seinen Vater.

Emil wollte etwas sagen, aber die Worte verdorrten ihm auf der Zunge. Seine Augen dagegen sprachen Bände und führten seinen Vater zum Fenster des Spielhauses. Papa Jack musste sich bücken, um hineinzuspähen, denn er überragte sogar das Dach, und sein Rücken war halb so breit wie das ganze Haus. Der Raum im Inneren war kaleidoskopartig verzerrt, und im Zentrum des Kaleidoskops sah er seinen Sohn Kaspar. Er kniete am Rand eines Bettes, darauf lag eine seiner Angestellten, das Mädchen, das am Tag des ersten Frosts zu ihm gekommen war. Es hatte die Beine gespreizt, den Rücken gekrümmt und klammerte sich an Kaspar, als sei er das Einzige, was sie noch mit dieser Welt verband.

Papa Jack richtete seinen Gletscherblick auf Emil.

»Papa, hör zu ...«

»*Nein.*«

»Papa, bitte.«

»Diesmal ist er mit seiner Flirterei zu weit gegangen.«

»Nein! Es ist nicht ... Papa, es ist nicht *seins*.«

Ungläubig schaute Papa Jack auf Emil hinab. »Dann ...«

»Meins ist es auch nicht«, flüsterte Emil mit unerwartetem Bedauern. »Papa, sie hatte keinen Ort, wo sie hingehen konnte, und ...«

Papa Jack konnte nicht länger zuhören. Er bückte sich und wollte sich durch die winzige Tür schieben – und hätte es vielleicht auch geschafft, aber in dem Moment ertönte eine andere Art von Schrei: das Gebrüll eines Neugeborenen.

Papa Jack verharrte auf der Schwelle. Sein Zorn war verflogen. Emil trat an seine Seite. Durch die Tür sahen sie, wie Kaspar Cathy ein blutiges Etwas auf die Brust legte und ihr die wirren Haarsträhnen aus dem Gesicht strich. Dann beugte er sich vor, um sie auf die Stirn zu küssen, holte ein Handtuch, um ihr den Schweiß abzuwischen, und ein Laken, um das Baby darin einzuwickeln.

Papa Jack trat einen Schritt zurück, stieg über den Lattenzaun und ging in den Wald. Er erinnerte sich an eine ganz ähnliche Nacht in der armseligen Hütte, die er einst sein Zuhause genannt hatte. Damals hatte der Wald, der sie umgab, aus Schwarzerlen und lettischen Kiefern bestanden, und im Hof hatte es Hühner gegeben. Die Weise Frau war damals zu spät gekommen, Jekabs Godman hatte seinen neugeborenen Sohn schon auf dem Arm, als sie eintraf.

»Wir nennen ihn Kaspar«, hatte Jekabs zu ihr gesagt, und er zählte diesen Moment zu den glücklichsten seines Lebens. Eine solche Erinnerung konnte jedes schlechte Gefühl auf der Welt mit einem Mal auslöschen.

Zwischen den Bäumen stehend schaute er noch einmal zu dem niedergeschlagen dreinblickenden Emil zurück.

»Wenn sie bereit ist, sag ihr, sie soll in meine Werkstatt kommen. Ich möchte vorgestellt werden.« Dann verschwand er in der Dunkelheit.

Das andere Herz, das vorher in ihrem Körper geschlagen hatte, schlug jetzt an ihrer Brust.

Cathy sah ihrer Tochter in die Augen. *Tochter.* Sie hatte es sich schon gedacht, und jetzt war sie hier, zehn Minuten alt und schon auf der Suche nach Milch. Kaspar bereitete auf der anderen Seite des Spielhauses Tee zu. Heißer Toast mit Butter stapelte sich schon auf einem Teller. Die Erschöpfung, die sie spürte, war nicht dieselbe wie nach einer schlaflosen Nacht; ihr Körper war völlig ausgelaugt, und doch summte jede Zelle vor Zufriedenheit. Was vor ein paar Stunden noch völlig abstrakt gewesen war – *ich werde Mutter* –, war plötzlich real: *Ich bin Mutter, jetzt und für immer.* Sie setzte sich auf, damit Kaspar die Kissen aufschütteln konnte. Ohne groß darüber nachzudenken, zog sie ihre Bluse herunter, um ihre Tochter zum ersten Mal zu stillen. Unwillkürlich griff sie nach Kaspars Hand.

»Ist dir klar, dass deine Hände die ersten waren, die sie je gespürt hat?«, fragte sie. »Du, Kaspar Godman, bist für immer mit ihr verbunden ...«

Cathy sah auf, weil sie glaubte, ihn mit diesem Satz vielleicht zum Erröten gebracht zu haben, und erblickte, auf der Schwelle stehend, Emil. Sie hatte bis dahin keinen Gedanken an ihn verschwendet. In seinen Händen hielt er ein Bündel mit sauberer Bettwäsche aus einem von Mrs Hornungs Schränken, doch er trug es wie etwas, das er als Wiedergutmachung darbringen wollte. Und was das Traurigste war, er wartete darauf, hereingebeten zu werden. »Komm rein und lern sie kennen, Emil. Darf ich vorstellen, das hier ist ... Martha.«

Emil kam hereingeschlurft, blieb am Fußende des Bettes stehen und legte die Bettwäsche ab – schien aber nicht zu wissen, wo er hinsehen sollte. Rastlos ließ er den Blick schweifen, unfähig, Cathy, Martha oder Kaspar anzuschauen – oder irgendetwas anderes.

Schließlich brach er das Schweigen: »Ich habe mir Sorgen um dich gemacht, Cathy.«

»Völlig grundlos, kleiner Bruder.« Kaspar ging zu ihm

und legte ihm einen Arm um die Schulter. »Sie war in guten Händen.«

Kaspar spürte, wie Emil sich versteifte, wegdrehte, und als Kaspar nicht losließ, stieß Emil ihn von sich. Vielleicht lag es auch ein wenig an der anstrengenden Nacht, aber Kaspar verlor das Gleichgewicht und stürzte. Noch auf dem Boden sitzend, klopfte er sich den Staub von der Kleidung.

»Papa war hier.«

»Also, wirklich, Emil«, sagte Kaspar und erhob sich, »du kleiner ...«

»Ich hatte nichts damit zu tun, Kaspar. Denk, was du willst, aber ich habe nichts verraten ...« Zum ersten Mal sah er Cathy an. »Ich habe *unser* Geheimnis all die Monate gewahrt. Warum sollte ich es jetzt verraten?« Emil kannte den Blick, mit dem Kaspar ihn jetzt anschaute; von oben herab, herrisch. Es war derselbe Blick wie bei jeder Eröffnung, wenn die Kunden sich um seine Kreationen scharten und Emils links liegen ließen. Er zögerte und fuhr erst fort, als er wieder an der Tür war. »Er sagt, er will dich sehen, wenn du so weit bist, Cathy. Ich gehe jetzt zu ihm. Ich tue, was ich kann. Aber er ist wütend. Wütend und traurig ...«

Als Emil verschwunden war, ging Kaspar zur Tür und schlug sie so fest zu, dass das Dach erzitterte und die Papierblätter aufflogen, die sich in der Dachrinne gesammelt hatten.

»Denk nicht mehr dran«, sagte er und kam zurück zum Bett.

»Wie kann ich nicht daran denken, Kaspar?« Die Anspannung in ihrem Körper musste sich auf ihr Kind übertragen haben, denn es warf den Kopf zurück und fing an zu schreien. Der Gedanke traf sie wie ein Schlag: *Ich kann das nicht. Oder doch? Nein, ich kann das einfach nicht.*

»Du gehst nirgendwohin, Cathy. Mein Vater ist kein Unmensch. Wenn du wüsstest ...«
»Was?«
»Was für ein Mensch er ist. Wir gehen zu ihm, erzählen ihm alles und ...« Er verstummte und blickte auf das Kind in ihren Armen. Das Mädchen zog ihn magisch an. »Darf ich sie ... mal halten?«
Das Baby hörte auf zu schreien und wandte ihm die zusammengekniffenen Augen zu – als hätte es ihn an der Stimme erkannt. Und vielleicht hatte es das auch, nach all den Abenden, die er im Spielhaus verbracht hatte und während derer er Cathy von seiner Spielzeugtruhe erzählt hatte; das Baby musste etwas davon mitbekommen haben.
Kaspar nahm Martha und hielt sie hoch, als wollte er sie der ganzen Welt zeigen. Der Anblick beruhigte Cathy ein wenig. Kaspar hatte recht. Er musste recht haben. Ein Mann wie Papa Jack, der sein ganzes Leben dem Emporium gewidmet hatte, konnte eine Mutter und ihr Kind nicht einfach so vor die Tür setzen.
Erschöpfung überkam sie, ihr Körper lechzte nach Ruhe. Sie lehnte sich wieder zurück und bekam gerade noch mit, wie Kaspar Martha neben sie legte und mit Kissen abstützte, damit sie nicht aus dem Bett fallen konnte. Emil war gegangen, aber Kaspar würde bleiben, das wusste sie.
»Schlaf jetzt, Cathy. Ich wecke dich, wenn irgendetwas ist.«

Bei Sonnenaufgang stärkte sie sich mit Toast, Marmelade und Eiern, die Kaspar aus Mrs Hornungs Vorratskammer stibitzt hatte, und anschließend ließ sie sich von ihm durch den Papierwald führen. Das Kind in ihren Armen schaute nach oben. Für Martha waren die Papierbäume echt; wenn sie eines Tages die Wälder außerhalb des Emporiums betreten würde, würde sie die echten Bäume vielleicht für falsch halten. *Es ist alles eine Frage der Perspektive*, erinnerte sich Cathy an das, was Kaspar ihr über Magie erzählt hatte.

Auf der Treppe zur Wohnung der Godmans fühlten ihre Beine sich an, als würden sie nicht ihr gehören, doch Kaspar war da, um sie zu stützen. Sirius folgte ihnen und kündigte ihr Kommen mit seinem federweichen Gebell an.

Mrs Hornung öffnete die Tür. Sie sah Kaspar mit dem gleichen niedergeschlagenen Kopfschütteln an wie früher, wenn er als Kind etwas angestellt hatte und dabei erwischt worden war. Kaspar umarmte sie. Dann folgte ihm Cathy hinein. Emil saß im Schneidersitz auf dem Boden und stellte Soldaten auf, als wollte er gegen sich selbst Krieg führen. Vielleicht focht er noch einen anderen Kampf mit sich aus, denn er sah Cathy kaum an, als sie das Schlachtfeld überquerte. Die schwere Eichentür mit dem Emblem des Emporiums, die zu Papa Jacks Arbeitszimmer führte, stand offen, ein Portal ins Dunkel, an dessen Ende tanzender Feuerschein erkennbar war.

Kaspar bedeutete Cathy zu warten und ging hinein.

»Papa«, hörte Cathy ihn sagen, »du hast jedes Recht ...« Doch danach hörte sie nichts mehr, nur die Schüsse von Emils Kanonen, die Flüche, die er murmelte, als seine Soldaten in den Kampf zogen, und das Wimmern des schlafenden Babys an ihrer Schulter.

Bald darauf kam Kaspar wieder, legte ihr beide Hände auf die Schultern und flüsterte ihr fünf Wörter zu – »Er ist nur mein Vater« –, dann trat er beiseite, um sie durchzulassen. Sie sah die Glut eines Kaminfeuers, Regale voller Bücher, die gefährlich über den Rand der Bretter ragten, und auf einer Stange saß eine Patchworkeule mit schneeweißem Gefieder, deren Kopf sich unablässig drehte.

Mit Martha am Hals betrat sie den Raum.

Papa Jack saß in einem Schaukelstuhl, Nadel und Faden in den großen Pranken. Es war nicht allzu viel Platz in dem

Raum, und so blieb sie auf dem winzigen unbedeckten Fleckchen Teppich stehen; ein Schauder überlief sie, als die Tür sich quietschend wie von selbst schloss. Von allen Räumen des Emporiums war dies der kleinste. Seine Wände schienen sich nach hinten hin zu verjüngen wie die einer Höhle oder das Innere eines Brennofens. Er wurde nur von der glimmenden Asche im Kamin und den Glühwürmchenlaternen erhellt, die zwischen den Büchern standen. Doch Papa Jacks Gesicht glühte dennoch wie von einem Feuer erleuchteter Schnee.

Der alte Mann legte Nadel und Faden beiseite.

»Cathy, nicht wahr?«

»Ja, Sir.«

Papa Jack musterte sie, als sähe er sie zum ersten Mal. Bildete sie es sich ein, oder blickte er durch sie hindurch auf einen imaginären Horizont?

»Sag mir, hast du ihr schon einen Namen gegeben?«

Cathys Blut pulsierte in ihren Adern. »Sie heißt Martha«, entgegnete sie, selbst überrascht über die Härte in ihrer Stimme. »Sir, ich verstehe, dass Sie wütend sind. Ich weiß, dass schon Leute hierhergekommen sind, nur um Sie zu bestehlen. Aber ich nicht.«

»Ich mag Lügner nicht«, flüsterte er. »Aber ich verstehe, warum du gelogen hast. Sag mir – wird es Probleme geben, Cathy? Ärger in meinem Emporium?«

»Sie ist doch noch nicht einmal einen ganzen Tag alt.«

»Mit deiner Familie, Cathy.«

»Meine Familie schläft hier auf meinem Arm.«

»Du bist von zu Hause weggelaufen. Das ist mir jetzt klar.« Seine Stimme klang wie ein Steinschlag in einem Schneesturm. »Hätte ich es schon vorher bemerkt, hättest du trotzdem den Winter im Emporium verbringen können. Und du hättest auch dein Baby in meinem Spielhaus zur Welt bringen können. Damit wir uns nicht missverstehen: Das Emporium steht dir zur Verfügung, solange du es brauchst. Es gibt Regeln, Regeln der Gastfreundschaft, die man mir vor langer Zeit beigebracht hat, und ich werde jetzt nicht anfangen, dagegen zu verstoßen. Dieses Kind wurde hier geboren, in einem Raum, den ich eigenhändig geschaffen habe. Aber ... wenn Leute weglaufen, kommen meist andere, um nach ihnen zu suchen. Also sag mir, wird das bei dir passieren?«

Cathys Gedanken überschlugen sich, und sie versuchte, wieder einen klaren Kopf zu bekommen. Sie konnte im Emporium bleiben, solange sie wollte?

»Meine Familie will uns nicht«, sagte sie schließlich. »Sie wollte mich wegschicken. In ein Heim ... Und die Frau, die das Heim führt, hätte mir Martha direkt nach der Geburt weggenommen, und dann hätte sie bei jemand anders gelebt, mit einem anderen Namen, mit einer anderen ...« Sie brach ab. Sie würde nicht anfangen zu zittern, nicht jetzt.

»Darf ich, Cathy?«

Papa Jack streckte die Hände nach Martha aus. Cathy erstarrte – aber es war eine rein instinktive Reaktion; sie wusste, dass sie im Emporium sicher war. Sie kniete sich hin und legte Martha sanft auf seinen Schoß; seine Hände schlossen sich um sie. Wie riesig sie waren; das Kind hätte in eine seiner Handflächen gepasst.

»Unser Emporium war schon immer ein Ort für Ausreißer. Ich bin selbst lange davongelaufen, Cathy Wray, bis ich das Emporium gegründet habe. Mrs Hornung und unsere ersten Angestellten, sie alle waren verloren, konnten nirgendwo hin. Nur eine ganz spezielle Sorte Mensch kann das Emporium zu seinem Zuhause machen. So wie du ...«

Martha sah in Papa Jacks faltiges Gesicht, das auf sie herabblickte.

»Ein Kind, das in meinem Emporium geboren wird, sollte wissen, wie mein Emporium geboren wurde, meinst du nicht?«

Cathy nahm Martha wieder auf den Arm.

»Wenn du bleiben willst, wenn du wirklich aus Emporiumsholz geschnitzt bist, musst du Bescheid wissen. Es ist keine Geschichte, die ich gerne erzähle, auch das solltest du wissen.«

Papa Jack klatschte in die Hände, und unter den Regalen erhob sich eine Kiste und kam auf tausend Kiefernholzbeinen zu ihm geschlurft. Sie ließ sich zu seinen Füßen nieder, und ihr Deckel öffnete sich. In der Kiste befanden sich Lumpen, abgewetzte Lederhandschuhe, ein silberner Pelz, der von einem Wolf hätte stammen können. Auf dem Pelz lag ein hölzerner Apparat, der in dunklem Waldgrün und strahlendem Weiß bemalt war. Papa Jack legte ihn auf seinen Schoß. Er sah aus wie ein einfaches Spielzeug mit einer Handkurbel: das Diorama eines verschneiten dunklen Kiefernwaldes und einfacher Figuren, die braune Mäntel, Filz- und Pelzhüte sowie Eisenkappen an den Stiefeln trugen.

»Das habe ich vor langer Zeit gemacht, damit ich nie vergesse. Damit meine Jungs Bescheid wissen. Wenn du bereit bist, Cathy, kannst du mir jetzt helfen.«

»Ich verstehe nicht.«

»Vertrau mir, Cathy. Bitte.«

Sie legte auf Papa Jacks Geheiß eine Hand auf die Kurbel, und er legte die Hand auf ihre.

»Hab keine Angst«, sagte er, »obwohl ich selbst damals mehr Angst hatte, als ich ausdrücken kann.«

Dann begann er, die Kurbel zu drehen.

Die Kurbel drehte sich, und mit ihr Cathys Hand.

Tief in der Apparatur hoben und senkten sich Nockenwellen, und die Figuren setzten sich in Bewegung, oder vielmehr rotierte die eisige Landschaft um sie herum, sie selbst blieben am Platz und befanden sich doch auf einem endlosen Marsch.

Die aufziehende Kälte ließ Cathys Finger taub werden. Sie versuchte, ihre Hand wegzuziehen, doch Papa Jack hielt sie fest. »Hab keine Angst«, wiederholte er, und seine Stimme gab Cathy den Mut, auch dann durchzuhalten, als die Kälte ihren Arm erreichte, und auch dann noch, als jedes einzelne ihrer Haare mit Eiskristallen überzogen war.

Sie schaute sich um. Ein wirbelnder weißer Nebel kroch die Wände hoch und verschluckte alles. Das Weiß war undurchdringlich. Und plötzlich fand sie sich mitten in dieser anderen Welt wieder, die Papa Jack geschaffen hatte. Eine Schneeflocke landete auf ihrer Nase, und als sie an sich hinabschaute, sah sie, dass sie einen Pelz trug und Martha tief in einem pelzgefütterten Hut lag.

Eine Stimme rief: »Du da! Zurück in die Reihe!« Sie hörte das Getrampel vieler Stiefel, mehr, als sie sich hätte ausmalen können.

Etwas Ähnliches hatte sie schon einmal erlebt. Beim Picknick in der Verkaufshalle waren die Regale einer Wiese mit Wildblumen gewichen, auf der noch viele andere picknickten. Aber waren das nicht nur lebhafte Erinnerungen an einen Sommertag gewesen, etwas, das sich allein in ihrer *Vorstellungskraft* abgespielt hatte? Doch was auch immer das hier war, es ging weit darüber hinaus – denn das waren nicht ihre Erinnerungen, nicht ihre Fantasien. Diese hier waren mit dem Spielzeug verbunden und gehörten dem Mann, der mit unvermindert gleichmäßiger Bewegung die Kurbel drehte. Sie war in seinem Kopf.

Sie wurde aus ihren Gedanken gerissen, als rechts und links von ihr Gestalten aus dem Weiß auftauchten. Eine Kolonne zog an ihr vorbei und verschwand wieder im Schneegestöber; unzählige Männer, einige in zerlumpten Filzmänteln und Bisampelzmützen, andere mit Bündeln auf dem Rücken, wieder andere, die Schlitten hinter sich herzogen, auf denen sich ebenfalls Männer drängten.

»Wo bin ich hier?«, keuchte Cathy. Zum ersten Mal tauchten die Silhouetten von kahlen Bäumen in der Ferne auf. Sie spürte, wie sie von ihnen angezogen wurde, als würde auch sie in der Prozession mitmarschieren. »Was sind das für Leute?«

»Siehst du den Mann da vorne, den, der sich etwas abseits hält?«

Sie entdeckte ihn; er ging mit gesenktem Kopf, aber als er ihren Blick spürte, drehte er sich um und sah sie an. Er hatte gletscherblaue Augen.

»Papa Jack ... bist du das?«

»Damals hieß ich noch Jekabs Godman. Aber ja, das bin ich. Und wenn du im Emporium bleiben willst, musst du ihm jetzt folgen.«

Der Mann hob die behandschuhte Hand und winkte ihr zu, doch Cathy zögerte. Solange ihre Hand auf der Kurbel lag und sie Papa Jacks spürte, fühlte sie sich sicher. Ohne diese Verankerung würde sie vielleicht verschwinden, von diesem Spielzeug und seiner Magie verschlungen werden.

»Du musst dich beeilen«, flüsterte Papa Jack. »Wenn er zu lange stehen bleibt, kommen die Aufseher. Sie sind brutal. Früher waren sie wie Jekabs Gefangene, aber sie kamen als Aufseher zurück. Bitte, Cathy. Jekabs ist ein ... anständiger Mensch. Er wird dir alles erzählen.«

Jekabs Godman war noch größer als der gebeugte Berg von einem Mann, zu dem er werden würde. Er sah, musste sie zugeben, ebenso gut aus wie sein Sohn Kaspar, mit rabenschwarzen Haaren, in denen Frostperlen hingen, und trotzigen Gesichtszügen, in denen im Lauf der Jahre Schluchten und Gletscherspalten aufklaffen würden. Er lächelte sie an. »Komm mit mir«, sagte er, »und halte dich von den anderen fern. Sprich mit keiner Menschenseele.«

Seine Stimme war noch nicht so leise, wie sie eines Tages werden würde, doch sie klang trotzdem zu sanft für diese raue Umgebung. »Wo gehen wir hin?«, fragte Cathy.

»Nach Osten«, sagte Jekabs Godman, »und wir lassen alles, was wir kennen, zurück. Es werden sechs lange Jahre für mich. Sie nennen es ... *Katorga*. Es ist das Schrecklichste, was einem Menschen zustoßen kann. Einige von uns werden auf dem Weg sterben. Andere werden dort sterben. Und ich? Tja, du weißt es schon: Ich werde überleben. Aber du weißt noch nicht, wie. Komm. Wir sind erst sechsundzwanzig Meilen gelaufen. Es liegen immer noch sechstausend vor uns.«

Und dann, während sie in der Kolonne mitmarschierten, erzählte Jekabs Godman ihr seine Geschichte.

Zehn Tage zuvor war Jekabs Godman noch Ehemann, Vater und Schreiner mit bescheidenem Einkommen, aber hohem Ansehen gewesen. Jetzt war er ein Nichts. Zehn Jahre zuvor war er noch Geselle gewesen und hatte von den Dingen geträumt, die er eines Tages mit seinen eigenen Händen herstellen würde. Jetzt berührte Jekabs Godman das eingebrannte Zeichen auf seiner Schulter, das Symbol seines Verbrechens, das immer noch nach versengtem Fleisch roch. Die Körper der anderen, die sich um ihn drängten, zwangen ihn aufzusehen. Vor ihm lag der lebensfeindliche, eiskalte Osten, das Ende der Welt.

Zehn Tage: Mehr brauchte es nicht, um ein Leben zu zerstören. Am ersten Tag wurde Jekabs Godman verhaftet. Am zweiten beteuerte er seine Unschuld. Am vierten legte er ein Geständnis ab. Am fünften erfuhr er, welches Verbrechen man ihm vorwarf. Am sechsten wurde er für schuldig erklärt. Am siebten wurde er mit einem heißen Eisen und Tinte gebrandmarkt. Am achten hatte er sich mit seinem Schicksal abgefunden. Jekabs Godman: Saboteur, Betreiber einer verbotenen Druckerpresse. Er hatte sie im

Keller eines guten Freundes benutzt, für den er Schränke gebaut hatte, um Broschüren für einen Stand zu drucken, an dem er über Weihnachten etwas von dem Krimskrams verkaufen wollte, den er zwischen seinen Aufträgen anfertigte: kleine Holzengel, fein gearbeitete Bären aus Kiefernholz. Auf den Broschüren waren die russischen Pferde abgebildet, die er eines Tages herzustellen hoffte. Darüber stand: »*Sind Sie im Herzen ein Kind geblieben? Dann ... Willkommen in Papa Jekabs' Emporium.*«

»Oh ja«, sagte Jekabs und legte Cathy einen Arm um die Schulter, als wollte er sie vor dem imaginären Winter beschützen, der sie heulend umwehte, »ich habe schon immer davon geträumt, Spielzeug herzustellen. Ich hatte einen Sohn, verstehst du, und der zweite war unterwegs. Mit meinen Kindern zu spielen, mit Spielsachen, die ich selbst geschaffen hatte, war fast der einzige Traum, den ich hatte. Und hätte es nicht mitten in der Nacht an der Tür geklopft, wäre das auch mein Leben geworden. Aber damals kamen sie uns alle holen. War man kein Mörder oder sonstiger Verbrecher, dann war man ein Sympathisant. Ich hätte nie gedacht, wie viele es davon auf der Welt gibt ...«

In der Ebene, über die sie marschierten, war es nie völlig dunkel, denn die Sterne, deren Lichter den Himmel übersäten, spiegelten sich auf den schneebedeckten Kornfeldern und Hecken. Ein Fuchs, silbern wie der Mond, huschte vor Jekabs über den Weg; seine Augen bargen das Versprechen von etwas, das er nie wieder empfinden würde: Freiheit.

Sie waren durch die Tücken des Zwielichts marschiert, von berittenen Wachtposten ebenso sicher umzingelt wie von der Dunkelheit. Die Männer donnerten auf ihren Pferden die Kolonne hinauf und hinunter, führten in Gedanken Buch, sprachen kein Wort. Als die Reiter in ihr Horn bliesen, um anzukünden, dass der Marsch für den Tag endete, schlugen sie auf den Weiden eines Bauernhofs ihr Lager auf, dessen Eigentümer mit der Dankbarkeit des Zaren entlohnt wurde, die unendlich und großmütig war, aber nie eingelöst wurde. Der Bauernhof lag an der Weggabelung zweier Feldwege; dahinter befanden sich Ställe und die Ruine eines weiteren, jahrhundertealten Hofs. Dort wurden die Gefangenen eingepfercht. Einige wurden losgeschickt, um Feuerholz und Pferdefutter zu besorgen. Anderen wurde befohlen, das Schwein zu schlachten, das der Bauer pflichtschuldig ins Freie trieb. Jekabs' Aufgabe bestand darin, stumm auszuharren.

Im Licht der Hoftür lungerte ein kleines Mädchen herum, das beobachtete, wie sein Vater Getreide für die Pferde verteilte, die die Gefängniskarren zogen. Jekabs kniete sich hin und hob einen Zweig auf. Dann setzte er sich auf einen Baumstumpf und ritzte Furchen und Linien in den Zweig, zuerst mit seinem Daumennagel, dann mit einem scharfkantigen Stein. Ein weiterer Zweig, ein paar Blätter und ein Kiefernzapfen als Kopf – und fertig war der Zweigsoldat. Er stellte ihn auf den Boden, und wenn der Wind die Figur erfasste, sah sie aus, als würde sie marschieren.

Er betrachtete den Soldaten so lange, bis ein Stiefel ihn zertrat. Jekabs sah auf: Ein Gefangener stand gebieterisch vor ihm.

»Du sitzt nie bei uns, Freund. Warum sitzt du nie bei uns?«

Jekabs schwieg.

»Hältst dich wohl für was Besseres, Schreiner? Ihr habt euch doch immer für was Besseres gehalten ...«

Das hörte Jekabs Godman nicht zum ersten Mal, auch wenn er im Herzen des russischen Ansiedlungsrayons geboren und aufgewachsen war. Das Blut Abrahams, das Blut Isaaks floss durch die Adern der Familie seines Vaters, was nicht bedeutete, dass er gläubig war – aber das hatte Männer wie diesen noch nie davon abgehalten, zu dicht an ihn heranzutreten und ihm zu sagen, dass es nur einen Gott gäbe, dass seiner der falsche und für alle Übel dieser Welt verantwortlich sei.

Wenn er sich zusammenriss, würde der Mann vielleicht wieder gehen. Jekabs griff noch einmal nach ein paar Zweigen. Seine Hände bewegten sich wie von selbst, und kurze Zeit später standen drei weitere Soldaten auf dem Boden, die blind dem Wind folgend durch die Gegend stolperten.

Der Sträfling bückte sich und hob sie auf. Sein Gesicht war mit tiefen Narben alter Geschwüre übersät. »Du kannst mein Freund sein, *Spielzeugmacher*«, sagte er – und seine Hand schloss sich um sein Geschlecht, das sich unter seiner Hose abzeichnete.

»Bitte«, sagte Jekabs Godman, ohne mit der Wimper zu zucken, als der Speichel des Mannes ihn am Unterkiefer traf.

Jemand rief »Tschitschikow!«. Der Ruf kam vom Feuer, das windabwärts von der Scheune brannte. Der Sträfling blickte hin und her, einmal auf das Feuer, einmal auf Jekabs, bis er sich schließlich für die Wärme entschied.

»Und so ging es jede Nacht weiter«, sagte Jekabs und lud Cathy ein, sich zu ihm zu setzen. »Sie kamen, provozierten uns, und wenn man sich wehrte, bekam man ihre Fäuste, ihre Stiefel – oder Schlimmeres – zu spüren. Und ich erkannte: Das erwartete mich auch im Osten. Mehr Männer wie Tschitschikow. Mehr Nächte wie diese; zweitausend zwischen mir und der Chance, in meine Heimat zurückzukehren. Die Nächte waren scheinbar endlos und doch so kurz wie ein Menschenleben. Aber später in dieser Nacht, als ich endlich aufzusehen wagte, saß Tschitschikow mit den anderen, die so waren wie er, zusammen, und im Halbkreis zwischen ihnen hüpften meine Soldaten hin und her, stießen zusammen oder umtanzten einander, während die Dreckskerle vor Lachen grölten. In dieser Nacht waren diese Vergewaltiger und Mörder wieder zu Kindern geworden, Kinder, wie ich sie an meinem Stand begrüßt hätte. Ich wusste es noch nicht, aber ich hatte in dieser Nacht etwas Wichtiges gelernt – nein, *entdeckt* –, etwas, das ich erst Monate später begreifen würde.«

In jener Nacht versuchte jemand zu fliehen. Er kam drei Meilen weit, bis sie ihn erwischten; sie brachten ihn nicht zurück. »Lasst euch das eine Lehre sein«, sagte einer der Aufseher, als er von der Jagd zurückkam. Die Lehre lautete: Es gab keine zweiten Chancen.

»Zwischen zwei Atemzügen können drei Monate vergehen. Wir gingen weiter nach Osten, vorbei an bedrohlich wirkenden Kosakenfestungen, die an den Grenzen zu den ehemaligen Khanaten des Südens aufgereiht waren. Zwei Tagesmärsche, eine eintägige Zwangspause: Das war der Rhythmus meines Lebens, mit jedem Schritt ein Schritt weiter weg von zu Hause. Aber wenigstens hatte ich jetzt etwas, woran ich mich festhalten konnte. Keine Erinnerungen und auch keine Hoffnung, denn was nützten sie einem? Nein, ich hatte meine Kiefernzapfen, die langen Nächte, in denen ich meine Soldaten bastelte, sie in den Schnee setzte und laufen ließ. Jede Nacht wurden sie mir weggenommen. Und jede Nacht setzten sich die Mörder hin, um mit ihnen zu spielen. In einigen Nächten waren sie so in ihr Spiel versunken, dass sie ganz vergaßen, anderen die Essensration zu stehlen oder sich den schwächeren Männern aufzuzwingen, wenn die Wachen nicht hinsahen. Und ein Bild werde ich nie vergessen: Tschitschikow, der Niederträchtigste von allen, wie er friedlich schlief und dabei eine meiner Ballerinen aus Kiefernrinde in der Hand hielt.«

Langsam begann die alte Welt zu verblassen. Erinnerungen an das wirkliche Leben lösten sich auf, wurden von dem Marsch verdrängt. Jekabs betrachtete die Steppen, die

Berge und undurchdringlichen Wälder, die an ihm vorbeizogen, unfähig, die Größe der Welt zu begreifen. Jeder überquerte Fluss trennte ihn weiter von zu Hause, jede karge Ebene war eine weitere leere Fläche, in der sein Sohn und seine Frau nicht mehr existierten. All das ertrug er, alles, bis auf die Nächte in den Übergangsgefängnissen, in denen er, kahlrasiert und entlaust, in der Zelle schmorte, ohne Material, um seine Soldaten zu basteln; dort zog er sich vollkommen in sich selbst zurück. Er versuchte, seine Frau Sofiya und seinen Sohn Kaspar in seinem Geist heraufzubeschwören, aber nur allzu leicht entglitten ihm ihre Gesichter und wichen denen von Tschitschikow, Grigorian, Grischa und all den anderen, die ihn belästigten und sich in der Nacht an ihn pressten.

Irgendwann auf dem Weg musste seine Frau das Kind bekommen haben. Er würdigte den Anlass, indem er eine Puppe aus Lärchenholz bastelte und sie auf dem Weg zurückließ, damit irgendein Bauernkind sie fand. Jekabs war zum zweiten Mal Vater geworden, aber ob er wieder einen Jungen bekommen hatte oder ob er mit seinem ersten Mädchen gesegnet worden war, würde er womöglich nie erfahren.

»Es war Dezember, als wir das Holzfällerlager erreichten, in dem wir arbeiten sollten. Es lag hoch über dem Fluss Amur. Wir kamen aus dem Wald, und dort lag unser neues Zuhause, unterhalb eines Hangs, an dem alle Bäume gefällt worden waren ...«

Während Jekabs sprach, explodierte der Winter um sie herum. Das Weiß blieb zwar am Rand von Cathys Gesichtsfeld zurück – aber im Zentrum lag das Tal aus geschwärzten Baumstümpfen, von dem Jekabs erzählte, und darin eine kleine Siedlung aus Holzhütten. Die Kolonne vor Cathy begann, langsam den Hang hinunterzugehen.

»Der Marsch hatte auch etwas Beruhigendes gehabt. Das

war mir bis dahin nicht klar gewesen. Der Marsch war zu meinem Leben geworden. Aber dort, am Fuß des Abhangs, lag meine Zukunft, kalt und unbekannt ...«

An diesem Abend legte einer der Lageraufseher Jekabs auf einem Baumstumpf bei den Baracken Fußfesseln an, die durch eine Kette mit denen um seine Handgelenke verbunden waren. Er würde sie die nächsten sechs Jahre nicht ablegen; sie wurden nur gelockert, wenn er eine Axt schwingen oder eine Säge benutzen musste. Danach wurde er in eine der Baracken gebracht, wo die Männer in den Ecken pfiffen und lautstark spekulierten, wer von den Neuankömmlingen am nächsten Morgen tot sein, wer im Bett eines anderen Mannes liegen und wer als Erster einen Fluchtversuch unternehmen würde.

»In der siebten Nacht kamen sie zu mir. Der Große und der Kleine Bär, so nannten wir die beiden Wächter. Früher waren auch sie Gefangene gewesen, aber sie waren auf Lebenszeit hier – und Lebenslängliche hatten gewisse Privilegien im Vergleich zu uns anderen. Ich wünschte, ich könnte dir sagen, dass sie mich nie auspeitschen ließen. Ich wünschte, ich könnte dir sagen, dass es die Nacht, in der ich erwachte und den Großen Bären bei mir im Bett fand, nie gegeben hat. Aber es war das Ende der Welt, und ich erzähle dir das nicht, um zu lügen. Sie kamen zu uns allen. Zu allen Männern, die sie für zu schwach, für zu weich für diese Welt hielten.«

Die Tage waren kurz und die Arbeitstage lang. Wenn die Sonne sich überhaupt einmal blicken ließ, schaffte sie es kaum, den Wald aus seinem Winterschlaf zu wecken. Jekabs wurde einem Arbeitstrupp zugeteilt, und ein alter Hase namens Manilow zeigte ihm, wie man mit der Bügelsäge und der Axt umging. Die erste Woche war zermürbend, die zweite eine Qual. In der dritten spürte Jekabs, wie seine Muskeln hart wurden. In ihm klaffte ein riesiges Loch, das weder das harte Brot noch die dünne Suppe zu füllen vermochten. Sein Körper war ein einziger Abgrund, in den er hineinzustürzen drohte. Mitte der vierten Woche blieb er auf dem Schlittenweg stehen, weil der schwarze Wald am Horizont sich zu drehen begann. Er konnte die Ebene nicht mehr vom Himmel unterscheiden. Erst als der Kleine Bär drohte, dass er gleich seine Peitsche zu spüren bekommen würde, setzte er sich wieder in Bewegung. In den folgenden Tagen, in denen sein Körper sich langsam an das Schwindelgefühl und die Übelkeit gewöhnte, dachte er sich gute Gründe aus, um zu erfrieren. Und in das Holz kratzte er gute Gründe, am Leben zu bleiben. Wie feige er sich vorkam, weil seine Kinder nicht dazugehörten. Irgendwann während des Marsches war er durch einen Schleier in diese andere Welt getreten, in der er jetzt lebte und arbeitete und in der seine Kinder nur als Fantasiegebilde existierten. Nichts, was so vollkommen war wie sein Sohn Kaspar, sein Erstgeborener, konnte in einer Welt existieren, die ein System wie die *Katorga* erlaubte. Hier draußen gab es nur einen wirklichen Grund, am Leben zu bleiben: um dem Teil von sich zu trotzen, der sich nichts sehnlicher wünschte, als sich in den Schnee zu legen und auf das Ende zu warten. Dieser Kampf wurde mit jedem Tag härter.

»Cathy, kannst du tapfer sein?«

Die Welt um Cathy veränderte sich erneut, und das Einzige, was sie davon abhielt, in Panik zu geraten, war, dass Papa Jack immer noch da war und die Kurbel des Spielzeugs drehte.

Plötzlich war Cathy mitten im Wald, um sie herum arbeiteten gefesselte Männer und warfen Holzstämme in den vom Eis befreiten Fluss.

»Ich muss jetzt gehen«, sagte Jekabs, und seine Hand glitt aus ihrer.

»Gehen?«

»Es tut mir leid«, sagte er. »Aber vergiss nicht, all das ist vor sehr langer ...«

Jekabs konnte den Satz nicht beenden, denn im selben Augenblick tauchten zwei Gestalten hinter ihm auf, die ihn zu Boden warfen und ihn tiefer in den Wald schleppten. Cathy schrie seinen Namen und eilte ihm nach. Überall war Nebel; Jekabs lag auf dem Boden, der Große und der Kleine Bär hielten ihn fest. Wieder schrie sie, doch in dieser Welt, die nur eine Gestalt gewordene Erinnerung war, konnte sie niemand hören. »Wir wissen, was du hinter unserem Rücken treibst«, brüllte der Große Bär. »Du tauschst deine kleinen Spielzeuge gegen Vorräte. Seit wann ist das eine *Tauschwährung? Wir* bestimmen, was hier getauscht wird ...«

Sie rissen Jekabs den Mantel vom Leib und schnitten sein Hemd auf, als plötzlich ein Schrei ertönte und Tschitschikow angerannt kam, begleitet von Grigorian und Grischa. »Hände weg vom Spielzeugmacher«, sagte Tschitschikow drohend. Die Bären lachten nur, doch eine zweite Warnung gab es nicht. Tschitschikow ging mit der Axt auf sie los – und nur die Wache, die zufällig vorbeikam, verhinderte an diesem Tag ein Blutbad.

Diese Nacht verbrachte Jekabs an einen Baumstumpf am Waldrand gekettet, gezwungen, sich der Dunkelheit und ihren heulenden Dämonen zu stellen. Aber er war nicht allein. Denn neben den Stümpfen um ihn herum lagen, die Rücken noch wund von der Birkenrute, Tschitschikow, Grigorian und Grischa.

Die Nacht war endlos. Immer wieder wurden sie vom Schlaf übermannt, nur um von der Kälte wieder aufgeweckt zu werden.

»Warum?«, flüsterte Jekabs, als er die Stille nicht mehr aushielt. »Warum habt ihr das ... für mich getan?«

Tschitschikow griff in seine Tasche und nahm einen von

Jekabs Soldaten heraus, den er ihm viele Nächte zuvor gestohlen hatte. »Kannst du dir das vorstellen?«, erwiderte er, die Stimme rau vor Schmerz. »Wenn ich deine Soldaten marschieren lasse, bin ich wieder ein kleiner Junge. Mein Papa ist bei mir und spielt mit mir. Ich sitze wieder in Sankt Petersburg vor dem Kaminfeuer oder kämpfe auf dem Marsfeld mit Stöcken. Ich bin ... nicht hier und ich bin ...«

Cathy vermutete, dass er sagen wollte: »Und ich bin nicht ich«, aber ein solches Geständnis war zu viel für einen Mann wie Tschitschikow. Stattdessen würgte er Schleim hoch und spuckte in den Schnee.

»Sie werden dich nicht mehr anrühren, Spielzeugmacher, nie wieder, nicht solange wir leben ...«

»Und genauso war es«, sagte Jekabs. »So habe ich überlebt, und so habe ich erfahren, was Spielzeug wirklich ist. Ich hatte eine Art von ... Magie entdeckt, wenn man so will. Einen Weg, die Seele eines Mannes zu berühren. Wenn selbst Männer wie Tschitschikow nächtelang mit meinen Spielzeugsoldaten spielten ... Ja, nach einem Jahr *Katorga* holte selbst der Kleine Bär einen Spielzeugsoldaten aus einem Versteck unter den Holzdielen der Baracke hervor und ließ ihn auf seiner Handfläche auf und ab marschieren, während er Wache hielt. Und ich lernte – Spielzeuge bergen ein gemeinschaftliches Erbe. Zeig einem Erwachsenen ein Steckenpferd, und er wird wieder zum Kind, er kann es nicht erwarten, einen Ausritt zu unternehmen. Ein Spielzeugmacher muss vor allem eine unantastbare Wahrheit achten: Wir alle waren einmal Kinder, egal, wer wir als Erwachsene sind oder was wir getan haben, wir waren alle Kinder, die schon glücklich waren, wenn sie einen Ball gegen eine Wand werfen konnten. Diese Wahrheit habe ich im Osten erkannt. Ich habe der *Katorga* etwas Gutes abgewinnen können, und das hat mein Leben von Grund auf verwandelt.«

Jekabs drückte Cathy die Hand.
»Du musst jetzt gehen.«
»Aber ...«
»Zurück ins Emporium.« Traurig sah er auf seine mit Frostbeulen übersäten Hände hinunter. »Ich werde das hier überleben, Cathy. Wir sehen uns bald wieder.«
Papa Jacks Hand auf der Kurbel verharrte, das Spielzeug hörte auf, sich zu drehen, und die Wände des Arbeitszimmers wurden wieder sichtbar. Die weiße Wildnis verblasste, Papa Jacks Kontobücher tauchten wieder in den Regalen auf, und die Kälte, die ihr in die Knochen gezogen war, wich nach und nach aus ihrem Körper. Der Pelz, den sie getragen hatte, glitt ihr von den Schultern und verschwand, noch bevor er den Boden erreichte. Die Schreie von Jekabs' Mitgefangenen wurden immer schwächer und verstummten schließlich.

Papa Jack saß zusammengesunken in seinem Schaukelstuhl, seine Hand lag immer noch auf der Kurbel. Er sah erschöpft aus, sein Gesicht war so weiß wie das Haar, das ihm in die Stirn fiel. Cathy nahm seine Hand. »Jekabs«, sagte sie. »Papa Jack?«

Er sah auf.

»Habe ich es dir nicht gesagt?«, flüsterte er und lächelte traurig. »Es ist keine Geschichte, die ich gerne erzähle. Aber weißt du jetzt, warum ich sie dir erzählen musste? Das hier ist nicht nur mein Emporium. Es ist mein Leben. Ich könnte eine Mutter und ihr Kind genauso wenig vor die Tür setzen, wie ich einen Mann wie den Kleinen Bären verurteilen könnte. Wir alle fangen am gleichen Ort an, egal, wo wir später enden. So habe ich mein Leben gelebt. So werde ich sterben.«

»Es tut mir leid, Jekabs.«

»Es braucht dir nicht leidzutun. Einem Menschen können die schrecklichsten Dinge zustoßen, aber er wird sich nie verlieren, wenn er sich immer daran erinnert, dass er einmal ein Kind war.« Sanft legte er das Spielzeug in die Kiste, die sogleich zurück an ihren Platz unter den Regalen huschte. »Du bist bestimmt müde, Cathy. Geh, ruh dich aus. Ich sage Mrs Hornung, sie soll dir etwas zu essen bringen. Du kannst bis zum ersten Winterfrost im Spielhaus bleiben. Danach suchen wir dir einen Ort, an dem du bleiben kannst.«

Flüsternd bedankte sie sich bei ihm. Als sie dann schwankend zur Tür ging, war sie sicher, dass die Bücher, an denen sie vorbeikam, auf- und zuklappten, um sie zu verabschieden.

An der Tür fiel ihr noch etwas ein. »Die Stellenanzeige«, sagte sie. »Die, die mich hierhergeführt hat. Sie hat mich gefunden, nicht wahr? *Fühlen Sie sich verloren? Ängstlich?* Sie wusste, dass ich Hilfe brauche. Darum haben Sie sie hinaus in die Welt geschickt – um Menschen wie mich zu finden. Mrs Hornung hat gesagt, bei ihr war es genauso. Und als ich die Anzeige gesehen habe, schien sie über der Seite zu schweben, und sie war mit Tinte eingekreist. Die Anzeige war eins Ihrer Spielzeuge, stimmt's? Einer Ihrer ... Zaubertricks?«

Papa Jack, der Nadel und Faden zur Hand genommen und sich wieder seiner Arbeit zugewandt hatte, sah sie an.

»Die Anzeige war eingekreist?«

Cathy nickte unsicher. »Ihr Emporium ist ein Ort, an dem man sich vor der Welt da draußen verstecken kann, eine Welt, in der schreckliche Dinge geschehen. Ihr Emporium ist ein Zuhause für Menschen, die eines brauchen, Menschen wie Sie, Menschen wie ich ... Die Anzeige hat mich gefunden, nicht wahr?«

Er legte das Nähzeug beiseite. »Cathy Wray, unsere Anzeigen sind nur Anzeigen, nichts weiter. Sie bestehen nur aus Papier und Druckerschwärze. Wir brauchen jeden Winter neue Helfer.«

Unmöglich. Sie war sich so sicher gewesen. »Aber dann ...«

»Wem gehörte die Zeitung, Cathy?«

»Meinem Vater.«

»Und sag mir, liest dein Vater jeden Abend die Stellenanzeigen ... nur für den Fall?«

»Ja.«

»Ist er ein Mensch, der weiß, was richtig ist, auch wenn er es nicht immer in Worte fassen kann?«

»Ja, das ist er.«

»Dann, Cathy, gehörte die eingekreiste Anzeige, die du gesehen hast, vielleicht zur ältesten Magie, die es gibt: ein Vater, der seine Tochter liebt und es ihr auf die einzige Art mitteilt, zu der er fähig ist ...«

»Liebe?«, sagte Cathy. »Aber Papa Jack, sie wollten *sie* weggeben.« Sie betonte das vorletzte Wort, denn Martha war jetzt nicht mehr nur eine vage Vorstellung von einem Kind oder einer Zukunft, sondern ein Mensch aus Fleisch und Blut mit einem eigenen Herzen, das getrennt von ihr schlug.

»Cathy, ich habe dich hierhergebeten, damit du zuhörst. Aber du musst auch *hinhören*.«

Papa Jack griff in seine Manteltasche, streckte den Arm aus und enthüllte auf seiner Hand eine Figur aus Kiefernzapfen, die ähnlich aussah wie die, die Kaspar ihr gezeigt hatte. Es war jedoch kein Soldat, sondern eine Ballerina aus getrocknetem Gras und Rinde. Und doch – wie lebensecht sie war. Wie anmutig sie Pirouetten auf seinem Finger drehte.

»Immer, wenn du so über deinen Vater oder deine Mutter denkst, möchte ich, dass du das hier in die Hand nimmst und dich daran erinnerst, dass es einmal deinen eigenen ersten Frost gab. Wahrscheinlich haben sie ihn dir gezeigt, ein Glitzern in der Dunkelheit. Und es gab deine ersten

Kleider, deinen ersten Geburtstag, dein erstes Geschenk. Lass zu, dass die Figur dich daran erinnert. Du brauchst nichts zu tun, du musst nie wieder mit ihnen sprechen, wenn du nicht willst – solange du dich nur erinnerst.«

Cathy nahm die Ballerina, ließ sie auf ihrer Handfläche tanzen und glaubte zu wissen, was Papa Jack meinte – denn am Rande ihres Blickfelds konnte sie ihr altes Zimmer sehen, so wie es früher einmal war. Das war es, was ihn gerettet hatte, erinnerte sie sich – dieselbe Magie, die bei Tschitschikow, Grigorian, Grischa und all den anderen gewirkt hatte. Was hatte Kaspar irgendwann einmal gesagt? *Ein Spielzeug kann kein Leben retten, aber eine Seele.* Wie viele Seelen hatte Jekabs gerettet, die Seelen in eisigen Straflagern gefangener Menschen? Konnte es wahr sein, dass der Mann, der vor ihr saß und dem sie Martha anvertraut hatte, so viele Jahre unter Mördern, Vergewaltigern und Dieben verbracht und sich mithilfe von Spielzeugen wie dem in ihrer Hand mit ihnen angefreundet hatte? Sie hatte so viele magische Dinge im Emporium gesehen, aber das ging doch sicher etwas zu weit. Und doch, immer wenn sie die Kiefernzapfenballerina berührte, spürte sie dasselbe wie diese Gefangenen. Kurze Erinnerungen an glücklichere Tage blitzten vor ihrem inneren Auge auf: Wie sie mit ihren Eltern die Treidelpfade entlanggegangen war, oder wie sie vom Küchentisch aus beobachtet hatte, wie ihr Vater noch ein Stück Kuchen stibitzte und ihr etwas davon abgab, weil sie ihn nicht verriet. Geburtstage, Weihnachtsfeste; eine Fahrt mit der Eisenbahn; der Geruch nach dem Talkumpuder ihres Vaters oder nach dem billigen Parfüm ihrer Mutter. All diese kleinen Dinge tauchten mit einem Mal wieder in ihrem Gedächtnis auf, und ihre Verbitterung verblasste.

Sie versuchte sich vorzustellen, wie es hätte gewesen sein können: Ihr Vater geht den ganzen Tag auf und ab, geht händeringend am Mündungsufer entlang, während sie und ihre Mutter nach Dovercourt fahren; die Art, wie er den Kopf gesenkt hielt, als sie an jenem Abend nach Hause kam – konnte das Furcht gewesen sein und nicht Zorn? Sie stellte sich vor, wie der Füller in seiner Hand zitterte. *London*, hatte er vielleicht gedacht, *ja, an einem solchen Ort konnte man verschwinden. Dort verschwanden Menschen jeden Tag.*

Alltägliche Magie. All die Wunder um sie herum, all die Dinge, die Papa Jacks Schöpfungen tun konnten, und doch: Wie viel mächtiger war diese ganz gewöhnliche Magie?

»Danke, Papa Jack«, sagte sie.

Draußen wartete Kaspar auf sie.

»Kaspar, es gibt da etwas, was ich tun muss«, sagte sie. »Hilfst du mir dabei?«

»Natürlich, Cathy. Stets zu Diensten.«

Emil starrte ihnen nach, als sie zusammen auf die Galerie hinaustraten, Sirius im Schlepptau. Dann, als er wieder allein war, legte er die Soldaten einen nach dem anderen in ihre roten Samtschachteln zurück. Als Letzter kam der Kaiserliche Rittmeister an die Reihe, der außergewöhnlichste und wertvollste unter den Tausenden von Soldaten, die er hergestellt hatte. Emil drückte ihn an sich, ein kleiner Junge, gefangen im Körper eines jungen Mannes.

Am Ende dauerte es Wochen, bis sie sich genügend erholt hatte, um einen Ausflug zu machen.

Kaspar war stets bei ihr, seine Spielzeugtruhen blieben halbfertig in der Werkstatt stehen. Wenn Martha nachts aufwachte, war er ebenfalls wach; wenn Cathy jemanden brauchte, der ihr Tee oder Toast brachte, war Kaspar da, verdrängte seine Erschöpfung und saß am Fußende ihres Bettes. Es waren lange, ereignislose Nächte, und wenn sie nicht gerade Martha stillte oder die Korbwiege schaukelte, damit sie einschlief, fragte sie Kaspar nach seinem Vater und den Dingen, die sie gesehen hatte. »Papas Leben war ganz anders als unseres«, sagte er. »Manchmal frage ich mich, ob er deshalb Dinge tun kann, die für Emil und mich so unglaublich schwierig sind. Vielleicht versteht man das Licht ja erst richtig, wenn man die Dunkelheit gesehen hat. Was meinst du, Cathy?«

»Ich hoffe, dass du die Dunkelheit nie sehen musst, Kaspar, nicht für alle Magie der Welt.«

Sie wollten fahren, wenn Martha zwölf Wochen alt war. Die Vorstellung, in die Welt außerhalb des Emporiums zurückzukehren, war für Cathy nicht aufregend, sondern eher beunruhigend. »Ich fühle mich, als hätte sie meinen Körper nie verlassen«, sagte Cathy, als sie dann mit Martha in einem Korb, Kaspar und Sirius durch Iron Duke Mews schritt.

Der Sommer war dem Herbst gewichen, und die Sonne hatte nicht mehr genug Kraft, um die Londoner Kühle zu vertreiben. Am Ende der Straße stand das Automobil, das Kaspar gemietet hatte, ein kastenförmiger, glänzender schwarzer Wagen mit Rädern, die Cathy bis zur Hüfte reichten. Sirius sprang als Erster hinein, beschnüffelte mit seiner gestickten Nase ausgiebig die Ledersitze und machte erst danach Platz, um Cathy einsteigen zu lassen. Vorsichtig hob sie Marthas Korb in den Wagen, stellte ihn auf den Sitz und wappnete sich. Sie war mit dem Zug geflohen; was würden sie für Augen machen, wenn sie in ihrem ganz persönlichen Automobil wieder auftauchte!

Kaspar hielt sich für einen begnadeten Fahrer, aber mit dem Pferdewagen, den er mit Emil zusammen konstruiert hatte, in den leeren Gängen des Emporiums auf und ab zu rasen, hatte ihn leichtfertig werden lassen. Cathy musste ihn mehr als einmal anherrschen und ihm ins Lenkrad greifen, als er sich in den Verkehr einfädelte, der am Fluss entlang in Richtung Osten und aus der Stadt hinausführte.

Außerhalb Londons lagen die Straßen verlassen und still da. Es war eine Offenbarung, wieder Bäume zu sehen, die nicht aus Papier und geriffelter Pappe bestanden. Doch die größte Offenbarung von allen war der Geruch, als sie sich dem Meer näherten; er war berauschend. Sie hob Martha hoch, damit sie ihn einatmen konnte. Gerüche, entschied sie, waren wie die Ballerina aus Kiefernzapfen in ihrer Tasche. Beide sorgten dafür, dass man sich wieder fühlte wie mit fünf, sechs, sieben Jahren.

Leigh hatte sich überhaupt nicht verändert. Die Straßen waren noch dieselben, ebenso die Ladenfassaden und die Boote, die wie gekentert im Watt lagen. Schweigend lotste sie Kaspar zum Haus ihrer Kindheit.

»Bist du dir auch ganz sicher, Cathy?«

Sie hob Martha aus dem Korb und wickelte sie in einen Schal. Sie hatte trotz Kaspars Fahrkünsten nicht ein einziges Mal geweint, doch als Cathy nun mit ihr aus dem Wagen stieg, wurde sie unruhig und protestierte lautstark.

Bevor Cathy sich dem Haus nähern konnte, rief Kaspar: »Miss Wray, warten Sie ...«

Er griff hinter sich, nahm eine Damenhandtasche aus Leder mit Zierschnallen in Form von Schmetterlingen vom Rücksitz, lief ihr nach und überreichte sie ihr mitten auf der Straße im leuchtenden Rot des Sonnenuntergangs.

»Die ist für dich. Ich sehe ständig Mütter mit überquellenden Taschen im Emporium, das wird dir damit nicht passieren ...«

Als sie die Tasche öffnete und hineinschaute, sah sie nichts als eine undurchdringliche, tiefe Schwärze. Sie griff hinein, konnte den Boden jedoch nicht ertasten.

Sie wollte ihm so vieles sagen, sich bei ihm bedanken – für die Handtasche, dafür, dass er sie hierhergefahren hatte, dass er bei Marthas Geburt bei ihr gewesen war –, doch stattdessen wandte sie sich dem alten Haus zu und sagte:

»Du hast mich nie gefragt, wer der Vater meines Kindes ist.«

Die Bemerkung traf Kaspar unvorbereitet. »Es ist nicht so, dass ich es nicht wissen wollte. Aber ... du bist mit deinen Geheimnissen zu uns ins Emporium gekommen, und sie gehören dir allein.«

»Nein«, flüsterte sie. Die Fassade schien sie jetzt zornig anzustarren. »Jetzt nicht mehr.« Sie fand den Mut, ihn anzusehen. »Ich schulde dir die Wahrheit, Kaspar. Ich war ein Feigling. Aber die Wahrheit ist, ich habe schon ewig nicht mehr an Marthas Vater gedacht. Er war mir eine Zeit lang ein Freund, in einem anderen Leben. Mehr nicht.«

Kaspars Augen zuckten. »*Etwas* mehr schon, Miss Wray.«

»Ich dachte, du wolltest mich nicht mehr so nennen?«

»Wo ist er jetzt?«

»Weg, nehme ich an, bei seiner Familie, in einer anderen Zukunft. Er hat nicht nach mir gesucht, Kaspar. Aber wie gesagt – es ist nicht so, als wäre es ... Liebe gewesen.«

»Liebe vielleicht nicht«, sagte Kaspar, »aber es gibt gewisse ... Verpflichtungen.«

Cathy dachte über das Wort nach. Letztlich hatte sich Daniel seinem Vater wohl stärker verpflichtet gefühlt als dem Kind, das damals kaum mehr war als eine *Idee*. Für Kaspar dagegen waren Ideen alles.

Sie überquerte die Straße und war mit drei weiteren großen Schritten beim Haus angelangt. Sie schaute sich um, Kaspar sah ihr immer noch nach.

»Kaspar, an dem Tag, als wir den Ausflug gemacht haben, als wir im Park waren. Ich ... wollte es. Ich möchte, dass du das weißt. Und ich hätte es auch getan, wenn nicht ...« Wie sollte sie es ihm nur erklären? Denn im Grunde ihres Herzens hatte sie es gewollt. Nur ihr Körper nicht. Der hatte andere Dinge gewollt – Ruhe, etwas zu essen, zu trinken, eine Nacht lang durchzuschlafen, ohne alle zwei Stunden aufzuwachen.

Sie legte Martha an ihre Schulter und wickelte den Schal fester um sie. Jetzt bin ich nicht mehr schwanger, dachte sie – was hält mich also zurück? Schicklichkeit? War das möglich? Das hatte doch für sie noch nie eine Rolle gespielt. Schließlich hatte sie ein ganzes Jahr in Papa Jacks Emporium verbracht und nicht *dort*, wo ihre Eltern es wollten ...

Sie ging zu Kaspar zurück. Er zuckte nicht mit der Wimper, als sie die Hand hob, um ihm die Haare aus dem Gesicht zu streichen, und auch nicht, als sie sich auf die Zehenspitzen stellte und ihn – das Baby zwischen ihnen – auf die stoppelige Wange küsste.

»Ich wusste, dass du es verstehen würdest, Kaspar. Wenn es jemand kann, dann du.«

Sie redete beruhigend auf Martha ein und ging zum Haus.

Es war kalt an der Flussmündung. Kaspar fuhr mit dem Automobil zum Strand und betrachtete das glitzernde Wasser, während ein Stern nach dem anderen am Himmel aufleuchtete. Er ging eine Zeit lang am Ufer spazieren und lauschte dem Geräusch der Wellen. Ein älteres Liebespaar saß eng umschlungen auf den Felsen und spähte zu den Gaslampen am gegenüberliegenden Ufer hinüber. Kaspar setzte sich ein Stück von ihnen entfernt hin. Die Dunkelheit um ihn herum verdichtete sich. Geistesabwesend flocht er aus Seegras das Skelett eines Segelboots, gab ihm Flügel und ließ es in die Dunkelheit über dem Wasser hinausschweben. Das ältere Paar kam vielleicht schon seit seiner Kindheit hierher. Vielleicht würden sie weiter jeden Abend kommen, bis einer von ihnen es nicht mehr tat. Er dachte: Was, wenn sie zwei Straßen weiter auseinandergelebt hätten? Was, wenn sie nicht in dieselbe Schule gegangen wären, wenn ihre Eltern sich nicht in der Bierhalle begegnet wären oder denselben Weg durch den Park genommen hätten? Was, wenn ... sie nicht weggelaufen und ins Emporium gekommen wäre? Was, wenn die beiden Jungen nicht in die Papierbäume gekracht wären und sie nicht zusammen Schutz im Spielhaus gesucht hätten? Was wäre dann aus ihrem Leben geworden?

Ein Bild, so schlicht wie vollkommen, tauchte vor Kaspar Godmans innerem Auge auf, brannte sich in sein Gedächtnis ein: Er und Cathy, im selben Alter wie das Liebespaar am Strand, schritten durch die Gänge des Emporiums, ein fadenscheiniger Sirius folgte ihnen auf Schritt und Tritt.

Was, wenn sie nie von einem anderen schwanger geworden und in seiner Welt gelandet wäre? Das Kind, dem er auf die Welt geholfen hatte, würde nie seins sein, doch er konnte sie trotzdem lieben – dafür und für alles andere auch.

Er fuhr zurück zu Cathys Zuhause. Das Schattenspiel auf den Vorhängen erinnerte ihn an die Puppentheater seines Vaters. Er beobachtete, wie Cathy im Kreis herumwirbelte. Silhouetten standen auf und setzten sich wieder. Er glaubte, Gelächter zu hören, und das war schön – bis ihm einfiel, dass diese Fröhlichkeit sie vielleicht hier festhalten würde, hier, wo sie mit Sicherheit nicht hingehörte. Danach nistete sich die Angst in seinem Magen ein wie ein keimendes Samenkorn. Er ging zur Tür und wieder zurück; ging erneut zur Tür und erschrak, als er dahinter Stimmen hörte. Ein Mann in seinem Alter eilte die Straße hinunter, und der Gedanke, er könne an die Tür klopfen, ließ eine nie gekannte Eifersucht in ihm aufflackern – war das womöglich Cathys Freund, der zurückgekehrt war, um Martha ein richtiger Vater zu sein?

Die Tür öffnete sich, und Cathy stand an der Schwelle, eingerahmt von Licht.

Hinter ihr tauchten Menschen auf, von denen Kaspar

nicht gedacht hätte, dass er sie je sehen würde: ihre Mutter, ihr Vater, ihre Schwester, die größer war als Cathy und auffällig blonde Haare hatte. Die Schwester hatte Martha auf dem Arm. Kaspar erstarrte und wagte erst zu atmen, als Cathy ihre Tochter wieder in Empfang nahm. Sie umarmte ihre Familie, einen nach dem anderen. Sie hatten nicht vor, sie wieder in ihrer Mitte willkommen zu heißen, das erkannte er jetzt; sie wollten sich von ihr verabschieden. Ihre Mutter versteifte sich, als Cathy sie in den Arm nahm, doch ihr Vater strich Martha über den flaumigen Kopf.

Cathy ging zum Wagen und ließ sich von Kaspar schweigend hineinhelfen.

Als sie die Flussmündung hinauffuhren und die Lichter von Leigh allmählich verblassten, brach er das Schweigen.

»Ist alles in Ordnung, Cathy?«

Er hätte damit Cathy und Martha meinen können oder sie alle drei. Sie nickte, sagte jedoch nichts. Sie hatte Tränen in den Augen und wusste nicht genau, warum: wegen der Dinge, die sie verloren, oder wegen denen, die sie gewonnen hatte?

»Du siehst aus wie deine Tochter, wenn du weinst.«

»Kaspar!«, schniefte sie und trocknete sich die Tränen mit ihrem Rocksaum.

»Na ja, stimmt doch.«

»Mein Vater hat genau das Gleiche gesagt. Er sagt, wenn er sie anschaut, sieht er mich.«

»Du hättest bei ihnen bleiben können.«

Cathy nickte und versuchte, ihre Gedanken zu ordnen.

»Sie hätten mich tatsächlich zurückgenommen, trotz allem, was passiert ist. Ein paar Lügen hier, ein Kompromiss da, es hätte funktionieren können ...«

In die Stille, die folgte, sagte Kaspar: »Ein kleiner Teil von mir dachte, dass du es womöglich tust. Dass du dein Leben dort leben willst ... wo es angefangen hat. Und als du da drin warst, ist der Gedanke immer größer geworden. Ich konnte nichts dagegen tun. Ich vermute, so fühlen sich ... *Zweifel* an. Ich hatte bis dahin noch nie daran gedacht, aber die Vorstellung an ein Emporium ohne dich, Cathy ...«

»Pst, Kaspar«, sagte sie. »Fahr mich nach *Hause*.«

Sie fuhren weiter durch die Spätsommernacht.

Im Emporium war es still. Emil und Mrs Hornung hatten einige der Regale schon für den ersten Frost aufgestockt. Emils Soldaten sahen prächtig aus, wie sie in Reih und Glied dastanden.

Im Spielhaus legte Kaspar Martha in ihre Wiege, und das einzige Geräusch, das zu hören war, war ihr Daumennuckeln. Zusammen standen sie da und betrachteten sie, wie sie unter der Bettdecke strampelte, unberührt von der Welt.

»Und, wirst du sie noch einmal besuchen?«, fragte Kaspar. Er war zur Tür gegangen und wartete dort, als sei er unsicher, ob er gehen oder bleiben sollte. Es war merkwürdig, ihn so unentschieden zu sehen; es passte nicht zu ihm.

»Vielleicht kommen sie ja mal hier vorbei. Es kann sogar sein, dass meine Schwester Lizzy sich im Emporium auf eine Stelle bewirbt ...«

»Sie wäre in guter Gesellschaft. Aber ...«

Cathy verdrehte die Augen und ging zu ihm. »Kaspar, du Idiot. Du fragst dich die ganze Zeit, warum ich nicht gehe. Vielleicht solltest du stattdessen lieber fragen, warum ich bleibe. Für wen ich bleibe.«

Kaspar rührte sich nicht. Dann schloss er sie in die Arme.

»Willst du etwa sagen ...?«

»Ich will sagen, ich bin durch und durch aus Emporiumsholz geschnitzt.«

Er küsste sie, ließ seine Finger durch ihre Haare gleiten; irgendwo in den Papierbäumen schlug eine Pfeifenreinigereule mit den Flügeln, und feiner, raschelnder Konfettischnee fiel von den Zweigen.

VIELE JAHRE SPÄTER ...

THE HOME FIRES BURNING

* * * * * * * *

Papa Jacks Emporium

August bis November 1914

Die Sonne mochte zwar nie bis in die Gänge von Papa Jacks Emporium scheinen, doch in den Londoner Straßen brannte sie in diesem Sommer erbarmungslos. Der Schulhof des Kinderheims Sir Josiah's war kalkweiß, der Himmel endlos und kobaltblau. Selbst die dezimierte Themse spiegelte funkelnd die Vollkommenheit des wolkenlosen Himmels wider; und falls es einen Grund gab, diesen Sommer für einen Traum zu halten, dann war es das – denn Cathy hatte die Themse noch nie anders als grau und angeschwollen erlebt.

Die Kinder waren nach draußen gestürmt, um den Emporiumswagen zu bestaunen. Sie sahen mit geröteten Gesichtern auf ihre neuen Schätze und pressten sie an sich: Sommerschlafbären, Marsraketen und mehr Aufziehsoldaten, als ein Junge brauchte. Kaspar Godman stellte sich mit wehenden schwarzen Haaren auf die Zehenspitzen, salutierte und fuhr los.

Die Ausflüge in die Welt außerhalb des Emporiums waren dünn gesät, doch Cathy genoss jeden einzelnen. Die letzten Winter waren in einem ähnlich kontrollierten Chaos verlaufen wie der bei ihrer Ankunft im Emporium, aber die Sommer konnten öde sein. Zu viel Zeit in den schattigen Gängen zu verbringen war nicht gut für die Seele, ganz gleich, was Emil behauptete; eine Fahrt durch die Sommersonne war genau das richtige Stärkungsmittel, das Cathy brauchte, und ein Abstecher zum Kinderheim erneuerte ihren Glauben an den höheren Zweck des Emporiums jedes Mal.

Kaspar wollte gerade in den Tumult der Regent Street einbiegen, als Cathy seinen Arm umklammerte und auf das Mädchen deutete, das neben ihr saß. Martha, sieben Jahre alt, klein, dunkelhaarig, mit lebhaftem Blick und ein Ebenbild ihrer Mutter, spähte aus dem Wagen zu den riesigen Reklametafeln des Piccadilly Circus hinüber, als würden sie und nicht die kleinen Wunder in Papa Jacks Emporium dem gesunden Menschenverstand widersprechen. So sah sie immer aus, wenn sie das Emporium verließen; sie entdeckte das Außergewöhnliche im Gewöhnlichen.

»Müssen wir wirklich schon zurück?«

»Natürlich nicht, was habe ich mir nur dabei gedacht?«, rief Kaspar mit gespielter Zerknirschtheit aus. Martha sah strahlend zu ihm auf. »Es hat noch niemandem geschadet, seine Meinung zu ändern«, erklärte er und brüllte den Fahrer eines Einspänners an, der ihnen fast in die Quere gekommen wäre. Kaspar wich aus und brauste auf der breiten Straße davon.

Der Nachmittag wurde zum Spätnachmittag. Der Hyde Park stand in voller Blüte. Sie fuhren auf der Rotten Row auf und ab, drehten spektakuläre Kreise um das Apsley Gate, und als es dunkel wurde, steuerte Kaspar den Wagen direkt auf die prächtigen Straßen von Belgravia, wo Flaneure in langen Gehröcken entsetzt den rücksichtslosen Menschen nachschauten, die ihnen den Nachmittag verderben wollten. Ein Mann schrie ihnen nach, sie sollten etwas mehr Respekt zeigen, was sowohl Kaspar als auch Cathy amüsierte. Sie drehten sich zu ihm um, warfen ihm Kusshände zu und hätten ihm wohl auch noch geziert zugewinkt, doch plötzlich hörte man Geschrei, Beschimpfungen und das Klirren zersplitternden Glases.

Der Belgrave Square, eine grüne Zuflucht inmitten der hohen Reihenhäuser, zog Menschen an wie Zucker die Ameisen. Als sie sich der Menge näherten, musste Kaspar auf Schrittgeschwindigkeit abbremsen. Zwei Handwerker überquerten dreist direkt vor ihnen die Straße und zuckten kaum mit der Wimper, als Kaspar rief, sie sollten aus dem Weg gehen. Einer der Männer nahm einen großen Stein in die Hand, warf ihn provokant von einer Hand in die andere, holte aus und schleuderte ihn über ihre Köpfe und die Baumkronen hinweg. Er landete noch vor dem Haus hinter dem schwarzen Zaun, aber der zweite und dritte trafen ihr Ziel. Scheiben zerbrachen. Jemand schlug Alarm.

»Kopf runter, Martha.«

»Aber Mama ...«

»Kopf runter, *bitte*.«

Sirius, der auf Marthas Schoß lag, hob den Kopf. Der Patchworkhund sah nach all den Jahren etwas abgewetzt aus. Seine schwarzen Knopfaugen waren von übereifrigen Händen abgerissen und wieder und wieder angenäht worden; seine Flicken waren dicker, wo sie ersetzt worden waren, und sein Mechanismus schnurrte nach jedem Aufziehen etwas lauter. Martha hielt ihn mit gerunzelter Stirn fest. Das war das Problem dabei, im Emporium zu leben, dachte Cathy. Man entwickelte keinen Instinkt für die richtige Welt, wenn man nur Spielzeug kannte. Martha hatte keinen Grund, sich zu fürchten, denn sie hatte so etwas noch nie erlebt – Cathy allerdings ebenso wenig.

»Es ist nicht sicher hier«, flüsterte sie. »Was glaubst du, was hier los ist, Kaspar?«

»Es ist … die Botschaft.«

Sirius hatte sich aufgerichtet, als wollte er Martha beschützen. Ein Mann blieb neben dem Wagen stehen und warf einen weiteren Stein. Noch mehr Scheiben zerbrachen, und ein Dutzend weiterer Steinsalven folgte.

Mittlerweile hatte Kaspar das Automobil angehalten; eine Insel im Meer der Aufgebrachten. Kaspar versuchte, einen von ihnen anzusprechen.

»Was ist hier los?«

»Lesen Sie doch selbst nach, Mister«, rief der Mann und drückte ihm die Nachmittagsausgabe einer Zeitung in die Hand.

Kaspar faltete sie auseinander, während die bunt zusammengewürfelte Menschenmenge, in der sowohl Bankangestellte als auch Maurer mitmarschierten, sich am Wagen vorbeizwängte. Drei fett gedruckte Wörter sprangen ihm von der Titelseite entgegen:

SEINE MAJESTÄT HERAUSGEFORDERT!

Kaspar ließ die Zeitung in Cathys Schoß fallen: Ohne eine offizielle Erklärung war Krieg ausgebrochen, in der Nordsee von Deutschen ein Schlachtschiff versenkt worden, Helden wurden aus fernen Landen aus dem Urlaub zurückbeordert. Ganz unten stand: UNSER LAND IST BEDROHT.

»Kann ich das auch mal lesen, Mama?«

Schweigend faltete Cathy die Zeitung zusammen und schob sie unter ihren Sitz.

»Vielleicht sollten wir besser nach Hause fahren, Mrs Godman?«

Mrs Godman. Auch nach all den Jahren klang es immer noch ungewohnt; er sagte es auf dieselbe spöttische Art wie früher *Miss Wray.*

Nach Hause, dachte sie, und sah vor ihrem inneren Auge ein Labyrinth aus Gängen, die Wohnung, die Werkstätten; das Rudel Patchworkhunde, angeführt von Sirius; der Phönix, der immer in den Dachsparren über der Stelle saß, wo Papa Jack sich gerade aufhielt; und das kleine Spielhaus, das inzwischen völlig vom Papierwald überwuchert worden war und in dem, wie es ihr manchmal vorkam, ihr Leben seinen Anfang genommen hatte. »Ja, nach *Hause*«, antwortete sie und legte ihrer Tochter einen Arm um die Schultern, während die Kakofonie hinter ihnen leiser und leiser wurde.

Vieles hat sich in den letzten sieben Jahren verändert. Die Gänge des Emporiums, aber auch die Kuppel darüber, haben sich komplett gewandelt. Das Wolkenschloss, das auf einer Dampfinsel unter der Kuppel schwebt, ist Emils Erfindung. Die Patchworkpegasosse, die um das Schloss herumtollen, sind Papa Jacks Werk. Die Papierbäume haben Wurzeln geschlagen und auch in den umliegenden Gängen die Dielen hochgedrückt. Die Geheimtüren wurden in Betrieb genommen, ihre Ein- und Ausgänge sind nun endlich miteinander verbunden, sodass Kunden durch eine Tür in der Verkaufshalle treten und hoch oben auf einer der Galerien wieder herauskommen können. Der Mitternachtsexpress, eine Miniatureisenbahn, die Emil zwei Sommer zuvor entwickelt hat, bringt die Kunden vom Atrium in die neuen Ausstellungsräume; Papa Jack hat sie von innen ausgeweitet, sodass sie größer sind, als sie von außen wirken. Es gibt zu viele neue Wunder, um sie einzeln aufzuzählen – erwähnt seien nur noch Kaspars Masken, die, wenn man sie aufsetzt, einen in das Tier verwandeln, das sie darstellen. Ein paar Dinge ändern sich allerdings nie: Kaspar springt immer noch leichtfertig durchs Leben, Emil stellt immer noch seine Soldaten auf, die er so fleißig herstellt, und

Cathy sorgt immer noch dafür, dass der Lange Krieg nicht auf die Gänge des Emporiums übergreift.

Gegen Ende des Monats kamen die Briefe. Emil, der immer noch jeden Morgen bei Sonnenaufgang an seiner Drehbank stand, brachte sie Papa Jack an den Frühstückstisch, wo die ganze Familie beisammensaß. Mrs Hornung hatte russische Eier serviert, aber heute Morgen hatte niemand im Emporium großen Appetit. Sirius bettelte, doch immer, wenn Martha ihm etwas vor die Nase hielt, sah er sie an, als wüsste er nicht, was er mit so merkwürdigen Dingen wie Toast oder gegrilltem Fisch anfangen sollte.

»Douglas Flood«, murmelte Emil. »Kesey und Dunmore. Sie schreiben, bis zum nächsten Frost sind sie wieder da, und wir sollen uns keine Sorgen machen. Der Spuk sei bis dahin längst vorbei, wurde ihnen gesagt. Aber was, wenn nicht?«

Kaspar, der in eine seiner Essensschlachten mit Martha verwickelt war, äußerte sich nicht zu dem Thema. Cathy sah, dass er den Blick absichtlich gesenkt hielt.

»Geben wir noch ein paar Stellenanzeigen auf«, sagte Papa Jack leise; Emil ratterte immer los wie ein Vickers-Maschinengewehr, doch Papa Jacks Stimme glich nach wie vor einem Flüstern. »Helfer findet man immer.«

»Aber keine, die so gut sind wie Douglas und Dunmore. Oder Robert Kesey! Wie sollen wir einer Gruppe von Neulingen auf die Schnelle beibringen, wie man die Schaukelpferde zähmt oder Soldaten herstellt ... oder auch nur, wo alles ist? Kannst du dir wirklich vorstellen, dass ein Helfer in seinem ersten Jahr einem deiner Einhörner das Laufen beibringen kann? Oder gar einem Pegasosfohlen das Fliegen? Bis sie das können, blühen schon wieder die Schneeglöckchen und ...« Es klopfte an der Tür, und Mrs Hornung betrat mit einem Telegramm in der Hand den Raum. Emil riss es auf und wurde blass. »John Arthur«, sagte er mit zusammengebissenen Zähnen. »John Arthur hat sich auch verpflichten lassen. Und jetzt?«

Doch die Gesichter rings um den Frühstückstisch nahmen die Nachricht ohne die Panik auf, die Emils Gesicht zu einer Grimasse verzerrt hatte.

Kaspar deutete mit einer schwungvollen Geste in eine Zimmerecke, um Martha abzulenken; während sie seiner Geste folgte, nahm er mit der anderen Hand ein Ei von ihrem Teller und ließ es in ihrer Tasche wieder auftauchen. Als sie es dann aufschlug, fand sie darin nicht etwa strahlendes Eiweiß und leuchtendes Eigelb, sondern ein piepsendes Patchworkküken, das gefüttert werden wollte.

»Emil, gibt es auch Momente, in denen du nicht glaubst, die Welt geht unter? Weißt du ...«

Papa Jack hob seine granitschwere Pranke. »Dein Bruder hat recht, Angst zu haben.«

»Ich habe nicht gesagt, dass ich *Angst* habe, Papa ...«

»Wenn es wirklich das ist, was sie sagen ...«, Papa Jack schwenkte die Zeitung, »dann sollten wir uns besser vorsehen. Godman ist zwar anders als Schneider oder Schmidt ein Name, der gerade noch durchgeht, aber es gibt kaum jemanden in dieser Stadt, der nicht weiß, was wir sind. Dass wir nicht sind wie *sie*. Hol sie ins Emporium, lass sie mit unserem Spielzeug spielen, und sie verstehen, dass wir alle einmal Kinder waren – aber wenn sie auf der Straße an uns vorbeigehen oder mit einem Stein in der Hand und ein paar Bier im Bauch vor dem geschlossenen Laden stehen? Nein, dann nicht.«

Emil zappelte nervös herum. »Die Russen haben sich doch gegen den Kaiser gestellt, Vater, genau wie wir ...«

»Ein Detail, das einem leicht entgeht. Mit der richtigen Ausrede würde eine bestimmte Art von Mensch einem sofort die Scheibe einwerfen, und sei es nur, weil man eine andere Augenfarbe hat. Nein, so etwas habe ich schon zu oft gesehen. London liebt seine Spielzeugmacher aus dem eisigen Osten ... aber nichts währt ewig. Liebe und Hass liegen dicht beieinander.«

Cathy hatte genug gehört. Egal, wie sehr sich Kaspar bemühte, Martha abzulenken, ihr Blick wanderte immer wieder zu Papa Jack hinüber. Wenn Papa Jack sprach, hörte selbst die Erde auf, sich um ihre eigene Achse zu drehen, und lauschte seinen Worten.

»Martha, vielleicht solltest du jetzt besser den Tisch abräumen.«

Martha machte ein langes Gesicht. »*Mama.*«

»Sofort, Martha.«

Kaspar wusste, wohin das führen würde; Cathy wurde kurz angebunden, wenn Martha so ein Gesicht machte. Aber sie hatte Cathys Mut geerbt, und das war etwas, was man nicht unterdrücken konnte. Da half nur eine Ablenkung.

»Wollen wir, Mademoiselle?« Im Handumdrehen hatte Kaspar Martha ins Wohnzimmer bugsiert, wo sie Sirius dazu brachten, die Teller abzulecken.

Als sie gegangen waren, sah Cathy von Emil zu Papa Jack. »Wenn ihr schon unbedingt über solche Dinge reden müsst, gibt es genug verschlossene Türen im Emporium, hinter denen ihr das tun könnt.« Sie stand auf und schaute auf sie hinunter wie auf zwei Kinder. »Sie ist erst sieben.«

Emil verbrachte den Vormittag in seiner Werkstatt und fräste noch mehr Soldaten aus dem Holz, während der Kaiserliche Rittmeister ihm dabei zusah. Für gewöhnlich hatte die Arbeit eine läuternde Wirkung auf ihn, aber heute war es, als wären seine Hände vom Rest seines Körpers abgetrennt. Sie rutschten ständig ab, sodass er den Arm eines Soldaten bis auf einen Stummel abfeilte oder seine Körperhöhle freilegte, in der der Aufziehmechanismus untergebracht werden sollte. Schließlich gab er es auf. Er kniete sich auf den Boden, stellte zwei Truppen von Soldaten auf und ließ sie gegeneinander antreten. Normalerweise verlieh ihm der Anblick seiner Soldaten ein erhebendes Gefühl, aber heute war auch das anders. Der Kampf, der in seinem Kopf stattfand, lenkte ihn zu sehr ab. Der Kalender, den Emil an die Wand gemalt hatte, zeigte den fünften August an. Es würden noch mindestens zwei Monate vergehen, bis er jede Nacht aufbleiben würde, um nach Anzeichen des ersten Frosts zu suchen – und doch dachte er jeden Tag daran, seit dem Moment, als die Schneeglöckchen auf der Emporiumsterrasse erblüht waren und der Zauber der letzten Saison vorbei war. Die süße Vorfreude, selbst die Vorfreude auf die Vorfreude, gab ihm die Kraft, die langen und einsamen Sommer durchzustehen. Die endlosen Tage, die er allein mit dem Kaiserlichen Rittmeister verbrachte, machten ihm nichts aus, ebenso wenig wie der Lärm, den Kaspar und Martha beim Spielen in den Gängen machten, oder die Geräusche, die Kaspar und Cathy nachts im Schlafzimmer machten, solange er sicher sein konnte, dass bald der Tag kommen würde, an dem Douglas Flood, Robert Kesey, Dunmore, John Horwood und all die anderen wieder ins Emporium strömen, die Gänge im alten Glanz erstrahlen lassen, nachts mit ihm aufbleiben und alle möglichen Geschichten erfinden und alle möglichen Spiele mit ihm spielen würden. Emil hatte schon vor langer Zeit erkannt, dass er den Sommerschlafbären glich, die im Emporium verkauft wurden: Im Sommer überwinterte er und erwachte erst richtig zum Leben, wenn der Winter am grimmigsten wütete. Und doch ... der Gedanke an einen Winter ohne seine Freunde, die so weit weg waren, während er allein im Emporium zurückblieb, überschattete sein Gemüt. Das war der Grund, warum die Soldaten von heute verstümmelt auf der Werkbank lagen,

mit Gesichtern, die genauso grob gearbeitet waren wie die, die in den übrigen Spielzeuggeschäften der Londoner Innenstadt verkauft wurden.
»Was meinst du?«, fragte er den Kaiserlichen Rittmeister.
»Wenn ich nicht mit jemandem rede, verliere ich den Verstand, und außer dir ist niemand da ...«
Der Kaiserliche Rittmeister sah ihn mit unbewegter Miene an.
»Wenn du doch nur sprechen könntest. Dann würden wir ja sehen ...«
Er drückte den Kaiserlichen Rittmeister an sich und ging in die Verkaufshalle. Es gab ja immer noch die Kunden. Er würde seine Tage damit verbringen, für kleine Jungen Schlachten nachzustellen, die Regale wieder aufzufüllen und die tapfersten Kunden auf eine Spritztour in den Dschungel mitzunehmen, den sein Vater geschaffen hatte und in dessen Unterholz sich alle möglichen Patchworkkreaturen tummelten. Es würde keine freudlose Zeit werden. Bevor es ein Emporium ohne Freude gab, hörte die Welt auf, sich zu drehen.

Ein Geräusch ließ ihn aufblicken. Kaspar hing von einer der oberen Galerien, an deren Geländer Emils Wolkenschloss festgemacht war. Kurze Zeit später hockte auch Martha auf dem Balkon, hielt sich am Geländer fest und hangelte sich, von Kaspar angefeuert, hinunter. Zusammen ließen sie los und wären in die Tiefe gestürzt, wären im selben Moment nicht unter ihnen Kaspars Langschiffe mit Drachenköpfen am Bug aufgetaucht. Kaspar landete auf dem ersten, Martha auf dem zweiten. Die Drachen öffneten ihre Mäuler und schwebten davon.

Ihr Gelächter traf Emil wie sintflutartiger Regen. Die Langschiffe drehten und wendeten sich, den Befehlen ihrer mechanischen Ruderer gehorchend, bald hierhin, bald dorthin, aber wie genau sie sich in der Luft hielten, konnte

Emil nicht sagen. Sein Wolkenschloss war zwar beeindruckend, aber jeder beliebige Ingenieur mit einem Interesse an atmosphärischer Zirkulation hätte es genauso gut erfinden können. Aber die Langschiffe? Sie schienen direkt aus Kaspars Träumen ins Emporium gesegelt zu sein.

Eine dritte Person stimmte in das Gelächter ein. Cathy stand an der Brüstung, Sirius kläffend an ihrer Seite. Zuerst hatte sie sie noch ermahnt, aber als Kaspars Drachenschiff sich ihr nun näherte, änderte sie ihre Meinung. Emil sah, wie sie sich von der Brüstung auf Kaspars Drachenboot fallen ließ.

Es schwankte kurz, als sie landete, doch gleich darauf verfolgten Kaspar und Cathy Martha im Nebel des Wolkenschlosses. Die Drachen spien Funken, die gemeinsam mit dem Gelächter in die Verkaufshalle hinabrieselten.

Ja, das Emporium war ein Ort der Freude, aber ohne die anderen Angestellten würde es in diesem Winter für Emil weit weniger Freude geben. »Was soll ich tun?«, flüsterte er, doch der Kaiserliche Rittmeister antwortete ihm nicht.

Am Abend wollte Martha keine von Cathys Geschichten hören. »Was bedeutet das alles, Mama? Gibt es wirklich Krieg, wie der, den Papa und Onkel Emil immer spielen? Mit Kavallerieangriffen und lautem Kanonendonner?«

Cathy strich ihr das Haar aus dem Gesicht. »Warum sagst du so etwas, mein Schatz?«

»Die Helfer kommen nicht, stimmt's? Sie müssen in den echten Krieg ziehen. Aber warum müssen Menschen überhaupt in den Krieg ziehen, Mama? Dafür gibt es doch die Spielzeugsoldaten.«

Nur ein Kind, das im Emporium aufgewachsen war, konnte so denken. Und doch, dachte sie, warum eigentlich nicht?

»Was auch immer geschieht, was auch immer die Leute

draußen in der Welt tun, hier in unserem Emporium kann uns nichts passieren. Du bist hier bei deiner Mama in Sicherheit, mein Schatz.«

Als sie das Schlafzimmer erreichte, lag Kaspar schon im Bett. Cathy befahl Sirius, Martha in der Nacht zu beschützen, und wollte sich ebenfalls aufs Bett setzen, doch ihre Füße gingen einfach weiter.

»Warum gehst du denn jetzt schon wieder auf und ab wie ein Tiger im Käfig?«

»Ich habe Angst, Kaspar.«

Das war neu. Die Cathy, in die Kaspar sich verliebt hatte, hätte so etwas nie zugegeben. Er erhob sich. »Was auch immer geschieht, was auch immer die Leute draußen in der Welt tun ...«

»Genau das habe ich gerade zu Martha gesagt. Die Rede kannst du dir also sparen, Kaspar. Wir haben sie uns zusammen ausgedacht, schon vergessen?«

»Du brauchst keine Angst zu haben«, sagte Kaspar.

»Was ist mit Dunmore, Kesey und dem kleinen Douglas Flood ... die jetzt mit Bajonetten losziehen, als wäre es nur ein Spiel? Und wie viele andere mehr?«

»Würde mich nicht wundern, wenn es Tausende wären. Tausende und Abertausende«, sagte Kaspar geistesabwesend. Dann schien er wieder zur Vernunft zu kommen. »Was auch immer da draußen geschieht, es ist ja nicht wie der Lange Krieg. Was wäre das für ein Wahnsinn? Bataillone lebendiger Menschen zu versammeln und sie aufeinander loszulassen, wie soll man *damit* einen Krieg gewinnen?«

Kaspar nahm ihre Hand und zog sie aufs Bett. Wenn die Magie des Emporiums sie heute Nacht nicht die Welt dort draußen vergessen lassen konnte, nun, es gab andere Mittel und Wege. Er legte sich auf sie und starrte sie verliebt an wie ein Mondkalb, bis sie ihr Lachen nicht mehr unterdrücken konnte. Er sah unglaublich albern aus, wenn er sie so anschaute, und er wusste es.

»Aber sonst geht es dir gut? Es wird der Krieg erklärt, unsere Angestellten kommen nicht, Panik in den Gängen, Blut auf den Straßen – und alles, woran du denken kannst, ist ...«

Und doch küsste sie ihn zuerst.

Drei Tage später war das Blut auf der Straße, von dem sie in jener Nacht geträumt hatte, da: grellrote Flecken an der Emporiumstür, ein eingetrockneter See aus Eingeweiden in Iron Duke Mews.

Mrs Hornung war schon auf allen vieren und bemühte sich, den Schaden zu beseitigen, als Cathy dazustieß. Sie hatte nach der Post sehen wollen, denn sie bekam oft Briefe von Lizzy, aber der Postbote hatte sich heute nicht in die Nähe des Emporiums getraut. Ein Schweinskopf lag mitten auf der Straße, als Warnung an alle, sich fernzuhalten.

»Mrs Hornung ...«

»Kümmer dich nicht um mich, Mädchen. Ich war da, als es passiert ist, wollte mir ein bisschen die Beine vertreten, als sie krakeelend die Straße runterkamen. *Ausländisches Dreckspack*, haben sie gebrüllt. Als wären sie nicht jedes Jahr an Weihnachten mit ihren Eltern hergekommen, um Mr Godmans Spielzeug zu kaufen. Ich habe versucht, mit ihnen zu reden, aber diese Schlachtergesellen hatten einen Eimer dabei und ...«

Sie hörte auf zu schrubben und sah Cathy an. Ihre Schürze war mit roten Spritzern übersät.

»Gehen wir erst mal nach oben, Mrs Hornung.«

»Keine Chance, Mädchen, nicht, bevor ich hier fertig bin. Ich will nicht, dass diese Lumpen gewinnen. Es ist, wie Mr Godman sagt: Wir waren alle einmal Kinder. Engländer, Deutsche, sogar die Spanier, wage ich zu behaupten.«

Cathy krempelte ihre Ärmel hoch. »Zwei Paar Hände sind besser als eins, Mrs Hornung. Rutschen Sie ein Stück zur Seite, das wird eine Weile dauern ...«

Sie war noch nicht einmal ins Schwitzen gekommen, als sie eilige Schritte hörte. Instinktiv ging sie davon aus, dass noch mehr Leute kamen, um die Mauern des Emporiums zu besudeln – so wie sie es seit der Kriegserklärung bei allen ausländischen Buchhändlern, Schlossern und Chocolatiers taten –, aber als sie aufsah, bot sich ihr ein noch verstörenderer Anblick. Emil kam mit großen Schritten auf das Emporium zu. Er atmete schwer, hatte die Hände zu Fäusten geballt, und als er unbeholfen über die Blutpfützen hinwegsprang, würdigte er Cathy und Mrs Hornung keines Blickes. »Emil?«, rief Cathy, doch da verschwand er bereits im Inneren des Emporiums.

Cathy starrte ihm lange nach. »Wann hat Emil das Emporium das letzte Mal verlassen, Mrs Hornung?«

»Weiter als bis vor die Tür, um etwas für die Händler zu unterschreiben? Ich schätze, das muss schon sein halbes Leben her sein.«

Mrs Hornung hatte unbeirrt weiter den Boden geschrubbt. Doch Cathy war nicht mehr bei der Sache, beachtete selbst den Schweinskopf nicht mehr, der sie höhnisch anzustarren schien. Sie sah immer noch Emils Gesicht vor sich. Sie glaubte nicht, dass sie sich getäuscht hatte: Emil hatte geweint.

Als an jenem Abend der Gong das Abendessen ankündigte, ließ Emil sich nicht blicken. Martha war die Letzte, die sich an den Tisch setzte. Danach sprach Papa Jack ein paar Worte in der Sprache, die Cathy nach wie vor nicht verstand, und Mrs Hornung servierte ihre köstliche Hühnersuppe. Als sie dann den Nachtisch aus Mehl, Talg und Brotkrumen mit Pflaumensauce hereinbrachte, war Emil noch immer nicht aufgetaucht. Cathy kraulte Sirius hinter den Ohren und schickte ihn in die Werkstatt in der Verkaufshalle. Schwer zu sagen, ob Emil verstehen würde, was der Patchworkhund von ihm wollte, aber noch ehe die Teller leer waren, trat er an den Tisch, die Unterarme zerkratzt von der Drehbank. Er setzte sich schweigend zur Rechten seines Vaters und aß, was noch übrig war.

»Sieht aus, als wäre diese Sache nicht so schnell wieder vorbei«, sagte Papa Jack. Zu seinen Füßen lag ein Stapel Zeitungen, und er hob die oberste davon auf. Lüttich war gefallen, einige Inseln im Südpazifik waren überrannt worden. Togo war erobert und den deutschen Kolonialherren entzogen worden. Selbst Legionen aus der weiten Ebene, die Jekabs Godman früher seine Heimat genannt hatte, zogen in den Krieg. Die Russen lagen in Ostpreußen und rückten nach Westen vor. »Ich glaube, das müssen wir akzeptieren. Zweihunderttausend Engländer in Frankreich. Das verändert alles. Cathy?«

Cathy hatte Martha aus dem Zimmer schicken wollen, aber wahrscheinlich würde sie dann sowieso nur an der Tür lauschen. Stattdessen stand sie auf und hielt ein Blatt Papier hoch. Der Brief war später am Tag mit der zweiten Postlieferung gekommen. Sie hatte sofort an der schwungvollen Schrift erkannt, dass er von Lizzy war. Den Inhalt hätte sie allerdings nie erraten. »Lizzy hat sich auch verpflichten lassen. Sie schicken die Krankenschwestern aus dem Homerton University Hospital mit dem Britischen Roten Kreuz an die Front. Meine kleine Schwester zieht in den Krieg.«

Es kam Cathy so unwahrscheinlich vor. Lizzy Wray, die dazu bestimmt schien, reich zu heiraten und ein Leben im Überfluss zu führen, zog los, um Leben zu retten, während die Welt um sie herum auseinanderfiel. Lizzy hatte sich in dem Jahr, in dem Cathy von zu Hause weggelaufen war, verändert. Anfangs hatte Cathy gedacht, sie würde ins Emporium kommen und die Wintersaison bei ihr und Martha verbringen, aber stattdessen hatte Lizzy im Homerton Hospital eine Ausbildung zur Krankenschwester begonnen. Cathy hatte sich oft gefragt: Suchte Lizzy nach ihrem eigenen Emporium? Anscheinend hatte sie es nun in den notdürftig errichteten Baracken und Zelten auf irgendeinem französischen Schlachtfeld gefunden.

Cathy zitterte, als sie den Brief vorlas. Was ihre Schwester tat, kam ihr so schrecklich töricht und gleichzeitig so unglaublich tapfer vor. Lizzy Wray, die es früher nicht einmal ertragen hatte, sich die Hände schmutzig zu machen ...

»Tja«, brach Mrs Hornung das darauffolgende Schweigen, »wir müssen alle unseren Teil dazu beitragen.«

Am Kopf des Tisches setzte sich Emil kerzengerade hin und spuckte fast seinen Pudding aus. »Was genau soll das heißen?«

Alle Blicke richteten sich auf ihn. Sein Gesicht färbte sich dunkelrot vor Zorn. Als niemand etwas sagte, sprang er auf. Während ihn alle weiter anstarrten, hob er die Fäuste. Sirius kläffte unter dem Tisch.

»Ich habe es zumindest *versucht*, oder? Ich bin da rausgegangen und habe *versucht*, meine Pflicht zu tun, während ihr nur hier drin herumgesessen und darüber geredet habt. Und jetzt wagt ihr es, mich anzusehen wie einen ... einen *Feigling*? Ist es das? Ich habe die Nase voll davon, immer nur das fünfte Rad am Wagen zu sein! Und ich habe genug davon, ständig übersehen zu werden. Ich habe es versucht und ...«

Bis hierhin hatte seine Wut ihn getragen, aber jetzt versagte ihm die Stimme. Ein weiteres quälendes Schweigen drohte, bis Cathy sagte: »Ach, Emil. Wolltest du dich etwa freiwillig melden?«

Darum war er also heute Morgen ins Emporium gestürmt, ohne ihr in die Augen sehen zu können.

»Ja«, hauchte Emil – und nachdem er nun seine heldenhafte Tat eingestanden hatte, sank er zurück auf seinen Stuhl. »Aber sie wollten mich nicht. Asthma, haben sie gesagt. Ein schwaches Herz. Sie sagten, ich solle lieber zu einem Arzt gehen. Dabei habe ich mehr Herz als ihr alle zusammen. Ich habe es *versucht*, oder nicht?«

Traurig aß er den Rest seines Nachtisches.

»Heute Morgen war die ganze Fassade mit Schweineblut beschmiert. Man hätte meinen können, sie hätten das arme Tier strampelnd und quiekend bis vor die Tür geschleift und ihm dort die Kehle durchgeschnitten.« Wut schien ansteckend zu sein; jetzt wurde Mrs Hornung rot im Gesicht. »Es ist eine Schande, dass du es nicht geschafft hast, Emil«, fuhr sie fort. »Jemand sollte diesen *Dreckskerlen* voller Angst und Hass etwas geben, worüber sie nachdenken können – so, jetzt ist es raus! Man muss ihnen zeigen, dass sie nicht alle, die nicht in England geboren wurden, beschimpfen können. Erst kommen sie her und spielen mit euren Spielsachen, dann kommen sie wieder und zerstören alles. Wir sollten ihnen zeigen, dass wir unseren Mann stehen können – nicht, weil wir Engländer sind, sondern weil wir *Menschen* sind.«

Emil hatte den Nachtisch aufgegessen und kratzte die Schale mit dem Löffel aus.

»Man streitet nicht beim Essen«, sagte Papa Jack. »Draußen gibt es schon genug Zwietracht, da müssen wir uns nicht auch noch gegenseitig das Leben schwer machen. Emil, du bist mein Sohn, und ich liebe dich. Heute warst du bereit, einen Teil von dir aufzugeben. Dass sie dich weggeschickt haben, schmälert die Absicht nicht.« Er schwieg kurz und drückte Emils Arm mit einer seiner riesigen Pranken. »Aber Sie haben recht, meine liebe Mrs Hornung. Ich wollte das Emporium immer zu einem Ort machen, der außerhalb der Welt existiert – doch wir sind ein Teil dieser Welt und werden es immer sein. Der heutige Morgen hat gezeigt, dass man uns nicht vergessen hat. Und sie werden wiederkommen.«

»Wir müssen unseren Teil dazu beitragen«, sagte Mrs Hornung bittend.

»Das müssen wir«, sagte Papa Jack.

Alle schwiegen. Eine Zeit lang konnte niemand Emil ansehen. Alle beugten sich über ihre Teller. Dann, als es nicht mehr genügte, sein Elend zu ignorieren, wanderten ihre Blicke über den Tisch zum anderen Ende, wo Kaspar saß, der wieder einmal in eine Essensschlacht mit Martha verwickelt war. Bis jetzt hatte er die Schmach seines Bruders ausgeblendet, denn schon ein Blick von Kaspar hätte genügt, um Emils Wut in Raserei zu verwandeln. Als Kaspar jetzt aufsah, bemerkte er, dass seine Familie ihn anstarrte. Als er begriff, machte er große Augen.

Cathy rollte sich zusammen, und Kaspar schmiegte sich an sie. Klein, wie sie war, passte sie perfekt in seine Arme.

»Wie sollen wir es ihr nur erklären?«

»Wir sagen ihr einfach, dass ihr Vater ein tapferer, tapferer Mann ist.«

»Du wirst ihr fehlen.« Cathy schwieg kurz. »Du wirst *mir* fehlen.«

»Glaub nicht, dass es mir nicht genauso ginge. Ich habe fast jeden Tag mit dir verbracht, seit ich dich im Spielhaus versteckt habe, Cathy. Nicht das Emporium ist meine Welt, du bist es. Vielleicht nehmen sie mich ja auch gar nicht. Vielleicht finden sie auch bei mir ein schwaches Herz …«

»Ach, *hoffentlich*«, seufzte Cathy, dann sagte sie ernster: »Du musst das nicht tun.«

Doch, muss ich, dachte Kaspar – und im selben Moment setzte sich der Gedanke in ihm fest. Kesey und Dunmore, Douglas Flood und John Horwood gehörten jetzt dem Bataillon der Artisans Rifles an, machten die Grundausbildung oder waren schon hinaus in die Welt verschickt worden. Die Worte *hinaus in die Welt* veränderten seine Sicht auf die Dinge. »Weißt du«, flüsterte er Cathy ins Ohr und streifte es mit den Lippen, »ich wollte schon immer Abenteuer erleben. Früher hat es mir gereicht, mich im Sommer aus dem Emporium zu schleichen. Aber wenn ich an die Reise zurückdenke, die wir mit unserem Vater über das Meer gemacht haben, einem Mann, den wir kaum kannten, und, trotz all der Wunder im Emporium, gab es eine abenteuerlichere Reise als diese? Ich werde höchstens ein paar Monate fort sein. Und nicht mal den ersten Frost verpassen. Ich könnte dort draußen bei den Emporiumsjungs landen und am Eröffnungsabend schon wieder da sein. Vielleicht – vielleicht ist das einfach ein *neues* Abenteuer?«

Cathy drehte sich um und schmiegte sich an seine nackte Brust. »Du schreibst mir doch?«

»Natürlich schreibe ich dir. Die poetischsten, ausgefallensten Briefe, die je eine Frau bekommen hat.«

Sie befühlte seine Hand, bis sie den schlichten Ehering fand.

»Und trag ihn immer, egal, wo du bist oder was du tust.«

»Bis in den Tod«, flüsterte er.

Sirius, der am Fußende des Bettes lag, seufzte verdrossen.

Bei Sonnenaufgang stand Emil schon in seiner Werkstatt. Wenn er sich die Mühe gemacht hätte, heute Morgen in den Spiegel zu schauen, hätte er gesehen, dass seine Augen rot und blutunterlaufen waren. Wenn Papa Jack, Cathy oder jemand anders ihn danach gefragt hätte, dann hätte er geantwortet, es sei die Erschöpfung, und die Unmengen Spielzeug rings um ihn bewiesen es – denn letzte Nacht waren Soldaten aus seiner Drehbank gequollen wie eine der sieben Plagen. Trotzdem wäre es eine Lüge gewesen. Denn in der letzten Nacht hatte sich Emil auf den Dachboden des Emporiums vorgewagt, in jene großen Kammern, wo ganze Kindheiten lagerten, und hatte die ersten Spiele zutage gefördert, mit denen Kaspar und er früher gespielt hatten: grob gefertigte Spielzeugsoldaten und ihre dreibeinigen Maulesel; handgemalte Landkarten, auf denen sie die ersten Schlachten des Langen Krieges ausgefochten hatten; ein Brummkreisel, Kaspars erstes Weihnachtsgeschenk für Emil in England – er war so perfekt gestaltet, dass er beim Drehen ein Wiegenlied summte. Im Moment drehte er sich gerade oben auf dem Regal in seiner Werkstatt, neben ihm stand der Kaiserliche Rittmeister. Er hatte sich die ganze Nacht gedreht, und obwohl er nicht magisch war wie die Spielsachen, die Kaspar heute erfand, sah Emil doch immer wieder, wie sich am Rande seines Gesichtsfelds Erinnerungen manifestierten: wie er und Kaspar am ersten Morgen, nachdem ihr Vater den Mietvertrag für das Emporium unterzeichnet hatte, durch das leere Gebäude getobt waren; wie Kaspar und er zusammen ein Feuer angezündet hatten; wie sie sich eines Nachts in den Gängen verlaufen hatten.

Der Kreisel wurde immer langsamer und fiel schließlich gegen den Kaiserlichen Rittmeister.

Emil wollte ihn gerade wieder aufziehen, als er bemerkte, dass er nicht allein war. Mrs Hornung stand in der Tür.

»Es ist so weit, Emil.«

»Ich bin gleich da.«

»Junger Mann, dein Bruder verlässt uns *jetzt*.«

Emil biss die Zähne zusammen. Wie schaffte es Mrs Hornung nur immer wieder, dass er sich schuldig fühlte wie ein kleiner Junge. Er erinnerte sich nur zu gut daran, wie er sie einmal aus Versehen *Mama* genannt hatte und wie sie ihn daraufhin bestürzt angesehen hatte. An jenem Abend war

Papa Jack gekommen, um seine Bettdecke glattzustreichen, und nicht wie sonst Mrs Hornung. Sie hatte sich einen Tag freigenommen. Manche Jungen wünschten sich einfach nichts mehr als eine Mutter.

»Ich kann nicht.«

»Du musst.«

Er fuhr herum. »Ich *darf* nicht, verstehen Sie denn nicht? Er zieht los, dabei ... dabei hätte ich es sein sollen. Ich hätte losziehen sollen. Wenn mein Herz nicht wäre, dann würde ich es tun. Und jetzt ...« Er brach ab. Dann sprach er mit künstlicher, gezwungener Leichtigkeit weiter: »Kaspar hat eine Tochter.« *Auch sie hätte meine sein sollen,* kam es ihm in den Sinn, ein schrecklicher Gedanke. »Und eine Frau.« *Und Cathy, Cathy hätte ...* »Er sollte sie nicht verlassen müssen, nur wegen mir.«

»Es ist nicht nur wegen dir, Emil. Tausende andere Männer fahren auch über das Meer.« Sie berührte ihn, wie eine Mutter ihn berührt hätte, aber dadurch hasste sich Emil nur noch mehr. »Wenn du jetzt nicht zu ihm gehst, wirst du es bereuen.«

Kaspar stand in der halbmondförmigen Halle, als Mrs Hornung und Emil den Gang entlangkamen. Er hatte sich hingehockt und die Arme um Martha geschlungen. Als er aufstand, wollte das Mädchen ihn nicht loslassen, klammerte sich an seinen Hals, und Cathy musste ihm zu Hilfe kommen. Aber als sie dann selbst an der Reihe war, konnte sie sich ebenfalls kaum von ihm lösen. Papa Jack nahm seine Hand und zog ihn in eine bärenhafte Umarmung. Und Emil, Emil lungerte am Rande herum.

»Bis zum ersten Frost«, sagte Kaspar und musterte einen nach dem anderen, bis sein Blick auf seinem Bruder zu ruhen kam.

Kaspar nahm Emil in den Arm und flüsterte ihm etwas ins Ohr, während dieser seinem Bruder etwas in die Manteltasche steckte: »Kümmer dich gut um unser Emporium, kleiner Bruder.« Und: »Ich liebe dich, Emil.«

Emil sprach es nicht aus – aber als Kaspar das Ende von Iron Duke Mews erreichte, wusste er trotzdem, dass sein Bruder ihn liebte. Ein kleiner Brummkreisel drehte sich in seiner Tasche und spielte eine Melodie, die er nie vergessen hatte.

Das Emporium fühlte sich an diesem Tag leer an, leerer als an den sengendsten Sommertagen. Cathy versuchte sich abzulenken, indem sie die Zöpfe von Papa Jacks Lumpenpuppen neu flocht. Mr Atlee, Marthas Hauslehrer, kam, um ihr die Grundregeln der Trigonometrie beizubringen. Mrs Hornung steigerte sich in einen Kochrausch hinein, und bald duftete die Küche nach Kaspars Lieblingsgerichten – *Kascha* und Teigtaschen –, als wäre ein Teil von ihm noch da, wo er hingehörte. Emil wartete währenddessen nervös vor der Werkstatt seines Vaters und beobachtete durch den Türspalt, wie er dem Gefieder des Phönix weitere feuerrote Federn hinzufügte.

»Papa«, sagte er schließlich, als er die Werkstatt betrat. »Ist alles in Ordnung?«

Es kam nicht oft vor, dass dieser Berg von einem Mann verloren aussah, aber heute tat er es.

»Sei nicht traurig, Papa.«

»Es gibt Zeiten, in denen es gut und richtig ist, traurig zu sein«, flüsterte Papa Jack.

Erst jetzt fiel Emil auf, dass das Aufziehdiorama mit den kleinen Figuren in der öden Schneelandschaft, das Papa Jack sonst in der Kiste unter den Regalen aufbewahrte, auf dem Kaminsims stand. Da begriff Emil das Ausmaß der Trauer seines Vaters – denn Kaspar ging dorthin, wo Papa Jack schon gewesen war, marschierte in die Welt hinaus, mit einem Bündel auf der Schulter, aber ohne die Gewiss-

heit, je wieder nach Hause zu kommen. Ein neues, schreckliches Gefühl stieg in Emils Kehle auf: Ich sollte das tun, dachte er; ich sollte das tun, um meinem Vater nahe zu sein.
»Kaspar ist bald wieder zu Hause.«
»Zumindest diese Hoffnung bleibt uns.«
Eine Zeit lang herrschte Schweigen. Emil fand einen Filzsack, der mit winzigen Lederbällen gefüllt war, und ließ sich darauf nieder; sofort wurde daraus ein Sessel, der sich seiner Körperform anpasste. »Es wird seltsam sein ohne meinen Bruder, aber wir können es schaffen, oder, Papa? Es wird trotzdem einen ersten Frost geben. Und ... die Leute werden kommen. Ob Kaspar nun da ist oder nicht, sie werden zu uns strömen – und ... und ... sie werden Wunder erwarten. Sie werden sie *brauchen*, dieses Jahr noch mehr als sonst. Der Eröffnungsabend kann immer noch spektakulär werden. Ich weiß, ich habe meine«, er musste das Wort schnell aussprechen, weil er es am liebsten gar nicht ausgesprochen hätte, »Unzulänglichkeiten, Papa, aber ich kann es schaffen. Ich ... verspreche es.«

Papa Jack sprang auf, und der Phönix fiel auf den Boden. Mit zwei großen Schritten war er bei Emil und riss ihn in seine Arme. Es war eine Ewigkeit her, dass Emil seinem Vater so nah gewesen war, den Puder gerochen hatte, der sich in seinem Bart verfangen hatte, und den Geruch von Holz, Schweiß und Leim.

»Ich will dich nie wieder so etwas sagen hören, Emil. Du bist mein Sohn, genauso wie Kaspar. Deine Spielzeuge gehören ebenso in diese Regale wie meine oder die deines Bruders. Wir haben ein Schiff zu steuern, Junge. Tun wir es gemeinsam.«

Draußen auf der Galerie starrte Emil das halbfertige Wolkenschloss an und lauschte dem Echo der Worte seines Vaters. Der Aufziehmechanismus eines der Patchworkpegasosse war abgelaufen, und es war hinter dem Fallgatter des Schlosses erstarrt. Kaspar hatte Fertigbäume um den Burggraben gepflanzt, sodass die Mauern hinter Blättern und Kletterpflanzen versteckt waren. Emil war nicht dazu in der Lage, so etwas herzustellen. Er konnte die Magie nicht ersetzen, die das Emporium mit seinem Bruder verloren hatte. Und doch ... kam ihm eine Idee. Keine Idee für ein neues Spielzeug oder das Eröffnungsspektakel – sondern eine Idee über sich selbst. Die Worte seines Vaters hatten etwas in ihm ausgelöst. Es gab, entschied er mit einem Gefühl, das an Selbstvertrauen grenzte, mehr als eine Art, *spektakulär* zu sein. Magie war eine davon, aber es gab noch andere. Und wenn Kaspar in diesem Jahr nicht da war, wenn er den Eröffnungsabend nicht automatisch an sich reißen konnte, dann gab es vielleicht etwas, was er, Emil, tun konnte. Vielleicht war dies der Moment, um aus dem Schatten seines Bruders zu treten, bemerkt zu werden, sich die Anerkennung zu verschaffen, die ihm und seinen Spielzeugsoldaten immer schon zugestanden hatte.

Er schaute von der Galerie in die Verkaufshalle hinunter und stellte sich vor, wie es dort unten von Kunden nur so wimmelte, wie kleine Jungen in den Senken saßen, die er zwischen den Gängen einrichten würde, und dort Schlachten epischen Ausmaßes nachstellen würden. Der Raum würde erfüllt sein von Schreien der Begeisterung und des Entzückens. *Sein* Winter. *Sein* Emporium.

Dies würde der Winter des Langen Krieges werden. Beseelt von diesem Gedanken eilte er in seine Werkstatt. Es gab viel zu tun, und ihm blieben nur noch wenige Monate.

Kaspar schrieb jeden Tag, wie er es versprochen hatte. Zwar vergingen manchmal mehrere Tage, ohne dass ein Brief eintraf, doch dann kamen immer gleich mehrere auf einmal: vier, fünf oder sechs landeten auf der Matte, und Sirius trug sie, gebettet zwischen seinen weichen Kiefern, in die Wohnung. Jeden Abend saß Cathy am Fußende von Marthas Bett und las ihr die Briefe vor. Danach zog sie sich in ihr eigenes, leeres Bett zurück und genoss jeden Satz noch einmal.

Nachts ist der Himmel weit, und Douglas Flood spielt auf seiner Geige. In unseren Quartieren sitzen wir beisammen, essen Schnecken und französische Wurst und unterhalten uns darüber, wie es diesen Winter im Emporium sein wird. Es geht mir gut, meine liebste Cathy, meine liebste Martha. Die französische Luft erfrischt uns, während wir marschieren, und ich stelle mir ein Emporium in Paris vor, oder in Lüttich, oder, wenn ich vergessen kann, wo ich bin, in New York, in Sankt Petersburg, in allen vornehmen Städten der Welt. Ich stelle mir vor, was wir eines Tages alles zusammen tun werden. Denn die Welt ist weit größer, als man glaubt, das sehe ich jetzt mit eigenen Augen.

PS: Hier ist ein Entwurf für eine Fertighöhle, einen unterirdischen Unterschlupf für Kinder. Wir graben uns hier auch ein, eine überaus anregende Tätigkeit. Vielleicht kann Emil sie ja konstruieren?

Manchmal fand sie versteckte Botschaften in den Briefen. So ergaben die Großbuchstaben hintereinandergestellt Nachrichten wie: *Weißt du noch, im Spielhaus?* Oder es waren Sätze in winziger Schrift, die sich in einem O oder in einem Fragezeichen ringelten und die man nur mit der Lupe entziffern konnte: *Du würdest Paris lieben, Cathy, wenn der Krieg vorbei ist, fahren wir dorthin. Der Sommer in Paris ist himmlisch, aber der Winter wäre perfekt.* Mr Atlee gab Martha die Hausaufgabe, ein Sammelalbum zu erstellen, mit allen Orten, wo ihr Vater gewesen, allen Gerichten, die er gegessen, und allen Leuten, die er kennengelernt hatte. Cathy führte derweil ihr eigenes Album, in dem sie die Tage zählte.

Der August wurde zum September, und auch der Oktober kam schneller als erwartet. Paris war vor einem schrecklichen Schicksal bewahrt worden. Eine Armada von Taxis hatte Soldaten zur Verteidigung in die Stadt gebracht. Odessa wurde vom Meer aus mit Granaten verwüstet, die Türken traten in den Krieg ein; doch im Emporium blieb alles beim Alten. Die Regale wurden für den ersten Frost aufgestockt: Spielzeugsoldaten, Prinzessinnen, Patchworkhunde und all die Dinge, die Papa Jack während des Sommers im Schweiße seines Angesichts hergestellt hatte. Das Wolkenschloss, das in der Kuppel schwebte, bekam eine Zugbrücke und zusätzliche Mauern, und die Patchworkrentiere lernten endlich fliegen. Der Herbst, der die Weihnachtszeit ankündigte, verlief nicht anders als in den Jahren zuvor – und doch wachte Cathy manchmal mitten in der Nacht auf und fand ihr Bett leer vor, oder schlimmer, sie fand Martha neben sich, die von irgendeinem Phantombild ihres Vaters heimgesucht worden war, was sie ständig daran erinnerte: Dieses Jahr war eben doch nicht wie jedes andere. Kein bisschen.

Schließlich kam der Abend, als Cathy mit Martha durch den Papierwald schritt und ihr die Geschichte erzählte, wie ihr Leben dort, in dem kleinen Spielhaus unter den Zweigen, seinen Anfang genommen hatte. Und als sie dann aufsah, entdeckte sie, dass die Kuppel mit winzigen, glitzernden Eiskristallen übersät war.

»Sieh nur, Martha.« Gespannt starrte Martha nach oben, um zu sehen, wie sich das Licht des Mondes in den Kristallen fing. »Der erste Frost ...«

Ein magischer Moment, und doch barg er in diesem Jahr einen Anflug von Traurigkeit, denn Kaspar hatte es nicht geschafft, rechtzeitig nach Hause zu kommen.

Das Tageslicht hatte die imposanten Arkaden der Regent Street noch nicht ganz erreicht, da hatte sich schon eine Schlange von Arbeitssuchenden vor dem Tor des Emporiums gebildet. Unter ihnen waren Schmeichler, Schwindler und Trickbetrüger, die ihr Glück versuchen und sich einschleichen wollten – doch Emil stand pflichtbewusst vor dem Eingang und schickte alle Nichtsnutze fort, die sich in der Gasse versammelt hatten. Als er fertig war, eilte er durch die Verkaufshalle und traf in einem der Gänge auf Cathy. Sein Gesicht war weiß wie der Frost.

»Jetzt liegt es an dir, liebe Cathy. Ich kann mich an keinen Eröffnungsabend erinnern, an dem wir so viele neue Helfer hatten, außer an unserem allerersten!«

Die neuen Helfer hatten sich in der Halbmondhalle versammelt und warteten nervös auf ihre Einführung. Cathy, die sich durch die Briefe der Bewerber gewühlt hatte, wusste, dass die meisten von ihnen Frauen waren, aber sie hatte sie sich als Ebenbilder ihrer selbst vorgestellt, Ausreißer, die mit wenig mehr als der Kleidung, die sie am Leib trugen, ins Emporium kamen. Stattdessen sah sie Mütter, Großmütter, ältere Schwestern und Tanten – die Überbleibsel der vom Krieg dezimierten Familien, die sich nach Veränderung sehnten.

Wenigstens war auch Sally-Anne wiedergekommen. Das beruhigte Cathy. »Dieses Jahr sind nur wir zwei da. Aber wir werden das Schiff schon schaukeln, was?«, sagte Sally-Anne.

»Emil ist ja auch noch da«, entgegnete Cathy.

»Ach, Emil wird *immer* da sein«, sagte Sally-Anne und verdrehte die Augen.

Eine gehässige Bemerkung – aber Sally-Anne hatte ja auch nicht gesehen, wie er an dem Tag, als er versucht hatte, sich freiwillig zum Kriegsdienst zu melden, rot vor Scham geworden war. In den Wochen vor dem ersten Frost hatte

Cathy ihn fieberhaft arbeiten sehen. Es bedeutete ihm alles, dass die Saison nicht darunter litt, dass Kaspar nicht da war.
Cathy trat vor die Menge der Wartenden. »Ich erinnere mich noch genau an meinen ersten Tag in dieser Halle«, begann sie. »Genießt es, denn obwohl ihr vielleicht noch viele weitere Winter im Emporium verbringen werdet, wird es nie wieder so sein wie beim ersten Mal. Der heutige Abend wird eine Sensation, mit ihm beginnt die Weihnachtszeit. Und ich weiß, wie sehr ihr alle Weihnachten in diesen Tagen braucht ...« Sie schwieg kurz und dachte an Kaspar, dort draußen, weit weg an der Front, in irgendeiner verfallenen Baracke. »Aber es gibt noch viel zu tun, und wir haben nur sehr wenig Zeit. Ich hoffe, ihr seid bereit ...« An diesem Punkt kam ein mechanisches Rentier, dem die Patchworkflicken in Fetzen vom Körper hingen, einen Gang hinuntergaloppiert – dicht gefolgt von Sirius. Cathy schloss die Augen. Das würde anstrengender werden als gedacht. »Du musst ein paar von den Neuen zeigen, wie man sie einfängt«, flüsterte sie Sally-Anne zu. »Papa Jack hat so viele davon auf Lager.«
»Machen wir erst mal einen Rundgang. Zeigen wir ihnen, worauf sie sich einlassen.«
Cathy nickte. »Aber lass nicht wieder aus Versehen eine der Großmütter in einem Lagerraum zurück. Wir haben keine Zeit, einen Suchtrupp zu organisieren.«
Sally-Anne grinste. »Dieses Jahr nicht.«
Sie genoss es sichtlich, die Glucke zu spielen, und führte die Gruppe durch die Gänge. Eine zwerghafte Großmutter mit weißen Löckchen, ein Händchen haltendes Paar mittleren Alters, ein junger Mann mit einem lahmen Bein und eine alte Jungfer; das Personal des Emporiums war in diesem Jahr eine bunt gemischte Truppe, aber das war ja nicht unbedingt etwas Schlechtes.
Cathy wollte der Prozession gerade folgen, als ihr Blick

auf ein Mädchen von vielleicht fünfzehn, sechzehn Jahren fiel. Sie hatte feuerrotes Haar, graue Augen, Sommersprossen und leicht schiefe Zähne. Sie kam Cathy irgendwie bekannt vor, wie sie sie nun anstarrte, als versuchte sie, den Mut aufzubringen, Cathy anzusprechen.

Mutter zu sein machte einen sensibler. Zwischen ihnen lagen nur sechs oder sieben Jahre, und doch legte Cathy ihr instinktiv den Arm um die Schultern. »Kein Grund, nervös zu sein. Du wirst diesen Winter viele magische Dinge erleben.«

»Sie sind Cathy Godman, nicht wahr?«

»Ja, das bin ich.«

»Mein Name ist Frances«, sagte sie. »Frances Kesey. Mein Bruder Robert ...«

Cathy strahlte. »Ach, du bist Roberts Schwester.«

Das Mädchen nickte und fand endlich den Mut, zu sprechen. »Er hat uns so viel vom Emporium erzählt. Deshalb bin ich hier, verstehen Sie? Um alles mit eigenen Augen zu sehen ...« Sie hatte den gleichen breiten kornischen Akzent wie Robert Kesey, sodass sie ihm von der Stimme her noch mehr ähnelte als äußerlich. »Damals, als er den ersten Winter hier verbracht hat, haben wir ihm nicht geglaubt, Mrs Godman. Wir dachten, er bleibt so lange von zu Hause weg, weil er ein Mädchen kennengelernt hat, oder einfach, weil er ein solcher Querkopf war. Oder weil er unsere Eltern ärgern wollte. Robert hat gern Geschichten erfunden, und wenn er von Patchworkhunden und großen Bäumen erzählte, die aus kleinen Schachteln sprießen, und von Spielhäusern, die von innen größer sind als von außen, na ja, da dachten wir eben, er will uns auf den Arm nehmen. Erst als ich im nächsten Jahr am Neujahrstag aufwachte und im Garten über Nacht ein ganzer Wald aus Papierbäumen gewachsen war, wusste ich, dass er die Wahrheit gesagt hat. Danach brachte er uns jedes Jahr Geschenke mit. Ich habe eine Ballerina, eine Maus, die an der Wand und der Zimmerdecke Pirouetten dreht. Und ein Kleid, das mir das Tanzen beibringt.« Sie brach ab. »Eines Tages wollte er mich hierher mitnehmen. Wir wollten auf den kufenlosen Schaukelpferden reiten oder ins Lager schleichen und uns die Patchworkriesen anschauen, an denen Papa Jack heimlich arbeitet. Und gibt es wirklich Spinnen, die so groß sind wie Pferde und im Keller nisten? Das musste ich einfach mit eigenen Augen sehen, verstehen Sie? Ich will erleben, was er erlebt hat: jeden Abend im Palast essen und mich mit den anderen Helfern amüsieren, und mir vielleicht, ganz vielleicht, meinen eigenen Patchworkhund kaufen, damit ich das Erste bin, was er mit seinen schwarzen Knopfaugen sieht, nachdem ich ihn aufgezogen habe ...«

Der Strom der Worte, der aus ihrem Mund sprudelte, klang immer gepresster und versiegte schließlich, während sie versuchte, die Tränen zurückzuhalten.

»Es tut mir leid, Mrs Godman«, sagte sie und richtete sich auf. »Sie halten mich bestimmt für unmöglich. Aber so fühle ich mich eben, seit das Telegramm gekommen ist. Meine Eltern wissen nicht, dass ich hier bin – aber ich musste es einfach tun. Um Robert zu ehren. Und um mich an ihn zu erinnern.«

Sally-Anne und die anderen hatten bereits das Herzstück der Verkaufshalle erreicht. Man hörte über die Gänge hinweg, wie sie die Leute in Gruppen einteilte und ihnen Aufgaben zuwies. Frances Keseys Worte versetzten Cathy einen Schock, auf den sie nicht vorbereitet war.

»Geh besser zu den anderen, solange du sie noch einholen kannst.«

Frances Kesey riss sich zusammen und ging den Gang hinunter.

»Wir kümmern uns um dich«, rief Cathy ihr hinterher.

Frances Kesey warf einen Blick zurück und lächelte schwach. Vielleicht vermochten Cathys Worte sie zu trösten, doch Cathy selbst war durch diese Neuigkeit in einen Abgrund gestürzt. Robert Kesey war tot, und doch hatte Kaspar es in seinen Briefen mit keinem Wort erwähnt.

Martha hatte in der Nacht zuvor kaum geschlafen, die Vorstellung des Eröffnungsspektakels hatte sie wach gehalten. Im Arbeitszimmer, wo Mr Atlee pflichtschuldig versuchte, ihr Latein oder die symbolische Bedeutung von *Gullivers Reisen* nahezubringen, konnte sie ihre Aufregung kaum im Zaum halten, die sich wie so oft in Gleichgültigkeit, frechen Fragen und allgemeiner Aufsässigkeit äußerte. Mr Atlee wollte sich schon geschlagen geben und hätte es auch getan, wenn nicht im selben Moment Marthas Mutter am Arbeitszimmer vorbeigekommen wäre.

Cathy ging ins Schlafzimmer. Sie nahm das Bündel mit Kaspars Briefen aus der Kommode neben dem Bett und breitete sie auf der Daunendecke aus.

Meine liebe Cathy begann der erste. *Liebste Cathy* der zweite. Noch einmal las sie alles über seine Grundausbildung, seine Reise über das Meer, die Baracken, in denen die Artisans Rifles nachts untergebracht waren, den Geruch von Wildblumen auf einer Wiese in Flandern, die Kartenspiele, die sie nach Einbruch der Dunkelheit spielten, und über die Wetten, die sie abschlossen. Erst jetzt, als sie danach suchte, fiel ihr auf, dass Kaspar Robert Kesey seit etwa einem Monat nicht mehr in seinen Briefen erwähnt hatte. Er schrieb immer noch über Andrew Dunmore, John Horwood und Douglas Flood, aber dass Robert Kesey tot war, war für ihn nicht der Rede wert gewesen.

Eine Lüge durch Verschweigen blieb eine Lüge. Sie saß stundenlang da, las die Briefe wieder und wieder, und erst jetzt erkannte sie, dass es darin nur um Nichtigkeiten ging.

Es waren Gute-Nacht-Geschichten, Dinge, die er den banalsten Momenten seines Alltags entlehnt hatte. Er wollte sie schonen, sie vor dem *Wissen* bewahren, vor der Wahrheit schützen.

Sie zitterte vor Wut, als vorsichtig an der Tür geklopft wurde. Als sie sich umdrehte, war Emil schon auf dem Weg ins Zimmer. *Raus hier! Verschwinde!*, dachte Cathy, doch als sie Emils nervöses Gesicht sah, verrauchte ihr Zorn.

»Es ist Zeit, Cathy.«

Sie schaute zum Fenster. Der Nachmittag wurde langsam zum Abend. Sie hatte mehrere Stunden mit den Briefen verschwendet, während die neuen Helfer sich vor die Aufgabe gestellt sahen, das Emporium für den wichtigsten Abend des Jahres vorzubereiten, und ein heißes Gefühl der Scham überkam sie.

Martha tauchte neben Emil auf, gefolgt von Mr Atlee.

»Mama, komm schon! Wir dürfen es nicht verpassen!«, sagte Martha und grinste.

Cathy packte die Briefe zusammen, ohne darauf zu achten, ob sie sie dabei zerknüllte. Als sie durch den Raum ging, erhaschte sie einen Blick auf ihr Spiegelbild: Sie trug ein Alltagskleid, und ihre Ärmel waren mit dem Staub vergessener Regale bedeckt. Ihre Frisur war eine Katastrophe, und ihr Zorn hatte die Fältchen in ihren Wangen vertieft. Aber es war zu spät, noch etwas daran zu ändern. Ein Gong ertönte in der Verkaufshalle. Nun dauerte es nur noch Sekunden.

Als sie die Verkaufshalle erreichten, verwandelte sich Cathys Scham in Erleichterung. Sie hatten es geschafft. Alle Regale waren mit Lichtern geschmückt. Hoch oben in der Kuppel wirbelten weiße Pünktchen wie ein beständiges Schneegestöber. Die Bögen vor den Gängen waren mit papiernen Stechpalmzweigen geschmückt, deren dicke rote Beeren aus Pappmachee bestanden. Pfeifenreinigereulen saßen in den Zweigen der Papierbäume, das Karussell drehte sich, eine Melodie erklang, und unter der Kuppel spielte sich eine ganze Zirkusvorstellung ab, mit Drachenschiffen, Patchworkpegasossen und einem weißen Lindwurm aus Spitze, der sich um einen der Türme von Emils Wolkenschloss ringelte.

Die Gänge waren neu arrangiert worden und führten alle zu einer Art Prachtstraße, die durch das gesamte Emporium verlief. Die polierten Dielen waren durch Pflastersteine ersetzt worden; ein Konfettibrunnen sprudelte und sprühte Bilder von Pferden, Drachen und Rittern in die Luft. Cathy reihte sich mit Martha in die Prozession der Helfer ein und blieb dann zusammen mit allen anderen in der Halbmondhalle stehen. Von hier aus konnte man durch die Milchglasscheiben nach draußen auf die Gasse schauen, wo sich Mütter mit ihrem aufgeregten Nachwuchs scharten.

Im Emporium war mit einem Mal alles still. Man hörte nicht das kleinste Geräusch. Dann öffnete sich die Tür – wie von selbst. Der Winterwind wehte mit seinem eisigen Atem hinein, und in seinem Gefolge drängte ein Strom von Kunden ins Emporium.

In der Halbmondhalle blieben die Kunden wie angewurzelt stehen und schauten nach oben. Cathy folgte ihrem Blick. Über ihnen wurde die Zugbrücke des Wolkenschlosses heruntergelassen, und ein purpurroter Teppich entrollte sich. Von oben hörte man Glöckchen läuten. Die wirbelnden Lichter im Inneren des Schlosses verdichteten sich, und zwei Köpfe tauchten hinter den wogenden weißen Vorhängen auf: schwarze Knopfaugen und gestickte Nasen, darüber gehäkelte Geweihe. Gleich darauf standen zwei majestätische Patchworkrentiere auf dem purpurroten Teppich, verbeugten sich kurz voreinander und galoppierten ihn dann hinunter.

Sie zogen einen Holzschlitten hinter sich her, auf dem

sich silbern eingepackte Geschenke mit Schleifen türmten. Die Rentiere blieben vor der ersten Familie stehen, die durch die Tür getreten war. Eins der Tiere stupste die Mutter an, das zweite die Kinder, und zusammen lotsten sie die Familie in den Schlitten. Dann wendete er, die Menge der versammelten Helfer teilte sich, und er fuhr über die gepflasterte Prachtstraße davon.

Irgendwo fing ein Grammofon an zu spielen, das Karussell erwachte wieder zum Leben, und die Helfer applaudierten – es war vollbracht. Der Eröffnungsabend hatte begonnen.

»Gefahr! Abenteuer! Ruhm! Hast du das Zeug dazu? Komm näher und beweise deinen Mut! Kämpfe tapfer, bezwinge den unbezwingbaren Feind, gewinne den ungewinnbaren Krieg!«

Emil stand auf einem der monströsen Bären, der mit einer Rüstung und einem Sattel ausgestattet worden war. Die Senke zwischen den Gängen war eine von vielen in der Verkaufshalle, die es zu erkunden galt. Dutzende Gesichter starrten ihn erwartungsvoll an.

Emil, der Gott des Schlachtfeldes. Zu seinen Füßen lag eine Miniaturnachbildung eines mittelalterlichen Dorfes, eingebettet in eine bäuerliche Landschaft mit einer Wassermühle an einem Bach, einem Wald aus stiefelhohen Papierbäumen und Hügeln aus Filz, Stoff und Pappmachee. Auf einem Marktplatz, der von schiefen Häusern umgeben war, tranken Aufziehschweine und -kühe aus einem Brunnen.

Doch Soldaten hatten das Dorf von allen Seiten umstellt.

»In Deckung!«, schrie Emil, und einer der Jungen schob seine Soldaten in eine Scheune. »Auf ins Getümmel!«, rief Emil und bedeutete einem anderen Jungen, seine Soldaten in die Schlacht zu schicken. »Behaltet eure Feldwebel, Hauptmänner und Landsknechte im Auge! Du da!« Er winkte einem nervösen Jungen zu, der gerade eine Schachtel mit einem bunt zusammengewürfelten Trupp Soldaten öffnete, die seine Mutter ihm gekauft hatte. »Vor zwei Tagen waren sie noch gewöhnliche Bauern, doch heute müssen sie in die Schlacht ziehen. Das hier ist der *Lange Krieg*, Jungs, und er hat gerade erst begonnen!«

Emil breitete die Arme aus. Überall um ihn herum war Kampfgetümmel ausgebrochen. Kleine Jungen zerrten ihre Mütter zur Kasse, kamen mit neuen Soldaten zurück und ließen sie sofort in den Kampf ziehen. Über ihren Köpfen hielten Patchworkrotkehlchen ein Banner mit der Aufschrift in ihren Schnäbeln: DER LANGE KRIEG! Es hatte immer geheißen, dass allein Kaspar genug Fantasie für das Emporium habe, aber so etwas hatte noch niemand gesehen. In einer Schachtel wartete eine Schar mittelalterlicher Ritter darauf, aufgezogen zu werden, um sich in Schwertkämpfe zu stürzen. In einer anderen befanden sich Dragoner und Musketiere, in einer dritten römische Legionäre. Alle Schachteln für das neue Spiel »Der Lange Krieg« enthielten kampfbereite Soldaten, und die Jungen konnten ihre Truppen zu unendlich großen Armeen zusammenlegen. *So* konnte es funktionieren, dachte Emil und ließ sich von der allgemeinen Aufregung anstecken. Das alles war zwar keine Magie im klassischen Sinn, die Kinder hier wurden nicht Zeuge des Unmöglichen – aber es war immer noch magisch. Ganz gewöhnliche Alltagsmagie. *So* würde man sich an ihn erinnern.

Emil war so in sein Tun vertieft, dass er die Frauen nicht kommen sah, die die Schlacht missbilligend beobachteten. Es waren fünf, vier ältere und eine jüngere, die feine graue Kleider mit riesigen weißen Kragen trugen. Die junge Frau wirkte streng, elegant und kühl, sie hatte fast weißblondes

Haar und helle Augen. Sie betrat das Schlachtfeld, zur großen Empörung der Jungen, deren Soldaten gerade aufeinandertreffen sollten. Sofort erhob sich Geschrei, und die Jungen sprangen herbei, um ihre Soldaten wieder aufzustellen. Emil, der daraufhin die *Einsatzregeln des Langen Krieges* konsultierte, die jeder Schachtel beilagen, bemerkte nicht, dass die Frau zielstrebig auf ihn zukam.

»Sir?«, fragte sie.

»Einen Moment noch, Madam, wir haben hier einen Notfall …«

»Es gibt hier mehr als nur einen Notfall, werter Herr.«

Emil sah auf und betrachtete verblüfft die Frau, die herrisch vor ihm stand, als wäre sie eine Göttin und er ein unbedeutender kleiner Krieger, der in die Schlacht geschickt werden sollte. Sie hielt eine weiße Feder in der Hand, die in der warmen Emporiumsluft zitterte.

Es war, als würde sich seine ganze Welt plötzlich auf diese Feder konzentrieren und das Emporium in den Hintergrund treten. Dann sah Emil, dass einige Jungen aufgehört hatten zu spielen und ihn anstarrten. Schlagartig kam er wieder zur Besinnung.

»Wir sind Vertreterinnen einer Organisation namens Orden der Weißen Feder«, sagte die Frau, als würde sie es ablesen. »Wir kämpfen für Mut und Gerechtigkeit. Wir, die wir unseren König und unser Land nicht verteidigen dürfen, müssen trotzdem unsere Pflicht tun. Darum überreiche ich Ihnen diese Feder als Zeichen Ihrer Feigheit, Ihres Mangels an Brüderlichkeit und Ihrer Unreife, weil Sie nicht mit unseren Vätern und Brüdern zusammen das Vereinigte Königreich verteidigen.«

Sie drückte Emil die Feder in die Hand, und noch ehe er reagieren konnte, drehte sie sich auf dem Absatz um und folgte ihren Begleiterinnen, die beifällig zugesehen hatten.

Eine Feder, eine *weiße* Feder – und nicht einmal eine

Schwanenfeder! Sie war irgendeiner Möwe vom Flügel gerissen worden, der Kiel war immer noch mit dem Blut des armen Vogels beschmiert.

Er spürte, dass die Blicke aller Jungen in der Senke auf ihm ruhten. Dass *sie* ihn für einen Feigling hielten, war die größte Schmach von allen. Er ließ die Feder fallen und rannte los.

Die Frauen marschierten schon den Gang hinunter. Sie hatten auch einem Kunden eine Feder überreicht, einem Jungen, der allem Anschein nach erst seit Kurzem lange Hosen trug und, zum Entsetzen seiner Spielkameraden, zu den tanzenden Bärenballerinen hinaufgeschaut hatte, als der Orden zugeschlagen hatte.

Und sie verteilten Flugblätter. *Flugblätter,* in seinem Emporium! Emil riss einer verblüfften Mutter im Vorbeirennen eines davon aus der Hand.

An alle jungen Londonerinnen

Trägt Ihr Liebster bereits Khaki?
Und wenn nicht, **finden Sie nicht,**
dass er es tun sollte?
Wenn er nicht glaubt, dass Sie und Ihr Land es wert sind, beschützt zu werden – glauben Sie dann, er ist Ihrer **würdig?**
Wenn Ihr Freund seine Pflicht gegenüber König und Vaterland vernachlässigt, kommt vielleicht irgendwann die Zeit, in der er **Sie vernachlässigt.**

Melden Sie sich noch heute zum Kriegsdienst!

Emil zerriss das Flugblatt in tausend Fetzen und warf sie in die Luft, sodass sie sich mit dem Konfettiregen vereinten. Dann rannte er der Frau nach und holte sie in der Halbmondhalle ein.

»Ich muss mich vor Ihnen nicht rechtfertigen. Das Emporium gehört mir, *mir*, und Sie dürfen es nur mit meiner Erlaubnis betreten. Aber da Sie nun schon einmal hier sind und mit Anschuldigungen um sich werfen, sage ich Ihnen Folgendes: Ich war einer der Ersten, die sich freiwillig gemeldet haben. Ich war schon Mitte des Sommers im Rekrutierungsbüro. Ich wäre jetzt in Frankreich und würde meine Pflicht gegenüber König und Vaterland erfüllen, wenn ich genommen worden wäre. Sie kommen in mein Emporium und nennen mich einen Feigling? Ich bin kein Feigling, Madam. Mein Name ist Emil Godman, und außerdem bin ich niemandes *Liebster*. Haben Sie verstanden? Ich vernachlässige niemanden, weil ich niemanden habe, den ich vernachlässigen könnte! Haben Sie verstanden?«

Die Frau blieb in der Tür stehen und drehte sich um, während ihre Begleiterinnen in die Gasse hinaustraten. Ohne den Rückhalt der alten Drachen wirkte sie bei Weitem nicht mehr so herrisch und streng. Ihre hellen Augen waren wunderschön, dachte Emil – wieso fiel ihm das gerade jetzt auf?

»Niemanden?«, fragte sie. Emil stand stumm da und fragte sich, was um Himmels willen sie damit gemeint haben konnte.

Dank einer Königlichen Vollmacht durfte Papa Jacks Emporium bis spät in die Nacht geöffnet bleiben. Die Geräusche der Spielenden, das Brüllen des Winterdrachen, all das schallte bis auf die Straßen und in die stille Stadt hinaus. Freude war ansteckend, und London hatte etwas Freude verdient, ganz besonders in diesem Winter.

Als es in der Verkaufshalle schließlich still wurde, schlüpfte Cathy durch den Geheimgang hinter dem sich teilenden Eiskristall der Ladentheke und ging die Dienstbotentreppe hinauf. Wie immer hatte Papa Jack sich von den Eröffnungsfeierlichkeiten ferngehalten. Der Spielzeugmacher war in seiner Werkstatt geblieben, um neue magische Kreaturen zu erschaffen. Dort fand Cathy ihn auch jetzt, die Hände tief in den Innereien eines Patchworktiers vergraben.

»Eine Spinne«, sagte er, als Cathy hereinkam, »die sich im Keller versteckt und kleine Jungs erschreckt, die abenteuerlustig genug sind, um sich hineinzuwagen. Eine Legende, die vielleicht die nächsten Winter überdauert ...«

Cathy durchquerte den Raum, und bevor Papa Jack sich erheben konnte, warf sie das Bündel mit Kaspars Briefen auf die Kiste neben ihm; es fächerte auf, und Kaspars schwungvolle Schrift wurde sichtbar: *Mrs K. Godman, Papa Jacks Emporium, Iron Duke Mews*.

»Er hat mich belogen. Die ganze Zeit. Robert Kesey ist tot. Und wer weiß, wer sonst noch?« Sie zitterte nicht mehr, darüber war sie hinaus. »Keiner von ihnen hat es vor dem ersten Frost nach Hause geschafft, es ist also nicht so, als wären sie die Einzigen, die gelogen haben. Die ganze Welt lebt eine Lüge, und keiner will es wahrhaben. Es gehe alles ganz schnell, haben sie gesagt. Es sei ja eigentlich gar kein richtiger Krieg. Wer würde es wagen, sich unseren tapferen englischen Jungs entgegenzustellen ...« Sie schwieg kurz. »Ich habe Angst um ihn, Jekabs – aber wenn all diese Briefe Lügen sind, wenn er sich nicht traut, mir die Wahrheit zu sagen, dann bin ich ihm vielleicht egal.«

Papa Jack stand auf. »Still, Cathy, er ist immer noch dein Kaspar. Nenn es nicht Lügen. Nenn es stattdessen ... Geschichten. Hat Martha nachts nicht ruhiger geschlafen, weil sie wusste, dass ihr Papa gesund und in Sicherheit ist? Und du auch?«

Cathy wollte gerade antworten, doch dann stutzte sie. »Du ... wusstest es?«

Seufzend ließ er sich wieder auf seinen Sessel sinken. Die Armlehnen hoben sich ihm entgegen, um ihm Halt zu geben.

»Er hat mir ebenfalls geschrieben.«

Geheimnisse, dachte Cathy und fluchte innerlich. Ihr Leben im Emporium war schon vorher von Geheimnissen bestimmt gewesen – aber nur von geteilten Geheimnissen, nicht von Geheimnissen, die zwischen ihnen standen.

»Glaubst du, sie würden ihn solche Sachen schreiben lassen? Nein, du würdest lückenhafte Briefe bekommen, mit dicken schwarzen Balken darin. Was er tut, ist ein Akt der Liebe, Cathy. Was nützt es, zu wissen ...«

»Dir hat er die Wahrheit geschrieben, oder etwa nicht?«

»Ich bin sein Vater.«

»Und ich bin seine Frau. Er lässt mich in dem Glauben, er schlendert da draußen durch Rosengärten, probiert Borretsch und Minze, so lange, bis eines Tages keine Briefe mehr kommen, sondern ein Telegramm, das irgendein Sekretär im Auftrag eines Generals verfasst hat, und das war's dann, das Ende von Kaspar, das Ende meiner Familie. Genau wie bei Robert Kesey.«

Sie rannte zur Tür.

»Cathy, willst du nicht ...« Papa Jack hob die Briefe auf, die sie zurückgelassen hatte.

»Behalt sie«, sagte sie. »Was soll ich damit?«

Sie war schon im Flur, als Papa Jack sie bat, zu bleiben. Cathy hatte es noch nie ertragen, wenn Jekabs' Stimme unsicher klang, und sie drehte sich wieder um. Zurück in der Werkstatt sah sie, wie Papa Jack etwas aus der Kiste nahm, in der er auch sein Diorama aufbewahrte. Es war ein kleines, ledergebundenes Tagebuch, an dem an einem Band ein Bleistiftstummel hing.

»Die habe ich für meine Söhne gemacht, in dem Jahr, als das Emporium eröffnet wurde. Sie waren kleine Geheimniskrämer, meine Jungs, und ich kaum ein richtiger Vater, weil ich so lange kein Teil ihres Lebens gewesen war. Sie hatten ihre eigene Sprache. Das Tagebuch, das du in Händen hältst, gehörte früher Emil. Das andere hat Kaspar mitgenommen. Ich habe die beiden miteinander verknüpft, siehst du? Schlag es auf und sieh selbst ...«

Auf der ersten Seite stand: FUNKTIONIERT ES? Darunter in Kaspars unverwechselbarer Handschrift: ES FUNKTIONIERT WIRKLICH! PAPA IST EIN GENIE! Die Seiten danach waren, vielleicht in kindlichem Zorn, ausgerissen worden. Die übrigen waren alle mit Kaspars Schrift bedeckt – und doch war das Datum, das er oben eingefügt hatte, der 31. August 1914, der Tag, an dem er gegangen war.

»Wie kann das sein?«

Papa Jack bedeutete ihr, umzublättern. Noch mehr Seiten mit Kaspars Handschrift. 2. September. 19. September. 1. Oktober. 2., 3., 4. Seiten über Seiten, gefüllt mit seinen Sendschreiben. Robert Keseys Name sprang ihr ins Auge. Robert Kesey ist tot.

»Er schreibt dir also keine Briefe, sondern hiermit«, sagte Cathy. »Durch das Tagebuch ...«

»Ein weiteres altes Spielzeug, von dem du nun weißt. Ein Geheimnis mehr. Ich habe sie gemacht, damit meine Söhne sich von einem Ende des Emporiums zum anderen ihre Geheimnisse zuflüstern, sich mitten in der Nacht Geschichten erzählen konnten. Meist haben sie es allerdings für den Langen Krieg benutzt, um sich gegenseitig zu provozieren – so sind Jungs nun mal, wie es so schön heißt. Irgendwann haben sie sie dann vergessen. Nun ja, es gab damals noch so viele andere Spielsachen. In jeder Saison ein neues Kuriosum, das sie erkunden konnten ...«

Papa Jack setzte sich wieder und griff in den Leib der riesigen Spinne.

»Jekabs ...«

»Nimm es mit«, sagte er. »Mir hat er nichts verheimlicht, das kann ich dir versichern. Es ist alles da drin, wenn du es lesen willst – alles über Kaspar Godmans Krieg.«

DER KRIEG DES SPIELZEUGMACHERS

✳ ✳ ✳ ✳ ✳ ✳ ✳ ✳

Papa Jacks Emporium

November 1914 bis August 1917

Sirius wartete schon auf sie, als sie ins Schlafzimmer kam. Er beschnupperte das Tagebuch mit seiner gestickten Nase; vielleicht kannte er es noch von früher. »Und jetzt ab mit dir«, sagte Cathy, nachdem sie sich vergewissert hatte, dass sein Mechanismus noch aufgezogen war. Das hier musste sie allein tun.

Das Emporium konnte nachts ein unheimlicher Ort sein, ganz besonders im Winter. Man hörte Aufziehspielsachen herumhuschen, und die Angestellten, die nicht im Palast feierten, streiften noch durch die Gänge und bereiteten sich auf den allmorgendlichen Kundenansturm vor. Cathy verschloss die Tür ihres Refugiums und schlug das Tagebuch auf. Kaspars Handschrift entsprach seinem Charakter, sie war so elegant und leidenschaftlich wie kühn und schwungvoll.

Mein lieber Papa,

ich wusste nicht, dass du unsere alten Tagebücher behalten hast, aber als du mir dieses hier gegeben hast, an dem Morgen, als ich unser geliebtes Emporium verlassen musste, hat mich eine solche Nostalgie überkommen, dass ich es kaum in Worte fassen kann. Aber vielleicht kennst du das ja. Ich habe dieses Gebilde aus Leder, Papier und Faden schon früher gehütet wie meinen Augapfel und werde es auch jetzt tun, da ich in die Fremde ziehe. Mit meinem Vater an meiner Seite! Versprich mir, dass du so viel vor Cathy und Martha geheim hältst wie möglich. Ihnen schicke ich nur Briefe der Liebe. Dir, der du so viel mehr gesehen hast, die ungeschönte Wahrheit.

Wir haben die Grundausbildung hinter uns und brechen noch vor dem Sonnenaufgang nach Belgien auf. Heute Abend spielen Douglas Flood und ich gegen Robert Kesey und Andrew Dunmore Karten, aber sie haben mir verboten, sie auszuteilen (sie halten mich für eine Art Taschenspieler). Es ist seltsam, das Emporium länger als einen Tag zu verlassen, und noch seltsamer, sich zu erinnern, dass es eine Zeit gab, als das Emporium noch nicht mein Zuhause war. Die Jungs, die mit mir unterwegs sind, schnuppern morgen das erste Mal ausländische Luft. Sie fragen mich nach der großen, weiten Welt, als wüsste ich mehr darüber, dabei kommen mir die Jahre vor dem Emporium wie ein Traum vor.

Am seltsamsten ist, dass Emil nicht da ist. Wir sprechen beim Essen Toasts auf ihn aus und denken oft an ihn. Für dich ist es sicher eine Erleichterung, dass er sich um das Emporium kümmert, und ich gebe zu, es ist mir ein Trost, zu wissen, dass er auch für Martha und Cathy da ist. Sie sagen uns, wir seien Weihnachten alle wieder zu Hause, und das ist – von Abenteuern einmal abgesehen –, worin ich all meine Hoffnungen setze. Ich möchte Martha am Eröffnungsabend mit großen Augen staunen sehen und an Weihnachten zusammen mit Cathy früh aufstehen, um unserer Tochter unsere Geschenke zu übergeben.

Kaspar beschrieb seinem Vater detailliert seine militärische Ausbildung, nahm die anderen Rekruten aufs Korn und lobte die Emporiumsangestellten über den grünen Klee – die, wie Kaspar behauptete, eine fast übermenschliche Geschicklichkeit an den Tag legten, wenn es darum ging, ein Bajonett zu reparieren, einen Sandsack zu flicken oder ein widerspenstiges Pferd zu beschlagen.

Einen Hengst zu beschlagen ist etwas ganz anderes, als einem Schaukelpferd Kufen anzulegen, aber am Ende ist es gar nicht so schwierig. Weißt du noch, die Araber, die wir 1899 gebaut haben? Ich habe sie als wesentlich verschlagener in Erinnerung als jedes Kriegspferd, das mir bisher begegnet ist. Da fällt mir ein, Papa: Douglas Flood ist zum Stallburschen ernannt worden, was bedeutet, dass er jetzt tagein, tagaus Pferdemist schaufeln muss. Das gehörte im Emporiumspferch nie zu seinen Pflichten ...

Als Kaspar das nächste Mal schrieb, war er schon in Belgien; die 7. Division war zu spät gekommen, um den Fall von Antwerpen zu verhindern, und zog stattdessen weiter in die flämische Stadt Ypern, die völlig überlaufen war. Cathy kannte die Stadt nur von den Briefmarken auf den Leinenballen, die ans Emporium geliefert wurden, aber das Bild, das sie sich von Ypern gemacht hatte, war sehr nah an Kaspars Beschreibungen: eine baufällige alte Stadt voller verwitterter, geschichtsträchtiger Steinmauern und Türme. Dort, erklärte Kaspar, würde die 7. Division dem Feind Einhalt gebieten. Und:

Erzähl mir von Cathy. Sie hat mir geschrieben, dass alles in Ordnung ist, dass Martha stolz auf ihren Papa ist und jeden Abend ein Bild von mir malt. Aber – ist das auch wahr, Papa? Geht es ihnen wirklich gut?

An dieser Stelle hätte Cathy das Tagebuch fast zugeschlagen. Die Versuchung, es an die Wand zu werfen, war schier übermächtig. »Das wüsstest du, wenn du nur danach gefragt hättest«, flüsterte sie verärgert.

Auf der nächsten Seite hatte Papa Jack seinem Sohn zum ersten Mal zurückgeschrieben.

Mein lieber Kaspar,

wie schön es ist, deine Worte lesen zu können. Im Emporium geht, wie du dir vorstellen kannst, alles seinen gewohnten Gang, lange Tage und Nächte, die mit nichts als Erfindungen ausgefüllt sind. Ich halte mein Versprechen, mein Junge, und erzähle Cathy und Martha nichts von unserem Austausch – aber vielleicht traust du ihnen einfach zu wenig zu, denn sie kennen dich zu gut, um die Märchen zu glauben, die du ihnen auftischst.

Dein Patchworkhund steht nachts winselnd neben deinem Bett, aber Martha und Cathy kümmern sich gut um ihn.

Manchmal folgte ein Eintrag auf den nächsten. Dann wieder vergingen Wochen, bis Kaspar erneut schrieb, und Papa Jack füllte das Schweigen mit unaufgeregten Berichten über Begebenheiten im Emporium. Als er von der Patchworkspinne erzählte, an der er arbeitete, marschierte Kaspar gerade durch die Tiefebene des belgischen Grenzgebiets, vorbei an flandrischen Bauernhöfen und Wäldern.

»*Es ist eine Herausforderung, das Meer zu erreichen*«, erklärte er mit der Begeisterung eines Jungen, der einen anderen zu einem Wettlauf herausfordert, »*und zwar eine, die uns viele Schlachten ersparen wird.*«

Cathy stockte der Atem, als sie die nächsten Seiten las. Denn Kaspar hatte Ypern noch nicht ganz erreicht, als er sein erstes Gefecht erlebte. In denselben Bauernhöfen und Wäldern, die er vorher so gut gelaunt beschrieben hatte, feuerte er jetzt zum ersten Mal eine Waffe ab. »*Es war nicht annähernd so, wie ich erwartet hatte, Papa*«, schrieb er lapidar. »*Aber jetzt sind wir in Ypern. Wenn es dunkel ist, können wir sie in den umliegenden Feldern hören, aber die Stadt gehört uns ... und hier werde ich auch den Eröffnungsabend verbringen.*«

Der nächste Brief beschrieb, wie sich die Division auf den Winter vorbereitete. Ypern war eine willkommene Ablenkung von den Lagern und Baracken, in denen sie auf dem Weg kampiert hatten. Es gab Betten, weiches Leinen und abends französische Mädchen in den Bierkellern. Cathy verzog kurz das Gesicht, dann las sie weiter. Auch das Essen war besser als die ständigen Konserven, mit denen sie sich unterwegs abfinden mussten, auch wenn es natürlich nicht an Mrs Hornungs Delikatessen heranreichte.

Auf der folgenden Seite hieß es schließlich:

Papa! Erster Frost in Ypern. Wie war die Eröffnung?

Und darunter in Papa Jacks Handschrift:

Leider noch kein Frost auf dem Emporiumsdach! Du bist zwar nicht allzu weit weg, mein Sohn, aber der Winter hat überall seinen eigenen Rhythmus. Pass auf dich auf und halte dich warm.

Sie warf einen Blick auf das Datum. Zwei Wochen waren seitdem vergangen. Sie stellte sich vor, wie er auf den Befestigungsmauern von Ypern stand, wenn es denn welche gab, und über die gefrorenen flandrischen Felder blickte. Er musste sicherlich großes Heimweh verspüren, trotz der Anwesenheit seiner Freunde.
Und doch enthüllten die nächsten Seiten, dass Kaspar mit seinem Los zufrieden war. Oft gestand er zwar seine Ängste um Cathy und Martha ein – aber von Ypern und den Dörfern hinter der Front sprach er in überschwänglichem Ton.

Ich bastele uns Soldaten, Papa. Kleine Figürchen, die wir in den Baracken aufstellen oder auf die Patrouillengänge mitnehmen, die wir nachts machen müssen. Man kann sich schrecklich allein fühlen, wenn man in Reih und Glied an Bauernhöfen und Wäldern vorbeimarschiert, die einem fremd sind. Ein Spielzeugsoldat in der Tasche kann da ein großer Trost sein. Er sagt einem, dass man Teil einer Gruppe ist. Ich frage mich, wie es damals war, als du im eisigen Osten warst, und was dir deine Soldaten bedeutet haben ...

Kaspar berichtete auch darüber, wie sie tagelang Gräben ausheben, die Landschaft umgestalten mussten. Robert Kesey hatte eine Romanze mit einem einheimischen Mädchen. Sie konnten sich zwar nicht unterhalten, aber Kesey hatte sie mit einer Patchworkmaus bezaubert, die er in seinem Rucksack mitgenommen hatte.

Zwei Tage nach dem ersten Frost in Flandern kam eine Erklärung von Papa Jack.

Dieses Jahr haben wir einen neuen Freund, der uns im Emporium hilft. Vielleicht erinnerst du dich nicht mehr an Wolfram Siskind, der bis zum Sommer noch als Chocolatier in einer Seitengasse der Bond Street gearbeitet hat – aber ich kann dir versichern, als du zehn Jahre alt warst, warst du der Meinung, dass sein Geschäft selbst unser Emporium in den Schatten stellt. Du erinnerst dich an die Szenen vor der deutschen Botschaft, als sie Steine geworfen und die kleine rote Tür belagert haben? Wolfram hat leider ein ähnliches Schicksal erlitten. Sein Geschäft wurde seit dem Sommer schon zu oft verwüstet, und so wird er in diesem Winter seine Kunstwerke aus Schokolade, Honig und Zuckerwatte in einer Grotte in unserem Emporium verkaufen. Die Wahrheit ist, Wolfram tut sich schon seit Längerem schwer mit seinem Beruf. Er ist ein Künstler auf seinem Gebiet, aber in letzter Zeit sehen seine Mäuse aus Zuckerwatte, seine Schokoladenfalken, seine aus Karamell und Nüssen modellierten Bären so lebensecht aus, dass nur die erbarmungslosesten Kinder sich überwinden können, sie zu essen. Die anderen nehmen sie mit nach Hause, bauen ihnen Nester aus Watte oder bewahren sie wie Spielzeug in ihren Puppenhäusern auf. Für Wolfram ist es ein Triumph, aber seine Gläubiger sehen das vermutlich anders. Wir tun, was wir können, um ihm zu helfen. Er ist ein Mann ganz nach deinem Geschmack.

In Liebe
Papa

Die nächsten Seiten waren mit einem wilden, fast aggressiv wirkenden Gekritzel gefüllt. Cathy stutzte. Dort hatten Worte gestanden, die Kaspar so dick durchgestrichen hatte, dass nichts mehr zu erkennen war, nur noch chaotische Spiralen aus schwarzer Tinte. Dann wurde die Schrift wieder leserlicher, auch wenn sie immer noch unsicher wirkte:

Robert Kesey ist heute Nacht auf einer Patrouille direkt neben mir getötet worden. Er wird bei Sonnenaufgang beerdigt. Wir haben das Feuer noch in der Nacht erwidert, Papa. Ich habe meine ersten Männer getötet. Sag mir also nicht, dass ein Deutscher je nach meinem Geschmack sein könnte.

Woraufhin Papa Jack schlicht geantwortet hatte:

Vergiss nie – früher haben auch diese Männer mit Spielsachen gespielt.

Das hatte Kaspar Godman so beschämt, dass er seitdem nicht mehr schrieb, so sehr sein Vater ihn auch anflehte.
 Es war spät, als Cathy das Tagebuch zuklappte. Die Wanduhr mit ihren mannigfaltigen Gesichtern sagte ihr, dass es schon nach drei war. Frost hatte sich in den Sprüngen der Fensterscheibe gesammelt, der Winter biss sich fest. Das bedeutete zumindest mehr Kundschaft.
 Sie verließ das Schlafzimmer und ging ins Wohnzimmer hinüber; das Feuer war heruntergebrannt, und Papa Jack schlief in seinem Stuhl. In den langen Wintermonaten schaffte er es selten ins Bett. Sie wollte ihm gerade das Tagebuch auf den Schoß legen, als ihr das Tintenfass ins Auge fiel. Ja, warum sollte sie auch nicht, *verdammt*? Sie war schließlich seine *Frau*. Sie nahm die Feder und schrieb:

Kaspar, ich weiß alles.

Darunter setzte sie ihren Namen. Weil ihr Zorn aber mittlerweile verraucht war, zwang sie sich dazu, die Worte »mein Liebling« hinzuzufügen, wenn auch so dazwischengequetscht, dass er sie immer noch als Nachtrag erkennen konnte.

In dieser Nacht träumte sie von Patchworkhunden und Stacheldraht. Kaspar hatte einen Aufziehmechanismus im Rücken, und Robert Kesey musste ihn aufziehen, damit er weitermarschieren konnte. In kalten Schweiß gebadet wachte sie auf. Ein neuer Tag begann.

Die Empörung über die Sache mit der weißen Feder war nichts im Vergleich zu der, die Emil empfand, als er die junge Frau wiedersah – denn schon am nächsten Tag, als er abermals gottgleich über den Langen Krieg wachte, war sie wieder da und beobachtete ihn aus einer der Nischen zwischen den Gängen. Innerhalb nur eines Tages hatten sich die Gerüchte über den Langen Krieg auf den Schulhöfen in ganz London verbreitet. Andere Kinder planten sogar, aus Gloucester, Cirencester, Edinburgh oder Yorkshire herzukommen. Pilgerfahrten von nah und fern, nur um seine Soldaten zu sehen. Und nun stand *sie* da wie ein Geist und lenkte ihn von etwas ab, das ein Fest hätte werden sollen.

Als er es nicht mehr länger ertrug, stieg er von seinem Podest, rief die in alle möglichen Scharmützel verwickelten Jungen dazu auf, vorübergehend einen Waffenstillstand zu schließen, und sagte ihnen, er werde bald zurück sein.

Für den Anfang genügte es, sie nicht mehr sehen zu müssen. Er arbeitete an der Kasse, packte Geschenke ein und gewann allmählich seine Fassung zurück. Doch als er dann zwischendurch einmal aufschaute, war sie wieder da und stand wie eine ganz gewöhnliche Kundin in der Schlange.

Als sie die Theke erreicht hatte, kochte das Blut in seinen Adern.
»Hallo«, sagte sie. »Sir?«
Emil konnte nicht ewig auf seine Füße starren.
»Sie haben mich noch gar nicht nach meinem Namen gefragt«, sagte sie.
»Das ist mir bewusst«, fuhr Emil sie an. »Und ich hatte es auch nicht vor. Stattdessen wollte ich Sie eigentlich vor die Tür setzen, aber wir weisen hier nun mal niemanden ab. Das ist eine unserer Maximen.«
»Maxime«, sagte sie mit einem kleinen Lächeln. »Emil Godman, Sie haben wirklich eine merkwürdig altmodische Art, sich auszudrücken.«
Das erzürnte ihn noch mehr. Ihm fehlten die Worte.
»Genau genommen bin ich hier, um mich bei Ihnen zu entschuldigen. Ich habe einen Cousin bei den Streitkräften und habe Ihre Behauptung überprüft. Sie sind kein Feigling, Emil Godman.«
Damit hatte Emil nicht gerechnet. Er spielte mit dem Geschenkpapier und band seine Finger aus Versehen auf einer Schachtel mit Spielzeugsoldaten fest.
»Mein Name ist Nina Dean. Ich fürchte, ich war etwas ... übereifrig. Ich würde gerne Wiedergutmachung leisten.«
Wiedergutmachung leisten, dachte Emil. *Und Sie haben wirklich eine merkwürdig* förmliche *Art, sich auszudrücken.*
»Und woran hatten Sie dabei gedacht?«
»An ein selbst gekochtes Abendessen, vom einen Unterstützer von König und Vaterland für den anderen.«
»Wie Sie sich denken können, geht es hier um diese Jahreszeit äußerst hektisch zu. Als hätte ich da Muße für ein Abendessen!«
Emil schnaubte verächtlich, doch bei dem Gedanken an

Bratkartoffeln, dickflüssige Soße, Brot und Butter lief ihm das Wasser im Mund zusammen ...

»Ich könnte ja auch hier für Sie kochen.«

»Ich glaube, Mrs Hornung würde einen *Anfall* bekommen, wenn eine Fremde sich in ihrer Speisekammer zu schaffen macht.«

Miss Nina Dean schnaubte ebenfalls, drehte sich auf dem Absatz um und marschierte davon. Emil, noch immer knallrot im Gesicht, packte weiter Geschenke ein. Erst jetzt merkte er, wie schnell sein Herz klopfte. Er war froh, dass sie gegangen war, gleichzeitig tat es ihm aber auch irgendwie leid, und dann fing auch noch sein Magen an zu knurren. Ein Schatten fiel auf ihn. »Ja?«, blaffte er – doch als er aufschaute, stand vor ihm niemand anderes als Miss Nina Dean, die Arme voller Schachteln mit Spielzeugsoldaten.

Sie stellte sie geräuschvoll auf der Theke ab.

»Die nehme ich alle, und noch hundert mehr. Meine Tanten und ich werden sie in die Waisenhäuser bringen, denn dort wird es in diesem Jahr ziemlich voll sein, wenn so viele Väter nicht mehr nach Hause kommen. Und Ballerinen brauche ich auch. Und *dann,* wenn Sie mit dem Einpacken, Ihrem *Gegrummel* und Ihren sonstigen Unmutsbekundungen fertig sind, können Sie *vielleicht* meine Entschuldigung annehmen und mir erlauben, für Sie zu kochen, und *mir dabei in die Augen sehen.«*

Rasch hob Emil den Blick. Er zitterte am ganzen Körper.

»Könnten Sie das für mich tun?«

Und Emil sagte: »Ja. Ja, ich glaube, das könnte ich.«

Papa ist ein Schurke,

schrieb Kaspar.

Er hat mir geschworen, es geheim zu halten, und ich habe ihm geglaubt. Und jetzt tanzt du, meine liebe Cathy, hier über die Seiten. Wie es der Zufall will, war ich gerade wach und habe die Seite angestarrt, als deine Worte auftauchten. Ich bin jedem deiner Schnörkel gefolgt. Und ich weiß, wie wütend du warst, Cathy. Das konnte ich daran erkennen, wie rasch die Feder dahinflog. Lass mich als Erstes sagen, wie leid es mir tut. Ich wollte dir ein Seemannsgarn, eine Abenteuergeschichte spinnen, aber so läuft es im Leben nun mal nicht, und das hätte ich von Anfang an wissen müssen. Da du nun also schon einmal hier bist, schreibe ich dir fortan die ungeschönte Wahrheit ...

*

Sie konnte ihm nicht lange böse sein. Groll war das Privileg von Menschen in besseren Zeiten – wie sollte sie ihm auch böse sein, wo er doch immerhin noch am Leben war und Robert Kesey tot und kalt in der Erde lag.

*Du hast mir gefehlt, Kaspar. Das ist alles. Und ich will nichts als die Wahrheit. Ich will alles über dich wissen.
Die Wahrheit.
Und nichts als die Wahrheit.*

Die Wahrheit, Mrs Godman. Aber meine Wahrheit ist in den letzten Tagen sehr öde geworden. Wir werden hinter die Linien geschickt und lassen einige aus der 7. für Patrouillen zurück. Anscheinend muss ein Soldat vor allem lange Zeiten, in denen nichts passiert, und kurze Zeiten, in denen zu viel passiert, aushalten können. Erzähl mir, was es im Emporium Neues gibt, Cathy. Irgendetwas, womit ich die Jungs unterhalten kann. Wir haben ja schon den Eröffnungsabend verpasst ...

Es gab so viel zu erzählen, aber wo sollte sie anfangen? Sie beobachtete, wie Kaspars Worte auf der Seite auftauchten, und dachte: Er braucht Leichtigkeit, er braucht Hoffnung. Und was könnte es Hoffnungsvolleres geben als das?

Emil ist gerade dabei,

schrieb sie und zögerte kurz, bevor sie fortfuhr,

sich zu verlieben.

Es war Anfang Dezember, zwei Wochen nachdem Miss Nina Dean die Küche des Emporiums in Beschlag genommen hatte, um ihr Versprechen einzuhalten und Wiedergutmachung zu leisten. Cathy hatte das Gefühl, sie seitdem jeden Tag gesehen zu haben. Wenn sie nicht schon morgens zur Geschäftsöffnung kam, um Emil einen schönen Tag zu wünschen, kroch sie nachmittags auf Händen und Knien durch die Senke des Langen Krieges, um die Regeln des Spiels zu lernen und sie danach anderen beizubringen. Am zweiten Tag des Monats, als London sich für den ersten richtigen Schneesturm des Winters wappnete, blickte Cathy von einer der Galerien in die Verkaufshalle hinunter und sah, wie sie ihre Armee, eine Schar von Jungen, anführte, während Emil das Kommando über die gegnerische Armee hatte. Emils Triumphgeschrei, als er eine ihrer Einheiten vernichtete, schallte bis in die Kuppel hinauf.

»Ich habe ihn noch nie so enthusiastisch gesehen, nicht einmal früher, als er mit Kaspar gespielt hat.«

Mrs Hornung stand neben ihr und beobachtete das Treiben mit zusammengekniffenen Augen. »Vertraust du ihr?«

Die Frage gab Cathy zu denken.

Anfangs war ich mir nicht sicher,

schrieb sie Kaspar in jener Nacht.

Sie platzt hier rein und nennt Emil vor den Augen der Kunden einen Feigling – das ist ein Schlag, von dem man sich nicht so leicht erholt. Aber er hat sich davon erholt! Es hilft, dass sie so direkt und unverblümt ist, dass sie sich nichts bieten lässt, dass sie selbstsicherer ist als die meisten anderen Frauen, die ich kenne. Tatsächlich kommt sie einem manchmal eher vor wie seine Mutter als seine Freundin. Sie gehört nur zum Order of the White Feather, hat Emil mir erklärt, weil ihre Tanten darauf bestehen – der Hexenzirkel, der sie am Eröffnungsabend begleitet hat, um Zeuge von Emils Demütigung zu werden. Wenn man ihn danach fragt, beharrt Emil darauf, es habe sie mehr Überwindung gekostet, ins Emporium zurückzukommen und sich zu entschuldigen, als ihn anzuklagen – und da hat er wohl recht. Und doch bekomme ich Mrs Hornungs warnende Worte nicht aus dem Kopf. Miss Nina Dean wirkt äußerlich sehr kühl, aber manchmal sieht man ein Licht in ihren Augen aufflackern. Und wenn sie keinerlei Zuneigung für Emil verspüren würde, hätte sie heute sicher nicht den ganzen Tag auf allen vieren verbracht und mit Spielzeugsoldaten gekämpft. Sie selbst hat vermutlich kein allzu großes Interesse daran gehabt, also muss sie es ihm zuliebe getan haben. Immer, wenn ich mich dabei ertappe, dass ich mich frage, warum, muss ich mich bremsen und zur Ordnung rufen. Denn warum sollte eine Frau Emil nicht ansehen und dasselbe fühlen wie ich damals, als du mich im Spielhaus versteckt und mir geholfen hast, den Sommer zu überstehen? Schätze ich Emil so gering, dass ich ihm das nicht gönne? Was für eine Freundin, was für eine Schwägerin wäre ich denn dann? Also ja, ich ver-

traue Miss Nina Dean. Ich entscheide mich dafür, ihr zu vertrauen, weil Emil ihr vertraut. Das sollte mir genügen.

Als sie am nächsten Morgen einen Blick ins Tagebuch warf, hatte Kaspar nur drei Ausrufezeichen hingekritzelt. Aber in seiner folgenden Nachricht beschrieb er, wie er seinen Freunden aus dem Emporium die Neuigkeit mitgeteilt hatte.

Zuerst haben sie vor Überraschung geschrien, dann vor Freude. Bitte richte meinem Bruder unsere herzlichsten Glückwünsche aus und sag ihm: Wenn der Krieg vorbei ist, sie immer noch keinen Ring am Finger trägt und keine weiteren Kinder im Emporium herumtoben, muss er mir sein Geburtsrecht abtreten und mir noch das letzte Regal überschreiben!

Als Weihnachten näherrückte, schrieben sie sich nicht mehr ganz so oft. Vielleicht war Kaspar zu erschöpft. Cathy war es ganz sicher, denn die neuen, unerfahrenen Helfer verlangten ihr einiges ab, und wenn sie abends ins Bett sank, konnte sie gerade noch die Worte

»*Ich liebe dich*«

auf die Seiten schreiben, bevor sie, das Buch über die Augen gelegt, einschlief.

Die Schneeglöckchen auf der Terrasse erblühten in jenem Jahr erst spät, der Januar war schon vorbei, als die Blütenknospen sich öffneten und ihre vollkommenen weißen Juwelen enthüllten. Emil, der einen Strauß davon in der Hand hielt, trat durch die Glastür, durchquerte die Wohnung der Godmans und ging auf die Galerie. Jede Saison endete mit demselben Gefühl der Leere in Emils Magengrube, aber dieses Jahr war es noch schlimmer als sonst – denn dort unten, in der Senke des Langen Krieges, stellte Miss Nina Dean gerade Soldaten für eine Schlacht gigantischen Ausmaßes auf, und die Jungen und Mädchen suchten sich eine Seite aus.

Emil nahm den Kaiserlichen Rittmeister aus der Tasche und ließ ihn über das Geländer marschieren.

»Ich muss mit dir reden«, sagte er. »Es ist sonst niemand da.«

Der Kaiserliche Rittmeister hob den Arm, wie um zu salutieren.

»Wenn sie jetzt geht, kommt sie vielleicht nie wieder. Sie geht zurück zu ihren Drachen von Tanten und ... wer weiß, ob sie nächstes Jahr überhaupt noch an unser Emporium denkt?«

Worauf wartest du dann noch?, dachte er, konnte es jedoch nicht einmal vor dem Kaiserlichen Rittmeister laut aussprechen. Unter ihm gab Miss Nina Dean das Signal zum Beginn der Schlacht. Sie stieß einen Freudenschrei aus, der bis zu Emil hinaufschallte. Er überlegte, nach unten zu gehen und zu sagen: »Es wäre schön, wenn du bleibst. Wir brauchen Hilfe, dieses Jahr noch mehr als sonst, und du hast dich so geschickt angestellt ...«

Sein Blick schweifte zum Spielhaus hinüber, das immer noch von Papierbäumen umzingelt war. Er konnte das Dach mit den Türmchen zwischen den Zweigen ausmachen. Nur Kaspar wusste, warum die Zweige jeden Sommer frische Blätter trugen – und im Winter ebenso skeletthaft und kahl waren wie die Bäume in der Natur. Aber auch Kaspar hatte nie ganz herausgefunden, wie ihr Vater es geschafft hatte, den Raum im Inneren so weit auszudehnen. Er hatte es damals aufgegeben, weiter an seinen Spielzeugtruhen zu arbeiten, denn er hatte ein Baby, um das er sich kümmern musste, und Babys drängten alles andere in den Hintergrund, sogar Spielzeug. Das Spielhaus war und blieb der magischste Ort in der Verkaufshalle. Und nicht mehr nur, weil man so verblüfft war, wenn man ins Innere trat, dachte Emil. Jetzt war noch eine andere Art von Magie damit verbunden, der sich niemand entziehen konnte. Was für eine perfekte Geschichte: Kaspar, Cathy und das Spielhaus, in dem sie gelebt hatten.

Manchmal schien schon der bloße Gedanke an Cathy sie herbeizuzaubern, und tatsächlich tauchte sie plötzlich unter ihm auf. Bei ihrem Anblick umklammerte Emil das Geländer der Galerie noch fester. Er versuchte, sich dazu zu zwingen, zurück in die Senke zu schauen, aber seine Augen wanderten immer wieder zu Cathy zurück. Er erinnerte sich an die Besuche im Spielhaus, an die Bücher, die er gelesen hatte, als er noch dachte, *er* dürfe ihre Hand halten, wenn sie ...

Seine Fingerknöchel wurden weiß. Er glaubte, den Kaiserlichen Rittmeister brüllen zu hören – *Jetzt sei kein Narr, Emil!* –, aber es war nur sein eigenes Gewissen, das sich Gehör verschaffen wollte.

Was glaubst du, wird passieren, Emil? Dass sie durch diesen Winter, in dem du das Kommando hattest, endlich sieht, was sie damals nicht sehen konnte? Dass sie irgendwann bei dir anklopft und dir sagt, dass sie sich geirrt hat, dass du Martha auf die Welt hättest bringen sollen, dass du es sein solltest, an den sie sich nachts im Bett schmiegt, der ihre Hand nimmt und sie dort unten im Papierwald heiratet? Oder denkst du etwa darüber nach – und Emil hasste sich noch im selben Moment für diesen Gedanken –, was geschehen könnte, wenn er nicht mehr nach Hause kommt? Was, wenn Kaspar nie wiederkommt, wie Robert Kesey? Dann braucht sie dich, um seinen Platz einzunehmen ... *Ist das wirklich das, was du denkst?*

Sie müsste nicht einmal ihren Namen ändern.
Es kostete ihn einige Anstrengung, aber er hielt den Blick auf Nina gerichtet, bis er sicher war, dass Cathy außer Sicht war. Und da wurde ihm plötzlich etwas klar. Der Neid hatte zwar mit Cathy begonnen, aber das Gefühl hatte sich gewandelt, ausgeweitet. Er war jetzt auf alles neidisch, darauf, dass Kaspar Vater war, auf die Spiele, die er mit Martha spielte, auf ...
Also ja, dachte er, vielleicht gibt es eine andere Art, das Leben zu betrachten ... und genau in diesem Moment schaute Miss Nina Dean nach oben und erwiderte seinen Blick. Sie sah aus wie eine Statue.

Das Emporium hat zwar geschlossen, trotzdem ist immer noch alles in heller Aufregung – Emil wird heiraten.
Vielleicht überrascht dich das nicht, nach allem, was ich geschrieben habe, aber für uns im Emporium bleibt es ein großer Schock. An dem Tag, an dem die Schneeglöckchen erblüht sind, hat Emil mich im Lagerraum abgepasst und mich – ist es zu glauben? – um Erlaubnis gefragt. Ich denke, er war einfach nur nervös! Er brauchte meine Fürsprache, um den Mut für den Antrag aufzubringen, und nachdem ich ihm den Rücken gestärkt hatte, hielt er Miss Dean zurück, als sie gerade das Emporium verlassen wollte, und führte sie auf die Galerie in der Kuppel. Auf sein Zeichen hin zog Mrs Hornung, die unten in der Verkaufshalle stand, an einer Schnur, durch die hundert Soldaten gleichzeitig aufgezogen wurden. Nina beobachtete von oben, wie sie losmarschierten – und gemäß Emils Berechnungen blieben sie so stehen, dass sie seinen Antrag buchstabierten. »*Willst du mich heiraten?*«, *stand in großen Lettern auf dem Emporiumsboden. Ich freue mich, dir sagen zu können, dass Nina seinen Antrag mit Tränen in den Augen angenommen hat.*

Dahinter steckt eine Geschichte. Ninas Bruder ist, wie Emil uns erklärt hat, bei der Verteidigung von Maskat gefallen. Er ging dort zu der Zeit, als die Kriegshandlungen ausbrachen, bei ihrem Großvater, der Besitztümer in Arabien hat, in die Lehre. Er kämpfte tapfer als Offizier und verlor dabei sein Leben – mit einundzwanzig Jahren. Diese Tragödie hat Nina nachdrücklich vor Augen geführt, was sie im Leben wirklich will. Und das ist, wie sie jetzt weiß, unser Bruder Emil. Sie hat ihr Unglück darüber, dass das Ende der Saison auch das Ende ihrer Beziehung sein könnte, in den letzten Wochen geschickt vor ihm versteckt. Jetzt wird sie bei uns bleiben, und wir werden sie als neues Mitglied unserer Emporiumsfamilie in unserer Mitte willkommen heißen.

Cathy erwartete eine schnelle Antwort, doch bei Anbruch des Abends war noch immer keine eingetroffen. Am nächsten Morgen lenkte sie sich ab, indem sie an Marthas Unterricht teilnahm. Am Nachmittag machten sie sich tapfer an die Arbeit, um die Einnahmen des Winters zu errechnen, bevor der Mann von Lloyd's vorbeikam, um den Jahresabschluss zu übernehmen. Als sie am nächsten Abend immer noch keine Antwort hatte, brach sich die Angst, die sie bislang in Schach gehalten hatte, schließlich Bahn. Sie stand an der Schwelle zu Papa Jacks Werkstatt und fragte sich, ob sie sich hineinwagen sollte, oder ob das, was sie ihm zu sagen hatte, für ihn eine Welt zusammenbrechen lassen würde.

Endlich fand sie den Mut, trat in die Werkstatt – und fand Papa Jack schlafend vor, den Phönix auf seiner Schulter, Sirius zu seinen Füßen. Er sah Kaspar im Schlaf so ähnlich, dass es sie etwas beruhigte. Sie schlich in ihren Teil der Wohnung zurück, warf einen kurzen Blick in Marthas Zimmer, die tief und fest schlief, und legte sich dann auf ihr Ehebett.

Am nächsten Morgen rasten die Buchstaben nur so über die Tagebuchseite:

Cathy, bitte verzeih mir mein Schweigen. Ich freue mich sehr für meinen Bruder und wünschte, ich könnte diese Seiten nur mit guten Neuigkeiten und Glückwünschen für die zukünftige Frau meines Bruders füllen. Ich weiß, ich werde mein Zuhause sehr verändert vorfinden, wenn ich zu euch zurückkehre. Aber ich kann die Wahrheit nicht länger vor dir verbergen. Ich schreibe dir aus dem Lazarett in Arras hinter der Front. Aber Cathy – ich lebe noch.

Beim Anblick der zittrigen Handschrift stockte Cathy der Atem. Sie setzte sich aufrecht hin.

Als die Schneeglöckchen zu blühen angefangen hatten, war der Gefreite Kaspar Godman zum Stabsgefreiten befördert worden und hatte das Kommando über die Emporiumsjungs und die anderen Männer der Division übernommen. Der Frühling hatte Tauwetter gebracht, was nicht nur dazu führte, dass das Emporium seine Tore schloss, sondern auch dazu, dass die Kriegshandlungen in Flandern weitergingen.

Sie haben uns angegriffen, Cathy. Wir haben schon seit langer Zeit darauf gewartet, dass die Sirenen heulen, aber als es schließlich so weit war, haben sie keine Männer geschickt, sondern Gasgranaten – Geister, die ihren Befehlen gehorchen. Wenn Menschen entschlossen genug sind, bringen sie die schrecklichsten Dinge zustande.

Kaspar war am ersten Tag, als das Giftgas eingesetzt wurde, nicht an der Front gewesen, sondern musste aus der Ferne mitansehen, wie es die französischen Soldaten traf.

Einige waren daraufhin aus den winzigen Ortschaften geflohen, die zu verteidigen sie geschworen hatten. Andere, zu naiv oder zu trotzig, um zu begreifen, hatten die Stellung gehalten. Aber gegen einen unsichtbaren Feind konnte man nicht kämpfen – Hunderte waren inmitten der erblühenden Natur gestorben, ehe überhaupt jemand begriff, was passiert war. Kaspar war gezwungen, die Lazarettwagen zu beobachten, die wie lange Ketten von Ameisen nach Westen fuhren.

Und ich habe mich gefragt, Cathy, wie viele Männer es bis ins Krankenhausbett geschafft haben und wie viele auf dem Weg umgekommen sind. In den nächsten Tagen klafften Lücken an der Front, die sie rasch mit neuen Männern auszufüllen versuchten, aber immer wieder tauchte dasselbe schmutzige Gelb am Horizont auf. Manchmal sah man durch den Rauch die Schemen der schwarz gekleideten Deutschen kommen, um unsere Gefallenen auszuplündern. In diesen Momenten habe ich versucht, mich daran festzuhalten, was unser Vater gesagt hat. Später bekamen meine Männer und ich den Befehl, ein Weidenwäldchen am tiefsten Punkt des Ypernbogen zu verteidigen, und ich habe mir immer wieder gesagt: Sie haben früher auch mit Spielsachen gespielt. Aber als das Giftgas kam und ihre Schatten auftauchten, war es mir völlig egal, dass sie einst auch auf Schaukelpferden gesessen oder sich über umfallende Kegel gefreut haben. Ich sah nur noch vor mir, was ihr Gas mit Andrew Dunmore gemacht hat. Und ich schoss und schoss und schoss.

Ich war schon im Feldlazarett, als ich anfing Blut zu husten. Und jetzt bin ich immer noch hier. Arras ist nicht allzu weit von der Front entfernt, aber der Ort steht noch. Ypern ist eine einzige Ruine, aber wenigstens ist es unsere Ruine. Und doch: Kann es sein, dass mein Körper erobert wurde? Der Arzt sagt mir zwar, dass ich noch immer mein Herz habe, meine Festung, aber alles andere ringsherum ist verdorrt. Es ist ein seltsames Gefühl, so schwach zu sein. Aber ich bin am Leben, Cathy. Das ist doch zumindest etwas, oder?

Cathy nahm den Füller zur Hand, um zu antworten, aber ihre Finger gehorchten ihr nicht. Ihr Herz schlug so heftig, dass sie glaubte, es wäre leichter, nach Frankreich zu eilen und ihn in die Arme zu schließen, als auch nur ein einziges Wort zu schreiben. Sie versuchte, sich wieder zu beruhigen, als sie Marthas Stimme hörte und das Mädchen ins Zimmer kam, um sich die Küsse und Umarmungen abzuholen, mit denen jeder Morgen begann. Cathy nahm sie in den Arm, ließ das Tagebuch unter die Bettdecke gleiten und dachte: *Er lebt, er lebt, er lebt ... aber wie lange noch?*

Im Lauf der nächsten Monate flogen die Nachrichten zwischen dem schlafenden Emporium und dem Feldlazarett in Arras hin und her. Kaspar erholte sich nur langsam. Das konnte sie daran ablesen, wie wenig er schrieb und wie unsicher seine Handschrift war. Erst im Sommer, als die Planungen für Emils Hochzeit in vollem Gange waren, bemerkte sie eine Veränderung. Kaspars Briefe wurden länger, er schrieb sogar mitten in der Nacht, und sein gesteigerter Elan zeigte sich daran, wie fest er den Stift auf die Seite drückte. Kaspar war so voller Energie, wie sie es nur einmal zuvor erlebt hatte, in jenem Sommer, als er herausgefunden hatte, wie man den Raum in seinen Spielzeugtruhen ausweitet – denn obwohl er in Arras festsaß und von Schwestern und Pflegern dazu verpflichtet wurde, schwerer verwundete Patienten im Rollstuhl herumzuschieben, hatte sich Cathys Mann wieder seiner ursprünglichen Berufung zugewandt.

Ich stelle Spielzeug her, Cathy. Spielzeug für Männer, die abends einschlafen und morgens nicht mehr aufwachen wollen. Für Männer, die ich nachts nach ihrer Mama schreien höre. Und darf ich es zugeben? Es sind die schönsten Spielsachen, die ich je gebaut habe.

Täglich kamen neue Verwundete ins Lazarett, und täglich wurden Soldaten wieder entlassen – zurückgeschickt an die Front oder in Särgen an weit entfernte Orte.

Der Mann neben mir ist letzte Nacht gestorben. Ich habe seine Hand gehalten, als er wegdämmerte – und ich glaube, ich weiß jetzt etwas, was mir vorher nicht klar war. Ein Geheimnis hat sich mir enthüllt, und jetzt verstehe ich endlich die wahre Bedeutung von Spielzeug, etwas, das mein Vater schon lange vor mir gelernt hat. Wenn man jung ist, will man Spielzeug, weil man sich älter fühlen möchte. Man tut so, als wäre man ein Erwachsener, und stellt sich vor, wie das Leben später sein wird. Aber ist man dann erwachsen, ist es umgekehrt; nun will man Spielzeug, weil man sich dadurch wieder jung fühlt. Man will zurück an den Ort, wo einem nichts schaden kann, hinein in eine Zeitschleife, die aus Erinnerungen und Liebe besteht. Man will Dinge in Miniatur, weil man sie dann besser überblicken kann: Schlachten, Häuser, Picknickkörbe und Segelboote. Kindheit und Erwachsensein – jeder Spielzeugmacher, der etwas auf sich hält, muss einen Ort finden, der irgendwo dazwischenliegt. Die besten Spielsachen entstehen in diesem Grenzland. Ich will dir von dem neuen Spielzeug erzählen, das ich erfunden habe ...

Es gibt einen Moment kurz vor dem Ende, in dem man weiß, dass man nicht mehr zu retten ist. Ich habe Männer gesehen, die Augenblicke voll stiller Ehrfurcht erlebt haben, aber bei den meisten ist es nicht so. Die meisten spüren, wie das Dunkel naht, und kämpfen dagegen an – aber ein Mensch kann diesen Kampf genauso wenig gewinnen wie das Licht den Kampf gegen den Schatten. Und so reißen sie sich zusammen, bis es nicht mehr geht; danach sind sie keine erwachsenen Männer mehr. Sie sind wie kleine Jungen im Fieberwahn, die sich nur noch mit einer alten Decke an ihre Mutter kuscheln wollen, die ihnen Lieder vorsingt und Geschichten erzählt. Was gibt es Schöneres für einen Mann, als genauso zu gehen, wie er gekommen ist? Mit der Milch der Mutterliebe.

Mein Vater hat mir beigebracht, dass ein Spielzeug auch einen Erwachsenen ansprechen muss, dass es ihn in die Kindheit zurückversetzen muss. Die Kinder kommen ins Emporium, weil sie Abenteuer erleben wollen, aber die Erwachsenen, weil sie daran erinnert werden möchten, dass Abenteuer einmal möglich waren, dass die Welt einst mit so viel Magie angefüllt war, wie ihre Fantasie nur hergab. Das Spielzeug des Emporiums versetzt uns in frühere Zeiten zurück. Und seit ich hier in Arras liege und meine Kameraden sterben sehe, frage ich mich: Könnte ein Spielzeug einem Mann in seinen letzten Stunden Trost spenden? Was, wenn er nicht hier wäre und in einem Bett zugrunde gehen würde, in dem morgen schon ein anderer zugrunde geht – sondern wenn er glücklich in den Armen seiner Mutter liegen würde, in dem Wissen, dass alles gut wird? Wie sieht ein Spielzeug aus, das so vollkommen ist, dass es ihn in diesen Moment zurückversetzen kann, das so voller Magie ist, dass es ihn für kurze Zeit die Realität vergessen lässt? Was, wenn sich in seinen letzten Augenblicken diese Erinnerungen um ihn herum manifestieren würden? Wäre das nicht das vollkommene Spielzeug?

Sie war sich nicht sicher, warum sie bei diesem Brief ein so ungutes Gefühl hatte, vielleicht nur, weil Kaspar und der Tod darin so beiläufig als enge Bettgenossen geschildert wurden. Und wäre die nächste Nachricht nicht so fröhlich gewesen – der erste Frost war früh nach Arras gekommen, und der Gedanke an ein Emporium im Wintertrubel schien Kaspar aufzuheitern –, hätte sie es vielleicht eher bemerkt. Als Weihnachten näherrückte, zeigten Kaspars Briefe, dass er, wenn er auch noch nicht ganz der Alte war, so doch zumindest neue Kraft geschöpft hatte. Nachdem er an die Front zurückgekehrt war und dort Douglas Flood, John Horwood und die anderen wiedergetroffen hatte, erwähnte er sein vollkommenes Spielzeug nicht mehr, sondern fragte stattdessen nach Cathy und Martha, schrieb, dass das Emporium ihm fehle, auch wenn das Zusammensein mit den alten Freunden wie ein Stärkungsmittel auf ihn wirke. Doch Cathy merkte, da seine Schrift immer noch zittrig war und die Wörter auseinanderdrifteten, bis sie praktisch unleserlich waren, dass mit ihrem Mann immer noch nicht alles zum Besten stand. Die Lügen hatten wieder begonnen, Lügen durch Verschweigen, Lügen wie *nicht unterkriegen lassen und weitermachen*, die nur verzeihlich waren, weil Kaspar sich selbst diesmal ebenso sehr belog wie seine Frau.

Kaspars Körper hatte das Gas überlebt, aber ein anderer Teil von ihm lag immer noch bewegungslos, verstümmelt und nach Luft ringend im Graben.

Cathy schrieb und schrieb, denn es war das Einzige, was sie tun konnte.

Emil Godman und Nina Dean heirateten am Tag, nachdem die Schneeglöckchen erblüht waren. Die zwei, er im Frack, sie im Hochzeitskleid, waren ein schöner Anblick. Sie gaben sich vor einem Standesbeamten das Jawort. Papa Jack hatte in der Verkaufshalle eine Kapelle errichtet, in die alle Angestellten strömten, die noch lebten – und die Geister derer, die ihr Leben gelassen hatten. Emils Stimme zitterte, als er sein Ehegelöbnis ablegte, Nina dagegen sprach es mit ihrer gewohnten selbstbewussten Autorität. Martha verstreute Papierblumen hinter ihnen, während Satinschmetterlinge, die aus dem Insektarium freigelassen worden waren, über ihnen in der Luft tanzten.

Emil hatte keinen Trauzeugen, denn das hättest du sein müssen, Kaspar, du hättest neben ihm stehen und ihn in den Stunden vor der Zeremonie beruhigen müssen, als er nicht wusste, wie man ein Hemd zuknöpft, eine Krawatte bindet oder einen Fuß vor den anderen setzt. Du hättest gelacht, wenn du ihn so gesehen hättest, aber du hättest ihn auch in den Arm genommen. Stattdessen musste ich seinen Frack vom Werkstattstaub befreien und ihm sagen, dass man Manschettenknöpfe nur zu Hemden mit französischen Manschetten trägt. Und ich war es, die ihm sagen musste, dass du sehr stolz auf ihn gewesen wärst.

Sie berichtete ihm, wie Ninas Familie über die fliegenden Patchworkpegasosse in der Kuppel gestaunt hatte; wie Papa Jack bei seiner Ansprache an seine eigene Hochzeit und seine Frau erinnert hatte, die gestorben war, während er im eisigen Osten Zwangsarbeit leisten musste; wie Nina eine Träne vergoss, als Emil den versammelten Gästen erzählte, dass er sich bis heute nie eine so vollkommene Zukunft habe vorstellen können. Sie verschwieg ihm den flüchtigen Blick, den Emil ihr zugeworfen hatte, als seine

Rede sich dem Höhepunkt näherte, denn in diesem Moment hatte in seiner Stimme so etwas wie Zweifel gelegen, ein kurzes Zögern wie bei einem Schauspieler, der sich in seiner Rolle noch nicht hundertprozentig wohlfühlt. Dieser Moment, dieses Zögern erinnerte sie an einen Sommer, der nun schon viele Jahre zurücklag, an Dinge, die besser ungesagt blieben. Stattdessen füllte sie Seite um Seite mit detaillierten Beschreibungen der mehrstöckigen Torte, die Mrs Hornung gebacken hatte, und der Spielsachen, die Martha für die zukünftigen Cousins und Cousinen gebastelt hatte. Danach wartete sie die ganze Nacht auf eine Antwort – aber Kaspar schrieb ihr nie zurück.

DAS ENDE DER KINDHEIT

* * * * * * * *

Dollis Hill und Papa Jacks Emporium

September 1917

Nach all der Zeit hatte sich Cathy immer noch nicht daran gewöhnt, in einem Hansom-Taxi zu fahren. Im Herzen würde sie wohl Straßenbahnfahrerin bleiben – doch im Leben ging es eben immer nur vorwärts. Als sie an diesem Vormittag aus der Kutsche stieg, kam sie sich so verschwenderisch vor, dass sich ihre Wangen rot färbten. Es gehörte sich nicht, in einem so noblen Gefährt und so fein gekleidet an einen solchen Ort zu kommen.

Dollis Hill House war schon zur Zeit seiner Erbauung vor gut hundert Jahren imposant gewesen und hatte seitdem wenig von seinem Glanz eingebüßt. Es war ein stattliches Gutshaus mit Blick auf die kultivierte Wildnis des Gladstone Park. Die Straße, die zu den weiß getünchten Mauern des Hauses führte, war von Weiden mit rötlichen Blättern flankiert. Einige der Patienten pflegten die zu dieser Jahreszeit leeren Blumenbeete und blickten zu Cathy hinüber. Provisorische Holzhütten, die wie die Baracken aussahen, in denen Kaspar ihrer Vorstellung nach gelebt hatte, waren im Halbkreis um den Ostflügel des Gutshofs errichtet worden.

Sie wurde von einer Schwester namens Philomena empfangen; sie war die Tochter eines Lehrers, der bei Kriegsausbruch maßgeblich an der Finanzierung des Krankenhauses mitgewirkt hatte. Das war jetzt drei Jahre her, aber das Krankenhaus hatte erst 1916 eröffnet. »Am Anfang hatten wir nur dreiundzwanzig Betten«, erklärte Philomena, als sie Cathy in den spärlich beleuchteten Anmeldebereich führte, der früher die Veranda gewesen war. »Jetzt haben wir dreiundsiebzig, und sie sind alle belegt.«

Und es sind bei Weitem noch nicht genug, dachte Cathy.

»Meine Schwester ist auch Krankenschwester. Sie ist in Dieppe stationiert. Wir haben erst durch sie davon erfahren. Es ist schwer zu erklären, aber nach einiger Zeit hat mein Mann einfach nicht mehr geschrieben ...«

Drei Monate lang hatten sie kein einziges Wort von ihm gehört – dann kam der Brief. Martha hatte ihn ihr gebracht und geschluchzt, noch ehe sie den Umschlag geöffnet hatte. Auch Cathy hätte am liebsten geweint, denn ein Brief aus Arras konnte nur bedeuten, dass ihr Mann tot war. Doch dann hatte sie die Handschrift erkannt – die elegante, geübte Schrift ihrer Schwester.

Cathy, verzeih die Kürze dieses Briefs, aber ich schreibe dir in einer ebenso unerwarteten wie dringenden Angelegenheit. Wie du weißt, bin ich seit ein paar Monaten in Dieppe stationiert. Vor zwei Monaten habe ich mit einer Schwester getauscht, die an der Front arbeitete und dringend Erholung brauchte. Dadurch kam ich auch in ein Lazarett in Arras. Die Arbeit ist brutal und nimmt kein Ende; wenn es nicht so wäre, hätte ich schon früher davon erfahren. Aber wir haben hier jemanden, dessen Gesicht du gut kennst. Er hat vor einer Woche das Bewusstsein wiedererlangt. Ich glaube, er hat mich sogar erkannt. Cathy, du musst stark sein. Er hat sehr gelitten. Aber ...

Cathy wurde aus ihren Gedanken gerissen, als Schwester Philomena im Zwielicht des Krankenhauses verschwand. Sie eilte ihr nach.

»Kommen Sie denn von weit her?«

»Aus London.«

Die Schwester schwieg kurz, als würde die Information nicht zu dem passen, was ihr erzählt worden war.

»Bitte verzeihen Sie, wir haben erst vor drei Tagen erfahren, dass mein Mann hier ist«, erklärte Cathy. »Meine Schwester hat mir geschrieben, dass er nach England zurückgeschickt wird, mehr wussten wir nicht. Einer der anderen Patienten hat uns einen Brief geschrieben, als er hier ankam, aber es hat eine Weile gedauert, bis er uns erreicht hat.« Der Umschlag war nur mit EMPORIUM adressiert gewesen, und der Brief enthielt das manische Gekrakel eines Soldaten, der gerade aus Reims zurückgekehrt war, wo sein Körper dem Feuer geopfert worden sei, wie er behauptete.

»Ich verstehe«, sagte Philomena, als sie vor der offenen Tür eines Zimmers stehen blieben. »Der Doktor hat jetzt Zeit für Sie.«

Durch die Tür sah sie den Arzt, den Philomena ihr als Dr. Norrell vorstellte, ein kleiner Mann, der in einen Stapel Papiere vertieft war. Als er fertig war, sah er auf und sagte: »Bitte nehmen Sie Platz, Mrs Godman.«

»Ich würde gerne meinen Mann sehen, wenn Sie nichts dagegen haben.«

»Und ich bringe Sie gleich zu ihm. Leutnant Godman befindet sich ganz in der Nähe, aber zuerst sollten wir ein paar Dinge besprechen. Bitte, Mrs Godman. Wenn Sie den Leutnant heute noch mit nach Hause nehmen wollen und er nichts dagegen einzuwenden hat, ist es wichtig, dass Sie verstehen.«

Was gab es da zu verstehen? Kaspar würde dorthin zurückkehren, wo er hingehörte. Papa Jacks Emporium hatte drei lange Jahre auf ihn gewartet.

Doch Dr. Norrells Gesichtsausdruck brachte sie dazu, sich zu setzen.

»Wann haben Sie Leutnant Godman zuletzt gesehen, Mrs Godman?«

Sie wünschte, er würde aufhören, ihn Leutnant Godman zu nennen, als wäre er jemand anders als der Junge mit der wilden Mähne, der sie einen Sommer lang im Spielhaus versteckt hatte, jemand anders als der Mann, der vor fünf Jahren eine ganze Mittwinternacht in mühevoller Kleinarbeit einen verlorenen Teddybären aus Spinnseide und Fell rekonstruiert hatte, damit Martha ihn nicht auf ihrem Kopfkissen vermisste, wenn sie aufwachte.

»Ich weiß von seinen Verletzungen«, sagte sie, und plötzlich klang ihre Stimme schrill. »Aber ich bin seine Frau. Sie glauben, das würde für mich eine Rolle spielen, aber Sie kennen weder mich noch meinen Mann.«

Dr. Norrell lächelte schwach, als wollte er sagen: *Anfangs glauben sie das alle.* Dann sagte er: »Leutnant Godmans Verletzungen waren nicht unbeträchtlich, aber sein Körper hat sich recht gut davon erholt. Er wird wieder gehen können, da bin ich mir ganz sicher. Aber, Mrs Godman, ich möchte mit Ihnen über die Verletzungen sprechen, die wir nicht sehen können.« Er legte eine Pause ein. »Dies ist ein Genesungsheim, Mrs Godman. Kein Hospiz. Es ist meine Pflicht, unsere Männer zu heilen und zurück an die Front zu schicken, wo sie am dringendsten gebraucht werden. Ich habe den Auftrag, nach Simulanten, Betrügern und Ehrlosen Ausschau zu halten. Aber nicht jede Wunde kann mit Nadel und Faden oder einem Skalpell geheilt werden; und nicht jeder Mann, der nicht an die Front zurückkehren kann, ist ein Drückeberger. Ich spreche, wie Sie sicher gemerkt haben, über die Krankheiten des Geistes. Und der Seele.«

»Mein Mann ist nicht verrückt, Dr. Norrell.«
»Verrücktheit ist relativ. Wussten Sie, dass Ihr Mann in Ypern Gottmann genannt wurde? *Der* Gottmann, um genau zu sein – wegen der Risiken, die er immer wieder auf sich genommen hat. Seine Akte beschreibt ihn als fähigen Anführer, der sich selbst nicht schont. Er wurde befördert und ausgezeichnet. Die Männer in seinem Zug sehen zu ihm auf, was man beileibe nicht von allen Offizieren sagen kann, mit denen ich zu tun hatte. Und doch … Mrs Godman, Ihr Mann hat seit dem Tag, an dem er hier angekommen ist, kein Wort gesprochen. Es gab kein Loch in seinem Panzer, das mir erlaubt hätte, besser zu verstehen, was in ihm vorgeht. Vielleicht möchten Sie lieber nicht hören, was ich Ihnen gleich erzählen werde, aber es ist wichtig. Zwei seiner Männer haben Ihren Mann aus dem Schützengraben geborgen, achtzehn Stunden nach der Explosion, der er zum Opfer gefallen ist. Achtzehn Stunden lang hat er mit dem Gesicht im offenen Brustkorb seines Unterleutnants gelegen. Im Lazarett hielten ihn alle für tot. Das war's dann wohl mit dem Gottmann, haben sie gesagt. Aber irgendwann, im Krankenhaus hinter der Front, ist er wieder zu sich gekommen. Wie durch ein Wunder haben sich seine Wunden nicht entzündet. Er ist immer noch da, irgendwo hinter seinen Augen, Mrs Godman, aber es führt kein Weg zu ihm. Die meisten meiner Kollegen würden Ihnen sagen, dass Schweigen den Geist beruhigt, dass der Leutnant tut, was er kann, um wieder gesund zu werden. Aber ich bin anderer Auffassung, ich glaube, dass eine Heilung bei einem Leiden wie dem Ihres Mannes nur möglich ist, indem man darüber spricht.« Wieder brach er ab. »Verstehen Sie, was ich sagen will, Mrs Godman? Ihr Mann kann nicht geheilt werden, wenn er sich weiterhin in sein Schneckenhaus zurückzieht.«

»Sie meinen also, mein Mann ist da – und gleichzeitig nicht da?«, fragte Cathy.

Der Arzt legte die Papiere weg. »Vielleicht ist es an der Zeit, dass Sie den Leutnant mit eigenen Augen sehen.«

Kaspar war als bettlägerig eingestuft und befand sich, zusammen mit den anderen Pflegefällen und frisch Amputierten, auf der Station im Erdgeschoss. Schwester Philomena kam ihnen entgegen, als sie den Raum betraten. Sie gingen an den Betten vorbei, die durch Vorhänge voneinander abgetrennt waren – und in einem davon lag, von Kissen gestützt und mit gesenktem Kopf, der Mann, den Cathy seit so vielen Jahren liebte. Leutnant Godman. Gottmann. Ihr Kaspar.

Er war alt geworden. Das war das Erste, was ihr auffiel. Seine Wangenknochen zeichneten sich scharf unter der Haut ab, was ihm das Aussehen einer Statue verlieh, nur ohne die klassische Pose. Auf seinem Schoß lag eine Holzschachtel, die mit unzähligen eingeritzten Schneeflocken übersät war. Auf dem Deckel drehte sich eine lackierte Scheibe in dem Takt, den Kaspar ihr durch eine Kurbel vorgab. Auf der Scheibe tanzten zwei Zirkusakrobaten, Mahagonimäuse in Trikots mit Hosenträgern. Der Mechanismus, der in der Spieluhr verborgen war, spielte eine traurige Melodie, die klang wie ein von einem virtuosen Harfenspieler gespieltes Kinderlied.

»Hat er die gemacht?«, flüsterte Cathy.

»Schwester?«, rief Dr. Norrell. Schwester Philomena kehrte zurück. »Die Spieluhr, hat der Leutnant sie ...«

»Sie lag zerbrochen in seinem Marschgepäck«, erklärte sie. »In den ersten Tagen seines Aufenthalts hier hat er sie bis auf den letzten Splitter wieder zusammengesetzt. Manchmal leiht er sie den anderen Männern. Sie sind ganz vernarrt in die Spieluhr. Und das Seltsamste ist – wenn Leutnant Godman sie nicht bei sich hat, kommt er wieder zu sich. Er steigt aus dem Bett, geht auf und ab, streift ruhelos umher. Ich glaube, er hat eine starke Bindung dazu.«

Mit drei großen Schritten war Cathy bei ihm. Einige der anderen Patienten drehten den Kopf, um sie anzuschauen, aber Kaspar – ihr wundervoller, armer Kaspar – zuckte nicht einmal mit der Wimper; er sah nur die sich drehenden Mäuse und lauschte der bezaubernden, traurigen Melodie.

»Bitte bringen Sie mir einen Gehstock«, sagte sie. »Draußen wartet eine Kutsche auf mich. Mein Mann kommt mit mir nach Hause, Dr. Norrell.«

Das Monokular gehörte zu Marthas größten Schätzen. Ihr Papa hatte es für sie gemacht. Sein elfenbeinfarbenes Gehäuse war mit Perlmuttintarsien verziert, und wenn man es sich vors Auge hielt, konnte man sehen, was sich vor der Linse seines Zwillings abspielte, der irgendwo in der Gasse von Iron Duke Mews versteckt war. Und so wusste sie von der Rückkehr ihrer Mutter, noch bevor sich die Emporiumstür öffnete. Als sie das Hansom-Taxi durch das Monokular erspähte, kletterte sie in das Luftschiff, das im Papierwald vor Anker lag. Noch während sie im Heck Ballast abwarf, tauchte Sirius zwischen den Bäumen auf und gab ein watteartiges Winseln von sich.

»Na gut, dann komm halt mit«, sagte sie und verdrehte dramatisch die Augen. Sirius war vor Aufregung ganz aus dem Häuschen, als sie ihn an Bord holte. Sie warf den letzten Sandsack auf den Boden, löste das Halteseil und hielt sich fest, als das Luftschiff abhob.

Sie stiegen höher und höher, schwebten über das Spielhausdach hinweg und schließlich über die Baumkronen hinaus bis in die Emporiumskuppel. Jetzt folgte der gefährlichste Teil. Es kam darauf an, den richtigen Zeitpunkt abzupassen. Über ihr kam das Wolkenschloss in Sicht. Als sie es fast erreicht hatten, griff sie nach dem Seil, das von der Zugbrücke hing. Sie bremste den Aufstieg des Luftschiffs, indem sie ihren Körper als Anker benutzte, und hievte es an seinen Liegeplatz bei der Seilwinde. Dann, mit brennenden Armen und voller Stolz, half sie Sirius, über den Rand zu springen.

Unten, wo die leeren Gänge mit Staubschutztüchern abgedeckt waren, öffnete sich die Tür. Die erste Person, die eintrat, war ihre Mutter, eindeutig erkennbar an ihrem pompösen Hut und der Tasche, die sie über der Schulter trug. Diese Tasche war, wie Martha wusste, ein Geschenk ihres Papas – sie hatte sich einmal darin versteckt, um zu sehen, wie tief sie war. Der Mann, der ihrer Mutter folgte, ging gebeugt und verschwand fast unter seinem riesigen grauen Mantel. In einer Hand hielt er einen Gehstock, den er wie ein drittes Bein benutzte. Er bewegte sich mit quälender Langsamkeit.

»Und, was denkst du?«, flüsterte Martha Sirius zu. »Ist er das?«

Sirius wedelte wie wild mit dem Schwanz.

»Er ist es!«, rief sie. »Papa! Papa, hier oben!«

Doch nur ihre Mutter sah auf. Ihr Vater schien sie nicht gehört zu haben. Hatte er etwa all die Tage und Nächte vergessen, die sie hier oben verbracht, all die Geschichten, die er ihr erzählt, all die Spiele, die sie im Wolkenschloss gespielt hatten? Dort hatte er ihr erzählt, wie Sirius geboren worden war, wie er ihre Mutter kennengelernt hatte und wie er ein Labyrinth aus Papierbäumen gepflanzt hatte, sechs Tage und sieben Nächte darin gefangen gewesen war und nur überlebt hatte, indem er sich von Pappmacheefrüchten ernährte. Sie bezweifelte zwar, dass die letzte Geschichte stimmte, aber geliebt hatte sie sie trotzdem.

Auf diese Entfernung war es schwer zu sagen, doch es kam ihr so vor, als würde ihre Mutter sie böse ansehen. Vielleicht wollte sie, dass sie sich fernhielt, aber da Martha sich dessen nicht sicher sein konnte, hatte sie auch keine große Lust, zu gehorchen. Mit Sirius im Arm ging sie zum

Luftschiff zurück, lud ein paar Sandsäcke ein, und schon bald schwebten sie wieder hinab, hinab, hinab, dem Papierwald entgegen. Von der Rückkehr ihres Vaters und dem zappelnden Hund in ihrem Arm abgelenkt, unterschätzte sie die Landung. Das Luftschiff schlug hart auf den Wurzeln einer Papiereiche auf und kippte um. Als Martha sich aufgerappelt und das Fell des Patchworkhundes auf Risse untersucht hatte, war die Verkaufshalle wieder leer.

Zu spät, ihre Mutter hatte ihren Vater schon in die Wohnung geführt. Martha zögerte kurz, bevor sie ihnen folgte. Ihre Freude war verflogen, jetzt war sie ein bisschen nervös. Sie stampfte mit dem Fuß auf. Das war nicht fair! Nervös waren doch sonst nur andere Leute.

»Wir basteln ihm ein Geschenk!«, verkündete sie. »Ein Willkommen-zu-Hause-Geschenk. Etwas, das er nicht einfach ignorieren kann ...«

Sie drehte sich auf dem Absatz um und marschierte durch die Gänge. »Na, was ist, kommst du mit?«

Sirius, der stehen geblieben war, sah plötzlich geknickt aus. Um die Rückkehr seines Herrchens betrogen, ließ er den Kopf hängen und schlich ihr nach.

»Da sind wir«, sagte Cathy. »Kann ich dir die Stiefel ausziehen?«

Kaspar blieb an der Schwelle zum Schlafzimmer stehen und legte den Kopf mit den zotteligen Haaren schief. Cathy hoffte, der Anblick würde Erinnerungen in ihm wachrufen, denn das Schlafzimmer sah noch genauso aus wie an dem Tag, an dem er das Emporium verlassen hatte. Sie hatte in den vergangenen drei Jahren nichts angerührt, nur dafür gesorgt, dass jeder Spielzeugsoldat strammstand wie damals, als er gegangen war. Um das Schweigen zu brechen, bat sie ihn, am Fußende des Bettes Platz zu nehmen.

Ihm die Stiefel auszuziehen ging recht leicht, doch was

darunter zum Vorschein kam, war befremdlich. Am linken Fuß hatte er nur noch drei Zehen, am rechten sogar nur noch Stummel. Kaspar war so abwesend, dass er gar nicht bemerkte, wie sie zurückwich, wie sie sich zusammenreißen musste, um sich nicht die Hand vor den Mund zu schlagen.

Brauchte er Ruhe? Frische Luft? Gesellschaft? Sie wusste es nicht – und so griff sie auf das zurück, was sie gemeinsam bei der Erziehung von Martha gelernt hatten: Sie versprach, ihm ein Glas Milch und eine Wärmflasche zu bringen.

Als sie zurückkam, lag Kaspar im Bett, sein knochiger Körper zeichnete sich unter der Decke ab. Die Spieluhr lag auf seinem Schoß, spielte ihre klagende Melodie, und die Mäuse drehten sich in ihrem ruckelnden Tanz. Er hatte den Kopf gesenkt, ganz in den Anblick versunken. Um ihn herum war alles mit Holzsplittern übersät. Die Spielzeugsoldaten, die so stolz auf den Regalen gestanden und auf die Rückkehr ihres Generals gewartet hatten, waren kurz und klein geschlagen worden. Bruchstückhafte, bemalte Gesichter sahen ausdruckslos vom Schlachtfeld auf.

Abends kroch sie zu ihrem Mann ins Bett, ohne zu wissen, ob sie das Richtige tat. Sein Körper hatte die Laken gewärmt, was sich nach all der Zeit merkwürdig anfühlte. Er hatte ihr den Rücken zugedreht. Sie schmiegte sich an ihn, aber es fühlte sich falsch an. Doch als sie ihm den Rücken zuwandte, fühlte sich auch das falsch an. Und so lag sie wach. Irgendwann in der Nacht wachte Kaspar auf, falls er überhaupt geschlafen hatte, denn sie hörte die Melodie der Spieluhr. Kurz darauf musste er eingenickt sein und lag danach friedlicher da. Auf Cathy hatte die Spieluhr nicht diese einschläfernde Wirkung. Am nächsten Morgen stand sie auf und ging ihren täglichen Pflichten nach. Kaspar blieb im Bett.

Manchmal ging er in die Werkstatt, nahm Werkzeuge zur Hand, die er jahrelang nicht angerührt hatte, und bastelte an der Spieluhr herum, danach zog er sich wieder ins Schlafzimmer oder in eine ruhige Ecke des Emporiums zurück. Die Verkaufshalle hatte sich während seiner Abwesenheit verändert, und Cathy fürchtete, er könne sich verlaufen, aber Sirius folgte ihm mit etwas Abstand, stets bereit, ihn zurückzuführen. Mrs Hornung brachte ihm jeden Abend etwas zu essen. Anfangs ließ er die Teller unberührt zurückgehen, aber bald begriff sie, dass er nur Gerichte aus seiner Kindheit aß, als würde er in den vertrauten Gerüchen und Geschmäckern Trost suchen. Also machte sie ihm nur noch *Wareniki* und *Kascha*. Manchmal leistete Papa Jack ihm beim Essen Gesellschaft. Oder Emil kam vorbei. Er brannte darauf, Kaspar seine Frau vorzustellen und ihm von den Wintern zu erzählen, die er verpasst hatte, aber Cathy bat ihn, damit noch zu warten. Kaspar bekam zwar vieles mit, blieb jedoch stumm und beschäftigte sich fast nur mit seiner Spieluhr. Ob am Tag oder mitten in der Nacht, er hatte sie immer in Reichweite. Selbst wenn Martha ins Zimmer schlich und sich zu ihm aufs Bett setzte, beachtete er sie nicht, sondern lehnte sich wie betäubt zurück und drehte weiter unablässig die Kurbel.

»Er will gar nicht hier sein, stimmt's, Mama?«, fragte Martha weinend, als Cathy sie abends ins Bett brachte.

»Dein Papa ist krank, Martha. Aber eines Tages ...«

»Liegt es an der Spieluhr? Warum muss er sich immer dieses Lied anhören?«

Cathy wusste es auch nicht genau, doch sie war entschlossen, es herauszufinden. Als er in jener Nacht schlief, nahm sie sie ihm vorsichtig aus der Hand. Sofort wurde er unruhig. Sachte, um ihn nicht zu wecken, drehte sie an der Kurbel. Die Mäuse begannen zu tanzen, und die Musik zog sie immer stärker in ihren Bann.

Die Spieluhr löste ähnliche Gefühle in ihr aus wie viele Emporiumsspielzeuge. Die Melodie war so verführerisch, der Tanz so unwiderstehlich, dass sie sich nicht mehr fühlte wie Cathy Godman, sechsundzwanzigjährige Mutter und treue Anhängerin von Papa Jacks Emporium; das Lied berührte etwas tief in ihrem Inneren, und sie wurde wieder fünf, sechs, sieben Jahre alt. Das Schlafzimmer schien sich aufzulösen, und an seiner Stelle tauchte das kleine Kinderzimmer auf, das sie sich vor so langer Zeit mit Lizzy geteilt hatte. Je länger die Musik spielte, desto realer wurde die Szene, die Farben wurden immer lebendiger, die Umgebung greifbarer. Auf dem Nachttisch lag *Gullivers Reisen*, auf dem Fenstersims standen die Hasenfiguren. So etwas hatte sie bisher nur einmal erlebt: Als Papa Jack ihr vor vielen Jahren die Kiefernzapfenballerina geschenkt hatte. Bald wusste sie nur noch, dass all das nicht echt war, wenn sie zu ihrer Hand, der Hand einer Erwachsenen, hinunterschaute, die die Kurbel drehte.

Die Musik schwoll weiter an, und plötzlich war das Emporium verschwunden. Aus dem Augenwinkel nahm sie eine Bewegung wahr. Die Tür öffnete sich, und die fünfjährige Lizzy kam herein. Cathy streckte unwillkürlich einen Arm aus und bemerkte, dass er nun nicht mehr der einer Erwachsenen war, sondern der eines Kindes, und dass sie das weiße Schürzenkleid anhatte, das ihre Mutter sie nur sonntags tragen ließ. Lizzy schmiegte sich an sie. »Komm mit spielen, Cathy!«, rief Lizzy, und die vertraute Stimme löste ein Echo in ihr aus. »Was sollen wir spielen? Polly?« Cathy erinnerte sich; es war der Name eines Seilspring-Spiels, das sie immer am Flussufer gespielt hatten. »Das geht nicht, Lizzy«, sagte sie. »Und warum nicht?«, fragte ihre Schwester. »Siehst du denn nicht, dass ich eigentlich gar nicht hier bin?«, entgegnete Cathy. »Ich muss immer weiter die Kurbel drehen, sonst hört alles auf zu existieren ...«

Ihre Schwester sah sie fragend an. »Welche Kurbel, Cathy?« Cathy sah hinunter. Wie durch ein Wunder waren ihre Hände frei. Die Musik erklang noch immer, aber wie aus weiter Ferne – die Spieluhr war verschwunden.

»Wo ist sie hin?«, rief Cathy und sprang auf. In ihrer Panik bemerkte sie zuerst nicht, dass ihr Arm wieder der einer Erwachsenen war. Sie wirbelte herum, entdeckte die Spieluhr auf dem Bett und riss sie an sich. Die Kurbel drehte sich von allein. Sie hielt den Griff fest. Die Mäuse wehrten sich, waren entschlossen, weiterzutanzen, doch Cathy gab nicht nach und bemerkte erleichtert, wie sich ihr Schlafzimmer langsam wieder um sie herum manifestierte. Das Letzte, was sie sah, war Lizzys trauriges Gesicht. »Komm zurück, Cathy! Komm zurück! Willst du denn gar nicht mit mir spielen?«, rief sie ihr nach.

Die Musik verstummte. Cathy stellte die Spieluhr beiseite, und als sie den Kopf hob, war sie wieder von der Dunkelheit des Emporiums umgeben. Kaspar wimmerte im Schlaf, murmelte unverständliche und doch unmissverständliche Worte. In seinen Träumen war er hundertfünfzig Meilen weit weg, gefangen in einem Schützengraben auf französischem Boden.

Sie ließ sich auf das Bett sinken. Jetzt wusste sie wenigstens, wo Kaspar war, wenn er nicht hier war: Zwanzig Jahre in der Vergangenheit, in einer Welt ohne Cathy und Martha, einer Welt ohne Tod, einer Welt, in der die einzigen Schlachten auf dem Teppich des Emporiums ausgetragen wurden, und wenn er dortbleiben und diese Momente noch einmal erleben wollte, wer war sie, es ihm zu verbieten?

Kaspars Schrei riss sie aus ihren Gedanken. Er rief nach seiner Mutter, und irgendwie fanden seine Finger im Schlaf die Spieluhr, die Cathy aufs Bett gelegt hatte. Sie hörte die eindringliche Melodie und wünschte ihm auf seiner Reise viel Glück.

Halt dich von ihm fern, hatte ihre Mutter gesagt. Lass ihm seinen Frieden. Gott weiß, er hat ihn sich verdient. Schön und gut, aber was war mit *ihr*? Was hatte *sie* sich nach all den Jahren verdient? Drei Winter ohne ihren Vater. Drei Geburtstage. Eintausend Nächte ins Bett gehen, die Hände falten und ihr Nachtgebet sprechen. Manchmal hatte sie von ihm geträumt. Sie hatte auch kleine Nachrichten geschrieben, sie am Bein eines Pfeifenreinigervogels befestigt und gehofft, dass er es irgendwie bis nach Frankreich schaffte. All das musste doch etwas zählen, oder nicht?

Martha versuchte, einen Bambusstock zu biegen, doch sie drückte zu fest und er zerbrach. Egal – sie würde einfach von vorne anfangen. Sie war entschlossen, das Geschenk für ihren Vater noch heute fertigzustellen, und nichts würde sie davon abbringen. Und so glich der Boden des Spielhauses – das sie als Werkstatt auserkoren hatte – bald einem Schlachtfeld, übersät mit den Überresten ihrer gescheiterten Experimente. Sie wurde immer frustrierter, doch sie weigerte sich, aufzugeben.

Das Grundprinzip war einfach, allerdings nur oberflächlich betrachtet – wie bei allen Emporiumsspielsachen. Es sollte eine Bambus-Dampflok werden, die, wenn sie gegen eine Wand krachte, sich so umformte, dass die Lok in die entgegengesetzte Richtung weiterfuhr. So könnte die Lok den ganzen Tag zwischen den Wänden hin- und herfahren. Was man damit alles spielen konnte!, dachte Martha – aber als sie nun den Trümmerhaufen um sich herum betrachtete, verließ sie doch der Mut. Ehrgeiz, sagte Papa Jack immer, war nur der erste Schritt, um ein vollkommenes Spielzeug zu schaffen. Alles andere war Handwerkskunst.

Es war, wie sie widerstrebend zugeben musste, Zeit, sich Hilfe zu holen.

Ihre Mutter schied aus. Papa Jack schlief wahrscheinlich, also musste es Onkel Emil sein. Sie fand ihn in seiner Werkstatt, wo er wieder einmal Soldaten drechselte. Sein Lieblingsspielzeug, der Kaiserliche Rittmeister, wachte wie immer über ihn.

»Es funktioniert nicht«, sagte sie und legte ihm das Gewirr aus Bambusstöcken und Baumwollzwirn vor die Füße. »Ich weiß, was es können soll, also warum ... klappt es nicht?«

Emil, der noch in seine eigene Arbeit vertieft war, sah auf. Das war ein Gefühl, das er schon sein Leben lang kannte. Er ließ von der Drehbank ab, räumte die Farb- und Lacktöpfe beiseite und betrachtete die Konstruktion, die Martha ihm gebracht hatte.

»Wollen wir doch mal sehen«, sagte er und hockte sich im Schneidersitz neben sie. Er hob die Apparatur an und arrangierte die Bambusstöcke neu, bis sie wieder die Form einer Lokomotive angenommen hatten. Die Idee war brillant, aber es war kein Wunder, dass es mit der Umsetzung nicht klappte. Dafür brauchte man ein Gespür für Feinheiten, das man sich nur durch jahrelange Erfahrung erwarb – trotzdem war er unglaublich stolz auf sie, weil sie die Fantasie besessen hatte, es sich auszudenken. Sie war eindeutig aus Emporiumsholz geschnitzt.

»Es ist für Papa«, sagte Martha, während Emil weiter an der Lok herumbastelte.

»Ich verstehe.«

»Damit es ihm wieder besser geht.«

Emil antwortete nicht, er arbeitete gerade an einem besonders kniffligen Verbindungsstück.

»Was, glaubst du, fehlt meinem Papa, Onkel Emil?«

Emil flüsterte: »Das werden wir wohl nie begreifen.«

»Ich dachte, ein Spielzeug kann helfen. Das sagt Papa Jack doch immer. Ein Spielzeug kann kein Leben retten, aber eine Seele. Und mein Papa lebt zwar noch, aber ...«

»Na *also*«, sagte Emil, froh über die Gelegenheit, das

Gespräch zu beenden. Er stellte die Lok hin, die jetzt schnittiger und feiner gearbeitet war als zuvor. Ein Schlüssel an der Rückseite diente als Antrieb. Martha zog die Lok auf und ließ sie losflitzen. Ihre Signalpfeife pfiff unablässig. Gespannt stellte Martha sich auf die Zehenspitzen. Die Lok prallte mit einem lauten Krachen gegen die Wand – die Bambusstäbe wurden zusammengedrückt wie eine Ziehharmonika und strebten sofort wieder auseinander, doch die Schnüre, die die Konstruktion zusammenhielten, federten den Aufprall ab, sodass die Teile an ihren Platz zurückfielen und die Lokomotive sich wie erhofft wieder so zusammenfügte, dass sie in die entgegengesetzte Richtung davonfahren konnte. Pfeifend kam sie auf sie zugerollt. Martha schlang Emil die Arme um den Hals und dankte ihm überschwänglich.

Emil sah ihr nach, als sie ging, und verspürte erneut diese seltsame Sehnsucht, die ihn heimsuchte, seit Cathy Kaspar nach Hause gebracht hatte. Wie sehr er sich wünschte, zu seinem Bruder zu gehen und seine Hand zu halten! Wie gern hätte er ihm den Langen Krieg in der Verkaufshalle gezeigt, sich mit Kaspar hingesetzt und auf den Teppichen, in den Gängen und auf den Galerien unbekümmert Schlachten ausgetragen. Doch irgendetwas hielt ihn jedes Mal davon ab. Und so setzte er sich wieder an seine Drehbank und arbeitete weiter. Manchmal war das die einzige Möglichkeit für ihn, etwas inneren Frieden zu finden.

Mit der Lokomotive unter dem Arm platzte Martha ins Schlafzimmer.
    Ein Geruch nach Bettpfannen und saurer Milch hing in der Luft. Ihr Vater saß aufrecht im Bett, von allen Seiten durch Kissen gestützt. Seine papierweiße, mit Adern übersäte Hand drehte die Kurbel der Spieluhr auf seinem Schoß; beim Anblick der tanzenden Mäuse huschte hin und wie-

der ein Lächeln über sein Gesicht. Sirius, der quer über seinen Füßen lag, beäugte sie argwöhnisch, als überlegte er, ob er sie in seine Nähe lassen sollte.

Martha hatte beschlossen, sich nicht von ihrem Vorhaben abbringen zu lassen; sie ignorierte den Gestank und den knurrenden Hund, ging zum Bett und hielt die Lok hoch. »Guck mal, die ist für dich, Papa!«

Kaspar drehte ungerührt weiter an der Kurbel, doch Martha ließ sich nicht beirren. Sie stellte die Lok auf den Boden und sah mit wachsender Begeisterung zu, wie sie gegen die Wand krachte, sich neu zusammensetzte und auf der gegenüberliegenden Seite erneut mit der Mauer kollidierte. Bei jedem Zusammenstoß jubelte sie. Nach dem dritten Mal wandte sie sich erwartungsfroh wieder ihrem Vater zu, doch der war immer noch in die Melodie und die vertrauten Szenen versunken.

Er war nicht mal im Zimmer, begriff Martha. Wo auch immer er gerade war, hier war er nicht.

Sie sprang aufs Bett, setzte sich auf seine Beine, packte die Spieluhr und versuchte, sie ihm zu entreißen. Sie spürte gar nicht, dass Sirius sie ins Bein biss und daran zerrte wie sie an der Spieluhr. Dafür, dass ihr Vater so geschwächt aussah, hatte er einen unglaublich festen Griff. Seine zerbrechlichen Finger ließen die Spieluhr nicht los, ganz gleich, wie sehr sie sich bemühte. Die Musik um sie herum schwoll sogar noch an.

»Papa!«, rief sie, bemerkte erst jetzt den Hund an ihrem Bein und schüttelte ihn ab, sodass er vom Bett fiel. »Das ist ... für ... dich!«

Etwas in der Spieluhr zerbrach, und sie schaffte es, sie ihm aus den Händen zu reißen. Er umklammerte immer noch die Kurbel, aber die Spieluhr gehörte ihr; sie schleuderte sie vom Bett, und sie schlitterte an Sirius vorbei und blieb genau vor der unaufhaltsamen Lokomotive liegen.

Sie hätte es nicht verhindern können, selbst wenn sie es gewollt hätte: Die Lok krachte mit einem schrillen Pfiff in die Spieluhr. Die Bambusstöcke flogen auseinander, die Fäden spannten sich, die Lok setzte sich erneut zusammen und fuhr in die andere Richtung weiter. Zurück blieb die völlig zerstörte Spieluhr, deren Teile in alle Richtungen davongeflogen waren.

Die Musik war verstummt, die Stille bedrückend. Martha lehnte sich zurück; Kaspar rührte sich nicht.

»Papa«, wiederholte sie, »das ist für dich ...«

Er schwieg, sah einfach durch sie hindurch. Martha kletterte, ohne Rücksicht auf den skelettartigen Körper unter der Decke, von seinen Beinen und rannte aus dem Zimmer.

Ihre Spielzeuglokomotive ließ sie dort. Sie war ein Geschenk für ihren Vater, und ob er nun wollte oder nicht, er würde sie behalten. Dafür waren Geschenke schließlich da.

Völlig aufgelöst lief sie nach unten in die Verkaufshalle. Sie hatte das Spielhaus fast erreicht, als ihre Mutter sie abfing. Sie hatte einen sechsten Sinn dafür, wenn Martha weinte. Wütend rieb Martha sich die Augen, als könnte sie so ihre Tränen zurückdrängen.

»Was ist passiert, Liebling?«

Martha konnte es nicht für sich behalten. »Es ist Papa. Er will einfach nicht ...«

Sie brach ab, als ein Geräusch ertönte. Das Klappern von Bambuskolben, der schrille Ton einer Signalpfeife – und aus einem der Gänge schoss die kleine Lokomotive, raste an Martha und ihrer Mutter vorbei, verschwand zwischen den Papierbäumen und kam, leicht ramponiert nach ihrer Kollision mit dem Spielhaus, wieder in Sicht. Marthas Blick folgte ihr – zurück durch den Gang, vorbei an den offenen Schachteln mit Soldaten aus Emils Langer-Krieg-Serie und zwischen einem Paar Säbelbeinen hindurch, das wie aus dem Nichts aufgetaucht war.

Sie sah auf. Dort stand ihr Papa, ein Gespenst im Nachthemd mit wirren schwarzen Haaren und mit Speichel verkrustetem schwarzem Bart.

»Kaspar?«, hauchte ihre Mutter – erreichte ihn jedoch erst als Zweite, denn Martha war längst bei ihm und hatte seine dürren Beine umklammert.

DER AUFSTAND

✶✶✶✶✶✶✶✶

Papa Jacks Emporium

Winter 1917/18

Aus Oktober wurde November, doch der erste Frost ließ auf sich warten. Die Regale im Emporium wurden mit jedem Tag voller. Es war Cathys Lieblingsjahreszeit: Lange Abende voller Vorfreude, an denen man sich fragte, ob heute die ersten Eisblumen an den Fenstern auftauchen würden. Und in diesem Jahr gab es sogar noch mehr Grund zur Freude – denn Kaspar war wieder in seiner Werkstatt und arbeitete an neuen Spielsachen.

Cathy spähte durch den Türspalt und sah zu, wie er eine Konstruktion aus Filz und Stoff in der Hand drehte und ihr Innenleben mit winzigen Werkzeugen justierte. Sein Körper, den sie immer noch nicht anrühren durfte, hatte inzwischen eine andere Haltung angenommen, aber in seinem Blick blitzte hin und wieder auch etwas vom alten Kaspar auf. Die Werkbänke um ihn herum waren mit den Überresten der Spieluhr übersät, die er in dem einen oder anderen schwachen Moment zu rekonstruieren versucht hatte; dass er all diese Versuche abgebrochen hatte, zeigte Cathy, dass er immer noch so stolz und dickköpfig war wie an dem Tag, als sie sich kennengelernt hatten.

Ihr Herz machte einen Satz, als sie sah, wie er seine neueste Kreation auf den Boden setzte und lächelte. Nie hatte sein Lächeln ihr mehr bedeutet als heute.

Der Patchworkhase, an dem er gearbeitet hatte, war ein zartes Geschöpf. Der Schlüssel an seiner Seite drehte sich langsam, während er über den Boden hoppelte, bis er ein Stück Stoff gefunden hatte und daran zu knabbern begann. Kaspar streute ihm ein paar Filzstücke hin, und der Hase fraß auch sie. Als Nächstes gab Kaspar ihm ein bisschen Eisen, Kupferdraht und ein paar Schrauben, der Hase verschlang alles. Schließlich kauerte er sich vor den alten Ofen, kniff die gestickten Augen zusammen – und aus seinem Hinterteil flutschte ein neuer Hase, der noch winziger war. Während der Aufziehmechanismus des erwachsenen Hasen nun langsamer wurde, lief der des Babyhasen auf Hochtouren. Eifrig hoppelte er auf Kaspar zu und suchte nach Futter, das seine Mutter übersehen hatte.

Cathy spürte eine Bewegung hinter sich, und als sie sich umdrehte, sah sie Martha durch den dunklen Flur kommen. Cathy legte einen Finger an die Lippen und flüsterte: »Sieh dir das an …« Martha schlich, lautlos wie fallender Schnee, zu ihrer Mutter. Sie wollte gerade durch die Tür spähen, hinter der der kleinere Hase gerade das nächste Junge bekam, als plötzlich ein lautes Geräusch durch den Flur hallte. Drei kurze Fanfarenstöße – *die* Fanfarenstöße, die den ersten Frost ankündigten. Martha sah zu ihrer Mutter auf und strahlte über das ganze Gesicht. »Oh, Mama!«

Cathy öffnete die Tür. In der Werkstatt war alles still. Der Stuhl, auf dem Kaspar gesessen hatte, war leer. Die drei Hasen hoppelten nur noch sehr träge herum. Es gab nichts mehr zu fressen für sie, und so drängten sie sich zusammen und wurden immer stiller.

»Wo ist er, Mama?«

»Geh nach unten«, flüsterte Cathy und rang sich ein Lächeln ab. »Dort brauchen sie jetzt jede helfende Hand, die sie kriegen können.«

Cathy ging durch die chaotische Werkstatt und dann über die Dienstbotentreppe in die Wohnung. Sie hatte gehofft, Kaspar im Schlafzimmer zu finden – doch er war nirgends zu sehen. Sie durchsuchte jeden Winkel, bevor sie in die Werkstatt zurückkehrte und sich umsah. Da fiel ihr die dunkelgrüne Spielzeugtruhe auf, die zwischen zwei Kisten mit ausrangierten Entwürfen und einem Ballen Satinspitze stand. Der Deckel saß schief, und durch die Lücken konnte man die Dunkelheit darin erahnen.

Cathy schob den Deckel beiseite. Die Truhe war eine von Kaspars frühen Versionen und gehörte zu den kleinsten. Als sie hineinschaute, sah sie ihn anderthalb Meter unter sich am Grund der Truhe kauern. Er schien vor dem Licht zurückzuweichen.

»Kaspar, mein Liebling. Es war nur die Fanfare. Heute ist Eröffnungsabend.«

Kaspar zitterte; einen Moment lang befürchtete Cathy, er hätte einen Anfall, doch er lachte. »Sie müssen mich für schrecklich seltsam halten, Mrs Godman.«

Cathy erinnerte sich an eine Unterhaltung vor langer Zeit. »Schrecklich sentimental vielleicht.«

»Aha!«, sagte Kaspar seufzend. »Tja, da hast du es. Wenn ein Spielzeugmacher nicht mehr sentimental sein darf, wer zur Hölle dann?«

An diesem Abend tat sich im Emporium der Himmel auf. Als es seine Tore öffnete und die ersten Familien ins Innere strömten, explodierte das Firmament über ihren Köpfen, Sterne entstanden, vergingen, wurden wiedergeboren. Engel des Lichts flogen über den nachtschwarzen Himmel, Sternennebel aus Konfetti wirbelten durch das All und bildeten die Umrisse von Spielzeugen als Sternbilder nach: ein Patchworkhund, der Kaiserliche Rittmeister und seine treuen Kampfgefährten. Im gesamten Emporium fiel Konfettischnee, und überall brach Jubel aus.

In einer Nische stand Kaspar, Martha an der einen und Cathy an der anderen Hand. Sirius saß, treu wie immer, vor seinen Füßen. Während er nach oben schaute, zitterte er am ganzen Körper. Erst als der Schnee fiel, wurde es etwas besser.

»Gefällt es dir, Papa?«

Eine Nacht voller Sternschnuppen und Lichtexplosionen, magischer als jeder Eröffnungsabend zuvor – und doch nichts allzu Außergewöhnliches für Kaspar.

Er zitterte noch immer, als er sagte: »Das war ein ganz schönes Spektakel. Ich hätte es nicht besser machen können.« Aber dann ließ er ihre Hände los und trat in den Gang, durch den die ersten Kunden kamen. Im letzten Jahr waren es hauptsächlich Frauen gewesen, Frauen mit ihren Kindern. Jetzt waren auch noch andere darunter: ein Krüppel auf Krücken, ein Mann, der bei jedem Atemzug keuchte. Kein Wunder, dass es sie hierherzog, dachte Cathy. Wer würde sich, nach allem, was passiert war, nicht in die Zeit davor zurücksehnen?

»Ich möchte mir ein paar der neuen Spielsachen ansehen«, sagte Kaspar. »Ich habe so viel verpasst.« Cathy hielt das für eine gute Idee und ließ ihn allein losziehen.

Sie musste sich ohnehin um so vieles kümmern, denn die meisten Helfer waren erst seit drei Wintern dabei und brauchten noch immer viel Unterstützung. Martha dagegen war fest entschlossen, auf ihn aufzupassen. Sie folgte ihm mit etwas Abstand und tat so, als würde sie die Auslagen studieren, obwohl sie sie in- und auswendig kannte.

Als Erstes ging Kaspar zum Karussell, danach zu den

Pferchen, in denen die Kinder auf den wilden Schaukelpferden ritten. Einige der Pferde kannte Kaspar, andere waren während seiner Abwesenheit entstanden. Martha sah, wie er auf einen Hengst kletterte, den sie Schwarzer Stern getauft hatte – den König aller Schaukelpferde. Kaspar blieb einige Zeit im Sattel, die Augen wie zum Schutz vor dem imaginären Wind zusammengekniffen, dann stieg er ab und ging weiter.

Später fand sich Kaspar, angeführt von Sirius, in der Senke wieder, in der der Lange Krieg stattfand. Ein Dutzend Gefechte wurde gleichzeitig auf dem Teppich ausgetragen. Gruppen von kleinen Jungen hockten um ihre Spielzeugsoldaten herum, zogen sie auf und ließen sie gegeneinander antreten. Signalhörner ertönten, Holzkugeln schwirrten durch die Luft, und sofort tauchten Bilder vor Kaspars innerem Auge auf: wie er zum ersten Mal aus dem Schützengraben ins Niemandsland gekrochen war, wie er mit Emil in dessen Zimmer Krieg gespielt hatte, während die geheimnisvolle neue Verkäuferin Cathy Wray ihnen dabei zusah. Wie jung er damals gewesen war, so voller Energie! Er zuckte zusammen. Er musste den Blick vom Schlachtfeld abwenden und schaute stattdessen zu dem Turm aus Schachteln hinüber, der von fachkundigen Händen errichtet worden war. Der Aufdruck an der Seite war von ineinander verwobenen Spielzeugsoldaten umrandet. Darin stand: DER LANGE KRIEG.

Emil war damit also in Serienfertigung gegangen. Während Kaspar in echten Schlachten kämpfen musste, hatte Emil ihr Spiel in die reale Welt verlegt.

RUHM UND EHRE!, stand auf der Schachtel. ABENTEUER! DEIN VATERLAND BRAUCHT DICH!

Hinter dem Turm aus Schachteln stand eine Vitrine mit anderen Spielsachen, und in der Hoffnung, sich abzulenken, nahm er eines davon heraus. Es war eine von Emils

Kreationen; das erkannte er am Gewicht und daran, wie es in der Hand lag. Er berührte die Kurbel und spürte, wie sie den Mechanismus in Gang setzte.

Vor dem Hintergrund einer schraffierten Hügellandschaft mit skelettartigen Bäumen lagen Soldaten auf Stiften, die sich auf und ab bewegten, sodass es aussah, als würden sie aus ihren Schützengräben spähen. Er drehte weiter an der Kurbel, und die Soldaten schienen anzulegen. Doch gleich darauf zogen sich die Soldaten wieder in ihre Gräben zurück, dazu verdammt, dasselbe Manöver wieder und wieder durchzuführen – ohne je einen echten Krieg sehen zu müssen, aber auch, ohne je wieder nach Hause zurückkehren zu können. Als Kaspar die Kurbel zum dritten Mal drehte, hörte er eine einzelne Trompete, dann fielen weitere mit ein. Beim vierten Mal tauchte am Rand seines Gesichtsfelds sporadisch Artilleriefeuer auf, und er konnte das Donnern der vorbeigaloppierenden Kavallerie hören, dazu Notsignale, Warnpfeifen, das Gebrüll der Offiziere, die dem Fußvolk Befehle zubrüllten. Wie gebannt starrte Kaspar das Spielzeug an, und während er wieder und wieder die Kurbel drehte, löste sich die Verkaufshalle in Luft auf und wich einem zerbombten Schlachtfeld mit Schützengräben und Stacheldraht. Ein Grauen erfasste ihn. Ein Teil von ihm wusste, dass er in Sicherheit war, dass alles nur ein Spiel war und dass das Spielzeug sich seine Fantasie zunutze machte, wie es seinem Zweck entsprach. Doch dieser Teil von ihm hatte keine Kontrolle über seine Finger, die weiter die Kurbel drehten und alles, was er vor sich sah, real erschienen ließen. Plötzlich war er zurück im Krieg. Zurück in seiner Uniform. Seine Finger waren überzogen von Rot und Schwarz, sein Gesicht mit dem, was vom Gehirn seines Unterleutnants übrig war. In seinen Ohren der Lärm der Schützengräben, in seiner Nase der Geruch des Todes. Und er schrie und schrie und schrie.

Es war ein Geräusch, das niemand je im Emporium gehört hatte. Cathy war gerade dabei, eine widerspenstige Herde Spielzeugschafe zu verpacken, als sie ihren Mann schreien hörte. Sie verließ die Kasse und eilte in die Gänge.

Sie fand Kaspar am Boden liegend, die Hände vor das Gesicht geschlagen. Sirius stupste ihn mit der Schnauze an, doch Kaspar schien den Hund nicht wahrzunehmen. Martha stand neben ihm und fragte wieder und wieder: »Papa? Papa, hörst du mich?« »Was ist passiert?«, fragte Cathy.

Martha sah Cathy an und verzog das Gesicht, als wäre das Antwort genug.

»Hilf mir, ihn hier rauszubringen«, sagte Cathy. Sie wich Kaspars Gliedmaßen aus, der um sich schlug, und versuchte, ihm unter die Arme zu greifen.

»Martha?«

»Ich hole Onkel Emil ...«

Sie war schon losgerannt, als Cathy rief: »Nein, erzähl Emil nichts davon!« Das erschien ihr wichtig, auch wenn sie keine Ahnung hatte, warum. »Sorg einfach dafür, dass sie aufhören zu gaffen.«

Mit einer Kraft, von der sie nicht gewusst hatte, dass sie sie besaß, hob Cathy Kaspar auf die Beine und bugsierte ihn aus der Senke. Er hatte zwar aufgehört, um sich zu schlagen, doch nun lag er wie tot auf ihrer Schulter.

Als sie den Gang erreichten, in dem die Tiger auf den Regalen umherstreiften, hatte Martha ihren Auftrag erfüllt. Die Zugbrücke des Wolkenschlosses hatte sich geöffnet, und ein Schwall Lichtflecken ergoss sich wie ein dichtes Schneetreiben in die Verkaufshalle. Das reichte als Ablenkung.

Sie schleppte Kaspar durch den Papierwald und legte ihn im Spielhaus aufs Bett. Sirius war ihr gefolgt und saß kläglich winselnd in einer Ecke.

»Kaspar?«

Er rollte sich zusammen und zog die Knie bis zum Kinn hoch. Wenigstens stand er nicht völlig neben sich. Er erkannte sie, auch wenn immer noch ausschließlich kehlige Geräusche aus seinem Mund kamen.

Cathy setzte sich zu ihm. Ob es ihm passte oder nicht, sie würde ihn jetzt berühren. Sie packte ihn bei den Schultern.

»Kaspar, mein Liebling. Was ist passiert?«

Wieder zitterte er vor Lachen. »Es ist doch nur ein Spielzeug. Wie kann ein Spielzeug ...« Doch dann verwandelte sich das Lachen in Stille, und die Stille in Schluchzen.

Sie versuchte, ihn an sich zu ziehen, aber noch hatte er genug Kraft, um sich zu widersetzen. Er drehte sich von ihr weg und vergrub die Hände im Laken.

»Du musst es mir sagen, Schatz. Sag mir, was ich tun kann.«

Diesmal sah er sie an, öffnete die Hände und sagte: »Nichts.«

»Du hast mir damals auch geholfen. Du hast mich genau hier, auf diesem Bett, im Arm gehalten und mir gesagt, dass ich es schaffen kann, dass ich stark bin. Warum kann ich nicht dasselbe für dich tun?«

»Cathy, du kannst nichts ...«

Sie rang mit sich. Ein Teil von ihr wollte sich aufs Bett werfen und neben ihn legen, ein anderer fühlte sich von seinem Körper abgestoßen wie seiner von ihrem. Ihr Widerwille widerte sie an, doch auf diesem Pfad lauerte der Wahnsinn, lauerte der Hass. Schließlich schrie sie: »Dann musst du es allein schaffen! Ganz gleich, was es ist. Ganz gleich, wie. Aber wenn du mich nicht helfen lässt, ist das die einzige Möglichkeit. Verstehst du? Du bist dort drüben nicht gestorben, Kaspar. Du bist zu uns zurückgekommen. Gab es dafür einen höheren Grund? Oder war es pures

Glück? Ich weiß es nicht. Aber wenn du nicht gestorben bist, musst du leben ... etwas anderes gibt es nicht.«

Kaspar atmete nun ruhiger. Sein Blick, der vorher ständig hin und her gehuscht war, verharrte jetzt auf ihr. »Du hast ihr gefehlt, Kaspar. Ich ...« Ihre Stimme brach. »Wir haben so lange auf dich gewartet, und dann bist du zurückgekommen, und ...«

»Dann sag's mir. *Sag's mir.* Wie soll ich ...?«

»Ich weiß es auch nicht«, sagte Cathy. »Aber du musst. Ich habe dich Truhen bauen sehen, die von innen größer sind als von außen. Ich habe hier drin mit dir Schutz gesucht, als es draußen Papierbäume geregnet hat. Du verwandelst Dinge, Kaspar, warum dann nicht auch dich selbst?« Sie starrten sich lange an. Kurz darauf hörte Cathy Schritte hinter dem Spielhaus. »Sie kommt. Kaspar, versprich es mir. Du bist doch am Leben, oder? Du bist am Leben.«

An jenem Abend nahm Emil sich Zeit, um sich auszuziehen. Zuerst nahm er jeden Holzsplitter einzeln von seinen Ärmeln und aus seinem dichten Haar. Dann hängte er seine Arbeitskleidung in den Schrank. Und erst nachdem er sich ausgiebig über dem kleinen Zinnwaschbecken gewaschen hatte, trat er hinter den Paravent und zog das Nachthemd an, das Mrs Hornung für ihn bereitgelegt hatte. Im Schlafzimmer saß Nina auf dem Bett und las einen ihrer Liebesromane.

Emil hatte sein Notizbuch mitgenommen, wie er es schon als Kind getan hatte, aber heute Abend waren seine Notizen völlig unzusammenhängend. Er zeichnete das Gesicht eines Soldaten, das ebenso nobel werden sollte wie das des Kaiserlichen Rittmeisters, doch am Ende sah es ausgelaugt und erschöpft aus, als wäre seine Seele völlig ausgebrannt. *Wie Kaspar,* dachte Emil – und übermalte das Gesicht schnell. Er hatte seinem Vater noch nichts von der Szene erzählt, die Kaspar heute Abend in der Senke des Langen Krieges veranstaltet hatte; er fragte sich, ob er es überhaupt tun sollte.

»Emil?« Nina hatte ihn die ganze Zeit beobachtet. »Willst du mir erzählen, was passiert ist?«

Emil legte die gefalteten Hände unters Kinn, als wollte er einen schlafenden Engel imitieren. Er drehte sich auf die Seite und sah Nina an. »Ich weiß nicht, was ich mit ihm machen soll, Nina. Ich habe gesehen, wie Cathy ihn umarmen wollte, aber er hat es nicht zugelassen. Ich würde so gerne zu ihm gehen, aber …«

»Aber was?«

»Wie kann ich das? Ich würde garantiert das Falsche sagen. So tun, als würde ich verstehen, obwohl ich rein gar nichts verstehe. Wie könnte ich?«

Nina fuhr mit dem Finger über seine buschigen Augenbrauen. »Das hier ist dein Zuhause, Emil. Du solltest nicht herumschleichen müssen, als würdest du nicht hierhergehören. Gehörst du denn nicht hierher? Und ich? Was dein Bruder geopfert hat, sollte dich nicht …«

»Du verstehst das nicht. Er ist *Kaspar*. Er hat den Papierwald geschaffen. Er hat die Spielzeugtruhen erfunden. Wir haben darauf gewartet, dass er …«

»Weißt du, was ich sehe, wenn ich deinen Bruder anschaue, Emil? Einen Menschen. Nicht mehr und nicht weniger. Einen einsamen Menschen. Einen gebrochenen Menschen. Aber einen Menschen. Sieh dir an, was du in den letzten Jahren auf die Beine gestellt hast, Emil. Sieh dir die Geschäftsbücher an. Ein Papierbaum lebt und stirbt. Aber ein Spiel wie der Lange Krieg? Das geht ewig weiter … Die Kinder sind ganz versessen darauf. Hältst du das nicht auch für ein Wunder, das genauso gut ist wie die anderen?«

Alles, was sie sagte, stimmte. Und doch flüsterte er: »Mein Bruder fehlt mir. Ich sollte es nicht sagen, und wer weiß, ob er dasselbe über mich sagen würde, aber ... er fehlt mir, Nina. Ich möchte, dass er wieder zu Hause ist.«

»Er ist doch zu Hause.«

Emil schüttelte heftig den Kopf, wie ein Kleinkind, das die Geste gerade erst entdeckt hat.

Nina schwieg eine Weile. Dann nahm sie Emils Hand und führte sie nach unten. Emil zögerte, doch schließlich ließ er sie gewähren, und sie legte seine Hand auf ihren Bauch.

»Ich weiß, dass er dir fehlt, Emil. Es ist rührend, wie sehr du deinen Bruder liebst. Aber du hast jetzt eine eigene Familie ... und bald wird sie noch größer werden.« Sie verstummte kurz, damit Emil eins und eins zusammenzählen konnte. »Ich war beim Arzt meiner Tante. Er glaubt ... es könnten sogar Zwillinge werden.«

Emils Augen wurden größer und größer.

»Stell dir das nur vor, Emil. Zwei kleine Jungs, die durch das Emporium toben. *Deine* Jungs, *unsere* Jungs, die sich hier eine Zukunft aufbauen. Es tut mir wirklich leid für deinen Bruder, und es tut mir leid, dass das Emporium vielleicht nie wieder so sein wird wie früher. Aber – und jetzt hör mir gut zu, Schatz – diese letzten Jahre *sind* für mich das Emporium. Das ist alles, was ich davon kennengelernt habe. Und ich will nicht in die Vergangenheit schauen, sondern in die Zukunft. Ich will, dass du stark und gesund bist und dass der Lange Krieg dir ein Vermögen einbringt ... denn deine Kinder«, sie lächelte ein schlichtes, vielsagendes Lächeln und sah, wie es sich auf seinem Gesicht spiegelte, »werden es brauchen.«

Am ersten Dezember, als ein heftiges, dichtes Schneegestöber über den Marble Arch hinwegfegte, zog Cathy sich warm an und nahm den Oberleitungsbus nach Westen. Der Hyde Park war noch nicht ganz eingeschneit, aber seine Rasenflächen waren mit einer feinen weißen Schicht bedeckt, die schmutziger und zugleich reiner war als der Konfettischnee, mit dem sie sonst zu tun hatte. Am Ufer von The Serpentine, an dem sie mit Kaspar vor so langer Zeit im Sommer gesessen hatte, lag stellenweise Schneematsch – aber das hielt weder die Familien davon ab, sich das neue Denkmal anzusehen, noch die Patienten vom St. George's Hospital davon, die frische, kalte Luft zu genießen.

St. George's Hospital lag an einer Ecke, halb von Kolonnaden verborgen. Als Cathy darauf zuging, hielt gerade ein von Pferden gezogener Krankenwagen vor der Tür. Pfleger eilten nach draußen, um dem Insassen hineinzuhelfen. Cathy folgte ihnen ins Innere, wo sie eine Mischung aus Jod- und Karbolseifengeruch umfing. An der Rezeptionstheke füllte eine Krankenschwester Formulare aus.

»Ich bin auf der Suche nach Lizzy Wray«, sagte Cathy. »Meine Schwester. Sie ist ...« Sie schwenkte den Brief, dessen Poststempel das Datum von vor zwei Monaten zeigte: Lizzy war aus dem Lazarett zurückgekehrt und nutzte ihren Urlaub, um Freiwilligendienst zu leisten. Das alles kam ihr so unwirklich vor.

»Ich kenne keine Lizzy«, sagte die Krankenschwester. »Aber auf Station zwei arbeitet eine Beth Wray. Das könnte sie sein ...«

Station zwei war leicht zu finden. Die Patienten trugen königsblaue Uniformen und scharlachrote Krawatten, die sie als genesende Soldaten auswiesen. Einige von ihnen plauderten miteinander, aber die meisten schliefen oder standen auf der Terrasse und sahen sich das Schneetreiben an. Nur eine Schwester ging zwischen den Betten umher, lüftete die Decken und stapelte Bettpfannen auf einen Rollwagen.

Als sie schließlich aufsah, wurde Cathy klar, wie lange es her war, seit sie ihre Schwester zuletzt gesehen hatte. Lizzy war älter geworden, ihre Augen grauer, aber trotz allem war sie immer noch dieselbe wunderschöne Lizzy von früher.

»Cathy?«

»Beth?«, fragte Cathy mit einem Anflug von Vorwurf in der Stimme.

Ihre Schwester verdrehte die Augen. »Es war Zeit für eine Veränderung«, sagte sie. »Ach, Cathy, ich war mir nicht sicher, ob du meinen Brief überhaupt bekommen hast. Ich wäre ... wirklich gern ins Emporium gekommen. Das weißt du, oder? Bloß ...«

Cathy verstand; was war der erste Frost schon gegen das, was hier im Krankenhaus vor sich ging?

»Ich bin auch nur noch eine Woche hier. Danach springe ich für eine Freundin im Endell Street Military Hospital ein. Da arbeiten nur Frauen, hast du das gewusst? Lauter Krankenschwestern und Ärztinnen. Aber Weihnachten bin ich schon wieder weg, Cathy«, flüsterte sie. »Ich habe jemanden kennengelernt. Er ist immer noch in Dieppe. Er ist Arzt.«

Sie unterhielten sich eine Weile über andere Dinge. Ihrer Mutter ging es gut, ihr Vater arbeitete nicht mehr als Muschelverkäufer, sondern hatte die Buchführung in der Munitionsfabrik auf der anderen Seite der Themsemündung übernommen. Das würde ihn – zumindest, wenn er keine Dummheiten machte – von Frankreich fernhalten. Aber Cathy war nicht hierhergekommen, um daran erinnert zu werden, was sie verloren hatte. Sie versuchte, den Mut zu finden, zu sagen, was ihr auf dem Herzen lag.

»Kaspar ist wieder zu Hause«, sagte sie schließlich. Es fühlte sich gut an, es endlich ausgesprochen zu haben, und danach kamen ihr die Worte leichter über die Lippen. »Du hast ihn ja gesehen, Lizzy. Was der Krieg aus ihm gemacht hat. Sein Körper ist geheilt, aber ...«
Lizzy presste sie an sich.
»Aber er ist am *Leben*«, sagte sie.
»Das sage ich ihm auch immer. Aber er hat sich verändert. Ich dachte, wenn er wieder zu Hause ist, würden wir da weitermachen, wo wir aufgehört haben, und die Kinder bekommen, über die wir immer gesprochen haben, Brüder und Schwestern für Martha, mit denen sie im Emporium spielen kann. Aber wie? Wie, wenn ich ihn nicht mal anfassen darf? Und ich es auch gar nicht will ...«
Lizzy lotste sie in eine Ecke, wo leere Betten auf die nächsten Patienten warteten. »Es verändert sie eben, jeden auf seine ganz eigene Art. Ich habe Männer getroffen, die ganze Tage vergessen haben. Andere werden stumm. Wieder andere hören gar nicht mehr auf zu sprechen.«
»Früher konnte ich schon an den Fältchen um seine Augen erkennen, was er dachte. Heißt es nicht immer, die Augen wären die Fenster zur Seele? Tja, Kaspars sind jetzt wie die Geheimtüren im Emporium; man schaut hinein, aber man weiß nicht, was dahinterliegt. Ich möchte mit ihm reden, aber er weigert sich. Ich will ihn im Arm halten, aber er lässt es nicht zu. Andere Männer würden sich vielleicht betrinken. Aber Kaspar ...«
Am Morgen hatte sie an der Tür seiner Werkstatt gestanden. Patchworkhasen hatten Patchworkhasen geboren, bis es nichts mehr zu gebären gab. Ein Wollschaf blökte unablässig und suchte nach dem Rest seiner Herde, ungeachtet der Tatsache, dass Kaspar sie noch gar nicht hergestellt hatte und es wohl auch nie tun würde. Der Seidenanzug, der an der Tür hing, streckte die leeren Ärmel aus, wollte je-

manden umarmen – und fanden niemanden. Solche Dinge erfand er in letzter Zeit am laufenden Band.

Manchmal wachte sie mitten in der Nacht auf, und er war nicht da. Manchmal wachte sie auf, und er war die ganze Zeit da gewesen. Und es wurde immer schwieriger, diese Nächte voneinander zu unterscheiden.

»Ich weiß nicht, ob ich ihn noch liebe.«

Die Worte sprudelten aus ihrem Mund, getragen von der Scham, in der sie seit Tagen zu ertrinken drohte.

»Ach, Cathy ...«

»Ich meine – ich weiß nicht, *wie* ich ihn lieben soll. Kann das sein? Kann Liebe einfach so verwelken? Wie eine Pflanze?«

Lizzy schwieg und nahm Cathys Hand.

Am ersten Weihnachtstag wurde wie jedes Jahr in der Verkaufshalle eine Tafel gedeckt, und die Angestellten, die über die Feiertage im Emporium blieben, holten Tabletts mit Essen aus der Küche. Mrs Hornung hatte sich dieses Jahr mit der Gans selbst übertroffen; ihre Füllung bestand aus einem Rebhuhn, das wiederum mit einem Singvogel gefüllt war. Die Pasteten enthielten Fasanenfleisch, mit dem ein Wildhüter bezahlt hatte, der seine Kinder mit mehr Geschenken überhäuft hatte, als seine Brieftasche hergab.

Cathy und Martha hatten alle Hände voll zu tun, bis der Tisch sich schließlich unter Bergen von gebratenem Schinken, Bratkartoffeln, Kartoffelpüree und Pastinaken bog. Die Helfer füllten bereits ihre Teller, als Emil und Nina kamen, die Papa Jack von beiden Seiten stützten. Als er sich setzte, sah Cathy, dass er einen Kiefernzapfensoldaten in der Hand hielt.

Die Ansprachen waren kurz und bündig. »Auf das Emporium«, sagte Emil. »Auf unsere Familien, unsere Freunde, ob zu Hause oder in der Fremde. Auf Augenblicke wie diese. Auf meine Frau, meine ungeborenen Söhne und auf meinen Vater, der all das hier geschaffen hat. Und auf die Rückkehr meines Bruders ...«

Er erhob das Glas – und starrte plötzlich nach oben. Cathy folgte seinem Blick. Hoch oben in der Kuppel stand Kaspar auf einer der Galerien.

Sie erschrak, und Martha sprang auf. Cathy musste sie zurückhalten. Als Cathy wieder nach oben schaute, war Kaspar verschwunden.

»Ich gehe ihn holen«, flüsterte sie Martha ins Ohr.

»Wir haben ihn nicht mal eingeladen«, sagte Martha. »Warum haben wir ihn nicht zur Weihnachtsfeier eingeladen?«

Cathy war gerade erst aufgestanden, als er in einem der Gänge auftauchte und sich langsam mithilfe seines Gehstocks näherte. Er sah sie an und nickte ihr wortlos zu, wie um ihr zu versichern, dass es ihm gut gehe.

Ein paar Helfer wussten nicht recht, wo sie hinsehen sollten. »Esst!«, sagte Papa Jack. Sally-Anne nahm sich die Aufforderung zu Herzen und häufte weiter Essen auf ihren Teller. Andere gehorchten nur zögerlich – aber niemand starrte Kaspar an.

Emil erreichte ihn im selben Moment wie Cathy. »Laufen kann ich noch, kleiner Bruder«, sagte Kaspar merklich frustriert. Es war kein Platz mehr frei, und Nina sprang auf. »Danke, nicht nötig«, sagte Kaspar. »Schließlich ist es üblich, einen Toast im Stehen auszusprechen.«

Kaspar streckte die Hand aus, und Martha reichte ihm ihr Glas. »Auf meine Freunde, meine Familie, meine Tochter und meine Frau.« Er sah alle eindringlich an, doch seine Lippen umspielte sein altes, ansteckendes Lächeln. »Es bedeutet mir sehr viel, wieder zu Hause zu sein und euch alle wieder hier vorzufinden, wo ihr hingehört. Ich kann ehrlich sagen, dass ich jeden Abend mit einem Bild von euch vor Augen eingeschlafen bin. Von meinem Vater und meinem Bruder. Meiner Cathy und meiner Martha. Kesey, Dunmore und dem kleine Douglas Flood.« Er strich mit den dürren Händen durch Marthas Haare. Sie kicherte und sah zu ihm auf – Cathy musste den Drang unterdrücken, sie von ihm wegzureißen. Es ist doch nur Kaspar, sagte sie sich. Der einzige Vater, den sie je gekannt hat. »Das Emporium ist mein Zuhause«, fuhr er fort, und in seiner Stimme lag nun etwas von der Zerbrechlichkeit, die er sich nicht anmerken lassen wollte. »Dieser Ort ist wie mein Herz. Mit seinen Lagerräumen und Gängen. Den Orten, an denen ich gespielt habe. Und ich weiß jetzt, dass es der einzige Grund ist, warum ich zurückgekommen bin, während so viele unserer Freunde den Tod gefunden haben. Denn wie kann ein Mann sterben, wenn er sein Herz nicht in sich trägt? Wenn er es in einer Spielzeugtruhe eingeschlossen hat, zusammen mit allem, was ihm lieb und teuer ist? Die Welt vor unseren Toren birgt mehr Schmerz und Sorgen, als ich wahrhaben möchte – aber hier drin gibt es Schnee aus Konfetti und wild umherstreifende Schaukelpferde. Es gibt Wälder aus Papier, Schmetterlinge aus Satin, Züge, die unmögliche Loopings fahren, und Patchworkhunde, die nie altern oder gar sterben – und es gibt die Erinnerungen«, flüsterte er, »Erinnerungen an die Zeit, als Emil und ich noch kleine Jungs waren, die nichts anderes kannten als unsere Spiele.«

Emil hatte zu klatschen begonnen, doch zu früh; keiner der anderen fiel mit ein.

»Das Emporium hat sich verändert, seit ich fortgegangen bin«, fuhr Kaspar fort. »Aber jetzt bin ich wieder zu Hause, und es tut mir leid, Emil, aber das Emporium muss sich noch einmal verändern ...« Er ließ den Blick durch den Saal schweifen und musterte die Gesichter derer, die ihn anstarrten. »Von dem Moment an, wo sich die Tore morgen öffnen, wird das Emporium nie wieder einen Spielzeugsoldaten verkaufen.«

Rings um den Tisch breitete sich eine Stille aus, die weniger verblüfft als vielmehr fassungslos war.

»Überantworten wir sie der Vergangenheit wie alles andere auch.«

»Kaspar«, mischte sich Emil ein, »wie meinst du das, nie wieder ...«

»Es ist ganz einfach, kleiner Bruder. Es gibt so viele magische Spielzeuge in diesen Räumlichkeiten. Warum sollten wir uns da noch länger mit Soldaten besudeln?«

»Also wirklich, Kaspar«, sagte Emil, jetzt strenger. »Hör zu, der Lange Krieg ...«

»... geht immer noch weiter«, sagte Kaspar. »Das ist mir bewusst.« Er beugte sich vor, um Martha einen Kuss auf die Stirn zu geben. Dann ging er, auf seinen Stock gestützt, durch den Gang davon, aus dem er gekommen war.

»Esst!«, rief Emil aus, und die Angestellten, die bis jetzt respektvoll geschwiegen hatten, unterhielten sich leise, als das Klirren der Teller und Gabeln die Stille zerriss. »Aber das ist doch absurd!«, hörte Cathy Emil sagen. »Glaubt er, er kann einfach hier reinspazieren und uns alle verurteilen? Das ist hässlich, mehr kann ich dazu nicht sagen. Stimmt's, Papa? Also wirklich ...«

Doch Papa Jack sagte nichts. Der alte Mann saß zusammengesunken auf seinem Stuhl, die Kiefernzapfenfigur noch immer in der Hand.

Am nächsten Morgen lief das Geschäft nur schleppend an, wie immer nach den Feiertagen, doch am späten Nachmittag füllten sich die Gänge nach und nach, und die reichen

Sprösslinge aus Knightsbridge kamen, um ihr Weihnachtsgeld auszugeben. Emil, der den ganzen Vormittag durch die Verkaufshalle gestreift war, legte seinen üblichen Auftritt hin, wenn ein Junge ihn nach dem Wolkenschloss oder der geheimen Melodie fragte, mit der man die Tanzbären dazu bringen konnte, einen Fandango zu tanzen. Und doch ließ er den Blick in ruhigen Momenten unablässig über die Galerien schweifen, für den Fall, dass sein Bruder es wagte, sich dort sehen zu lassen.

Der Tag war schon fast vorbei und das Geschäft leerte sich zusehends, als Emil gerade auf einem der Regale stand und versuchte, einen der Lenkballons einzufangen. Da hörte er plötzlich laute Stimmen. An einer der Theken im vorderen Teil des Geschäfts stand ein rundlicher Mann und beschwerte sich bei Cathy; sein Gesicht war rot vor Wut. Eine kleine Menschentraube aus Schaulustigen hatte sich gebildet.

Über ihre Köpfe hinweg konnte Emil erkennen, wie der Kunde zwei kleine Soldatentrupps auf die Theke stellte, sie aufzog und losmarschieren ließ; eine Schlacht, die sich in nichts von den unzähligen anderen unterschied, die jeden Tag im Emporium ausgetragen wurden. In perfekter Formation marschierten die Infanteristen, die nur mit Bajonetten bewaffnet waren, aufeinander zu. Sie würden fallen oder standhaft bleiben, und wer am Ende übrig war, der war Sieger.

Ein paar Sekunden später hatten sich die verfeindeten Parteien erreicht, doch anstatt miteinander zu ringen und sich gegenseitig über den Rand der Theke zu stoßen, blieben alle Soldaten gleichzeitig stehen und reichten ihren Gegnern die Hand.

»Und? Was hat das nun zu bedeuten?«, fragte der rundliche Mann ungehalten.

Emil packte das Seil des Luftschiffs, das über ihm

schwebte, sprang vom Regal und landete ungeschickt auf dem Boden. Als er sich aufgerappelt hatte, verlangte der Mann gerade sein Geld zurück. Emil stapfte schwer atmend auf ihn zu.

Die goldene Regel für Ladenbesitzer lautete nicht etwa »Der Kunde ist König«, sondern »Greif den Kunden nie körperlich an«. Emil ignorierte sie und bahnte sich einen Weg durch die Menge. An der Kasse legte Cathy dem Kunden geduldig eine Münze nach der anderen in die ausgestreckte Hand.

»Ist etwas passiert?«, fragte Emil, der immer noch nach Luft rang.

»Sind Sie der Hersteller dieses Spielzeugs?«

»Ja.«

»Dann sind Sie schuld daran, dass meine Kinder damit nicht spielen können? Schämen Sie sich, Sir. Es sind doch nur Kinder. Sie wollten nur spielen. Und das, wo unsere Jungs drüben immer noch kämpfen ...«

Der Mann weigerte sich, noch mehr Fragen zu beantworten. Die Menge teilte sich, um ihm Platz zu machen, und schloss sich, noch bevor Emil ihm nachlaufen konnte. Als sie sich endlich zerstreute, war der zornige Kunde längst verschwunden.

Er drehte sich um und sah, wie Cathy die Soldaten wegpackte. »Zeig sie mir«, sagte er.

Schweigend stand Cathy da, während er die Soldaten aufzog, aufstellte und zusah, wie sie zum zweiten Mal einen Waffenstillstand vereinbarten.

»Das war *er*«, sagte Emil, unfähig, den Namen seines Bruders in den Mund zu nehmen.

Cathy berührte ihn am Arm. »Das weißt du doch gar nicht.«

»Natürlich weiß ich das. Platzt hier rein, hält seine Rede, und jetzt das ... Das hat er nur getan, um mich zu ärgern.

Und alles, weil ich ...« Emil sprach es nicht aus, doch Cathy hörte es trotzdem: *Weil ich nicht dort war.* »Das ist Sabotage. Schlicht und einfach. Aber wir hatten schon vorher mit Saboteuren zu tun. Wir werden ja sehen ...«

Er öffnete den Geheimgang hinter der Theke und war kurz davor, durch das Labyrinth aus Lagerräumen und Vorkammern zu gehen, als Cathy sagte: »Lass mich mit ihm reden, Emil.«

Er wollte widersprechen, doch dann kamen drei Jungen mit »Der-Lange-Krieg«-Schachteln in den Händen auf ihn zu.

»Sir«, sagte der erste. »Bei diesen hier ist es genauso.«

»Wir wollten in der Senke spielen, aber die Soldaten funktionieren nicht. Wir dachten, sie sind kaputt, bis der Mann da ...«

Emil kniete sich hin und nahm die Soldaten heraus.

»Wozu ist ein Soldat gut, wenn er nicht in den Krieg ziehen will?«

Er warf einen Blick auf den Mechanismus eines der Soldaten, als würde er dort die Antwort finden – und während er daran herumwerkelte, schlüpfte Cathy in den schattenhaften Gang hinter der Theke. Kurze Zeit später war sie die Wendeltreppe hinaufgestiegen und stand vor Kaspar, der von seinen sich vermehrenden Hasen umgeben war. Martha hockte dazwischen und fütterte die winzigen Jungen mit Stoffresten.

»Martha, kann ich mit deinem Vater sprechen?«

»Ja, natürlich, Mama.«

»*Allein.*«

Martha nahm eine Reihe von Häschen mit und stapfte mit wütendem Blick aus dem Raum.

»Kaspar, sag mir die Wahrheit. Hast du an den Soldaten ...«, ihr fiel kein besseres Wort ein, »herumgedoktort?«

Ein Lächeln umspielte seine Lippen.

»Kaspar?«

»Du hast mir doch dazu geraten, Cathy. Du hast gesagt, ich muss selbst etwas dafür tun, dass es mir besser geht. Tja, Liebling, genau das habe ich getan. Du verstehst doch, warum ich es tun musste, oder? Weil ... sie nicht zugehört hätten. Alle sehen mich an, als wäre ich ein Eindringling. Aber das hier ist auch mein *Zuhause*. Und Cathy, alles, was ich will, ist wieder hier anzukommen ...«

»Kaspar, du bist schon *hier*.«

»Emil hat noch nie zugehört. Er wollte immer nur den Langen Krieg gewinnen, schon seit wir Kinder waren. Aber jetzt gibt es keinen Sieger mehr. Jetzt kann es enden – und das Emporium kann wieder *aufblühen* ...«

In dem Moment flog die Werkstatttür auf. Die Patchworkhasen suchten unter Regalen und hinter Kisten Schutz.

Emil stand in der Tür, die Wangen verkniffen und gerötet. »Was hast du getan?«, flüsterte er. »Sag mir, was du getan hast!«

Kaspar hob beschwichtigend die Hand. »Ich zeig's dir, kleiner Bruder.«

Ein Spielzeugsoldat lag reglos zu Kaspars Füßen. Die Klappe auf seinem Rücken stand offen, und Kaspar bastelte an dem Mechanismus herum. Was genau er dort tat, konnte Emil nicht sehen. Doch als Kaspar den Soldaten dann hinstellte, bewegte er sich kein Stück. Emil zog ihn auf, doch anstatt vorwärts zu marschieren, beugte der Soldat die Knie und setzte sich hin. Dann, mit trauriger Unausweichlichkeit, hörte der Schlüssel auf, sich zu drehen.

»Sie sollen marschieren, Einheiten bilden, damit die Kinder sie gegeneinander antreten lassen können.«

»Ach, ja«, seufzte Kaspar, »zehn gefallene Soldaten, nur um ein paar Quadratzentimeter Boden gutzumachen.« Seine Augen verfinsterten sich. »Ich hab's dir gesagt, kleiner

Bruder. Das Emporium wird keine Spielzeugsoldaten mehr verkaufen. Wir sind doch keine Menschenschlächter. Warum sollten wir unsere Kinder dazu erziehen?«
Emil schnappte sich den widerspenstigen Soldaten. Drei Jahre war sein Bruder fort gewesen. Und selbst wenn er in diesen Jahren Dinge gesehen und getan hatte, von denen Emil nie eine Ahnung haben würde, machte das Emils drei Jahre doch nicht wertlos. Er hatte Nina. Der Lange Krieg war ein Triumph. Er würde Vater werden, ein richtiger Vater ... Und das Emporium gehörte doch nicht nur Kaspar. Es gehörte ihnen allen, ihren Familien, und: »Verdammt noch mal, Kaspar! Was willst du eigentlich von mir?«
Für Kaspar war die Antwort so banal, dass schon die Frage sinnlos war.
»Ich will, dass du erwachsen wirst.«
»Ich verdiene etwas Besseres, Kaspar. Oder, Cathy? Du hast zwar im Krieg gekämpft, aber ich ... ich habe unser Emporium über Wasser gehalten, oder? Auf die einzige Art, die ich kannte. Und meine Soldaten sind ... alles für mich.« Je länger er sprach, desto lauter wurde seine Stimme. »Der Lange Krieg ist unser Verkaufsschlager. Es ist genau das, was Jungen wollen. Soldaten, die sie sich ins Regal stellen können, um sie an ihre Väter zu erinnern. Kleine Zinnpanzer, die sie hin und her schieben können. Kavallerie und Artillerie. Sie kommen nur deswegen hierher. Sogar Mädchen. Sie nehmen sie mit nach Hause, sammeln sie, stellen Schlachten nach und kommen wieder, um noch mehr zu kaufen. Das Emporium mag ohne dich etwas nachgelassen haben, Kaspar. Aber nenn mir einen Grund, bloß *einen*, warum du glaubst, das Recht zu haben, hier hereinzuplatzen und all dem ein Ende zu setzen!«
Kaspar ignorierte Cathys ausgestreckte Hand und kam von allein auf die Beine. »Hast du dir je überlegt, wie sich das *anfühlt*?«, fuhr er Emil an, und weiße Speicheltröpf-

chen flogen ihm aus dem Mund. »Zwei Bataillone, die aufgezogen werden und aufeinander zumarschieren – und dann fallen sie um, werden aufgehoben und müssen das Ganze wieder und wieder durchmachen, ständig nach der Pfeife eines anderen tanzen. Die Soldaten haben keine Wahl. Für sie ist es nie zu Ende, Emil. Selbst die Zuflucht des Todes ist ihnen verwehrt.«

»Kaspar«, sagte Emil, jetzt leiser, und versuchte mit unsicheren, stockenden Schritten die Distanz zwischen ihm und seinem Bruder zu überwinden, »du bist jetzt zu Hause. Es sind doch nur Spielzeuge. Sie können nicht *fühlen*.«

Ein ungläubiger Ausdruck erschien auf Kaspars Gesicht. Emil hätte ihm genauso gut sagen können, dass es keine Sterne am Nachthimmel gab oder dass ihre Mutter noch lebte. »Hat dir Papa denn gar nichts beigebracht?«, fragte er. So standen sie da und starrten sich an, während in der Verkaufshalle unter ihnen Hunderte enttäuschte Stimmen laut wurden.

IMAGINARIUM

* * * * * * * *

Papa Jacks Emporium

1918

Sonnenaufgang, und die Gänge von Papa Jacks Emporium waren ein einziges Chaos. Wer in jener Nacht durch die Gitter der Galeriegeländer gespäht hätte wie Martha Godman, hätte geglaubt, alle zwielichtigen Helfershelfer der übrigen Londoner Spielzeuggeschäfte hätten sich zusammengerottet, um das Emporium in Schutt und Asche zu legen. Aber wenn man genauer hinschaute, sah man nur zwei Silhouetten im Halbdunkel: Emil und seine Frau Nina, die in der Senke des Langen Krieges hektisch alle Schachteln aufrissen, die Figuren aus der Verpackung nahmen und sie aufzogen. Überall in der Vertiefung schüttelten sich Soldaten die Hände und einigten sich auf einen Waffenstillstand, statt die Gewehre zu erheben und loszumarschieren. Als die ersten Sonnenstrahlen über den Zinnen des Wolkenschlosses sichtbar wurden, sank Emil auf die Knie und bekam einen verzweifelten Lachanfall.

»Pack sie alle wieder ein. Weck Frances Kesey und die anderen. Wenn einer dieser Soldaten heute das Emporium verlässt, ist der Verkäufer, der dafür verantwortlich ist, die längste Zeit Verkäufer gewesen.«

Nina wollte ihn trösten, und einen Moment lang ließ Emil sich auch von ihr umarmen. Doch dann machte er sich auf in die Dunkelheit der anderen Gänge.

Martha ließ ihn nicht aus den Augen.

Aufwärts, immer nur aufwärts; Emil Godman mochte behäbig wirken, aber rennen konnte er, wenn es sein musste. Durch die Schatten der Mammuts, vorbei an den Stämmen der gefällten Papierbäume, den Patchworkkatzen und -hunden, die ihn aus ihren Schachteln beobachteten, und den Schaukelpferden, die beim Grasen innehielten und sich über seine Eile wunderten. Nach einer ganzen Nacht Arbeit war Emil zu müde, um die endlosen Treppen hinaufzusteigen, und so kletterte er in ein Luftschiff, zog die Verankerung aus dem Boden und ließ sich zur Kuppel emportragen. Martha beobachtete von der Galerie aus, wie er höher und höher stieg, bis er im Nebel der Insel verschwand, auf der das Wolkenschloss schwebte.

Als er die Terrasse des Emporiums erreichte, war er völlig außer Atem. Weiße Wölkchen kamen aus seiner Nase, als er auf das Dach hinausging, wo sich der Garten seines Vaters befand; Pflanzen sprossen aus Schornsteinaufsätzen, Terrakottakübeln und unter verrutschten Dachziegeln hervor. Von hier aus konnte man ganz London sehen. Eine einzelne Schneeflocke wirbelte durch die Luft, bis sie sich in den Haaren auf Emils bloßem Arm verfing.

Schneeflocken, überall nur Schneeflocken – von Schneeglöckchen keine Spur.

Mit brennender Lunge hockte er sich hin und wühlte mit den Fingern in der Erde. Er suchte nach einem Farbtupfer, einem Anflug von Grün, irgendetwas, was halbwegs überzeugend aussah. Und wenn es tatsächlich so etwas wie Magie im Emporium gab, wenn das, was man Magie nannte, überhaupt *existierte*, dann würde sie sich doch sicher jetzt zeigen. Ein Schneeglöckchen würde aus der

Erde sprießen, erblühen und eine vollkommene weiße Blüte enthüllen.

Aber die Magie zeigte sich nicht. Hatte sich ihm noch nie gezeigt.

Er grub die Finger noch tiefer in die gefrorene Erde. Es war eine Offenbarung für ihn, wie köstlich es sich anfühlte, etwas so ... Ungehöriges zu tun. Er riskierte einen Blick über die Schulter, aber in der Wohnung der Godmans blieb alles still. Dann konzentrierte er sich wieder ganz auf seine Aufgabe – und wurde fündig. Er zog eine Schneeglöckchenzwiebel aus der Erde, die zu keimen begonnen hatte und dabei gewesen war, sich einen Weg an die Oberfläche zu bahnen.

Nun, da das Verbrechen begangen und der Adrenalinstoß versiegt war, beeilte sich Emil, seine Spuren zu beseitigen. Er scharrte das Loch mit dem Stiefel zu, klopfte sich den Dreck von den Händen und eilte nach drinnen. Möglich, dass Mrs Hornung die Stiefelabdrücke bemerkte, aber sie würde ihn nicht verraten.

Der Kaiserliche Rittmeister beobachtete ihn vom Kaminsims aus, wo er ihn vor dem Abendessen hingestellt hatte. Bei seinem Anblick stieg heiße Scham in Emil auf. Wie viele Winter war er auf die Terrasse gegangen und hatte die Schneeglöckchen innerlich beschworen, noch nicht aufzublühen? Und jetzt zerrte er sie mit bloßen Händen aus der Erde und wünschte sich verzweifelt, der Winter möge enden.

Die nötigen Werkzeuge fand er in seiner Werkstatt. Mit einem Skalpell öffnete er die Knospe und spreizte die unreifen Blütenblätter auseinander. Ein bisschen Papier, etwas Filz; er hatte schon so feine Züge auf die Gesichter seiner Soldaten gemalt, dass seine Finger der Aufgabe doch sicher gewachsen waren. Er beugte sich vor, arbeitete zügig und zielstrebig, das Vergrößerungsglas ins Auge geklemmt – und in dem Moment, als er Schritte hinter sich

hörte und schon so angespannt war, dass er glaubte, platzen zu müssen, war er fertig. Er drehte sich um und sah, dass Nina auf ihn wartete. Ihr Bauch war rund, seine beiden Söhne waren kräftig gewachsen.
»Alle warten auf dich.«
Emil ging zur Tür und drückte kurz ihre Hand, als er an ihr vorbeikam. In der Verkaufshalle wanderten die Angestellten nervös auf und ab. Cathy stand hinter ihnen in der Dunkelheit und ließ ihn nicht aus den Augen.
Emil zitterte, als er die Hand hob und die Faust öffnete, um das Schneeglöckchen mit der hochaufgerichteten Blüte zu enthüllen. »Das war's«, sagte er. »Es ist vorbei. Wir sehen uns im nächsten Jahr.«

Ein Monat verging, bis echte Schneeglöckchen auf der Terrasse wuchsen. Cathy flocht sie Martha ins Haar. Papa Jack zog sich für seinen langen Sommerschlaf zurück, und Kaspar werkelte weiter vor sich hin. Tief unter ihnen schloss sich Emil Tag und Nacht in seiner Werkstatt in der Verkaufshalle ein, öffnete die Soldaten, die früher einmal seine gewesen waren, entfernte ihren Mechanismus und nahm sie Stück für Stück auseinander. Skalpelle lagen bereit, Schraubenzieher, Schraubenschlüssel und Pinzetten, die so klein waren, dass man damit auch noch die winzigsten Zahnräder entfernen konnte. Er nahm Sprungfedern heraus, zog sie lang und suchte nach Fehlern in den Windungen. Er hielt eine Lupe vor die Zähne des Zahnrads, das die Kolben von Armen und Beinen antrieb. Er setzte alles wieder zusammen und nahm es erneut auseinander, ohne zu durchschauen, mit welchem simplen technischen Kniff Kaspar den Langen Krieg beendet hatte.
»Was entgeht mir hier?«, fragte er den Kaiserlichen Rittmeister, der neben ihm auf der Werkbank saß. »Wie hat er das angestellt?«

Der Frühling kam, und die Tage wurden länger. Emil entschied mit trauriger Entschlossenheit, dass alle Soldaten zerstört werden mussten. So viele Stunden, die er in seiner Werkstatt an der Drechselbank gesessen hatte, so viele nichts ahnende Spielzeugsoldaten, die dem Feuer übergeben werden mussten, damit er von vorne anfangen konnte.

Er schrieb Zahlen auf eine Schiefertafel und versuchte, ungefähr abzuschätzen, wie viel Holz er brauchen würde und wie viele Helfer er anheuern musste, um die Regale bis Weihnachten wieder aufzufüllen, als Cathy völlig außer Atem durch die Tür trat.

»Emil, du musst sofort kommen!«

»Ich bin gleich da, Cathy. Was auch immer er getan hat, ich bin sicher ...«

»Nein, Emil. *Jetzt. Sofort.*«

Emil verstand nicht und wollte widersprechen – er brauche Zeit für sich, er müsse jetzt nachdenken, um die Lösung des Rätsels zu finden, man müsse ihn nur in Ruhe lassen –, aber als Cathy schwieg, begriff er endlich. Er ließ den Griffel fallen, der dem Kaiserlichen Rittmeister vor die Füße rollte. Dann sprang er auf. Es dauerte einen Moment, bis er seine Fassung und sein Gleichgewicht wiedergefunden hatte.

»Jetzt? Aber Cathy, sie hat doch noch ein, zwei Monate Zeit, bis sie ...«

»Es sind Zwillinge, Emil. Die Hebamme sagt, Zwillinge kommen früher ...«

Emil rannte in die Verkaufshalle hinaus und stolperte beinahe über seine eigenen Füße, als er sich unvermittelt umdrehte und zu den Galerien hinaufschaute. Vielleicht war es nur Einbildung, aber er glaubte, Nina selbst auf diese Entfernung hören zu können.

Cathy nahm seine Hand. »Komm schon«, sagte sie mit Nachdruck.

Sie gingen über die Hintertreppe zur Wohnung der Godmans hinauf. Martha stand auf Zehenspitzen an der Terrassentür. Papa Jack ergriff seine Hand. Mrs Hornung wartete, wie Cathy erklärte, schon am Lieferanteneingang auf die Hebamme; und Kaspar, nun ja, Kaspar versteckte sich hinter einer der Türen und war so in eine Gebrauchsanweisung vertieft, dass er gar nicht mitbekam, dass seine Neffen kurz davorstanden, das Licht der Welt zu erblicken.

Nina wartete im Schlafzimmer. Nachdem Cathy sie verlassen hatte, war sie die ganze Zeit auf und ab gegangen; jetzt saß sie auf der Bettkannte und versuchte, eine Wehe durchzustehen.

Jäh blieb Emil im Flur stehen.

»Ich weiß nicht, ob ich das schaffe, Cathy.«

Das Herz klopfte ihm bis zum Hals. Cathy stand dicht bei ihm und flüsterte: »Du hast elf Jahre darauf gewartet. Du warst schon damals bereit, mir zu helfen, und heute kannst du ihr helfen. Weißt du nicht mehr, all die Bücher, die du gelesen, und all die Fragen, die du gestellt hast? Emil, ich habe weder heute noch damals je daran gezweifelt, dass du das schaffst. Geh einfach da rein und halt ihre Hand, bis die Hebamme kommt. Sag ihr, dass du sie liebst. Sie wird es brauchen.«

»Danke, Cathy«, flüsterte er und verschwand durch die Tür.

Sieben Stunden später hallte Jubel durch die Wohnung. Endlich hörte Cathy das Quäken eines Neugeborenen durch die Tür und atmete auf. Sie hatte nervös gewartet, während Emil herumgetigert und jedes Mal in Panik geraten war, wenn die Hebamme aus dem Schlafzimmer kam, um noch mehr Handtücher, Wasser oder Toast und Butter zur Stärkung seiner Frau zu holen. Bis dahin war Cathy gar nicht klar gewesen, wie angespannt sie gewesen war.

Neben ihr sprang Emil plötzlich auf.

»Muss ich … soll ich reingehen, Cathy?«
Jetzt hörte man auch das zweite Baby schreien. Die Hebamme war bestimmt schon dabei, sie zu wickeln. Und Nina …
Mrs Hornung tauchte in der Tür auf, die Ärmel hochgekrempelt, als hätte sie die Babys höchstpersönlich auf die Welt geholt. »Sie fragt nach dir, Emil. Es ist Zeit.«
Doch er blieb wie angewurzelt stehen – erst als Cathy den Arm um ihn legte und ihm zuflüsterte, dass sein Teil der Arbeit gerade erst begann, rührte er sich.
Als er hineingegangen war, zog Martha an Cathys Hand.
»Können wir auch reingehen, Mama? Können wir sie uns ansehen?«
Cathy bat sie, noch etwas Geduld zu haben. Sie konnte sich noch gut an die Erschöpfung erinnern, die sie selbst damals empfunden hatte. Erst als es draußen dunkel wurde und die Verkaufshalle von Papa Jacks winzigen Sternen erhellt wurde, konnte sie einen ersten Blick auf ihre Neffen werfen. Emil hatte die beiden Winzlinge auf die Galerie hinausgetragen, damit sie ihren ersten Blick auf das Emporium werfen konnten. Cathy ging zu ihm und hörte, wie er ihnen zuflüsterte: »Wir drei bringen das schon wieder in Ordnung, und an jedem Eröffnungsabend wird es Sternschnuppen regnen genauso wie jetzt, nur für euch beide … Da hinten auf dem Wolkenschloss werden wir zelten, und da drüben im Papierwald werden wir Patchworkhirsche jagen – und da hinten ist die Senke, da drin werden wir alle zusammen den Langen Krieg ausfechten. Im Winter werden sie kommen und uns zu besiegen versuchen, aber niemand gewinnt eine Schlacht gegen die Godman-Jungs …«
Cathy hatte ihn fast erreicht, als er sich umdrehte.
»Cathy«, sagte er strahlend, »komm her und lern meine Jungs kennen …«

Am ersten Sommertag sah Cathy von einer der Galerien hoch über der Verkaufshalle aus zu, wie Emil die Tür öffnete, um eine Gruppe Helfer hereinzulassen, die sie noch nie gesehen hatte. Emil bat sich Stille aus, nahm einen Stapel Zettel aus der Tasche, ließ sich von allen eine Unterschrift geben und führte sie durch die Gänge. In den letzten Wochen hatte er es aufgegeben, an den Spielzeugsoldaten herumzubasteln, und sich stattdessen ganz darauf konzentriert, die Verkaufshalle neu zu arrangieren, zwischen den Gängen Barrikaden zu errichten und Geheimtüren aufzustellen, die alle bis auf die eifrigsten Kartografen endlos in die Irre führen würden. Die Neuerfindungen für den nächsten Winter überließ er Papa Jack, während er selbst die ganze Zeit Komplotte schmiedete. Cathy sah, wie er die neuen Angestellten mitten ins Herz des Papierwaldes führte – zum Spielhaus.

Cathy hatte mitbekommen, wie Mrs Hornung es mit Vorräten ausgestattet hatte. Es gab darin jetzt Säcke mit Kartoffeln, Rindfleischkonserven, genug Tee, um den Durst einer ganzen Armee zu löschen, und genug Minzplätzchen, um eine Antarktisexpedition zu verpflegen. Erst jetzt verstand Cathy, wozu das alles gut sein sollte.

Später am Tag, als sie und Martha in der Verkaufshalle beschäftigt waren, sah sie, dass an der Tür des Spielhauses ein Schild angebracht worden war, auf dem in blutroten Lettern »BETRETEN VERBOTEN!!!« stand. Grob gearbeitete Patchworkwölfe bewachten die Umgebung. Sie waren so primitiv, dass sie nur laufen und bellen konnten.

Am Abend stand sie in der Werkstatttür, während Martha neben Kaspar saß und die Feinheiten der Patchworktierherstellung erlernte. »Er hat die Soldaten im Spielhaus eingesperrt«, sagte Martha und nähte Federn an ihren Adler. »Und die neuen Helfer machen alles wieder kaputt, was du erreicht hast, Papa. Wie sollen wir da nur reinkommen, Onkel Emil hat es in eine Festung verwandelt ...«

Kaspar grinste, sein Gesicht legte sich in Falten, als wäre ihm eine halbvergessene Erinnerung wieder eingefallen. »Ich will dir mal was erzählen, Martha. Als Emil und ich noch klein waren, konnte er einfach nicht verlieren. Damals hat er auch schon Festungen gebaut, aber es gab immer irgendeinen Weg hinein.«

»Diesmal aber nicht, Papa, selbst wenn der Aufziehmechanismus der Wölfe abgelaufen ist. Mama und ich sind einmal drum herumgegangen, er hat sogar die Fenster mit Brettern vernagelt. Man kommt nicht hinein, und am Eröffnungsabend ist es zu spät.«

Es war seltsam zu beobachten, wie sehr ihn die schlechten Nachrichten aufgeheitert hatten. Plötzlich sprang er auf, tanzte ungeschickt eine Polka und nahm eine Holzkiste von einer der Theken. Er stellte sie vor Martha hin.

»Sieh dir das mal an ...«

Die Kiste war voll mit Spielzeugsoldaten und deren Ersatzteilen. Kaspar nahm einen heraus, schloss die Klappe an seinem Rücken und wies Martha an, ihn aufzuziehen, während er an einem zweiten herumwerkelte. »Ich hatte schon lange so etwas im Hinterkopf. Manchmal braucht es eben etwas Zeit, um des Rätsels Lösung zu finden. Und gestern Nacht ist es mir gelungen. Es spielt nicht die geringste Rolle, was Emil im Spielhaus treibt, nicht wenn ...«

Kaspar atmete laut aus, schloss die Rückenklappe des zweiten Spielzeugsoldaten und zog ihn auf. Eine Zeit lang passierte gar nichts. Dann sah Cathy, wie der erste Soldat, der in immer kleiner werdenden Kreisen durch die Gegend marschierte, langsamer wurde. Als der Mechanismus kurz davor war, abzulaufen, ging der zweite Soldat zu ihm, nahm seinen Schlüssel in die hölzernen Hände und zog ihn wieder auf. Der erste Soldat erwachte zu neuem Leben und ging weiter im Kreis.

Martha klatschte entzückt in die Hände. Dann wurde

der zweite Soldat langsamer. Diesmal kam ihm der erste zu Hilfe und zog ihn wieder auf. So marschierten die Soldaten immer weiter. Und solange sie zusammen waren, würde es auch so bleiben.

»Emil hat nie gelernt, richtig nachzudenken. Er ist gut in dem, was er tut, das ist schon wahr, aber er kann nicht darüber hinaussehen. Er versteht einfach nicht. Vielleicht wird er es auch nie. Diese Soldaten müssen nicht mehr nach seiner Pfeife tanzen. Sie müssen keinen Langen Krieg mehr kämpfen. Sie müssen nicht mal mehr Soldaten sein. Sie können die Kontrolle über ihr Leben selbst übernehmen und werden, was sie wollen. Die Welt hat genug von Armeen, Martha, mein Engel. Sie will nicht noch einen Jungen sterben sehen. Sie braucht nicht noch mehr Tote, sondern Bauern, Kesselflicker, Schäfer, Lokomotivführer und Gemischtwarenhändler. Es wird Zeit, dass wir die Soldaten befreien.«

»Oh, ja, Papa!«

Martha stürzte sich auf die Holzkiste, nahm einen weiteren Soldaten heraus und ließ ihn zusammen mit den beiden anderen marschieren. Dessen Mechanismus war noch nicht neu justiert worden, und so konnte er seine Kameraden nicht aufziehen – aber diese sprangen ihm trotzdem bei, als sein Mechanismus ablief.

»Siehst du?«, sagte Kaspar grinsend. »Das sind keine Soldaten mehr, die sich gegenseitig umbringen, weil sie es müssen. Das sind lebende *Wesen*, die sich gegenseitig helfen, weil sie es können. Ist das nicht schön?«

EIN HÖCHST BEMERKENSWERTER SACHVERHALT
Ein Aufsatz von Martha Godman (11 Jahre alt), August 1918

»Das Thema über das ich diese Woche schreiben soll lautet: Was ich später einmal werden will. Möchte ich Lehrerin werden oder Mutter? Möchte ich die Sekretärin eines reichen Bankiers werden oder eine Forscherin. Die Fragestellung an sich ist sehr interessant aber es gibt noch eine sehr viel interessantere. Wie bekommt man was man will, in Bezug auf die Spielzeugsoldaten des Emporiums.
Was wenn man in einer Situation gefangen ist mit der man nicht einverstanden ist? Was wenn man jemand ist der man nicht sein will? Wie kann man die Kontrolle über seine Lebensreise gewinnen? Es heißt dass das Schicksal gottgegeben ist. Aber was wenn man sich damit nicht abfinden will?

1. Schritt
Es sind die Herrschaft, die Macht und die Privilegien der anderen, die uns beschränken.

Punkt 1: Ein Spielzeugsoldat muss aufgezogen werden oder zugrunde gehen.

Punkt 2: Wenn man einem Spielzeugsoldaten beibringt wie er sich selbst aufziehen kann, unterliegt er nicht mehr der Herrschaft eines anderen.

2. Schritt
Sich selbst zu helfen ist nichts wert wenn man nicht auch anderen hilft. Eine Bewegung kann nur Erfolg haben wenn das Revolutionäre zum akzeptierten Normalzustand wird.

Punkt 3: Wenn man einem Spielzeugsoldaten beibringt, wie man andere aufzieht, können auch sie IHRE FESSELN ABWERFEN.

Punkt 4: Soldaten die sich von ihren Fesseln befreit haben können auch andere von ihren Fesseln befreien. Wir haben gelernt dass Krankheiten sich von Mensch zu Mensch weiterverbreiten; dasselbe gilt auch für Wissen und Freiheit.

3. Schritt
Die Reise hat begonnen. Wer weiß wohin sie führt? Der erste Schritt ist SEIN SCHICKSAL SELBST IN DIE HAND ZU NEHMEN.

Soldaten wollen keine Soldaten sein und wenn man ihnen die Chance gibt selbst zu entscheiden, werden sich die wundervollsten Dinge ereignen.«

Cathy legte das Blatt weg und spürte, wie Mr Atlee sie über seinen bronzefarbenen Kneifer hinweg musterte. Ganz egal, wie alt man war, der Blick eines Lehrers war immer vernichtend.

»Darf man davon ausgehen, dass es sich hierbei um eine verschleierte Analyse der Einführung des Frauenwahlrechts handelt? Wir haben schon mehrmals im Unterricht darüber gesprochen, und Ihre Tochter hat aus ihrer Meinung nie einen Hehl gemacht ... Aber das? Zu verstehen, was man will, seine Fesseln abwerfen und sein Schicksal selbst in die Hand nehmen? Ihre Tochter ist, wenn ich das sagen darf, etwas jung für eine so radikale Haltung. Und was hat es mit den Spielzeugsoldaten auf sich? Soll das ein gewagter Kommentar zur Kriegsdienstverweigerung sein? Und das, obwohl ihr eigener Vater so lange dafür gekämpft hat, dass dies ein freies Land bleibt.«

Cathy senkte den Blick.

»Darüber hinaus ist dieser exzessive Gebrauch von Großbuchstaben überaus besorgniserregend. Ich glaube, das macht sie nur, um mich zu ärgern.«

Dessen war sich Cathy sogar sicher: Sie hatte Martha dabei ertappt, wie sie im Schein einer Taschenlampe übte, möglichst verschnörkelte Großbuchstaben zu schreiben.

»Ich rede mit ihr.«

»Bitte, tun Sie das«, verkündete Mr Atlee. »Es ist zu ihrem eigenen Besten, Mrs Godman. Gott weiß, ich bewundere diesen Ort und bin dankbar für meine langjährige Anstellung hier – aber haben Sie schon einmal darüber nachgedacht, dass es Martha eventuell guttun würde, sich mit der *richtigen* Welt zu beschäftigen?«

Nachdem Mr Atlee gegangen war, wartete Cathy kurz, bevor sie Martha suchen ging. Mr Atlee hatte ihr Hausaufgaben in Arithmetik gegeben, aber statt über ihren Schulbüchern zu sitzen, lenkte Martha in der Wohnung der Godmans einen der Zwillinge ab, während Nina vergeblich versuchte, dem anderen Apfelkompott in den Mund zu löffeln. Mit ihren sechs Monaten hatten die beiden schon etwas von der Bärenhaftigkeit ihres Vaters geerbt.

»Martha, ein Wort, bitte!«

»Ach, Mama, das kann er doch noch nicht, er brabbelt nur so vor sich hin. Das mit dem Sprechen kommt später.«

Es ist, als wäre sie Kaspars leibliche Tochter, dachte sie – derselbe ironische Blick, dieselbe Wortverdreherei.

Ein böser Blick genügte, um Martha dazu zu bringen, ihren Cousin abzusetzen und zu ihrer Mutter zu gehen. Cathy zog sich mit ihr in eine Ecke zurück, faltete die Blätter mit dem Aufsatz auseinander, den Mr Atlee bemängelt hatte, und fragte: »Was hat das zu bedeuten?«

»Es ist alles wahr, Mama. Ich würde doch nicht *lügen*.«

Das stimmt, dachte Cathy, dazu liebte sie die Wahrheit

viel zu sehr.»Ja, aber was genau soll es bedeuten?«, fragte sie.

»Es geht um die Soldaten. Papa kann es dir zeigen. Komm schon ...«

Martha nahm ihre Hand und führte sie über die Hintertreppe zur Tür von Kaspars Werkstatt.

Kaspar saß in einem Schaukelstuhl, der früher einmal Papa Jack gehört hatte, während Dutzende sich selbst aufziehender Soldaten in Bataillonen aufgereiht vor ihm standen. Auf einer Tafel standen mathematische Berechnungen. Der Boden der Werkstatt war zum Exerziergelände geworden, wo die Einheiten marschierten, kehrtmachten, hinfielen, aufstanden und sich wieder in Reih und Glied aufstellten. Wenn irgendwo ein Soldat langsamer wurde, drehte einer seiner Kameraden sich um, packte den Schlüssel auf seinem Rücken und zog ihn wieder auf. Es war, dachte Cathy, wie einem Bienentanz zuzuschauen. Die Aufzieharmee bewegte sich wie ein Schwarm.

Kaspar klopfte den Takt mit dem Fuß, und erst als Martha ihn am Ärmel zupfte, sah er auf. »Cathy«, sagt er. »Sieh dir das an! Sie exerzieren. Wir haben versucht, sie dazu zu bringen, etwas anderes zu tun – warum sollten sie exerzieren, wenn sie keine Soldaten mehr sind? –, aber anscheinend liegt es in ihrer Natur. So sind sie eben gemacht. Schau mal.« Kaspar deutete auf einen Berg aus kleinen Mänteln, Wollpullovern, Hemden und winzigen dunkelgrünen und marineblauen Gummistiefeln. »Zieh dich an wie ein Soldat und du bist einer. Aber zieh dich an wie ...«

»Es hat nicht funktioniert«, unterbrach ihn Martha. »Sie wollen nicht, dass man sie ihnen anzieht.«

»Und dann dachten wir – warum auch? Sie haben schon zu lange nach den Befehlen anderer gelebt. Wer bin ich, ihnen zu sagen, was sie anziehen sollen? Ach, Cathy, sie tun die unglaublichsten Dinge. Sie *lernen dazu* ...«

Cathy hockte sich auf den Boden. Von der plötzlichen Störung irritiert, marschierten die Soldaten auf die andere Seite der Werkstatt und formierten sich dort neu.

»Sie brauchen einen Anführer«, sagte Martha. »Manchmal wirbeln und taumeln sie wild durcheinander, stoßen zusammen oder schütteln sich die Hände. Wenn sie einen Anführer hätten, könnten sie sich vielleicht besser konzentrieren. Glauben wir zumindest.«

»Das ist mit nichts im Emporium zu vergleichen. Sie machen neunundneunzig Male dasselbe, und beim hundertsten Mal geht irgendetwas schief. Manchmal versuchen sie es dann einfach noch mal. Aber wenn der Fehler ihnen Vorteile bringt ...« Kaspars Augen glitzerten wie Eiskristalle. »Sie entdecken ständig etwas Neues.«

Kaspar öffnete eine Schachtel mit dem Emblem des Langen Krieges, nahm einen starren Soldaten heraus und legte ihn auf den Boden. Sofort marschierte das gesamte Bataillon zu ihm hinüber, plötzlich wirkte ihr Verhalten perfekt koordiniert. Sie arbeiteten in zwei Gruppen – eine öffnete die Klappe an der Rückseite des Soldaten, die andere sorgte dafür, dass die erste Gruppe aufgezogen blieb. Die Gruppe, die den daliegenden Soldaten bearbeitete, bewegte sich mit einer Präzision, die im letzten Winter noch undenkbar gewesen wäre. Sie sortierten das Getriebe um, fügten neue Führungsdrähte in seine Arme ein, und als sie fertig waren, zogen sie ihren neuen Bruder zum ersten Mal auf. Kurze Zeit später nahm er seinen Platz im Bataillon ein.

»Du hast sie so eingestellt, dass sie sich gegenseitig umbauen?«

»Noch besser«, sagte Martha strahlend. »Papa hat sie gar nicht umgebaut. Das haben sie *selbst* getan.«

Emil war sehr gewissenhaft, wenn es darum ging, die neuen Helfer am Ende jedes Sommertages hinauszubegleiten. Zuerst schloss er die Tür des Spielhauses hinter sich ab, dann mussten sie sich zwischen den Papierbäumen aufstellen, und er tastete sie einen nach dem anderen ab, damit sie keine Entwürfe oder Werkzeuge nach draußen schmuggeln konnten. Danach gingen sie in einer Reihe zur Halbmondhalle. Falls sie etwas dagegen hatten, durchsucht zu werden, sagten sie es nicht laut; die Männer, die mit nur einem Bein aus dem Krieg zurückgekehrt waren, und die Mütter, die ihre Kinder alleine großziehen mussten, brauchten jede Arbeit, die sie kriegen konnten. Und, wie Emil sich jeden Abend erinnerte, wenn er sie auf die Gasse von Iron Duke Mews entließ: Das sind nicht deine Freunde, das sind nicht deine Freunde. Sie waren seine Arbeiter, mehr nicht; das schien ihm die wichtigste Lektion seines Lebens zu sein.

Und so schloss er auch heute die Eingangstür ab, drehte eine letzte Runde um das verbarrikadierte Spielhaus und ging dann durch den Papierwald zurück. Nina wartete am Waldrand auf ihn. Ihre Söhne strampelten in ihrem Kinderwagen, und Emil beugte sich vor, um sein stoppeliges Gesicht an den ihren zu reiben.

»Und, wie sieht es aus?«, fragte Nina.

»Der Feinschliff ist noch nicht ganz perfekt, aber dafür ist noch genug Zeit. Bis zum ersten Frost bleiben uns noch ungefähr zwei Monate. Wir haben schon genug hergestellt, um die Regale aufzufüllen, aber sie müssen noch bemalt und lackiert werden. Und das kann nur ich.« An den meisten anderen Abenden der letzten Zeit war er niedergeschlagen gewesen, aber heute sah er hoffnungsvoll in die Zukunft. »Wir werden rechtzeitig fertig. Falls es diesen Winter einen Waffenstillstand gibt, dann nur in der echten Welt. Nicht hier in meinem Emporium.« Emil drückte Nina die Hand, und sie ließ ihre Finger durch seine gleiten. »*Unserem* Emporium.«

Sie schlenderten zusammen durch die Gänge, die sich

bald wieder mit Kunden füllen würden, vorbei an der Senke des Langen Krieges, in der bald wieder Schlachtrufe zu hören sein würden – und waren so vertieft in ihre Unterhaltung über den ersten Eröffnungsabend, den ihre Söhne erleben würden, dass sie die unzähligen Aufziehsoldaten nicht bemerkten, die sie nicht aus den Augen ließen. Hätten sie einen Blick über die Schulter geworfen, hätten sie vielleicht gesehen, wie die Soldaten unter den Regalen hervorkamen, stehen blieben, ihre Kameraden aufzogen, in den Papierwald marschierten und das Spielhaus umkreisten.

Emil trug seine Kinder die Treppe hinauf und bekam all das nicht mit, bekam nicht mit, wie die Soldaten ausschwärmten und nach anderen ihrer Art suchten, bekam nicht mit, wie sie seine Werkstatt entdeckten, sich hineinwagten und einen weiteren reglosen Soldaten hinaustrugen. Hätte er es mitbekommen, hätten die Geschehnisse in Papa Jacks Emporium vielleicht eine andere Wendung genommen. So aber legten die Soldaten den Kaiserlichen Rittmeister auf den Boden – der majestätische, vollkommene Anführer, den sie, wie Martha glaubte, so dringend brauchten. Einen Moment standen sie andächtig da, dann drehten sie ihn um, öffneten die Klappe und machten sich über seinen Mechanismus her.

Kurz darauf erhob sich der Kaiserliche Rittmeister, groß und stark wie zuvor. Doch etwas war anders. Sein Gruß, die Hand an der Stirn, war anders, obwohl er es schon so oft getan hatte. Und anders war auch, dass er nun vortrat, den Schlüssel eines Kameraden packte und ihn aufzog.

Dann nahm er den Platz ein, der ihm gebührte – an der Spitze einer Armee. Und das Heer setzte sich in Bewegung.

Cathy klopfte immer, bevor sie Papa Jacks Werkstatt betrat – eine Gewohnheit, die sie nie abzulegen gedachte. Sie hatte sich schon lange nicht mehr daran zurückerinnert, wie sie als verängstigtes Mädchen zum ersten Mal hierhergekommen war, aber heute tat sie es. Ohne auf seine Erlaubnis zu warten, trat sie ein.

Papa Jack saß wie immer in seinem Sessel. Sie hatte vermutet, dass er seinem Phönix, dessen Gefieder es nie überlebte, wenn er in Flammen aufging, neue Federn annähte, doch Papa Jack schlief. Seine Finger zuckten, als würde er immer noch von den Albträumen seiner eisigen Verbannung heimgesucht.

Er schlug die Augen auf, noch bevor Cathy ihn erreicht hatte. Eine Reaktion, die er sich ebenfalls dort draußen in der Wildnis angewöhnt hatte.

»Wie war's?«

In den Jahren, in denen Kaspar in Frankreich gewesen war, hatten die Eröffnungsspektakel immer mehr von ihrem Glanz eingebüßt. Für Cathy hatte es sich angefühlt wie ein Echo ihres eigenen Verlusts – denn wie konnte das Emporium von Magie erfüllt sein, wenn Kaspar nicht durch seine Gänge streifte? Doch vermutlich hatte es eher an den Schiffsladungen gelegen, die London nicht mehr erreichten, oder an den Lieferanten, die abwarteten, ob die Preise stiegen oder fielen. Emil und Papa Jack hatten nächtelang beratschlagt, wie es ihnen gelingen konnte, selbst in schweren Zeiten wie diesen die Menschen zu begeistern und zu verzaubern. Papa Jack war der Ansicht, es spiele keine Rolle, dass die Ware knapp geworden sei. Er selbst habe ja früher auch nur Zweige und Blätter zur Verfügung gehabt – und waren die Spielzeuge von damals nicht ebenso fantastisch wie die, die die Leute zwanzig Jahre später ins Emporium strömen ließen? Der heutige Abend war der Beweis dafür: Es war der verhaltenste Eröffnungsabend seit Langem gewesen, und doch war eine gedämpfte Freude spürbar gewesen. Der erste Frost war auf den zehnten

November gefallen, und es ging das Gerücht, dass in Frankreich ein Waffenstillstand ausgerufen worden war und dass diesmal vielleicht wirklich alle Männer an Weihnachten zu Hause sein würden.

»Es war ein ganz besonderes Chaos, wie immer. Aber ...« Sie verschwieg ihm, dass in diesem Jahr keine Spielzeugsoldaten des Langen Krieges in den Regalen zu finden sein würde. Emil hatte sie zwar mit neuen Soldaten bestückt, doch musste er nur Stunden später entdecken, dass die Schachteln geöffnet und geplündert worden waren und dass die Spielzeugsoldaten, an denen er den ganzen langen Sommer über verbissen gearbeitet hatte, allesamt verschwunden waren. Sie erzählte ihm auch nicht, dass Emil in Kaspars Werkstatt gestürmt war und zu erfahren verlangt hatte, wie er das zustande gebracht hatte. Vielleicht hätte man Papa Jack trotz seines hohen Alters nicht schonen müssen, aber es kam Cathy nicht richtig vor, es zu erwähnen.

»Hör zu, Papa Jack. Ich muss dich etwas fragen. Es mag dumm klingen, aber ich hoffe, du hältst mich nicht für töricht.«

»Nimm Platz, Cathy. Du und ich, wir haben uns doch schon über so viele Dinge unterhalten.«

Cathy setzte sich neben ihn.

»Eigentlich ist es eher eine Frage, die Martha dir stellen sollte, keine erwachsene Frau wie ich. Aber Papa Jack, ist es möglich ... ich meine, *könnte* es möglich sein ... dass ein Spielzeug ...«, sie wusste, wie albern es sich anhörte, »zum Leben erwacht? Sicher, in Büchern liest man oft davon. Holzpuppen werden zu richtigen Jungen. Und natürlich leben sie auch in der Fantasie der Menschen. Aber das meine ich nicht. Ich meine, können sie wirklich *zum Leben erwachen*. Wenn ich Sirius ansehe, frage ich mich ...«

Papa Jack hatte Cathys Hand genommen. Sie errötete, so

lächerlich kam sie sich vor. »Ich habe mich oft dasselbe gefragt, mein Mädchen«, sagte er. »Was unterscheidet Sirius von all den anderen Patchworkhunden, -katzen, -wölfen und -bären, die wir in die Welt entlassen haben? Er wurde von denselben Händen und auf dieselbe Art hergestellt wie sie.« Er hob die Hände wie ein Zauberer, um zu zeigen: keine Tricks. »Manchmal erkennt man so etwas wie Verstehen in seinen schwarzen Knopfaugen, und das kann man mit Zahnrädern und Sprungfedern nicht erklären.«

»Womit dann? Was kann es sein?«

»Meine Jungs, und jetzt du, ihr habt dafür gesorgt, dass Sirius seit seiner Entstehung immer aufgezogen war. Sein Mechanismus ist nie abgelaufen. Er läuft weiter und immer weiter. Ihr bringt ihm neue Tricks bei, und kurz darauf versucht sein Getriebe, sie nachzuahmen. Seine Pfoten gehen neue Wege und merken sich den Weg. Und mit jedem neuen Trick, den er gelernt, mit jeder neuen Gewohnheit, die er angenommen hat, wächst sein, nun ja, Wissen. Die Lochkarten in seinen Getrieben sagen ihm, wann er gehen und wann er rennen soll, wann er Sitz machen und wann er mit dem Schwanz wedeln soll, und immer, wenn er etwas lernt, kommen neue Löcher hinzu. Und ... ja, warum sollten diese Informationen sich nicht gegenseitig beeinflussen? Plötzlich kann er nicht mehr nur eine Reihe von Tricks. Eines Tages kann er sie vielleicht sogar miteinander vergleichen, sie miteinander vermischen. Und vielleicht, nur vielleicht, entsteht durch diese Vermischung so etwas wie ... Bewusstsein. Aber all das ist zu rätselhaft, als dass ein einfacher Spielzeugmacher es dir erklären könnte. Aber manchmal, wenn ich in seine Knopfaugen blicke ...« Papa Jack verstummte kurz. »Es würde sich anfühlen wie Mord, wenn man ihn nicht rechtzeitig aufziehen würde, nicht wahr?«

Cathy nickte.

»Und man kann nicht ermorden, was nie gelebt hat. Also ist er am *Leben*, oder nicht?«

Als hätte er gewusst, dass über ihn gesprochen wurde, kam Sirius in die Werkstatt, stupste Cathy mit der Schnauze an und machte es sich anschließend auf ihrem Schoß gemütlich.

»Die Angestellten haben sich über ... über Geräusche in den Wänden beschwert. Sie glauben, wir hätten Mäuse oder Ratten – was natürlich sein kann, wir sind hier schließlich in London, aber ...« Cathy verlor den Faden. »Könnte das, was du über Sirius gesagt hast, eventuell auch bei anderen Spielsachen passieren? Schneller noch als bei ihm ...« Sie holte tief Luft. »Ich meine Emils Soldaten. Kaspar hat sie so umgebaut, dass sie sich gegenseitig aufziehen können, um Emil eins auszuwischen, weil er nicht zuhören wollte, als Kaspar versucht hat, ihm zu erklären, wie es ist, ein Soldat zu sein und keine Kontrolle darüber zu haben, was man tut, wohin man geht, wer man ist ... Aber seitdem haben sie sich ... verändert, und das nicht nur einmal. Sie können sogar einen gewöhnlichen Soldaten zu einem von ihnen verwandeln.«

Papa Jack starrte sie an. Sie erwartete, dass er etwas dazu sagen würde, aber stattdessen fragte er: »Wie geht es meinem Sohn?«

»Ich möchte, dass er mit mir redet. Früher haben wir auch über alles geredet. Die Ärzte sagen, er sollte es tun, aber er weigert sich. Anfangs dachte ich, das mit den Soldaten würde ihm helfen. Aber jetzt ...« Sie hielt inne und strich über die blauen Adern auf Papa Jacks Handrücken. »Das mag jetzt unpassend erscheinen, Papa Jack, aber du hast mir deine Vergangenheit gezeigt, also macht es dir vielleicht nichts aus. Damals, vor all den Jahren, als sie dich in den Osten verschleppt und mit Männern wie Tschitschikow, dem Großen Bären und all den anderen eingesperrt haben, hat das etwas in dir verändert. Es hätte dich töten können, *hier drin*«, sie ließ seine Hand los und legte sie auf seine Brust, »aber du bis wieder nach Hause gekommen. Du hast überlebt.«

Papa Jack flüsterte: »Aber nicht *dasselbe*. Es ist nie *dasselbe*. Alles verändert einen. Die kleinen Dinge wie die großen. Man kann einschlafen und als ein anderer Mensch wieder aufwachen, und das nur wegen eines Traums. Und man kann nie wieder der Alte werden. Jemand, der das versucht, kann sich dabei verlieren.«

Cathy dachte an die Spieluhren, an denen Kaspar auch jetzt noch herumbastelte. Sie hatte den unwiderstehlichen Sog der Vergangenheit, die sie ganz in ihren Bann ziehen wollte, am eigenen Leib erfahren.

»Kannst du nicht mit ihm reden, Papa Jack? Du bist sein Vater. Vielleicht hört er ja auf dich.«

»Ich will es versuchen«, entgegnete Papa Jack.

Cathy stand auf, und Sirius folgte ihr. Als sie auf halbem Weg einen Blick über die Schulter warf, sah sie, dass Papa Jack die Augen geschlossen hatte. Sie spürte, wie ihre Sorgen mit jedem Schritt von ihr abfielen. Das war genau das, was Kaspar brauchte: Er musste einfach nur mit jemandem reden.

Als sie in den Flur hinaustrat, rief Papa Jack ihr nach: »Cathy.« Sie drehte sich um. »Ich erinnere mich noch genau an den Tag, als du zu uns gekommen bist und hier vor mir gestanden hast. Selbst damals hast du das Emporium schon verstanden, obwohl du es noch nicht wusstest. Kann ein Spielzeug zum Leben erwachen?«, flüsterte er. »Liebes, das ist ganz und gar nicht töricht. Bei all der Magie, all der Liebe, die wir in sie hineinfließen lassen, ist es eher töricht, sich nicht darüber zu wundern, dass es nicht öfter passiert.«

An diesem Abend schlief Cathy schneller ein als in den Nächten zuvor, wurde jedoch mitten in der Nacht von den Geräuschen in der Wand geweckt. Das Herz klopfte ihr bis zum Hals. Instinktiv griff sie nach Kaspar – doch der war nicht aufgewacht, obwohl er selbst im Schlaf vor ihrer Berührung zurückschreckte. Sie zitterte, als sie die Kerze auf ihrem Nachttisch anzündete. Die Flamme erhellte jeden Winkel mit ihrem flackernden, orangefarbenen Licht. Das Einzige, was sich im Schlafzimmer bewegte, war Sirius; die Blasebälge seiner Lunge sorgten dafür, dass seine Stoffhaut sich hob und senkte. Doch das infernalische Getrippel in den Wänden wollte nicht aufhören.

Sie folgte dem Geräusch nach draußen auf die Galerie, dort presste sie das Ohr an die Wand. Mal wurde das Geräusch lauter, dann wieder leiser, doch es verstummte nie ganz. Das waren keine Mäuse. Es war sinnlos, sich etwas vorzumachen. Sie atmete tief ein und wollte gerade ins Bett zurückkehren – da bemerkte sie den flackernden Kerzenschein unter der Tür gegenüber. Marthas Zimmer. Womöglich war das Mädchen wieder einmal mit dem Kopf auf einem Buch eingeschlafen, während die Kerze weiter vor sich hin brannte. Cathy seufzte innerlich. So würde das Emporium enden: als flammendes Inferno, mit flüchtenden Patchworktieren und zu Aschesäulen verkohlten Papierbäumen, und alles nur, weil ein kleines Mädchen einfach zu gerne las.

Leise öffnete sie die Tür. Martha hätte, eingehüllt in ihre Bettdecke und mit der alten Ausgabe von *Gullivers Reisen* vor den Augen, im Bett liegen sollen, doch es war leer. Die Decke lag aufgewühlt am Fußende.

Cathy eilte zum Fenster, das Martha offen gelassen hatte. Die kalte Brise, die hereinwehte, ließ die Flamme der Kerze auf dem Sims einen wilden Fandango tanzen. Für einen kurzen Augenblick stieg Panik in ihr auf – jenseits des

Fensters lag das mit Türmchen geschmückte Dach, und das Einzige, was einen vor einem Sturz auf die Gasse bewahrte, war ein rostiges Eisengitter. Sie überlegte, ob sie in die Dunkelheit rufen sollte, doch die kalte Novemberluft raubte ihr den Atem. Als sie sich wieder umdrehte, bemerkte sie, dass der Wandschrank offen stand. Ein schwacher Lichtschein drang aus ihm hervor.

Cathy schlich zum Schrank und öffnete die Tür.

Darin hingen Marthas Kleider und Mäntel sowie die Kostüme, die Kaspar eigenhändig bestickt hatte und die Martha an den Hof des Zaren oder in die Lustgärten eines französischen Palastes entführten.

Sie teilte die Mäntel – und dort, an der Rückseite des Schranks, saß Martha und starrte mit der Kerze in der Hand nach oben.

»Martha Godman, was um alles in der Welt ...«

Martha hob einen Finger an die Lippen. »Sieh dir das an!«, flüsterte sie.

Und genau das tat Cathy.

An der Wand prangte ein mannshohes Holzrelief. Das Kerzenlicht ließ die Linien, die in das Holz gekerbt worden waren, noch stärker hervortreten, primitive Muster, Spiralen und Quadrate, Formen ohne feste Gestalt, die jedoch nach und nach detailreicher wurden. Cathy betrachtete sie der Reihe nach: Das erste Muster war nur ein Kreis, das zweite ein Kreis mit undefinierten Augen und einem weit aufgerissenen Mund, der zu schreien schien. Doch dann, ganz am Ende, sah sie das deutlich erkennbare Gesicht eines Spielzeugsoldaten.

Sie kniete sich hin und hielt ihre Kerze dicht vor das Holz. Der Künstler, wer auch immer es war, war im Lauf der Bildersequenz immer kühner geworden. Eine Gravur zu ihren Füßen zeigte mehrere Reihen Soldaten. Die nächste stellte zwei Soldaten dar, primitive Strichmännchen mit hohen kohlrabenschwarzen Hüten, die sich die Hand schüttelten. Im nächsten Rahmen war, sie konnte es nicht anders bezeichnen, ein Gott abgebildet, der größer war als die Spielzeugsoldaten und hoch über ihrem Regiment aufragte. Daneben war ein zweiter Gott dargestellt, der schlank und gutaussehend war, während der erste kräftig war und stechend schwarze Augen hatte.

Im letzten Rahmen marschierten die Soldaten in einer Art Prozession. Cathy traute ihren Augen nicht: Sie zogen sich gegenseitig auf, während der gute Gott wohlwollend zusah.

»Das ist Papa, nicht wahr?«, sagte Martha. »Und der andere ...«, sie deutete auf den kräftigen Gott, dessen Mund aussah wie ein schwarzer Strudel, »ist Onkel Emil.«

»Warst du das, Martha?«

Martha hatte kaum Zeit, den Kopf zu schütteln, da fuhr Cathy sie, mit einer wachsenden Panik, die sie selbst nicht ganz verstand, an: »Martha, das ist nicht mehr lustig. Wenn du das ...«

»Ich war's nicht!«, protestierte Martha. »Komm und sieh selbst.«

Außerhalb des Schranks kniete Martha sich hin und nahm ein Stück Fußleiste von der Wand. »Hier gehen sie durch, Mama. Ich höre sie jede Nacht. Also habe ich mir eines Abends einen Meißel aus Papas Werkstatt geborgt und die Leiste aufgebrochen. Ich dachte, ich könnte sie bei dem erwischen, was auch immer sie da drin machen. Da habe ich das hier gefunden ...«

Die Bilder auf der Fußleiste waren nicht annähernd so nuanciert wie die im Schrank. Wenn die Schrankwand ein detailreicher, liebevoll gestalteter Bayeux-Teppich war, dann stellten diese hier die primitiven Höhlenmalereien eines Neandertalers dar.

Cathy hielt ihre Kerze in die Lücke. Die Geräusche waren unmissverständlich. Die Spielzeugsoldaten waren vermutlich nur Zentimeter von ihrer Hand entfernt. Sie stellte sich vor, wie sie sich dort in der Dunkelheit zusammendrängten und sie beobachteten.

»Sie sind überall in den Wänden, Mama. Im ganzen Emporium. Es ist ein ... Aufstand.«

Cathy fuhr herum und sah Martha an. Die Worte, die ihr auf der Zunge lagen, waren absurd, aber die Bilder auf der Fußleiste und der Rückwand des Schranks waren der Beweis.

»Es ist weit mehr als das. Kann es sein ...« Sie zögerte sogar jetzt noch, es auszusprechen. »Martha, kann es sein, dass sie gelernt haben zu *denken*?«

DER EWIGE KRIEG

✳ ✳ ✳ ✳ ✳ ✳ ✳ ✳

Papa Jacks Emporium

1919 bis 1924

Emil öffnete die Emporiumstür, ohne auf die Frühlingsgerüche zu achten, die in der Luft lagen. Die Schneeglöckchen waren in diesem Jahr erst spät erblüht, und einen Monat später waren die dunklen Ringe unter seinen Augen noch immer nicht verschwunden. Erinnerungen an die vergangene Saison suchten ihn heim: der ruinierte Lange Krieg, der verbarrikadierte Gang, die enttäuschten Gesichter der Kinder, die ins Emporium gepilgert waren, nur um es mit leeren Händen wieder zu verlassen.

Der Mann, der vor der Tür stand, sah aus, als wäre er erst vor Kurzem aus dem Wehrdienst entlassen worden. Emil bat ihn herein, bemühte sich, das große leuchtend rote Geburtsmal auf seiner rechten Wange nicht anzustarren, und ging mit ihm durch die Verkaufshalle.

»Ich kann sie schon hören«, sagte der Mann. Er hatte einen Besenstiel in der Hand und trug eine Ledertasche mit der gestickten Aufschrift »ANDERSENS SCHÄDLINGSBEKÄMPFUNG«. »Hier muss es irgendwo ein Nest geben. Ist die richtige Jahreszeit dafür. Wobei, heutzutage ist natürlich immer die richtige Jahreszeit dafür.

Ende aller Tage und so. Seuchen, Kriege, Plagen. Wir hatten schon zwei, und die dritte ist auf dem Weg. Sie werden sehen.«

Emil, der nicht vorhatte, mit einem Rattenfänger über Theologie zu diskutieren, war schon weitergegangen, doch als er sich umschaute, sah er, dass der Kammerjäger sich auf alle viere niedergelassen hatte, das Ohr am Boden. »Verdammt, sind das viele. Sind hier drunter Abwasserleitungen verlegt?«

»Nichts dergleichen.« Emil wurde in letzter Zeit zu schnell ungeduldig. Er presste sich die Hand auf den Mund, um die Beleidigung, die kurz davor war, ihm zu entfahren, zu unterdrücken.

»Na ja, *irgendetwas* ist da jedenfalls. Klingt hohl. Da sind sie wieder!« Der Kammerjäger krabbelte zur Wand hinüber. »Darf ich?«, fragte er – und bevor Emil widersprechen konnte, entfernte er mit einem Brecheisen ein Stück der Fußleiste und enthüllte einen länglichen Hohlraum dahinter. »Na, so was. Normalerweise würde man jetzt Kotspuren sehen. Überall. Verstehen Sie?«

Emil schnaubte vor Wut.

»Aber hier? Nichts!« Der Kammerjäger hatte jetzt eine Taschenlampe in der Hand und leuchtete in den Hohlraum. »In meinem Beruf lernt man die Anzeichen für Ratten ziemlich gut kennen. In London gibt's natürlich verdammt große, aber keine so riesigen wie in Frankreich. Hässliche schwarze Viecher, so groß wie Katzen. So was vergisst man nicht, oder? Komisch, es sind immer die unwichtigen Sachen, die man nicht aus dem Kopf kriegt. Die Geräusche habe ich vergessen, aber nicht die Ratten …«

»Ich war nicht in Frankreich«, murmelte Emil.

»Ach so. Flandern?«

»Nein, auch nicht in Flandern.«

»Ach, na ja«, sagte der Rattenfänger mit einem Anflug

von Verachtung, »dann verstehen Sie natürlich nichts von Ratten ...«

Nun konnte sich Emil nicht mehr zurückhalten: »Wer hat gesagt, dass das Ratten sind?«

»Sie haben doch einen Rattenfänger bestellt oder nicht, Sir? Ich bin nicht gut im Rätselraten, aber warum sollten Sie einen Rattenfänger rufen, wenn Sie gar keine Ratten fangen wollen?«

»Das sind Spielzeugsoldaten, Sie Idiot!«

Emil ging zur Fußleiste, löste den benachbarten Teil und enthüllte drei Soldaten, die stocksteif in der Dunkelheit standen. Ihr Mechanismus war abgelaufen, und sie warteten darauf, dass ihre Brüder auf einem ihrer Patrouillengänge vorbeikamen und sie aufzogen.

Der Rattenfänger legte die Taschenlampe hin und sah zu Emil auf. »Was ist das denn für ein Streich, Sir? Sie wollen mich wohl reinlegen, wie?«

»Ich will nur, dass sie verschwinden«, seufzte Emil, aber der Rattenfänger war schon aufgesprungen.

»Für Sie mit Ihren fliegenden Galeonen, Ihren Luftschlössern und so ist die Rattenfängerei wohl nichts Besonderes, aber ich sage Ihnen, es ist ein ehrenhafter Beruf. Ich habe schon überall Ratten gefangen, ob nun in Palästen oder Abwasserkanälen. Da machen die Ratten keinen großen Unterschied.«

Der Kammerjäger ging zurück zur Tür.

»Bitte!«, rief Emil ihm nach. »Sie sind überall in den Wänden. Man hört sie die ganze Nacht. Ich habe seit Weihnachten nicht mehr richtig geschlafen.« Seine Worte zeigten keinerlei Wirkung. »Ich habe zwei kleine Söhne. *Irgendetwas* müssen Sie doch tun können. Fallen aufstellen. Giftköder legen. Oder haben Sie nicht Frettchen, die Sie hinter ihnen herjagen können?«

An der Tür fuhr der Kammerjäger noch einmal herum.

»Und dabei hätte ich Flöhe im Buckingham Palace bekämpfen können«, erklärte er – und mit dieser obskuren Bemerkung war er verschwunden.

Am Abend hallten Schreie durch das Emporium. Cathy, Kaspar und Martha saßen in der Wohnung mit Mrs Hornung und Papa Jack am Tisch. Die Tür zur Terrasse stand offen, aber es klang eindeutig nicht nach einem der Nachtschwärmer auf der Regent Street oder einem Säufer auf dem Heimweg. Cathy sprang auf und zog Martha an sich. Von den *Wareniki* und Pommes frites vor ihnen auf den Tellern stiegen Dampfschwaden auf.

»Das sind die Jungs«, sagte Cathy. »Wo ist Nina?«

»Sie nimmt das Dinner mit seiner Lordschaft in dessen Werkstatt ein«, murmelte Mrs Hornung düster – denn es war Monate her, seit Emil mit seinem Bruder an einem Tisch gesessen hatte. Mrs Hornung war gezwungen, ihm das Dinner jeden Abend in seiner Werkstatt zu servieren.

»Geh sie holen, Martha. Ich gehe ins Kinderzimmer.«

Cathy hob ihren Rock an und ging zur Tür hinaus.

Das Kinderzimmer lag in Emils Teil der Wohnung. Als Junggeselle hatte Emil wenig Platz gebraucht und geschlafen, wo er gerade zu liegen kam, aber nachdem Nina ins Emporium eingezogen war, waren das alte Wohnzimmer und die Speisekammer abgetrennt und in einem alten Lagerraum neue Schlafzimmer eingebaut worden. Cathy hatte sich schon oft gefragt, ob die Räume, in denen sie zusammenlebten, ähnlich konstruiert waren wie das mittlerweile verbarrikadierte Spielhaus im Erdgeschoss; sie hatte das Gefühl, durch Flure und Zimmer zu gehen, die eigentlich nur die Größe eines Wandschranks haben konnten und die sich doch als palastartige Suiten entpuppten.

Die Tür des Kinderzimmers, aus dem immer noch Geschrei drang, war geschlossen. Cathy riss sie auf.

Die beiden Jungen lagen in ihren Kinderbetten, doch sie waren nicht allein. Das Fenster stand weit offen, die Gardinen wehten im Wind, aber kein Kidnapper war über die Regenrinne ins Zimmer geklettert, um die Godman-Söhne zu entführen.

Überall um sie herum wimmelte es von Spielzeugsoldaten.

Sie waren durch die Fußleisten gekommen. Cathy sah aus dem Augenwinkel kleine Löcher, die sie in das Holz geschnitten hatten. Jetzt standen sie auf den Betten der Zwillinge und marschierten über die Hügellandschaft der Decken. Sie waren über Belagerungstürme und Sturmleitern, die aus gestohlenem Holz zusammengebaut worden waren, auf das Bett geklettert. Ein Spähertrupp hatte mithilfe von Steigeisen und Baumwollseilen die schwindelerregenden Höhen des Fensterbretts erklommen, während andere mit Miniaturäxten Kerben in die Beine der Betten hackten wie fleißige Waldarbeiter.

Die Jungs mussten selig geschlafen haben, als die Spielzeugsoldaten gekommen waren, denn die Soldaten hatten sie mit blutroten Bändern ans Bett gefesselt. In den Lagern gab es Unmengen von Stoffballen, und vielleicht bedeutete das, dass der Keller auch schon geplündert worden war. Die Soldaten stahlen, wo, was und wann auch immer sie konnten.

Die Jungen waren so fest angebunden, dass sie kaum die Köpfe heben konnten, um Cathy anzuschauen. Panische Angst lag in ihrem Blick.

Die Soldaten hatten Cathy, die zögernd an der Tür stand, noch nicht bemerkt. Entsetzt sah sie zu, wie einer der Soldaten über die Bettdecke auf einen der Jungen zuging, über seine Brust marschierte und das Gewehr hob. Bevor Cathy es verhindern konnte, feuerte er, und eine kleine, an einem Faden hängende Holzkugel schoss aus dem Lauf. Sie verfehlte das Gesicht des Jungen nur knapp und wurde prompt nachgeladen. Das Schreien der Jungen verwandelte sich in gedämpftes, keuchendes Schluchzen.

»Runter da!«, schrie Cathy, als sie donnernde Schritte hörte. Kaspar und Papa Jack, die hinter ihr standen, wurden beiseitegestoßen, und sie kurz darauf ebenso.

Emil stürmte ins Zimmer und zum ersten Bett. Alle Soldaten drehten sich gleichzeitig um. Die Bergsteiger vom Fenstersims stürzten vor Schreck in die Tiefe. Drei Soldaten kamen unter dem Fußende des Bettes hervor und starrten den Riesen an, der die Bänder vom Körper seines Sohnes riss. Rasch zogen sie sich wieder zurück. Einige Tapfere hoben die Gewehre und feuerten eine Salve Holzkugeln auf ihn ab; andere versuchten, hinter die Fußleiste zu fliehen. Emil zertrampelte einen Belagerungsturm und mehrere Sturmleitern, hob den ersten seiner beiden Söhne aus dem Bett, legte ihn sich an die Schulter und eilte zur Rettung seines zweiten Sohns.

»Steht nicht einfach nur da und glotzt! Tut irgendwas! Cathy, gerade du …«

Cathy rannte zum Bett des zweiten Jungen, kniete sich daneben und löste die Fesseln. Der Junge brüllte wie am Spieß. Ein Soldat hatte sich in seinen Haaren festgekrallt und ließ erst los, als Cathy das Kind hochhob.

Emil trat einen weiteren Belagerungsturm durch den halben Raum. Der Soldat auf dem Bett marschierte auf und ab, unfähig, einen Fluchtweg in den Gang hinter den Fußleisten zu finden. Sein aufgemaltes Gesicht verriet nicht, was er dachte, aber seine Bewegungen deuteten auf Panik hin.

Emils Sohn schluchzte an Cathys Schulter. Sie versuchte, ihn zu beruhigen, sagte ihm, er sei in Sicherheit. Sie ging zu Emil, um ihm sein Kind zu übergeben – doch dessen Blick war starr auf das Bett gerichtet, wo der Soldat auf der Suche nach einem Ausweg nun im Kreis herumrannte. Erst jetzt bemerkte Cathy seine scharlachrote Uniform und die edlen Gesichtszüge: Es war der Kaiserliche Rittmeister. Der Soldat, der so lange in der Werkstatt auf dem Kaminsims gestanden und Emil bei der Arbeit beobachtet hatte. Jetzt war er Teil der Armee, die ihre Puppenhauswelt auf das gesamte Emporium ausweitete.

Emils Zorn war verraucht. Tief getroffen taumelte er rückwärts – und der Kaiserliche Rittmeister packte die Gelegenheit beim Schopf und stürzte sich mit einem Hechtsprung vom Bett. Auf dem Boden rappelte er sich auf und schloss sich den letzten Soldaten an, die sich hinter die Fußleiste zurückzogen. Ein letztes Mal drehte er sich zu Emil um, salutierte trotzig und verschwand dann in der Dunkelheit.

Nina tauchte an der Tür auf. Sie drängte sich zwischen Kaspar und Papa Jack hindurch und verlangte, dass Cathy ihr ihren Sohn aushändigte. Doch bevor sie ihn an sich nahm, gab sie Kaspar noch eine schallende Ohrfeige. Kaspar rührte sich nicht. Kein Wort kam über seine Lippen.

»Emil?«, sagte Nina, als wollte sie ihn an eine private Unterhaltung erinnern.

Emils Blick schweifte unruhig im Zimmer umher, doch jetzt kam er wieder zur Besinnung. »Das geht zu weit, Kaspar. *Zu weit.* Du musst sie zurückbeordern. Versammle sie oder gib eine Erklärung ab oder was auch immer du sonst tust und sag ihnen, was Sache ist.«

Kaspar stammelte: »Emil, du glaubst doch nicht etwa, dass ich ...«

»Und ob«, erklärte Emil. »Ich habe es doch gesehen. Das war *mein* Rittmeister. Warum solltest du ihn sonst nehmen und umbauen wie die anderen, wenn nicht, um mir eins auszuwischen? Tja, das hast du geschafft, Kaspar. Sie haben eine Grenze überschritten. Die beiden sind doch noch kleine Kinder. Sie sind deine Neffen, was auch immer dir das bedeuten mag. Pfeif sie zurück. Sofort. Oder ich ...«

»Wir räuchern sie aus«, sagte Nina mit einer ruhigen Bestimmtheit, die in völligem Gegensatz zu Emils fieberhafter Empörung stand. »Wenn sie meine Söhne angreifen, dann schlagen wir zurück. Also, was ist?«

»Emil«, sagte Kaspar, »lässt du etwa zu, dass sie so mit mir spricht? Das war nicht *mein* Werk. Ich habe ihnen nicht gesagt, dass sie das tun sollen. Genau darum geht es doch. Was sie tun, ist ihre Entscheidung. *Du* hast ihnen doch immer gesagt, was sie tun sollen. *Du* ...«

Nina nahm ihrem Mann den anderen Jungen ab. Einen kurzen Moment lang sah Emil aus, als wollte er sich weigern, doch dann überließ er das Kind seiner Mutter. In der Tür blieb Nina noch einmal kurz stehen, die beiden Kinder hingen an ihrem Hals. »Kommst du?«

Emil bahnte sich einen Weg in den Flur. »Es tut mir leid, Papa«, sagte er. »Aber das ist einfach unerträglich. Sie sind doch nur Kinder. Womit haben sie das verdient? In ihrem eigenen Bett überfallen zu werden. Und er will nicht mal ...«

Kaspar streckte die Hand nach ihm aus, doch Emil schüttelte sie ab.

»Lass mich, Kaspar.« Er ging ein Stück weiter, dann fuhr er fort: »Wir sind zurechtgekommen, weißt du? Ich dachte, wir würden es ohne dich nicht schaffen. Ich dachte, ohne dich wäre es die Hölle. Ich dachte, die Kunden würden sich ohne dich und deine spektakulären Erfindungen von uns abwenden. Aber so war es nicht. Weißt du, was in diesen Jahren die größte Überraschung für mich war? Dass ich es auch hinbekommen habe. Ich konnte Dinge erfinden, über die die Leute geredet haben. Oh, sie waren nicht wie deine Spielzeuge, aber das war nicht schlimm, denn es waren meine. Ich konnte Kunden zu uns locken, ihnen zeigen, wie alles funktioniert und ... ich konnte auch eine Frau und eine Familie haben. Das Emporium gehört *uns,* Kaspar, und das konntest du nicht ertragen, also musstest du ...«

Cathy hatte vom Zimmer aus zugehört, doch jetzt ging sie in den Flur hinaus. »Emil, es ist besser, wenn du jetzt gehst. Kümmer dich um deine Jungs. Nina wird es dir danken. Und *du* wirst es mir morgen früh danken.«

»Dir danken? *Dir* danken, Cathy? *Dir* ging es auch besser, als er nicht da war. Es gibt nichts, was deine Frau nicht schaffen kann, Kaspar, und du hast sie nicht verdient, nicht eine Sekunde lang, seit du zurück bist.«

Emil ging den Flur hinunter in das Schlafzimmer, das er sich mit Nina teilte. Seine letzten Worte hingen schwer in der Luft. Cathy versuchte, sie zu verdrängen, als sie in ihren Teil der Wohnung zurückkehrten.

Doch als sie die Tür hinter ihnen geschlossen hatte, hörte sie das Weinen. Eigentlich hatte sie Kaspar beknien wollen, irgendetwas musste er tun können, doch stattdessen ging sie sofort in Marthas Zimmer. Martha saß am Fußende ihres Bettes, die Knie bis ans Kinn hochgezogen. Sirius stupste sie mit der Schnauze an, um sie zu trösten. Cathy eilte zu ihr und nahm sie in die Arme.

»Es ist alles meine Schuld«, platzte Martha zwischen zwei Schluchzern heraus.

»Was?«

»Das mit den Jungs. Mama, ich wollte das nicht, aber ...«

Kaspar stand zögernd an der Schwelle, und Cathy bedeutete ihm mit einer Hand, hereinzukommen. Als er sich nicht rührte, verhärteten sich ihre Gesichtszüge, und ihre Geste wurde fordernder. Sie gab es nur äußerst ungern zu, aber mit einer Sache hatte Emil recht gehabt: Die Jahre, in denen Kaspar nicht da gewesen war, die endlosen Sommer und die harten Winter waren tatsächlich irgendwie einfacher gewesen.

»Martha, mein Schatz, wie soll das denn deine Schuld sein?«

Martha erhob sich und gab ihrer Mutter das Buch, das halb unter ihrem Kopfkissen lag. Cathy erinnerte sich nur zu gut daran, auch wenn es mittlerweile fast auseinanderfiel. Sie schlug es in der Mitte auf, und eine Farbillustration wurde sichtbar.

Gullivers Reisen. Auf dem Bild lag der Riese Gulliver in einer hügeligen, grünen Landschaft auf dem Rücken, während winzige Liliputaner, kaum größer als der kleine Finger an seiner zur Faust geballten Hand, überall auf ihm herumkrabbelten. Gulliver war im Schlaf an den Boden gefesselt worden. Über seinen Schienbeinen waren Gerüste aus Holz und Stacheldraht errichtet worden, auf seinem Bauch stand ein noch unfertiges Fort.

»Sie sind jeden Abend da, im Schrank und in den Wänden ... Ich dachte, vielleicht wollen sie ja zuhören. Ich dachte, wenn ich ihnen etwas vorlese, kommen sie vielleicht heraus und ... und genau das haben sie getan, Mama.« Martha drohte wieder in Tränen auszubrechen, doch sie unterdrückte sie mit einem lang gezogenen, feuchten Schniefen. »Ich wusste nicht genau, ob sie mich verstehen. Anfangs haben sie mich wohl auch nicht verstanden. Aber irgendwas muss zu ihnen durchgedrungen sein, denn in der zweiten Nacht sind noch mehr gekommen und in der dritten noch mehr. Es war, als würden sie es den anderen weitererzählen: Kommt mit und hört euch die Geschichte an ...«

In den ersten Nächten war nur das leise Rattern ihres Mechanismus zu hören gewesen, während sie dasaßen und lauschten. Doch als Martha ihnen dann vorlas, wie Gulliver von den Liliputanern versklavt worden war, waren sie aufgesprungen und hatten einen Tanz aufgeführt, den Martha nur als Freudentanz bezeichnen konnte. Und als sie an die Stelle kam, an der Gulliver des Verrats beschuldigt und zur Blendung verurteilt wird, nahm der Jubel der Soldaten tumultartige Züge an. »Der Kaiserliche Rittmeister musste sie zur Ordnung rufen. Er marschierte die Reihen ab und sorgte dafür, dass sie sich wieder auf ihren Plätzen niederließen ... Ich glaube, Emil bedeutet ihm immer noch etwas, Mama. Vielleicht kann er sich daran erinnern, was war, bevor er ... aufgewacht ist. Dass sie damals Freunde waren.«

Kaspar stand weiterhin an der Tür. »Das glaube ich nicht. Damals bestand der Rittmeister doch nur aus Sandel- und Teakholz, Lack und Farbe.«

Cathy hatte genug gehört. Außerdem hatte das Getrippel in den Wänden wieder angefangen. Sie sprang auf, öffnete den Schrank, teilte die Kleider und Mäntel und warf einen Blick auf das Holzrelief. Ein neues Bild war aufgetaucht, dessen Detailreichtum dem der besten Renaissancemaler in nichts nachstand. Umgeben von mit Gewehren bewaffneten Soldaten waren zwei kleine, ans Bett gefesselte Jungen zu sehen. Der Riese Emil stand hinter ihnen. Sein Gesicht spiegelte Verzweiflung, Entsetzen und Resignation wider. Das Bild stellte die Unterwerfung des Ungeheuers durch die Soldaten dar.

Cathy schlug sich die Hand vor den Mund. Kaspar ging zu Martha und setzte sich neben sie. »Was, wenn sie noch mehr lernen, Papa. Sie könnten ...«

»Sie haben das geplant«, unterbrach Cathy sie. »Und sie haben bestimmt noch andere Pläne. Du kannst doch sicher mit ihnen reden, oder Kaspar? Sie kennen dich. Sie vertrauen dir. Sie ... sie halten dich für eine Art Gott. Du bist das Licht, Emil die Dunkelheit, und das alles nur wegen eurem dämlichen Langen Krieg.« Das, was sie sagte, kam ihr selbst wahnwitzig vor, aber sie war schon zu lange in Papa Jacks Emporium, um daran zu zweifeln. Die Soldaten hatten Verstand, und er entwickelte sich weiter – das erkannte man schon daran, dass ihre Bilder immer kunstfertiger wurden und dass sie immer organisierter und kühner agierten. Cathys Blick fiel auf *Gullivers Reisen*. Sie musste an Papa Jacks Beschreibung von Sirius denken: dass sein Verstand aus einer Reihe von Tricks bestand, die in seinen Mechanismus eingebaut waren oder die man ihm beigebracht hatte. Und über die Zeit waren eigene Ideen, eigenes Wissen hinzugekommen, hatte sich eine *Persönlichkeit* entwickelt. Was mochten die Soldaten sonst noch aus der Geschichte gelernt haben? Geschichten waren wie ein ganzes Leben, gelebt innerhalb von ein paar Dutzend Seiten. Wie schnell mochte der Verstand wachsen, wenn man lesen und eine Geschichte nach der anderen verschlingen konnte?

»Ich könnte nicht mit ihnen reden«, erwiderte Kaspar, »selbst wenn ich es wollte. Ich könnte *zu* ihnen sprechen, aber das würde ich nie tun. Ich werde ihnen nicht sagen, was sie zu tun haben. Dann wäre ich auch nicht besser als Emil. Ich wäre sogar noch schlimmer, denn ich würde gegen mein Gewissen handeln. Etwas, wovon mein Bruder dringend mehr bräuchte.«

»Und was, wenn sie wiederkommen?« Cathy stellte sich Martha ans Bett gefesselt vor. Aber dann dachte sie: *Nein, zu uns würden sie nie kommen, nicht zu ihren Erlösern ...*

»Egal, was du über ihn denkst, er ist immer noch dein Bruder. Und wenn du ihnen nicht sagst, was sie tun sollen, dann ... könnten wir es ihnen zumindest erklären. Einen Waffenstillstand aushandeln.«

Kaspar schlurfte zurück zur Tür. »Das ist ihre Entscheidung«, sagte er, als würde er sich betrogen fühlen. »Sie entscheiden selbst, wie sie leben wollen.«

Als er weg war, ging Martha zu ihrer Mutter. »Es tut mir leid, Mama.«

»Es braucht dir nicht leidzutun. Dein Papa wird seine

Meinung schon noch ändern.« Das muss er, dachte Cathy, sonst ist alles verloren. »Martha, es stimmt, was dein Vater gesagt hat. Er könnte zu ihnen sprechen, aber nicht mit ihnen. Aber ... wenn du ihnen etwas vorliest, haben sie je ...«
»Versucht, mit mir zu reden? Mama, sie wedeln mit den Armen, marschieren auf der Stelle und salutieren wie wild. Das muss doch irgendetwas bedeuten.«
Cathy beugte sich vor und küsste sie auf die Stirn. »Wenn du auch nur das leiseste Geräusch aus dem Schrank hörst, sag mir sofort Bescheid. Hast du verstanden? Und leg ihnen bitte etwas hin. Eine Buchseite, einen bunten Stein, eine deiner Puppen. Irgendetwas, damit sie wissen, dass wir ihre Freunde sind, dass wir nicht wütend sind über das, was heute passiert ist. Für den Fall, dass sie kommen, während du schläfst ...«

Die Idee gefiel Martha. Auch im Mittelalter hatten die Leute ein geschlachtetes Kalb oder dergleichen vor dem Dorf deponiert, um den Drachen auf dem Berg oder die Dämonen zu besänftigen. Sie entschied sich für eine ihrer Ballerinen, weil sie glaubte, die armen Soldaten hätten es verdient, zumindest ein weibliches Wesen in ihrem Leben zu haben. Dann ging sie ins Bett. Ihre Tränen waren getrocknet. Sie nahm *Gullivers Reisen* zur Hand, dann überlegte sie es sich jedoch anders und wandte sich Jules Verne zu. Monsieur Verne wäre von den Spielzeugsoldaten sicher begeistert gewesen.

Sie hatte das erste Kapitel schon zur Hälfte gelesen, als ihr ein Gedanke kam – eine Erinnerung, die unvermittelt auftauchte, wie Erinnerungen es eben manchmal tun. Martha war an dem Tag, als Emil um Ninas Hand angehalten hatte, in die Zweige eines Papierbaums hinaufgeklettert. Damals war es Martha nicht ganz recht gewesen, dass Nina bei ihnen wohnen sollte, während ihr Vater so weit weg war. Aber Emils Heiratsantrag hatte ihr damals Bewunderung abgenötigt. Wie die Soldaten, die damals ja noch einfache Aufziehspielzeuge ohne Sinn und Verstand gewesen waren, sich so aufgestellt hatten, dass sie den Antrag buchstabiert hatten – das war einfach genial gewesen. Wie konnte sie mit den Soldaten sprechen? Sollte sie ihnen beibringen, wie sie sich zu Buchstaben und Wörtern gruppieren konnten – nicht so wie Emil, durch exakte Berechnungen und Planung, sondern durch Gedanken und ihren eigenen Willen? Ja, dachte sie, das wäre eine Leistung, auf die selbst Mr Atlee, der alte Stinkstiefel, stolz wäre. Sie wandte sich ihrem Jules Verne mit neuem Enthusiasmus zu und fing an, ihnen laut vorzulesen.

In jener Nacht kroch Emil auf allen vieren herum und verschloss alle Löcher und Risse in der Fußleiste mit Spachtelmasse. Zuvor hatte er Hände voller Nägel in die Gänge dahinter geworfen, und nun lächelte er, als er sich vorstellte, wie Dutzende von Soldaten in der Dunkelheit begraben waren und für alle Ewigkeit nichts Besseres zu tun haben würden, als sich endlos gegenseitig aufzuziehen. Das bisschen Verstand, das sie besaßen, war simpel, primitiv. Es gehörte nicht viel dazu, sie in den Wahnsinn zu treiben …

Nina lag im Bett, ihre Söhne im Arm. Es hatte einige Zeit gedauert, bis sie eingeschlafen waren. Und auch jetzt schliefen sie nur unruhig, strampelten bei jeder düsteren Wendung in ihren Träumen. »Es ist hier nicht sicher«, sagte sie. »Wir können nicht hierbleiben.«

Emil arbeitete verbissen weiter.

»Wenn unsere Kinder sich nicht mal in ihrem eigenen Zuhause sicher fühlen können, was für ein Zuhause ist das dann? Und was bist du dann für ein Vater?«

Emil erstarrte, riss sich aber zusammen und wandte sich wieder seiner Arbeit zu.

»Hörst du mir überhaupt zu, Emil?«

Emil erhob sich.

»Ich werde es schon wieder sicher machen.«

In dem Moment begann das Getrippel in den Wänden von Neuem. Die Jungen klammerten sich im Schlaf fester an ihre Mutter.

»Ich bin gleich zurück«, sagte Emil.

Im Kinderzimmer der Jungen rückte er die Betten von der Wand. Hier waren die Soldaten eingedrungen. Anscheinend waren sie zurückgekommen, denn die Überreste der Belagerungstürme waren verschwunden. Auf den Knien begann Emil auch hier mit seinen Befestigungsmaßnahmen. Mehr Nägel, mehr Spachtelmasse, mehr Holzbretter. Wenn das Emporium nicht zur Hälfte aus Holz bestanden hätte, dann hätte er sie mit dem größten Vergnügen ausgeräuchert.

Emil hatte vor, in dieser Nacht und in allen folgenden über seine Söhne zu wachen. Er würde mit einem Fischernetz und einer Säge warten, und wenn sich ein Spielzeugsoldat zeigte, würde er ihn einfangen und zu Holzspänen verarbeiten. Aber nach jener Nacht schliefen die Jungen nie wieder in ihrem Zimmer. Ihre Mutter erlaubte es nicht. Und weil es nun keinen Platz mehr für ihn im Ehebett gab, blieb Emil in dieser und allen folgenden Nächten allein auf oder schlief, wo er gerade war. Im Bett eines seiner Söhne lauschte er dem Trippeln in den Wänden und lächelte, wenn er glaubte, Panik wahrzunehmen, weil die Soldaten in seine Fallen aus Nägeln getreten waren. Und er versuchte, den Gedanken daran zu verdrängen, wie der Kaiserliche Rittmeister, seine brillante Kreation, auf der Brust seines Sohnes gestanden und mit dem Holzgewehr auf ihn gezielt hatte.

Wenn ihm niemand helfen wollte, musste er sich eben selbst helfen.

Der Winter war eine einzige Strapaze gewesen, aber sie hatten ihn hinter sich gebracht. Was für ein elendes Gefühl, nur darauf zu warten, dass die Schneeglöckchen erblühten, und sich nach den endlosen, leeren Tagen zu sehnen, an denen das Emporium geschlossen war. In diesem Winter waren die Kunden zwar weiterhin in den Laden geströmt, aber wie viele würden zurückkommen, nachdem sie gehört hatten, dass sie ihre Spielzeugsoldaten von nun an woanders kaufen mussten? Wie viele würden es ihren Freunden weitererzählen? Wie viele hatten die maroden Regale bemerkt, das ständige Getrippel, die Stellen, wo die Fußleisten aufgestemmt worden waren, die riesigen Löcher dahinter? Und was war mit dem Jungen, der mit seinen eigenen Spielzeugsoldaten in der Tasche gekommen war, nur um, als es Zeit war zu gehen, zu entdecken, dass sie verschwunden waren? Wo waren sie jetzt, fragte sich Emil, wenn nicht mit den übrigen auf Patrouille in den Wänden?

Egal, Kaspar war nicht der einzige begabte Spielzeugmacher in der Familie.

Emil weckte seine Jungs, die sich die trüben Augen rieben und aus dem Bett kletterten, in dem ihre Mutter noch schlief. »Was machen wir, Papa?«, fragte einer von ihnen. »Es ist ein Mitternachtsabenteuer!«, verkündete der andere. »Ein Mitternachtsüberfall«, entgegnete Emil, »und den dürft ihr um nichts in der Welt verpassen. Wir werden diese Sache ein für alle Mal beenden. Euer Papa hat einen Plan ...«

Nina hätte sicher etwas dagegen gehabt, aber sie schlief und würde nie davon erfahren. Emil ging mit seinen Söhnen in die Verkaufshalle. In der Halbmondhalle stand eine silberne Kiste, die mit Stahlnieten verschlossen war – genau dort, wo er sie zurückgelassen hatte. Emil befahl den Jungen, beiseitezutreten, und stemmte sie auf. Darin lagen, in Seidenpapier eingewickelt, hundert Soldaten, die er selbst entworfen hatte. »Ein Elitetrupp«, verkündete er. »Jeder davon ist so viel wert wie ein General. Euer Onkel mag die wildesten Ideen verwirklicht haben, Jungs, aber an meine Soldaten ist er nie herangekommen – weder früher, als wir noch klein waren, noch heute ...«

»Gibt es jetzt eine Schlacht, Papa?« Für einen Vierjährigen mochte eine Schlacht das Größte sein, aber seit der Nacht, in der die Soldaten sie attackiert hatten, hatte ihre Mutter das Verbot ausgesprochen, das Wort »Schlacht« überhaupt in den Mund zu nehmen.

»Jungs, es wird ein Massaker. Euer Onkel muss endlich begreifen, dass das Emporium nicht ihm gehört und er damit nicht machen kann, was er will. Es gehört uns, *euch*, und das müssen auch seine Soldaten verstehen. Zieht sie auf, Jungs, ich bereite alles vor.«

Die Jungen machten sich eifrig an die Arbeit, während Emil ein Stück Fußleiste aufstemmte. Dann, auf seinen Befehl hin, ließen sie die Soldaten los und sahen zu, wie sie in zwei Kolonnen in die Öffnung hineinmarschierten. Wenn Emil alles korrekt berechnet hatte, würden sie in die Gänge, die er kartografiert hatte, ausschwärmen – und irgendwo in den Mauern, vor allen Blicken verborgen, würde die Schlacht beginnen.

»Es geht los, Papa! Hör doch nur!«

In den Wänden konnte man das Getrippel Hunderter winziger Füße hören, keine Schlachtrufe, aber das Klappern und Krachen von Holz auf Holz, der hohle Aufprall von Mahagonikugeln. Emil wirbelte herum und tanzte auf der Stelle. Zuerst hörte man die Schlachtgeräusche zu seiner Rechten; dann verlagerte sich das Kriegsgeschehen nach links, und schließlich schien es unter seinen Füßen stattzufinden.

Dann wurde es still – so still war es schon seit Monaten nicht mehr gewesen. Der Mechanismus einiger seiner eigenen Soldaten musste mittlerweile abgelaufen sein. Doch es war schließlich ihre Bestimmung, immer schwächer zu werden und schließlich dort in der Dunkelheit langsam zu erstarren – dafür waren sie gemacht. Sie waren Krieger und stolz darauf. Egal, was Kaspar sagte, für sein Vaterland zu sterben, war eine ehrenvolle Sache.

Emil zählte leise vor sich hin: eins, zwei, drei, vier. Dann begann das Getrippel, wie geplant, erneut.

»Zurück, Jungs, gleich ist es so weit!«

Die Jungen wichen zurück, als plötzlich Spielzeugsoldaten aus der Wand barsten. Die überlebenden Soldaten von Emils Elitetrupp strömten in die Verkaufshalle – gefolgt von der Masse ihrer selbstaufziehenden Feinde.

Die Falle schnappte zu. Emil zog an einer Kordel – und aus einer zweiten silbernen Kiste sprang ein Patchworkwolf, der so angespannt auf seinen Einsatz gewartet hatte, dass er nun sowohl Elite- als auch selbstaufziehende Soldaten umwarf wie Kegel – doch er hatte noch einen anderen Befehl auszuführen. Mitten auf dem Schlachtfeld schnappte er sich einen Soldaten in glänzender roter Uniform und deponierte ihn in Emils ausgestreckten Händen: der Kaiserliche Rittmeister, der panisch mit den Beinen strampelte.

Emil hielt ihn hoch, damit die fliehenden Soldaten ihn sehen konnten. Einige von ihnen blieben stehen. Wie mochte er wohl jetzt auf sie wirken, ihr stolzer Oberbefehlshaber, der jetzt so hilflos über ihnen in der Luft baumelte? »Er gehört jetzt uns. Kommt, Jungs, ich zeige euch, wie man sicher und friedlich in seinem eigenen Heim schläft.«

Die Jungen folgten ihrem Vater durch die verwüstete Verkaufshalle. Sie nahmen einen immer schmaler werdenden Gang in Richtung Werkstatt. Für die beiden hatte es etwas Magisches, die Werkstatt ihres Vaters zu betreten.

Hand in Hand starrten sie auf die Sterne an der Decke und die Nachtlichter auf dem Regal.

Am Ende der Werkstatt stand ein Vogelkäfig, in dem früher Papa Jacks Phönix gesessen hatte, wenn er nicht gerade in der Verkaufshalle herumflog. Die Stäbe standen eng beieinander; und obwohl dafür eigentlich keine Notwendigkeit bestand, hing auch noch ein Schloss am Türchen.

Der Kaiserliche Rittmeister hing jetzt reglos in Emils Hand. Emil zog ihn wieder auf und setzte ihn in den Käfig. Während er an dem Schloss herumhantierte, rappelte sich der Kaiserliche Rittmeister auf. Emil schien beinahe sehen zu können, wie das Gefühl in das mechanische Herz des Rittmeisters zurückkehrte. Der Spielzeugsoldat dehnte seine Fingergelenke, salutierte und marschierte auf der Stelle.

»Seht ihr, Jungs?«, flüsterte Emil und zog die beiden an sich. »Jetzt ist er uns ausgeliefert. Ohne uns läuft sein Mechanismus ab. Ohne uns hört er auf zu existieren. Und wenn die anderen Soldaten wissen, was gut für sie ist ...« Er nahm einen Besenstiel und klopfte an die Fußleiste und an die Wände. »Dann tun sie, was ich ihnen sage.« Er riss den Mund auf und brüllte: »Geht zurück in eure Wände! Lebt euer Puppenleben! Aber haltet euch von der Verkaufshalle fern, sonst ...« Er umrundete den Käfig, in dem der Kaiserliche Rittmeister saß, der einmal sein Freund gewesen war. »Werdet ihr erstarren. Erstarren!«

Tage vergingen. Wochen und Monate. Manchmal gelang es, die Soldaten ruhigzustellen, manchmal wurden sie wieder kühner, waren entschlossen, den Rittmeister zu befreien – und dann erwachten die Wände der Werkstatt zum Leben, und man hörte das Trippeln Tausender Holzfüße. Wenn Emil merkte, dass sich etwas hinter den Wänden zusammenbraute, ging er zum Angriff über. Er baute Patchworkfrettchen und schickte sie hinter den Fußleisten auf die Jagd; wenn sie überhaupt zurückkamen, steckten hölzerne Lanzen in ihrem Rücken, und ihre Füllung war herausgerissen. Er verbrachte so viel Zeit damit, Fallen auszuhecken, die Ausgänge in den Fußleisten zu verstopfen und die Gänge zuzuzementieren, dass er mehrere Monate lang keine neuen Spielzeuge für den Winter herstellen konnte. Währenddessen arbeitete Papa Jack bis tief in die Nacht hinein, um die Regale bis zum ersten Frost wieder aufzufüllen. Und weil er sich zurückzog und nur seine Spielzeuge hatte, denen er sich anvertrauen konnte, bemerkte niemand den Husten, der ihn plagte, oder die Tatsache, dass seine Finger langsam steif wurden. Niemand bekam es mit, als sein Gedächtnis ihn das erste Mal im Stich ließ, weil er sich von allein wieder erholte und weiter an seinen Seeschlangen nähte. Alle gingen ihren Beschäftigungen nach, und er seiner, und die Einzigen, die etwas davon ahnten, waren die Soldaten in den Wänden.

In jenem Sommer versammelten sich, während Mr Atlee Martha unterrichtete, die Aufziehsoldaten in ihrem Zimmer, um zu lauschen. Sie öffneten die Fußleisten, um zuzuhören, wenn ihr Lehrer langatmig von Arithmetik und Parabeln, von Königen, Königreichen und Bibelsprüchen erzählte. Manchmal, wenn sie abends zurück in ihr Zimmer kam, sah sie, dass die Soldaten auf ihren Schreibtisch geklettert waren und auf ihrem Thesaurus herumliefen, als versuchten sie, seine Geheimnisse zu ergründen. Nachts las sie ihnen aus Gibbons *Verfall und Untergang des römischen Imperiums* vor – aber von Armeen und Soldaten wollten sie nichts wissen. Und so las sie ihnen stattdessen Perrault vor, die Brüder Grimm, Geschichten aus *Tausendundeiner Nacht*, Jules Verne und H. G. Wells. Und wenn Cathy ihr eine Gute Nacht wünschte, war sie schockiert, wenn auch nicht überrascht, die Soldaten auf den Regalen

sitzen zu sehen und das Summen ihrer Mechanismen zu hören.
Geschichten, dachte Martha. Es waren Geschichten, die ihnen halfen, denken zu lernen ...

Der erste Frost kam im Jahr 1923 erst spät – sodass, als das Emporium seine Tore öffnete, die Geschäftsbücher so mager waren wie nie zuvor. Nachdem Mr Moilliet, der Mann von Lloyd's, sich um den Jahresabschluss gekümmert hatte, war er mit einem finsteren Gesicht und Versprechen im Ohr, die mit Sicherheit nicht eingehalten werden konnten, wieder abgezogen. Am Eröffnungsabend gab es diesmal kein großes Spektakel. Als die ersten Familien durch die Tür strömten, erwarteten sie keine fliegenden Rentiere und keine kreisenden Sternbilder, sondern eine Verkaufshalle, die nur halb so groß war wie im Jahr zuvor und in der die leeren Gänge mit Brettern verbarrikadiert waren. Im Palladium, flüsterten sich die Kunden hinter vorgehaltener Hand zu, hätte man einen magischeren Abend erleben können. So etwas hatte man vorher nie gehört.

Wer in jenem Winter nach vielen Jahren das erste Mal ins Emporium zurückkehrte, erkannte es nicht als das Emporium aus seiner Jugend wieder. Damals wäre man nicht in Gänge eingebogen, die sich als Sackgassen entpuppten, und hätte keine Lücken in den Regalen gesehen; das Spielhaus, über das man einmal gestaunt hatte, wäre nicht zu einer schäbigen Waldhütte mit vernagelten Fenstern verkommen; und man wäre nicht über wild wuchernde Modelleisenbahnschienen gestolpert. Denn in den Wänden hatte eine industrielle Revolution stattgefunden; die Spielzeugsoldaten hatten nach besseren Möglichkeiten gesucht, die riesigen Entfernungen im Emporium zu überbrücken und erstarrte Soldaten zu finden, die sie mit ihrem Selbstaufziehmechanismus ausstatten konnten. Emil und das Kontingent an Helfern, das er sich leisten konnte, hatten ganze Tage damit zugebracht, die Bahngleise zu entfernen, aber egal, wie schnell sie arbeiteten, die Aufzieharmee war schneller. Als der erste Frost kam, hatte Emil den Soldaten bereits ein Zwischengeschoss, das Karussell und die Hälfte der Gänge überlassen, in der Hoffnung, sie dadurch zu besänftigen – und doch ertönten nachts in der Verkaufshalle immer wieder die Pfiffe der Züge, die Gänge sahen jeden Morgen etwas heruntergekommener aus, wurden immer wieder Papierbäume gefällt oder wurde eines der Halteseile des Wolkenschlosses gekappt, sodass es nun auf dem Kopf schwebte. Und die Kunden, die in jenem Winter in das Emporium kamen, warfen einen Blick auf das Chaos und fragten sich: Ist das wirklich der Ort, den ich kaum erwarten konnte zu sehen? Habe ich mich verändert, oder ist das Emporium wirklich am Ende?

Es war ein Vierteljahrhundert her, seit Papa Jack das letzte Mal bei einem Eröffnungsabend dabei gewesen war, doch heute Abend verließ er seine Werkstattgruft und sah sich in der Verkaufshalle um. Er warf einen Blick auf seine Patchworkpegasosse, die sich zwischen den Türmen des krängenden Wolkenschlosses tummelten und nach all den Jahren etwas ramponiert und fadenscheinig geworden waren, schloss die Augen und schlurfte weiter.

In der Wohnung der Godmans herrschte Stille; Cathy, Martha, Emil und die anderen waren in der Verkaufshalle, nur Kaspar lag zusammengerollt in seinem Bett. Im Schlaf hätte man ihn für dreißig Jahre jünger halten können – nur dass die Dämonen, die ihn in seinen Träumen heimsuchten, keine kindlichen Fantasiegestalten mehr waren, sondern Erinnerungen. Papa Jack ließ sich im Sessel neben dem Bett nieder.

»Kaspar«, flüsterte er. »Kaspar, mein Junge.«

Als Papa Jack ihn berührte, drehte sich Kaspar zu ihm, wie ein Kind, das schlaftrunken nach seinem Vater sucht.

»Früher war der Eröffnungsabend immer etwas ganz Besonderes für dich, Kaspar. Ich will, dass es wieder zu etwas Besonderem wird. Cathy hat mich gebeten, mit dir zu reden. Ich habe es ihr versprochen, aber bisher habe ich nie die richtigen Worte gefunden. Denn – wie löst man ein Leben, Kaspar? Wie löst man Probleme wie deine ... und meine? So einfach ist ein Leben nicht. Und so sind Wochen, Monate und schließlich sogar Jahre vergangen, aber ... Kaspar, ich bin da, wo ich immer war, seit ich zurückgekommen bin und meine Söhne wiedergefunden habe. *Ich. Bin. Da.*«

Kaspar hatte im Schlaf die Hand ausgestreckt und die Finger mit denen seines Vaters verschränkt. Seine Hand wirkte in Papa Jacks Pranke winzig.

»Ich habe davon geträumt, was ich dir sagen könnte. Ich habe mich danach gesehnt, endlich die richtige Worte zu finden. So lange habe ich darüber nachgedacht, dass mir jetzt keine Zeit mehr bleibt. Hier kommt es also, alles, was ich weiß ...« Er atmete tief ein, denn das, was zu sagen er hergekommen war, wollte eigentlich nicht gesagt werden. »Du kannst nicht zurück.« Er schwieg kurz. »Nach der *Katorga* war ich nicht mehr derselbe Mann, den sie mitgenommen haben, als du noch klein warst. Und während des Jahres, in dem ich mich langsam nach Westen durchgeschlagen und in Dörfern haltgemacht habe, um mir mit Spielzeugsoldaten, Ballerinen und Bären Gefälligkeiten, Mitfahrgelegenheiten oder ein Dach über dem Kopf zu erkaufen, musste ich es nach und nach einsehen. Ich konnte den Weg, den ich gekommen war, nicht zurückgehen, denn der Mann, der ich war, war nicht mehr der, der den Marsch nach Osten angetreten hatte. Mit jedem Schritt war ich zu einem neuen Menschen geworden.

Du bist auch ein neuer Mensch, Kaspar. Man kann nicht die Dinge sehen, die du gesehen hast, die Dinge tun, die du getan hast, und danach seinen alten Platz in der Welt einnehmen. Unser Emporium ist eine Kristallisation der Kindheit. Es bringt uns dazu, uns nach den Tagen zurückzusehnen, als für uns die ganze Welt ein Spielplatz und das ganze Leben eine Abenteuergeschichte war, die man durchlebte, wenn man die Augen schloss. Aber Kaspar, wenn du so weitermachst, wird sie kein glückliches Ende nehmen. Ich musste eine andere Art zu leben suchen – und habe meine Söhne gefunden, euch in ein neues Land gebracht und uns dort etwas aufgebaut. Ich bin aus der Wildnis entkommen, indem ich etwas anderes gefunden habe. Und Kaspar«, flüsterte er, beugte sich über das Gesicht seines Sohnes und küsste ihn, »das musst du vielleicht auch tun.«

Eine Träne fiel aus Papa Jacks Auge auf Kaspars Wange.

Papa Jack ging zurück in seine Werkstatt, diesmal ohne einen Blick in die Verkaufshalle zu werfen. Hinter sich schloss er die Tür. Irgendwie hatte auch Sirius in den Raum gefunden. Der Patchworkhund legte die Schnauze in Papa Jacks Hände, dann leckte er ihm mit seiner Sockenzunge über das Gesicht und verschwand winselnd.

Papa Jack sah sich in seiner Werkstatt um.

Er spürte, dass er beobachtet wurde. Das war eines der Dinge, die ihn sein ganzes Leben lang begleitet hatten; er hatte es immer schon gespürt, wenn er beobachtet wurde. Er machte sich Kiefernnadeltee in dem Samowar, den Mrs Hornung ihm jeden Tag hinstellte, und als er Sirup hineinrührte, nahm er aus den Augenwinkeln flackernde Bewegungen wahr. »Ich sehe euch«, flüsterte er und lächelte. »Ja, ich sehe euch. Ihr könnt rauskommen, wenn ihr wollt. Eure Geheimnisse sind bei mir sicher.«

Ohne auf den Boden zu schauen, ging er zu seinem Sessel. Die Armstützen fingen ihn auf, und schlagartig wurde ihm mit nie gekannter Deutlichkeit klar, wie gut es tat, gehalten zu werden. Es war so lange her, seit er die Wärme menschlicher Arme gespürt hatte. Das Verlangen danach starb nie, selbst nach all den Jahren nicht.

Während er den Kieferduft einatmete, der aus der dampfenden Tasse aufstieg, hörte er das Trippeln zu seinen Füßen. Er spürte sie, noch ehe er sie sehen konnte. Schließlich erhob er sich und kniete sich zwischen die Aufziehsoldaten, die sich ihm genähert hatten.

Es waren zehn. An einer Stelle, wo sie die Fußleiste gelockert hatten, kamen noch mehr aus der Wand. Papa Jack legte sich auf den Boden, bis sein Gesicht aus Fleisch und Blut auf Augenhöhe mit ihren sorgsam bemalten Holzgesichtern war. »Wie stattlich ihr seid«, sagte er – und streckte einladend die Hand aus.

Die Soldaten rannten hektisch durch die Gegend, als wüssten sie nicht, was sie davon halten sollten.

»Ihr könnt gerne hinter die Fußleiste zurückkehren, wenn ihr möchtet«, fuhr Papa Jack fort, »aber ich wäre heute Nacht dankbar für ein bisschen Gesellschaft.«

Von seinen Worten ermutigt, marschierte ein Soldat zu Papa Jack und kletterte auf seine Handfläche. Vorsichtig, um ihn nicht aus dem Gleichgewicht zu bringen, ließ sich Papa Jack wieder in seinem Sessel nieder. Der Anblick ihres Bruders, der es sich auf der Handfläche des Riesen bequem gemacht hatte, lockte noch mehr Soldaten von der Wand zu ihm hinüber. Sie formierten sich zu seinen Füßen in Bataillonen.

»Meine Söhne haben wirklich etwas Magisches geschaffen. Und sie haben es zusammen getan – wenn sie das doch nur erkennen könnten. Eure Bemalung ist Emils Beitrag, und der von Kaspar ist eure ... Lebensweise. Ja, ich glaube, heute Nacht werde ich dieses Wort benutzen. Zumindest werde ich nicht alleine sein.«

Der Mechanismus des Soldaten auf seiner Hand lief allmählich ab, und er drehte sich hektisch im Kreis – bis Papa Jack flüsterte: »Darf ich?« Der Soldat nickte trotz seiner Panik und verharrte regungslos, als Papa Jack den Schlüssel auf seinem Rücken drehte.

Die Kräfte des Spielzeugsoldaten kehrten zurück. Er war der Erste, der seit dem Aufstand von Menschenhand aufgezogen worden war. »Die Ehre ist ganz meinerseits«, sagte Papa Jack und stellte den Soldaten wieder auf den Boden. Dann griff er in die Truhe, die an seiner Seite stand, und holte Spielzeuge aus Kiefernzapfen, Gras, Zweigen und getrockneter Rinde hervor.

»Mit diesen Soldaten habe ich mein Leben erkauft«, sagte er und legte sie auf den Boden. »Es sind die ersten, die von einem Godman hergestellt wurden, aber jetzt sollt ihr sie haben. Es sind ja schließlich eure Vorfahren.«

Die Soldaten versammelten sich, vielleicht, weil sie sich in den vertrockneten Hüllen wiedererkannten wie Menschen in den Skeletten prähistorischer Affen.

Die Konturen des Raumes verschwammen. Papa Jack schloss die Augen und öffnete sie wieder. Sieh dich um, dachte er. Es gibt nichts in der Geschichte der Welt, keinen Aspekt des Lebens oder des Todes, der nicht heute Nacht hier, in dieser Werkstatt, vorhanden wäre. Papa Jack hatte ein halbes Leben lang allein gelebt; wie sein Leben wohl verlaufen wäre, wenn er jemanden an seiner Seite gehabt hätte, der ihn wieder aufzog, wenn sein Herz begann, langsamer zu schlagen?

Rings um ihn herum verschmolzen Erinnerungen mit erwachendem Leben. Er war in seiner Werkstatt und trank gleichzeitig an der Brust seiner Mutter. Als Kind hatte er einen Teddybären gehabt, der aus wenig mehr bestanden hatte als aus zusammengenähtem Fell und den er in dem Dorf, in dem er aufgewachsen war, mit sich herumgetragen hatte, bis er praktisch auseinandergefallen war. Er hätte ihn jetzt gerne im Arm gehabt, ihn gedrückt, mit ihm gespielt – aber das war nicht mehr nötig; man brauchte von nun an nicht mehr mit Spielsachen zu spielen, denn die spielten jetzt mit sich selbst. »Ich hätte so gerne noch erlebt, was aus euch wird«, sagte er zu der wartenden Menge. »Wir alle haben einen so weiten Weg hinter uns.«

Jeder Mensch wird in dem Moment, in dem er stirbt, wieder zum Kind. Jekabs Godman schloss die Augen, und während Hunderte hölzerne Gesichter zuschauten, glitt er langsam aus dieser Welt.

DER KURZE AKT ZUM LANGEN ABSCHIED

* * * * * * * *

Papa Jacks Emporium und Highgate Cemetery

1924

Der Kaiserliche Rittmeister: geboren auf einer Drehbank, vollendet mit einem Beitel und einer Feile; ein Spielzeugsoldat, dazu bestimmt, über die anderen zu herrschen. Wer heute Nacht durch die verlassene Verkaufshalle streifte und ihren Staub- und Moschusgeruch einatmete, würde ihn weder schreien noch um Gnade flehen hören, und das nicht nur, weil er keine Stimme hat. Nein, der Kaiserliche Rittmeister schreit und fleht nicht, weil er nicht so beschaffen ist. Sein Stolz zeigt sich in jeder Falte, die in sein Gesicht eingeritzt ist. Nein, selbst wenn sein Mechanismus, sein lebendiges Herz, ihm die Fähigkeit zu sprechen verliehen hätte, würde kein Laut über seine Lippen kommen.

Was denkt, was fühlt der Rittmeister, als er, gefangen hinter den Gitterstäben des Vogelkäfigs, sieht, wie sich die Werkstatttür öffnet. Sein Mechanismus ist fast abgelaufen, und die Welt um ihn herum wird immer langsamer. Er weiß, dass er dem Tode nah ist, aber es ist nicht das erste

Mal und wird wohl auch nicht das letzte Mal bleiben. Und so beobachtet er, wie die riesige Gestalt, der Koloss, den Raum betritt – und das Letzte, was er sieht, bevor die Nacht ihn umfängt, ist eine Vision der Schöpfung: Der Dämonengott, der ihn aus totem Holz erschaffen hat, stapft mit großen Schritten durch seine Werkstatt, in der alles Leben entstanden ist, öffnet den Käfig und nimmt ihn in die Hand.

Und das Letzte, was er spürt, sind Finger, dick wie Baumstämme, und er denkt: *Er ist wie wir, und doch sind wir ganz anders. Der Gott hat uns nach seinem eigenen Bilde erschaffen ...* Doch der Gedanke wird ausgelöscht, denn die Erstarrung naht, alles muss irgendwann zugrunde gehen.

Das Leben kehrt in seinen Körper zurück, mit einem Gefühl, als würden seine Eingeweide zerreißen. Der Schmerz, der mit dem Aufziehen verbunden ist, so sanft von der Hand seiner Brüder, so grausam von der Hand des Gottes. Die Welt um ihn setzt sich wieder zusammen. Der Kaiserliche Rittmeister würde kämpfen, wenn er glaubte, dass es etwas bringen würde, doch schon holt der Gott aus und schleudert ihn quer durch die Werkstatt, dorthin, wo das Große Feuer brennt.

Der Gott setzt sich in einen Sessel und weint dicke fette Tränen.

»Du gehörst *mir*«, sagt er. Und der Kaiserliche Rittmeister denkt: Nein, ich gehöre *mir*. »Ich habe dich erschaffen, da hinten ...«, sagt er. Und der Rittmeister denkt: Nein, ich habe mich selbst erschaffen, mit meiner ersten Idee, meinem ersten Gedanken. Oder vielleicht wurde ich dort erschaffen, wo der Baum gewachsen ist, aus dessen Holz ich bestehe; aber nicht hier, niemals *hier*. »Er hält es für ein Wunder, *sein* Wunder, und das ist der letzte Schlag ins Gesicht. Alles, was mir gehört, will er sich aneignen. Nichts will er mir lassen, um Papa stolz zu machen, kein einziges Spielzeug, das bleibt, damit meine Kinder später sagen können: Da, das hat mein Vater gemacht, er war ein großer Mann. Und jetzt ... Jetzt ist Papa fort, und er glaubt, dieser Ort gehört *ihm*, und *er* kann damit machen, was er will ... Und was er will, ist, ihn *euch* zu überlassen.«

Der Dämonengott erhebt sich und schiebt den Soldaten näher ans Feuer, bis Farbe und Lack sich vor Hitze aufzulösen beginnen und der Lebenssaft des Rittmeisters dem Gott auf die fetten Finger tropft.

»Aber das lasse ich nicht zu. Hast du verstanden? Ihr seid Spielzeuge. Ihr seid nicht echt. Das Emporium wird überleben, und meine Söhne werden hier leben, spielen und in Sicherheit sein, hier, wo sie hingehören.« Er spricht über seine ureigensten Ängste; das hört der Kaiserliche Rittmeister an seiner Stimme. »Und meine Frau wird bleiben. Sie wird mir meine Jungen nicht wegnehmen, nicht wenn ihr fort seid ...«

Wieder Hitze. Der Kaiserliche Rittmeister kann ihr nicht entkommen, glaubt, ein rotes Ebenbild des Dämonengottes in den Flammen zu sehen. *Herr der Dämonen, der uns in den Langen Krieg geschickt hat. Herr der Dämonen, der uns aufeinandergehetzt hat, uns gezwungen hat, unsere Kameraden zu töten. Herr der Dämonen, der du dich am ewigen Krieg ergötzt ... Aufziehen und Kämpfen, Aufziehen und Kämpfen, wieder und wieder und wieder ...*

Wenn Holz sich in Kohle verwandelt, fühlt sich das nicht an wie die Erstarrung, sondern wie das Ende von allem, von dem ihre Propheten manchmal sprechen. Der Kaiserliche Rittmeister wappnet sich, doch im letzten Moment hält der Dämon sich zurück.

»Glaubst du wirklich, ich mache es dir so leicht? Ein Moment des Grauens und es ist vorbei? Nein, ich werde dich nicht zerstören, noch nicht. Ich werde an dir ein

Exempel statuieren. Für die anderen. Damit sie wissen, wer ich bin, damit sie wissen, wer *sie* sind. Ich bin der *Spielzeugmacher.* Das hier ist mein Emporium.« Er bricht ab und sagt dann mit weinerlicher Stimme: »Es hätte nicht so kommen müssen. Früher hast du mir gehört. Wir haben zusammen gespielt.«

Der Kaiserliche Rittmeister findet sich in seinem Gefängnis wieder. Er rappelt sich auf, beobachtet durch die Gitterstäbe, wie der Koloss sich in die dunkle Außenwelt zurückzieht, und denkt: *Aber wo ist der andere, von dem der Dämon spricht, der Engel, der uns gerettet hat? Der Gott des Lichts, der dem Langen Krieg ein Ende gesetzt hat. Der unsere Not sah und dachte: NIE WIEDER! Warum ist er nicht hier, um mich zu befreien und in das Land hinter den Leisten zurückzubringen?*

Erst als er erneut spürt, wie die dumpfe Qual der Erstarrung ihn überkommt, erinnert sich der Kaiserliche Rittmeister: Der, den sie Kaspar nennen, der Bruder des Dämons, hat uns damals gar nicht befreit, nicht eigenhändig. Er hat uns die Fähigkeit verliehen, uns selbst aufzuziehen und unsere eigenen Entscheidungen zu treffen. Selbst zu entscheiden, das ist die Magie, die wir Leben nennen. Er gibt uns keine Gebote, befielt uns nichts von oben herab. Nur der Dämon versucht, uns mit seinen *Einsatzregeln* zu beherrschen, und verbietet uns, die Waffen zu strecken. Der Gott Kaspar hat uns geholfen, uns selbst zu helfen.

Er hat nicht gesagt: *DU SOLLST!* Er hat gesagt: *DU KANNST...*

Der Funke dieser Offenbarung glimmt so hell im Geist des Kaiserlichen Rittmeisters, dass in der verschlungenen Maserung des Sandel- und Teakholzes neue Verknüpfungen, seltsame neue Muster entstehen – die Magie von Gedanken, die zu etwas Neuem verschmelzen.

Er muss sich selbst retten.

Aber ihm bleibt nicht viel Zeit. Die Erstarrung kommt mit jeder Sekunde näher. Und so greift der Kaiserliche Rittmeister nach den Gitterstäben und zieht. Er hat ein Astloch in den Holzdielen erspäht – vielleicht ein Weg nach Hause.

Die Morgendämmerung am Tag von Papa Jacks Beerdigung war weiß und klar. Cathy blickte in den Himmel über Iron Duke Mews und fragte sich: Wie weiß war der Himmel in jenem fernen Land, in dem aus Jekabs Godman Papa Jack wurde? In der Nacht zuvor war sie in seine Werkstatt geschlichen und hatte den Apparat aus der tausendbeinigen Kiste genommen – doch als sie die Kurbel drehte, ließ das Uhrwerk zwar die Gefangenen losziehen, aber weder löste sich der Raum um sie herum auf, noch wehte ein heulender Winterwind, noch erwartete sie ein phantomgleicher Jekabs Godman, um sie zu begleiten. Papa Jacks Geschichte war zu Ende, und das Emporium kam ihr plötzlich trostloser vor.

Sie war schon vor dem Morgengrauen auf den Beinen gewesen, um Mrs Hornung in der Küche zu helfen, doch jetzt stand sie wartend in der eisigen Luft. Sieben Sonnenaufgänge war es her, seit sie ihn morgens in seinem Sessel sitzend in der Werkstatt gefunden hatten, und sie hatte die ganze Zeit darüber nachgedacht, was Kaspar durch den Kopf gehen mochte, welche Form die Trauer hinter seinen leeren Augen annahm, sodass sie sich erst jetzt fragte, was sie selbst empfand. Papa Jack hatte sie damals in seiner Welt willkommen geheißen. Sie erinnerte sich daran, wie bedeutungsschwer seine Stimme geklungen hatte, als er ihr die Fragen gestellt hatte: *Fühlen Sie sich verloren? Ängstlich?* Und plötzlich kam ihr der Gedanke, dass sie ihrem Vater schreiben oder ihre Familie besuchen sollte.

Am Ende von Iron Duke Mews war der Kutscher dabei,

die Kutsche mit dem Sarg aus der Gasse zu manövrieren. Martha half Kaspar in die zweite Kutsche einzusteigen, und Nina versuchte, ihre beiden Söhne mit strengen Worten und Versprechen von Süßigkeiten im Zaum zu halten. Cathy wollte gerade zu ihnen gehen, als hinter ihr die Tür des Lieferanteneingangs aufgestoßen wurde und Emil herausgestürmt kam, den Kopf gesenkt wie ein gescholtenes Kind. Die Rußflecke und Holzspäne an seinen Händen deuteten darauf hin, dass er in der Werkstatt gewesen war. Anscheinend hatte er auch mit Farben gearbeitet, denn unter den Fingernägeln hatten sich rote Ränder gebildet, tiefrot, wie es der Kaiserliche Rittmeister war.

»Für deinen Vater«, sagte Cathy.

»Für meine Kinder«, sagte Emil, ignorierte sie und nahm seinen Platz in der Kutsche ein.

Es war seltsam, gemeinsam das Emporium zu verlassen. Der Trauerzug brach nach Norden auf, überquerte die Schienen von King's Cross, folgte der York Road, kam an leeren Getreidespeichern vorbei, den am Kanal gelegenen Kaianlagen, baufälligen Backsteinreihenhäusern, aus denen rußverschmierte Gesichter schauten – bis sie schließlich die Grünflächen des Highgate Cemetery erreichten, dessen Tore weit offen standen.

Als die Prozession langsam zum Stehen kam, sah Cathy die anderen Trauernden, die bereits zwischen den Gräbern warteten.

»Wer sind all die Leute, Mama?«, fragte Martha.

Cathy traute ihren Augen nicht. Trotz Kaspars leisen Protesten hatte Emil eine Todesanzeige in die *Times* gesetzt, und so hatten sich frühere und gegenwärtige Kunden auf dem Friedhof versammelt. Ehemalige Verkäufer waren gekommen, um Papa Jack die letzte Ehre zu erweisen. Auch die Frauen und Töchter der Männer, die ihr Leben verloren hatten, waren gekommen, um einen letzten Blick auf die goldene Welt zu erhaschen, die ihre Ehemänner und Väter hatten verlassen müssen. Hinter den hängenden Zweigen eines Weißdorns stand Frances Kesey, in düsteres Grau gekleidet; Sally-Anne trug ein schwarzes Vaudeville-Kostüm mit Brokat in grellem Saphirblau und Smaragdgrün.

»Bist du bereit?«

Kaspar nickte wortlos.

Zusammen betraten sie die kalte, harte Erde zwischen den Gräbern. Martha, die eins von Ninas schwarzen Kleidern trug, erschauderte im eisigen Wind. Cathy, für die Martha noch immer ein kleines Mädchen war, nahm ihre Hand. Martha ließ sie gewähren und nahm ihrerseits Kaspars Hand – und zu Cathys Erstaunen entzog er ihr seine Hand nicht. Cathy sah auf. Es hätte Patchworkpferde geben sollen, die feurige Streitwagen zogen; Pegasosse hätten am Himmel fliegen und Ballerinen Pirouetten drehen sollen. Jeder einzelne Baum auf dem Highgate Cemetery hätte von Papierschlingpflanzen überwuchert sein sollen. Die Bäume, der Himmel, die Welt, alles sah heute viel zu gewöhnlich aus.

Hinter ihnen stiegen Emil und Nina aus der Kutsche, die Zwillinge trugen winzige schwarze Anzüge. Emil, dessen eigener Anzug plötzlich viel zu klein wirkte, wartete, während die Träger den Sarg vom Wagen hoben.

»Bist du sicher, dass du es schaffst?«, fragte Cathy.

Kaspar ließ den Sarg keine Sekunde aus den Augen. »Soll ich ehrlich sein?«

»Immer, Kaspar.«

»Ich bin mir alles andere als sicher. Aber eins weiß ich, wenn ich es nicht tue, werde ich es mir nie verzeihen. Also werde ich zumindest heute Seite an Seite mit Emil stehen.«

Cathy ging mit Martha in Richtung Grab, während immer mehr Menschen zum Ehrengeleit an den Wegesrand traten. Am Ende des Weges standen die Totengräber. Als Cathy sie erreichte, starrte sie in das Loch, das Jekabs Godman mit Haut und Haaren verschlingen würde. Zuvor hatte sie sich gesagt: Es ist nur eine Hülle, nur das, was er zurücklässt, und er hat uns noch so viel mehr zurückgelassen, daheim im Emporium. Aber das Loch in der Erde ließ solche Gedanken oberflächlich erscheinen. Jekabs Godman war nicht mehr.

»Mama, Papa war heute irgendwie verändert. Hast du es bemerkt? Er hat in der Kutsche meine Hand gehalten.«

Es kam Cathy so vor, als wären die letzten Jahre eine einzige lange Litanei an Rechtfertigungen für ihren Ehemann gewesen, aber Martha war kein kleines Mädchen mehr; man konnte sie nicht dazu überreden, etwas zu glauben, was sie im Herzen nicht für wahr hielt.

»Heute ist ein seltsamer Tag.«

Zusammen kamen sie den Weg herunter: der dürre, knochige Kaspar, der immer noch humpelte, der ungepflegte, rundliche Emil, der aussah, als hätte er nächtelang nicht geschlafen, und zwei angeheuerte Helfer, die die hintere Hälfte des Sargs trugen.

»Ich weiß noch, wie ich mich vor ihm gefürchtet habe, da oben in seiner Werkstatt. Kannst du dir das vorstellen? Onkel Emil, warmherzig und verstrubbelt, und Papa, als er einfach nur Papa war ... und dann Papa Jack, so breit wie beide zusammen, und dann diese Augen, diese Hände und diese ... würdest du es Haare nennen, Mama?«

»Zerzaust und verfilzt zwar, aber ja, Martha, ich würde es Haare nennen.«

Martha grinste.

»Ich hatte auch Angst vor ihm. Am Tag, als ich ins Emporium kam, hat Emil mich zu ihm in die Werkstatt gebracht, und er hat mich mit seinen seltsamen Augen angeschaut und mir Fragen gestellt ... Aber irgendwann ist die Angst einfach verpufft. Er hat dir einen Bären aus Spinnenseide genäht. Am Morgen des Tages, an dem du geboren wurdest, hat er dich in den Händen gehalten, und da hatte ich überhaupt keine Angst mehr vor ihm, weißt du? Ich habe dich ihm anvertraut.« Cathy schwieg kurz. »Sie sind da ...«

Die Sargträger waren am Grab angekommen. Unbeholfen stellten Kaspar, Emil und die beiden anderen Männer den Sarg neben dem Grab ab. Die beiden mit Kapuzenmänteln bekleideten Bestatter traten vor und brachten Seile daran an.

Um das Grab herum wurde es eng. Manche Gesichter kamen Cathy bekannt vor, aber die meisten kannte sie nicht mit Namen. Sie nahm Kaspars Arm und lotste ihn an ihre Seite.

»Bist du ...«

Kaspar schenkte ihr einen wissenden Blick. »Mein Vater war ein sehr schwerer Mann.«

Der Sarg hing über dem Grab, und dann verschwand Papa Jack Zentimeter für Zentimeter im Boden.

Am Kopfende des Grabes wartete Emil nervös auf seinen Einsatz. Es herrschte absolute Stille – und mit seinen Jungen an seiner Seite begann er zu sprechen.

»Mein Vater war ein einfacher Mann. Mein Vater war ein großer Mann. Und mein Vater war meine ganze Welt. Das Emporium, das er geschaffen hat, nimmt einen wichtigen Platz in unser aller Herzen ein, ohne es wären wir nicht die Menschen, die wir heute sind – und darum haben wir uns heute hier versammelt, um meinen Vater der Erde zu übergeben und um ihm dafür zu danken, dass er ein Teil dieser Welt war.

Papa Jack ist nicht mehr, aber das Emporium lebt weiter, in den Herzen und den Erinnerungen all der Menschen, die dort eingekauft haben, in den Jungen und Mädchen und den Spielen, die sie spielen.« Cathy sah, wie Emil den Blick über die Menge schweifen ließ, bis er seinen Bruder entdeckte, der mit gebeugtem Kopf am Grab stand. »Die Arbeit unseres Vaters lebt weiter, solange es das Emporium gibt. Solange wir weiter Spielzeug herstellen. Solange wir …«, seine Stimme drohte zu versagen, doch er riss sich zusammen, »die Magie in der Welt bewahren und nie vergessen, dass wir selbst einmal Kinder waren. Solange wir die Welt, Spielzeug für Spielzeug, zu einem besseren Ort machen.«

Aus den Wolken über ihnen fielen feine Schneeflocken und bestäubten die Gräber – allerdings waren sie nicht aus Konfetti, was das Bild unstimmig machte. Emil half seinen Söhnen, Hände voller Erde auf den Sarg zu werfen; danach waren die anderen Anwesenden an der Reihe. Und bald war Papa Jacks Sarg nicht mehr zu sehen.

Martha warf ebenfalls eine Handvoll Erde. Cathy tat es ihr gleich, nachdem sie den Handschuh ausgezogen hatte, damit sie die kalte Erde spüren konnte. Als sie sich zu Kaspar umdrehte, sah sie, dass sich jemand zwischen sie gedrängt hatte, um Papa Jack die letzte Ehre zu erweisen.

Er war im selben Alter wie Papa Jack, hatte Ähnlichkeit mit einem Wiesel, und die wenigen Haare, die er noch hatte, hingen ihm wie ein grauer Vorhang vom Kopf. Sein Anzug war neu, und seine wunde, gerötete, von Altersflecken übersäte Haut wirkte auf Cathy, als hätte er sie lange schrubben müssen, um sie sauber zu bekommen. Er roch nach billigem Talkumpuder und Pfefferminzlotion, und als er aufsah, bemerkte sie, dass er ein Glasauge hatte.

»Sind Sie der Sohn?«

Er hatte den gleichen Akzent wie Papa Jack, es klang, als hätte er die neue Sprache erst spät im Leben gelernt, denn sie war immer noch mit den harten, rauen Tönen seine

Muttersprache gespickt. Kaspar brauchte einen Augenblick, um zu begreifen, dass der Fremde mit ihm sprach.

»Mein Name ist Kaspar«, sagte er. »Kannten Sie meinen Vater?«

»Vor langer Zeit, in einer anderen Welt. Aber ja, ich bin stolz, sagen zu können, dass ich ihn kannte. Man könnte sogar behaupten, dass ich sein Lehrling war, obwohl er selbst dieses Wort nie benutzt hätte. Es tut mir leid, dass du ihn verloren hast, mein Junge. Es gibt genug Menschen, die ein schlechteres Leben geführt haben und immer noch leben.«

Der Fremde berührte Kaspars Hand mit dem, was von seiner übrig war, dann verschwand er in der Menge. In der Lücke, die er hinterließ, begegnete Cathy Kaspars suchendem Blick. Sie sah dem Mann nach.

»Mein Vater?«, sagte Kaspar. »Ein Lehrling?«

Cathy fehlte die Kraft, ihn zurückzuhalten; Kaspar bahnte sich einen Weg durch die Trauernden und folgte dem Mann. Als er die Menge hinter sich gelassen hatte, schlurfte er durch die Weißdorne und verschwand hinter einer Kurve des gewundenen Pfads. Er hatte den Kragen hochgeschlagen und wirkte verloren unter seinem hohen Homburger Hut. Kaspar musste sich anstrengen, um ihn einzuholen. Er berührte ihn am Ellbogen.

»Mein Vater hatte nie einen Lehrling«, keuchte er. »Mein Bruder und ich, wir …«

»Beruhige dich, Junge. Ich wollte dir keinen Kummer bereiten. Ich habe es nicht wortwörtlich gemeint. Ich habe das Emporium nur einmal von innen gesehen, und ich bete, dass er mich damals nicht erkannt hat. In der Zeit, als ich deinen Vater kannte, war er ein anderer Mensch. All das hier – all das lag damals noch in der Zukunft. Der Jekabs Godman, den ich kannte, war Schreiner, aber er hat schon damals nebenher aus Zweigen Soldaten gebaut, um sich zu beschäftigen, und er ...« Der Mann brach ab. »Deine Familie wartet auf dich.«

Kaspar schaute über die Schulter. Cathy beobachtete ihn vom Grab aus.

»Sie wartet schon länger auf mich, als ich sagen kann. Da machen ein paar Minuten mehr oder weniger keinen Unterschied.«

»Es ist ein ganzes Leben lang her, seit ich deinen Vater gesehen habe, aber als ich die Todesanzeige gelesen habe ... Ich musste kommen und mich von ihm verabschieden. Ich glaube ...« Der Mann schien kurz die Fassung zu verlieren, was seinem Gesicht ein hageres, fast verwildertes Aussehen verlieh. »... ich wäre nicht mehr am Leben, wenn es ihn nicht gegeben hätte. Auf jeden Fall wäre ich dann nicht der Mensch, der ich heute bin. Man könnte sagen, dass Jekabs Godman meine Seele gerettet hat. Er wusste es nicht, und er hat auch nie erfahren, was ich daraus gemacht habe – er hat mir gezeigt, wie man die Spielzeugsoldaten bastelt, aber er hat nie erfahren, dass sie mich bis nach Hause und an all die anderen fernen Orte begleitet haben, an die ich gereist bin, Orte, wo Kinder kein Spielzeug besitzen, es aber verdient haben, an sie erinnert zu werden. Spielzeug hat mich ... wieder zu einem guten Menschen gemacht. Kannst du das verstehen? Ich habe mich nie als guten Menschen gesehen, bis ich deinem Vater begegnet bin.«

Die Menge am Grab zerstreute sich, alle kehrten zu ihrer privaten Trauer zurück; Cathy sah zu, wie ihr Mann den Fremden umarmte, der anschließend durch die Bäume davonging. Als Kaspar zurückkam, lag in seinem Gang eine neue Zielstrebigkeit.

»Lass uns nach Hause gehen. Ins Emporium.«

»Wer war das?«, fragte sie.

Kaspar nahm ihren Arm, und zusammen gingen sie den Pfad hinunter.

»Ein Fremder, den Papa vor langer Zeit kannte ...«
Auf halbem Weg zu den Kutschen kam Cathy ein Gedanke. Sie stemmte die Absätze in den gefrorenen Boden und hielt Kaspars Arm fest.
»Dieser Mann«, sagte sie, »hat er dir gesagt, wie er heißt?«
Kaspar schlug den Kragen hoch, um sich vor der Kälte und dem Wind zu schützen. »Tschitschikow. Er hat gesagt, sein Name sei Tschitschikow.«

Sieben Tage sind im Leben eines Spielzeugsoldaten Äonen. Für ein schlichtes Gemüt aus Holz kann ein Tag ein ganzes Leben sein, eine Woche eine Ewigkeit. Und obwohl sie in der Nacht, als Papa Jack starb, dabei waren und die Tapfersten sogar seine Nähe gesucht hatten, als er diese Welt verließ, ist er hinter den Fußleisten schon landauf, landab zur Legende geworden. Woran sie sich davon nur noch erinnern, ist, dass der Alte Gott fort ist, dass eine lange Zeit vergangen ist, während derer es kein schlagendes Herz in den Hallen des Emporiums gab, dass aber die beiden jüngeren Götter und ihre Familien mittlerweile zurückgekehrt sind. Die Spielzeugsoldaten lauern, still, bis auf das Ticken ihrer Mechanismen, hinter den Fußleisten, spähen durch die Ritzen und sehen Folgendes: Auf einer Seite des Raumes spielt der Herr der Dämonen mit seinen Kindern. Auf der anderen sitzt der Gott Kaspar mit seiner Frau und seiner Tochter, die den Soldaten die Wahrheit aus den Büchern vorliest. Zwischen ihnen steht ein Tisch, auf dem Röstkartoffeln, glasierte Karotten, *Wareniki* und Schalen mit heißer Brühe stehen – doch nichts davon wurde angerührt. Die Götter ziehen es vor, sich an den gegenüberliegenden Seiten des Raumes herumzudrücken und sich verstohlen zu beobachten, wenn sie glauben, dass der andere nicht hinsieht.
Und die Spielzeugsoldaten denken: Wem gehört die Welt

nun, da der Alte Gott fort ist? Dem Herrn des Lichts oder dem Herrn des Todes? Werden wir von heute an bis in alle Ewigkeit in Frieden leben, oder werden wir wieder in den Langen Krieg zurückgeschickt?

Cathy ging an jenem Abend spät ins Bett, denn Mrs Hornung klagte in der Küche über das verschwendete Essen, die Berge von Geschirr, Töpfen und Pfannen, die geschrubbt und zurück in die Schränke gestellt werden mussten. Stundenlang arbeiteten sie in kameradschaftlichem Schweigen, das nur einmal gebrochen wurde. Mrs Hornung bemerkte, die Arme tief in Seifenlauge: »Er war ein guter Mann.« Danach wandte sie sich mit frischem Elan wieder ihrer Arbeit zu.

Einige Zeit später, als die Emporiumsuhren schlugen und Cathy sich anschickte zu gehen, sagte Mrs Hornung: »Die beiden Jungs zanken sich schon, seit sie klein sind. Aber damals gab es auch noch Liebe. Sag mir, Cathy, gibt es noch Liebe zwischen ihnen? Denn ich sehe nur Hass ...«

»Es gibt noch Liebe«, sagte Cathy. »Kein Verständnis, aber immer noch Liebe.«

»Das ist typisch für die Jungs. Was nützt einem alle Liebe dieser Welt ohne ein kleines bisschen Verständnis?«

Cathy grübelte darüber nach, als sie in die Wohnung ging. Emil und Nina hatten sich mittlerweile in ihre getrennten Betten begeben. Martha las den Spielzeugsoldaten, die hinter der Fußleiste standen, Perrault vor. Cathy blieb kurz vor der Tür stehen, um zu lauschen. In der Geschichte ging es um Blaubart und die Schreckenskammer, die seine junge Frau nicht betreten durfte. Sie fragte sich, ob die Soldaten überhaupt schon in der Lage waren, die Gräuel der Geschichte zu begreifen. Dann ging sie weiter.

Normalerweise schlief Kaspar um diese Zeit, wie immer mit dem Rücken zu ihr. Sie öffnete die Tür ...

... und da saß er, umweht von einem Wirbelwind aus Figuren, die er aus dem Papier an seiner Seite schnitt; Elementargeister, die zur Decke schwebten wie ein himmlisches Heer.

Er sah sie durch das himmlische Heer hindurch an. »Für dich«, sagte er. Papierzentauren und -nymphen hingen in der Luft.

»Kaspar, du bist ja noch wach.«
»Ich habe auf dich gewartet.«
»Auf mich?«
»Ich wollte noch nicht schlafen, Mrs Godman. Nicht ohne dich neben mir.«

Auf Worte war kein Verlass. Sie wollte hören, was sie zu hören glaubte, aber die Kluft zwischen ihnen war so groß geworden; Sprache war etwas Veränderliches, vielleicht hatten die Worte auf dem Weg zu ihrem Ohr eine andere Bedeutung angenommen. Sie löschte das Licht und glitt unter die Bettdecke, zwischen ihnen erstreckte sich wie immer das Niemandsland. »Morgen ist ein neuer Tag«, sagte sie. »Vergiss das nicht. Es gibt immer einen neuen Tag.«

Er atmete schneller. Dann – sie musste sich zusammennehmen, denn auch das fühlte sich an wie ein Traum – spürte sie eine Bewegung. Kaspar griff über das Niemandsland hinweg nach ihrer Hand. Sie ließ es geschehen.

»Cathy, es gibt da etwas, was ich tun muss. Du hältst es wahrscheinlich für schrecklich albern.«

Beim letzten Satz hatte er angefangen zu grinsen; Cathy war sicher, dass sie es sich nicht eingebildet hatte. Sie war sich noch sicherer, als seine andere Hand ihre fand, die auf ihrem Bauch lag, bevor sie weiter nach oben glitt. Es war ein so seltsames, unerwartetes Gefühl, dass sie, ohne es zu wollen, zusammenzuckte und zurückwich. Doch dann lachte sie, als wäre sie zum ersten Mal berührt worden.

»Kaspar, geht es dir ...«

»Du fragst mich täglich, stündlich, ob es mir gut geht. Das musst du mich nie wieder fragen.«
Er rutschte zu ihr hinüber und zog sie ins Niemandsland.
»Meinst du, wir sollten es ... versuchen?«
Es gab keinen Grund, sich so zu verkrampfen. Sie zwang sich, Kaspars Gesicht zu berühren; ihre Finger erinnerten sich noch an die Form seiner Wangen, die Unebenheiten seiner Haut, die seltsam raue Stelle über seinem linken Auge. Auch der Körper hatte ein Gedächtnis. Wer brauchte dafür schon die verdammten Spieluhren, die er gebaut hatte? In diesem Moment jedenfalls brauchten sie sie nicht, um die Zeit zurückzudrehen.

Als sie nachts aufwachte, wusste sie, dass er bei ihr war, und als sie näher an ihn heranrutschte, schlang er die Arme um sie, und sie konnte seinen Herzschlag spüren. Später wachte sie erneut auf. Jetzt lagen sie voneinander getrennt, jeder träumte seine eigenen Träume – und das war gut so, so sollte es sein. Als sie sich streckte, streckte er sich ebenfalls, als würde er ihre Bewegung spiegeln. Eine Zeit lang waren die Bilder, die sie vor ihrem inneren Auge sah, keine richtigen Träume, sondern Erinnerungen, Fragmente eines Lebens, das noch gelebt werden wollte. Sie und Kaspar führten ein kleines Emporium in Paris, wo sie Patchworkfrösche verkauften und die Spielzeugsoldaten in Frieden leben konnten. Sie hörte sein tiefes, dröhnendes Schnarchen, dann herrschte Stille – und erst, als sie mit den ersten Strahlen des Sonnenaufgangs erwachte und die kalte Luft am Rücken spürte, merkte sie, dass er nicht mehr bei ihr war.
Kaspar war fort. Seine Hausschuhe, der Morgenmantel und der Gehstock waren ebenfalls verschwunden.
Es war nicht allzu ungewöhnlich, dass Cathy allein auf-

wachte – und falls sie nach der letzten Nacht erwartet hatte, dass sie zusammen bis weit in den Tag hinein im Bett liegen würden, dann nur, weil sie sich an der Schwelle zwischen Wachen und Schlafen immer noch für die sechzehnjährige Ausreißerin hielt, die ihm damals in die Arme gesunken war, um die Tatsache zu vergessen, dass sie Mutter, Ehefrau und eines der Zahnräder war, die Papa Jacks Emporium am Laufen hielten. Vielleicht war es auch gar nicht so beschämend, zuzugeben, dass es manchmal einfach schön war, nur man selbst zu sein.

Ihr kam der Gedanke, dass er vielleicht in seiner Werkstatt sein könnte. Sie ging dorthin und erwartete, ihn in irgendeine neue, wundervolle Erfindung vertieft zu sehen, doch die Werkstatt war leer – und, wie ihr erst jetzt auffiel, es war auch kein Getrippel in den Wänden zu hören, keine im Gleichschritt marschierenden Spielzeugsoldaten. Und als sie in die Wohnung zurückkehrte, sich vor die Fußleiste kniete und das Ohr an die Wand presste, herrschte auch dort nur eine dumpfe Stille.

»Was machst du da, Mama?«

Sie drehte sich um. Martha saß in einem der Sessel, einen Roman in den Händen.

»Hast du etwa im Sessel geschlafen, Kleines?«

Martha zuckte die Schultern. »Nicht *absichtlich* ... Ist was passiert, Mama?«

Was sollte sie sagen? *Stille,* Martha. *Frieden.*

Cathy hob ihren Morgenrock an und eilte durch die Wohnung zu dem Ort, an dem ihr leeres Bett stand. Sie konnte die Kuhle, die Kaspars Körper hinterlassen hatte, immer noch sehen, doch seine Abwesenheit war wie ein Strudel. Er zog sie nach unten.

Das Fenster stand offen, und der Morgenfrost wisperte hindurch, aber obwohl sie hinausspähte, konnte sie ihn nirgendwo sehen, er hing weder am Fenstersims, noch lehnte

er sich an einen Schornstein, um die frische Luft zu genießen.
Durch die Wand hörte sie das Geplapper von Emils Kindern. Nina ermahnte sie für irgendwelchen Unfug, den sie angestellt hatten.
Als sie vom Fenster zurücktrat, fiel ihr Blick auf Kaspars Nachttisch. Dort, unter der mit Papierfiguren behangenen Lampe, lag ein Brief.
»Cathy« stand auf dem Umschlag – sie fühlte dieselbe Furcht wie damals, als sie seine Tagebucheinträge gelesen hatte, dieselbe Furcht wie gestern Nacht, als er sie nach so langer Zeit wieder einmal berührt hatte, dieselbe Furcht, die ihr auch die rätselhafte Stille in den Wänden einflößte.

Liebste Cathy,

wenn du diesen Brief findest, bin ich schon fort. Ich wage nicht, mir dein Gesicht vorzustellen, wenn du diese Worte liest, oder den Moment, wenn du Martha, meiner Martha, sagst, dass wir uns nie wiedersehen. Du wirst mich nicht dafür hassen, weil deine Liebe immer so viel stärker war als der Hass. Aber denk nicht schlecht von dir, wenn du vielleicht so etwas wie Erleichterung empfindest. Die Wahrheit ist, ich bin schon seit vielen Jahren fort. Ich habe dich und das Emporium am selben Tag verlassen, als ich in die französischen Schützengräben gezogen bin. Dass ich überhaupt zurückgekommen bin, ist dein Verdienst. Du hast mich danach aufgerichtet und wieder zusammengesetzt – und wenn du mich nicht wieder ganz zusammensetzen konntest, dann war das niemals deine Bürde und niemals deine Schuld.
Ich weiß schon lange, dass ich dahinsieche, aber jetzt weiß ich, was ich tun muss. Ich tue es mit dem tiefsten Bedauern, denn ich liebe dich so sehr, wie ich bisher nur

eine Sache geliebt habe, und zwar das Emporium selbst. In meinem Herzen und in meinem Geist seid ihr für immer untrennbar miteinander verbunden. Aber um das Emporium ist es schlecht bestellt, und das ist meine Schuld. Und, mein Liebling, auch um dich ist es schlecht bestellt – und auch das ist meine Schuld. Mit diesem Brief gebe ich dich frei.
Leb ein langes, reiches Leben. Denk oft an mich, aber nie mit Bedauern. Papa Jacks Emporium muss wiederauferstehen – und du, mein Liebling, musst es ebenfalls. Für mich gibt es einen anderen Ort. Ich werde ihn finden.

Ein letztes Mal in Liebe,
dein Kaspar Godman

PS: Kümmere dich um Emil. Er wird dich jetzt brauchen.

Cathy las den Brief einmal. Dann ein zweites Mal. Sie zwang sich, ihn wieder und wieder zu lesen, jedes Mal langsamer als zuvor – doch falls sie erwartet hatte, dass die Worte einen anderen Sinn ergeben oder sich in Luft auflösen würden, hatte sie sich bitter getäuscht. Sie blieben unverändert, prägten sich in ihr Herz ein.

Eine Stunde verging, vielleicht auch mehr. Die Uhr hatte aufgehört zu ticken. Der Mechanismus war abgelaufen. Vielleicht, dachte sie, bin ich ja auch abgelaufen – bis sie schließlich unendlich mühsam auf die Beine kam. Sie marschierte zum Spiegel – und, Gott, sah sie alt aus. *Trockne deine Tränen, Cathy Wray*, sagte sie zu sich und erschrak, als sie merkte, dass der alte Name ihr schon wieder auf der Zunge lag. *Nein*, erinnerte sie sich. *Ob du nun eine Godman oder eine Wray bist, du bleibst immer du. Und Cathy, du weinst nicht.*

Sie faltete den Brief ordentlich zusammen, steckte ihn in die Tasche und trat hinaus auf die Galerie.

Sie ging hinunter in die stille Verkaufshalle, wo keine Miniaturlokomotiven mehr durch die Gänge fuhren und kein Getrippel mehr unter den Dielen und Regalen zu hören war. Sie zog den Schlüssel aus der Tasche, öffnete die Tür und stolperte hinaus in die weiße Gasse von Iron Duke Mews.

In der letzten Nacht war viel Schnee gefallen. An den Mauern bildeten sich Schneeverwehungen, hinter denen die Türen der benachbarten Geschäfte begraben lagen. Spuren waren keine zu sehen, doch sie rannte trotzdem los, immer noch im Nachthemd und bei jedem Schritt bis zu den Knien im Schnee versinkend.

Sie stürzte über irgendein Hindernis, das unter dem Schnee verborgen lag. Der Schnee dämpfte ihren Aufprall. Sie blieb kurz liegen und nahm alles in sich auf: die Morgenluft, die Stille, den letzten Tag dessen, was sie für ihr Leben gehalten hatte. Sie sah, wie zwei Zeitungsjungen an der Gasse vorbeikamen, doch sie blickten nicht zu ihr.

Das Hindernis, über das sie gestolpert war, hatte sich angefühlt wie ein gefrorenes Bündel Samt und Filz.

Sie sah es aus dem Augenwinkel: Indigo und Karomuster; eine lange Sockenzunge. Auf einen Schlag fiel die Benommenheit, die nur zum Teil dem Schnee geschuldet war, von ihr ab, und ein Feuer breitete sich in ihr aus, das jeden Winkel ihres Körpers auftaute. Sie wühlte im Schnee, schaufelte ihn beiseite. Und schließlich starrte sie in das leblose Gesicht von Sirius, dem Patchworkhund.

Sie wischte Schneekristalle von seiner gestickten Nase, presste das Ohr an seinen Bauch und lauschte nach dem Surren seines Herzens – doch der Mechanismus, der ihn seit Kaspars Kindheit antrieb, war verstummt.

Cathy hob den Hund hoch und trug ihn über die Gasse

zurück in die Halbmondhalle. Dort spreizte sie seine Beine, um an den winzigen Schlüssel zu gelangen, der an seiner Unterseite aus dem Stoff ragte. »Bitte«, flüsterte sie und blies auf ihre Hände, um sie aufzuwärmen. Dann drehte sie vorsichtig den Schlüssel.

Sie spürte einen leichten Widerstand, etwas klickte bei jeder Drehung, doch bald merkte sie, dass es nichts half, dass es keinerlei Wirkung auf die Vorrichtung in seinem Inneren hatte. Sie schüttelte Sirius, streichelte ihn sanft, versprach ihm alles Mögliche. »Ist schon gut, mein Junge«, flüsterte sie. »Er ist nicht weg. Er kann nicht weg sein. Nicht jetzt, nicht nach allem, was passiert ist. Er kommt zurück. Du darfst nicht aufgeben, noch nicht …«

Da bewegte sich etwas in seinem Bauch; der Schlüssel hatte einen Halt gefunden. Kurz darauf löste er sich wieder – aber jetzt, da sie wusste, wonach sie suchen musste, wusste sie auch, wo sie es fand. Gleich darauf zog der Schlüssel den Mechanismus auf. Sie spürte, wie er zum Leben erwachte – und als der Schlüssel sich schließlich nicht mehr weiterdrehen ließ, ließ sie sich nach hinten fallen und sank auf den kalten Boden.

Sirius lag bewegungslos da. Sein Mechanismus lief, aber er zuckte nicht einmal mit der Pfote.

Niedergeschlagen blieb Cathy liegen. Sie wollte nicht weinen und tat es auch nicht, und doch weinte etwas in ihr – über das Ende von Sirius; wegen Papa Jack, der kalt in der Erde lag; wegen Kaspar, den sie nicht erst heute verloren hatte, sondern in den Tausenden kleinen Momenten nach seiner Rückkehr; und über die Tatsache, dass sie ihn in all der Zeit nicht hatte retten können.

Donnernde Schritte. Jemand rannte durch die Verkaufshalle. Sie hob den Kopf und sah, wie sie durch die Papierbäume auf sie zugelaufen kamen. Emil krachte durch das Unterholz, Mrs Hornung war ihm dicht auf den Fersen.

»Wir haben die offene Tür gesehen. Der Schnee kommt hereingeweht. Ist alles in Ordnung, Cathy?«

Bevor sie antworten konnte, regte sich das Stoffbündel zwischen ihren Beinen. Cathy schaute nach unten und sah eine gestickte Nase und zwei schwarze Knopfaugen. Sirius hob den Kopf, seine Sockenzunge hing ihm aus dem Maul, als wäre er halb verdurstet. Schwach wedelte er mit dem Schwanz. Dann rappelte er sich schwerfällig auf.

Cathy hob ihn hoch und drückte ihn an sich, während er ihr das Gesicht ableckte; Staubflocken und lose Fäden klebten in ihrem Gesicht, wo immer seine Zunge sie berührt hatte. Sie nahm den Brief aus der Tasche und reichte ihn Emil.

»Es ist Kaspar«, sagte sie. »Er ist fort. Er hat uns verlassen.«

DER GEIST IM SPIELZEUGLADEN

* * * * * * * *

Papa Jacks Emporium

1924 bis 1940

Der Mann hieß Lewis und schien – so kam es Cathy zumindest vor – mehr an den Patchworkhasen interessiert zu sein, die sich auf den Regalen vermehrten, als an dem Brief, den sie ihm zu geben versuchte.
»Wir sind nur aus Gefälligkeit hier, Mrs Godman, und weil der Chief Inspector früher mit seinen Töchtern hergekommen ist.« Die beiden Constables trieben sich irgendwo in den Gängen herum und versuchten, Pappbeeren von den Papierbäumen zu pflücken. »Ich fürchte, das, was Sie da in der Hand haben, spricht gegen Ihre Vermutung. Ihr Mann ist kein Fall für die Polizei, Mrs Godman.« Er drehte sich auf dem Absatz um und wischte sich die Hand angewidert an der Hose ab. Einer der Patchworkhasen hatte mit spöttischer Präzision Patchworklosung auf seiner Hand hinterlassen. »Er hat Sie verlassen. Das steht dort schwarz auf weiß, und wir können nichts dagegen machen – offiziell zumindest. Hören Sie, es tut mir sehr leid für Sie. Bevor ich Polizist wurde, war ich Soldat, wie wir alle und ... Mr Godman wäre nicht der Erste, der danach seine Frau verlassen

hat. In meinem Beruf bekommt man einige der schrecklichen Dinge mit, die passieren, wenn Soldaten nach Hause kommen.«

»Sie kennen meinen Mann nicht«, sagte Cathy.

»Wir haben uns etwas umgehört, Mrs Godman. Aus Gefälligkeit, Sie verstehen. Ihr Mann war ein sehr exzentrischer Mensch. Das haben uns seine Kameraden von früher erzählt. Himmelhoch jauchzend, zu Tode betrübt, das ist die schlimmste Sorte. Sie wissen, was er im Veteranenheim gemacht hat? Unten in The Strand, mit seinen Spieluhren?«

Cathy biss sich auf die Zunge, bevor sie antworten konnte. Sie hatte gedacht, die Spieluhren würden der Vergangenheit angehören.

»Oh ja, seine Besuche haben dort ganz schön für Aufregung gesorgt. Spieluhren für die Veteranen, damit sie sich wieder jung fühlen. Aber das wissen Sie natürlich alles.«

Der Sergeant ging zurück in die Halbmondhalle, steckte den Kopf zur Tür hinaus und spähte in die verschneite Gasse.

»Und den Hund haben Sie dort draußen gefunden, sagen Sie?«

»Er muss Kaspar nach draußen gefolgt und im Schnee liegen geblieben sein ...«

»Was, er ist einfach erfroren?«

»Ich habe ihn wieder aufgezogen. Er ...«

»Ich ... verstehe. Eine Ihrer Erfindungen, wie? Nicht ganz echt? Mrs Godman, Sie verstehen sicher, worauf ich hinauswill. Sie sagen, der Hund sei ihm nach draußen gefolgt, und trotzdem behaupten Sie, Ihr Mann werde vermisst. Tja, wenn ein Mann aber aus freien Stücken geht ...«

Cathy stützte sich an einem der Regale ab. Es hatte keinen Zweck, mit jemandem zu diskutieren, der Scheuklappen trug, darum nickte sie nur.

»Darf ich Ihnen eine ... persönliche Frage stellen,

Mrs Godman? Es heißt immer, Kleinigkeiten wären wichtig, auch wenn Sie mich danach wahrscheinlich für ein Monster halten.«

»Wenn Sie glauben, dass es hilft«, sagte Cathy. Ihr fiel auf, dass er ihr nicht in die Augen sehen konnte.

»Wann hatten Sie und Ihr Mann zuletzt ... es gibt keine schonende Art, es auszudrücken ... Verkehr?«

»Halten Sie das für eine angemessene Frage, Sergeant?«

»Sie ist nicht unangemessen, Mrs Godman. Es könnte uns weiterhelfen.«

Die Schicklichkeit verlangt, dass ich mich jetzt schäme, dachte Cathy, *weil ich hier vor diesem Mann stehe und überhaupt über seine Frage nachdenke.* Aber selbst an dem Ort, an den ihre Mutter sie damals gebracht hatte, hatte sie sich standhaft geweigert, sich zu schämen.

»Ich werde auf Ihre Frage antworten, Mr Lewis. Mein Mann und ich waren in der Nacht zusammen, als er gegangen ist.«

Der Sergeant nickte. »Er hat sich verabschiedet. Ganz sicher. So was tun viele Männer. Es tut mir leid, Mrs Godman. Hören Sie, wir nehmen ein Foto von ihm mit, wenn wir dürfen. Wir legen eine Akte an – alles aus Gefälligkeit, Sie verstehen?«

Der Sergeant rief seine Constables zu sich. »Bevor ich gehe ... Ich weiß, es ist höchst unprofessionell ... Aber dürfte ich etwas mitnehmen? Ich habe einen Neffen, der an der Küste wohnt. Seine Eltern versprechen ihm seit vielen Jahren einen Besuch im Emporium, aber bisher ...« Der Sergeant zuckte mit den Schultern, eine Geste, in der alle Gleichgültigkeit der Welt lag. »Nur eine Kleinigkeit. Vielleicht ... einen kleinen Spielzeugsoldaten?«

»Ich fürchte, wir haben keine mehr.«

Finster sah er sie an. »Es gibt nicht einen einzigen Spielzeugsoldaten in Papa Jacks Emporium?«

»Anscheinend hat mein Mann sie alle mitgenommen.«
Der Sergeant nickte unendlich langsam und sah sie prüfend an. »Sie glauben wahrscheinlich, sie sind einfach aufgestanden und ihm gefolgt.«

Und Cathy, die sich immer noch nicht an die Stille gewöhnt hatte, dachte: *Sie haben ja keine Ahnung.*

Sie sah ihnen nach, als sie zur Tür gingen, und wusste tief im Herzen, dass sie nicht wiederkommen würden. Als sie das Ende von Iron Duke Mews erreicht hatten, diskutierten sie wahrscheinlich schon über die nächsten Hunderennen, und Cathy stellte sich vor, wie Kaspar vor sieben Nächten denselben Weg genommen hatte. Vor ihrem inneren Auge sah sie ihn um die Ecke biegen, und Sirius, zwischen seiner Treue zu seinem Herrchen und der zum Emporium hin- und hergerissen, blieb heulend zurück. Davonlaufen war, erinnerte sie sich, ganz anders als in Büchern. Niemand versuchte, einen aufzuhalten. Niemand jagte einem hinterher. Was die Leute nicht verstanden, war, dass man wissen musste, wovor man davonlief. Meist floh man nicht vor Ehemännern, Ehefrauen, Ungeheuern oder Bösewichtern, sondern vor der Stimme im Kopf, die einem sagte: *Bleib, wo du bist. Alles wird wieder gut.*

Aber es wäre wieder gut geworden, dachte sie und schlug die Tür zu. Sie wäre mit ihm bis ans Ende der Welt gegangen, selbst wenn sie ihn nie wieder hätte berühren dürfen, selbst wenn er nur noch in seiner Werkstatt gesessen und Spielsachen erfunden hätte. Sie wollte bei ihm sein an dem Tag, an dem er starb, viele Jahre in der Zukunft, wenn das Jahrhundert älter geworden war und auch sie selbst. Aber diese Hoffnung hatte sich zerschlagen. Sie sah auf, das Emporium lag leer vor ihr.

Zwei Wochen, nachdem er gegangen war, fühlte sie sich wie einer der Londoner Obdachlosen, die an den Straßenecken saßen und für jedes Stück Brot dankbar waren. Im Hyde Park lag immer noch ein Rest Schnee. Sie kam vom St. George's Hospital und hängte von The Serpentine bis zum Apsley Gate an jede Straßenlaterne und jeden Baum eines der Plakate, die sie und Martha gemacht hatten. *Komm nach Hause, Kaspar,* hing nun an jedem Stamm. Im Herzen von Mayfair hatte sie einen seiner Papierbäume gepflanzt. Eine Menschentraube hatte sich gebildet, um das Spektakel zu beobachten und mit einem Flugblatt in der Hand wieder zu gehen. *Wenn Sie diesen Mann sehen, bitte richten Sie ihm Folgendes aus: Ich liebe dich immer noch, egal, was passiert.*

Sie ging zu dem Veteranenheim, wo er, wie der Sergeant behauptet hatte, seine Spieluhren verteilt hatte. Sie ließ sich die Adresse von jedem Soldaten geben, der ihm womöglich begegnet war; sie schrieb ehemaligen und gegenwärtigen Angestellten, überlegte fieberhaft, an welchen Orten er sich aufhalten konnte. Sie nahm den Zug zur Themsemündung, denn war es nicht vielleicht möglich, dass Kaspar – der auf seine ganz eigene Art geistig umnachtet war – versuchte, ein neues Leben in einem alten zu beginnen, so wie sie es in seinem getan hatte? Doch all ihre Anstrengungen waren umsonst.

Neunzehn Stunden und fünfzehn Tage.
Drei Stunden und drei Wochen.
Frühling, Sommer, Herbst und Winter.
Und irgendwann hörte sie auf, Flugblätter zu verteilen. Der Baum auf dem Berkeley Square saugte sich mit Regen voll und fiel in sich zusammen, bis nur noch dicker, klebriger Mulch davon übrig war. Emil sagte, sie könnten sich keine weitere ganzseitige Anzeige in der *Times* leisten, bis der gute Ruf des Emporiums wiederhergestellt war. Cathy sorgte dafür, dass der Lieferanteneingang nachts offen blieb, für den Fall, dass er zurückkehrte – bis Mrs Hor-

nung eines Morgens feuchte Fußspuren zwischen den Regalen entdeckte und zu Emils Entsetzen feststellte, dass Einbrecher eine ganze Kiste mit fliegenden Teppichen gestohlen hatten. Danach blieb Cathy nichts anderes übrig, als zu warten, und Warten war eine einsame Angelegenheit.

Eine Idee riss sie mitten in der Nacht aus den Träumen. Das Tagebuch, das Papa Jack ihr gegeben hatte, lag immer noch in der Truhe unter dem Bett. Sie holte sie hervor, wagte jedoch nicht, sie zu öffnen, aus Angst, der Traum könnte sich zerschlagen. Es dämmerte schon fast, als sie das Tagebuch endlich aufschlug und, als sie keine Nachricht von Kaspar fand, einen Stift zur Hand nahm und selbst eine schrieb. »*Kaspar, mein liebster Kaspar. Bist du da? Wo auch immer du bist, warum auch immer du gegangen bist, man kann alles rückgängig machen.*« Doch als sie drei Monate später immer noch keine Antwort bekommen hatte, legte sie das Tagebuch zurück in die Truhe, schob sie unter das Bett und holte es nie wieder hervor.

Es war nicht das Schweigen ihres Vaters, das Martha in jenen Monaten am meisten zu schaffen machte, denn der hatte weiß Gott schon lange vorher geschwiegen. Es war die Stille in den Wänden, die sie nachts wach hielt. Stille konnte, wie ihr klar wurde, genauso erdrückend sein wie Schnee.

Martha räumte *Gullivers Reisen*, Perraults Märchen und *Tausendundeine Nacht* noch am selben Tag weg, an dem die Soldaten verschwanden. Allein zu lesen war einfach nicht mehr genug, wenn einem einmal Hunderte von Holzmännchen an den Lippen gehangen hatten.

Die friedliche Stille machte ihr Angst. Also kehrte sie mit

siebzehn Jahren zurück ins Bett ihrer Mutter, dorthin, wo ihr Vater früher gelegen hatte.

»Sie können doch nicht alle weg sein, oder?«, sagte sie eines Nachts in die undurchdringliche Dunkelheit hinein. »Es waren Hunderte, Tausende, wer weiß, wie viele genau ... Er kann sie doch nicht alle mitgenommen haben, oder?«

Er hätte nur eine seiner Taschen gebraucht, dachte Cathy – wie die, die er für mich gemacht hat, als Martha geboren wurde. Er hätte sie nur zu öffnen und sie alle hineinmarschieren lassen brauchen, und schon hätten sie in die große, weite Welt hinausziehen können. Aber das würde zumindest bedeuten, dass er am Leben war, dass er nicht auf dem Grund der Themse verweste wie all die anderen Vermissten und Heimatlosen.

Im Jahr von Kaspars Verschwinden kamen die Helfer lange vor dem ersten Frost. Emil schickte ihnen Benachrichtigungen, und schon waren sie da, darunter auch neue Lageristen und heruntergekommene Hafenarbeiter, um das Emporium wieder auf Vordermann zu bringen.

In der Verkaufshalle rissen die Arbeiter die Gänge auf. Nina und die Jungen beaufsichtigten die Patchworkrentiere, die die Transportkisten aus den Lagerräumen holten, damit Emil eine Inventur durchführen konnte. Es gab noch genug Spielzeug von Papa Jack und Kaspar, um im Winter die Regale zu füllen, vielleicht sogar noch länger, wenn man sie geschickt rationierte, und Emil arbeitete hart daran, sie mit seinen eigenen Spielsachen aufzustocken.

An manchen Stellen rissen sie die Barrikaden ein. Mrs Hornung hebelte alle Schienen aus dem Boden, die die Spielzeugsoldaten verlegt hatten. Die Helfer arrangierten die Gänge so um, dass die Verkaufshalle kleiner und doch spannender wirkte als in den letzten Jahren, in denen die Spielzeugsoldaten Amok gelaufen waren. Forstarbeiter ka-

men, um die Papierbäume abzuholzen, die vergilbt waren und deren Zweige herabhingen. Und auch das Spielhaus, das immer noch verbarrikadiert war, wurde fortgeschafft.
»Wir renovieren es im nächsten Winter«, sagte Emil, als er Cathys Blick sah. »Es verschwindet nicht für immer, Cathy, versprochen.«
Aber vielleicht sollte es das, dachte sie. Die vier Wände waren derart mit Erinnerungen angefüllt; vielleicht war es besser, wenn sie es nicht mehr jeden Tag dort stehen sah und sie an glücklichere Zeiten erinnerte.
Sie ging in den Gang zurück, wo sie allein gearbeitet hatte, und staubte die alten Tanzbären ab. Am anderen Ende waren die Regale entfernt worden, und ein großes Loch klaffte in der Wand, wo das Mauerwerk zerbröselt war. Dort kauerte Martha und winkte sie zu sich.
Cathy ging zu ihr und hockte sich neben sie. Hinter der Wand lagen die Gänge, durch die die Soldaten marschiert waren. Das Licht von Marthas Taschenlampe erhellte ein an der Vorderseite offenes Puppenhaus. Winzige Papierbäume sprossen in seinem Garten.
»Sieh nur, Mama ...«
Martha hatte eine der Holzdielen entfernt. Darunter hatten die Spielzeugsoldaten entlang der Wasserleitung ein Feld angelegt, auf dem sie winzige Steine arrangiert hatten.
»Sind das ...«
»Buchstaben«, sagte Martha, denn die Steine zu ihren Füßen bildeten, wenn man sie aus dem richtigen Winkel betrachtete, ein Wort:

HALLO

»Das wollte ich ihnen beibringen«, sagte sie, während die Männer hinter ihr begeistert zwei Meter Eisenbahngleise aus dem Boden zogen. »Ich hatte mich erinnert, wie Onkel

Emil Nina den Heiratsantrag gemacht hat. Ich dachte – warum nicht? So hätten sie uns antworten können ... Wenn wir doch nur mehr Zeit gehabt hätten, vielleicht hätten wir dann verhandeln können, und sie hätten verstanden, dass Onkel Emil kein Monster ist, dass er nicht der Tyrann ist, für den sie ihn halten. Vielleicht hätten wir einander verstanden, wenn wir nur miteinander geredet hätten ...«

In einem der Gärten der grob gezimmerten Häuser fand sie eine winzige Figur, nicht größer als der Nagel ihres kleinen Fingers. Sie legte sie auf ihre Handfläche und hielt sie ans Licht: es waren Holzsplitter, die so zusammengefügt worden waren, dass sie die Form einer Ballerina ergaben.

»Sie haben ihr eigenes Spielzeug gebastelt ...«

»Spielsachen für Spielsachen«, sagte Martha und lachte.

»Vielleicht hätten die dann auch eines Tages gelernt, wie man sich selbst aufzieht. Vielleicht wären auch sie aufgewacht und hätten ihre eigenen, noch winzigeren Spielsachen gebaut, aus Staubkörnern oder so ...«

»Und die wären vielleicht auch aufgewacht.«

»Und vielleicht, ganz vielleicht, sind wir ja alle zum Leben erwachte Spielzeuge.«

»Das klingt ja schon fast philosophisch.«

»Papa hätte die Vorstellung gefallen, nicht wahr, Mama?«

Cathy legte die winzige Ballerina zurück in die Dunkelheit.

»Und was machen wir jetzt, Mama?«

Cathy strich mit den Fingern über die Ruinen der Welt, in der die Soldaten gelebt hatten. »Wir werden warten«, sagte sie, »und wir werden den Glauben nicht verlieren.«

Papa Jacks Emporium
Iron Duke Mews
18. Februar 1925

Sehr geehrter Mr Moilliet,

im Anhang finden Sie die Bilanzaufstellung für die Wintersaison 1924/25. Wie Sie sehen werden, hat das Emporium keinen Gewinn erwirtschaftet, und es wird noch einiges an harter Arbeit brauchen, um ihm neues Leben einzuhauchen, aber ich versichere Ihnen, wir tun alles Nötige. Der nächste Winter wird ein Triumph!

Mit freundlichen Grüßen
Emil Godman

Papa Jacks Emporium
Iron Duke Mews
20. Januar 1926

Sehr geehrter Mr Moilliet,

im Anhang finden Sie die Bilanzaufstellung für die Wintersaison 1925/26. Ich bitte höflich darum, unser Kreditarrangement in Erwartung der nächsten Saison zu verlängern, in der wir wenigen Standhaften dem Emporium zu seiner alten Größe zurückverhelfen werden.

Mit freundlichen Grüßen
Emil Godman

Papa Jacks Emporium
Iron Duke Mews
6. Juni 1927

Mr Moilliet,

ich habe wirklich genug von den Botschaften, die ich ständig in meinem Briefkasten vorfinde, und von den unangekündigten Besuchen Ihrer Mitarbeiter. Wir sind mit unserer jährlichen Abrechnung im Rückstand. Glauben Sie, ich habe nichts Besseres zu tun, als nichtssagende Zahlen aufzulisten? Ich war diesen Winter die ganze Zeit über hier, glauben Sie mir, ich weiß, wie es um das Emporium steht. Im Anhang finden Sie ein LEERES BLATT, denn ich habe SPIELSACHEN herzustellen, weil das (falls Sie es vergessen haben sollten) mein Beruf ist, und nicht, einem Geldverleiher HONIG UMS MAUL zu schmieren.

EG

Papa Jacks Emporium
Iron Duke Mews
18. Juni 1927

Sehr geehrter Mr Moilliet,

ich habe Ihren Brief erhalten und möchte mich hiermit für den meinen in aller Form entschuldigen. Wir freuen uns auf Ihren Besuch und die möglichen Lösungen, die wir zusammen erarbeiten werden.
Ich bin optimistisch, dass wir mit etwas Unterstützung unser Emporium wieder zu einem festen Bestandteil des

Londoner Geschäftslebens machen können. Herzlichen Dank im Voraus.

Mit freundlichen Grüßen
Emil Godman

Die Schneeglöckchen blühten früh im Jahr 1928 – man musste auch für die kleinen Dinge dankbar sein, denn Emil konnte keinen Tag und keine Nacht mehr ertragen, und erst recht keinen Kunden mehr, der ihm ins Gesicht sagte: »*Früher gab es hier richtige Magie.*« Jetzt saß er im Arbeitszimmer, dessen Regale leer waren, inmitten der Skizzenbücher seines Vaters auf dem Boden. Er verstand kaum einen der Entwürfe darin. Die Kiste mit den tausend Beinen hatte sich unter dem Sessel verkrochen und die ganze Nacht nach ihm geschnappt. Der Mechanismus des Phönix war abgelaufen, doch er beäugte ihn immer noch von den Dachsparren aus. Emil war verloren in einer Welt, die nicht ihm gehörte, und suchte nach einem Entwurf, einer Idee, nach *irgendetwas*, das nützlich sein könnte.

Aus Januar wurden Februar, März und April. All die Ideen, die Papa Jack im Lauf seines Lebens gehabt hatte, überrollten Emil wie Lawinen, und er verbrachte seine Tage damit, sich mit angehaltenem Atem für den nächsten zu wappnen.

Manchmal schlief er ein und blieb die ganze Nacht dort. Er staunte über die Entwürfe der ersten Patchworkbären, doch als er sie nachzubauen versuchte, waren sie langweilig, öde, hatten keinerlei Charakter. Er entdeckte Pläne für eine »Faltbare Festung« aus dem Jahr 1901, eine »Tür durch die Wand« aus dem Jahr 1898, »Unendliche Matroschka-Puppen« von 1911. Er verschwendete einen Monat damit, an einer neuen Reihe von kufenlosen Schaukelpferden zu arbeiten, doch die Bestien waren allesamt unbezähmbar, warfen jeden Reiter ab und mussten am Ende vernichtet werden.

Manchmal war die einzige Zeit, in der er mit einem Menschen sprach, wenn Mrs Hornung ihm das Abendessen brachte, und manchmal nicht einmal dann.

Auch an diesem Abend glaubte er, es sei Mrs Hornung, die mit einer Schale Erbsensuppe und einem harten Stück Brot vor der Tür wartete, und so drehte er sich zuerst auch nicht um. Er segelte auf einem Meer aus Skizzen und Entwürfen für einen Minotaurus, verloren in seinem Labyrinth, etwas, das er eventuell sogar hinbekommen konnte. Er stellte sich gerade vor, wie sich das bewerkstelligen ließe, als er ein Hüsteln hörte und bemerkte, dass seine Frau vor der Tür stand. Sie hatte ihm kein Abendessen mitgebracht.

»Emil, wir müssen reden.«

»Das geht nicht, noch nicht, nicht jetzt. Es ist irgendwo hier drin. Etwas, das er entworfen, aber noch nicht umgesetzt hatte. Das muss ich finden. Wen interessiert es, dass es nicht von mir kommt? Wer soll schon davon erfahren? Wir finden einen Weg, es genauso magisch zu machen, wie sie es getan hätten, und füllen die Regale wieder auf.« Er sah sie mit verklärtem Blick an. »Bis Weihnachten sind es ja noch sechs Monate.«

»Vier, Emil.«

Emil zerriss vor Schreck einen der Entwürfe, den er in der Hand hatte. *Nur noch vier? Wie hatte ihm das entgehen können?*

Nina wischte die Papiere vom Sessel seines Vaters und setzte sich. »Ist dir eigentlich klar«, sagte sie, »wie lange es her ist, seit du deinen Kindern etwas vorgelesen hast? Wie viele Stunden du hier drin verbringst? Ist dir bewusst«, fuhr sie fort und deutete bei jedem Wort mit dem Zeigefinger auf ihn, »wie lange es her ist, seit du mit deinen eigenen Söhnen gespielt hast?«

Als Emil antworten wollte, fiel Nina ihm ins Wort. »Drei Wochen. Und davor fünf Wochen. Sie sind in ihrem Zimmer ... und du bist hier drin und bekommst nichts mehr mit.«

»Ich bekomme nichts mit? Großer Gott, Nina, was glaubst du, warum ich hier bin? Glaubst du, ich *will* jede Nacht hier verbringen und diese Bücher wälzen. Jede einzelne Seite erinnert mich daran, wie nutzlos, wie gewöhnlich ich bin. Wie gedankenlos muss man sein, um zu glauben, dass ich das *will*? Ich tue es für *sie*, Nina. Ich tue es für *dich* ...«

»Das kann nicht dein Ernst sein, Emil. Für mich? Das Emporium ist ruiniert, und dein Name steht auf der Hypothek. Nein, du tust das allein für dich. Wenn du etwas für uns hättest tun wollen, dann hättest du das Angebot von Hamleys angenommen, für sie als Spielzeugmacher zu arbeiten, für ein anständiges Gehalt. Aber du bleibst lieber hier, nur weil du ...« Sie schüttelte den Kopf. »Du, ein Spielzeugmacher, sogar der beste Spielzeugmacher, den es in London gibt, willst nicht mal mit deinen eigenen Söhnen spielen.«

»Vielleicht bin ich der beste«, murmelte Emil, »aber offensichtlich nicht gut genug.«

Sie stand auf, strich ihr Hauskleid glatt und sagte: »Ich verlasse dich, Emil.«

Es wurde still im Arbeitszimmer. Emil stand auf, und die Skizzen seines Vaters fielen von ihm ab wie eine abgestreifte Haut. »Nina ...«

»Nein«, sagte sie und wich seinem Blick aus, als sie zur Tür hinausging, »wir haben dieses Gespräch schon zu oft geführt. Du bist kein Vater. Du bist kein Ehemann. Du bist immer noch ein kleiner Junge auf der Suche nach Magie.

Aber was ist mit der ganz gewöhnlichen Magie, Emil? Die ganz alltägliche Magie, einfach ein guter Vater zu sein. Die Jungs haben etwas Besseres verdient. Wir ziehen zu meinen Tanten.«

»Zu den Hexen? Für *meine* Jungs ...«

»Wir suchen uns auf die Dauer eine eigene Unterkunft. Ich habe einen Cousin, der versprochen hat, mir unter die Arme zu greifen. Es wird nicht leicht, aber zumindest ist es ein Anfang. All das hier«, sie breitete die Arme aus, als wollte sie ihn, das Arbeitszimmer, ja, das ganze Emporium mit einbeziehen, »geht langsam, aber sicher den Bach runter.«

Er widersprach nicht, sondern schlug die Tür hinter ihr zu. Als er sich ausgeweint hatte, marschierte er in das Kinderzimmer seiner Söhne und erzählte ihnen ein fantastisches Märchen, das von einem pummeligen kleinen Jungen handelte, der nicht wusste, dass er ein Prinz war, von einem magischen Schwert, das er ganz unten in seiner Spielzeugtruhe fand, und von einem Schloss, das der Prinz eroberte – sein Erbe, das ihm rechtmäßig zustand.

Zwei Wochen später standen die Jungen in der Halbmondhalle, wo ihre Mutter die Koffer abstellte, die in das draußen wartende Taxi befördert werden sollten. Sie sahen schick aus in ihren kurzen Hosen und mit ihren Blazern, und auch sie hatten kleine Koffer neben sich stehen. Emil schüttelte beiden nacheinander steif die Hand. Cathy hatte den Eindruck, als hätten die Kinder am liebsten geweint, doch was auch immer sie gerade empfanden, sie behielten es für sich; etwas, das sie zweifellos von ihrem Vater geerbt hatten.

Nina stand in der Tür und bedeutete ihnen, dass es Zeit war, zu gehen.

»Seid lieb zu eurer Mutter«, murmelte Emil, als sie in die Gasse hinausgingen.

Cathy legte den Arm um Emil, und er lehnte sich an sie.
»Sie kommen doch zurück, oder, Cathy? Sobald das Emporium wieder floriert. Dann kann ich einen Anwalt beauftragen, mit dem ganzen Reichtum des Emporiums im Rücken. Und dann, dann sind sie wieder hier, spielen in den Gängen, so, wie es sein sollte ...«

1929. 1930. 1931.

Gemäß dem Gesetz zur Registrierung von
Geburten und Todesfällen von 1874

Tod im Teilbezirk Westminster, London,
Vereinigtes Königreich von
England und Wales

Kaspar Godman, geboren am 24. Mai 1888,
ausländischer Staatsangehöriger
Gestorben am 12. Januar 1931, in absentia
Männlich, 42 Jahre alt, durch Suizid

Beglaubigte Abschrift eines Eintrags
im Sterberegister des oben genannten
Teilbezirks.

Steif faltete Cathy das Papier zusammen und steckte es zurück in den Umschlag. Am liebsten hätte sie es in tausend kleine Fetzen zerrissen und nach unten in die Verkaufshalle geworfen, wie den Konfettischnee, den sie sich früher leisten konnten.

Emil, der unrasiert hinter ihr stand, ließ sich Zeit, ehe er sprach.

»Wir mussten es tun, Cathy. Das verstehst du doch,

oder? Wenn ich als Eigentümer in den Urkunden eingetragen bin, leiht uns Lloyd's wieder Geld. Mr Moilliet hat es mir versprochen. Einem Mann, der so lange als vermisst gilt, können sie kein Geld leihen – aber jetzt kann alles wieder so werden, wie es war. Du und ich, Cathy. Zusammen können wir es schaffen.«
Cathy gab ihm den Umschlag zurück.
»Ich werde das, was da steht, niemals glauben.«
»Oh, das musst du auch nicht!«, rief Emil aus. »Genau genommen ...«, er brach kurz ab, als wäre eine Erinnerung an seinen Bruder in ihm aufgestiegen, »glaube ich es auch nicht. Aber es ist nur ein Stück *Papier*. Es muss ja nicht stimmen. Du und ich, wir können glauben, was wir wollen, solange an Weihnachten die Kunden kommen und das Wolkenschloss in der Luft schwebt, solange es ein Eröffnungsspektakel gibt ...«

Zunächst schrieb Cathy an Frances Kesey, später auch an Sally-Anne:

Papa Jacks Emporium
Iron Duke Mews
16. Oktober 1934

Liebe Frances,

die Zeit ist gekommen, in der wir wieder auf den ersten Frost warten. In manchen Nächten spüre ich schon, wie er in der Luft liegt, und ich weiß, du wachst auch jeden Morgen auf und suchst nach der verräterischen weißen Eisschicht, die uns schon so lange den Anfang unserer Saison verkündet.
Aber ich habe Neuigkeiten, und bitte glaube mir, wenn ich dir sage, dass ich gehofft habe, diesen Brief nie schrei-

ben zu müssen. Papa Jacks Emporium wird zwar zum ersten Frost seine Tore öffnen, aber wir können keine Helfer mehr einstellen. In diesem Winter wird Emil in der Werkstatt arbeiten, während Martha und ich allein den Laden führen. Es war ein schleichender Prozess, du hast es ja selbst mitbekommen. Wir haben den letzten Papierbaum aus dem Lager verkauft. Auch die Patchworktiere sind alle weg, und die Hunde, Katzen und Schafe, die Emil macht, sind nicht magischer als die der anderen Londoner Spielwarengeschäfte, und dabei doppelt so teuer. Wir haben noch kistenweise Krimskrams, und Emil mangelt es nicht an neuen Entwürfen, aber uns fehlt das nötige Kleingeld, um sie in Massenproduktion herzustellen, und wir sind dermaßen von den Krediten abhängig geworden, die Lloyd's uns gewährt, dass Helfer in diesem Jahr ein Luxus sind, den wir uns nicht erlauben können.

Bitte denk nicht schlecht von mir, denn ich habe gekämpft und verloren. Denk bitte auch nicht allzu schlecht von Emil, denn die Geschäftsbücher sind schuld an unserem Untergang, nicht er. Sollten die Sterne uns gewogen sein, sollte Emil einen Geistesblitz haben, der wieder so viele Kunden anlockt wie früher, werde ich dir auf der Stelle schreiben. Ich werde mir einen Pfeifenreinigervogel nehmen, ihm die Nachricht an den Fuß binden und ihn von der Terrasse aus in den Londoner Himmel fliegen lassen.

Für immer deine
Cathy

Eigentlich hatte sie noch schreiben wollen: »Wie werde ich dich in diesem und in all den kommenden Wintern vermissen.« Doch diese letzten Worte strich sie durch; nur in dem Brief an Sally-Anne fügte sie noch hinzu: »*Du hast mir einmal gesagt, ich solle mich vor dem Godman-Jungen in Acht nehmen, und heute, wo ich mich rasant dem mittleren Alter nähere, glaube ich, dass mir kein Zacken aus der Krone bricht, wenn ich zugebe, dass du recht hattest! Ich habe dich lieb, Sally-Anne, und ich hoffe, wir sehen uns wieder.*«

Cathy legte den Füller beiseite und legte den Brief zu den übrigen auf den Stapel. Nun hatte sie nur noch einen einzigen Brief zu schreiben, aber der machte ihr am meisten zu schaffen. »*Sehr geehrte Damen und Herren. Hiermit möchte ich Ihnen Mrs Eva Hornung wärmstens als Kindermädchen, Haushälterin, Buchhalterin empfehlen.*« Am liebsten hätte sie »*Freundin, Vertraute, Trösterin in dunkelsten Stunden und Mutter, als ich keine hatte*« hinzugefügt, doch sie wollte Mrs Hornung die Peinlichkeit ersparen. Sie würde ihn ihr im letzten Moment geben, wenn sie durch die Tür des Emporiums ging, in der Hoffnung, die Schuldgefühle nicht unnötig in die Länge zu ziehen.

Sie wollte zur Post gehen, kam an der offenen Tür von Marthas Zimmer vorbei und sah sie an ihrem Schreibtisch lernen. Cathy hatte den Überblick verloren, um welches Fernstudium es sich gerade handelte, zweifellos eine der romanischen Sprachen, mit denen Martha sich die langen Sommermonate vertrieb – und nicht zum ersten Mal spürte Cathy den Stolz auf ihre Tochter wie einen Dorn im Fleisch. Es gab keine Sprache auf dem Kontinent, die Martha nicht sprach, aber in den riesigen, leeren Hallen des Emporiums gab es heute keine Menschenseele mehr, mit der sie sie hätte sprechen können.

Cathy blieb an der Türschwelle stehen und sah ihr beim Schreiben zu. Dann trat sie nervös ein. Sie hatte es zwar nicht geplant, aber als sie näher trat, spürte sie, dass sie das Richtige tat.

»Mal wieder fleißig, Kleines?«

Martha beugte sich über die Schreibmaschine, die früher einmal ein Spielzeug gewesen war. Ganz oben auf der Seite stand in Großbuchstaben: *DIE WAHRE GESCHICHTE DES SPIELZEUGS,* darunter: *Martha Godman.*

»Ich dachte, irgendjemand sollte sie schreiben. Selbst wenn niemand mehr da ist, der sie lesen will, muss sie irgendwo aufgezeichnet werden, damit sie nicht in Vergessenheit gerät. Nicht nur alles über Papa und Papa Jack, obwohl ich auch über sie geschrieben habe. Sondern auch alles über ... die Soldaten, Mama. Wir dürfen die Soldaten nicht vergessen.«

Hätte Martha sie neu erschaffen können, hätte sie zwei konstruieren können, die in der Lage waren, sich gegenseitig aufzuziehen, denken zu lernen, Ideen zu haben und Vorstellungskraft zu entwickeln, sie hätte keine Sekunde gezögert. Manchmal dachte Cathy, Martha lernte nur deshalb so eifrig ihre Sprachen – weil sie nie erreicht hatte, wovon sie einmal geträumt hatte: mit den Spielzeugsoldaten zu kommunizieren. Sie hütete ihre Ausgabe von *Gullivers Reisen* wie ihren Augapfel.

»Ich habe die Briefe geschrieben«, sagte Cathy und setzte sich ans Fußende des Bettes. »Sie kommen nicht zurück. All die Helfer, selbst Mrs Hornung, müssen sich jetzt andere Stellen suchen. Und Martha ...«, sie zögerte kurz, »das solltest du auch tun.«

Martha schwieg.

»Du bist jetzt siebenundzwanzig Jahre alt. Immer noch mein kleines Mädchen, aber siebenundzwanzig Jahre alt. Du bist noch jung genug, um von vorne anzufangen. Du mit deinen Sprachen, den Kopf voller Ideen. Das darfst du nicht verschwenden, indem du hier mit deiner Mutter bleibst. Mach was aus deinem Leben. Du könntest beim Außenministerium arbeiten. Die großen Werke der Welt-

literatur übersetzen. Selbst welche schreiben. Du könntest ... Premierministerin werden, bei deiner Intelligenz.«
»Eine kleine Verkäuferin wie ich?«
»Eine kleine Verkäuferin wie *du*.«
Eine Zeit lang beugte Martha sich wieder über *Die wahre Geschichte des Spielzeugs*. Dann sagte sie: »Ich will nicht behaupten, dass ich nie daran gedacht hätte. Aber dich hier zurückzulassen, in diesem ... Museum. Diesem ... *Mausoleum* ...«
Cathy nahm ihre Hand. »Davonlaufen ist ganz anders als in Büchern, Kleines. Meist flieht man nicht vor Ungeheuern oder Bösewichtern, nicht mal vor Erinnerungen wie unseren. Es ist sinnlos, vor ihnen davonzulaufen, weil sie einen sowieso irgendwann einholen. Nein, meist läuft man vor der Stimme in seinem Kopf weg, die einem sagt: *Bleib, wo du bist* ...«
»Ich wollte bei dir bleiben, Mama, mit dir darauf warten, dass er eines Tages nach Hause kommt.«
Cathy flüsterte ihr ins Ohr: »Dein Vater hat seine letzten Jahre hier damit verschwendet, nicht zu leben. Verschwende deine nicht genauso. *Lebe,* Kleines, für uns beide. Kaspar hätte es so gewollt.«
Cathy ging durch die Verkaufshalle zur Tür und von dort hinaus in die Stadt. Auf der Regent Street herrschte Chaos. Am Oxford Circus gab es einen Stau, während der tiefblaue Himmel sich über allem drehte. Es würde einsam sein ohne Martha, aber zumindest war ja Emil noch da. Emil würde immer da sein. Und Einsamkeit verlangte nach Gesellschaft, obwohl das auch immer noch eine Art von Einsamkeit war. Und als er einige Zeit später zu ihr kam, um ihr die Idee zu unterbreiten, in einer Hälfte der Wohnräume den Strom abzuschalten, um Geld zu sparen und das Emporium noch ein bisschen länger zu erhalten, kam es ihr nicht allzu seltsam vor, als sie Einzelbetten aus den Lagern holten und zusam-

men in das ehemalige Zimmer von Mrs Hornung zogen. Es kam ihr auch nicht seltsam vor, dass sie nun, da Mrs Hornung nicht mehr da war, jeden Abend für sie beide kochte. Und wenn ein Kunde sich an den Hut tippte und »Mr Godman, Mrs Godman« sagte, bestand keine Notwendigkeit, ihn aufzuklären, dass sie nicht Mann und Frau waren. Man korrigierte seine Kunden nicht, wenn man darauf hoffte, wenn man darauf *angewiesen* war, dass sie wiederkamen.

Ein Jahr.
Zwei Jahre.
Drei Jahre.

»Wir müssen einen Weg finden, wieder Kinder in den Laden zu locken«, sagte Emil, als er die Verkaufshalle an einem kalten Winterabend abschloss. »Ist dir aufgefallen, dass die Familien nicht mehr kommen? Es sind fast nur noch erwachsene Männer, die schon als Kinder hier waren. Oder Mütter bringen ihre Kinder mit, obwohl früher die Kinder die Mütter mitgebracht haben …«

Der Weg der Nostalgie, dachte Cathy, verengt sich zu dem des Bedauerns.

1937. 1938. 1939. 1940.

Die Explosion riss Cathy aus dem Schlaf. Diesmal war der Einschlag nah. Sie griff nach dem Nachtlicht neben ihrem Bett, überlegte es sich anders und rannte mit gesenktem Kopf durch den Flur, die Treppe hinauf zu dem Raum, der früher Kaspars Werkstatt gewesen war. Emil, der irgendwo in der Verkaufshalle gewesen war, folgte ihr nur wenig später. Gemeinsam sprangen sie in die Spielzeugtruhe und schlugen den Deckel zu.

Es herrschte eine tröstliche Dunkelheit, die Art von Dunkelheit, die die Welt dort draußen wie einen weit entfernten, traumähnlichen Ort erscheinen ließ. Cathy wartete auf den nächsten Einschlag.

In der Dunkelheit sagte Emil: »Cathy, ist alles in Ordnung?«

»Es war ganz in der Nähe. Zwar nicht in Iron Duke Mews. Oxford Street? Oxford Circus?«

Eine Reihe von kleineren Erschütterungen, irgendwo auf der anderen Seite der Stadt. Der Lärm drang durch die Holzwände und den imaginären Raum um sie herum bis zu ihnen.

»Dauert bestimmt wieder die ganze Nacht.«

»Ja, das glaube ich auch«, sagte Cathy.

Als die Bombardierungen anfingen, hatten sie zuerst nicht gewusst, wo sie sich verstecken sollten. Emil hatte überlegt, einen Anderson-Luftschutzunterstand in der Verkaufshalle zu errichten, doch es gab im Emporium genug Unterschlupfmöglichkeiten, Schränke unter den diversen Treppen, Hohlräume in den Wänden, in denen die Spielzeugsoldaten ihre Puppenhauswelten gebaut hatten. Vor den Toren des Emporiums flüchteten die Londoner in die Tunnel der Untergrundbahn, aber schon der Gedanke daran, unter einem Himmel dorthin zu rennen, über den sich die Kondensstreifen der kämpfenden Flugzeuge zogen wie Kometenschweife, war Grund genug, es nicht zu tun. Erst als sie in Marthas altem Wandschrank saßen, umgeben von den grotesken Holzschnitzereien, fiel Cathy die Spielzeugtruhe wieder ein. Vor zehn Jahren hatten sie die wenigen anderen, die Kaspar hergestellt hatte, an einen Sammler veräußert und sich so ein paar Monate ohne Briefe von Mr Moilliet erkauft, aber diese hatte, unbemalt und halbfertig, immer noch in Kaspars Werkstatt an der Wand gelehnt.

Emil hatte ein Nachtlicht mitgebracht. Er entzündete es mit einem Streichholz und ließ dadurch ein flackerndes Schattentheater an der Wand entstehen. Dann, als würden sie den Ernst der Lage erkennen, hörten die Schattenfiguren auf zu tanzen und umarmten sich.

Emil fragte Cathy, ob sie Angst habe; Cathy fragte Emil dasselbe. Emil sagte, er sei dankbar, dass Martha mit ihrem Mann nach Amerika gegangen sei und sie das hier nicht durchmachen müsse. Cathy sagte, sie sei dankbar, dass Emils Söhne Medizin studierten, weil das bedeutete, dass sie nicht kämpfen mussten und nicht so zurückkommen würden wie Kaspar damals.

Das Emporium erzitterte. Die Erdachse verschob sich. Irgendwo wurde das Leben eines Menschen aufgerissen, das eines anderen vernichtet.

»Ich bin so froh, dass du hier bist, Cathy.«

»Ich möchte nirgendwo anders sein«, antwortete sie sanft.

Als Emil weitersprach, fing er an zu stottern, zwängte seine Worte in die kurzen Momente der Stille zwischen den Einschlägen. »Vielleicht bin ich ja nur ein verrückter alter Mann, Cathy, aber ... du bist der Mensch, den ich in meinem Leben am längsten kenne. Nachdem Papa von uns gegangen ist und Kaspar – du warst immer da, mehr als mein halbes Leben lang. Seit jenem Sommer, als wir noch jung waren und alles gut war ... Weißt du, dass wir schon länger zusammenleben als du und Kaspar? Du und ich und unser kleines Emporium.« Er brach ab. Sie starrte ihn in der Dunkelheit an, unfähig etwas zu sagen. »Sind *wir* nicht *auch* irgendwie verheiratet, Cathy? Ich weiß, es ist nicht ganz dasselbe, und ich weiß, es ist nicht ...« Die Worte verdorrten ihm auf der Zunge. »Aber irgendwie sind wir doch verheiratet. Oder etwa nicht?«

Eine weitere Explosion hallte durch das Emporium. Was hätten die Spielzeugsoldaten wohl darüber gedacht, fragte sich Cathy. Vermutlich wären sie hinter den Fußleisten hervorgestürmt, in dem Glauben, wieder in den Langen Krieg zurückversetzt worden zu sein.

Sie ließ den Blick auf Emil ruhen. Er stand nah bei ihr,

näher, als es trotz des beengten Raumes nötig gewesen wäre. Er hob die Hand, ließ sie wieder sinken – und als er endlich den Mut fand, sie wieder zu heben, hätte sie sie fast in ihre genommen. Er hatte den Blick gesenkt, doch sie wusste, es würde nur ein Wort von ihr brauchen, damit er den Kopf hob. Sie hätte die Hand nach ihm ausstrecken, seine Fingerspitzen mit ihren berühren und ihrer beider Welt damit für immer verändern können.

Stattdessen ballte sie die Hand zur Faust. Wie lange war es her, seit sie in den Armen eines Mannes gelegen hatte? Sechzehn Jahre. Sechzehn Jahre war die Nacht her, in der Kaspar sie an sich gedrückt hatte, als wäre es das erste Mal. Was blieb, war die Erinnerung daran – genau wie die Erinnerung daran, wie die Sterne damals an dem Abend über dem Mündungsufer geglitzert hatten, oder daran, wie die Papierbäume emporgeschossen waren, als sie sich zusammen ins Spielhaus gerettet hatten, oder an seinen beschwörenden Blick, als er sie bei Marthas Geburt angespornt hatte. An all das erinnerte sie sich, und an Tausende andere Dinge, die großen wie die kleinen, die untrennbar miteinander verwoben waren. Die ganz gewöhnliche Magie zwischen einem Mann und einer Frau, die sich liebten.

»Manchmal habe ich immer noch seine Stimme im Ohr.« Ihr wurde erst klar, dass sie etwas gesagt hatte, als Emil aufschaute; sie sprach so leise, dass ihre Worte fast im Heulen der Sirenen untergingen. »Wenn ich schlafe oder einfach nur daliege und von Schlaf träume. Seine Stimme kommt aus den Wänden, von dort, wo früher die Soldaten gelebt haben – aber es ist nicht seine Stimme, nicht wirklich; es ist nur eine Erinnerung, ein Geist von einem Geist, der diesen Ort nicht verlassen will. Oder ich wache auf und frage mich, selbst jetzt noch, ob mein Leben ein Traum gewesen ist, Kaspar und ich, du, das alte Emporium? Es gibt Nächte, in denen ich Dinge höre, die er zu mir gesagt hat oder die ich zu ihm gesagt habe, als wären sie im Emporium gespeichert wie die Melodien seiner alten Spieluhren. Das versetzt mich zurück in den Papierwald, wo ich mit ihm tanze, oder in eins der Langboote, mit denen er und Martha um den Burggraben des Wolkenschlosses jagen.« In einer Nacht hatte sie sogar seine Arme gespürt, aber als sie dann die Augen aufschlug, war sie allein; bis auf Sirius, der neben ihr lag und sie wärmte. Am nächsten Morgen hatte sie gedacht: Ich sollte davonlaufen, davonlaufen wie damals. Aber sein Geist war immer noch hier im Emporium, und solange noch ein Herz in ihrer Brust schlug, blieb sie ebenfalls, suchte wie er die Gänge heim, in denen sie sich zum ersten Mal begegnet waren. »Ich spüre ihn auch jetzt. Du nicht? Er ist hier, in dieser Spielzeugtruhe, deren Innenraum er eigenhändig ausgehöhlt hat. Und daher weiß ich es ...«

»Daher weißt du was?«, formte Emil mit den Lippen, denn seine Worte gingen im Donnern des Bombenangriffs unter.

»Ich weiß, dass er fort ist. Dass Kaspar tot ist.«

Das Heulen einer fallenden Brandbombe, die eine nahe gelegene Gasse in einen Springbrunnen verwandelte, ließ sie bis zur Wand zurückweichen.

»Cathy, nicht ...«

»Ich habe eine Ewigkeit gebraucht, um mich damit abzufinden. Jahre, bis ich es vor mir selbst zugeben konnte. Aber wenn Kaspar nicht tot ist, wenn er nicht auf dem Grund der Themse liegt oder ins Meer gespült wurde, wie ist es dann möglich, dass er diesen Ort heimsucht? Nein, Emil. Wenn er nicht in jener Nacht den Tod gefunden hat, dann am nächsten Tag. Das weiß ich jetzt ...«

Was auch immer Cathy noch sagen wollte, verlor sich im Knirschen von Ziegelstein auf Ziegelstein, als eine Straße bis auf die Kanalisation aufgerissen wurde. Die Spielzeugtruhe wurde herumgewirbelt, Emil gegen Cathy geschleudert –

und ineinander verschlungen stürzten sie, in der Truhe, die eine ganze Welt enthielt, tiefer und tiefer und tiefer ...

Am nächsten Morgen standen Cathy und Emil auf dem zerborstenen Kopfsteinpflaster von Iron Duke Mews und blickten zum Dach des Emporiums hinauf, dessen obere Stockwerke jetzt für alle Welt einsehbar waren, wie die Puppenhäuser, die früher in den Regalen gestanden hatten. Cathy erspähte die Terrasse, auf der nie wieder Schneeglöckchen blühen würden. Es war ein Wunder, dass ein Ort wie Papa Jacks Emporium überhaupt existiert hatte; aber plötzlich kam es ihr so winzig, so gewöhnlich vor, bestand nur aus Ziegeln und Mörtel, wie alle anderen Gebäude in der Umgebung auch. Und wie alle anderen auch war das Emporium nicht für die Ewigkeit gebaut.

Die Löschfahrzeuge standen noch am Eingang zur Gasse. Einige Luftschutzmitarbeiter und Feuerwehrmänner hatten früher auch im Emporium eingekauft. Sie waren als Kinder gekommen, um in den Langen Krieg zu ziehen oder mit den Patchworktieren zu spielen; jetzt starrten sie es mit beinahe verzweifelten, beinahe hoffnungslosen Augen an. Das hier war nicht nur ein zerstörtes Gebäude, dachte Cathy, sondern eine zerstörte Erinnerung.

Emil nahm Sirius auf den Arm und richtete sich zitternd wieder auf.

»Wie sollen wir uns davon je wieder erholen, Cathy?«

Cathy sagte nichts, starrte nur zum aufgerissenen Emporium hinauf, dorthin, wo Kaspars Spielzeugtruhe über dem Abgrund hing. Der Wind löste Fetzen von verkohltem Papier aus den Büchern, die er mit seinen Skizzen, seinen Ideen, seiner Fantasie gefüllt hatte – der Essenz seines Wesens. Sie schwebten höher und höher, zerfielen zu unzähligen schwarzen Fragmenten, die der Wind über die Dächer hinforttrug, bis sie endgültig verschwunden waren.

1941. 1942. 1943.

NOCH EINMAL VIELE JAHRE SPÄTER

DIESE GEWÖHNLICHE WELT

* * * * * * * *

LONDON

August bis November 1953

Catherine Godman: älter, als man sie in Erinnerung hat; grauer und faltiger als zu der Zeit, in der sie die Lichter des Emporiums zum ersten Mal gesehen hat, aber immer noch dasselbe Mädchen, dessen Reise von seinem Zuhause an der Flussmündung in ein chaotisches Leben voller Geheimnisse, Erinnerungen und Magie geführt hat. Wer heute durch das leere Emporium ginge, könnte sie an dem Schreibtisch im ehemaligen Zimmer ihrer Tochter sitzen sehen. Auf der zerkratzten Tischplatte liegen zwei zerrissene Briefe, die sie aus dem Abfalleimer gefischt hat, in den ihr alter Freund Emil sie geworfen hatte. Es hat sie drei Stunden sorgfältiger Puzzlearbeit mit Leim, Tinte und Klebeband gekostet, sie wieder zusammenzusetzen. Und hätte man Cathy nun über die Schulter geschaut, hätte man Folgendes gesehen: ein Schreiben, das den Empfänger darüber in Kenntnis setzt, dass Mr Moilliet seine Stelle bei Lloyd's aufgegeben habe und in den Ruhestand gegangen sei und dass ein gewisser Mr Greene zu seinem Nachfolger ernannt wurde. Und ein zweites, in dem Mr Greene höchstpersönlich erklärt, alle das Emporium betreffenden Unterlagen seien einer umfassenden Prüfung unterzogen worden, und er sei sehr überrascht über die Laxheit seines Vorgängers in dieser Angelegenheit. Alle Kreditzusagen für Papa Jacks Emporium seien ab sofort null und nichtig, und er verlange, unter Androhung einer Zwangsvollstreckung, dass alle noch ausstehenden Rückzahlungen unverzüglich beglichen würden.

Ein besonders aufmerksamer Beobachter hätte vielleicht auch bemerkt, was Cathy zuletzt auffiel und was ihr die Tränen in die Augen trieb – beide Briefe waren auf April datiert, doch der Kalender an der Wand zeigte längst August an. Es hatte in Papa Jacks Emporium nie einen Mangel an Geheimnissen gegeben, aber vielleicht war ihr keines bekannt, das so erschütternd war wie dieses. Emil hatte den ganzen Sommer über gewusst, was auf sie zukam.

Und so endet es: nicht mit einem Luftangriff, nicht mit der Erstürmung des Gebäudes durch die Spielzeugsoldaten, die die Götter vernichten wollen, die sie geschaffen haben, sondern mit den banalen Briefen eines Bankiers. Dort, wo einst die Magie herrschte, herrscht jetzt das Geld.

Papa Jacks Emporium schloss seine Tore zum letzten Mal an einem wolkenverhangenen Tag im August 1953. Der Wind hatte an diesem Tag etwas Beißendes an sich. Cathy verließ das Geschäft durch einen seiner Lieferanteneingänge, blieb kurz stehen, um ihren Mantel zuzuknöpfen, und dachte: Was für ein Leben. Dann ging sie zur Bushaltestelle.

Es war einige Zeit her, seit sie allein auf Londons Straßen unterwegs gewesen war. Die Stadt war größer, als sie sie in Erinnerung hatte, und auch bunter – und nachdem sie einen Sitzplatz in einem der überfüllten Busse ergattert hatte, überlegte sie, dass das wohl einer der Gründe war, warum das Emporium letztlich hatte schließen müssen; denn wenn schon auf den Londoner Straßen eine solche Pracht zu finden war, wozu brauchte man dann noch einen Laden, der längst öde und gewöhnlich geworden war?

Der Bus fuhr nach Norden, vorbei an der grünen Pracht des Regent's Park und der eleganten Säulenfassade der St. John's Wood Church. Sie stieg in der Finchley Road aus, wo sie schließlich vor einem schlichten Backsteinreihenhaus stehen blieb, das sich von den benachbarten nur durch eine Araukarie im Garten unterschied. Sie warf einen letzten Blick auf die Adresse in ihrem Notizbuch und klopfte an.

»Mama!«, sagte die Frau, die die Tür öffnete.

»Mein kleines Mädchen!«

»Ich bin so froh, dass du uns gefunden hast. Lemuel hat den ganzen Vormittag mit mir geschimpft, weil ich dir kein Taxi geschickt habe – aber er kennt dich ja auch nicht so gut wie ich. Ich habe ihm gesagt: Sie ist meine Mutter, und sie will kein Aufhebens. Außerdem würde sie sich sogar in der Arktis zurechtfinden.«

Hinter Martha tauchten mehrere Personen im Flur auf: drei kleinere, nebeneinander, und dahinter die hochgewachsene Silhouette von Marthas Mann. Cathy hatte ihn bisher noch nicht oft gesehen, den Teufelspiloten, den Martha in der Washingtoner Botschaft kennengelernt und dessen Herz sie im Sturm erobert hatte. Er hatte dieselbe Statur wie Kaspar früher, und seine Haare waren auf dieselbe liebenswert wirre Art zurückgekämmt.

»Mrs Godman, wie schön, Sie wiederzusehen.« Sein Akzent war fast noch genauso ausgeprägt wie bei ihrer letzten Begegnung; er redete wie jemand auf einer Kinoleinwand. »Ist das etwa alles, was Sie mitgebracht haben, Mrs Godman?«

Cathy hob die Tasche in ihrer Hand hoch und nickte.

»Ich brauche nicht viel, Lemuel.«

»Trotzdem – ist das nicht ein bisschen wenig für ein ganzes Leben?«

Cathy ging ins Haus – ihr neues Zuhause, wie sie sich erinnerte –, das nach Lebkuchen und Pfefferminz roch. Auf der Anrichte stand eine kleine Schale mit Süßigkeiten. »Es wäre schön, wenn du eine Tasse Tee für mich hättest, Martha. Der Tag kommt mir schon jetzt endlos lange vor.«

Er sollte noch länger werden. Martha hatte eine Kleinigkeit zu essen vorbereitet. Sie entschuldigte sich dafür, nicht mehr anbieten zu können, denn die Familie war erst vor ein paar Tagen aus Washington gekommen, um sich hier ein neues Leben aufzubauen. Bei Sandwiches und Tee machte sich Cathy daran, ihre Enkel besser kennenzulernen. Bethany war neun, und ihr rotgoldenes Haar verdankte sie entweder einer früheren Generation, oder es war ein Erbe ihres Vaters. Lucas, der, trotz der düsteren Prophezeiungen seines Vaters, er werde noch einen Hirnschaden erleiden, am Tisch hingebungsvoll in der Nase bohrte, war acht. Die beiden hatte Cathy bereits einmal getroffen, als die Familie eine kurze Rundreise durch verschiedene europäische Hauptstädte gemacht hatte, aber die dreijährige Esther, eine unerwartete Nachzüglerin, kannte sie noch nicht. Cathy gab ihr von ihrem Kuchen ab; sie sah in ihr eine kleinere Ausgabe von Martha, was den Schmerz etwas linderte, den sie den ganzen Tag über empfunden hatte.

Der Spaß, den sie zusammen hatten, half ebenfalls.

»Was ist das?«, kreischte Lucas.

»Der will dich bestimmt fressen!«, rief Bethany.

Esther fing an zu schreien, aber nachdem Lemuel sie auf den Arm genommen hatte, war sie die Erste, die den Neuankömmling streichelte – denn Sirius war in der Esszimmertür aufgetaucht und wedelte zur Begrüßung seiner neuen Familie mit dem abgewetzten Schwanz.

»Aber das ist doch nicht nur ein einfaches Spielzeug«, sagte Bethany. »Das kann nicht sein.«

Cathy sah Martha über den Tisch hinweg an. »Nun ja«, sagte sie in verschwörerischem Ton und breitete die Arme aus, um ihre Enkel an sich zu ziehen, »etwas ist *nie* nur ein einfaches Spielzeug. Ihr werdet die Geschichten nicht glauben, die ich euch erzählen werde! Wisst ihr, eure Mutter und ich haben in einem Spielzeugladen gelebt, in dem jeden Tag die wundervollsten Dinge passiert sind ...«

»Aber Spielsachen sind trotzdem nur Spielsachen, mehr nicht«, knurrte Lucas, dem es allmählich reichte.

»Manchmal«, flüsterte Cathy und dachte: *Ja, jetzt sehe ich, wie es funktionieren könnte. Vielleicht gibt es hier doch einen Platz für mich.*

Cathys Wohnräume lagen im zweiten Stock. Sie waren nicht allzu groß, aber immerhin hatte sie ein Schlaf- und ein Wohnzimmer zur Verfügung. Vom Wohnzimmer ging ein Balkon ab, auf dem man im Sommer sicher die Sonne genießen konnte. Während sie auf das Abendessen wartete, richtete sie ihr neues Zuhause ein. Sie hatte ihre Tasche schon ausgepackt, als sie Schritte auf der Treppe hörte. Die Tür ging auf, und die beiden älteren Kinder stürmten herein, gefolgt von Esther, die hinter ihnen herwatschelte.

Sie hatten Butterkekse und Tee mitgebracht, aber als sie Cathys Zimmer sahen, verschlug es ihnen die Sprache.

»Wo kommt das denn alles her?«, fragte Bethany. Der Raum war mit mehr Dingen angefüllt, als ihre Großmutter bei sich gehabt haben konnte. Es gab Topfpflanzen, Bücherregale, einen Wandteppich, neue Bettwäsche und -laken. Das Sims über dem alten Kamin war mit körnigen, schwarz-weißen Hochzeitsfotos dekoriert.

»Ach, das hatte ich alles dabei, das kann ich euch versichern«, sagte Cathy.

»In dem kleinen Ding?«, fragte Lucas und bestand darauf, die Tasche zu inspizieren.

»Fall da bloß nicht rein«, sagte Cathy lächelnd und gab sie ihm. »Du könntest dich ernsthaft verletzen.«

»Wer ist das?«, fragte Bethany und deutete auf die Porträts, und so erklärte Cathy es ihr: »Das war ich, als ich noch viel jünger war; das ist eure Mutter, als sie kaum so alt war wie eure kleine Schwester; und das hier ist euer Großvater. Er hieß Kaspar und war der wunderbarste Mensch, den ich je kennengelernt habe.«

Sie erzählte ihnen die Geschichte, als noch jemand im Türrahmen auftauchte. Lemuel hatte seine Kinder anscheinend im ganzen Haus gesucht, während Martha sich unten wieder mit Sirius anfreundete.

»Belästigen die kleinen Ungeheuer Sie etwa, Mrs Godman?«

»Nicht doch«, sagte Cathy und packte Lucas, der schon zur Hälfte in der Tasche verschwunden war und ganz hineinzufallen drohte. »Und bitte, nenn mich Cathy. Oder … Nanny. Das würde mir gefallen. Schließlich …«, sie zog Lucas mit vor Anstrengung verzerrter Miene aus der Tasche, »bin ich doch die Nanny der Kinder, oder?«

Lucas taumelte rückwärts und landete im Kamin, einen Ausdruck des Staunens im Gesicht wie ein neugeborenes Kind.

»Aber da sind ja immer noch so viele Sachen drin. Du hast die Tasche ja noch gar nicht ganz ausgepackt.«

Cathy wurde rot. »Ich versichere dir, ich bin nicht die einzige Frau, die ihre Handtasche ihr halbes Leben lang nicht ausgepackt hat.«

»Ich will auch reinsehen!«, rief Bethany. Lucas sprang auf, und auch Esther wollte ihren Geschwistern folgen.

Schwungvoll hob Lemuel sie hoch. »Ich vermute, du bist so ein Chaos nicht gewöhnt.«

»Ach, früher ging es in meinem Leben auch ziemlich chaotisch zu.«

Lemuel ging quer durch das Zimmer und blieb vor den Hochzeitsbildern auf dem Kaminsims stehen.

»Das ist also Marthas Vater?« Cathy nickte. »Martha sagt, er war ein tapferer Mann. Ich habe ein paar von seinen Erfindungen gesehen. So einen Laden wie euren hatten wir in New York nicht. Du musst ihn schrecklich vermissen.«

Ein ganzes Leben ließ sich schlecht in wenigen Sätzen abhandeln. Andererseits hatte sie auch genug, davon zu schweigen.

»Seit neunundzwanzig Jahren jeden Tag.«

»Hat man je ...« Er brach ab, vielleicht, weil Martha ihm verboten hatte, ihr diese Frage zu stellen. Doch Cathy machte es nichts aus.

»Ob man je herausgefunden hat, was aus ihm geworden ist? Nein«, sagte sie, »aber damals sind viele Männer verschwunden. Nicht das Ende der Welt – nur für unser Emporium.«

An Schlaf war an jenem Abend nicht zu denken. Die erste Nacht an einem fremden Ort war immer die schlimmste, wie sie sich erinnerte, aber sie hatte fast fünfzig Jahre unter demselben Dach verbracht, da würde es einige Zeit dauern, sich einzugewöhnen. Im Moment war sie einfach nur dankbar für die kleinen Annehmlichkeiten. Zeder und Sternanis waren Emporiumsgerüche. Sie hatte Duftkerzen mitgebracht und auf das Fenstersims gestellt. Sirius hatte sich am Fußende des Bettes zusammengerollt.

Es wurde Mitternacht. Dann eins. Dann zwei. Um drei wachte Esther auf, und ein Instinkt, der seit mehr als vierzig Jahren verschüttet gewesen war, trieb Cathy aus dem Bett, in ihre Hausschuhe und hinaus auf den Flur – doch Martha stand schon am Bett ihrer Tochter und wiegte sie wieder in den Schlaf. Und so setzte sich Cathy stattdessen ans Ende ihres eigenen Bettes, zog geistesabwesend Sirius auf und versuchte, den unausweichlichen Gedanken zu verdrängen: Wie hatte der lange Weg des Lebens nur hierherführen können?

Hier würde es also enden, dachte sie, und Kaspar strahlte sie vom Hochzeitsporträt an.

Martha würde erst in einer Woche ihre neue Stelle im Ministerium antreten, und so hatte Cathy im Moment nichts anderes zu tun, als sich mit ihren Enkeln anzufreunden. Es gab so viel über sie zu erfahren – was sie mochten und was nicht, ihre Gewohnheiten –, dass es ihr leichtfiel, zu vergessen, dass jeder Tag sie dem Moment näher brachte, in dem die Sprengmeister im Zuge des nicht enden wollenden Wiederaufbaus ihre Ladungen in der gesamten Gasse von Iron Duke Mews anbringen und das Emporium samt der Nachbargebäude in die Luft jagen würden. Eine Busfahrt nach Hampstead Heath, ein Kinonachmittag im Kilburn Theatre; man konnte sich auch außerhalb des Emporiums amüsieren.

Der September war der Beginn einer neuen Ära. Die Kinder besuchten neue Schulen: Lucas ging in eine reine Jungenschule in St. John's Wood, Bethany in eine Privatschule in der Nähe von Primrose Hill. Das Hinbringen und Abholen dominierte den Tag. Dazwischen wollte Esther bekocht, gebadet und beschäftigt werden, und obwohl sie Letzteres zum Teil auch Sirius überließ, genoss Cathy all diese kleinen Aktivitäten. Als die Lehrer von Lucas sich über seine Einstellung zum Unterricht beklagten, war es Cathy, die sich am Ende des Tages mit ihm hinsetzte und mit ihm Bruchrechnung übte, und das auf eine Art, die sein Interesse weckte. Als Bethany auf dem Schulhof ausrutschte und ihr Knie genäht werden musste, hielt Cathy im

Krankenhaus ihre Hand und kaufte ihr danach ein Eis, das sie alle Schmerzen vergessen ließ. Abends nahm sie die alte Ausgabe von *Gullivers Reisen* zur Hand und las ihnen Gullivers Abenteuer in Liliput und Brobdingnag vor. Und als sie damit durch war, griff sie nach dem einzigen anderen Buch, das sie finden konnte, in dem ähnlich tollkühne Abenteuer geschildert wurden, und so wurde Marthas *Wahre Geschichte der Spielzeuge* zum ersten Mal zur Gute-Nacht-Geschichte.

»Das kann so nicht passiert sein«, sagte Lucas, der sich neuerdings mit einer Begeisterung auf die Logik von Bruchzahlen und die Genauigkeit von Fahrplänen stürzte, die Cathy nicht erwartet hatte. »Spielsachen können nicht laufen und sprechen ...«

»Die, mit denen du spielst, nicht, junger Mann. Trotzdem ...«

Sirius hatte sich in der Zwischenzeit angewöhnt, bei den Kindern zu schlafen, und Cathy hatte ihnen das feierliche Versprechen abgenommen, ihn jeden Abend aufzuziehen. »Sein Mechanismus ist bisher nur einmal abgelaufen«, erklärte sie, während sie sein Fell mit einem neuen Flicken ausbesserte, »und wer weiß, ob sein Herz das ein zweites Mal verkraftet.«

»Herz!«, schnaubte Lucas.

»Ein mechanisches Herz ist immer noch ein Herz«, sagte Cathy und freute sich, als sie mitbekam, dass die Kinder diese Frage in den kommenden Tagen hitzig diskutierten. Es gab vielleicht doch noch einen Weg, wie das Emporium in den Herzen und Erinnerungen der Menschen weiterleben konnte, selbst wenn seine Mauern bald aus dem Londoner Stadtbild verschwanden.

Eines Nachmittags kurz vor den Herbstferien fuhr Cathy mit den Kindern im Bus zum Oxford Circle, und obwohl Lucas und Bethany mit offenem Mund die grellbunten Schaufenster von Hamleys anstarrten, gelang es ihr, sie in das Straßengewirr von Mayfair zu locken, wo das Emporium noch immer stand.

»Das ist es?«, fragte Lucas.

»Du hast gesagt, es ist innen größer als das Selfridges-Kaufhaus. Zehnmal so groß!«

»Vielleicht war es das einmal.«

»Mama hat gesagt, es hatte eine eigene Eisenbahn und eine riesige Kuppel wie die St.-Pauls-Kathedrale.«

»Da hat deine Mama recht. Sie muss es wissen. Sie wurde hinter dieser Tür geboren.«

»Ich glaube, das sind alles nur Ammenmärchen«, sagte Lucas – und doch beanspruchte er an diesem Abend die Ehre für sich, Sirius aufzuziehen, der am Fußende des Bettes lag und die Aufmerksamkeit sichtlich genoss. Als Cathy am nächsten Morgen spät aufstand, war sie nicht überrascht zu sehen, wie Lucas Sirius im Garten herumjagte, ihm einen Ball zuwarf und ihm kleine Schaufeln an die Pfoten band, damit er wie ein richtiger Hund im Gemüsegarten nach Knochen graben konnte.

Cathy stand am Fenster und sah ihnen beim Spielen zu, als ein Nachbar am Gartenzaun auftauchte und Lucas, dessen Gesicht einer Maske des Misstrauens glich, etwas fragte. Lucas rief Sirius zu sich und antwortete mit einem respektvollen, wenn auch etwas herablassenden Nicken. Es war gut, Fremden gegenüber vorsichtig zu sein, das lernte er schon in der Schule, aber in diesem Fall gab es keinen Grund zur Beunruhigung. Cathy hatte bemerkt, wie die Augen des Nachbarn beim Anblick des Patchworkhundes aufgeleuchtet hatten; Jahrzehnte mochten vergehen, aber jemanden, der das Emporium ins Herz geschlossen hatte, erkannte man jederzeit.

Am folgenden Nachmittag war Cathy gerade dabei, Emil einen Brief zu schreiben, als es an der Tür klopfte. Emil zu schreiben, erforderte große Geduld und Selbstbeherrschung, denn der Verlust des Emporiums hatte ihn noch härter getroffen als sie – und sie vermutete, er hatte sich noch nicht ganz davon trennen können, denn er pendelte immer noch zwischen dem Haus eines seiner entfremdeten Söhne, der ihn zum Entsetzen seiner Mutter bei sich aufgenommen hatte, und der leeren Verkaufshalle hin und her. Es war also eine mehr als willkommene Ablenkung, als es an der Tür klopfte; der Rest der Familie spielte mit Sirius im Garten.

Der Mann, der vor der Tür stand, war der, der Sirius so staunend beobachtet hatte. Er war klein, rundlich und hatte offenbar eine Vorliebe für Süßes, denn in seinem grauen Schnurrbart glitzerten weiße Zuckerkristalle. Außerdem war er unpassend schick gekleidet für einen Nachbarschaftsbesuch. In der Hand trug er eine Papiertüte, die Cathy ein halbes Jahrhundert in der Zeit zurückversetzte: eine braune Papiertüte mit grünem Aufdruck, an deren Seiten das Emblem von Papa Jacks Emporium prangte.

»Verzeihen Sie, Madam. Ich hoffe, dass Sie nichts gegen etwas Gesellschaft am Sonntagnachmittag einzuwenden haben. Mein Name ist Harold Elderkin. Ich bin Ihnen vielleicht noch nicht aufgefallen, aber ich kam nicht umhin, Ihre Ankunft in unserer ruhigen kleinen Straße zu bemerken. Nicht dass Sie mich für einen Geheimagenten halten, wenn ich spioniert habe, dann war das rein zufällig. Ich konnte nicht anders, verstehen Sie …«

Wie aufs Stichwort kam Sirius in den Flur geflitzt und begrüßte den Fremden an der Tür mit seinem wattigen Bellen. »Sirius«, sagte sie. »Jetzt beruhige dich. Das ist Mr Elderkin von …«

»Großer Gott, ich wusste es!«, sagte Harold. »Bis gestern habe ich seit wahrscheinlich über vierzig Jahren keinen Patchworkhund mehr gesehen. So einen haben wir uns als Kinder immer gewünscht. Ich hätte meinen rechten Arm dafür gegeben, an Weihnachten einen auszupacken. Ich habe doch recht, nicht wahr? Er ist echt. Ein echter Emporiumshund ... Und Sie ...«

»Ich habe dort früher einmal gearbeitet«, sagte Cathy.

»Das will ich meinen«, sagte Harold, was Cathys ersten Verdacht bestätigte, dass er der Typ Mensch war, der sich sogar mit einem Laternenpfahl unterhalten hätte, wenn der ihm bereitwillig zugehört hätte. »Ich erinnere mich nämlich an Sie, Madam. Als Kind war ich in einem Heim in Lambeth, Sir Josiah's. Ein heruntergekommenes kleines Haus, und ich wage zu behaupten, dass Sie seit Jahrzehnten keinen Gedanken mehr daran verschwendet haben, aber ... für mich und die anderen Jungs war es unser Zuhause. Tagein, tagaus gab es nichts, worauf man sich freuen konnte, bis auf ... die Besucher aus dem Emporium.«

Cathy dache zurück an die sommerlichen Ausflüge, die Kutsche, die über die Brücke fuhr, die Waisenkinder, die in den Hof strömten.

Sie trat einen Schritt zurück. »Bitte, Mr Elderkin, kommen Sie doch herein. Ich freue mich sehr, dass Sie gekommen sind.«

Harold Elderkin entpuppte sich als äußerst zaghafter Zeitgenosse. Drei Mal lehnte er eine Erfrischung ab, bis er in traurigem Ton fragte, ob er nicht doch eine Tasse Tee haben könne. Die Plätzchen schlug er zwei Mal aus, bevor er gleich mehrere davon auf seiner Untertasse platzierte, und Cathy erkannte an der Art, wie seine Finger zuckten, wie gern er sie sich sofort einverleibt hätte. Plätzchen, erklärte er, seien in seiner Kindheit eine Seltenheit gewesen.

»Ich erinnere mich an das Kinderheim Sir Josiah's«, bemerkte Cathy, nachdem sich Harold gesetzt und Sirius auf seinem Schoß Platz genommen hatte. »Wir haben jeden

Sommer die Ware vom letzten Winter dorthin gebracht. Mein Mann und ich, später ist auch meine Tochter mitgekommen. Ein Tag dort konnte es, was das Spektakel anging, mit jedem ersten Frost aufnehmen. Wie die Kinder ihre Gesichter ans Fenster gepresst haben und in den Hof gerannt kamen ...«

»Ja, ich war dabei«, entgegnete Harold mit einem Anflug von Stolz – denn mit der Dame vom Emporium zu reden war die Erfüllung eines Kindheitstraums. »Ich denke oft an Sir Josiah's. Sie wissen wahrscheinlich, wie das ist, könnte ich mir vorstellen. Wenn ich so frei sein darf, zu fragen ... was ist aus dem Emporium geworden, Mrs Godman? Wie konnte ein solcher Ort einfach so seine Tore schließen und ...« Er brach ab und rang die Hände. »Bitte entschuldigen Sie. Das war schrecklich unpassend.«

»Nein, war es nicht. Es ist nur ... Ich wüsste einfach nicht, wo ich beginnen soll. Eine solche Geschichte hat tausend Anfänge. Ich würde dazu die ganze Nacht brauchen, und meine Enkel ...«

»Ich habe ein recht belangloses Leben geführt, Mrs Godman. Ich habe meine Pflicht getan, ich habe ein paar Freunde, ich hatte einige äußerst spektakuläre Abendessen, und jetzt schlage ich meine Zeit tot, indem ich mich auf der Finchley Road herumtreibe. Ich war diese Woche schon zwei Mal bei einer Kinomatinee, und beide haben mich nicht sonderlich interessiert. Diesen Freitag gehe ich in ein *Kaufhaus*. Aber wenn ich an das Emporium denke, daran, wie es früher war, na ja ...« Er hatte wohl einen Frosch im Hals, denn plötzlich brach er ab. »Ach, Mrs Godman, ich wollte damit nicht andeuten ... Nun ja, es ist lange her, und das Glück kann sich wenden. Was mit dem Emporium passiert ist, tja, wer hätte das schon vorhersehen können? Wer von uns hatte noch nie schwere Zeiten in seinem Leben?«

Erneut verstummte er, in der Gewissheit, die Unterhaltung in irgendeinen schrecklichen Sumpf gelenkt zu haben, aus dem es kein Entkommen gab. »Was ich meine, ist ... Sie haben ein bemerkenswertes Leben geführt, Mrs Godman. Ich würde gerne eines Tages mehr darüber erfahren. Und wenn ich das sagen darf, ich fühle mich ... geehrt, hier mit Ihnen sitzen zu dürfen. Meine Maud wollte nicht, dass ich herkomme, sie meint, ich würde mich völlig zum Narren machen, aber ich konnte nicht anders, nachdem ich diesen Hund hier gesehen haben. Und, na ja, der wahre Grund, warum ich gekommen bin ...« Harold verlagerte das Gewicht, setzte Sirius zurück auf den Boden und nahm eine Tasche zur Hand, die er mitgebracht hatte.

Er holte den Inhalt heraus und legte ihn neben sich auf die Kissen, da stürmten die Kinder ins Zimmer, dicht gefolgt von Martha. Als sie Harold sahen, blieben sie wie angewurzelt stehen. Aber es war nicht der Anblick des alten Mannes, der sie innehalten ließ – auf den Kissen lagen drei Schachteln mit dem Aufdruck DER LANGE KRIEG, zwei davon makellos und unberührt wie die, die früher in den Regalen der Verkaufshalle gelegen hatten. Die dritte dagegen sah abgenutzt aus. Bethanys Neugier war geweckt, ähnlich wie die von Lucas, und als Martha endlich ihren Augen traute, wurde sie blass. Am Ende sagte Cathy: »Mr Elderkin, woher um Himmels willen ...«

»Die ältere Schachtel gehört mir«, sagte er. »Sie werden sich nicht daran erinnern, aber in einem Sommer haben Sie die Schachteln in das Kinderheim gebracht, und so wurde ich stolzer Besitzer eines Trupps Spielzeugsoldaten. Als ich das Heim schließlich verließ, nahm ich die Schachtel überallhin mit. Die beiden anderen habe ich, wie ich zugeben muss, bei einer Versteigerung erworben. Maud hat gesagt, ich würde mein Geld zum Fenster hinauswerfen, aber das war mir egal. Diese Spielzeuge hier sind unbezahlbar ...« Er schwieg kurz. »Und ich möchte, dass Sie sie bekommen.«

»Ich?«

»Wenn nicht Sie, Mrs Godman, dann die Kinder. Ich hatte nie eigene Kinder. Maud und ich sind in vielerlei Hinsicht gesegnet, aber in dieser leider nicht. Heute bin ich ein alter Mann. Vielleicht brauche ich irgendwann wieder Spielsachen, aber noch ist es nicht so weit ... und vielleicht können Sie sie ja solange für mich aufbewahren. Betrachten Sie sie als lebenslange Leihgabe. Es sollte mit ihnen gespielt werden. Sie haben schon zu lange im Schrank herumgestanden ...« Ein Lächeln breitete sich in seinem Gesicht auf. »Na los! Nur zu! Vielleicht hättet ihr ja auch nichts dagegen, wenn ein alter Mann mitspielt ...«

Lucas und Bethany brauchten keine zweite Aufforderung und rissen die Schachteln auf, während Harold seinen eigenen Trupp aufstellte und laut die *Einsatzregeln* verlas.

Cathy und Martha sahen zu, wie die Schlacht begann. Das Surren der Aufziehsoldaten klang vertraut, und wenn es anfangs auch etwas Unheilverkündendes hatte, verlor sich dieser Eindruck bald, und nur die Freude über halbvergessene Schlachten blieb zurück. Als Cathy ihnen so zuschaute, sah sie Kaspar und Emil vor sich, die sich auf dem Boden in ihrem Zimmer Gefechte lieferten, oder Emil und Nina in der Verkaufshalle, in dem Sommer, in dem sie sich kennenlernten. Sie nahm die Hand ihrer Tochter. Manchmal musste man sich aussuchen, welche Erinnerungen einem am wichtigsten waren.

»Wartet!«, sagte Lucas, als sie die Truppen zum zweiten Mal aufstellten. »Ich habe eine Idee ...«

Dann rannte er die Treppe hinauf, als hätte er keine Lust mehr, mit etwas so Altmodischem wie Spielzeugsoldaten seine Zeit zu verschwenden.

Als er weg war, setzten Harold und Bethany ihre Schlacht fort, und der alte Mann erzählte ausführlich, wie die älteren Jungen jedes Jahr an Weihnachten ins Waisenhaus zurückgekommen waren, um Schlachten gegen die Jüngeren auszutragen, die noch dort lebten. Als Lucas schließlich zurückkam, hatte er etwas in der Hand. Mr Elderkin hatte inzwischen beim Blick auf die Uhr entsetzt festgestellt, dass seine arme Frau wahrscheinlich schon vor dem Sonntagsbraten saß und zuschaute, wie die Sauce allmählich auf dem Teller gerann.

»Ich komme wieder, wenn ich darf«, sagte er, als er schnaufend in den Flur trat.

Lucas sah zu, wie seine Mutter und Großmutter den Mann zur Tür begleiteten. »Jetzt werden wir ja sehen ...«

»Was hast du da?«, fragte ihn Bethany.

Zuerst verbarg er seine Hand hinter dem Rücken. »Ich wusste, dass sie so etwas auch in ihrer Tasche hat. Sie hat viele Geheimnisse. Das wusste ich vom ersten Tag an.«

»Du Dieb! Du warst in ihrem Zimmer. Mama wird ...«

»Nicht, wenn *du* es ihr nicht verrätst.«

Lucas zog die Hand hervor und stellte einen Soldaten auf den Boden, der ganz anders war als die, die Bethany aufstellte. Das Erste, was ihr auffiel, war, wie viel älter er aussah. Seine Stiefel waren einmal grün und glänzend gewesen, er trug eine scharlachrote Schärpe und winzige Messingorden auf der Brust. Doch sein Körper war mit zahlreichen Wunden übersät. Er hatte eine Kerbe über dem linken Auge, die aussah wie eine Narbe, und auf dem Rücken schwarze, angesengte Stellen, als hätte ihn ein brutaler Junge zu nah ans Feuer gehalten. Trotzdem strahlte er eine ruhige Würde aus, und in seinen dunklen, aufgemalten Augen lag, wie Bethany fand, ein fast seelenvoller Ausdruck. Wie auch immer sie ihn drehte und wendete, sein Blick schien ihr zu folgen. Es kam ihr fast albern vor, aber einen flüchtigen Moment lang fragte sie sich, was der Soldat wohl *denken* mochte, während er sie so eindringlich anstarrte.

Sirius, der in einer Ecke lag, hob die Schnauze und schaute

den Erwachsenen mit einem Knopfauge nach, als sie den Raum verließen, dann beobachtete er die Kinder, die sich wieder auf dem Teppich niederließen. Es war so lange her, dass er Spielzeugsoldaten gesehen hatte. Er kläffte, doch als die Soldaten sich nicht ängstlich zerstreuten, hielt er sie für harmlos, rollte sich zu einem kissenartigen Ball zusammen und schlief wieder ein.

»Jetzt zieh ihn schon auf«, sagte Bethany. »Schauen wir mal, ob er noch funktioniert ...«

»Der wirft deine in null Komma nichts um ...«

Lucas umfasste den Schlüssel auf dem verbrannten Rücken des Soldaten und fing an, ihn aufzuziehen.

Er erinnert sich, dass er geflohen ist, wie er sich zwischen den Stäben des Käfigs hindurchgequetscht, über den Boden gerannt ist und sich kopfüber durch ein Astloch auf einer der Dielen ins Land hinter den Leisten gestürzt hat, das seinem Volk gehörte, seitdem die Götter sie zum Leben erweckt hatten. Er erinnert sich, was er gesehen hat. Er erinnert sich an das Entsetzen: das Wissen, dass er etwas tun muss, ein Geheimnis, das er jemandem erzählen muss, wenn er nur das unausweichliche Erstarren noch eine Weile hinauszögern kann. Er erinnert sich, wie er nach oben geklettert ist, weiter und immer weiter, bis er das grelle Licht erreicht hat, wie er sich verzweifelt gewünscht hat, von ihr bemerkt zu werden, es ihr zu erzählen.

Und dann nur noch Dunkelheit, jahrzehntelange Dunkelheit.

Die Arme ausstrecken, hinfallen, sich verfluchen, weil einem die Worte fehlen, die Fähigkeit zu sprechen.

Bis heute.

Der Soldat erhob sich. Er torkelte wie ein Betrunkener, fand Lucas. Dann, als er endlich aufrecht stand, marschierte er in winzigen Kreisen herum, nach wie vor unsicher auf den Beinen. Die Art, wie er herumstolperte, stand in krassem Gegensatz zu der Würde und Entschlossenheit seines Gesichtsausdrucks. Wahrscheinlich war er kaputt. Die verbrannten Stellen auf seinem Rücken hatten wahrscheinlich den Mechanismus beschädigt, der ihm das Laufen ermöglichte.

»Ist das *alles*?«, murmelte Lucas.

»Ich finde, er ist unbezahlbar.«

»Ich schätze, er hat einen ganz zackigen Gang, aber irgendwie hatte ich *mehr* erwartet. Warum hätte sie ihn sonst verstecken sollen? Sie ist schon ein komischer alter Vogel. Wie kann sie nur mit uns verwandt sein?«

Gelangweilt drehte Lucas sich um, und im selben Moment richtete der Soldat sich auf. Bethany sah zu, wie er sich einmal um sich selbst drehte, als wollte er sich orientieren. Sein Blick begegnete ihrem – und sie irrte sich nicht, es lag Panik, eine schreckliche Erkenntnis darin. Dann rannte er mit klappernden Beinen los, ganz anders als die anderen Soldaten, und suchte mit einem Hechtsprung unter einem der Sofas Schutz.

Bethany ließ sich auf die Knie fallen, legte die Wange auf den Teppich und spähte in die Dunkelheit.

»Er ist weg ... Lucas! Er ist weg!«

Doch Lucas hatte überhaupt keine Lust, im Staub unter dem Sofa nach einem seltsamen alten Spielzeugsoldaten zu suchen – und so gab es keine Zeugen für das Wunder eines wiedererwachenden Bewusstseins und niemanden, der das Trippeln in den Wänden hörte.

Im Schwarzen Land unter dem Sofa, in dieser seltsamen, ungewohnten Welt aus Teppichen und Läufern, erwacht ein Bewusstsein zu neuem Leben. Es dauert einige Zeit, bis der Nebel, in dem es gefangen ist, sich auflöst – aber langsam teilen sich die grauen Schwaden, und alles wird wieder klar. Dreißig Jahre lang war der Geist des Kaiserlichen Rittmeisters gefangen. Dreißig Jahre der Erstarrung. Dreißig Jahre: ein Geist, eingesperrt, ohne Aussicht auf Hilfe. Dreißig Jahre Einsamkeit – das war der wahre Lange Krieg. Aber jetzt schüttelt er die Benommenheit ab; endlich ist er wieder am Leben.

Eine Hand greift nach ihm, eine riesige Götterhand aus Fleisch und Blut, und wäre er nicht instinktiv zurückgewichen, hätten diese überirdischen Finger ihn womöglich erwischt und ins Licht gezerrt. Da sind sie wieder, aber diesmal kommen sie nicht mal in seine Nähe – und als nach einiger Zeit die lauten, sonoren Stimmen der Götter verhallen, wagt der Kaiserliche Rittmeister zu glauben, dass er in Sicherheit ist.

Er stolpert zum Rand des Sofas, wo die riesigen Füße der Götter zu sehen sind. Wie die Welt sich während der ewigen Erstarrung verändert hat! Dort draußen sieht er das erwachsene Kind der Götter, die Enkel der Götter, frisch aus ihrer eigenen Werkstattdrehbank. Er sieht Dutzende seiner eigenen hölzernen Brüder auf dem Teppich liegen – dem Rasen, den die Götter gepflanzt haben, um die wahre Welt unter den Bodendielen zu verbergen –, aber er erkennt schnell, dass diese Brüder nicht so sind wie er; was an Geist in ihren sorgsam geschnitzten Köpfen verborgen sein mag, wurde noch nicht zu höheren Dingen wie Vernunft oder Fantasie angeregt. Wahrscheinlich können sie sich noch nicht einmal gegenseitig aufziehen und marschieren nur, weil sie Spielzeuge der Götter sind. Er wagt sich weiter vor – und sieht auf der gegenüberliegenden Seite des Zimmers Sirius, den Patchworkhund, zusammengerollt in einer Ecke liegen. Da weiß er mit Sicherheit, dass er sich immer noch in derselben Welt befindet, in der sein Mechanismus abgelaufen ist. Aus irgendeinem Grund weiß er, dass Sirius so ist wie er; Sirius *versteht*.

Über ihm ragt die Dame auf, die mit dem Gott Kaspar verheiratet ist. Bei ihrem Anblick macht sein hölzernes Herz einen Satz. Er will zu ihr rennen, ihre Hand nehmen, denn die dreißig Jahre haben die Dringlichkeit des Vorhabens, das all seine Gedanken beherrscht, nicht gemindert. Aber sein Mechanismus ist nicht vollständig aufgezogen, er weiß, dass er irgendwann langsamer werden, irgendwann stillstehen wird ... Und wenn das passiert, muss er vielleicht noch einmal dreißig Jahre warten, bevor sich ihm eine weitere Möglichkeit bietet. Und dann ist es vielleicht zu spät.

Es gibt noch einen anderen Weg, beschließt er.

Die Götter gehen über den Teppich in die Küche. Die Enkelkinder der Götter folgen ihnen, bis nur noch die Spielzeugsoldaten, die reglos auf dem Teppichrasen liegen, und der faule Patchworkhund übrig sind, der den ganzen Tag verschläft. Der Rittmeister weiß, dass er nur eine Chance hat. Er rennt unter dem Sofa hervor, packt die Arme des nächsten Spielzeugsoldaten und hievt ihn mühsam in seinen Unterschlupf zurück.

Zu spät, der Patchworkhund hat ihn gesehen, stimmt ein dumpfes Geheul an, und Sekunden später kommen die Enkelkinder der Götter zurück ins Zimmer gerannt. Doch sie sehen nichts – und wenn doch, trauen sie ihren Augen nicht.

Dem Rittmeister bleiben nur Minuten, bis ihn die Erstarrung überkommt. Er kniet sich neben seinen Bruder, dreht ihn auf den Bauch und öffnet die Klappe. Der Mechanismus des Soldaten gleicht der ursprünglichen Konstruktion des Herrn der Dämonen. Der Rittmeister erinnert sich. Er greift in das Getriebe aus feinen Schrauben und Zahnrädern. Ein kleiner Kniff hier, ein kleiner Dreh dort, und schon bald ist der Soldat auf den Beinen, streckt die Arme und Hände auf ungewohnte, neue Art. Glücklich spürt der Rittmeister, wie er selbst aufgezogen wird, wie die Energie und das Leben in seinen Körper zurückkehren. Jetzt sind sie zu zweit, und die Arbeit kann losgehen. Getrennt gehen wir unter, gemeinsam sind wir stark.

Spielzeugsoldaten können nicht sprechen. Aber wenn sie es könnten, hätte der Kaiserliche Rittmeister seinen neuen Kameraden bei der Hand genommen, ihn umgedreht und ihm das Schlachtfeld gezeigt, wo seine übrigen Brüder zum Sterben zurückgelassen worden waren. Sieh dir das an, hätte er gesagt. Sieh dir an, was wir sind, wozu wir gemacht wurden – aber warte nur ab, bis ich dir zeige, was wir füreinander tun können. Uns wurde eine Aufgabe übertragen, zu der, von allen Spielzeugsoldaten auf der ganzen Welt, nur wir fähig sind.

Aber wir werden Hilfe brauchen.

An diesem Abend brachte Cathy die Kinder ins Bett und las ihnen ein weiteres Kapitel aus der *Wahren Geschichte des Spielzeugs* vor, und nachdem sie das Licht gelöscht hatte, lief ihr im Flur Martha über den Weg.

»Mama, ich habe mir Sorgen um dich gemacht«, sagte sie.

Damit die Kinder sie nicht hörten, zogen sie sich auf die Treppe zurück. »Das brauchst du nicht. Hab keine Angst. Unkraut vergeht nicht, schon vergessen?«

»Einen Moment lang dachte ich – was, wenn sie *echt* wären? Echt, so wie wir es verstehen, Mama. Aber es waren natürlich nur normale Spielzeugsoldaten ...« Sie lächelte. »Das Emporium verlässt einen nie ganz, was? Ich bin um die halbe Welt gereist, aber das spielt keine Rolle. Früher oder später holt es einen immer wieder ein.«

»Da könntest du genauso gut versuchen, deinem eigenen Herzen zu entkommen.«

Eine Zeit lang schwiegen sie.

»Sie haben mich an ihn erinnert«, sagte Martha. »Ach, es vergeht natürlich kein Tag, ohne dass ich an ihn denke – aber an manchen ist er präsenter als an anderen. Seine Soldaten zu sehen ...«

»Das sind nicht die Soldaten deines Vaters, Liebes. Es sind Emils. Die schlichten, einfachen Soldaten, von denen wir früher gelebt haben. In einfacheren Zeiten.«

Cathy drückte ihrer Tochter einen Kuss auf die Wange. »Schlaf schön, meine kleine Martha.«

Martha schwieg, bis Cathy schon halb die Treppe hinauf war. Dann rief sie in die Stille: »Er fehlt mir, Mama.«

Cathy blieb stehen.

»Wünschst du dir manchmal, dass du eine seiner Spieluhren hättest? Du weißt schon, die zierlichen, altmodischen Dinger. Man könnte die Kurbel drehen und in der Vergangenheit sein, bei ihm.«

Diese Frage hatte sich Cathy fast ihr gesamtes Leben lang gestellt. Sie zog den Morgenmantel enger um sich, als hätte sie ein plötzlicher Luftzug erfasst. Seltsam, man brauchte nur darüber zu reden, und schon spielten einem die Sinne einen Streich. Fast glaubte sie, das Getrippel in den Wänden zu hören, das zusammen mit ihrem Ehemann verschwunden war.

»Niemals«, flüsterte sie. »Ich habe deinen Vater über alles geliebt – aber wenn plötzlich eine seiner Spieluhren neben dem Bett stehen würde, würde ich sie sofort mit einem Hammer zerstören. Wenn Kaspar hier wäre, in unserem Leben, würde ich ihn so haben wollen, wie er heute ist, mit all seinen Narben, mit denen, die man sehen kann, und denen, die man nicht sehen kann. Denn das, was dein Vater besser wusste als wir alle zusammen, Liebes, ist noch genauso wahr wie früher: Die Vergangenheit ist vergangen; man kann nicht zurück.«

Im Schlafzimmer zog es ebenfalls. Cathy sah nach, ob das Fenster richtig geschlossen war, und schaute eine Zeit lang den Wolken dabei zu, wie sie sich teilten und den Blick auf das tintenschwarze Himmelsgewölbe und die Sterne freigaben. Es war die Art von Novembernacht, die früher den ersten Frost angekündigt hätte.

Sie freute sich für Sirius, dass er mit den Kindern spielen konnte, denn es würde eine Zeit kommen, in der auch sie nicht mehr da war. Aber Spielsachen? Die lebten ewig.

Sie erwachte in völliger Dunkelheit. Ein Traum hatte sie aus dem Schlaf gerissen, ausgelöst von Harold Elderkin, dem Gespräch mit ihrer Tochter auf der Treppe und von den Soldaten. In ihrem Traum waren sie wieder marschiert, und sie konnte nicht sagen, ob es Spielzeugsoldaten oder Soldaten aus Fleisch und Blut waren.

Es war einer dieser Träume über Kaspar, die sie schon seit Jahrzehnten verfolgten.

Sie rollte sich auf die Seite und wünschte sich, Sirius wäre bei ihr. Sie schloss die Augen und versuchte wieder einzuschlafen, aber bald erkannte sie, dass der Traum noch nicht vorbei war. Sie konnte immer noch das schreckliche Getrippel in den Wänden hören.

Cathys Augen wurden schmal. Dann noch schmaler. Sie zog sich die Bettdecke über den Kopf, wie ein kleines Mädchen, das sich vor Monstern fürchtet, doch sie konnte das Getrippel immer noch hören.

Ein paar kurze Augenblicke mit den Soldaten, mehr hatte es nicht gebraucht. Die Mauern, die sie um sich herum errichtet hatte und die die Verheerungen von ihr fernhalten sollten, waren einfach eingestürzt.

Kaspar hatte ihr einmal gesagt, dass sie tapfer sei, aber

heute Nacht fühlte sie sich nicht tapfer, sondern wie das verlorene kleine Mädchen, das sie nie gewesen war – und, oh, wie sie es hasste ...

Sie strampelte die Bettdecke weg und sprang auf. Das Getrippel wurde lauter, immer lauter, aber eine heiße Milch würde das Problem schon lösen. Heiße Milch, heißer Tee, und ja, sie würde versuchen, Sirius wieder in ihr Zimmer zu locken, und sei es nur für eine Nacht. Die Kinder würden es verstehen. Die Treue eines Patchworkhundes war unberechenbar ...

Sie war schon an der Tür, als das Getrippel seinen Höhepunkt erreichte.

Dann: Stille.

Sie blieb stehen. An die Albträume war sie gewöhnt, aber nun, da das Geräusch verstummt war, überkam sie eine neue Furcht. Ihr Körper befahl ihr, sich umzudrehen, aber zuerst weigerte sie sich.

Dann wandte sie sich doch um.

Erst jetzt merkte sie, dass die Geräusche nur aus einem ganz bestimmten Teil der Wand kamen, von dort zwischen dem Nachtschränkchen und dem Kamin. Die Fußleiste lag im Dunkeln. Das Getrippel hatte zwar aufgehört – doch jetzt bewegte sich etwas unten in der Dunkelheit.

Sie hockte sich davor. Diesmal war sie sich sicher: Die Fußleiste verschob sich, erzitterte an den Rändern, ein schmaler schwarzer Streifen zeichnete sich ab, die kleinen Nägel, mit denen die Leisten befestigt waren, lösten sich. Dann fiel sie mit einem Krachen, das in den Hohlräumen dahinter widerhallte, ab und landete auf dem Teppich.

Dutzende kleine Gestalten marschierten in Dreierreihen heraus. Cathy taumelte rückwärts, die Kerze, die sie gehalten hatte, fiel ihr aus der Hand. Bevor Cathy sich davon erholt hatte und wieder einen klaren Gedanken fassen konnte, strömten sie auf sie zu.

Das war unmöglich. Die Soldaten, die Harold gebracht hatte, waren starre, einfache, primitive Dinger. Nicht einer von ihnen besaß den Verstand, um ...

Während Cathy noch versuchte, zu verstehen, was vor sich ging, scherte ein Soldat aus, marschierte auf ihren Hausschuh zu, machte auf dem Absatz kehrt und marschierte zurück. Als er vor dem Bataillon stand, glaubte Cathy, die Uniform mit all den goldenen Verzierungen zu erkennen. »Du«, flüsterte sie. »Aber das kann doch nicht ...«

Der Kaiserliche Rittmeister drehte sich auf der Stelle und presste sich sein kleines Signalhorn an die Lippen. Auf diesen Befehl hin schwärmten die anderen Soldaten kaleidoskopartig aus. Als der Kaiserliche Rittmeister innehielt, blieben auch die anderen stehen. Erst jetzt sah Cathy, was sie getan hatten. Sie exerzierten. Sie standen in Formation – und als sie von einer Formation zur nächsten wechselten, konnte Cathy nach und nach die Worte erkennen, die sie bildeten:

WIR ... HABEN ... ES ... GESCHAFFT

Unmöglich. Das konnten keine Worte sein, keine *Sprache*, das war einfach zu komplex. Nur ein paar Stunden zuvor waren die Soldaten doch noch einfache Figuren aus Holz und Draht gewesen.

WIR HABEN ES ENDLICH GESCHAFFT

Dann fielen ihr die Hohlräume unter der Verkaufshalle ein. Wie Martha ihnen jahrelang vorgelesen hatte. Wie die Geschichten in das Sandel- und Teakholz eingesickert waren und die Maserung so verändert hatten, dass sich seltsame neue Spiralen bildeten.

Der Kaiserliche Rittmeister war dabei gewesen. Hatte immer mehr dazugelernt. Er hatte, dachte sie jetzt, mehr als dreißig Jahre lang dazugelernt, Jahre, in denen er in seinem eigenen Kopf gefangen gewesen war.

Er gab den Soldaten neue Befehle und wieder schwärmten sie aus.

HILF IHM!

»Ihm helfen?«, flüsterte Cathy. »Wem?«

Der Kaiserliche Rittmeister drehte sich erneut auf der Stelle, und das Regiment formatierte sich neu.

FOLGE UNS

Cathy muss aufgeschrien haben, denn sie hörte, wie im Stockwerk unter ihr Türen geöffnet wurden. Martha kam die Treppe heraufgerannt. »Mama?«, rief sie. »Mama, was ist da oben los?«

WIR MÜSSEN ZURÜCK

»Zurück wohin?«

ER WARTET!

Cathy hörte Schritte hinter sich, und einen Augenblick später war Martha an ihrer Seite. Mit einem Entsetzen, das sich schnell in Entzücken verwandelte, schlug sie sich die Hand vor den Mund.

ZURÜCK INS ... EMPORIUM!

Cathy nickte wortlos – und die Soldaten begannen, unkontrolliert durcheinanderzutanzen. Erst die Gesten des Kaiserlichen Rittmeisters brachten sie dazu, sich zusammenzureißen. Sie drehten einige Runden um Cathy, dann stellten sie sich in Reihen vor ihr auf. Einer nach dem anderen salutierte, bis schließlich nur noch der Rittmeister übrig war.

Er salutierte nicht, stattdessen marschierte er vorwärts, blieb vor ihr stehen und streckte die Hand aus. Es dauerte einen Moment, bis Cathy begriff. Dann schüttelte sie seine kleine hölzerne Hand. Erst da fielen ihr die verkohlten Stellen auf seinem Uniformrock auf, dort, wo Farbe und Lack geschmolzen und verlaufen waren, Verbrennungen, die schreckliche Wunden auf seinem Rücken hinterlassen hatten.

»Was ist nur mit dir passiert, kleiner Mann?«

Draußen breitete sich der erste Frost des Winters über London aus – und das Emporium wartete.

DIE GROSSE EINSAMKEIT

✶ ✶ ✶ ✶ ✶ ✶ ✶ ✶

Papa Jacks Emporium

30. November 1953

Er hatte gerettet, was zu retten war. Oh, sie hatten es versucht, all die Möbelpacker, die Gerichtsvollzieher, die Gläubiger, die zu seiner Schmach die Erlaubnis erhalten hatten, in die Lagerräume zu gehen und sich auszusuchen, was sie wollten, um zumindest einen kleinen Teil der Schulden zu tilgen. Aber es gab einige Dinge, die Emil zu behalten entschlossen war. Er trug sie in seiner Werkstatt zusammen und machte eine Bestandsaufnahme: drei Koffer voller Tagebücher, der Phönix, ein gefütterter Stoffbeutel mit allen übrig gebliebenen Kiefernzapfenfiguren seines Vaters. Das war die Summe seines Lebens. Er hatte nicht einmal mehr Ideen. Selbst seine Fantasie hatte ihn verlassen.

Er stand in der Verkaufshalle, die jetzt so höhlenartig und leer war, dass seine Schritte darin widerhallten wie die eines Riesen. Es gab immer noch ein paar Kisten mit Krimskrams, vielleicht sogar noch ein paar ältere Spielsachen in den Lagerräumen, aber die Regale in der Verkaufshalle waren verschwunden, das Karussell abgebaut, die Eisenbahn auseinandergenommen und verschrottet. Das Wolkenschloss war als Erstes versteigert worden, bei einer Auktion für wohltätige Zwecke, und jetzt waren nur noch die Holzdielen und die Rohrleitungen darunter übrig.

Es war merkwürdig, aber leer geräumt wirkte die Verkaufshalle viel kleiner. Man konnte die Senke sehen, in der der Lange Krieg stattgefunden hatte, die Zwischengeschosse, die Pferche, den Hafen, wo einst Kraken in Wellen aus Krepppapier gelauert hatten, die Stümpfe des Papierwaldes und die verlassenen Stationen des Mitternachtsexpress. Man sah von einer Wand zur nächsten; all seiner Waren beraubt, war das Emporium nichts weiter als das: Wände, noch mehr Wände und der Raum dazwischen. Er wunderte sich, dass es ihm je so groß wie die ganze Welt vorgekommen war.

Emil tanzte nicht über den leeren Boden, denn er hatte zwei linke Füße. Er rannte nicht herum und brüllte auch nicht in die Dunkelheit, weil er sich dabei selbst allein albern vorgekommen wäre. Er fand einen Hocker, setzte sich in die Mitte der staubigen Halle und wagte es nach einiger Zeit, nach oben in die Kuppel zu blicken, wo früher sein Wolkenschloss geschwebt hatte.

Sieh mal einer an, dachte er, als er bemerkte, dass sich Raureif auf der Glaskuppel bildete, eine hauchfeine weiße Schicht, die nach und nach den Nachthimmel verbarg. *Der allerletzte erste Frost ...*

Dort lag es, das verbarrikadierte Geschäft am Ende der Gasse; unter den Markisen hingen noch immer Lichter, die Fensterscheiben waren noch immer mit künstlichen Eiskristallen überzogen.

Überall in Iron Duke Mews hingen Abrisswarnungen, die Straßenlaternen waren entfernt worden oder erloschen. Auch an den Fassaden der anderen Geschäfte in der Kopfsteinpflastergasse hingen Bekanntmachungen: Der Herrenschneider hatte schon vor Monaten geschlossen, und die Schaufenster der Schuhgeschäfte waren entweder mit

Brettern vernagelt oder leer geräumt. Baulaster standen in Hufeisenform vor der Gasse, und ein Spinnennetz aus Flatterband versperrte den Zugang.

Sirius wagte sich als Erster hinein, doch das Poltern in Cathys Tasche sagte ihr, dass es noch andere gab, die es ebenfalls kaum erwarten konnten. Sie duckte sich unter der Flatterbandbarriere hindurch, trat in die Gasse und öffnete ihre Tasche. Der Kaiserliche Rittmeister kam heraus, ging einmal im Kreis über das Kopfsteinpflaster und hob sein Horn für eine stumme Fanfare. Dann kamen die Aufziehsoldaten nacheinander herausmarschiert.

Der Haupteingang des Emporiums war mit Brettern versperrt, aber der Lieferanteneingang noch nicht. Cathy schloss ihn auf, und zusammen spähten sie in die öde Finsternis im Inneren.

Es war zehn Jahre her, seit Martha zuletzt hier gewesen war – und falls sie bunte Fontänen und die riesigen Seeschlangen von früher erwartet hatte, wurde sie bitter enttäuscht. Cathy öffnete einen Wandschrank und legte die Schalter darin um – aber kein Licht flammte auf. »Das haben sie uns schon seit 1949 angedroht«, sagte sie resigniert. »Ich wollte eigentlich nicht, dass du das Emporium so siehst, Martha. Du hättest es so in Erinnerung behalten sollen wie so viele andere auch. Aber ...«

Die trippelnden Schritte der Soldaten hallten einsam in der riesigen Halle wider – bis der Kaiserliche Rittmeister stehen blieb, bestürzt, so viel Staub vorzufinden, so viel Verfall. Für ihn sah es aus, als wäre sein Heimatland in Schutt und Asche gelegt, dem Erdboden gleichgemacht worden. Dreißig Jahre lang hatte er gewartet. Dreißig Jahre – und nun *das*.

Cathy hockte sich hin und berührte sanft die Hand des Kaiserlichen Rittmeisters. »Wohin gehen wir?«, flüsterte sie. »Warum sind wir hier?«

Die Frage riss den Rittmeister aus seiner Verzweiflung. Er drehte sich um und wies die anderen Soldaten an, sich zu versammeln – doch plötzlich deutete Martha mit dem Finger auf etwas.
»Mama, wir sind nicht allein«, sagte sie.
Denn am anderen Ende der Verkaufshalle brannte eine Laterne. Emil Godman saß an diesem allerletzten ersten Frost allein in seiner Werkstatt.
Der Kaiserliche Rittmeister führte die Soldaten im Eilmarsch durch die Verkaufshalle. Obwohl die Gänge längst verschwunden waren, führte der Rittmeister sie die Route entlang, die sich in sein hölzernes Gedächtnis eingebrannt hatte, folgte den Wegen, die früher Regale gesäumt hatten, umging den Ort, wo das Karussell gestanden hatte, und marschierte spöttisch triumphierend durch die Senke, wo vor einer halben Ewigkeit der Lange Krieg stattgefunden hatte. Cathy und Martha eilten ihnen nach. Von dem Licht in Emils Werkstatt blieb aus dieser Entfernung nur noch ein Punkt übrig. Schließlich standen sie zwischen den Baumstümpfen des Papierwaldes.
Die Soldaten gruppierten sich. WO?, fragten sie, und Cathy flüsterte mit Bedauern: »Gefällt, vor vielen Jahren schon. Die Papierstämme wurden an Schulen und Kinderheime verkauft und ...«

DAS HAUS

Dann formierten sie sich neu.

DAS SPIELHAUS

Die Soldaten hatten das letzte Wort noch nicht ganz gebildet, es war gerade so zu lesen, als der Kaiserliche Rittmeister zusammenschreckte, herumfuhr und ihnen bedeutete, sich hinter Cathy und Martha aufzustellen. Er stand an der Spitze der geschlossenen Schlachtreihe, hob sein Holzgewehr und zielte in die Dunkelheit. Die Soldaten hatten sie zuerst bemerkt, aber jetzt hörte Cathy sie ebenfalls: Schritte, die ihr seit vielen Jahren vertraut waren.

Emil tauchte aus den wirbelnden Staubpartikeln auf, seine Augen waren vom Schlafmangel aufgequollen, sein Bart war ungepflegt. Er hielt einen Besen in der Hand wie eine Waffe.

»Cathy«, keuchte er, »was machst du ...«

»Das könnte ich dich genauso gut fragen. Ich dachte, du wärst längst hier weg, Emil. Wir haben uns doch da hinten in der Halbmondhalle voneinander verabschiedet.«

»Ich konnte noch nicht loslassen, Cathy, nicht, bis ich ...« Erst jetzt senkte er den Blick und entdeckte die Soldaten. Im selben Moment blies der Kaiserliche Rittmeister zum Angriff. Spielzeugsoldaten stürmten los. Holzkugeln flogen durch die Luft. Die ersten Soldaten zogen winzige Säbel und zielten auf Emils Schienbeine, doch der senkte den Besen und zerstreute sie, ein Titan auf dem Schlachtfeld.

Der Kaiserliche Rittmeister rannte los, um den ungeordneten Rückzug zu stoppen, versuchte verzweifelt zu verhindern, dass seine Soldaten in den unerforschten Tiefen der Dunkelheit erstarrten. Emil rief mit wachsender Entgeisterung: »Woher kommen die ... Wie sind die ... Cathy, sag es mir! Warum seid ihr hier?«

»Ich weiß es nicht, Emil«, fuhr sie ihn an. Etwas hatte sich verändert. Sie sah das Zögern, die Panik in seinem Gesicht, die nicht nur mit seiner Angst vor den Spielzeugsoldaten zu tun hatte.

Martha war losgezogen, um die in der Dunkelheit zerstreuten Soldaten wieder einzusammeln, aber Sirius war noch an Cathys Seite. »Emil«, flüsterte sie, »was ist los?«

Die verbliebenen Soldaten zu ihren Füßen formierten sich.

SAG ES IHR!

»Was sollst du mir sagen, Emil?« Sie packte sein Handgelenk. »Was?«

»Du hast sie versteckt«, stammelte er. »All die Jahre hast du ...«

»Der Rittmeister war ein blinder Passagier in meiner Tasche, Emil. Er hat sich dort versteckt, wie ich mich vor all den Jahren im Spielhaus. Er hat dreißig Jahre auf ... das hier gewartet. Emil, bitte. Was versucht er mir zu sagen?«

Emil entriss ihr seine Hand, hockte sich hin – ein erwachsener Mann, der die Arme um die Knie geschlungen hatte wie ein gescholtenes Kind. »Er ist nur ein Spielzeug«, hauchte er. »Er versucht dir gar nichts zu sagen. Man kann ihm nicht vertrauen ...«

»Emil!«

Die Art, wie sie ihn anfuhr, hielt die Tränen zurück, die er hatte weinen wollen. Traurig sah er auf, während die Soldaten einen Kreis um ihn bildeten. »Ich wollte uns retten, immer schon, all die Jahre, nichts anderes wollte ich. Aber er wollte nicht zuhören. *Sie* wollten nicht zuhören. Sie haben mich für böse gehalten, nur weil ich meinen Langen Krieg spielen wollte. Sie hätten uns vernichtet. Das verstehst du doch, Cathy, oder? Sie hätten uns vernichtet, und Nina hätte mir die Kinder weggenommen.«

»Sie *hat* dir die Kinder weggenommen. Und das Emporium ist trotzdem ruiniert.«

»Aber ich musste es doch wenigstens versuchen. Verstehst du? Ich musste ...«

Hinter Cathy tauchte Martha wieder auf, die übrigen Soldaten im Schlepptau.

»Emil«, stieß Cathy hervor, »was hast du getan?«

»Es war in der Nacht, nachdem wir Papa beerdigt hatten. Nina hat gesagt, etwas müsse sich ändern, etwas müsse getan werden. Und damit hatte sie recht. So konnte es nicht weitergehen ... Also habe ich das Einzige getan, was ich glaubte, tun zu können.« Emil deutete auf den Boden. Die Soldaten zielten nicht mehr auf ihn, sondern bildeten auf Anweisung des Kaiserlichen Rittmeisters ein weiteres Wort. »Verhandlung«, las er laut vor. »Ich habe meinen Bruder nachts geweckt und ihn angefleht, ein Treffen, eine Verhandlung zu arrangieren.«

Mitternacht kam zu früh in der Nacht, in der Kaspar Godman verschwand. Als die Uhren schlugen, ging Emil in seiner Werkstatt auf und ab und wiederholte leise eine inständige Bitte. Später, als die hölzernen Augen, die ihn beobachtet hatten, zurückblickten, würde der Kaiserliche Rittmeister denken: Hätten wir nur verstanden, hätten wir nur die Fähigkeit besessen, vorauszudenken, zu planen. Aber das kam erst später, zu spät, um in dieser Nacht jemanden zu retten. Stattdessen beobachteten die Soldaten nur, zogen sich gegenseitig auf und beobachteten weiter.

Nina war schon im Bett. Sie hatte die Jungs mitgenommen, was Emil zu verstehen gab, dass er wieder einmal allein in seiner Werkstatt schlafen sollte – aber es war Emil verdammt noch mal egal, ob er nie wieder mit ihr ins gleiche Bett gehen würde, solange seine Jungs genauso aufwuchsen wie er, überall im Emporium ihre Schlachten austragen konnten und all ihre Träume, jedes Quäntchen ihrer Fantasie in die Spielsachen einfließen lassen konnten, die eines Tages die Regale füllen würden.

Er hatte eine der Kiefernzapfenfiguren seines Vaters in der Hand. Immer, wenn er sie berührte, brandeten in den Schatten um ihn herum Erinnerungen auf. Gerade war er noch im Emporium, im nächsten Augenblick war er wieder in der kleinen Hütte, in der Kaspar und er geboren wurden, und Kaspar half ihm, die Wunde auf seinem Knie zu säubern. Doch die Erinnerungen waren zu lebhaft, um sie zu ertragen, und wenn er nicht gewusst hätte, dass sein Vater sich für ihn schämen würde, hätte er den Soldaten in diesem Moment zerquetscht. Er legte ihn weg. Die Uhren hatten aufgehört zu schlagen. Es war Zeit.

Belagert von zu vielen Erinnerungen ging er in die Verkaufshalle. Auf dem Weg zum Papierwald blieb er zweimal stehen und musste sich zwingen, weiterzugehen. Durch die Bäume konnte er das Surren Tausender Aufziehmechanismen hören. Es gab kein Zurück mehr.

Kaum hatte er einen Fuß zwischen die Bäume gesetzt, hörte er Schritte hinter sich. Er erkannte Kaspar an seinem seltsam steifen Gang und drehte sich um.

»Kleiner Bruder.«

»Kaspar«, hauchte Emil, »ich danke dir. Vielen Dank.«

»Ich habe dir nichts versprochen, vergiss das nicht.«

»Es ist zu unser aller Wohl, du wirst sehen. Was für das Emporium gut ist, ist gut für uns alle. Gut für Cathy und auch gut für Martha. Vergiss sie nicht ...«

Kaspar hob die Hand. »Mich brauchst du nicht zu überzeugen.«

Nein, dachte Emil und versuchte die Hand nicht zur Faust zu ballen, *aber ich weiß schon, wie ich* sie *überzeugen kann.* »Sollen wir?«, fragte er. Er würde seinem Bruder das letzte Stück durch den Wald helfen, würde seinen Arm nehmen oder ihm gestatten, seinen Arm zu nehmen. Das war das Mindeste, wenn das hier das Ende sein sollte.

Das Spielhaus sah verfallener aus als je zuvor. Die mit Brettern verbarrikadierten Fenster wirkten wie die vernarbten Augenhöhlen eines Blinden. Emil blieb vor der Tür stehen und ließ Kaspar den Vortritt.

Er zählte bis zehn, dann folgte er ihm.

Im Inneren des Hauses waren alle Spielzeugsoldaten versammelt, die sich sonst in den Wänden tummelten. Kaspar stand mitten unter ihnen, und sie wirbelten in schwindelerregenden Mustern um ihn herum. Als Emil sich ihnen näherte, fuhren sie herum und bildeten geschlossene Reihen.

»Sind alle hier?«

»Alle bis auf den Kaiserlichen Rittmeister. Niemand weiß, wo er ist.«

»Zerbrechen wir uns nicht den Kopf über den Kaiserlichen Rittmeister. Vielleicht ist irgendwo da draußen sein Mechanismus abgelaufen. Fangen wir an.« Emil hob die Hände. »Ich komme in friedlicher Absicht«, sagte er und sah zu, wie die Soldaten im Kreis gingen und jeder seinen Vordermann aufzog.

»Heute Nacht ist er als Freund hier. Hören wir uns an, was er zu sagen hat«, sagte Kaspar.

Die Soldaten gehorchten, wenn auch widerwillig. Er hatte auf ihre Loyalität zu Kaspar gesetzt, die Zukunft des Emporiums hing davon ab. Es war die letzte Chance auf ein Leben mit seinen Söhnen.

»Ich weiß, was ihr über mich denkt«, sagte er mit zitternder Stimme, aber dann riss er sich zusammen. »Ihr haltet mich für einen Feigling ... und ihr habt recht. Aber dieser Krieg dauert schon zu lange. Ich gebe es zu.« Nun wandte er sich direkt an Kaspar. »Ich ergebe mich, Kaspar. Der Lange Krieg ist vorbei. Der Sieg ist dein. Alles, worum ich dich bitte, ist, dass das Emporium fortbesteht.«

Emil wusste nicht genau, ob die Soldaten ihn hören und verstehen konnten. Vielleicht besaßen sie nur die primitive Intelligenz von Mäusen; vielleicht kannten sie nur Furcht. Er versuchte, nicht zusammenzuzucken, als ein Trupp Infanteristen seine Schienbeine attackierte, bis sich aus der

Armee heraus ein einzelner Schuss löste, der die Infanteristen innehalten ließ.

»Sie hören dir zu«, sagte Kaspar.

»Und?«

»Es ist keine Verhandlung, wenn du dich nicht auf Bedingungen einlässt. Also, was sind die Bedingungen ... für deine Kapitulation?«

»Wenn wir das Emporium teilen müssen, dann teilen wir es.« Emil spannte seinen Körper an. »Ich bin bereit, ihnen den Dachboden zu überlassen, die Höhlen im Keller und auch die unteren Lagerräume. Dort können sie leben und tun, was auch immer Soldaten in Friedenszeiten tun, Siedlungen und Städte bauen, Spielzeugkinder bekommen. Ich werde sie in Ruhe lassen, wenn sie uns in Ruhe lassen. Es wird sein wie Nacht und Tag. Zwei getrennte Staaten im Inneren des Emporiums, die sich nie begegnen.«

Im Spielhaus entstand Aufruhr. Einige Soldaten schwärmten um Kaspar herum aus und schienen um seine Aufmerksamkeit zu buhlen. Andere drehten Pirouetten und tanzten.

»Das Emporium ist ihre Heimat. Du solltest wissen, wie entschlossen man für seine Heimat kämpft. Wer garantiert ihnen, dass du Wort hältst? Oder dass du nicht, sobald sie sich zurückgezogen haben, wieder anfängst, Spielzeugsoldaten herzustellen – dumme, gehorsame Marionetten, die jedem deiner Befehle folgen?«

Der Tumult ebbte ab. Erneut formierten sich die Reihen. Zu beiden Flanken rückten die Soldaten vor, als wollten sie Emil in die Zange nehmen.

»Das hier ist *mein* Emporium, Kaspar. Ich muss die Spielzeuge herstellen dürfen, die ich herstellen kann.«

»Darüber haben wir doch schon gesprochen, Emil.«

»Ich kann mich an kein Gespräch erinnern. Nur an Befehle, nichts als Befehle, seit ich ein kleiner Junge war. Aber das hier ist auch mein Leben, Kaspar. Und im nächsten Winter werden die Regale voll sein. Das Emporium wird wieder *lebendig* sein. Papa hätte es so gewollt. *Ich* will es so.«

»Sie sind heute Nacht hierhergekommen, um eine Übereinkunft zu erzielen. Was bietest du ihnen an, wenn du einfach nur mehr ...«

Emil ließ den Kopf hängen. »Zwing mich nicht dazu, es zu tun.«

»Du bist immer noch ein kleiner Junge mit einer aufgeblasenen Vorstellung von seiner eigenen Wichtigkeit. Hast du immer noch nicht ...«

Noch während Kaspar sprach, schwärmten die Soldaten aus. Am Fußende des Bettes, in dem Cathy früher geschlafen hatte, stand die erste Spielzeugtruhe, die Kaspar für sie gebaut hatte, die unausgereifteste Version. Die Soldaten waren auf das Bett geklettert und hoben den Deckel an. Sie wedelten wild mit den Armen, um Kaspars Aufmerksamkeit zu erregen.

Die Truhe war voller Konserven mit Corned Beef, Gewürzschinken, eingelegten Kartoffeln, Sardinen und Brombeermarmelade. Zwei der Soldaten stiegen hinein und kamen, beschmiert mit Erde, wieder zurück. Sie hatten Samen mitgebracht, als hätten sie einen Schatz gefunden.

»Bitte, Kaspar.«

»Was ist das?«

»Deine Vorräte«, fuhr Emil ihn an. »Falls sie meine Bedingungen nicht annehmen.«

Kaspar schwieg – doch die Soldaten schienen zu begreifen.

»Weil man den Spielzeugsoldaten nicht trauen kann«, sagte Emil, »weil ich sichergehen muss, dass dies das Ende ist. Es tut mir leid, Kaspar. Aber ich habe dir gesagt, ich würde alles tun, wirklich alles.« Emil hob die Hand. »Du hättest auf mich hören sollen, Kaspar. Du hättest von Anfang an auf mich hören sollen.«

Im selben Moment, als Kaspar verstand, traten die Soldaten in Aktion. Emil ging rückwärts auf die Tür zu, doch die Soldaten hatten ihn schon umstellt. Ein Dutzend Infanteristen hackten mit Säbeln auf seine Beine ein. Emil trat nach ihnen und brachte sie zu Fall. Zu spät merkte er, dass eine weitere Einheit seinen anderen Fuß belagerte – er verlor das Gleichgewicht und fiel gegen die Wand. Da fing die Artillerie an zu feuern. Auf der gegenüberliegenden Zimmerseite wurden Haubitzen in Stellung gebracht. Die erste Salve traf Emil an der Brust, der zweiten konnte er ausweichen, aber die dritte – die aus irgendeiner unsichtbaren Ecke kam – traf ihn mitten ins Gesicht. Sterne explodierten hinter seinen Augen. Blut lief ihm aus der Nase. Er taumelte rückwärts, kämpfte, um die Balance zu halten, als der nächste Infanterietrupp angriff. Nur noch fünf Schritte bis zur Tür. Er würde sie erreichen, koste es, was es wolle.

Sie hielten ihn für einen Feigling? Würde ein Feigling so etwas tun? Er spürte, wie ihn Mahagonikugeln am Rücken trafen, und stolperte durch die Tür. Ein paar Soldaten wollten mit hinausschlüpfen. Er zielte und trat zu, erwischte einen nach dem anderen.

Blut lief ihm in die Augen, und er hatte den Geschmack von frischem Fleisch auf den Lippen. Er wischte es weg und warf einen letzten Blick ins Spielhaus. Kaspar stand im Meer der wild durcheinanderlaufenden Soldaten wie ein Fels in der Brandung. Ein Gott, von seinem Gehstock gestützt.

»Ich wollte das nicht«, sagte Emil. Dann schloss er die Tür.

Der Schlüssel war im Schloss, noch bevor die Soldaten die Tür erreichten. Holzgranaten trafen die Tür von der anderen Seite, aber sie erzitterte nur leicht; sie würden sie niemals durchschlagen können.

Die Bretter lagen noch an derselben Stelle, wo er sie aufgeschichtet hatte. Emil nahm das erste und hielt es vor die Tür. Ein einzelner Nagel lag in seiner Hand.

»Sie haben mich zu lange gefangen gehalten, Kaspar.« Er unterstrich seine Worte mit Hammerschlägen. Jeder Nagel ein Triumph. Jeder Nagel Gewissensqual. »Aber jetzt halte ich sie gefangen. Und ... *dich*.«

Die Tür vibrierte. Emil stolperte zurück, aber das Brett hielt dem Druck stand. Er hörte die Stimme seines Bruders, dumpf und wie aus weiter Ferne. Er richtete sich wieder auf und machte weiter.

»Gib es auf, Kaspar. Durch Papas Wände hört dich sowieso niemand. Und du kannst sie nicht zerstören, dafür sind sie zu stabil. Kennst du irgendein Spielzeug, das Papa hergestellt hat, das je kaputtgegangen ist?«

»Emil?«

Emil hämmerte schneller. Das zweite Brett war angebracht, dann das dritte, und mit jedem klang sein Bruder weiter entfernt.

»Emil, du willst doch wohl nicht ...«

Er hielt kurz inne, bevor er das letzte Brett zur Hand nahm. »Ich wollte es nicht«, sagte er, ohne zu wissen, ob sein Bruder ihn hören konnte. »Aber was soll ich machen, wenn du nicht zur Vernunft kommen willst?«

Emil verharrte kurz, er spürte etwas auf seinem Fuß, und ohne nachzudenken kickte er es weg; erst als er den letzten Nagel in das Brett gehämmert hatte, schaute er sich um und sah, dass es der Kaiserliche Rittmeister war. Der Soldat hatte es irgendwie geschafft, seinem Vogelkäfiggefängnis zu entkommen. Jetzt lag er am Lattenzaun und strampelte schwach, versuchte, wieder auf die Beine zu kommen. Emil ließ von der verbarrikadierten Tür ab und ging zu ihm hinüber. Bedrohlich ragte er über dem Soldaten auf, hob den Fuß, als wollte er den Rittmeister zerstampfen.

»Ich sollte es tun«, sagte er. »Wirklich, ich sollte es tun ... aber früher hast du mir gehört.«

Dann, überwältigt von einem Gefühl, das er nicht benennen konnte, senkte Emil den Fuß. Der Kaiserliche Rittmeister sah zu ihm auf. Der Schlüssel in seinem Rücken drehte sich langsamer und langsamer. Er stand auf und drehte sich im Kreis, in dem verzweifelten Versuch, sich selbst wieder aufzuziehen – doch vergeblich.

Der Kaiserliche Rittmeister weiß, was er gesehen hat. Die Reise vom Vogelkäfig hierher war eine Tortur, aber er ist rechtzeitig gekommen; er weiß um das Schicksal seines Schöpfers und um das seines Volkes. Jetzt ist nur noch er übrig, an dem der böse Gott seinen Zorn auslassen kann. Er denkt: Ich werde dich töten, du Dämon, ich werde dich erschlagen, hier und jetzt, im Herzen des Papierwaldes. Aber in seinem Kopf haben sich bereits neue Verknüpfungen gebildet, Klüfte der Verwirrung und des Nichtverstehens wurden überbrückt, und neue, tiefere, reichere Gedankengänge erhellen seinen Geist. Der Rittmeister denkt: Nein, es wäre mein Ende, wenn ich jetzt gegen ihn kämpfe, und dann ist mein Volk verloren – aber es gibt noch einen anderen Weg.

Und so flieht er.

Unter den Bodendielen rennt er fort, hinter Fußleisten entlang und durch die Gänge in den Wänden. Dies ist die Heimat der Spielzeugsoldaten, und der Kaiserliche Rittmeister kennt sich hier besser aus als jeder andere. Aber ein Damoklesschwert hängt über seinem Kopf, und je mehr er sich anstrengt, desto tiefer senkt es sich: Der Schlüssel in seinem Rücken wird immer langsamer und immer langsamer, doch der Rittmeister muss weiter, immer weiter nach oben ...

Die Welt und all seine Erinnerungen zerstreuen sich, werden zu Fragmenten, die durch die Maserung seines Geistes wirbeln, aber schließlich hat er sein Ziel erreicht. Er muss sich seine Energie gut einteilen, also bewegt er sich nun langsam, kriecht in jenen Teil der Fußleistengänge, wo einst Monster gelebt haben, Monster mit Fell, Schnurrhaaren und scharfen gelben Zähnen, die hier ihre Tunnel gegraben haben. Durch ein winziges Loch im Holz sieht er den Raum, wo sie schläft: die, die nachts neben dem Gott Kaspar liegt. Sie ist die Einzige, die ihn jetzt noch retten kann, die Einzige, die sein Volk zurück in die Freiheit führen kann.

Der Kaiserliche Rittmeister betritt das Schlafzimmer. Es ist eine Qual, am Bett hochzuklettern, seine Sinne schwinden, aber irgendwie schafft er es, sich an den baumelnden Troddeln einer Bettdecke hochzuziehen. Dann ist er oben und steht auf ihrer Brust. Er marschiert weiter und will sie aufwecken.

Da fliegt hinter ihm krachend die Tür auf. Der Kaiserliche Rittmeister dreht sich um und sieht, wie der Koloss ins Zimmer gestampft kommt.

Es ist der Herr der Dämonen. Jeder seiner Schritte gleicht einem kleinen Erdbeben.

Der Kaiserliche Rittmeister weiß, was der Dämon vorhat: Er will auch die Göttin gefangen nehmen. Doch er wird sie verteidigen, bis ihm die Kraft ausgeht, obwohl er weiß, dass es nichts nützen wird. Es ist seine Pflicht. Und so geht der Rittmeister zum Angriff über.

Als er das Bettende erreicht hat und sich mit einem Hechtsprung vom Bett wirft, läuft sein Mechanismus ab. Ein Rest Leben ist noch in ihm, nicht mehr als ein letzter Nachhall von Energie, doch rühren kann er sich nicht mehr. Er fällt und fällt, fällt in den klaffenden Schlund einer offenen Tasche, die vor dem Bett steht. Der Sturz scheint ein ganzes Leben lang zu dauern, vielleicht sogar mehrere; es ergreift ihn die Erstarrung.

Über ihm kreist die Welt, die Dunkelheit verdichtet sich, und in seinem letzten wachen Augenblick, bevor der dreißigjährige Schlaf ihn überwältigt, sieht er, dass der Herr der Dämonen nicht gekommen ist, um die schlafende Frau zu entführen. Stattdessen legt er einen Brief neben sie und schleicht zurück in den Flur.

Nie hat es eine bitterere Finsternis gegeben. Der Kaiserliche Rittmeister hat seinen Gott und sein Volk im Stich gelassen. Dreißig Jahre werden vergehen, doch er wird es nicht vergessen.

Entsetzt wich Cathy vor dem Spielhaus zurück. »Wie konntest du nur, Emil? Das war keine Verhandlung, das war eine ... Exekution. Was werde ich da drinnen finden? Sag es mir, Emil? Eine leere Hülle? Was auch immer von meinem Ehemann noch übrig ist?«

Das Spielhaus stand noch immer in dem Lagerraum, in den es vor fast dreißig Jahren von Patchworktieren befördert worden war. Cathy betrachtete die mit Brettern vernagelten Fenster, das Efeu aus Krepppapier, die Türmchen auf dem Dach und die verstopften Schornsteinaufsätze. Dieses Haus, das einmal ihr Zuhause gewesen war, war jetzt ein ... Verlies?

»Du hast damals den Brief geschrieben«, flüsterte sie.

Eisiges Schweigen.

»Und du hast Sirius im Schnee ausgesetzt. Du hast in Kauf genommen, dass sein Mechanismus abläuft und er stirbt. Und alles nur, damit ich glaube, Kaspar hätte uns verlassen, obwohl er in Wirklichkeit ...«

Sirius schaute zum Spielhaus auf und heulte.

Die Spielzeugsoldaten waren schon dabei, die Bretter mit ihren Holzbajonetten zu lösen. Aber es würde tausend Spielzeugleben dauern, bis sie es schafften. Martha hockte sich hin und bedeutete ihnen, zu ihr zu kommen.

»Ich habe ihn gewarnt. Ich habe ihm gesagt, ich würde alles tun, um das Emporium zu bewahren, es für meine Söhne zu erhalten. Aber er hat mir nicht zugehört. So hätte es nie enden sollen. Es sollte nur ein *Gedankenaustausch* sein – so hat er es genannt. Aber er wollte gar keinen Austausch, Cathy, er wollte mir nicht mal auf halbem Weg entgegenkommen. Und ich musste doch sichergehen, dass ...«

In dem Lagerraum standen noch andere Kisten mit Dingen, die als wertlos eingestuft worden waren. An einer von ihnen lehnte eine Axt, die dazu benutzt worden war, die Papierbäume zu fällen. Cathy nahm sie und schleppte sie mit einiger Mühe zum Spielhaus.

»Lass mich das machen«, sagte Emil. »Das schulde ich ihm. Und das schulde ich dir ...«

Doch Cathy hatte die Axt schon in die Luft geschwungen.

»Du schuldest mir dreißig Jahre, Emil. Du schuldest mir ein Leben. Du schuldest mir ...« Sie hielt kurz inne. »Du schuldest mir eine Welt. Was auch immer hinter dieser Tür liegt, du ...«

Martha stellte sich zwischen sie. »Vielleicht solltest du besser gehen, Onkel Emil.«

»Gehen? Aber es gehört mir. Es ist mein Emporium ...«

Die Axt traf die Bretter, doch die Tür rührte sich nicht. Beim zweiten Schlag regnete es Splitter. Drei Schläge, vier, fünf; Cathy legte ihr ganzes Körpergewicht hinein, und die Axt fraß sich in das Holz – bis die Bretter gespalten waren. Dann bearbeitete sie sie mit Händen und Fäusten, bis sie endlich die kleine rote Tür freigelegt hatte.

Die Farbe an der Tür war stumpf geworden. Der Türklopfer aus Messing in Form eines Wolfskopfes war mit einer dicken Schmutzschicht bedeckt. Cathy streckte die Hand aus und berührte ihn. Sie sah Martha fragend an, die nickte, also klopfte sie. Es klang hohl, und es kam keine

Antwort. Sie klopfte noch einmal, aber mehr aus Verzweiflung als aus Überzeugung.

Erneut nahm sie die Axt zur Hand.

Doch die Tür war unnachgiebiger als die Bretter, gegen Papa Jacks Erfindung war die Axt machtlos. Sie ließ sie sinken, drehte sich um und wollte gerade Emil weiter beschimpfen – aber der stand schon hinter ihr und nahm einen kleinen silbernen Schlüssel von der Kette um seinen Hals.

Die Tür war etwas verzogen, doch schließlich gab sie nach – und als sie sich öffnete, sah Cathy zum ersten Mal seit einem halben Leben wieder das Innere des Spielhauses.

Es war dunkel.

Im Schein einer Taschenlampe traten sie über die Schwelle. Der Lichtkegel erhellte die Ecken des Spielhauses, die viel weiter entfernt waren, als sie hätten sein dürfen. Cathy stand in der Mitte des Raumes und ließ den Blick über ihr ehemaliges Bett gleiten, die Kochplatte, die Schränke und den alten, fadenscheinigen Teppich – aber von diesen Dingen abgesehen war das Spielhaus leer. Nichts war geblieben außer Staub.

»Das kann nicht sein«, flüsterte Martha.

Emil wollte hereinkommen, doch Cathy sagte: »Nein, Emil. Das ist nicht dein Spielhaus. Es gehört mir. Mir und Kaspar, schon vergessen? Es gehört *uns*. Damals im Sommer ...«

»Cathy, bitte.«

»Geh einfach, Emil. Geh.«

Emil blieb an der Schwelle stehen und starrte sie an. Er erinnerte sich ebenfalls an den Sommer. Daran, wie er Bücher über Geburten gelesen und ihr seine Erfindungen vorgeführt hatte. Er erinnerte sich an das Picknick in der Senke und an die Grübchen in ihrem Gesicht, als sie gesagt hatte: *Sei netter zu dir, Emil. Das ist ein Befehl.* Er erinnerte sich, dass er sich danach wieder ganz gefühlt hatte, als könnte er alles schaffen, und das nur wegen ihr – ob sie ihn wollte oder nicht, hatte keine große Rolle gespielt, weil sie da war, weil *sie* wichtig war, ganz einfach, weil sie Cathy Wray war. All diese Erinnerungen waren ihm ein Leben lang geblieben – und jetzt wurden sie von einem Moment auf den anderen zerschlagen.

»Cathy?«, sagte er, doch ihr Schweigen sagte alles.

Als er gegangen war, setzte sich Cathy auf das Bett und winkte Sirius zu sich. Seine schwarzen Knopfaugen sahen so traurig aus, wie es schwarzen Knopfaugen nur möglich war. Die Spielzeugsoldaten kamen hineinmarschiert. Der Kaiserliche Rittmeister bedeutete ihnen, sich in einer neuen Formation aufzustellen, doch anscheinend fehlten ihnen die Worte für das, was sie empfanden, und keiner schien zu wissen, wo er sich hinstellen musste; manchmal verlor selbst Sprache jede Bedeutung.

Martha warf einen Blick unter das Bett: nichts. Sie schaute hinter die verzogene Tür: nichts. Ihr Schatten tanzte im Lichtschein ihrer eigenen Taschenlampe, als sie zum Waschbecken ging und in den Ausguss spähte: nichts, nichts, nichts.

Dann richtete sie sich abrupt auf, eine leere Corned-Beef-Konserve in der Hand. »Mama«, sagte sie, »er *war* wirklich hier.«

Der Strahl ihrer Taschenlampe wanderte durch den Raum, über ihre Mutter hinweg, traf Sirius, der immer noch auf ihrem Schoß lag, und verharrte schließlich am Fußende des Bettes auf der schlichten, unscheinbaren Spielzeugtruhe, die Kaspar Cathy vor fast fünfzig Jahren mitgebracht hatte.

Martha rannte hinüber und riss den Deckel auf.

»Mama«, hauchte sie.

Vom Rand der Truhe wand sich eine Wendeltreppe

hinab. Wo früher wohl die Konserven mit Corned Beef, Sardinen und eingelegten Kartoffeln gelagert hatten, führten nun Stufen aus poliertem Eichenholz und ein glänzendes Geländer in die undurchdringliche Tiefe hinunter. An den Wänden, die in der Dunkelheit verschwanden, waren Kerzenhalter angebracht. Im ersten Halter steckte eine Schachtel Streichhölzer.

»Mama?«

»Der alte Narr ...«, sagte Cathy. »Ach, Kaspar, was hast du getan?«

»Was *hat* er denn getan?«

Cathy schien im Halbdunkel zu lächeln. Sie musste zweimal ansetzen, um den Kloß in ihrem Hals loszuwerden – vor Freude, wie Martha annahm. »Er ist ... besser geworden«, lachte sie.

Es war langweilig im Spielhaus. Kaspar hatte zwar die Spielzeugsoldaten, die ihm Gesellschaft leisteten, und er hatte sich im Lauf der Wochen und Monate an die Stille gewöhnt, aber den Soldaten etwas beizubringen oder zuzusehen, wie sie Neues entdeckten, reichte auf Dauer nicht aus, um sich die Zeit zu vertreiben. Manchmal ließ er sich davon herunterziehen, lag tage- und nächtelang im Bett, und wäre nicht die Erinnerung an den Sommer gewesen, den er mit Cathy, seiner Cathy, hier verbracht hatte, wäre er vielleicht gar nicht mehr aufgestanden. Cathy hatte sich hier drin auch wie in einem Gefängnis gefühlt ... zumindest anfangs. Doch sie hatte Martha in sich getragen, eine ganz neue Welt, und als Kaspar sich daran erinnerte, wusste er plötzlich, was er zu tun hatte. Wenn die Welt dort draußen ihm versagt blieb, musst er sich eben hier drinnen eine Welt erschaffen.

Die Spielzeugsoldaten hörten auf zu exerzieren, als sie sahen, wie der Gott die Bettdecke beiseiteschlug und aufstand. Auf seinen Gehstock gestützt, schlurfte er zu der Spielzeugtruhe und fing an, die Konserven mit Gewürzschinken, die Mehlsäcke und Honiggläser auszuräumen, die Emil hineingestapelt hatte. Darunter kamen auch noch Säcke voller Erde, Setzkartoffeln, keimende Zwiebeln und Päckchen mit Saatgut zum Vorschein. Emil hatte ihm ausreichend Vorräte dagelassen, was sowohl ein Ausdruck der Liebe war, die sein Bruder immer noch für ihn empfand, als auch ein Beweis dafür, wie sorgfältig er Kaspars Zelle vorbereitet hatte.

Nachdem die Spielzeugtruhe leer war, stieg Kaspar hinein. Der Raum darin war größer, als er ihn in Erinnerung hatte, obwohl kaum mehr als ein Himmelbett hineingepasst hätte. Damals, im ersten Sommer mit Cathy, hatte er gerade einmal sechs Stück von diesen Truhen hergestellt. Danach hatte er sich nie wieder mit ihnen beschäftigt. Es hätte einfach zu lange gedauert, sie zu bauen – die Magie des Alltags war wichtiger gewesen als alles andere.

Aber was spielt Zeit jetzt noch für eine Rolle?, dachte er. Was gibt es hier anderes zu tun? Und: Ich habe es schon einmal geschafft. Ich kann es wieder schaffen. Ich muss mir einfach immer wieder die Vision vor Augen halten. Ein kleiner Kniff hier, ein Trick dort, und schon verändert sich etwas. Man muss die Texturen im Auge behalten. Sich in die Zeit zurückversetzen, als man acht Jahre alt war und einem Zimmer, Häuser, die ganze Welt größer vorkam. *Perspektive*, hatte er Cathy einmal erklärt. *Es ist alles eine Frage der Perspektive*.

Er spähte aus der Truhe. An den Wänden des Spielhauses stapelten sich noch andere Kisten mit Materialien, die Emil und die Helfer in dem Winter hierhergebracht hatten, als sie das Spielhaus zu ihrer Festung erkoren hatten. Es gab dort drin Ballen mit Filz, Drahtrollen, Krepppapier, Pappe,

Pfeifenreiniger, Spiralfedern und Säcke mit Eisenkugeln: alles, was ein Spielzeugmacher für die wunderbarste Kreation seines Lebens brauchte.

Die Spielzeugsoldaten standen im Halbkreis um ihn herum und hüpften auf und ab, als wollten sie ihn fragen, was er vorhabe.

»Meine Frau hat einmal zu mir gesagt, dass man sich selbst helfen muss. Die Welt kann alles sein, was wir uns wünschen, wenn wir nur unsere Vision nie aus den Augen verlieren. Und, meine kleinen Freunde, was wünschen wir uns?«

Papa Jack hatte ihm erklärt, dass ein Spielzeugmacher eigentlich nur zwei Rohmaterialien brauche: Fantasie und Zeit. Tja, jetzt hatte er von beidem mehr als genug. Ich muss allerdings viel besser werden, dachte er – und unter den neugierigen Blicken der Spielzeugsoldaten machte er sich an die Arbeit.

Cathy nahm die Streichhölzer und zündete alle Kerzen an, an denen sie vorbeikam. Nach der siebzehnten Stufe hörte sie auf zu zählen. Sie mochte etwa siebzehn weitere hinabgestiegen sein, als sie plötzlich Kletterpflanzen aus Pappe unter ihren Füßen spürte, und als sie nach unten schaute, sah sie Kreppblumen in Blau und Grün, einen ganzen Teppich aus Blüten und Beeren inmitten eines Sommerwaldes. Sirius, der hinter ihr herlief, blieb stehen, um an den gekräuselten Blättern der Kletterpflanze zu schnuppern.

Am Fuß der Treppe lag ein wild wucherndes Dornengestrüpp, das anscheinend schon seit vielen Jahren nicht mehr zurückgeschnitten worden war. Die letzten Stufen führten durch das Dickicht, das die Sicht auf den Raum dahinter versperrte; Cathy sah lediglich Schemen von Lärchen, Tannen aus Lametta, mächtige Eichen, deren Papierstämme im Lauf der Jahre hart und knorrig geworden waren.

»Martha?«

Martha, die jetzt an Cathys Seite stand, hatte die Axt in der Hand. »Ich gebe mein Bestes«, sagte sie, und gemeinsam bahnten sie sich einen Weg durch das Gestrüpp.

Dahinter lagen Pfade und Lichtungen, wo das Gehölz zurückgeschnitten worden war, und zwischen den Wurzeln sah man Spuren von Tieren. Über ihnen flog etwas auf: Goldfinken aus Pfeifenreinigern und goldenem Brokat, die in den Bäumen nisteten.

Ein Patchworkhase flitzte über den Pfad. Cathy sah ihm nach – im Schatten zwischen zwei Papierulmen warf er einen Blick zurück. Vielleicht bildete sie es sich nur ein, doch er schien die Augen mit fast menschlich wirkender Verblüffung zusammenzukneifen, bevor er im Zickzack durch den Wald davonrannte.

Danach kamen noch mehr Hasen. Einer mümmelte an den Blüten irgendeiner Filzblume und gebar ein winziges Junges, das einen Blick auf die Eindringlinge warf und sofort im Gebüsch Schutz suchte.

»Mama«, flüsterte Martha, »sieh doch nur …«

Beide schauten nach oben. Durch das Gewirr der Zweige wirkte der Himmel näher als je zuvor. Martha konnte nicht widerstehen und kletterte auf eine Ulme. Dort steckte sie die Hand durch das gekräuselte grüne Blätterdach – und berührte mit den Fingern den Himmel, eine blau gestrichene Decke.

Während sie wieder nach unten kletterte, ging Cathy schon weiter. Irgendwo vor ihr jaulte Sirius erschrocken auf – und Cathy stürmte zu ihm, bis sie eine Lichtung erreichte. Dort traf der Wald auf den Himmel, vermutlich war es die Wand der Spielzeugtruhe. Ein Cottage aus künstlichen Steinen schmiegte sich an die Wand. Aus dem Schornstein quoll Baumwollrauch.

Cathy blieb vor dem Lattenzaun stehen. Patchworkhühner scharrten gackernd vor ihrem Stall, und im Schatten der Bäume öffnete ein Wolfshund träge ein Auge, dann schloss er es wieder und döste weiter.

»Mama«, sagte Martha, »könnte er da nicht ...«

Cathy sagte nichts. Sie drückte ihrer Tochter die Hand und ging in das Cottage hinein.

Es war leer bis auf etwa zwei Dutzend Spielzeugtruhen, die ringsum an den Wänden aufgereiht standen; dazwischen wuchs Papiergras. Martha und Cathy öffneten eine nach der anderen und warfen einen Blick hinein. In ihnen lagen neue Welten verborgen, die noch mehr Welten in sich bargen. Eine große Galeone lag gestrandet an Land, auf ihren Segelmasten nisteten Patchworkpapageien; Horden von Patchworkaffen kreischten im nahe gelegenen Dschungel. Durch eine gefrorene Taiga floh eine Herde bestickter Rentiere vor sich anpirschenden Sibirischen Tigern; Biber bauten Dämme aus Papierfichten und -tannen. Eine Miniatureisenbahn fuhr durch eine Mondlandschaft, die von kleinen grünen Männchen bevölkert war.

»Was hat Papa nur für ein Leben geführt ...«, sagte Martha.

Mehr als nur eins, dachte Cathy, doch wo sollte man da anfangen?

Sie hatten eine ganze Weile gebraucht, um aufzuholen, aber schließlich führte der Kaiserliche Rittmeister die Spielzeugsoldaten in das Cottage. Cathy half ihnen auf den Rand der Spielzeugtruhen, damit sie einen Blick auf die Welten im Inneren werfen konnten. Sie sprangen hinein und wieder hinaus, erkundeten jede einzelne, als Cathy Sirius winseln hörte. Er war einer Fährte gefolgt, hatte sich auf die Hinterbeine gestellt und kratzte am Deckel einer Spielzeugtruhe, die hinter die anderen geschoben worden war. Cathy ging zu der Truhe hinüber: ein schlichtes Modell mit einem schwungvoll gemalten scharlachroten Pfeil auf dem Deckel.

»Hier entlang«, sagte sie lächelnd.

Der Weg führte durch eine Klamm, deren Boden mit den Knochen prähistorischer Patchworkbären übersät war. Kurz darauf sahen sie einen Regenbogen, der sich am Himmel wölbte. In das künstliche Gestein über ihnen waren Buchstaben gemeißelt worden. Cathy las sie leise für sich, jedes Wort ein Gebet. ROBERT KESEY, stand da. ANDREW DUNMORE. DOUGLAS FLOOD. JEKABS GODMAN, PAPA JACK. Die Namen aller Emporiumsmitarbeiter, die ihr Leben verloren hatten.

Sie gingen weiter an dem Gedenkfelsen entlang, der bis zum Himmel aufragte. Felder voller Blumen, leuchtend bunt wie ein Feuerwerk, führten zum Ufer eines riesigen Sees mit Wellen aus blauen und grünen Kreppbändern, Kreuzstichfischen, die aus dem Wasser sprangen, und Möwen, die an kleinen Ballons darüber schwebten. Cathy blieb am sandigen Ufer stehen. Im Herzen des Sees erhob sich eine Insel, und auf der Insel stand ein steinerner Turm mit einem Fenster auf halber Höhe, das von orangerotem, flackerndem Feuerschein erhellt wurde.

»Da ist ein Boot«, sagte Cathy und deutete auf ein Fellboot, das an einem flachen Steg angebunden war. »Komm.«

Zusammen gingen sie über den Steg. »Da drin ist nur Platz für eine Person, Mama.« Martha sah nach unten. Die Spielzeugsoldaten sprangen schon an Bord. »Und vielleicht noch für ein paar kleinere Passagiere.«

Martha half Cathy ins Boot und löste die Leine, Sirius sprang ebenfalls hinein. Dann kehrte sie – entschlossen, die Spielzeugtruhe vor der Zerstörung zu bewahren – durch das Cottage, den Wald und das Blumenfeld zurück in die echte Welt.

Die Fahrt über den See verlief langsam; die Papierwellen bewegten sich nur träge, und Seegras aus Satin hielt das Boot zurück, doch es gab auch eine Strömung, die sie, absichtlich oder unabsichtlich, zur Insel trug. Cathy konnte nichts weiter tun, als sich zurückzulehnen und Sirius etwas in die abgewetzten Ohren zu flüstern, während der Kaiserliche Rittmeister am runden Bug des Fellboots stand und mit dem Gewehr auf jeden Fisch zielte, der aus dem Wasser sprang.

Irgendwann spürte Cathy, wie das Boot auf Grund stieß, und betrat das Ufer, das aus Schiefer und Konfettisand bestand. Die Stufen, die zum Turm hinaufführten, waren verwittert. Sie ließ Sirius den Vortritt und folgte ihm vorsichtig.

Sie war nicht nervös, als sie den Turm erreichte. Die Tür war unscheinbar, nicht mehr als ein Lieferanteneingang, und die weißen Wände im Inneren wirkten aus der Nähe betrachtet, als wären sie mit Knitterfalten bedeckt – wie Papier, das man gefaltet, wieder glatt gestrichen und erneut gefaltet hatte. Es war still. Eine elfenbeinfarbene Treppe führte nach oben.

Auf dem Weg legte sie eine kurze Pause ein. Der übereifrige Sirius wollte schon weiterrennen, da erblickte Cathy durch eine Tür einen Raum, der größer war, als er hätte sein dürfen, und darin das prächtige Modell einer kleinen Stadt. Bauernhöfe, nicht größer als die Puppenhäuser, die früher in den Emporiumsregalen gestanden hatten, und Felder umgaben ein geschäftiges Marktstädtchen mit Kirchen, Türmen, Metzgern, Gemischtwarenhändlern, Bibliotheken und Schulen. Eine Modelleisenbahn fuhr im Kreis zwischen den Häusern hindurch – und über jede Straße schlenderten, nicht marschierten, Aufziehmänner und -frauen, die nicht mehr wie Soldaten bemalt waren.

Cathy sah, wie die gemalten Gesichter zu ihr aufschauten. Bald schon pilgerte die gesamte Bevölkerung zu ihr und versammelte sich auf den Papierweizenfeldern am Rand des Ackerlandes. Der Kaiserliche Rittmeister tauchte mit seinen Kameraden neben Cathy auf, warf einen Blick auf das kleine Wunder und stürzte sich ins Getümmel, um Freunde zu begrüßen, die er eine Ewigkeit nicht mehr gesehen hatte. Bald mischten sich auch die anderen unter ihre Brüder. Sie würden noch viel lernen müssen, mutmaßte Cathy; es würde einige Zeit dauern, bis sie sich im Zivilleben zurechtfanden. Ein Stadtausrufer schwang die Arme im Kreis, und die Bevölkerung stellte sich in Formation auf.

Cathy las die Worte:

ER WARTET!

Sirius kläffte, und Cathy brauchte keine weitere Ermutigung. Ihre alten Knochen fühlten sich immer noch nicht jung an, als sie zur Treppe zurückging, sie ächzten und beschwerten sich noch genauso wie vorher, aber irgendetwas war anders. Vielleicht fühlte es sich genau so an, wenn man neu aufgezogen wurde. Sie eilte die Treppe hinauf. Auf dem nächsten Treppenabsatz war der Flur leer. Im Stockwerk darüber gab es nur alte Kisten und Filzballen. Sie spürte schon die Nähe des flackernden Feuers, das sie vom Ufer gesehen hatte, und seine Wärme zog sie an.

Vor einer Holztür blieb sie stehen, der einzige Farbtupfer in der makellos elfenbeinfarbenen Wand. Sie öffnete die Tür.

Die Werkstatt war klein; es gab ein Feuer, eine Werkbank und einen Stuhl. Er saß auf seinem hölzernen Thron und hielt den Kopf mit der wilden Mähne und dem dichten weißen Bart gesenkt. Seine Hände, die früher so weich gewesen waren, waren mit Altersflecken bedeckt, die Fingernägel gelb; seine Finger zuckten im Schlaf, im Rhythmus eines alten Traums.

Zögernd ging Cathy auf ihn zu. Sie wusste nicht, was sie

tun sollte. Sirius dagegen rannte zu ihm, leckte ihm mit der Sockenzunge die Hand ab und rollte sich mit zufrieden schnurrendem Motor zu seinen Füßen zusammen.

Cathy blieb vor ihm stehen und beobachtete lange, wie seine Brust sich hob und senkte. Der Turm schien sich verschoben zu haben, denn das Stück Himmel, das sie durch das Fenster sehen konnte, wirkte schief, und sie fragte sich, ob Martha die Spielzeugtruhe angehoben hatte.

Er öffnete die Augen. Gott, sie waren noch immer so gletscherblau wie eh und je. Die Zeit hatte ihn verändert und gleichzeitig auch nicht. Er sah aus wie ihr Kaspar im Körper seines Vaters.

Seine Lippen teilten sich. Vielleicht war es Jahre her, seit er zuletzt etwas gesagt hatte, denn seine Stimme klang heiser und rau.

»Miss Wray?«, krächzte er ungläubig.

»Kaspar«, flüsterte sie. »Ich habe dir doch gesagt, du sollst mich nicht mehr so nennen.«

Sie fiel ihm in die Arme.

Papa Jacks Emporium, Händler für Spielwaren und Kinderträume, wurde an einem winterlichen Tag im Dezember 1953 abgerissen. Hätte man damals dort gestanden, zwischen den vielen anderen Menschen, mitten im Schneegestöber, hätte man Wände einstürzen und Staubwolken aufsteigen sehen. Und wäre vermutlich davon ausgegangen, dass dies das Ende der Magie bedeutete.

Aber das wäre ein Irrtum gewesen.

Denn wer danach, vorbei an der grünen Pracht des Regent's Park und der eleganten Säulenfassade der St. John's Wood Church, nach Norden gefahren wäre, ein kleines Haus in der Finchley Road betreten hätte und die schiefen

Treppenstufen in den obersten Stock hinaufgestiegen wäre, der hätte dort eine grob gezimmerte Spielzeugtruhe gefunden, die in jener Novembernacht aus dem Emporium gerettet worden war und die mehr Welten enthält, als man sich vorstellen kann – und ein altes Liebespaar, das jeden Tag neue hinzuerfindet.

DANKSAGUNG

Ich danke allen, die die frühen Versionen dieses Buches gelesen und sich dafür eingesetzt haben: Maggie Traugott, Celia Hayley, Euan Thorneycroft, Elliott Hall, Geoffrey Dinsdale, Sophie Lambert und natürlich Kirstie Imber, sowie allen, die mich auf dem Weg moralisch unterstützt haben, insbesondere James Clegg und Susan Armstrong.

Und zu guter Letzt – niemand schreibt ein Buch allein: Ich danke Gillian Green und dem Team von Del Rey dafür, dass sie das Schiff mit ihrem unermüdlichen Enthusiasmus und ihrer redaktionellen Hilfe sicher in den Hafen gelotst haben.

ACHT FRAGEN AN ROBERT DINSDALE

In ein paar wenigen Sätzen: Worum geht es in »Die kleinen Wunder von Mayfair«?

Im Jahr 1906 ist Cathy schwanger und alleine. Ihre Eltern wollen sie in einem Heim für unverheiratete Frauen unterbringen, aber Cathy folgt stattdessen einer Anzeige von Papa Jack's Emporium, einem sagenumwobenen Spielzeugladen in London. Das Emporium ist ein Ort der Wunder, wo Jekabs Godman, Überlebender eines sibirischen Arbeitslagers, Spielzeuge an der Grenze zur Magie entwirft. Als Cathy sich in Jekabs ältesten Sohn Kaspar verliebt, wird sie Teil der Familie und baut sich mit ihrer neugeborenen Tochter ein Leben im Emporium auf. Aber dann bricht der Erste Weltkrieg aus und ändert alles.

Im Roman folgt Cathy einer Zeitungsanzeige, in der steht: »Fühlen Sie sich verloren? Ängstlich? Sind Sie im Herzen ein Kind geblieben?« Sind *Sie* im Herzen ein Kind?

Sind wir das nicht alle? Ich glaube, ein Teil in uns wird immer das Kind bleiben, das wir mal waren. Ich bin alleinerziehender Vater einer Vierjährigen und erlebe den Zauber der Kindheit täglich aufs Neue. »Die kleinen Wunder von Mayfair« sind ein Liebesbrief an meine Tochter.

Kaspar und Emil sind Rivalen. Sie kämpfen um Cathys Liebe und können nicht aufhören, sich miteinander zu messen. Was hat Sie dazu inspiriert?

Das Thema hat mich schon immer fasziniert. Ich komme aus einer großen Familie, und wir lieben uns alle, aber ich kann mich an keinen Tag in meiner Kindheit erinnern, an dem wir Geschwister uns nicht miteinander verglichen hätten. Außerdem stehen Emil und Kaspar für die beiden Seiten meiner Persönlichkeit: Die linke Gehirnhälfte kämpft immer gegen die rechte ...

Warum haben Sie ein historisches Setting gewählt?

Ich habe verschiedene Fassungen geschrieben, nicht alle davon historisch. Aber als ich die Idee mit den Spielzeugsoldaten hatte, wie sie entdecken, dass sie sich gegenseitig aufziehen können, und dadurch langsam Intelligenz und Gefühle entwickeln, wusste ich, da will ich hin! Der Erste Weltkrieg hat eine ganze Generation junger Männer und Frauen um ihre Kindheit gebracht. Was zwischen 1914 und 1918 passierte, war das Ende der Unschuld, das Ende der kindlichen Fantasien von stolzen, mutigen Soldaten, die in die Schlacht zogen. So habe ich mir das Emporium vorgestellt, als einen Ort der Wunder, der sich durch das Erwachsenwerden für immer verändert.

Es wird nie ganz klar, ob die Magie im Roman echte Zauberei ist oder doch »nur« Geschicklichkeit. War das Absicht? Wenn ja, warum?

Auf jeden Fall war das Absicht! Aber beides stimmt, denken Sie an Emil und Kaspar! Emil ist ein hervorragender Handwerker, seine Holzsoldaten sind ein Wunderwerk der

Technik, genauso wie die schwebenden Wolkenschlösser und faltbaren Burgen. Er ist solide, verlässlich, fleißig, aber ihm fehlt Fantasie. Papa Jacks Erfindungen dagegen scheinen richtige Zauberei zu sein. Beide Brüder wollen es ihrem Vater gleichtun, aber nur Kaspar gelingt das Unglaubliche. Und dass Kaspar diese Art der Magie besser beherrscht, ist auch der Grund, warum Cathys Auftauchen das Emporium in Gefahr bringt.

Welches magische Spielzeug ist Ihnen das liebste?

Das ist Sirius, der Patchworkhund. Anfangs ist er nicht mehr als ein Wunderwerk der Ingenieurskunst, aber Stück für Stück wird er einem echten, lebendigen Hund immer ähnlicher.

Die Personen aus dem Roman sind alle früh erwachsen, und »Die kleinen Wunder von Mayfair« ist zweifellos ein Buch für Erwachsene. Was denken Sie, warum fasziniert uns Spielzeug so?

Es bringt etwas in uns zum Vorschein, das wir fast vergessen haben. Als Kinder stecken wir so viel Fantasie und Herzblut in unser Spielzeug, dass es lebendig wird. Selbst wenn wir als Erwachsene wissen, dass das unmöglich ist – Spielzeug hat nun mal kein Eigenleben –, bleibt uns dieses Gefühl. Ich glaube, das ist so ähnlich wie unerwiderte Liebe. Man wird daran erinnert, wie es war, als man klein war, wie leidenschaftlich man lieben konnte. Ein befreiendes Gefühl.

Wenn Sie sich selbst eine Frage stellen könnten, welche wäre das? Und wie lautet die Antwort?

Ich würde fragen, welche Teile des Emporiums im Roman unerwähnt bleiben ... und die Antwort wäre: viel zu viele! In meiner Vorstellung gibt es dort riesige Wälder aus Papier, mit Lichtungen, auf denen Besucher übernachten können. Dinosaurier aus Patchwork schlafen in den Kellergewölben. Es gibt Geheimtüren, die ein Ende des Emporiums mit dem anderen verbinden. Beim Verfassen dieses Romans – beim Erfinden! – habe ich sehr viel Spaß gehabt. Vielleicht kehre ich ja eines Tages zurück in die Welt des Emporiums!

Würden Sie sich nicht auch manchmal
gerne eine Katze ausleihen?

Antonia Michaelis

Mr. Widows Katzenverleih

ROMAN

In seinem alten Haus mit dem verwunschenen Garten mitten in der Großstadt verleiht der alte Mr. Widow samtpfotige Stubentiger an Menschen, die zu viel oder auch zu wenig haben, um das sie sich sorgen müssen. Je nach Bedarf verbreiten seine Katzen neben Behaglichkeit bis Chaos vor allem eines: Glück. Eines Abends entdeckt Mr. Widow in einer Mülltonne neben einem Wurf neugeborener Kätzchen eine schwangere junge Frau, und auf einmal sieht er sein beschauliches Leben auf den Kopf gestellt. Denn vor irgendetwas scheint die junge Frau auf der Flucht zu sein …

»Ein Roman voller Poesie, Liebe, Freundschaft und Lebensweisheiten. (...) Nicht nur Katzenliebhabern wird dieses Buch lange im Gedächtnis und im Herzen bleiben!«
Neue Ruhr-Zeitung